Christine Meyer

Lakritz

Bibliografische Information der Deutschen Nationalbibliothek:
Die Deutsche Nationalbibliothek verzeichnet diese Publikation in der Deutschen Nationalbibliografie; detaillierte bibliografische Daten sind im Internet über http://dnb.dnb.de abrufbar.

© 2016 Christine Meyer

Covergestaltung: Helke Rah / Hellicopter Illustration

Herstellung und Verlag: BoD – Books on Demand, Norderstedt

ISBN: 978-3-7431-1889-8

Vorwort

Bei der Sterbebegleitung meiner Eltern wurde mir bewusst, welche Lebensleistung sie vollbracht haben. Genau genommen unfassbar, haben sie es doch geschafft, fünfzehn gemeinsame Kinder großzuziehen. Vater, ein geborener Rheinländer und Mutter gebürtig aus Mecklenburg schienen sich dabei ideal zu ergänzen.

Der Begriff des Kinderreichtums ging zu Beginn der 60er Jahre einher mit der Vorstellung von Asozialsein. Schon früh bekamen wir als Kinder deshalb Zurückhaltung auferlegt, wenn es um Familieninterna ging. Vor Erschrecken geweitete Augen. der stets gleiche, spitze Schrei, Unverständnis und Kopfschütteln bei der Frage nach der Anzahl der Geschwister brachten mich schon lange nicht mehr aus der Ruhe.

Die Kunst bestand nun darin, eine Nische für sich selbst im komplizierten Dickicht der Familie zu entdecken und in diesem Wirrwarr der Großfamilie nicht unter zu gehen. Der ständig cholerische Vater und die in Rätseln sprechende Mutter machten dieses Unterfangen, das große Geheimnis des Erwachsenwerdens nicht gerade leichter.

Lakritz, die schwarze, oftmals salzige und dann wiederum auch unvergleichlich süße, aber immer herzhafte Köstlichkeit hat viel gemein mit meiner einzigartigen Kindheit im Kohlenpott.

Allzu gut ist mir in Erinnerung geblieben, wie oft alle Hausfrauen in unserem Viertel wie verabredet zur Wäscheleine rannten, um wenigstens einige Wäschestücke vor dem regelmäßig abgelassenen Dampf der nahen Kokerei zu retten, der gespickt mit hartnäckigen Russpartikeln sich so elendig schlecht entfernen ließ.

Meine Eltern hatten gegen Ende der 50er Jahre ein Reihenendhaus mitten im Ruhrpott erworben und wir bezogen es, damals mit acht Kindern schon als größte Familie weit und breit.

Zu der Zeit wurden im Bergbau händeringend Arbeitnehmer gesucht und so fand mein Vater Arbeit „auf" der Zeche Jacobi in unmittelbarer Nähe unseres neuen Reihenendhauses. Dazu gab er seinen geliebten Job als Klempner und Installateur auf. Aber das Haus musste abgezahlt, die Kinder satt werden – die Arbeit „unter Tage" wurde gut bezahlt.

Wenn ich an meine Mutter zurückdenke, sehe ich sie stets im wohlgerundeten Zustand vor mir. Nach dem Motto: Wo acht Kinder satt werden, werden auch neun Kinder satt usw., Familienplanung schloss die katholische Kirche kategorisch aus, deren Grundsätze mein Vater mit Inbrunst bedingungslos vertrat. Mutter, eine in sich ruhende, norddeutsche, gefühlsmäßig leicht unterkühlte Frau fügte sich dem katholischen Diktat.

Die Kriegswirren hatten meinen Vater nach Mecklenburg verschlagen, Mutters Zuhause lag in der Nähe von Schwerin. Als es die politischen Verhältnisse in der russischen Besatzungszone gerade noch zuließen, flohen meine Eltern in einem Ruderboot über die Trave. Noch heute bin ich dafür dankbar.

Meine älteste Schwester, schon geboren beim Start in das Leben im Westen, brachte die Eltern mit ihrem Hungergeschrei in arge Bedrängnis.

Als sechstes Kind geboren, fast mittig in der Geschwisterreihe erzähle ich aus der Perspektive eines eigenbrötlerischen Mädchens vom Alltag und den Besonderheiten in einer Großfamilie im Ruhrpott der 60erJahre. Die schwierige persönliche Gradwanderung, sich selbst von der großen Familie frei zu schwimmen, dabei oft missverstanden zu werden und dennoch seinen eigenen Weg zu finden, steht stets im Vordergrund.

Ich versuche, dabei den wortkargen, direkten Ton, der die Menschen im Revier so unvergleichlich liebenswert macht, zu treffen.

Unser neues Zuhause mit Reihenhäusern am Rande einer Großstadt zog Menschen aus ganz Deutschland an, sodass wir nicht in einer traditionellen, gewachsenen Bergarbeitersiedlung wohnten, wo seit Generationen die Männer unter Tage arbeiteten, sondern dort, wo Zugezogene eine gut bezahlte Arbeit suchten.

Das Leben im neuen Haus

Beinahe ehrfürchtig betrachtete ich die von kräftigen aufliegenden, fast schwarzblauen Adern durchzogenen Hände meines Vaters, die gerade noch federleicht in meinen Händen lagen und im nächsten Augenblick schon wieder unruhig in der Luft imaginäre Fliegen fingen, bevor sie kraftlos auf dem zerschlissenen Bettzeug landeten. Angeschlossen an seine durchscheinenden Venen schaukelte im Takt dazu der Tropf mit Morphium in einer trüben Flüssigkeit am silbrig glänzenden Fünferhaken.

Schwester Elisabeth, so konnte ich dem Namensschild entnehmen, das schräg angebracht über der Hühnerbrust baumelte, eine frühere Nachbarin aus der Siedlung, immer noch mit abgeknabberten Fingernägeln, schaute regelmäßig nach, ob die Dosierung auch reichte. „Ne Tine" schüttelte Lissbett eifrig ihren Kopf mit altmodisch dauergewellten Locken, „Schmerzen muss heute keiner mehr haben." Peinlich berührt wich sie meinem Blick aus, nachdem ich ihre wieselflinken Finger beobachtete, von deren Fingernägeln in unterschiedlich großen Placken der pinkfarbene Nagellack abblätterte

Ihr aufopfernder Eifer entsprang einer großzügigen Spende, die Margarethe ihr in weiser Voraussicht zusteckte, als Papa in das Krankenhaus eingeliefert wurde, in dem unsere Mutter alle sechs jüngsten Geschwister gebar und scheinbar unseren Vater immer wieder zum stolzesten unter den werdenden Vätern machte.

Thomas, mein um ein paar Jahre jüngerer Bruder fasste mit seinen schwieligen, von harter Arbeit gezeichneten Händen in Vaters ausgemergeltes Gesicht und versuchte es sachte zu streicheln. „Ja, Vatter, jetz iset soweit – aber ich hab dat Gefühl, datte irgendwatt noch loswerden muss!" Wenn Thomas von Gefühlen sprach, wurde ich sofort hellhörig, denn ich kannte niemanden, der seine Gefühle so gut verbergen konnte wie er. Unsicher lächelte Thomas mich an, wusste er doch genauso gut wie ich, dass schon einige Jahre vergangen waren, seitdem Vater nicht mehr, oder besser für uns verständlich hatte sprechen können. Seitdem Papa versunken war in seiner eigenen Welt, konnte keines seiner Kinder zu ihm vordringen, nicht einmal Ilona mit ihrer fürsorglichen Art. Und als wollte er das bestätigen, entrang sich Papas Brust ein tiefer, trauriger Seufzer.

Schon so oft hatte ich solch abgrundtiefe Seufzer gehört, sie zeigten mir den ganzen Jammer, seitdem Papa im Altenheim lebte. Der Weg über seine Station glich jedes Mal einer Geißelung, wenn die alte Frau Neumann, adrett und hübsch frisiert in aufrechter Haltung in ihrem Rolli auf dem unendlich langen Flur saß und darauf wartete, dass ihre Zimmernachbarn Besuch bekamen. „Nimmse mich mit, nimm mich doch mit! Ich will nach Hause!"

Hastig versuchte ich mich aus ihrer Umklammerung zu lösen. Ihr Blick sagte mehr als tausend Worte.

Verschämt sah ich zur Seite, um meine Tränen wegzublinzeln, als ich den vorwurfsvollen Blick von Sabine, Thomas ersten Liebe, ganz zufällig auffing.

Wie der Zufall es wollte, waren die beiden sich nach diversen Beziehungen und Ehen wieder begegnet und der alten Verbundenheit wegen oder vielleicht auch weil es sich gerade so anbot, direkt zusammengeblieben.

„Da liegt kein Segen drupp" hätte Tante Irmi sicher gesagt, ja, wenn sie noch leben würde und nicht genau wie alle anderen Brüder Vaters schon lange verstorben wäre. Unser zäher Vater hatte es tatsächlich geschafft, als Letzter der immerhin sechs Geschwister von Bord zu gehen.

Plötzlich fror ich im überheizten Krankenzimmer und fragte mich im Stillen, woran es wohl liegen mochte, dass Thomas immer wieder an derartig gefühlskalte Frauen geriet, wo er doch von uns, seinen älteren Schwestern von Anfang an gehätschelt und behütet wurde.

„Schlenker mit der Kanne nicht so herum!" Das scharf artikulierte R meiner Mutter wies sie auch noch nach über zehn Jahren des Lebens im Ruhrgebiet als Zugezogene aus Mecklenburg aus.

Wir hatten es tatsächlich geschafft! Der Möbelwagen stand bis in den letzten Winkel gepackt vor unserem leider zu klein gewordenen Reihenhäuschen, unserem muckeligen Zuhause und unser Baby, mein jüngster Bruder Thomas lag im Kinderwagen. Er schlief selig und machte mit seinem Nuckel leise, schmatzende Geräusche, als Mutter mit mir an der einen Hand und dem Kinderwagen an der anderen den endlos langen Fußmarsch zu unserem neuen Haus antrat. Als kleines Stöppcken machte ich mir unentwegt Gedanken darüber, wie es denn wohl werden würde, in diesem leeren, fremden, für meine Begriffe riesengroßen Haus.

Wir ließen eine gewachsene, fröhliche Nachbarschaft in Osterfeld zurück, lauter junge Familien mit jeder Menge Kindern, meinen lieb gewonnenen Freunden.

Traurig dachte ich an mein erstes wunderschönes Kinderfest in unserer Straße zurück. Als Schornsteinfeger verkleidet, mächtig stolz auf die vom Vater selbst gezimmerte kleine Leiter erlebte ich einen überwältigenden Tag, wo sich wirklich alles um uns Kinder drehte.

Ganz versunken in meine schönen Erinnerungen grinste ich über das ganze Gesicht, als mir einfiel, wie ich just bei diesem Fest das erste Mal Verlobung feierte. Sorgsam flochten wir Mädchen aus den Stängeln der Kleeblumen hübsche Ringe, in deren Mitte die Blüte rostrot hervorstach. Tropfen für Tropfen rann Monika lindgrüner Saft bis an die Ellenbogen und tropfte gleichmäßige Pünktchen auf ihren hellen Sommerrock. Schon jetzt konnte ich mir lebhaft Mamas Schimpftiraden vorstellen

Mir nichts, dir nichts biss meine Freundin Britta die saftigen Stängel auf ein gleiches Maß, lachte extra laut, um ihre giftgrünen Zähne zu zeigen und konnte sich nicht wieder einkriegen, wenn einer von den Jungs, meistens Ulli ihr den Vogel zeigte.

„Du hasse doch nich mehr alle!"

Martin, der hübscheste Junge weit und breit mit auffallend grauen Augen und dicken, kringelig ebenholzschwarzen Locken und was am allerwichtigsten war, schon ein I-Männchen, sollte nun mein Auserwählter sein. Ausschließlich Martin kam überhaupt dafür in Betracht, mein glücklicher Bräutigam zu werden. Allein, genauso schnell wie die Ringe verblühten, galt schon am nächsten Tag das vorschnelle Versprechen nicht mehr. Martin bolzte wieder flott mit den Jungs auf der Wiese und ich saß vergnügt mit den Mädels am Wiesenrand und flocht immer noch emsig, diesmal aber Kränzchen aus Gänseblümchen, die hübsch und leicht zugleich unsere Köpfe sommerlich schmückten.

Es war so schön in unserer Straße, dass ich die vertrauten, kleinen Wege jetzt schon vermisste und mich nachdenklich fragte: Wie würde es wohl werden in der Stadt mit dem komischen Namen Bottrop?

Meine streichholzdünnen Beine mussten diese Strecke von gut fünf Kilometern durchhalten. Verdammt und zugenäht – wie sollte ich das bloß schaffen? Selbst das Gesicht Mutters glühte in freudiger Erwartung; sie redete ununterbrochen ohne auch nur einmal tief durch zu atmen. Sprachlos sah ich sie an, sie kam mir auf unerklärliche Weise fremd vor. Sonst war es so gar nicht ihre Art, ohne Punkt und Komma auf mich einzureden. „Wenn wir erst endlich zuhause sind, bekommst du für dein tapferes Durchhalten eine Tasse leckeren Kakao!" Ich sah in entgegengesetzter Richtung zurück, dahin, wo bis jetzt unser Zuhause lag. Aber die Aussicht auf eigens für mich gekochten Kakao, jedenfalls bildete ich mir das einen Moment lang ein, ließ mich automatisch schneller laufen und achtsamer mit der Milchkanne umgehen.

Mutter lief im stets gleichen Tempo, verlässlich gleichmäßig, fast wie ein Uhrwerk und pustete ständig eine Locke, die sich immer wieder aus ihrem braun gesprenkelten Haarkamm löste, zurück aus der Stirn. Ein bisschen umständlich, wie ich es ausschließlich von Mutter kannte, zog sie, während sie weiterlief mit einer Hand den kleinen, bernsteinfarbenen Kamm mitsamt dem widerspenstigen, weizenblonden Haar zurück, um ihn dann in entgegen gesetzter Richtung stramm fest zu stecken, was gut und gern fünf Minuten lang hielt. Dann ging das gleiche Spiel von vorn los, aber Mutter bemerkte es vor lauter Aufregung nicht einmal.

Allen Unkenrufen zum Trotz zogen wir als erste Familie der gesamten, recht großen Verwandtschaft Vaters in ein eigenes Haus, ausgerechnet unsere Großfamilie, die üblicher Weise so gern von oben herab belächelt wurde. Onkel Wilhelm, mit dessen beißendem Zynismus ich nichts anzufangen wusste, bewohnte zwar am Stadtrand von Düsseldorf ein kleines, ehemaliges Bauernhaus, jedoch wie Vater gern betonte, nur zur Miete. Nichts war schlimmer, als bei Onkel Wilhelm zum Klo zu müssen. Das Plumpsklo lag einige Schritte vom Haus entfernt in einem kleinen, dunklen Verschlag. Meine älteren Geschwister erzählten sich die gruseligsten Geschichten über dieses grässliche, miefende Klo. Peter, unser Großmaul beeindruckte mich am meisten mit der Geschichte über die Rattenplage, die unser nicht zimperlicher Onkel eigenhändig beseitigte. Der ach so mutige Mann spielte sich bei jeder Gelegenheit damit großspurig in den Vordergrund, wenn er in allen Einzelheiten beschrieb, wie er die vor Todesangst quiekenden Tiere in der Falle kurzerhand mit Benzin übergoss und sie anzündete, womit er, und da ließ er keinen noch so kleinen Zweifel zu, ein für alle Mal dieses Problem aus der Welt schaffte. „Dat hättet ihr mal hören sollen, die blöden Viecher schreien wie kleine Kinder!" Jedes Mal, wenn mein Onkel diese schreckliche Geschichte erzählte, wurde mir speiübel und genauso regelmäßig guckte er von einem zum andern, unbescheiden um Zustimmung heischend.

Dennoch, ich bezweifelte, dass er wirklich alle Ratten erwischt oder sie wenigstens verscheucht hatte. Und so kam, was kommen musste. Nach ausgiebigem Himbeersaftgenuss, dem leckeren Himbeersaft, den niemand so köstlich zubereitete wie Tante Paula, ging ich eines Sonntags nachmittags schon xbeinig auf den allerletzten Drücker zum düsteren Klo, indem sich ganze Völker von dicken Schmeißfliegen vergnügten. Skeptisch betrachtete ich das heraus geschnitzte Herz in der altersschwachen, knarrenden Holztür. Von nahem sah das Plumpsklo noch bedrohlicher aus und stank bestialisch zum Himmel. Wie gerne hätte ich mich auf den angrenzenden Acker gesetzt und gemütlich in der Hocke gepieselt! Aber auf diesem altersschwachen Holzbalken Platz zu nehmen, kam nie im Leben für mich in Frage, das war nun mal klar. Kaum hatte ich diese Alternative bedacht, wurde mir heiß und kalt und so sehr ich mich bemühte, die Beine zusammenzukneifen, konnte ich nicht verhindern, dass langsam aber sicher, erst Tröpfchenweise und dann aber wie ein rauschender Gebirgsbach der eben noch genossene Saft sich seinen Weg suchte. Peinlichst berührt erschrak ich im selben Moment darüber, dass ich dieses Malheur nicht nur mit einer völlig nass gepinkelten Hose bezahlte.

„Iieeh, kumma deine Schuhe sind ja au noch nassgepisst! Die kannse gleich ma auswringen!" brüllte meine Schwester Moni, maßlos schadenfroh und mit zugehaltener Nase. Sie zeigte mit ausgestrecktem Zeigefinger auf mich, anscheinend richtig zufrieden, dass mir endlich einmal ein solch schreckliches Missgeschick widerfuhr. Warum konnte ich nicht einfach schwupp di wupp im Erdboden versinken? Irritiert guckte ich auf meine völlig durchnässten Schuhe und wunderte mich vor allem darüber, dass von den Schuhen im selben Moment ein wenig Dampf aufstieg.

Zur Strafe, so empfand ich es jedenfalls oder vielleicht auch nur, weil Tante Paula und Onkel Wilhelm keine Mädchen und demzufolge keine Mädchenwäsche hatten, musste ich eine formlose, ausgeblichene Jungenunterhose aus früher wohl grauer Doppelrippbaumwolle von Vetter Herbert anziehen, immerhin trocken, dafür aber mit einem seitlichen Eingriff. Eine Jungensunterbuchse, ich schämte mich zu Tode dafür!

Je näher wir unserem neuen Zuhause kamen, desto sicherer wurde ich und merkte, wie sich mit jedem Schritt Mutters neugierige und freudige Erwartungshaltung auf mich übertrug. Die unbändige Vorfreude, die langsam aber sicher mein anhaltendes Bauchgrummeln vertrieben hatte, gewann bei dem seltenen Wechselbad der Gefühle die Oberhand.

Bis dahin hatte ich während des langen Marsches ausdauernd auf meine abgeschabten Schuhspitzen geguckt und es sah gar nicht danach aus, dass mir meine liebgewordenen und ziemlich abgelatschten Schuhe ein bisschen Sicherheit, auf jeden Fall aber Vertrautheit auf diesem ungewissen Weg bieten könnten.

Dementsprechend unbeachtet schaukelte die Milchkanne wieder einmal heftig an meiner Hand. Erstaunt sah ich hoch und bemerkte, dass wir schon längst den dicken Stein, eine Haltestelle, an der alle viertel Stunde altersschwache Busse mit schwarzrußiger Dieselfahne nach Oberhausen fuhren, hinter uns gelassen hatten.

„Wo bist du denn nur mit deinen Gedanken? Wie oft soll ich dir das noch sagen, Christine? Ansonsten, wenn du die Milch schon unterwegs verschüttest, gibt es eben keinen Kakao." Die blaugrauen Augen Mutters blitzten mich gerade lange genug an, damit mir ein für alle Mal klar sein sollte, dass diese Androhung nicht ganz ernst zu nehmen war. Mutter nannte als einzige meinen Namen korrekt, mit auffällig gerolltem R hörte es sich immer ein bisschen fremd an, während ich sonst ausschließlich „Tine" hieß. Bei uns im Ruhrpott gehörte jeder Name abgekürzt oder zumindest sehr schnell ausgesprochen, bloß keinen Firlefanz. Unvermittelt fiel mir einer von Mamas Lieblingssprüchen ein: „Das R soll rollen wie der Roller auf der Straße!" und es kam mir so vor, als ob jedes Wort mindestens mit doppeltem R zu schreiben sei.

Fast waagerechte Sonnenstrahlen des späten Herbstes wärmten mir das Gesicht und die Gedanken. Ich ließ Mamas Hand mit den kurzen, schmalen Fingern, die mich immer an Kinderhände erinnerten, abrupt los. Kurz, nur einen Moment lang blieb ich stehen und schloss meine Augen, um zu träumen. Unsere liebe, zuweilen etwas aufgeregte Nachbarin kam mir in den Sinn. Tante Bertram von nebenan versuchte mich aufzumuntern, als der Abschied mir so schwerfiel, dass dicke Krokodilstränen, wie Mama sie nannte, über meine Wangen liefen.

„Warte ma ab, Tine, dat wird sicher richtig toll in euerm neuen Haus! Ich bin schon ganz neugierig, nächste Woche komme ich euch besuchen. Ganz bestimmt!" Aufgelöst drückte mich die rundliche Nachbarin herzlich und gleichsam linkisch an ihre weiche Brust, der Duft nach Uralt Lavendel, der auch im altmodischen Glaszerstäuber bei Oma Meyer auf der Frisiertoilette stand, kitzelte meine Nase. Versunken inmitten der großen Brust rang ich nach Luft. Tante Bertram schluckte heftig und wischte beflissen mit einem kräftig gestärkten, karierten Taschentuch in meinem Gesicht herum, bevor sie sich ungestüm schluchzend und mit hängenden Armen jäh abwandte und für ihre Verhältnisse rasend schnell verschwand.

Krampfhaft versuchten wir den nicht mehr ganz so langen Fußmarsch durch Rätselspiele zu verkürzen, aber Mutter gelang es einfach nicht mehr sich darauf zu konzentrieren. Irgendwelche Sorgen schienen sie plötzlich zu bedrücken, beharrlich wollte ich sie davon ablenken. Ich sang aus vollem Halse „Hänschen Klein ging allein in die weite Welt hinein..." das Lied kam mir irgendwie passend vor, aber Mama ging nicht darauf ein, wahrscheinlich gedanklich schon beim Organisieren im neuen Haus.

Kurz vor der Stadtgrenze Oberhausen/Bottrop galt es unausweichlich eine Brücke zu überqueren, die einen Blick auf meterdicke, eindrucksvolle Röhrenkolosse weit unter uns freigab. Mit angstvollem Blick in die Tiefe lief ich automatisch schneller über die Brücke, die mir, sooft und so schnell ich auch später darüber lief, garantiert ein mulmiges Gefühl bescherte.

Gleich schräg dahinter, einen Steinwurf von der Straße entfernt, lag eine lang gestreckte, graue Barackensiedlung mit gewellten Flachdächern, die selbst beim Betrachten aus einiger Entfernung mehr als traurig und irgendwie trist aussah, kein Baum, kein noch so winziger Strauch zu sehen. Vielmehr noch, als Mutter naserümpfend von den „Versehrten" aus dem Krieg und unendlich vielen, fremden Flüchtlingen erzählte, die dort ihre erste Unterkunft gefunden hatten. Flugs hatte sie anscheinend nur allzu gern vergessen, dass sie selbst dazu gehörte.

„Es ist wirklich nicht zu fassen, ganze Heerscharen von Pollacken sind da untergekommen. Die kannst du schon von weitem erkennen, alle in Räuberzivil, so schreiend bunt wie die Frauen sich kleiden. Ich sag nur eins: Rot, Blau, Pollacksfrau!" Verblüfft und mit offenem Mund staunte ich darüber, wie Mutter merkwürdig geringschätzig von den Flüchtlingen sprach und es wäre mir nie in den Sinn gekommen, dass sie damit die Vertriebenen und Heimatlosen meinte.

Nach meinem Gefühl konnte es sich nur um irgendwelches Gesocks handeln, zwielichtige Gestalten, von denen wir uns besser fernhalten sollten, um nicht gehörigen Ärger mit den Eltern herauf zu beschwören. Thomas quäkte leise vor sich hin, erschrocken über Mutters anhaltendes

Schimpfen. Sie sprach leise auf ihn ein und steckte den herausgefallenen Schnuller in seinen Mund. Wie durch ein Wunder war er sofort wieder eingeschlafen. „Jetzt müssen wir uns aber sputen, Thomas braucht gleich sein Fläschchen!" Auf Mamas Stirn erschien die steile Falte, die verhieß, dass sie es mehr als ernst meinte.

Gedanken versunken, aber vor allem aufgeregt kamen wir in unserem eigenen Haus an, genau genommen von diesem Augenblick an unser neues Zuhause. Meine große Familie war eine der ersten, die mit Sack und Pack in der neuen Siedlung im Fuhlenbrock einzogen, einem Stadtteil, einerseits von dichtem, immergrünen Mischwald umgeben, andererseits aber auch von mächtig qualmenden Schloten und Kühltürmen der nahe liegenden Kokerei und Zechen begrenzt.

Die neumodernen Reihenhäuser der unfertigen Siedlung unterschieden sich einzig und allein durch karminroten, maisgelben oder moosgrünen Anstrich. Jeweils vier Wohneinheiten bildeten einen Reihenhausblock, wobei eines der beiden Doppelhäuser in der Reihe nach hinten versetzt gebaut wurde, jeder Häuserblock gleich ordentlich und irgendwie langweilig. Wir bezogen ein backsteinrotes, mir schien riesiges Reihenendhaus.

Mein erster Eindruck von unserem neuen Haus, geprägt vom durchdringenden Geruch nach den unterschiedlichsten Farben, Lacken und dem Kleber vom Linoleum, das man in der kompletten unteren Wohnung verlegte, versetzte mich in unglaubliches Erstaunen. Alles roch so fremd, so neu und ich vermisste schon jetzt den vertrauten Geruch nach Erbsensuppe und samstags nach frisch gebackenem Rosinenkuchen aus unserem alten Häuschen, der anscheinend für immer und ewig verschwunden schien. Beim besten Willen konnte ich mir hier eine heimelige Stimmung in diesem neuen, leeren Haus überhaupt nicht vorstellen.

Nur im Bad und auch im Hausflur waren unterschiedlich große, gesprenkelte Fliesen verlegt worden, damit man diese Räume durch ordentliches Schrubben mit reichlich Wasser und Ata, einer Art Scheuersand, den Mama allzu gern gebrauchte, sauber halten konnte. Mit dem lauwarmen Putzwasser wurde dabei nicht gegeizt, ständig kippten meine großen

Schwestern mit klatschendem Schwall einen ganzen Eimer Wasser auf die Seifenlauge, die sich dabei immer ein bisschen mehr verdünnte und beim anschließenden Scheuern schließlich den Dreck mit hinausbeförderte.

So schrecklich leer und unbewohnt sah das fremde Haus aus und wirkte vielleicht gerade deshalb unendlich groß, viel größer als unser überschaubares Knusperhäuschen in Osterfeld! Im übersichtlichen, fast kleinen Zimmer neben der Küche, das unser Kinderzimmer werden sollte, hallte es sogar wider, sobald ich auf einem Bein hüpfte oder laut rief: „Wie heißt der Bürgermeister von Wesel?" Ganz deutlich konnte ich Esel verstehen, ich bildete mir das nicht ein!

Selbst die in kleine, quadratische Holzrahmen unterteilte Haustür bekam in letzter Minute, noch kurz bevor der Möbelwagen eintraf, den letzten Pinselstrich. Die weißgelb gestrichene und somit freundlich einladende Eingangstür verbarg in der zweiten Reihe der quadratischen Rahmen ein kleines Guckloch zum Öffnen, wahrscheinlich eine Sicherheitsmaßnahme, für uns Kinder ohne Zweifel als Aufforderung zum Spielen gedacht. Vorerst hing ein Schild mit der hastig gemalten Mahnung „Vorsicht, frisch gestrichen!" daran.

Fast andächtig öffnete ich die Schiebeschränke der neuen Einbauküche, ein Möbel, mir bis dahin völlig unbekannt. Eine Küche nach dem Frankfurter Modell, rundherum in Pastellfarben gestrichen, also rosa, hellblau und vanillegelb. Kinder mögen solch eine Farbzusammenstellung und ich verliebte mich sofort darin. Vorsichtig probierte ich die runden, durchsichtigen Griffe aus, um zu testen, ob sich tatsächlich die massive Tür auf den silbernen Schienen bewegen ließ. Kühl und glatt zugleich fühlte sich der matt glänzende Lack an, als die Tür leichtgängig zur anderen Seite glitt. „Finger weg, Christine. Geh mal aus dem Weg!" Eine steile Falte auf Mamas sonst ebenmäßiger Stirn kündete vom Ernst der Lage und so kam ich ihrer klaren, direkten Aufforderung lieber gleich nach.

Langsam und gleichmäßig ruckelnd kam völlig überladen der Möbelwagen die noch unbefestigte Straße hochgefahren. Moni riss neugierig die Tür auf, als der LKW gerade eben stand. Vater, die restlichen Geschwister und ein paar starke Möbelpacker hopsten nacheinander aus dem hochrädrigen Gefährt. Sie wurden neugierig aus dem Haus gegenüber beobachtet. Unsere neue Nachbarin sah so ganz anders aus als unsere dicke und gemütliche Frau Bertram. Sie stand im kurzen, engen Rock gefährlich wackelnd gerade noch eifrig beim Fensterputzen auf dem Fensterbrett. So wie es aussah, konnte sie es einfach nicht fassen, dass immer mehr Kinder aus dem Möbelwagen zum Vorschein kamen und drückte sich beinahe die Nase an der gerade noch mit geknülltem Zeitungspapier frisch gewienerten Fensterscheibe platt. Im letzten Moment konnte ich noch sehen, dass die gute Frau ins Wanken kam, nach einer starken Männerhand griff, die verlässlich und genauso plötzlich von irgendwoher kam. Ungläubig staunend starrte sie hinüber und schlug vor Entsetzen die andere Hand vor den offenen Mund, bevor sie vom noch nackten Fenster ins Zimmer verschwand. Lebhaft konnte ich mir vorstellen, dass der Ruf der kinderreichsten Familie im ganzen Viertel uns wie Donnerhall vorauseilte.

Ilona und Kathi sangen inbrünstig und gut gelaunt: „Opa fährt den großen Möbelwagen, Papa muss die Waschmaschine tragen, Mama trägt die große Gipsfigur und das kleine Peterchen die Bügeleisenschnur." Peter, unser einziger großer Bruder baute sich vor ihnen auf, streckte die Arme kerzengerade Richtung Himmel: „Ihr könnt mich ma kitzeln, dat ich lachen kann. Ha ha!" Es war wie immer. Der Streithahn Peter, als Junge allein auf weiter Flur musste sich durchboxen zwischen all meinen älteren Schwestern, vier an der Zahl. Kein leichtes Unterfangen!

Voller Neugierde und freudiger Erwartung ging ich im neuen Haus, vorsichtig und gespannt zugleich, auf Entdeckungsreise. „Hömma, dat Haus is ja schön. So ein tolles, großes Haus hab ich ja noch nie gesehn! So viele Zimmer und Treppen und sogar n riesigen Keller ham wer jetzt" schwärmte Monika mit verschwörerischem Blick. Meine doch immerhin um fast zwei Jahre ältere Schwester Monika kam mir um einiges naiver vor als ich selbst, denn sie war zu jeder Zeit wie geschaffen dafür, sich überaus leicht beeindrucken zu lassen und als wäre das nicht schon genug, auch noch bei jeder sich bietenden Gelegenheit. Bis auf unser letztes, kleines Häuschen in Osterfeld und Omas klitzekleinem Reihenhaus kannte sie, genauso wenig wie ich selbst, überhaupt keine weiteren Häuser, erst recht keine Zweifamilienhäuser so wie unser neues Haus, gerade mal den kleinen, düsteren Kotten von Onkel Wilhelm, der ziemlich ländlich, etwas außerhalb der Stadt lag und so gar nichts von einem modernen Haus hatte. Aufgeregt lief ich neugierig durch das ganze Haus, treppauf bis zum Speicher, in dessen dunklen Sparren zwei winzig kleine Dachluken ein wenig vom dämmrigen Licht einfingen. Filigranes Spinnweben, hauchfein gewebt in exakt gleichen Abständen erinnerte mich an Peters Zielscheibe, die er breitbeinig, übertrieben angeberisch und doch zugleich ziemlich zielsicher mit Pfeil und Bogen beschoss.

Treppab rannte ich auf glänzend weißgrau gestrichenen Holzstufen, deren frische Farbe unter meinen Schuhen noch ein bisschen klebte und dabei ein schmatzendes Geräusch verursachte, bis in den Keller hinein, wo es noch ein wenig muffig nach feuchtem Mörtel roch. Ein richtiges Badezimmer gehörte zu unserem neuen Häuschen, ich konnte es gar nicht fassen. In der letzten Wohnung kam jeden Samstag die mobile Zinkbadewanne zum Einsatz in die Wohnküche, unser Pullefass.

„Guck mal Ilona, hasse die Badewanne schon gesehn?" strahlte Peter und so vorsichtig es ging, streichelte er den kalten Wannenrand. An seinen übermütig sprühenden Augen konnte ich die reine Vorfreude ablesen, wie er endlich ein wenig großkotzig, aber doch ausdauernd, das musste ich schon zugeben, in der Badewanne seinem Lieblingsspiel nachgehen konnte: dem Luftanhalten unter Wasser. Peter schaffte es von allen am längsten und es dauerte für meinen Geschmack immer ein bisschen zu lange, bis er endlich wiederauftauchte. „Tja, Mädchen können dat eben nicht so toll wie Jungs!" „Perlentaucher schaffen es, viele Minuten unter Wasser zu sein, jetz gib ma nich so an wie n Sack Seife, oller Macker!" Es hatte sich nichts geändert, auch in unserem neuen Zuhause schien Ilona angriffslustig wie immer. „Red kein Blech, du Klugscheißer! Geh stinken!".

In der alten Siedlung wurde im Sommer die sperrige Zinkbadewanne nach draußen gestellt und mühevoll kaltes Wasser mit Zehnlitereimern eingefüllt, die Arme von den Geschwistern wurden dabei auf dem kleinen Weg zwischen Wohnhaus und Wiese lang und länger. Voller Begeisterung für den aufregenden Badespaß machte es aber niemandem etwas aus, die schweren Zinkeimer zu schleppen. Fasziniert beobachtete ich Peter dabei, wie er geschickt die vollen Eimer bis zur Wanne balancierte, um ja nicht einen Schluck Wasser zu vergeuden. Findig entleerte er den Eimer bis auf den letzten Tropfen und sauste sofort zurück zum Wasseranschluss, den die Männer aus der Siedlung im letzten Sommer gemeinsam draußen an einem Schuppen angebracht hatten. Der Bügel klapperte am Eimer bei jedem seiner Schritte im stets gleichen Rhythmus. „Nich ein Fitzelchen danebengegangen" lachte mein großer Bruder stolz.

Voller Sorge bat Mama darum, die Sonne ihre Arbeit tun zu lassen, damit das Wasser sich etwas erwärmen könne. „Das Wasser aus dem Hahn ist eisig kalt, Kinder! Wartet noch ein bisschen, soviel Zeit muss sein!" Wenngleich Franz-Josefs Mutter sehr klar sagte, dass er gar nicht mehr nach Hause zu kommen brauche, wenn er und das setzte sie voraus, sich in dem kalten Wasser erkältet habe, reichte ein Blick auf die Jungs, um zu wissen, dass der Spaß auf der Stelle losging.

Franz-Josef, der Nachbarjunge und Peter liehen sich die neue Kienzle Armbanduhr von Papa aus, ein seltenes Exemplar mit Sekundenzeiger, um exakt die Zeit zu nehmen, wenn sie um die Wette tauchten. Mit Spannung von uns allen Kindern erwartet, gab es verlässlich jedes Mal das gleiche Ritual. Dramatisch einander beobachtend zogen die beiden ihre Strickjacken aus, sie landeten im hohen Bogen weggeworfen irgendwo auf der Wiese. Danach krempelten zwei völlig ungleiche Jungs in aller Ruhe die Hemdsärmel auf und behielten sich währenddessen abschätzend im Auge.

„Ich bin Sieger, ich verliere nie" deutete ich den Blick von Peter, als er sich zusammen mit Franz-Josef einander gegenüber versetzt vor die Wanne kniete und ihn gleichsam siegessicher und herausfordernd anstarrte, gerade so, als wolle er ihn hypnotisieren. Vor lauter Aufregung hopste ich von einem auf das andere Bein, Moni überlegte laut, vielleicht doch besser vorher noch mal aufs Klo zu gehen. Aber zu spät, der Wettkampf ging in die entscheidende Runde.

Kathi und Ilona gaben die Schiedsrichter, unbestechlich und streng zugleich. Theatralisch hielt Ilona Vaters Armbanduhr an der Schließe hoch und rief jede Silbe einzeln betonend: „Auf die Plät-ze, Ach-tung, fed-dig, los!" Kaum hatte Ilona die letzte Silbe vom Startzeichen ausgesprochen, tauchten die Jungs gleichzeitig ihre Köpfe unter Wasser, angefeuert von uns Zuschauern, Peter dank familiär lautstarker, vielstimmiger Unterstützung stets im Vorteil. Ängstlich stockte mir der Atem und wie jedes Mal sah ich mich irgendwann außerstande, Peter auch nur einen Augenblick weiter anzuspornen.

Kathi zählte laut die Sekunden im gleichmäßigen Takt, bis auch ihre Stimme sich veränderte und einen ungläubigen Ton bekam, Moni knabberte nervös an ihren Fingernägeln. Derweil zappelte Franz-Josef schon mit den Händen in der Luft herum und musste sich dann wie immer geschlagen geben. „Son Mist, verdammter!" Übermütig blubbernd tauchte Peter auf und bölkte, tausende kleiner, in der Sonne glitzernder Wassertröpfchen aus dem Haar schüttelnd: „Wusste ich doch, dat du keine ganze Minute schaffs!" Moni lächelte ein wenig stolz, fast so, als hätte sie selbst den Rekord aufgestellt und rubbelte Peter mit starrem, grauweiß karierten Grubentuch die Haare trocken, keine Rede mehr vom dringenden Geschäft.

Unser neues, modernes Badezimmer, blank geputzt und ausgestattet mit glänzend eierschalfarbenen Wandfliesen, pechschwarz verfugt und damit sicher eine Idee unserer praktischen Mutter. Auf diese Weise blieb das Bad pflegeleicht. Aus demselben Grund wurden schwarz-weiß gesprenkelte, matte und deshalb rutschfeste Fußbodenfliesen verlegt. Beim längeren Betrachten der Fliesen kam es mir so vor, als ob die kleinen schwarzen Pünktchen anfingen zu tanzen und ich guckte vorsichtshalber schnell weg, damit mir nicht kotzspeiübel wurde.

Das altweiße, eckige Waschbecken, auf Hochglanz gebracht wetteiferte mit den hübschen Porzellanknäufen der Wasserhähne, rechts mit blauem, links mit rotem Punkt. Eifrig drehte ich an den Wasserhähnen herum, um sie auszuprobieren. Mutter drückte mir ein Stück duftende, rosafarbene Lux Seife in die Hand. „Gute Idee, Christine, seif mal gründlich deine Hände ab!"

Andauernd standen wir den Möbelpackern vor den Füßen, die sich damit abmühten, uns Kindern die Betten aufzustellen und den Rest der schweren Möbel und Kisten ins Haus zu tragen. Der Arbeitskollege meines Vaters, ein schmieriger, ungepflegter Typ mit kastanienbraunen, fettig glänzenden Haaren und von tiefen Aknenarben verunstaltetem Gesicht, den wir Kinder Onkel Heinz nannten, half dabei mit. Vielmehr nannte er sein Herumstehen Mithilfe. Wenn ich ihn sah, stand er gerade einmal mehr irgendjemandem von den fleißigen Helfern im Weg. Seine ausdruckslosen, schwarzbraunen, irgendwie kiebigen Augen schienen dauernd in Bewegung zu sein. Wann immer er die Gelegenheit dazu hatte, strich er uns mit seinen eklig schweißfeuchten Händen über den Kopf oder den Rücken und grinste schief, beinahe blöde dabei. Wenn Onkel Heinz griente, kam ein völlig uneben mäßiges und schlimm vergammeltes Gebiss zutage. Eine dicke Lücke in der gelblich grünen Zahnreihe ließ mich frösteln und sofort an Mamas mahnende Worte denken: „Zweimal am Tag die Zähne putzen, absolutes Minimum, morgens nach dem Aufstehen und abends vor dem Zubettgehen!" Mit krauser Nase sah ich angewidert, dass er andauernd auf einem ausgefransten Streichholz herumkaute, das wie festgewachsen an seinen wulstigen Lippen hing. Mein Bauch sagte mir, diesem Kotzbrocken besser aus dem Weg zu gehen.

Endlich gab es für alle Helfer eine Pause. Die fleißigen Männer hatten inzwischen den Umzugswagen leergeräumt, sogar schon unsere schöne Zinkwanne in den Keller verfrachtet und kamen erst nach mehrfacher Aufforderung Mutters in das Zimmer, das einmal unser Wohnzimmer werden sollte. Flott schichteten die Möbelpacker Kisten übereinander, setzten sich darauf und tranken durstig ein wohlverdientes Pülleken Bier. Mutter reichte einen Schwung Leberwurstbrote mit Gürkchen herum, die Männer machten sich hungrig darüber her.

Als wäre es das Natürlichste von der Welt, zog Onkel Heinz meine Schwester Katharina auf seinen Schoß und versuchte sie zu streicheln: „Na, Kleene, wille ma n bisken Hoppe Reiter machen?" Kathi saß wie festgefroren völlig starr auf den Knien des ekelhaftesten aller Scheusale und schaffte es nicht, sich von ihm loszureißen. Verloren nestelte sie an ihrer Strickjacke, ließ den Kopf hängen, so tief, dass ich mich ernsthaft fragen musste: Sieht das denn keiner von den Erwachsenen, dass Kathi unbedingt Hilfe braucht? Ihre vor Angst geweiteten Augen bettelten ganz eindeutig darum. In Gedanken platzierte ich schon einen Tritt am Schienbein des doofen Kerls. Endlich, endlich, ich hatte schon fast aufgegeben und mir kam es vor, als wäre eine schrecklich lange Zeit vergangen, als schließlich ein fremder junger Mann aus der lähmenden Starre erwachte.

Er war einer von den Möbelpackern, ein freundlicher Mann mit ansehnlichen Muskeln der mir, fröhlich pfeifend und singend sofort aufgefallen war. Buchstäblich blieb ihm der letzte begonnene Pfiff von Hans Albers „Auf der Reeperbahn nachts um halb eins" im Halse stecken. Fassungslos schüttelte er den Kopf über solch widerlich abstoßendes und dreistes Verhalten von Onkel Heinz und einen furchtbaren Moment lang konnte auch er keine Worte dafür finden. Anscheinend wunderte er sich noch vielmehr darüber, dass Vater, unser Papa überhaupt nichts dagegen einwenden mochte und einfach so zur Tagesordnung überging, wie Mama das immer nannte.

Nachdenklich gestimmt und wutrot im Gesicht nahm der junge Mann seine verschwitzte Kappe vom Kopf, streckte sich und ging hoch aufgerichtet, mächtig eindrucksvoll, wie ich fand, auf Onkel Heinz zu. Langsam krempelte er während dessen die Ärmel seines karierten Flanellhemdes mitsamt dem grauen, langärmligen Unterhemd hoch: „Hömma du Dämlack, halt ja deine Fottfinger bei dir, sons krisse gleich eins aufs Maul oder eine geschallert, ganz wie du willst und zwar nich zu knapp, kapierse dat?" In meiner Phantasie sah ich schon hoffnungsfroh den hässlichen, auffällig kleinen Kopf von Onkel Heinz in der riesigen, geöffneten Pranke des netten Helfers für immer und ewig verschwinden.

Feige, fast schon ein bisschen unterwürfig drückte sich der zweifelhafte Onkel gerade rückwärts aus der Tür mit den Worten: „Nix für ungut, Kumpel, wollt sowieso grad gehen!" „Dich würd ich nich mit der Kneifzange anpacken und Kumpel is geschenkt, da kannse Gift drauf nehmen. Mach dich bloß aussem Staub, aber dalli!" Das letzte Wort konnte der junge Mann nur noch heiser hervorpressen, atemlos vor Wut darüber, dass Vater, als ob nichts gewesen sei, sich noch überschwänglich für die angebliche Hilfe bei dem Scheusal bedankte.

„Dat is ja wohl nich ihr Ernst, Herr Meyer, wir malochen uns hier n Ast ab und der Mistbolzen grabscht Ihre Mädchen an! Den haben se ja wohl als Kind zweimal inne Luft geworfen und nur einmal aufgefangen!" Vater hob die Schultern, ließ sie mit einem „Tja, wat willse machen" wieder sinken, als wäre das eine Entschuldigung.

Vielleicht lag das an dem unüberschaubaren Berg von Arbeit, aber wie es sich bei späteren Besuchen des anrüchigen Onkels herausstellen sollte, verhielt sich unser Vater seinem Kollegen gegenüber vollkommen unkritisch, böse Zungen behaupteten sogar wohlwollend.

Allein Kathi stand mit flammend roten Wangen verloren vor der Haustür, nestelte immer noch an den Knöpfen ihrer Strickjacke und niemand, wirklich keiner von den Erwachsenen nahm sich die Zeit, sie zu trösten.

Hektisch bezogen Mutter und Klara die Betten, belegten ein paar Brote im Schweinsgalopp, wie Mama das nannte, wenn es wirklich schnell gehen musste. Mutter kochte den versprochenen Kakao, natürlich für uns alle und nach einer flüchtigen Katzenwäsche verschwanden wir Kinder in unseren grässlich braunen Doppelstockbetten.

Der rundherum formlose, ausgeleierte Pepitarock von Mutter zog den Staub beim Auspacken richtiggehend an. Als sie mir an diesem ersten Abend im neuen Haus eine gute Nacht wünschte und sich zu mir herunterbeugte, bedeckte auch ihr Gesicht eine schmierige Schicht von Schweiß und Staub, hastig wischte sie sich schwarze Schlieren an die Schläfen:

„Schlaft schön, Kinder und denkt daran, dass der erste Traum im neuen Haus in Erfüllung geht!"

Zum Steinerweichen müde leierte ich unser Gutenachtgebet nur noch herunter, das angedeutete Kreuzzeichen glich eher einem schief gegangenen Versuch, jemandem kurz zuzuwinken, vom ständigen Gähnen unterbrochen: „Lieber Gott, mach mich fromm, dass ich in den Himmel komm! Amen." Mein letzter Gedanke vor dem Einschlafen galt dem lieben Gott, der es anscheinend ohne große Anstrengung schaffte, aus mir einen frommen Menschen zu machen, wenngleich ich ihn ständig darum bitten, auf jeden Fall aber erinnern musste. Beim besten Willen erinnerte ich mich nicht mehr daran, welchen Traum ich in der ersten Nacht in unserem neuen Zuhause träumte, denn von der langen Wanderung so vollkommen erschöpft, schlief ich im Handumdrehen ein.

Über unserer Vierraumwohnung lag die so genannte Einliegerwohnung, die wir unter Androhung von wüsten Strafen auf keinen Fall betreten sollten, obwohl der stets steckende Schlüssel schon verführerisch dazu einlud, wenigstens und wenn es nur mal eben, ganz kurz wäre, hinein zu lünkern.

Zum nächsten Ersten vermietet an eine Familie mit dem hübsch klingenden, polnischen Namen Olszinski, stand die Wohnung noch ein paar Tage nach unserem Einzug leer. Vater drohte mit der flachen Hand: „Seht zu, dat ihr Land gewinnt, sonst lernt ihr meine Handschrift kennen!" Meine älteren Geschwister, allen voran Peter, duckten sich, denn sie kannten Vaters Prügel nur zu gut, von Kennen lernen nicht die Spur.

Abseits der vermieteten Wohnung schloss sich auf der gleichen Etage ein Schlafzimmer an, das wir ausschließlich durch eine Tür vom Treppenhaus aus begehen konnten; unser Mädchenschlafzimmer, in dem zwei Doppelstockbetten aus dunkelbraunem Metall standen und eine ganz und gar abgewetzte, braunbeige Schlafcouch. Oma Meyer nannte unsere Bettcouch Diwan, eine zusätzliche Schlafstätte mit schmalen, kirschholzfarbenen Holzbeinen, die schräg angesetzt das Sofa trugen, „Kumma, so krumm wie die X-Beine von Frollein Mietz" meinte Kathi nach eingehender Betrachtung. Ein glänzender, mittelbrauner von schwarzen winzigen Adern durchzogener, klobiger Kleiderschrank aus Birnenholz, ein Geschenk von irgendeinem Verwandten, stand ausladend dem gegenüber, sodass gerade mal ein schmaler Gang zwischen Betten und Schrank übrigblieb. Das störte mich nicht im Geringsten.

„Pö. Dat is doch Wurst egal, Hauptsache, wir haben unsere Ruhe!" Unsere ganze ungeteilte Aufmerksamkeit, eine aufregende Mischung aus verschwörerischer Einzigartigkeit und treuer Geheimniskrämerei galt dem wundervollen Spiel mit unseren Zaubertöpfen. Wir Mädchen liebten unsere imaginären Zaubertöpfe, die sich als unser großes, mehr schlecht als recht gehütetes Geheimnis „so dumm" auf dem Riesenschrank befanden und in unserer Phantasie in Sekundenschnelle die herrlichsten Mahlzeiten herbeizauberten.

„Zaubertöpfe, heute wünsche ich mir son richtig leckeret Brathähnchen!" schwärmte meine Schwester Monika, ließ ihren Kopf dabei vom oberen Bett herunterhängen und quasselte lustig drauflos. Schnell krallte ich mir das Kopfkissen, um mich dahinter zu verstecken, denn wenn so ein Mund redet, wo einen sonst Augen angucken, ist das schon ziemlich Furcht erregend.

Feuer und Flamme dagegen unsere Erfindungsgabe beim Aussuchen der leckersten Speisen und nachdem wir besonders früh ins Bett gingen, um uns noch ausgiebig lecker bekochen zu lassen, lief mir vor lauter Gier schon das Wasser im Mund zusammen. Auf der Stelle hatte ich den Geruch von kross gebratenen Hähnchen in der Nase, die es nur bei Oma Meyer und ausschließlich an hohen Feiertagen gab.

„Ach nee, dat ham wer doch schon gestern gegessen" maulte Ilona gelangweilt, betrachtete ihre Fingernägel dabei aufmerksam, gerade so, als würden ihre einmaligen, mit Hingabe perfekt gepflegten und gefeilten Nägel einen außergewöhnlichen Vorschlag parat halten.

„Zaubertöpfchen, seid so lieb und kocht die zu und zu leckere Weihnachtssuppe, ne?" schlug Kathi, wie immer ein wenig nachdenklich vor. An ihrem Minenspiel war deutlich zu sehen, dass erst einmal verschiedene

Vorschläge gegeneinander abgewägt wurden, bevor sie sich entscheiden konnte.

„O nein" bölkte ich dazwischen, „wat haltet ihr denn von süßen Eierpfannekuchen mit Apfelkraut oder Erdbeermarmelade?" Einen schön langen Moment konnte ich knusprig gebratene Pfannkuchen direkt auf meiner Zunge schmecken und bildete mir ein, die zuckersüße Herrlichkeit genüsslich Stück für Stück langsam im Mund zergehen zu lassen.

Wir wetteiferten bei der Auswahl der tollsten Gerichte, die wegen des großen Aufwands so gut wie nie bei uns zuhause auf dem Speisezettel standen und ließen die Jungs, die vor verschlossener Tür lauschten, schadenfroh bis dort hinaus mit ihrem eingebildeten Bärenhunger im Regen stehen. „Hey, lasst uns doch rein! Wir wollen auch mal probieren. Habt ihr noch nie wat von Teilen gehört?" „Frag nich nach Sonnenschein!" brüllte Ilona und freute sich diebisch. „Diesmal habt ihr Pech gehabt, die Zaubertöpfe sind nur wat für uns! Wenn Jungs im Zimmer sind, kochen die Töpfe nich, dat funktioniert eben nich, da sind se stur! Dat müsste mit dem Deibel zugehn! Verduftet Jungs, aber n bisken plötzlich!"

Der unbändige Stolz zu den Eingeweihten zu gehören verbat mir bei allem was mir heilig war, den Jungs das Geheimnis zu verraten. Wenn wir mal keine Lust zum Spiel mit den phantastischen Zaubertöpfen hatten, was sehr, sehr selten vorkam, nutzten wir die riesigen, bronzebraunen, wie Blätter von der Kastanie gestalteten Möbelgriffe am Schrank, um uns wie die Müllmänner daran zu hängen. „Guten Morgen!" brüllten wir wild durch einander, „heute ist Müllabfuhr. Bringense ma die Ascheneimer noch wacker anne Straße!"

Als Müllmann fuhr ich mit den Fingerspitzen über das warme, unebene und dennoch blanke Holz des alten Schranks. Die schwarzen Äderchen in der Oberfläche fühlten sich um Haaresbreite erhaben etwas rauer an als der hoch glänzende, glatte Rest des polierten Birnenholzes. „Schade, dat uns der alte Schrank nicht erzählen kann, wat er schon alles erlebt hat. Da wäre ich richtig neugierig drauf!" Moni guckte mich mit schief gelegtem Kopf ungläubig von der Seite an und ich konnte den Zwiespalt in ihren Augen deutlich sehen, so als würde sie an meinem Verstand zweifeln. Sie zog die Stirn kraus und erinnerte mich an den Hund vom Klüngelspitt, einem fetten schokobraunen Mops, der den kiebigen Alten treu beim Einsammeln von Schrott jedweder Art begleitete. Es kam mir so vor, als würde ich eine fremde Sprache sprechen. Meine Schwestern schienen mich nicht zu verstehen, vielleicht Kathi eine Spur. Monika schnalzte mit der Zunge. „Hasse ne Schraube locker? Du immer mit deinen komischen Einfällen! Geh doch zu Tante Liese, der kannse einen vom Pferd erzählen!"

Morgens ging es darum, sich aus dem kuschelig schlafwarmen Bett zu quälen, um flott ins Bad zu gelangen, dessen Wasserhahn Höchstleistungen erbringen musste. Zum Lüften stieß ich das zweiflügelige Fenster auf, genoss die Morgensonne ein Weilchen und schmiss mich ins Getümmel.

Ein paar Wochen nach unserem Einzug zog der Untermieter mit seiner Frau und den beiden Töchtern in unser Haus ein, in die Wohnung, die direkt neben unserem Mädchenschlafzimmer lag.

Zwei Mädchen gehörten zu dieser, nach meinem Dafürhalten ziemlich kleinen und übersichtlichen Familie. Zwei Mädchen, wie sie unterschiedlicher nicht sein konnten. Das ältere Mädchen hieß Irene, von spindeldürrer Statur und mit solch schmalen Händen und langgliedrigen Fingern, die mich schlagartig an Spinnenbeine erinnerten. Irenes blasses Gesicht, übersät mit unzähligen Sommersprossen, dass kaum etwas von ihrer weißen, manchmal bläulich schimmernden Haut übrigblieb, wirkte stets ernst, allein durch die eng beieinanderstehenden, auffällig moosgrünen Augen. Außergewöhnlich rötlich schimmernde, kastanienbraune, glänzende Locken umrahmten Irenes schmales Gesicht. Es gab anscheinend nur wenig, worüber Irene lachen konnte.

Irene neigte zu Ohnmachten, gerade wenn sie wie anfangs üblich, nüchtern zur Messe ging und die Messdiener die Kirche mit Weihrauch zu schwenkten. Sie glitt ruhig und unauffällig kurz zur Seite und wunderte sich anschließend selbst darüber. Mir schlug das Herz bis zum Hals, wenn ich sie nach draußen an die frische Luft begleitete, ein stummes Stoßgebet Richtung Himmel sendend: „Lieber Gott, mach, dass sie nicht wieder umfällt!"

Annemarie, Irenes jüngere Schwester gehörte altersmäßig zu mir und ich freute mich schon riesig darauf, endlich eine gleichaltrige Freundin direkt bei uns im Haus zu haben. Besser konnte es gar nicht sein! Als ich sie jedoch zum ersten Mal sah, bekam meine unbändige Vorfreude einen gehörigen Dämpfer.

Annemarie war das genaue Gegenteil ihrer Schwester, nämlich unglaublich dick, ausgesprochen hässlich, träge und ständig schlechter Laune. Mit anderen Worten: eine richtige Transuse! Wirklich niemand aus unserer Straße mochte Annemarie, ihre eigene Mutter natürlich einmal ausgenommen. Bei dem Vater Annemaries war ich mir da nicht so sicher, denn er schaute seine Tochter oft traurig und manchmal, wenn er sich unbeobachtet fühlte, sogar angewidert an. Wenn ich ihn dabei betrachtete, kam es mir so vor, als ob das mit einer Freundin in unserem Haus vielleicht ja doch nichts werden würde.

Guckte ich mir Annemarie an, musste ich schon zugeben, dass an ihr nichts Nettes zu entdecken war. Ihr kurzes, straßenköterblondes und zudem extrem dünnes Haar stand vom Kopf ab und gab einen Blick frei auf das niemals lächelnde Gesicht, das übergangslos ohne auch nur den Ansatz eines Halses auf dem dicken, behäbigen Körper von Annemarie saß.

„Mit der spiel ich nicht, die ist doof!" Damit hatte sich der Fall für Ilona schnell erledigt. Meine Schwester war da keine Ausnahme, wenn es darum ging, dass Kinder erbarmungslos, mitunter gnadenlos gemein sind. „Da kannse ja wirklich null Komma nix mit anfangen!" Dagegen bedeutete der Zuzug der Familie mit dem klangvollen Namen Olszinski für mich Abwechslung von der eigenen Familie. Wenn ich Mamas angespannten Gesichtsausdruck richtig deutete, sah es gar nicht danach aus, als würde sie sich mit mir freuen.

„Du hast so viele Geschwister, Christine, da brauchst du niemanden anderes zum Spielen. Auf anderer Leute Kinder bist du nun mal nicht angewiesen!" Etwas beleidigt redete Mama auf mich ein und erreichte mit ihrem ständigen Gerede von unserer großen Familie mit den vielen Kindern das genaue Gegenteil, nämlich mich ganz besonders neugierig auf andere Kinder und selbst auf Erwachsene in der Nachbarschaft zu machen.

Sogar mit Annemarie, der Knatschigen nahm ich vorlieb, wenn ich nichts Besseres vorhatte. Ilona tauschte derweil ausgiebig mit Irene Glanzbilder. Im plüschigen Wohnzimmer von Tante Marlies, der Mutter der beiden grundverschiedenen Mädchen, hörte ich sie streiten. „Dat has du gesacht. Geschenkt is geschenkt, wieder genommen, in die Hölle gekommen!"

Tante Marlies, eine drahtige, hemdsärmelige Frau, die mal eben, scheinbar im Vorübergehen in ihrem Haushalt für Ordnung sorgte, rief uns Mädchen diplomatisch zum Essen. Wie immer saßen Tante Marlies Haare perfekt in drei Reihen gewellt und so gerade gescheitelt, dass man ihre rosa Kopfhaut darunter sehen konnte. Fassungslos staunte ich darüber, dass solch eine bodenständige, patente und fleißige Frau eine Tochter wie Annemarie ihr eigenes Kind nannte. Als ich Kathi danach fragte, stemmte sie beide Arme auf ihre schmalen Hüften und sagte im Brustton der Überzeugung: „Ja, dat stimmt. Jetzt, wo du s sagst! Ein Unterschied wie Tag und Nacht!"

Der kleine, quadratische Esstisch stand mitten in der Küche, wir quetschten uns an der dicken Annemarie vorbei, die bereits mit Messer und Gabel in der Hand angriffslustig am Tisch thronte. Wir setzten uns auf die knallroten, wackeligen Kunststoffhocker, die Tante Olszinski behände aus ihrem Schlafzimmer hervorholte. Es hätte mich nicht gewundert, wenn Annemarie vor lauter Gier genauso geseibert hätte wie meine kleinen Geschwister beim Zahnen.

Fettglänzende, schokoladenbraune Soßen von Tante Marlies schmeckten göttlich, nahezu perfekt, „fast ein Gedicht" meinte Ilona. Mit Hingabe, endlos viel Geduld und Liebe bei der Zubereitung von den köstlichen Fleischgerichten, die es in dieser Familie in Hülle und Fülle gab, stand Tante Marlies den lieben, langen Vormittag am Herd. Dann zog ein betörender Duft durch das Haus, der uns das Wasser im Mund zusammenlaufen ließ und uns schnurstracks den Weg wies.

Für mein Leben gern mochte ich die leckeren, mit saurer Sahne und allerlei Gewürzen und manchmal auch frischen Kräutern verfeinerten Bratensoßen und nicht ganz zufällig drückte ich mich um die Mittagszeit bei Familie Olzsinski herum, meine Schwester Ilona genauso.

„Komm annen Tisch, Tineken!" brummte gutmütig Onkel Walter, der gerade noch rechtzeitig zum Essen von der Schicht nach Hause kam. Annemarie funkelte mich trotzig an. Das sollte wohl heißen: Von mir krisse nix! Ich sah großzügig darüber hinweg, denn diesen graubraunen Brei, den Annemarie beim Zerquetschen der goldgelben Kartoffeln und der wunderbaren Soße von Tante Marlies mit einer Geduld zubereitete, die ich ihr niemals zugetraut hätte, würde ich selbst im ausgehungerten Zustand verweigern.

Onkel Walter hockte am liebsten am offenen Fenster, die gehäkelte Sofarolle unter den verschränkten Armen eingeklemmt und schaute den anderen beim Leben zu. Verlässlich immer gleich gekleidet in Karohemd und Manchesterhosen mit breiten Hosenträgern, die den dicken Bauch nicht einengten, bewegte Onkel Walter sich fast so langsam wie die Schildkröte von Frau Immerfort. Hinter seinem Rücken formte Ilona lautlos das schöne und auch passende Wort: Pantoffelheld. Diebisch freute sie sich, als ich auf den Boden starrte, um nicht loszuprusten.

Es gab da schon eine Ausnahme, wenn Onkel Walter sich auf den Weg zu seinem geliebten Motorrad machte, einer umwerfend gemütlichen, glänzend schwarzen Maschine mit dem geschwungenen, goldenen Firmenzeichen Miele. Dann und nur dann konnte ich beinahe an Verwandlung glauben.

Fast übermütig lief er ungewöhnlich flott und anscheinend federleicht. Für mich hatte es den Anschein von Freiheit, so als ob Onkel Walter vor lauter Vorfreude gern in die Luft gesprungen wäre. Seine Augen glänzten wie die zugefrorenen Stadtteiche bei Mondlicht, wenn er seine lederne Kluft anzog, den altbackenen, kreisrunden Helm aufsetzte, husch husch den breiten, gut gefederten Sattel seiner Maschine bestieg, diese allzeit gleich kraftvoll zündete und mit einem satten, tiefdunklen, einzigartigen Motorengeräusch die Siedlung verließ.

Im Gegensatz zu ihrer Mutter galt Annemarie schon kurz nach deren Einzug als extrem geizig. Wenn Annemarie mal nach draußen kam zum Spielen, was alle Jubeljahre, also so gut wie nie vorkam, „kannse die Uhr nach stellen" mopperte Ilona, „dat die wat zum Futtern dabei hat. Dat is so sicher wie dat Amen in der Kirche. Aber denk bloss nich, datte wat abkriegst! Nie im Leben! Kannse lange drauf warten!"

Ausschließlich freitags, wenn Tante Marlies Hausputz machte, wurde Annemarie vor die Tür geschickt. Dann durfte Tante Marlies niemand in die Quere kommen, da ließ sie nicht mit sich reden, wenn sie mit hochroten Backen eifrig ihre Wohnung auf Hochglanz brachte, den 00-Reiniger aus der blauen Kunststoffdose reichlich ins Klo schüttete, der im selben Augenblick aufschäumte und den Duft von Reinlichkeit im ganzen Haus verbreitete. Tante Marlies war in ihrem Element.

Und tatsächlich, eines schönen Freitags mitten im Frühsommer brachte Annemarie mein Lieblingsobst, eine heiß begehrte, kugelrunde Navelorange mit nach draußen, eine Apfelsine, die so groß war, dass Annemarie sie gerade mit beiden Händen umfassen konnte. Beim Anblick der dicken Frucht lief mir das Wasser im Mund zusammen, ich konnte nichts dagegen tun. Die herrlich saftige und verlockend fruchtig duftende Apfelsine, für meine Familie leider viel zu teuer und somit höchst selten auf dem Einkaufszettel, wenn überhaupt, dann im Winter und gerade einmal so viel, dass wir uns zu zweit eine Apfelsine teilten. Dieses wunderbare Obst zwang mich geradezu, wie ich fand, eine wahre Heldentat zu vollbringen.

Annemarie hatte es nach meinem Empfinden ganz klar darauf angelegt und fummelte unentwegt mit der Orange vor meiner Nase herum. Stumm drohten ihre im Speck versunkenen Augen „wehe dir" sodass ich schon allein deswegen irgendwann nicht mehr widerstehen konnte, ihr die fabelhafte Apfelsine aus der Hand riss und wie ein geölter Blitz verschwand.

In Sekundenschnelle überlegte ich mir, dass Annemarie viel zu schwerfällig war, um mich einzuholen, aber ich hatte nicht mit ihrer sirenenartigen Stimme gerechnet. Unbeweglich wie ein zweigeteilter Baumstamm stand Annemarie x-beinig, als hätte sie Wurzeln geschlagen an derselben Stelle und keifte: „Hilfe, Hilfe! Hil-fe! Die blöde Ziege hat mich beklaut! Kann mir denn keiner helfen? Meine schöne Apfelsine is futsch, du doofer Klaubock!" jammerte sie. Meckernd wie die Ziege vom Nachbarn Onkel Wilhelms wurde Annemaries Wehklagen stetig lauter.

Sofort, als hätte er auf das Stichwort gewartet, rannte unser Nachbar Herr Pott, der sich ständig im Vorgarten zu schaffen machte, wahrscheinlich um die jungen Mädchen in ihren kurzen Röcken besser beobachten zu können, auf die Straße. Er versuchte mich am Weglaufen zu hindern und rannte mit offenen, rudernden Armen auf mich zu. Gerade eben noch sah ich seine weißgrau gelockten Brusthaare, die durch die eckigen Löcher vom Netzunterhemd sprossen, das Goldkettchen mit Anker, Kreuz und Herz für Glaube, Liebe, Hoffnung sanft darauf gebettet.

Er schrie mit wutverzerrtem Gesicht: „Unverschämte Göre! Verfressenes Pack! Halunkenblag! Klauen wie die Raben! Gib sofort die Apfelsine widder her! Sach ma, tickst du noch richtig?" Auf solch blöde Frage erwartete wohl niemand eine Antwort, am allerwenigsten Herr Pott, gleich nach seinem Einzug bei allen anderen Nachbarn bekannt und verhöhnt als alter Casanova.

Starr vor Schrecken gingen mir einen Moment lang alle möglichen Gedanken durch den Kopf, wie ich diese unselige Geschichte aus der Welt schaffen könnte. Gezielt warf ich die wunderbare Apfelsine schweren Herzens in einen mit Erde und Lehmhügeln angefüllten Vorgarten. Annemarie hielt sie triumphierend in die Höhe, als ich sie aus sicherer Entfernung beobachtete.

„Und ich dachte, du willst meine Freundin sein! Freunde teilen immer, Annemarie, du nie und nimmer!" murmelte ich traurig vor mich hin. Mit dem sicheren Gefühl, dass meine Gedanken Annemarie so fremd vorkamen wie mir die englischen Vokabeln, die Klara abends nach der Arbeit in der Volkshochschule lernte, sah ich Herrn Pott kopfschüttelnd hinter seinem Gartentor verschwinden. Nicht ein noch so klitzekleines Fitzelchen von der Apfelsine hätte Annemarie freiwillig herausgerückt, soviel war sicher!

Nachdenklich geworden stocherte ich mit der Schuhspitze in einem Rest getrocknetem Mörtel herum. Grinsend fiel mir Kathis treffende Bezeichnung für Annemarie ein. Schadenfroh freute ich mich über deren spontane Idee, wenn sie Annemarie ausschließlich, ziemlich passend, wie ich fand und völlig ungerührt: „Anmut und Schönheit" nannte. Niemals wurde Annemarie beim eigenen Namen genannt, das war und blieb verboten. Einigermaßen versöhnt und der schwesterlichen Zuneigung sicher lief ich ohne große Eile die Straße entlang.

Währenddessen mühte sich Frau Altinger mit einem hässlich braun gemusterten Teppich an ihrer Teppichstange ab. Sie schwang den Teppichklopfer, ein geflochtenes Utensil aus hellem Weidenholz im Takt und stand inmitten einer Staubwolke, sodass sie mich nicht sah und mir das Grüßen der unfreundlichen Nachbarin erspart blieb. „Die kann ganz schön giftig werden, wenne der nich die Tageszeit sagst. Da musse aufpassen, datte keine getuppt kriegs!" Mein schlechtes Gewissen war grenzenlos, ich sah Monis mahnende, aufgerissene Augen direkt vor mir, wenn sie mir, wieder einmal vergebens, ihre Lebensweisheiten einzubläuen versuchte.

Das viel zitierte Sprichwort von Mutter klang mir hartnäckig in den Ohren: „Der Klügere gibt nach!" Jetzt musste ich erst einmal etwas Zeit verstreichen lassen, um nicht augenblicklich wieder in Streitereien verwickelt zu werden.

Mir schien mein kleines Wäldchen, das, wie ich staunend bemerkte, direkt vor mir lag, immer zuverlässig zum Trost genau der richtige Platz zum Nachdenken zu sein. Zartrosa Buschwindröschen säumten den Trampelpfad, die alten Buchen versuchten mit gerade sprießenden, einmalig hellgrünen Blättern Schatten zu spenden.

Ich kickte ein kleines Steinchen vom Weg zwischen die Bäume, lehnte mich an einen Baumstamm und betrachtete jetzt schon wieder versöhnt, ruhig die kleine, friedliche, satt grüne Oase. Das idyllische Wäldchen machte seinem Namen alle Ehre, gelang es einem zu allen Jahreszeiten durch den Wald von einer Straße zur anderen hindurch zu gucken.

Kurti, der weißhaarige, scheinbar alterslose Wackelkopp, bekannt wie ein bunter Hund schlurfte schweren Schrittes an mir vorbei. Bei jedem Schritt warf er seinen Kopf schräg nach hinten bis zur Schulter, um ihn dann unkontrolliert wuchtig auf die Brust sausen zu lassen, was einen brachial knackenden Ton verursachte, der mich im selben Moment an das Geräusch beim Holz hacken erinnerte und mich schaudern ließ. Dabei brabbelte er unverständliches Zeug, seine großen, gespenstisch weißblauen Augen folgten der seltsamen Übung und waren einen Moment lang hinter dem halb geschlossenen Lid völlig verschwunden.

„Im Suff gemacht son hümpelndes Subjekt mit Schaum vorm Mund!" urteilte böse Nachbar Pott.

Sein Anblick widerte mich an, als ich ein ganz kleines bisschen mitleidig und trotzdem voller Beklemmung, ich konnte gar nichts dagegen tun, Kurti hinterher sah.

Gedanken verloren schlug ich den entgegen gesetzten Weg ein, freute mich über verschiedene, satt grüne Farbtöne der Farne, die hier am Waldrand kräftig sprossen, als ich, aus einer Laune heraus übermütig aus dem Wäldchen rannte und auf die Straße hüpfte.

Achtlos überhörte und übersah ich den himmelblauen VW-Käfer eines erwachsenen, jungen Mannes namens Gregor, der im gleichen roten Reihenhaus wohnte wie wir, nur am anderen Ende des Häuserblocks gelegen. Das typische, offenbar doch so eindringlich laute, knatternde Motorengeräusch des näher kommenden Käfers hatte ich einfach nicht wahrgenommen.

Im selben Augenblick passierte es auch schon! Die Bremsen quietschten, ich staunte über den widerlichen Geruch vom abgeriebenen Gummi der Reifen auf dem erst wenige Tage zuvor erneuerten Straßenbelag. Erst da hob ich den Kopf und lief auf direktem Weg in das Auto hinein und wunderte mich gleichzeitig noch darüber, dass der Käfer so plötzlich da war.

Gregor machte im selben Moment eine Vollbremsung, erwischte mich aber trotzdem gerade noch von der Seite. Der Aufprall hörte sich leise und dumpf an. Es klang überhaupt nicht blechern, bemerkte ich noch verwundert.

Zu Tode erschrocken sprang Gregor mit einem Satz aus dem Käfer, redete atemlos auf mich ein: „Hasse mich denn gar nich gesehen? Oh Gott, hoffentlich ist dir nix passiert. Ich bring dich gleich ma na Haus hin. Deine Eltern werden mir den Kopp abreißen. Oh je, wat marich bloß?" Über diese schöne Ansprache konnte ich schon wieder grinsen. Etwas blass geworden erzählte ich ihm: „Weiße eigentlich, dat ich deinen Namen richtig schön find?"

Als Gregor mir auf die Beine half, guckte er mich ungläubig an, gerade so, als wolle er sagen: „Um Himmels Willen, jetzt habe ich auch noch deinen Kopf erwischt!"

Bis auf ein paar kleinere Hautabschürfungen und einem gehörigen Schrecken ging es mir gut, vor allem weil ein doch schon ziemlich erwachsener Mann sich so rührend um mich bemühte. Ein kleines Stück die Straße hinauf durfte ich im himmelblauen Käfer neben Gregor sitzen, betrachtete ihn heimlich aus den Augenwinkeln und stellte mir vor, ihn, den hübschen, braungebrannten jungen Mann irgendwann einmal, in ein paar Jahren vielleicht bei einem Ausflug in diesem tollen Käfer zu begleiten. Nur einen Moment lang träumte ich so vor mich hin und roch Gregors herben Angstschweiß. Irritiert glotzte ich auf eine herzförmige, mit Maiglöckchen aus Plastik gefüllte Blumenvase, die mittig direkt neben der Christophorus Plakette am Rückspiegel hing.

Gregor klingelte Sturm, die Haustür wurde im gleichen Augenblick vom wütenden Vater aufgerissen. „Wat soll dat denn?" erstarb seine aufgeregte Stimme bei meinem Anblick, inzwischen wurden mir die Knie weich und ich stützte mich am Türrahmen ab. „Kommt schnell rein!" „Mutter" rief er plötzlich besorgt doppelt so laut, „ komm ma her und guck dir die Bescherung selber an!" Ich hatte gerade noch Zeit, mich darüber zu ärgern, dass Vater jetzt auch schon in Rätseln sprach, als Mutter dazukam und wie so oft ihre vom Spülwasser nassen Finger an der Kittelschürze trocknete.

Mama schaute mindestens genauso entsetzt, ihre Augen wurden immer größer als Gregor nochmals den Unfall schilderte. Selten einfühlsam fragte sie nach meinem Befinden. „Mir is n bisken kodderich" gab ich kleinlaut zu und wenn ich mich bis dahin zusammenreissen konnte, liefen mir erlösende Tränen wie kleine Sturzbäche über meine inzwischen rot glühenden Wangen.

Innerlich betete ich: Bitte nicht dein Lieblingssprichwort – bitte nicht! Mutter zitierte gern bei solchen Gelegenheiten mit spöttischer Stimme, dass der liebe Gott nicht mit dem Stock haue, was immer das auch bedeuten sollte. Stets empfand ich diese Redewendung grausamer als Schläge, weil ich ihrer Ironie und Häme so schutzlos ausgeliefert und ihr nichts entgegen zu setzen imstande war. Doch dieser Unfall erschrak selbst meine Mutter, die als hart im Nehmen galt und ausgesprochen süchtig danach, zu spotten. Vater bemerkte, dass einige dicke, frische Schrammen mehr meine Knie verunstalteten, aber erleichtert darüber, dass ich mit dem Schrecken davongekommen war, sah auch er großzügig über den Apfelsinenklau hinweg und verlor kein Wort mehr darüber.

Am nächsten Tag brachte mir Gregor eine Tafel Schokolade – Nussschokolade, meine Lieblingssorte – ganz für mich allein, dachte ich. Sofort und auf der Stelle fühlte ich mich mit Gott und allen Autofahrern dieser Welt versöhnt. Bis Klaus kam.

Als hätte er es gerochen, stand Klaus, der kleine Schnorrer sofort neben mir, hielt die Hand auf und sagte: „Ich sehe wat, wat du nicht siehst und dat is dunkelbraun mit hellen Stücken" grinste über den vermeintlichen Spaß und schaute mich mit weit aufgerissenen, tief dunkelbraunen Augen erwartungsvoll an. Siedend heiß fiel mir ein, wie Mutter hinter vorgehaltener Hand Vater zuraunte: „Der arme Jung hat die Augen von seiner fiesen Oma geerbt." Papa schaute verlegen in seine Kaffeetasse, rührte ungewohnt heftig darin herum, um seinem Unmut Luft zu verschaffen, ging es doch immerhin um seine Mutter.

Ziemlich gemein hielt ich Klaus die Schokolade unter die Nase, damit er das volle, einzigartige Aroma vom Kakaoduft der Schokolade roch und ließ ihn mit: „Mach ma die Augen zu, watte dann sieh's, dat is deins!" abblitzen.

Gedankenverloren setzte ich mich in dem unbequemen Krankenhausstuhl zurecht, als Thomas mir die Hand zum Abschied gab. „Sabine muss dringend mit ihrem Hund Gassi gehn. Und danach fahr ich schon los, ich habe eine Nachtfahrt übernommen! Gibt mehr Kohle!" Freundlich nickte ich ihm zu, obwohl ich nicht verstand, weshalb Thomas den fetten Pudel von Sabine mit ausführen sollte. Liebend gern hätte ich mich stattdessen mit ihm unterhalten, was anscheinend nur noch in Anwesenheit seiner Liebsten möglich war. Leise zog Thomas die Tür hinter sich zu, ein Blick auf Papas eingefallenes, entspanntes Gesicht zeigte mir, dass das Schmerzmittel wirkte und sein Atem ruhig und gleichmäßig ging.

Beruhigt konnte ich wieder in meine Kindheit eintauchen. Müde schloss ich die Augen, die von der Krankenhausluft oder von den vielen geweinten Tränen trocken und völlig gerötet waren.

Der Garten oder wie es so schön bei uns hieß der Hof wurde noch nicht angelegt und so konnten wir Kinder den lieben langen Tag auf den Lehmhügeln hinter dem Haus spielen. Beim Spielen draußen trugen wir marineblaue Trainingshosen, die abends verdreckt und gestärkt durch den Lehm in der Waschküche aufbewahrt und am nächsten Tag genauso wieder angezogen wurden.

„Die Buxen sind so bretthart; die stehen ganz von allein" juxte Peter. „Wetten, nich?" hielt Ilona dagegen. Herausfordernd baute sie sich vor ihm auf, Brust raus, Bauch rein. „Weisse wat, wetten tun die Kadetten, die kein Geld haben." Damit schien der Fall für ihn erledigt. Mit leichter Hand schob er Ilona beiseite. Fassungslos schüttelte sie den Kopf. „Klugscheißer!" „Doofe Ziege!"

Inbrünstig rührte Monika mit Lehm und Wasser aus der Regenpfütze „Kackelacke" an, den Klebstoff, mit dem alles so herrlich zusammenhielt.

Allein die gemütlichen Trainingshosen, deren tief dunkelblaue Farbe nach dem Spielen nicht mehr erkennbar war, entsprachen genau meiner Vorstellung, was tragbare, praktische und vor allem gemütliche Kleidung anging.

Sonntags allerdings trugen wir Mädchen richtige Sonntagskleider, von unserer buckligen Tante Irmgard in mühevoller Arbeit auf ihrer mechanischen Singer-Nähmaschine nach ein und demselben Schnitt genäht.

Aus rot-grün-weiß kariertem Stoff, ähnlich dem Schottenkaro, in großer Menge günstiger erstanden, bekamen die Kleider einen halbrunden, weißen Bubikragen, der alle Trägerinnen gleich brav aussehen ließ. Die Sonntagskleider, durchaus dazu angetan, uns Mädels hübsch und adrett aussehen zu lassen, keines Falls aber zum Spielen draußen geeignet.

Unter diesem Kleid trug ich einen Unterrock aus hässlich hautfarbenen, innen angerautem, etwas glänzenden Baumwollstoff, der mich wärmen sollte. Diese auf eklige Weise warmen Unterröcke konnte ich nicht ausstehen und eines schönen Sonntags putzte ich meine Nase darin, gerade mal wieder keines von Mamas exakt umhäkelten Taschentüchern zur Hand, wie meistens.

Leider wurde ich dabei von Mutter beobachtet. Sie hielt die flache Hand an die Stirn, um nicht von der schräg stehenden Nachmittagssonne geblendet zu werden und wohl auch, weil sie ihren Augen nicht trauen wollte.

„Ja bist du denn von allen guten Geistern verlassen, Kind? Bist du noch zu retten?" Wenn wir nicht mehr mit unseren Namen angesprochen wurden, bedeutete das höchste Alarmstufe.

„So, auf der Stelle kommst du rein und wäschst deinen Unterrock mit der Hand aus, Chris-ti-ne!" Im Stakkato wurde ich hinein zitiert und mir blieb nichts anderes übrig, als zu gehorchen.

Welche Qual mit dem ätzenden Waschmittel den Rotz aus dem Unterrock zu waschen! Das Paket IMI stand auf der Fensterbank im Bad. Von dort aus strahlte mich eine frisch frisierte Frau mit perlenweißen Zähnen an. Grimmig schaute ich zurück. Die gut gelaunte Blondine hatte bestimmt noch nie etwas mit der Hand ausgewaschen, schon gar nicht mit diesem hautfressenden Waschpulver.

Als meine Hände von der heißen Wäschelauge krebsrot anliefen, lächelte Mutter zufrieden. Ich konnte schimpfen, was das Zeug hielt, zwecklos, denn meine Mutter ließ sich niemals erweichen. „Das hast du nun davon" sagte ihr selbstzufriedener Blick, wahrscheinlich schon in Gedanken bei der großen Wäsche, die ausschließlich am Montag stattfand.

Waschtag

Üblicherweise wuschen alle Frauen in der Siedlung montags und so machte auch Mutter Montag für Montag große Wäsche. In aller Herrgottsfrühe, gerade wenn Papa sich zur Frühschicht aufmachte, zog Mutter ihre besondere Waschkleidung an. Ein bunt gemusterter Kittel, der in der Bauchgegend weder Farben noch Muster aufwies, sondern dort ganz und gar wegen der immer wieder kehrenden Rundungen nach jeder Wäsche stärker ausblich, ein geblümtes Kopftuch und schwarze Gummistiefel, von Vater ausgeliehen und deshalb viel zu groß, gehörten dazu. Über dem Kittel trug sie eine alte, ausgewaschene Strickjacke, grau und unförmig, gerade gut genug, Mama in der nasskalten Waschküche warm zu halten.

Mutter heizte den großen, steinernen Waschkessel und stellte die halbautomatische Waschmaschine an, in deren Mitte ein großes Holzkreuz die Wäsche kräftig bearbeitete. Dabei ächzte sie vor Anstrengung und wohl auch, weil ihr der ewig runde Bauch bei der Arbeit ständig im Weg war. Mit einem gewissen Stolz in der Stimme und ausgiebig bis in alle Einzelheiten erzählte Mutter bei Familienfesten von ihrem Bauchdeckenbruch, der von den extrem vielen Schwangerschaften herrührte und der es verhinderte, dass sie ihren Bauch einziehen konnte. Den Bauchdeckenbruch, bei dessen Erwähnung ich vor lauter Sorge um Mama fast umkam, gab es so selten, dass er nach ihrer Meinung einer medizinischen Sensation glich. Vom Hantieren in der konzentrierten Wäschelauge sahen Mamas empfindlichen Hände rau und rot aus, im Winter oft auch rissig und aufgesprungen. Wann immer sie auch nur einen Augenblick Zeit hatte, massierte sie ihre wunden Hände.

Die Kochwäsche wurde unterdessen hin- und her gewirbelt, dass ich als neugieriger Betrachter des Waschvorgangs meinte, die komplette Wäsche würde auf diesem Wege aus dem Bottich herausgeschleudert.

Aber an eine elektrische Wäscheschleuder dachte in diesen Zeiten absolut niemand und nirgendwo, in keinem Haushalt in unserer Siedlung stand solch ein Gerät. Selbst Vater, allen modernen, technischen Geräten von Herzen zugetan, konnte Mama die schweißtreibende Arbeit nicht ersparen. Nach dem Waschvorgang spülte sie die Wäsche im Bottich, um sie anschließend durch eine Handmangel auszuwringen, was enorm viel Kraft kostete.

„Peter" rollte das R von der Kellertreppe nach oben, „komm mal runter und hilf mir beim Wäsche auswringen!" Ich hörte sie erschöpft seufzen und Peter rumlabern, das konnte er besonders gut. „Dann wolln wer ma mit Schmackes dat Wasser ausse Wäsche kriegen!"

Erst gegen Abend konnte die Wäsche auf den langen, dunkelgrünen Leinen in der Waschküche aufgehängt werden, sehr viel später nach draußen in den Hof auf die Wäscheleine, die eine lange Schneise vom gepflasterten Hof bis zum Zaun am Ende des Gartens schnitt. Die Luft in der Waschküche hing voller Nebelschwaden und es roch immer wieder montags nach einer einzigartigen Mischung von Wäschelauge und Schweiß.

Kam meine Mutter für eine kurze Pause nach oben in die Küche, lugten ihre inzwischen dauergewellten Löckchen kringelig unter dem nass geschwitzten Kopftuch hervor.

„Oh lieber Gott, lass Abend werden!" An Waschtagen hörte ich Mutter einen ihrer Lieblingssprüche mit besonderer Inbrunst sagen. Damit ließ sie sich erschöpft auf den harten Holzstuhl plumpsen. Mittlerweile hatte der alte, ehemals helle Holzstuhl einige Macken am Sitz, die immer wieder die kostbaren Nylonstrümpfe mit Laufmaschen überzogen. Mama brachte die teuren Seidenstrümpfe dann gern zum Kunststopfen in einen kleinen Handarbeitsladen in der Stadt, der sich direkt gegenüber vom Rathaus befand. „Die Laufmaschen bringen se am besten zum Stoppen mit Nagellack!" hörte ich den weitaus günstigeren Tipp einer geschwätzigen Nachbarin.

Mama hatte ein ganz bestimmtes Klopfzeichen mit uns vereinbart. Wenn sie aus der Waschküche kam, klopfte sie lang - kurz - kurz, kurz –

lang – lang - lang an die Korridortür, die mit einem Knauf zum Flur verschlossen war.

„Macht euch ein Butterbrot und Tee und lasst mich bloß in Ruhe waschen!" Mamas geschwollene Füße landeten mit Schwung auf einem kleinen Hocker. Natürlich galt der Auftrag uns Mädchen und so schmierten wir jeden Montag wahre Brotberge. Bevor es jedoch irgendeine Mahlzeit gab, beteten wir das immer gleiche Gebet: „Lieber Gott, wir bitten dich, gib uns was zu essen, mache auch den Armen satt, der gewiss noch Hunger hat."

Hungrig erkämpfte ich mir einen Platz am Tisch, deutete schlampig das Kreuzzeichen an und leierte das Mittagsgebet herunter, als Vater leise ins Kinderzimmer trat und direkt losschnauzte: „Los, Tine, alles noch mal von vorn und zwar richtig!" Unbeobachtet schien man in dieser Familie praktisch nie zu sein. Schnell wurde eine Babyflasche mit Schmelzflocken, Päppchen für das jüngste Geschwisterkind gekocht, das sich prompt in dem ruhigen Moment durchdringend meldete, als wir vor uns hin kauten, Peter nannte es gefräßige Stille.

Thomas, unser Prinz Kacki, so nannte Papa stets den zuletzt geborenen Jungen, brüllte aus dem Stegreif, bis er krebsrot anlief und seine Augen hinter einem schmalen Schlitz verschwanden. Lustig sah er aus, mit zahnlosem, empörtem Mund. Beim bitterlichen Hungerschreien legte sich sein kleines Gesicht in unzählige Fältchen und erinnerte mich sofort an Oma Meyer. „Achte darauf, dass Thomas gut aufstößt und erst dann darfst du ihn ins Kinderbett legen, Katharina." Kathi legte ihn diesmal auf seine rechte Seite in das weißlackierte Gitterbett, stopfte das Kissen dahinter, damit wie Mama behauptete, die Ohren schön anlagen und sich nicht zu Segelohren entwickelten.

Ungerecht, dass Monika, gerade mal zwei Jahre älter als ich dem Kleinen Schlaflieder vorsingen durfte, bis er schließlich einschlief. Moni begann nach einem Räuspern mit den ersten Tönen zu „Lalelu, nur der Mann im Mond schaut zu"…, als ich sie barsch unterbrach. „Sag ma hast du sie noch alle? Es ist heller Tag, sing ma wat anderes!"

Moni zog beleidigt einen Flunsch und schlich kopfschüttelnd in die Küche, sicher um bei Mama zu petzen.
Vorsichtig streichelte ich Thomas das wieder glatte, zarte Gesicht, er strahlte mich wach mit seinen veilchenblauen Augen an. So nah wie möglich ging ich mit meiner Nase an Thomas Kopf heran, um den unvergleichlich lieblichen Babyduft nach Milch und Puder tief einzuatmen. Moni kam aus der Küche zurück, schüttelte verständnislos den Kopf, dass ihre feinen, halblangen, straßenköterbraunen Haare wie im Karussell um den Kopf flogen und gönnte mir ein knappes, beleidigtes „Ts ts ts."

Erst wenn Vater von der Schicht nach Hause kam, wurden Hausaufgaben erledigt und mir graute vor seinen Schimpftiraden, wenn eine meiner älteren Schwestern zu langsam dabei vorankam. Vater regte sich über jede Unachtsamkeit auf und fing an beim Schimpfen zu stottern: „So, Frollein, dat wird alles noch mal a-abgeschrieben!" Ilona meinte besonders witzig zu sein und fragte keck: „Oh, gleich zweimal?"

Vaters Faust sauste unvermittelt auf den Tisch, der empfindlich wackelte. „Wat denks du denn, jetz ers recht," woraufhin Vater wutschnaubend in seinem Keller Zuflucht suchte, sicher auch, damit ihm diesmal nicht die Hand ausrutschte, die er drohend schwenkte. „Jetzt kannse ma zusehen, wie du allein klarkomms, von mir gibt's jedenfalls k-keine Hilfe mehr!" Zornig floh Vater in Richtung Keller durch die Korridortür, über der seit nicht allzu langer Zeit die Heilige Barbara, Schutzpatronin der Bergleute in fein geschnitzter Holzskulptur gnädig lächelte.

Mutter konnte sich den sorgsam artikulierten Satz nicht verkneifen: „Schreibe, wie du richtig sprichst!" Im Ruhrpott leichter gesagt als getan!

Wenn an Montagen gegen Abend endlich die ganze Wäsche von uns allen auf der Leine in der Waschküche hing und Mutter froh und stolz darüber, den riesigen Wäscheberg mal wieder geschafft zu haben, kehrte so etwas wie Frieden zuhause ein und das alltägliche Ritual zur Abendbrotzeit begann.

Die Mahlzeiten

Im so genannten Kinderzimmer nahm eine mit stahlblauem Kunstleder bezogene, pflegeleichte Eckbank aus hellem Holz, deren goldene, angeblich rostfreie Polsternägel schnell ungleich nachdunkelten, die komplette Stirnseite des Raumes ein. Ein großer, ausziehbarer Esstisch aus Resopal stand davor, der mehr Schrammen auf der Tischplatte aufwies als das eigentliche, weiße Material und sechs schlichte Stühle, zum Teil aus Holz und teils aus Kunststoff mit Stahlbeinen standen ringsherum. Die rotgrün gemusterten Kunststoffstühle pupsten immer ein bisschen, wenn man sich daraufsetzte und die Luft aus dem Polster entwich. Im Sommer klebte ich mit nackten Beinen daran fest, im Winter traute ich mich kaum auf die eiskalten Plastikpolster.

Ein Klappbett, eingefasst in hellem Birkenholz bot meinem ältesten Bruder Peter Schlafplatz. Schon beim Betreten des Kinder- Eß- oder Spielzimmers, ausgestattet mit kunterbunt zusammen gewürfeltem, stets aber praktischem Mobiliar, konnte man laut Kathi blind werden von den vielen, unterschiedlichen Farben und Mustern. Farben, die einander überbieten wollten und geradezu unzweifelhaft weder bei der Auswahl der farbenprächtig, selbstverständlich gemusterten Tapete noch beim praktischen Linoleumfußboden, der alle Nase lang vom vielen Scharren mit Stuhl- und Kinderbeinen durchlöchert, durch Papa ausgebessert wurde, der sich einen gewissen kindlichen Farbenfrohsinn erhalten hatte und deshalb nach dessen unumstößlicher Meinung nie und nimmer farblich aufeinander abgestimmt sein durften.

Wenn das Startsignal: „Essen ist fertig!" erklang, entstand ein ohrenbetäubender Lärm in Sekundenschnelle. „Marsch, Marsch, zurück ins Badezimmer und Händewaschen nicht vergessen!" Dieser Satz von Mama gehörte zum alltäglichen Standard, jedes von uns Kindern hörte ihn sicher ein paar tausend Mal!

Praktischerweise belegte Mutter in der Küche die Brote für uns. Das Ritual des Brotsegnens hatte Mama von ihrer protestantischen Mutter aus Mecklenburg übernommen. Dazu drückte sie das Brot mit einer Entschlossenheit, die ihr selbst äußerst fremd war, an die Brust. Mit gebührender Andacht ritzte sie mit einem Brotmesser vier, fünf kleine Kreuze mittig auf die gerade Unterseite des Brotes. Danach erst schnitt sie das Brot, zunächst mit einer mechanischen, später mit einer elektrischen Schneidemaschine. Eine Scheibe Brot glich der nächsten wie einem Ei dem anderen.

Die mechanische Brotschneidemaschine war solchen Mengen, wie wir sie brauchten nicht gewachsen, sodass der Saugnapf unter der Arbeitsplatte spätestens nach dem ersten Brotlaib nachgab und die Maschine schrittweise ihren an gestammten Platz verließ. „Die wackelt ja wie n Lämmerschwanz." Klaus war stolz über den, wie er fand, haargenauen Vergleich und strahlte wie ein Honigkuchenpferd.

„Geh mal an die Seite, Fiete Appelschnut!" Mutter schob ihren kleinen Sonnenschein behutsam ein Stück weiter. Klaus aß für sein Leben gern Apfelkraut aufs Brot, die Reste der klebrig braunen Masse immer verlässlich in den Mundwinkeln, passte sein Kosename perfekt.

Das geschnittene Brot wurde mit der guten Rama oder Flora bestrichen und dann mit Dauerwurst, meistens mit feiner Zervelatwurst, weil Mutter sie gern aß oder auch mit Holländer Käse belegt, die Rinde zuvor aus Sparsamkeitsgründen hauchdünn abgeschnitten.

Im Sommer bekamen wir Tomatenbrote mit sorgsam gewürfelten Zwiebeln zum Abendbrot. Niemand beherrschte das Zwiebelschneiden so gleichbleibend fein wie Mama, exakt und akkurat, wie fast alles in ihrem Leben. Eine Prise Salz und Pfeffer, auf jede Brotscheibe genauso viel, wie zwischen ihren Daumen und Zeigefinger passte. Schon beim Einkaufen von schnittfesten Tomaten, da bestand Mama drauf, im urigen Laden von Oma Klotscheck, freute ich mich auf die Tomatenbrote, die wie nichts Anderes nach Sommer schmeckten.

Das ständige Weinen beim Zwiebelschneiden ist Mutter Zeit ihres Lebens erhalten geblieben. Wenn ich sie dabei beobachtete, beschlich mich das Gefühl, dass sie bei der Gelegenheit praktischer Weise auch gleich ein paar Kummertränen mit vergoss. Verlässlich seufzte sie abgrundtief dabei und rief ungeduldig: „Katharina, brüh mal den Hagebuttentee auf, das Wasser kocht!"

Zu den Broten gab es gesüßten Tee, Pfefferminz – oder Hagebuttentee, stets mit zwei gestrichenen Esslöffeln Zucker in einer hübschen, bunten Keramikkanne.

Für mein Leben gern mochte ich Wasser, wenn möglich eiskalt direkt aus dem Wasserhahn getrunken. Dabei durfte ich mich nicht von Mama erwischen lassen, die das gar nicht gern sah. „Du kannst dich ganz übel dabei verletzen. Trink wie jeder ordentliche Mensch aus der Tasse!" Moni meinte mal wieder, noch eins drauf setzen zu müssen. „Trink nicht so viel Gänsewein, davon kriegt man Läuse im Bauch!" Sie war felsenfest davon überzeugt, dass das der Wahrheit entsprach, dennoch ließ ich mich davon nicht beeindrucken und schon gar nicht davon abhalten, das köstlich kühle, immer vorhandene Getränk in rauen Mengen zu trinken.

Im klirrend kalten Winter, wenn wir durchgefroren vom Spielen hereinkamen, kochte Mutter zu und zu leckeren Kakao der Marke Bensdorp mit dem hübschen, rotbackigen holländischen Mädel mit eindrucksvoller weißer Haube auf dem blauen Päckchen. Das nette Mädel schaute lächelnd aus dem obersten Regal vom Schrank auf uns herab, wo besondere Lebensmittel auf ihren seltenen Einsatz warteten.

Papas Frühschicht begann um sechs Uhr. Er ging schon eine halbe Stunde eher aus dem Haus, damit er ganz in Ruhe noch eine Zigarette rauchen konnte, bevor er zur Schicht anfuhr.

Selbstverständlich stand meine Mutter mit ihm auf, bestrich seine Dubbels für die Arbeit mit Rama und belegte sie mit Dauerwurst oder Käse, weil anderer Aufschnitt in der „Affenhitze im Schacht" vom Brot flösse. Daran änderte auch seine Brotdose aus Aluminium nichts.

Schnell wurde schwarzer Tee mit Zitronensaft und Zucker angereichert, Papa startete seinen Pröttel, das zuverlässigste Moped weit und breit mit sage und schreibe 50 ccm, aber nie ohne sich mit einem schmatzenden Kuss von Mutter zu verabschieden und tuckerte davon.

Als Nächste ging meine älteste Schwester aus dem Haus, Klara, die es immer eilig hatte, den Bus in Richtung Stadtmitte zu erwischen. „Hab keine Zeit für ne Tass Kaffee, Mama!"

Wenn ich mir ordentlich Mühe gab, konnte ich das ständig leiser werdende, klickende Geräusch der Absätze von Klaras todschicken, hochhackigen Schuhen so lange hören, bis sie fast am Feuerwehrhäuschen vorbeilief. Allein solch wunderbare Schuhe ließen mich glauben, dass nichts auf der Welt einfacher sei als auf einem zehn Zentimeter- Absatz dahin zu schweben. Am liebsten mochte ich Klaras schwarze Pumps, der mit einem zierlichen Knopf eine fransige Schnalle hielt und den ich mir allzu gern zum Schulespielen auslieh, als Fräulein Lehrerin selbstredend, die Puppen und Teddys saßen seltsam mucksmäuschenstill auf den Betontreppenstufen im Garten. Ich stolzierte mit Klaras handschuhweichen, um allerhöchstens fünf Schuhgrößen zu großen Lederschuhen „klack, klack" wunderbar geräuschvoll hin und her, ein Weidenstöckchen in der Hand. Nur selten knickte ich um.

Nur wenig später wurden die Schulkinder von Mama mit Frühstück versorgt und die Dubbel akkurat in zwei Hälften geschnitten ausreichend für zwei Pausen und in Pergamentpapier gewickelt. Keiner von den Lütten musste pünktlich aus dem Haus, weil der katholische Kindergarten sich noch in der Planung befand und Mutter nutzte oft die Zeit anschließend für ein zweites Nickerchen.

Sonntags allerdings bereitete unser Vater oft das Frühstück zu, damit Mama ein bisschen länger schlafen und sich von der nie enden wollende, mühevollen Arbeit während der Woche ausruhen konnte. So oft wie möglich, nutzte ich die Gelegenheit mich zu Mama ins Bett zu kuscheln, um ihren vertrauten, schlafwarmen Geruch zu schnuppern und mich für kurze Momente ganz und gar sicher und geborgen zu fühlen.

Papas Bett sah ich stets ordentlich zugelegt, das rotschwarze Jerry Cotton Heft aufgeschlagen auf der Nachtkonsole. Genau mittig über dem

Ehebett schaute gepeinigt Jesus Christus vom wuchtigen Holzkreuz hinab, auf Mamas Seite die heilige Jungfrau Maria andächtig auf um die Hälfte kleinerer Holztafel.

Ausschließlich sonntags gab es Weißbrot und das obligatorische, gekochte Ei. Wir Kinder freuten uns auf diese Abwechslung. Die Stutenschnitten bestrich mein Vater praktischer Weise auf dem Holzbrettchen, das Mama immer zum Zwiebelnschneiden nahm. So erhielten die köstlichen, knusprig frischen Weißbrotscheiben mit guter Butter, gern auch mit der von allen Geschwistern bevorzugten Erdbeermarmelade bestrichen, zusätzlich ein Zwiebelaroma, das ich abgrundtief hasste. Stur wie immer, ließ Vater sich von der Art der Zubereitung aber nie abbringen. „Ich schmeck dat nich, jetz sei ma nich so pingelig!"

Sehnsüchtig freute ich mich auf die Zeit, in der ich mir endlich wie meine älteren Geschwister die Brote selbst bestreichen und belegen durfte. Alles schien für mich einfacher zu sein, je älter ich sein würde. Unstillbare Sehnsucht gepaart mit rastloser Ungeduld, schließlich endlich groß zu sein, doch möglichst schnell erwachsen zu werden vermochte das Älterwerden auch nicht voran zu treiben. Die ewig lange Zeit bis dahin fühlte sich an wie ein steiler Berg, den zu erklimmen ich immer schon viel zu ungeduldig war.

Schwieriger, aber vor allem sehr viel zeitaufwändiger gestaltete sich für unsere Mutter die Zubereitung des Mittagessens, allein schon deswegen, weil Mama zwar sehr akkurat, dennoch unglaublich langsam und umständlich arbeitete. Wenn sie allerdings bei anderen Leuten solch eine Arbeitsweise beobachtete, sprach Mutter etwas herablassend darüber, dass „die eben nicht auf Zack sind!" Durchaus gehörte es auch zu Mamas Vorlieben spöttisch zu fragen: „Musst du dir erst einmal eine Zeichnung davonmachen oder können wir jetzt anfangen?"

„Kinder ich kann es nicht ändern, wir haben so viel Arbeit, da müssen die Mädchen helfen" argumentierte sie. „Das kann ich ja wohl von meinen Töchtern erwarten!"

Von Emanzipation so weit entfernt wie die Erde vom Mond kam Mama niemals auf die Idee, meine Brüder zur Mitarbeit in der Küche aufzufordern. Hin und wieder durfte Peter bei besonderen Anlässen beim Kuchenbacken helfen, aber ausschließlich dann, wenn er gerade nichts Besseres vorhatte.

So schälten wir Mädels treu und brav riesige Mengen Kartoffeln, natürlich hauchfein mit dem Kartoffelschälmesser aus rostfreiem Edelstahl mit beweglicher Klinge, auf das Mama schwor. „Dasselbe in grün!" Damit drückte Mutter mir einen Schwung Möhren und Gurken in die Hand und um zu sparen, kam das Schälmesser erneut zum Einsatz. Wir putzten emsig Gemüse und übernahmen fast jede denkbare Küchenarbeit, immer nach genauer Anleitung unserer umständlichen Mutter, Verbesserungsvorschläge unsererseits streng verboten.

Besonders unbeliebt war natürlich der Abwasch des Geschirrs und insbesondere der riesengroßen Töpfe. Wenn mich Mutter in späteren Jahren mit dieser Aufgabe betraute, trieften meine Kleider vom Spülwasser und ich stand in einer riesigen Wasserpfütze auf dem graublauen Linoleumboden, der vor der Spüle schnell in unterschiedlich großen, dunklen Löchern abgenutzt war, wodurch der graue Betonboden schimmerte.

„Wie siehst du nur wieder aus?" Allein der vorwurfsvolle Blick meiner Mutter sagte mehr als tausend Worte. „Eines Tages wirst du noch im Spülwasser ertrinken, Christine." Ein Gefühlsmischmasch von Kummer und Wut brach aus mir heraus: „Dann lass dat doch dein Hausmütterchen machen! Moni macht den Abwasch sicher richtig, genauso wie du dat willst!" Das Geschirr wurde heftig geschrubbt, als ich den vertrauten Satz vernahm: „Warte, bis der Papa nach Hause kommt!", der mir im nu den Wind aus den Segeln nahm und mich trotzig die Tränen wegblinzeln ließ.

Wenn mein Vater von der Frühschicht nach Hause kam, aßen wir zu Mittag. Das Mittagessen stellte sich in der ersten Zeit im neuen Haus nicht gerade abwechslungsreich dar.

Samstags gab es praktischer Weise immer Eintopf, entweder Erbsen- oder Linsensuppe mit Porree, Sellerie, Möhren und Kartoffeln. Jedes

Kind bekam ein kleines Stück von mit gekochten, geräucherten Würsten, die dem Eintopf ein kräftiges, von Mutter sehr geschätztes Aroma gab.

Mit knurrenden Mägen lungerten Klaus und Peter um die Mittagszeit in der Küche herum. „Was habt ihr denn hier verloren, Jungs, es dauert noch bis die Erbsensuppe gar ist!" Unerschütterlich ließ sich Mutter niemals aus der Ruhe bringen, endlose Diskussionen folgten, ob man die Erbsen nicht doch besser eine ganze Nacht lang einweicht, damit sie besser verdaulich sind, aber vor allem schneller gar wurden. Jeden Samstag aufs Neue!

Sonntags bereitete Mutter in der Regel Schweinebraten oder Goulasch halb aus Schweine- und halb aus Rindfleisch mit jeder Menge Zwiebeln zu.

„Ah, gibt's wieder Gaularsch?" fragte Klaus, lachte glucksend und freute sich einmal mehr diebisch über unsere verdutzten Gesichter. Seine Mundwinkel waren mit Lakritzresten beschmiert, kunstvoll hatte Klaus auf die vorderen Schneidezähne ein paar Salmiakpastillen geklebt, die wie riesiggroße Zahnlücken aussahen.

Hysterisch pflaumte ihn Ilona an: „Sag ma, hasse eigentlich noch alle Latten auffen Zaun? Über son Blödsinn kann ich nich lachen" aber Klaus geierte, bis er sich verschluckte, nach Luft rang und mir mit dem Kinn Anweisung gab, auf seinen Rücken zu schlagen.

Kräftig schlug ich zu, nicht nur um ihn von den Salmiakpastillen zu befreien und Klaus spuckte im hohen Bogen die abgelutschten Pastillen aus. „Der liebe Gott haut nicht mit dem Stock!" Typisch, noch nicht mal ihren Lieblingssohn konnte Mama mit ihren nichtsnutzigen, schadenfrohen Redensarten verschonen.

Wie immer gab es sonntags Bohnensalat aus gelben Wachsbrechbohnen mit fein gewürfelten Zwiebeln. „Immer dieser blöde Bohnensalat, der hängt mir schon aussen Ohren raus."

„Wie kannst du nur so schrecklich undankbar sein, Christine? Es gibt immer noch Millionen von Kindern auf dieser Welt, die hungern müssen! Hüte deine Zunge!" Diese ungeheure Zahl schaffte es trotzdem nicht, mich zu beeindrucken. Ich dachte an die selbst gebastelte Spardose aus Papier, in der ich in der Fastenzeit für hungernde Kinder manchen Groschen sparte, aber, sobald ich unbedingt Lakritz als Seelentröster brauchte, genauso flott diese Spargroschen ohne jeden Anflug eines schlechten Gewissens wieder herausnahm.

Für den Rest der Woche gestaltete sich das Haushaltsbudget recht eng und so sollten wir hin und wieder auch schon mal Trockenobst mit Nudeln essen. Nur allzu gern ließ ich diese Mahlzeit aus, wohl wissend, dass es nichts, aber auch gar nichts ersatzweise zu essen gab. „Du kannst ja Kartoffelschalen futtern, davon haben wir mehr als genug!" Komische Scherze machte Mutter, ich konnte damit nichts anfangen und fragte mich im stillen, ob sie solch eklige Dinge wohl tatsächlich im Krieg essen musste, wenn in der Küche die Not regierte und Schmalhans Küchenmeister ausgerufen wurde.

„Ich weiß nich, wie ihr diese Pampe runterwürgen könnt. Wie kann man nur sowat brotscheln? Dat is ja fast so schlimm wie Sagosuppe!" Im Mund blieb nach dem zweitschlimmsten Essen der in Milch gekochten Getreidekörner ein ekelig pappiger, schleimiger Geschmack zurück. „Hm, lecker glubschige Froschaugen!" nannte Kathi die regelmäßige Notration kurz vor Vaters Zahltag.

Da ließ ich es mir lieber richtig gut gehen und verschwand auf unserer wunderbaren Schaukel, die ich endlich einmal ganz für mich allein hatte. Ich gab der Schaukel einen Schubs, kletterte auf den warmen Blechboden, streckte mich lang aus und schloss genüsslich die Augen und träumte mich davon, gekitzelt von den ersten Sonnenstrahlen im Gesicht.

Geliebt habe ich wie jedes Kind Nudeln, die guten, kringeligen, am Rand etwas ausgefransten Birelli von Birkel mit Tomatensoße, die Mama mit klitzekleinen Zwiebelstückchen verfeinerte und stets mit einer Prise Zucker abschmeckte. „Das Herzhafte liebt das Süße, Christine, merk dir das fürs Leben!" Endlich konnte ich mit Mamas Spruch einmal etwas anfangen, denn gerade die geduldig gerührten Soßen und ganz besonders die Tomatensoße schmeckten verlässlich gleichbleibend köstlich.

Durch Nudeln mit Tomatensoße, dem absoluten Lieblingsessen fast aller Geschwister verlockten uns, bedauerlicher Weise stets eingeteilte Portionen dazu, auch nicht den kleinsten Krümel zu vergeuden und heimlich unsere Teller abzulecken. Das Resultat, nämlich blitzblanke Teller erfreuten die Spülerin, der es erspart blieb, entweder das Geschirr gründlich vorzuspülen oder in trüber Tomatenbrühe zu fischen.

„Mund auf, Augen zu!" Liebend gern kam ich dem Befehl von Ilona nach, freute ich mich schon auf einen vergessenen Rest Nudeln mit herrlich leckerer Tomatensoße, vergeblich, wie ich bald schmecken sollte. Voller Schadenfreude drückte Ilona einen langen Strang vom schrecklichsten aller Lebertrane direkt aus der Tube in meinen Mund, ihr übermütiges Glucksen hätte mich warnen sollen. Würgend spuckte ich in hohem Bogen die vermeintliche Delikatesse in die Spüle, nicht ohne Ilona einen ordentlichen Tritt vors Schienbein zu versetzen. Ilona quiekte wie ein kleines Schweinchen und das war mir die Sache schon wert.

Ilona war bei diesem Essen leer ausgegangen, mochte sie doch Mamas einzigartige Tomatensoße um keinen Preis der Welt essen. Nur eine Woche zuvor hatte Ilona mit langem Gesicht vor einem Teller mit inzwischen kalt gewordenen Nudeln gesessen, die rote Soße saß fett, fast ein wenig ekelig wie eine dicke klumpige Haut obenauf.

Zornig und genauso ungeduldig stand Vater hinter Ilona, die, um ihre absolute Kompromisslosigkeit zu demonstrieren, die Arme vor der Brust verschränkte und die Lippen zusammenpresste, dass nur noch ein Strich davon übrigblieb. „Ich zähl bis drei, dann is der Teller leer!" raunzte Vater Ilona an. „Ich mag die Soße nich, ich ess dat nich!" versuchte sie leise unseren wutschnaubenden Vater zu besänftigen.

„Du isst sofort den Teller leer!" drohte er, „sonst..." Es gehörte nicht viel Phantasie dazu, zu erahnen, dass Papa auf keinen Fall klein beigeben wollte.

Kurzerhand tunkte er Ilonas Kopf mitten in die Nudeln hinein, die empört und erstaunt zugleich auf der Stelle würgte und im Badezimmer verschwand. „So Frollein, dat gibt eine Woche Stubenarrest!" brüllte Papa cholerisch hinter ihr her.

Beinahe göttlich schmeckte die Holländische Soße, die unsere Mutter stets ohne Mehlklümpchen immer gleich cremig mit dem Schneebesen anrührte, mit Eigelben und frisch geriebener Muskatnuss verfeinerte und so selbst Gemüsemuffel wie Thomas dazu animierte, Blumenkohl oder Kohlrabi in rauen Mengen zu vertilgen, falls vorhanden.

Nach Blumenkohl mit Mutters legendärer, leckerer Holländischer Soße schaffte es Thomas beim Spiel um die Wette zu essen, jedes Mal Kaiser zu werden, König wurde meistens Klaus, gefolgt von Peter als Staatsminister, irgendwie angemessen, wie mir schien. Als Ironie des Schicksals betrachtete ich es, dass Ilona mit schöner Regelmäßigkeit Papst wurde, der Rang des Pastors schien für Kathi passend und der des Kirchenküsters genau richtig für Klara, wenn sie zuhause mitaß oder sich nach Feierabend ein wenig mehr Zeit dazu nahm. Immerhin wurde ich Edelmann, weil ich das Essen stets genießen wollte, Bettelmann Moni, die absolut nichts schnell zustande brachte, noch nicht einmal zu essen, genau wie Mama. Später wurde Gaby Schweinemajor, aber da kam das Spiel, das uns so lange begleitet hatte, langsam aus der Mode.

Zum Glück waren wir beim Essen unbeobachtet, denn der Platz im Kinderzimmer reichte nicht für unsere komplette Familie aus. Unsere Eltern mussten dann ins Wohnzimmer ausweichen oder manchmal, wenn es schnell gehen musste, aßen sie in der Küche. Natürlich inspirierte uns die Abwesenheit von Mama und insbesondere Papas Kontrolle zu manchem Unfug. So maßen wir uns im Zielschießen, wenn es mal wieder das angeblich gesündeste Gemüse, jedoch immer unappetitlich fade, fast ungenießbar schmeckenden Spinat aus der Dose gab.

„Na, kannse dat Klappbett vom Peter mitem Spinat treffen? Oder hasse kein Zielwasser getrunken, he?" fragte Monika herausfordernd, nahm die Gabel mit den Zinken nach oben, hielt ein Auge zu, um besser zielen zu können und schmiss das übel riechende Gemüse mit Schwung auf das helle, Gott sei Dank geschlossene Klappbett.

„Wat glaubs du denn, he" meldete sich Kathi zu Wort, forsch und überhaupt nicht zurückhaltend, wie es sonst ihre Art war. „Dat wolln wir doch mal sehn, wer hier am besten trifft!" Kathi stand auf und kletterte übermütig auf die Eckbank, um den ganz großen Überblick zu haben. Heimlich und schadenfroh hielt ich mich zurück, weil ich das Summen des Motors von Papas Pröttel hörte und wenn er, der im Krieg den nagenden Hunger regelmäßig verspürte, irgendetwas über alle Maßen verabscheute, dann das Vergeuden von Lebensmitteln.

„Wie sieht dat denn hier aus? Wie bei Hämpels unterm Sofa! Wer spielt hier mit dem Essen, he? Dat kann doch wohl nich wahr sein, sowat macht man einfach nich" bölkte er lauthals anstelle einer üblich freundlichen Begrüßung. Theatralisch raufte er sich die sorgsam inform gebrachten Haare und sah im nu dem Struwwelpeter ähnlich, was er auf keinen Fall beabsichtigte. „Verdammt und zugenäht, für solche Sperenzchen geh ich doch nicht arbeiten! Habt ihr denn k-keine Ehre im Leib? Da kann man schuften, bis einem im Pütt dat K-Kreuz bricht und die Blagen schmeißen dat G-Geld zum Fenster raus! Is doch verdammt wahr, Mann!" Gerade wenn Vater sich maßlos ärgerte, neigte er zur grenzenlosen Übertreibung, aber auch zum Stottern, so heftig wie sonst nie. Feine Äderchen an seiner Stirn schwollen an und ähnelten den Flussläufen im Atlas von Kathi.

Wir stopften den sowieso schon glibberig kalten Spinat schuldbewusst und mit langen Zähnen in uns hinein, trotz der mal wieder ungerechten Strafpredigt für alle. Mit gehangen, mit gefangen! Wegen des ekligen Geruchs vom Spinat hatte Kathi das zweiflügelige Fenster weit aufgestoßen und als Vater das bemerkte, wollte er seinen Augen nicht trauen. „Heizen wir eigentlich für die Affen? Fenster zu, aber dalli!"

Kathi klaubte mit einem Spültuch die Schlieren vom Spinat zusammen und wischte die kleinen, graugrünen Häufchen vom Boden, missmutig dabei vom abwechselnd augenverdrehenden, kopfschüttelnden Vater kontrolliert.

Unwillkürlich musste ich an Forrest Gump denken, der losgelaufen war, um seine Gedanken neu zu ordnen, die Sicht der Dinge anders einzuordnen. Wäre das schön, jetzt einen langen Spaziergang zu machen, um den Kopf freizukriegen, frei von allen Missverständnissen, von den Ungerechtigkeiten und Verletzungen. Konnte ich das alles meinem alten Vater jetzt verzeihen? Solange musst du schon noch bleiben, bis ich meinen Frieden mit dir gemacht habe, dachte ich, als ich seine spröden Lippen mit der Wasser/Zitronenlösung befeuchtete.

Lautes Klopfen schreckte mich aus vergessen geglaubten Erinnerungen hoch. Das konnte nur Klaus sein – so anmaßend und dermaßen von sich selbst überzeugt war ausschließlich der Sunnyboy der Familie. Ich hatte mich nicht getäuscht, denn innerhalb von Sekunden steckte er den Kopf zur Tür hinein und blitzte mich mit seinem charmanten Lächeln an. Seine dunklen Augen bildeten einen wunderbaren Kontrast zu seinem dichten, schulterlangen, weizenblonden Haaren und sofort konnte ich die Frauen wieder gut verstehen, die sich gern mit meinem lustigen, kurzweiligen Bruder umgaben. Klaus besaß das einnehmenste Wesen, das mir je begegnet war.

„Na, wie geht's dem alten Herrn?" fragte er angelegentlich, ohne sich wirklich für meine Antwort zu interessieren. Vielmehr ging er schnurstracks auf das Bett Vaters zu, betrachtete kurz die unveränderte Lage und machte es sich auf der Fensterbank bequem. Woher er das nur hat fragte ich mich im Stillen, als Klaus voller Stolz von seinen Kindern erzählte, die ich ausschließlich als Babys gesehen hatte und die mittlerweile sein Haus zum Studieren verließen.

Aufmerksamkeit vortäuschend hing ich an Klaus Lippen, in Gedanken war ich schon längst wieder in unsere Kindheit eingetaucht.

Im Sommer fuhr ein italienischer Eismann mit einem umgebauten Moped durch die Siedlung. Meine Ohren schienen auf das altersschwache Gefährt geeicht zu sein. Schon lange, bevor der Eismann mit dem sperrigen Eiswagen vor dem Moped um die Kurve fuhr und in unsere Straße einbog, hörte ich ihn. Er kam immer um die Mittagszeit, klingelte laut und manchmal, insbesondere am Sonntag, bettelten wir solange, bis Mutter uns einen, wenn sie besonders spendabel war, sogar zwei Groschen gab.

Solch wunderbar sahnig cremiges Eis konnten wir nur bei unserem italienischen Eismann kaufen. Es gab das legendäre Eis zu zwanzig und zwar für zwei Kugeln feinstes Speiseeis: „Nache orischinal Italiano Rezepte!" wie der Eisverkäufer niemals müde wurde zu betonen.

Unvorstellbar, kostete eine Kugel Eis damals 10 Pfennig. Das allerbeste Eis für mich, die Sorte Schokolade glänzte so cremig, tiefbraun und schmeckte herrlich aromatisch, fast wie eine ganze Tafel Schokolade. Nach ausgiebigem Schlecken, noch lange, nachdem von der knusprigen Eiswaffel kein kleiner Krümel mehr übrigblieb, behielt ich den wunderbaren, sahnigen Geschmack nach meinem Lieblingseis, der besten Schokolade der Welt auf meiner Zunge.

Der italienische Eismann, „mein Name isse Silvio, genauso wie der Bruder von Caterina Valente heiße", stets in gestärkter, weißer Jacke und einem weißen Schiffchen auf dem Kopf, gehörte zu den Menschen, die immer freundlich und nett ihre kleine Kundschaft bedienten und auf all ihre Wünsche eingingen.

„Kanns du mir nich eine halbe Kugel Schokolade und die andere Hälfte Vanille geben, ich hab doch nur n Groschen" bettelte Moni. „Si, kleine Signorina" lächelte der nette Eisverkäufer mit dem klitzekleinen Silberblick und erfüllte den ausgefallenen Wunsch wie so oft. Nachdem er den glänzend polierten, silbernen Eisportionierer im runden Bottich sauber ausspülte und dabei das metallene Rattern vom Wasser verschluckt wurde, tauchte der freundliche, stets wie Bronze gebräunte Eismann den blanken Eisportionierer zuerst in den gefrorenen Vanillebottich, aus dem prompt kalter Dunst aufstieg und danach geschickt in meine Lieblingssorte, um die gewünschte Mischung hervor zu zaubern. Zwischendurch deckte er mit dicken, gut isolierten schwarzen, runden Deckeln das Eis ab, was einen eigentümlichen, wunderbar vertrauten Ton von sich gab.

Die Unterarme von Silvio, dem Eismann waren übersät mit schwarzen Haaren, selbst auf den Fingern sprossen feine Härchen, die sich lustig beim Hantieren aufstellten. Der leichte, warme Sommerwind streichelte meine nackten Arme und Beine und ich stellte mich gnädig gestimmt hinten an.

„Na was willest du heute für leckeres Eis, Signorina Christina, he?" fragte der allzeit lächelnde Eismann und sein Goldzahn blitzte in der Sonne zackig wie ein Stern.

Die Auswahl fiel mir nicht schwer, es gab nur drei Sorten: Schokolade, Vanille und Erdbeere, sonntags als vierte Sorte Zitrone. „Wenns nur eine Kugel gibt, immer Schokolade" sagte ich und gab bereitwillig den glänzenden Groschen ab.

„Ein Bild für die Götter" wunderte Mama sich immer wieder, wenn wir selten einträchtig mit unserem Eis auf den Stufen der kleinen Steintreppe vor dem Haus saßen, mit heraushängender Zunge genüsslich schleckten. Im Gegensatz zu unserem mittäglichen Wettspiel wollte nun niemand Kaiser werden.

Gleich in der ersten Zeit an unserem neuen Wohnort im Fuhlenbrock verkaufte eine scheinbar alterslose Frau morgens gegen sieben Uhr frische Brötchen. Die freundliche Frau, grau in grau gekleidet und trotzdem mit einer lavendelfrischen Ausstrahlung wurde ausschließlich „Brötchenfrau" zuhause genannt, weil niemand ihren Namen kannte. Sie kam zu Fuß mit einem riesigen Weidenkorb, der bei jedem ihrer Schritte quietschte, in dem herrlich duftende, knusprig gebackene Weizenbrötchen und die dazugehörigen Papiertüten lagen. Wenn ich die Brötchenfrau auch noch nicht sehen konnte, lag der verführerische Duft frisch gebackener Brötchen schon in der Luft, nachdem ich morgens vor die Tür trat.

„Na, kleines Fräulein Meyer, wie viele Brötchen sollens denn heute sein?" „Fünfzehn, so wie immer," gab ich fröhlich zurück. „Macht einsfünfzig!" Jedes Mal das gleiche Ritual, nur nicht zu viel reden am frühen Morgen, ein kleines Lächeln musste reichen. Die Brötchenfrau schwang den Korb über den linken Ellenbogen und streckte die rechte Hand aus, in die ich ein blankes Markstück und fünf Groschen zählte.

Allerdings durften wir Kinder die knusprigen Weizenbrötchen nicht pur essen, denn das wäre nach Meinung unserer Mutter nicht gut für die Zähne und auch sonst nicht eben gesund. Deshalb bekamen wir immer eine halbe Scheibe Schwarzbrot auf das durch geschnittene Brötchen oder zum Hefebrot. „Schwarzes Brot macht Wangen rot!" versuchte Mutter uns das gesunde Vollkornbrot schmackhaft zu machen. „Außerdem sollt ihr gesund groß werden, nicht so wie wir im Krieg, wo es immer und ewig nur Steckrüben zu essen gab!" Mutter bemühte sich nach Kräften um eine ausgewogene Ernährung, solange es ihr irgendwie möglich schien.

Allerdings gelang ihr dieses Vorhaben nicht immer, insbesondere dann, wenn der Monat schon weit fortgeschritten, die Haushaltskasse hingegen erheblich geschrumpft war.

Dann gab es nur noch Schmelzkäse Marke Adler Sahne oder die von Mutter favorisierte und von mir immer gehasste Teewurst aufs Brot, bei deren seltsamen Geschmack ich mir schaudernd, vor allem aber phantasievoll ausmalte, welche schrecklich fetten Zutaten in dieser Wurst steckten.

Allein Steckrüben gab es bei uns nie.

Der Einkauf

Zu den ersten Lebensmittellieferanten gehörte eine fast kugelrunde Frau namens Busch, die einmal in der Woche Lebensmittel auslieferte. In der Nähe vom Dicken Stein, einer Bushaltestelle in Osterfeld, besaß Frau Busch einen altmodernen, niemals renovierten Lebensmittelladen, der Gottlob von keiner Bombe im Krieg getroffen wurde.

Von unserem vorherigen Wohnort Osterfeld aus lieferte Frau Busch mit einem alten Lieferwagen Lebensmittel für gute Stammkunden aus, die fortzogen. Dabei rollte sie sich mehr aus dem erhöhten Sitz als dass sie ausstieg und brachte uns die benötigten Lebensmittel, die Mutter per Einkaufsliste jede Woche orderte. Manchmal, wirklich sehr selten durfte ich zum Einkaufen mit dem Bus direkt zu Frau Busch mitfahren und die wunderbaren Süßigkeiten in den Glasvitrinen am Tresen eingehend betrachten, während Mutter die Rechnung für die Lebensmittel bezahlte.

Am liebsten hätte ich von allen Süßigkeiten probiert, wenn verlockend schokoladig schwarz glänzende Eismoritz, in einer Pyramide von bunten Aluminiumförmchen liebevoll angeordnet dazu einluden, sie für den läppischen Preis von fünf Pfennigen mitzunehmen. Fruchtig duftende Himbeerbonbons, rund wie die echte Frucht und nach Ilonas Meinung Plombenzieher allererster Güte, lagen direkt auf meiner Augenhöhe auf einem blank polierten Tablett.

Fräulein Mietz, laut Peter fünfzigjähriges Lehrmädchen von Frau Busch, im schrill bunt gemusterten Kittel, guckte mich mit leicht schielendem Blick über den Rand ihrer hochmodernen Brille in Form eines Schmetterlings an. „Toll, oder?" pries sie mir ihre neueste Errungenschaft an. „Dat gleiche Modell wie Marylin Monroe sie trug!" Sie nahm ihre chice, moderne Brille ab, die im gleichen Augenblick beschlagen war. Eifrig putzte Fräulein Mietz, die auf der Anrede „Fräulein" bestand, bis sie in Rente ging. „Na, Frolleinchen, wat darfs'n sein?"

Zuerst musste ich ob der ganzen Köstlichkeiten den angesammelten Speichel herunterschlucken, bevor ich antworten konnte.

„Für zehn Pfennig echtes Lakritz, bitte!" Es sah nicht so aus, als würde die schielende Verkäuferin Lakritz zu ihren Vorlieben zählen. Sie zog die Stirn kraus und sprach leicht gepresst, etwas angeekelt, wie mir schien: „Dat Zeug klebt aber furchbar anne Zähne. Bloß nich knacken, hasse verstandn? Menschenskind, willse nich lieber n Stück Blockschokolade? Is doch viel leckrer!" Dicke, runde Haselnüsse saßen dicht an dicht auf der zart schmelzenden, dunkel kakaobraunen Schokolade, der die erste Rippe mit dem Buchstaben B schon fehlte. Ganz sicher, dass es genau in diesem Augenblick allein Lakritz sein konnte, schüttelte ich den Kopf.

Glücklich über die Großzügigkeit meiner Schwester Klara, die mir den Groschen von ihrem knappen Lehrgeld geschenkt hatte, nahm ich die feste, weiße Papiertüte mit den dunkelblauen Rauten an, der schwarze Inhalt darin duftete verführerisch und verheißungsvoll nach Süßholz.

Viel wichtiger als die Lebensmittel, die wir nun nach Hause schleppten, wurden ein paar Schokolinsen von allen Kindern sehnsüchtig und ungeduldig erwartet. Wenn es ein Gesetz in unserer Familie gegeben hätte, so wäre es das Teilen bei jeder sich bietenden Gelegenheit gewesen. Wie immer wurden die köstlichen Klümpchen aufgeteilt, es gab für jedes Kind fünf, manchmal, wenn es ganz gut lief, auch sechs Schokolinsen mit weißem oder rosa Überzug, der schwach, ganz leicht nach Pfefferminz roch, wenn ich die Bonbons direkt unter der Nase hielt, um daran zu schnuppern.

Wir liebten das wöchentlich wiederkehrende Ritual, die mit cremiger Schokolade gefüllten Bonbons um die Wette so langsam im Mund schmelzen zu lassen wie nur irgend möglich. In seltener Einigkeit hockten wir Geschwister beisammen und ließen genussvoll die Bonbons kleiner und kleiner werden. „Ich hab gewonnen!" Ilona streckte ihre Zunge heraus und zum Vorschein kam ein fast unversehrtes Bonbon, der knackige, rosa Zuckerüberzug nur wenig abgeknabbert.

„Dat glaubs auch nur du! Ich sehe wat, wat ihr nich seht und dat is rosarot, riecht nach Pfefferminze und hat n Schokoladenkern! So, ich bin Sieger. Sisse!" Kathi verbeugte sich vor uns als ihrem Publikum, knickste übertrieben tief, fast so wie in der Kirche und holte aus ihrer Backe als kümmerlichen Rest den Schokoladenkern vom letzten Bonbon.

„Dat werden wir ja sehen! Ein Mann, ein Wort!" Peter zog stolz eine schneeweiße, unversehrte Schokolinse aus seiner Hosentasche, aus der auch noch eine Zwille, ein verschnupftes Taschentuch, das mit einem Knoten versehen Peter ganz sicher an irgendetwas erinnern sollte und ein abgestoßener, hellgrüner Tonknicker fielen.

Rot vor Wut sprang Katharina vom Stuhl, der zuerst hin- und herwackelte und dann umkippte. „Du doofer Spielverderber has geschummelt!" und schwups kniff sie ihn in die Backe und zog nur noch eine Staubwolke hinter sich her.

Täglich von Montag bis Samstag brachte der Milchbauer mit seinem umgebauten Kleinlaster Milch und Milcherzeugnisse direkt bis vor unsere Haustür. Herr Altenkämper klingelte mit einer Riesenhandglocke in immer gleichem Rhythmus und Lautstärke die Kundschaft auf die Straße, wo er seelenruhig wartete. Nichts konnte ihn aus der Ruhe bringen. „Tach, Herr Altenkämper wat gibt et denn Neues?" „Ach wat soll sein, Mädken. Dat Frau Kleinefeld so schlecht liegt, wisst ihr ja sicher schon. Die soll so verspielt haben erzählt man sich!"

Frau Kleinefeld, die altmodische Klassenlehrerin meiner Schwester Kathi kam bis zum letzten Tag vor ihrer Pensionierung zuverlässig zum Dienst. Stets gleich gekleidet im klassischen, dunkelbraunen Kostüm mit klitzekleinem Hahnentrittmuster und hoch geschlossener Bluse machten die meisten Schüler respektvoll lieber einen großen Bogen um sie.

„Streng, aber gerecht!" lautete Kathis Urteil. Direkt nachdem ihr wohl verdienter Ruhestand begonnen hatte, fiel Frau Bärtchen, liebevoll so genannt wegen ihrer starken Oberlippen Behaarung, in sich zusammen, ihr Lebensinhalt brach von einem auf den anderen Tag weg und dieser Umstand machte sie sterbenskrank. „Die arme Frau hatte ja nix anderes als ihre Arbeit. Die Brüder sind den Russen in die Hände gefallen, der Vater genauso im Krieg geblieben und ihre Mutter vor lauter Kummer darüber gestorben!"

Unsere große Familie brauchte täglich drei bis vier Liter Milch. Literflaschen aus Glas wurden gründlich ausgewaschen und mit abgekochtem Wasser ausgespült. Das geschah meistens in letzter Sekunde, sodass Monika regelmäßig schrie: „Beeilung! Der Milchbauer steht schon anne Ecke, hasse nich gehört, der hat schon geklingelt!"

Dennoch schafften wir es jedes Mal, einigermaßen pünktlich am Milchwagen zu stehen, wo der freundliche Milchbauer die leeren Flaschen am imposanten, silbrig glänzenden Milchtank auffüllte. Es liegt in der Natur der Sache, dass die Glasflaschen nicht immer gründlich genug gesäubert wurden. Dann klumpte nicht nur die Milch am nächsten Tag sauer in der Flasche, sondern auch unsere Mutter grollte wütend vor sich hin.

„Wer von euch übernimmt dafür die Verantwortung?" begann die anschließende, wie immer hochtrabende Strafpredigt. „Ja, dann gibt es heute mal keinen Kakao oder Pudding, ganz wie du meinst, Christine. Deine Geschwister können sich dafür bei dir bedanken! Oder liege ich etwa falsch?" Unfähig auf diese merkwürdige Art der Ironie zu reagieren, die Mutter beherrschte wie keine zweite, knallte ich die Tür laut zu und ärgerte mich über alle Maßen darüber, dass sie es wieder einmal geschafft hatte, mir den Rest des Tages zu verhageln.

Auch zwei Bäckerwagen drehten ihre Runden in unserer Siedlung. Praktisch in der Haushaltsführung kaufte Mutter bei beiden Bäckern ein, obschon uns das Schwarz- und Hefebrot von Bäcker Jonas besser schmeckte. Es gab bei beiden Bäckern ein Rabattbuch. Am Ende des Monats wurden die Backwaren bezahlt, als Rabattleistung gab es drei Prozent Preisnachlass, wenn wir Glück hatten ausgezahlt in zuckersüßen Puddingteilchen und Rosinenschnecken.

Das Argument unserer Mutter, dass das herrlich duftende, frische, mit knackig krosser Kruste gebackene Brot Magenschmerzen verursache, entsprang ihrer vorausschauenden Sicht, dass wir uns sofort und auf der Stelle drüber hermachen und in rauen Mengen verschlingen würden. Darüber schlecht gelaunt verlangten wir artig am Bäckerwagen das Brot vom Vortag. Wenn es schon kein frisches Brot vom selben Tag gab, versuchte ich wenigstens den „Knabbel" das krustige Endstück des Brotes zu bekommen, aber auch diese Vorliebe teilte ich mit fast allen Geschwistern.

Nach einiger Zeit schossen die ersten Supermärkte wie Pilze aus dem Boden, unter anderen der Konsum, wohin natürlich wir Mädchen geschickt wurden, um kleinere Besorgungen zu übernehmen. Völlig unglaublich erschien mir, dass ich bei einem solchen Einkauf ein Achtel Pfund Kaffee einholen sollte, solch eine winzige Menge und fast gleich teuer wie das Fleisch am Sonntag! Nicht im Traum wäre es mir eingefallen, ein solch kleines Gebinde für unsere riesige Familie einzukaufen, aber bei solchen Luxusartikeln, ausschließlich für die Erwachsenen bestimmt, machte Mutter eine Ausnahme.

Wie bei einer feierlichen Zeremonie nahm Mutter die hölzerne Kaffeemühle vom Schrank, gab vorsichtig röstfrisch duftende Kaffeebohnen in das metallene Mahlwerk hinein, was stets das gleiche, leise klickende Geräusch verursachte und auf Mamas Gesicht ein Lächeln der Vorfreude zauberte. Selten schwungvoll drehte sie die kleine Kurbel und im Handumdrehen holte sie aus der kleinen Lade feinstes Kaffeepulver hervor, das die ganze Küche mit betörendem Duft erfüllte, wenn das kochende Wasser durch den weißen Porzellanfilter in die hübsche, bauchige Kaffeekanne lief.

Jacobskaffee rot, eine Art Mocca trank Mama am allerliebsten mit zwei Teelöffeln Zucker und einem Schuss Glücksklee oder Bärenmarke Büchsenmilch, die sie immer korrekt Kondensmilch nannte.

Als tägliches Ritual holte Mutter vor jedem Einkauf umständlich den goldenen, rechteckigen Schlüssel für den Wohnzimmerschrank aus ihrer Kittelschürze, schloss die Tür auf, hinter der sich wichtige Unterlagen der Eltern und Mutters legendäre Handtasche befanden. Langsam kramte sie ihre Tasche hervor, einen linierten Papierblock und einen guten Kugelschreiber. Diese Utensilien lernte sie in ihrer Lehre schätzen, einen Block zum Addieren und einen Kuli, der nicht kleckste.

Sobald ich schreiben konnte, notierte ich die Einkäufe genau so auf dem Zettel. Stets dachte ich dabei an die Geschichte von Feuerschuh und Windsandale von Ursula Wölfel, die mir im ersten Schuljahr so viel Spaß machte. Sobald wir am Ende der Unterrichtsstunde noch ein wenig Zeit hatten, las Fräulein Müller gut betont mit ihrer maskulin charmanten Altstimme die Abenteuer von Vater und Sohn vor. Am liebsten hörte ich die Geschichte, in der Tim sich die Anfangsbuchstaben SERZ der Einkäufe merkte und natürlich lauter falsche Sachen mit nach Hause brachte. Liebend gern machte ich mich daran, flott den eigenen Einkaufszettel zu schreiben, weil Mama jeden Buchstaben exakt wie den anderen schrieb, nein eigentlich mehr malte und das dauerte geraume Zeit. Geduld war niemals meine Stärke. Ich hopste von einem auf das andere Bein, was mir im selben Moment Mamas drohenden, verärgerten Blick einbrachte. Mama nannte es immer noch triezen, wenn sie ärgern meinte.

Zu guter Letzt gab es außer der großen Einkaufstasche aus kackebraunem Skaileder noch Mutters große Geldbörse und verlässlich denselben Spruch mit auf den Weg: „Zu treuen Händen!"

Nach dem Einkaufen ging die gleiche Prozedur von vorn los. Mutter übertrug die Einkäufe samt Preise, die sie vom Kassenbon notierte, in ein großes Haushaltsbuch. Sie wirkte dabei entspannt, lächelte zufrieden vor sich hin und fühlte sich offenbar in den kleinen Kramerladen in ihren Heimatort zurückversetzt.

Am allerliebsten kaufte ich bei Oma Klottscheck ein, die einen Obst- und Gemüseladen besaß. Wegen ihres undefinierbaren Alters wurde sie von allen ausschließlich Oma Klottscheck genannt. In der ersten Zeit traf man sie in einer kleinen, roh gezimmerten Holzbaracke am alten Marktplatz an. Ihre immer frischen Obstsorten, Gemüse und Kartoffeln schmeckten wunderbar aromatisch und wurden jahreszeitlich sortiert angeboten. Im Winter gab es ausschließlich Apfelsinen und Clementinen und Äpfel, die wochenlang in dunkelbraunen Holzkisten lagerten und dennoch knackig frisch schmeckten.

Alte Apfelsorten wie rotbackige Sternrenetten, köstlich duftende Cox Orange und herben, säuerlichen Boskop durfte ich zunächst einmal probieren und erst danach einkaufen. Beim Betreten des Ladens schlug mir ein Duftgemisch von frischen Zitronen und Orangen, köstlichen Apfelsorten und Gemüse verschiedener Intensität entgegen, Aromen von Lauch und Sellerie überboten einander.

„Na, Mädel" krächzte Oma Klottscheck, nachdem sie einen tiefroten Apfel mit dem Zipfel ihrer Strickjacke blank gerieben und mit einem schartigen, rostigen Pittermesser kleine Spalten davon abschnitt, „willse ma n Stücksken probiern? Köstlich, diese alten Sorten, aber schwer zu kriegen! Hinterm Köllnischen Wald, Richtung Kirchhellen, da gibt's noch ein paar Obstbauern mit den besten Äppeln aus der ganzen Gegend!"

„Nee, heute soll ich nur Kartoffeln einkaufen, sonst nix! Meine Mutter schickt mich, weil unsere Einkellerungskartoffeln alle sind."

„Kanns doch trotzdem probieren, solche Sternrenetten suchse im Konsum umsons!" polterte die Alte gleich los. Sie reichte mir den Apfelspalt mit dem Messer, vorsichtig zog ich ihn von der Klinge. Der saftige Apfel schmeckte fein säuerlich, während des Kauens veränderte sich der Geschmack und auf meiner Zunge machte sich eine Süße breit, mit deren einzigartigen Vollmundigkeit ich nicht gerechnet hatte.

Überrascht lächelte ich, Oma Klottscheck sah mich unterdessen erwartungsvoll an. „Na, wat sachse?" „Wirklich lecker und so süß!" überzeugte ich sie. Selbstzufrieden grinste die schrullige Alte vor sich hin. „Sarich doch!"

Oma Klottscheck sah zum Fürchten aus, fast wie die Hexe in meinem zerfledderten Märchenbuch. Ihr unfreundlich dreinblickendes Gesicht zierte eine große, fast schwarze Warze mitten auf der Nase. Die wulstigen, aufgesprungenen Lippen zauberten stets ein spöttisches Lächeln auf ihr Gesicht. Ihre Stimme schnarrte heiser, sodass mir prompt ein Schauer über den Rücken lief, wenn sie mir Anweisungen gab. „Hol dir ma ebm selbs die Kartoffeln ausm Sack und krieg se aufe Waage da!" Meinen Respekt vor der scheinbar uralten Frau konnte man mit Fug und Recht als haushoch bezeichnen und deshalb versuchte ich jedesmal, mir auf dem Hinweg zum Einkaufen die Liste auswendig einzuprägen.

Dennoch schenkte Oma Klottscheck mir großzügig bei jedem Einkauf zu guter Letzt eine Handvoll Erdnüsse. Ein Geschenk des Himmels! Die Aussicht auf die frischen, knackig gerösteten Erdnüsse bewirkte, dass ich liebend gern den Einkauf von Obst und Gemüse übernahm. Beim Konsum gab es keine Extras, bloß die blöden Rabattmarken, die kein Mensch sammelte!

Obschon der Weg zum Laden von Oma Klottscheck es in sich hatte, kürzte ich ihn gern etwas ab und schlich vorsichtig oder rannte blitzschnell, je nachdem was die Situation erforderte durch einen kleinen Privatweg, der unsere Siedlung mit alten Zechenhäusern verband. Die angrenzenden Gärten gehörten zu den Häusern der Parallelstraße, deren Bewohner wie verabredet allesamt Schäferhunde besaßen, die mehr oder weniger gut auf ihr Herrchen hörten. An manchen Tagen konnte ich nur noch Fersengeld geben, wenn mal wieder so ein Prachtexemplar sich anschickte, den Zaun zu überspringen.

„Rex, komm sofort zurück! Der tut nix, keine Bange. Re- ex, hasse nich gehört wat dein Herrchen gesagt hat, so-fort hierher, aber zack-zack!" Das Gebell der Schäferhunde mit Namen von Schlagerstars wie Rex oder Roy flößte mir dermaßen Angst ein, dass ich fast so schnell rannte wie Emil Zatopeck, jedenfalls kam es mir so vor, wenn ich für den Weg oft nur die Hälfte der üblichen Zeit brauchte. Mein Herz klopfte zum Zerspringen, ich hustete, bis mir die Tränen in den Augen standen, aber den sicheren Umweg von bestimmt fünf Minuten vorbei am mausgrauen Haus der Freiwilligen Feuerwehr mit dem schäbigen, in großen Placken abgeblätterten Schlauchturm nahm ich nie.

Wenig später zog Frau Klottscheck mit ihrem Laden in einen schlichten Neubau, jedoch blieb der Charme eines Marktstandes immer erhalten.

Im Winter zischte ein großer Kohleofen im hinteren Teil des Ladens, vergebens wie mir schien. Die Gemüseoma wärmte ihre knorrigen Hände auf und gab von dort aus die üblichen Kommandos „die Tüten liegen aufe Theke! Krieg ma eine raus und pack die Mandarinen ja vorsichtig ein!" Fensterscheiben beschlugen, sobald der erste Herbststurm daran rüttelte. Fast konnte ich zusehen, wie die Wärme aus dem bröckelig, schlecht gekitteten Fenster entwich. Durchdringendes Scheibenklirren von der Eingangstür kündigte neue Kundschaft an.

Die Gemüseoma trug deshalb mehrere Jacken übereinander, um sich vor der beißenden Kälte zu schützen. Die oberste, grob gestrickte Strickjacke, deren Grundton nur noch zu erraten war, starrte vor braungrauem Kartoffelstaub. Diese Jacke zierte ein gestricktes Gittermuster und Fünfmarkstück große Knöpfe, welche den dicken Bauch von Oma Klottscheck zum Zerreißen gespannt in Form hielt. An den Händen trug sie schwarze, löchrige Wollhandschuhe, die einen Blick auf die von der schweren Arbeit arthritisch gekrümmten Finger freigaben.

„Dat is und bleibt ein Fuhlenbrocker Original" pflegte Vater zu sagen. Mama hatte mir eingebläut, dass ich auf keinen Fall Hilfe von Fremden annehmen dürfe. „Gar nicht erst damit sprechen, brauchst nur mit dem Kopf schütteln!"

An einem sonnigen Samstagvormittag, die hässliche, braune Einkaufstasche war bis auf den letzten Zentimeter voll gepackt mit dem kompletten Wochenendeinkauf für unsere Familie, als mich ein älterer Herr dabei beobachtete, wie ich mich mit der schwer gewichtigen Tasche ablagte. Alle paar Schritte musste ich die, mir schien mit tonnenschweren Konservendosen bepackte Tasche absetzen, um meine Hände zu reiben, in die scharfkantige Henkel tiefe, dunkelrote Rillenmuster drückten. Mit zusammen gebissenen Zähnen verfluchte ich die gierigen Mäuler meiner Geschwister und zerfloss dabei vor Selbstmitleid. Am liebsten hätte ich laut geheult!

Der freundliche, ältere Herr in sommerlich hellgrauer Hose und passendem kurzärmeligen Karohemd kam langsam mit seinem Fahrrad angerollt und bremste direkt neben mir ab.

„Guten Tach" grüßte er freundlich. „Bis du nich eins vonne vielen Kinder von Hubert, Hubert Meyer?" fragte er und deutete mit dem Kopf mitfühlend auf die schwere Tasche, die ich endlich wieder abstellen konnte. Misstrauisch sah ich ihn an. „Na und?" gab ich bissig zurück. Emsig bearbeitete ich die breiten Schwielen in meinen Händen.

„Komm, ich bring deine Tasche schnell ma na Haus hin!" Auf der Stelle traten Tränen in meine Augen. „Nein danke" flüsterte ich mit schlechtem Gewissen, allein weil ich mit dem mitfühlenden Mann gesprochen hatte.

„Stell dich ma bloß nich so an! Sons muß ich dat immer tragen" bölkte mir Moni schonungslos entgegen, als sie, als hätte sie alle Zeit der Welt endlich, endlich, nach bestimmt fünf langen Klingelversuchen die Haustüre öffnete.

Viel interessanter und unzweifelhaft als großes Verdienst betrachteten wir Mädchen es, unsere Mutter beim Einkaufen in der Stadt zu begleiten. Hastig zog Mutter im Lauf ihren über alles geliebten und nach ihrer unumstößlichen Meinung eleganten Übergangsmantel in grauweiß-schwarzem Glenscheckmuster mit riesengroßen Perlmuttknöpfen an, sodass es im selben Moment so aussah, als flöge der Mantel hinter ihr her. Während dessen kontrollierte sie noch schnell den Inhalt ihrer schwarzen, handschuhweichen Ledertasche in Form eines Beutels mit silbernem Clipverschluss, die mich an ein übergroßes Portmonee erinnerte und dann rannten wir, was das Zeug hielt, wie immer in letzter Minute Richtung Bushaltestelle.

Der von Mama oft und gern zitierte Übergangsmantel, manches Mal auch gern Staubmantel genannt, was immer das auch bedeuten sollte, praktisch und reichlich weit geschnitten, somit Schwangerschaftstauglich und das ideale Kleidungsstück für Mutter. Der klassische Mantel wurde ausnahmslos von allen Schwestern für völlig geschmacklos befunden. „Unmoderner Sack, also ehrlich, wie kann man nur son scheußliches Ding anziehn?" Während Ilona solche Lebensweisheiten aussprach, nickte sie fortwährend mit dem Kopf und erinnerte mich, ich konnte gar nichts dagegen tun, an den Wackelkopp aus meinem Wäldchen. Deshalb schämte ich mich in Grund und Boden, wenn Mutter diesen zweifellos zeitlosen Mantel trug.

Mir war es nur vergönnt, mit dem Linienbus zum Einkaufen mitzufahren, wenn ich unbedingt etwas anprobieren musste, seien es Schuhe oder andere Bekleidung. „Es muss sein, Christine. Heute fährst du mal mit in die Stadt, du brauchst einen neuen Anorak, aus dem alten bist du raus gewachsen!" Welch ein Glück, dass Moni nicht viel größer war als ich, sonst hätte ich sicher deren abgetragene Klamotten auftragen müssen.

Monika, meine tadellose Schwester dagegen begleitete Mutter häufig. Diplomatischer als ich, gab sie niemals Widerworte und wurde von unserer Mutter „Hausmütterchen" genannt, was mich unerträglich, fast bis zum Schmerz neidisch machte.

Weshalb dieses besondere Verdienst mit Mutter zur Stadt zu fahren mich offensichtlich höchst selten traf, blieb mir trotzdem ein Rätsel. Alle Anstrengung und erdenkliche Mühe, mich zumindest einigermaßen anzupassen schienen umsonst. Wahrscheinlich hielt sie mich zu diskutierfreudig und deshalb zog Mutter mir die in sich ruhende, vollkommen kritiklose, ältere Schwester Monika vor.

Bei den seltenen Ausflügen zur Stadt genoss ich schon die Fahrt mit dem Linienbus, entweder Linie 64, der bis zur Stadtgrenze Oberhausen fuhr oder Linie 67, dessen Endstation an der Zeche Haniel lag. Jedes Mal mussten wir zu guter Letzt einen Endspurt hinlegen, um den Bus Richtung Stadtmitte an der Lindhorststraße zu erwischen, weil Mutter es nie und nimmer schaffte, pünktlich aus dem Haus zu gehen.

„Mama, der nächste Bus kommt doch schon in ner Viertelstunde! Lass uns lieber langsam laufen!" Ich machte mir große Sorgen um Mutters Bauch, der beim Rennen gefährlich zu hüpfen schien. Saßen wir dann abgekämpft und atemlos auf den abgewetzten, vormals knallroten und von kleinen Taschenmessern bearbeiteten Sitzen aus Kunstleder endlich im Bus, überkam mich in schöner Regelmäßigkeit ein warmes, gänzlich ungewohntes Gefühl, Mama einmal ganz für mich zu haben. Unterdessen clipste Mutter ihre Tasche unzählige Male auf und zu, bis sie sich weit hinter dem Parkfriedhof soweit beruhigte, das zu unterlassen.

Die Aussicht auf Mutters Lieblingsbeschäftigung, das Einkaufen bis zum Ladenschluss zauberte glänzende Augen und ein ansteckendes Lächeln in ihr Gesicht, zu guter Letzt konnte ich sogar die hübschen Grübchen in Mamas Wangen sehen. Mit Spannung betrachtete ich jedes Mal diese verlässliche Veränderung, die sich unabhängig vom jeweiligen Einkauf einstellte, vollkommen gleichgültig für wen das neue Stück sein sollte.

„Heute kaufe ich noch ne Manchesterbuchse für Klaus, die Knie sind schon wieder durch. Ich weiß auch nicht, wie der Jung das immer hinkriegt!"

Bei Karstadt, dem Kaufhaus, das in den ersten Jahren noch Althoff nach seinem Besitzer hieß, gab es am Ende einer Einkaufstour jedes Mal einen leckeren Imbiss, der am Stehtisch im Untergeschoss der Lebensmittelabteilung serviert wurde.

„Der Kartoffelsalat „Hausmacher Art" mit Bockwurscht schmeckt wunderbar" schwärmte Mutter in einwandfrei norddeutschem Dialekt der Bedienung vor, „ich hätte gern ein Dunkelbier dazu!" Nur zu gern hätte ich das süffig malzige Gebräu probiert, das gerade in dem Ruf stand, insbesondere für schwangere Frauen über die Maßen gesund zu sein.

„Na, wat wills du denn, klenet Dötzcken?" fragte mich prompt das Bottroper Original.

„Pommes, Mayo, Bratwurst!" Nichts war klarer. Herrlich goldbraun frittiert dufteten die leckeren Kartoffelspalten, die es neuerdings in jedem modernen Imbiss zu kaufen gab, dann schon, wenn wir die Treppe ins Untergeschoss herabkamen. Das ursprünglich weiße, jetzt mit feinen Fettspritzern versehene Käppi der Imbissfee saß schief und die strähnigen, mausgrauen Haare der freundlichen Frau kamen darunter zum Vorschein. Auf unbestimmte Weise gab mir die unscheinbare Frau das Gefühl, schon fast erwachsen zu sein. Dankbar belohnte ich sie dafür mit einem ausgiebigen Lächeln. „Darf et auch ne Sinalco sein?" „Aber sicher" rollte Mutter das R nach wie vor.

Zuhause

In den ersten Wintern in unserem neuen Haus zierten filigrane, prächtige Eisblumen morgens unsere Fenster, Eisblumen, deren Muster wie von Hand ziseliert wirkten. Wir heizten mit kleinen Kohle- und Holzöfen, die in den einzelnen Räumen morgens frühzeitig angeheizt wurden, wie Mutter ihre immer wiederkehrende, allererste Amtshandlung nannte, jeden Tag aufs Neue.

Herber Geruch von angezündeten Holzspänen begleitet vom knisternden Geräusch, wenn die zerknüllte Zeitung Feuer fing, versprach mollige Wärme. Bibbernd saß ich in der Hocke vor der offenen Klappe des schwarzen Öfchens im Kinderzimmer, die Zähne schlugen im Takt aufeinander, bis der kleine Ofen endlich in Gang kam.

Im Bad heizte ein Gasboiler, der zum Baden angezündet wurde und dabei explosionsartig laute Geräusche von sich gab. Ich traute diesem lauten Ungetüm nicht über den Weg. Es war ein ungeschriebenes Gesetz, dass dieser Boiler ausschließlich von unserem Vater angezündet wurde.

Bei jedem Wetter fuhr Papa mit seinem knatternden 50 ccm Moped zur Arbeit. Deshalb schob er es morgens früh vom Hof, damit wir nicht zu früh vom lauten Knattern geweckt würden. Sein „Pröttel" zeichnete sich durch absolute Zuverlässigkeit aus und brachte ihn bei Wind und Wetter zur nahe gelegenen Zeche Jacobi. Papas Kumpels prahlten damit „auffe Zeche" zu malochen. Ich fand diesen Ausdruck ziemlich merkwürdig, wusste doch jedes Kind, dass die Bergleute unter Tage in unvorstellbarer Tiefe arbeiteten.

Niemals kam Vater nach der Schicht wie einige Nachbarn mit wie von Kajal umrahmten Augen zurück, sondern stets ordentlich sauber geschrubbt. Eine zerbeulte Aluflasche mit Schnappverschluss hielt seinen gesüßten Tee oder Kaffee im heißen Stollen unter Tage warm.

„Dat is eine Affenhitze da unten. Ihr könnt euch dat nich vorstellen! Ich leg ersmal meine Füße n bisken hoch, ich bin fix und fertig, Mutter, sagse Bescheid, wenn dat Essen fertig ist?"

Komisch, dass Papa auch genau wie wir Kinder „Mutter" zu seiner Frau sagte. Das wollte mir nicht in den Kopf, wie Tante Irmgard das nannte, wenn ich etwas partout nicht verstand.

Aus dem alten Röhrenradio erklang gerade das Lied von Connie Francis „Die Liebe ist ein seltsames Spiel" das Mutter wohl zu gefallen schien. Sie schwang ihre Hüften, sang den Refrain und ganz besonders laut „sie kommt und geht von einem zum andern" und so ganz nebenbei wuchtete sie vergnügt die schweren, schwarzen Töpfe auf den Herd. Der unverkennbar amerikanische Slang der Sängerin wollte durchaus nicht zu dem museumsreifen Radio passen, aus dem der Hit dumpf erklang. Das magische Auge, allein dieses Wort schon, übte auf mich eine unglaubliche Anziehungskraft aus. Gebannt schaute ich darauf, ein ums andere Mal veränderte sich der grüne Farbton, bis ich direkt die geheimnisvolle Pupille zu erkennen glaubte.

Vater erzählte selten genug, aber immerhin gelegentlich sehr eindrucksvoll von seiner schweren Arbeit und den Unfällen, die fast zum Tagesgeschäft gehörten. Als Lütte, wie ich höchst selten liebevoll im Dialekt von Mutter genannt wurde, verstand ich nicht, dass er großen Respekt vor seiner Arbeit unter Tage hatte und sicherlich mehr als einmal Angst davor „anzufahren", wie die rasante Fahrt mit dem Förderkorb in die Tiefe zu Arbeitsbeginn genannt wird.

Ich hing förmlich an seinen Lippen, wenn er auf eine Zigarettenlänge von solch seltsamen Dingen wie den Flözen unter Tage erzählte. Manchmal hatten die Kohlenflöze lustige Namen wie Tante Lisbeth, aber sobald die Kohle abgebaut war, hieß der verbrauchte Bereich immer gleich „Alter Mann."

Genauso fasziniert wie ängstlich hörte ich zu, wenn Vater von den „Wettern" unter Tage sprach. Stirn runzelnd schaute ich nach draußen und sah das gleichbleibend unveränderte Wetter. Ganz anders als unter

Tage, wie Papa berichten konnte. Unverbrauchte, frische Luft bedeutete für die Kumpels „frische Wetter" die Schicht vollkommen in Ordnung, die Kumpels guter Dinge. Papa schränkte sofort ein, dass das außerordentlich selten vorkam. Wenig Sauerstoff in der Luft hieß „matte Wetter" genauso fühlten sich die Männer, für mich so unbeschreiblich tief unter uns. „Giftige Wetter" bedeutete höchste Alarmstufe, der hohe Gehalt an Kohlenmonoxid in der Luft setzte allen Männern heftig zu. „Schlagwetter" das schlimmste aller Wetter versetzte nicht nur Vater in Todesängste. Oft genug hatte Papa miterleben müssen, dass es dann beim Aufwirbeln vom Kohlenstaub leicht zur Explosion kommen konnte.

Immer wieder führte „Schlagwetter" zu schweren Unfällen unter Tage, worüber Vater danach tagelang kein Wort mehr verlor. Dann war die Stimmung im Schacht so tief bedrückt wie sonst nie, der Ernst der Lage ließ sogar den größten Spaßvogel und wie ich Papa verstand, gab es einige davon, sorgenvoll völlig sprachlos werden.

Falls es die schrecklich gefährlichen Schlagwetter gab und die Kumpels nach der Schicht die ersten Strahlen des Tageslichts durch das Drahtgeflecht im Förderkorb erahnen konnten, waren sie nach Papas Schilderungen ohne Ausnahme außer Rand und Band, dem schier unentrinnbaren Schicksal davon gekommen zu sein, „weisse, mal eben so dem Teufel vonne Schüppe gesprungen! Mit Ach und Krach!"

Erleichtert der endlosen Schwärze im Streb entkommen zu sein, folgte verlässlich ausgelassenes Treiben in der Waschkaue, übermütig wurde die Seife über den gefliesten Boden geglitscht, die Männer freuten sich ihres Lebens und brüllten laut durcheinander, bis sie sich schon wieder beruhigt auf den Heimweg machten, die erste Zigarette nach der Schicht im Mundwinkel. Die meisten Kumpel fuhren mit Fahrrädern, einige per Moped wie Papa, aber es gab auch schon wenige stolze Autobesitzer, die fröhlich pfeifend ihren Opel Kadett oder VW Käfer bestiegen, Autos, die gehegt und gepflegt wurden wie sonst nichts und niemand. Auf der Wettertafel im Streb konnte Vater genau nachsehen, welche Bedingungen in dem Abbaugebiet herrschten, in dem er gerade arbeitete.

Wenn bei Vaters Schicht unter Tage alles glatt lief, kam er gewöhnlich vergnügt von der Arbeit, oft das Lied vom Steiger auf den Lippen: „Glückauf, Glückauf, der Steiger kommt..." Im Grunde seines Herzens fand Vater den Steiger, den er, wie ich fand etwas abfällig den Alten nannte, arrogant und überheblich, durch und durch unsympathisch, „eben kein Kumpel!"

Eines Tages, wir hörten gerade im neu erworbenen und deshalb immer noch streng riechenden, ganz und gar in Mahagoniholz gekleidete Radio der Marke Telefunken unser Lieblingslied „Zwei kleine Italiener" von Conny Froebess, kam Vater aufgeregt von der Arbeit zurück. „Mach mal eben Platz, ich muss unbedingt Nachrichten hören. Ein Deutscher hat den Weltrekord in 100 Meter-Lauf gebrochen! Dat haben sich die Kumpels aufm Pütt erzählt. Der Mundfunk is schneller als der Rundfunk!" Das um dreiviertel kleinere, moderne Radio mit silbrig glänzender Tastatur gehörte nach Vaters Meinung unbedingt in einen modernen Haushalt. Allein ich vermisste das klobige Radio und konnte mich gar nicht daran gewöhnen, dass unser modernes Gerät ohne magisches Auge auskam und zudem sofort sendete und nicht erst gemütlich warmlief wie unser gutes, altes Röhrenradio.

Die Nachrichten im Radio hörte Vater immer gleich. Er zog sich einen Stuhl so nah wie möglich an das Regal heran, wo auch das neue Radio seinen Platz fand, legte den Kopf etwas schief in Richtung Lautsprecher, um auch bloß nichts zu verpassen. Seine pechschwarzen, feinen Haare stets sorgfältig mit „FIT" Pomade frisiert, schienen durchzogen von weißen Strähnen und seine immer unruhigen Hände suchten auch jetzt eine Beschäftigung. Er zog unsere „Rummelschublade" auf, kramte zwischen Paketband, einer alten, rostigen Schere, Weckgummis und Staubtüchern herum und versuchte dort Ordnung zu schaffen, vergebens.

In dem Moment sprach der Nachrichtensprecher davon, dass Armin Hary bei der Leichtathletik Weltmeisterschaft in Zürich einen neuen Weltrekord im 100 Meter-Lauf aufgestellt habe. Er lief diese Distanz in sage und schreibe 10 Sekunden. Voller Hochachtung sagte Vater: „Mein liebe Herr Gesangverein, dat nenn ich ma ne Leistung." So ganz nebenbei hörte ich den unverblümten Stolz über den Sieg unseres Landmanns. Diesen Tonfall erkannte ich wieder, das hatte ich schon oft gehört, gerade dann, wenn Vater bei Familienfesten von seiner Zeit bei der Wehrmacht als Marinesoldat erzählte.

Insbesondere bei Feiern, nach dem einen oder anderen Schnäpschen zuviel, lockerte der Alkohol seine Zunge und er berichtete erstaunlich nüchtern, oft sogar in sehr befremdlicher Weise ein wenig stolz und dennoch tief betroffen von den schrecklichen Kriegswirren, zitierte jedes Mal Kopf schüttelnd einen vorgesetzten Offizier an Land, dessen liebster Befehl: „An die Wand stellen!" lautete. Obschon ich die Tragweite dieses Ausspruchs nicht verstand, veränderte sich die eben noch heitere Stimmung im nu. Als wäre eine dunkle Wolke über uns hinweg gezogen, änderte sich schlagartig die Laune fast aller Gäste, selbst betroffen von unfassbar grausamen Kriegsgeschehen, erinnerten sie sich plötzlich daran, doch lieber frühzeitig aufzubrechen, um sich ja nicht mit dem Schnee von gestern herumquälen zu müssen.

Im nüchternen Zustand sprach Vater, wie mir schien, recht distanziert und sogar dankbar von seiner eher vergnüglichen Zeit als Marinesoldat in Norwegen auf dem Schiff oder im U-Boot, weit weg von irgendwelchen, gefährlichen Küsten und merkwürdigen Vorgesetzten. „Sicher, hinterher will es wieder keiner gewesen sein! Hauptsache, sie kriegen alle den Persilschein!" Mutter nickte heftig, also hatte sie Vaters rätselhafte Andeutungen wohl verstanden. Im Stillen fragte ich mich, was der zweite Weltkrieg denn wohl mit der großen Wäsche zu tun hatte.

Schon seit einiger Zeit rauchte Vater ORIENTA, eine aromatisch riechende Filterzigarette, fein verpackt in weiß-orange gestaltetem Papier. Der Schriftzug auf dem Päckchen und der feinherbe Geruch einer frisch angezündeten Zigarette ließ ein wenig Sehnsucht, auf jeden Fall aber ein fremdes, verlockendes Gefühl in mir aufkeimen. Vater genoss es schon, das Cellophan vorsichtig abzustreifen, ein kleines Eckchen der Silberfolie geschickt abzureißen, um ein, zwei Zigaretten durch das immer gleichbleibend große Loch heraus zu klopfen. Er befeuchtete seine Lippen mit der Zungenspitze und steckte die Zigarette dazwischen, die linke Hand verschwand in der Hosentasche, um die Welthölzer heraus zu kramen. Bewundernd sah ich zu, wie er mit der linken Hand das Streichholz anriss und mit verlässlich zufriedenem Gesicht die Zigarette anzündete und tief inhalierte. Den Zigarettenqualm stieß er mit leisem Seufzer geradewegs schräg ohne Unterbrechung aus seiner Nase, niemals ließ er den Rauch aus dem Mund strömen. Das Rauchen glich einer feierlichen Zeremonie und ich wagte es nicht, meinen endlich entspannten Vater dabei zu stören.

Überzeugt davon, mit dem Rauch seiner orientalisch anmutenden Zigaretten die weite Welt in unser Wohnzimmer holen zu können, rauchte er genüsslich Zug um Zug auf Lunge. Bei Herrn Henkel an der Bude, gerade mal eine Querstraße von unserem Haus entfernt und somit in zwei Minuten schnellen Rennens zu erreichen, erstanden wir Kinder ganz selbstverständlich ein Päckchen Zigaretten für eine Mark. „Kiek ma an, dat klene Frolleinchen Meyer" konnte Herr Henkel seine Berliner Herkunft nicht verheimlichen, „wat daafet denn heute sein?" Wie aus der Pistole geschossen kam die Antwort, ich musste nicht lange überlegen: „Einmal Orienta mit Filter und für n Groschen ne Rolle Faam Lakritz!" „Na jut, lasset dia schmecken, wa!" zählte er mir das Wechselgeld in die Hand, wozu er eine schwarze Hornbrille aufsetzte, die ihm im selben Moment auf die Nasenspitze rutschte. Sein obligatorischer Gruß konnte sein vermaledeites Aussehen auch nicht mehr retten. „Ick wünsche dia jetze n wundaschönen Tach, wa!"

Vater genoss nach Feierabend seine geliebte Filterzigarette und blies für uns Kinder Kringel in die Luft, die sich von einem scharf umrissenen O zum Ei kringelten, um sich dann blasser werdend in Luft aufzulösen. Zu Anfang des Monats, gerade um den Zahltag herum ungewöhnlich spendabel, schenkte er uns fürs Zigarettenholen zehn oder sogar zwanzig Pfennig. An der Bude gab es echtes Lakritz zu kaufen, am leckersten, und da waren wir uns sehr einig, schmeckte das wunderbare holländische Lakritz. Fast ausnahmslos alle meine Geschwister liebten Lakritz, sogar noch mehr als Schokolade.

Meine älteste Schwester Klara wollte mich eines Tages in das Geheimnis der Zubereitung von Lakritzwasser einweihen: „Hör mal, Tine willse ma lern wie man Schäumchen zieht?" An meinem völlig ahnungslosen Gesichtsausdruck konnte Klara ablesen, dass ich nichts, aber absolut gar nichts verstand. „He?"

„Pass auf, dat is so: Gib ma n paar Lakritzstücke in ne Flasche mit einem Schnappverschluss und füll se mit Wasser auf. Dat muss aber unbedingt echtes Lakritz sein! Dat andere funktioniert nich. Dann musse immer widder schütteln, bis dat ganze Lakritz aufgelöst, also praktisch weg is und danach hasse dat leckerste Lakritzwasser wat et gibt. Schäumchen eben!"

Gesagt, getan. Zuerst fand ich das Schütteln ganz interessant und freute mich auf die geheimnisvolle Brause. Ich schüttelte wie wild geworden, bis mir die Arme langsam aber sicher lahm wurden und meine Begeisterung sich in Luft auflöste.

„Hey Klasse, Tine, du bist ja n richtiger Schaumschläger!" grinste Klaus mich an. Nach stundenlangem Schütteln wie mir schien brachte ich aber keinerlei Geduld mehr auf, „Plopp" machte die Flasche beim Öffnen und grau gefärbter Schaum quoll über den gewölbten Rand. Fast geschmolzene und ziemlich glibberige Lakritzstücke fischte ich wieder aus der Flasche, um sie anfänglich etwas widerwillig, dann aber genüsslich zu lutschen. Das grauschwarze Wasser schmeckte abscheulich und landete kurzerhand im Ausguss!

Ich hatte erst einmal genug von echtem Lakritz. Vom nächsten Groschen, den ich mir mit Zigaretten holen verdiente, kaufte ich an einer der vielen kleinen Büdchen ein großes Plätzchen, einen knusprigen Schwanenhals mit köstlicher dunkler Schokolade umhüllt, welches es nur hier zu kaufen gab. Das Besondere an der Bude war, dass sie direkt auf der

Oberhausener Stadtgrenze lag und irgendwie kam ich mir großartig vor, nur für ein Plätzchen nach Oberhausen zu laufen.

Beim sonntäglichen Kuchenessen saßen nun neun Kinder am Tisch. Es gab, schön nach Mutters Schema F, abwechselnd Rosinen - und Marmorkuchen. „Zur Feier des Tages brühe ich heute echten Bohnenkaffe auf" sprach Mama ihr Lieblingsgetränk nach wie vor Mecklenburgisch aus. Zuvor wurden die Kaffeebohnen in einer alten Holzmühle gemahlen. Ein wunderbar aromatischer Duft zog durch das ganze Haus bis in die kleinste Ritze, wenn Mutter das sprudelnde Wasser in den mit fein gemahlenem Jakobs Kaffee gefüllten Melitta Porzellanfilter gleichmäßig, aber stetig im Schwall laufen ließ.

„Sag ma Mama, kannse nich ma kalte Hundeschnauze backen?" fragte Klaus eines schönen Sonntags. „Wie der Name schon sagt wird dieser Kuchen nicht gebacken, sondern ist kalt und besteht aus lauter Fett und Zucker" korrigierte Mutter. Damit schien das Thema für Mama geklärt zu sein, dennoch wünschte sich nicht nur Klaus das neuerdings in der ganzen Nachbarschaft zubereitete, moderne Gebäck, das aus Butterkeksen und einer hochgradig fetten Kakaofüllung bestand. „Billiges Zeugs!" winkte Mutter ab, es wäre ihr nie in den Sinn gekommen, ihren safrangelben Rosinenkuchen gegen solch modernen Kram einzutauschen. „Da leckse dir die Finger nach!" schwärmte selbst Monika vom Geburtstagskuchen ihrer Freundin Conny.

Mutter wirkte wieder einmal abwesend, als sie die kleine Glasschiebetür im Wohnzimmerschrank zur Seite schob und mit einem Griff ihre Lieblingslektüre hervorholte. Der einzige Luxus, den Mutter sich leistete, war ihr Beitritt zum Bertelsmann Lesering. Darin erschienen aktuell in regelmäßigen Abständen Bücher über Archäologie, einem Steckenpferd Mutters, dem sie aber leider nicht in der Weise nachgehen konnte, wie sie sich das gewünscht hätte. Wann immer ihre knapp bemessene Zeit es zuließ, vertiefte sie sich in das Leben des Tutanchamun oder las begierig über das Leben der Nofretete, eindrucksvollen Herrschern aus längst vergangener Zeit. Mutter begeisterte sich dafür, dass Nofretete schon im alten Ägypten zur Mitregentin des Echnatons, eines mächtigen Pharaos wurde.

„Beim berühmten blauen Helm der Nofretete handelt es sich immerhin um einen Kriegshelm!" bewunderte Mutter die starke Frau und hielt mir zum Beweis das Buch samt Hochglanzfoto unter die Nase.

Ein einzigartiges Geräusch, das die zweiflügelige Glasschiebetür des Bücherfachs im Wohnzimmerschrank beim aneinander Vorbeigleiten erzeugte, ließ mich hoffnungsfroh darauf warten, dass Mama mit ihrer exakt artikulierten und dennoch wohlklingenden Stimme aus den Novellen von Theodor Storm „Der kleine Häwelmann" vorlas. Sobald meine jüngeren Geschwister zahnten oder sie irgendwelche Zipperlein quälten, kramte Mutter den dicken Wälzer mit wunderschönem Einband aus Leinen hervor, auf dem Theodor Storm mit eindrucksvollem Hut samt riesiger Krempe abgebildet war. Automatisch klappte das Buch auf der richtigen Seite auf, wurde auf ihren Schoß bugsiert, damit sie die Hände freihatte, um den Kleinen den Bauch zu massieren oder den Kopf zu streicheln, um sie von ihren Beschwerden abzulenken oder diese zumindest zu lindern.

Jedes Mal von neuem hing ich an Mutters Lippen, um gespannt den Abenteuern des kleinen, mutigen Kerls zu lauschen, der mutterseelenallein auf Entdeckungsreise ging, um das Geheimnis des Mondlichts zu lüften. Glühend wurde er deswegen von mir beneidet und mehr als einmal dachte ich darüber nach, mich selbst auf den Weg zum Mann im Mond zu machen, ohne Rollenbett selbst verständlich, denn dafür war ich ja wohl zu alt.

Wenn ich an wenigen, selten klaren Abenden den kugelrunden Vollmond am Himmel entdeckte, schien er mir guter Freund und Verbündeter zu sein und im Stillen bat ich ihn: „Mehr, mehr! Leuchte, guter alter Mond leuchte!" Falls ich genügend Geduld aufbrachte und lange genug heraufschaute, zwinkerte der Mann im Mond mir fröhlich zu, davon war ich felsenfest überzeugt.

Im Januar dieses Jahres wurde meine jüngste Schwester Margarethe geboren. Die Hausgeburt zog sich zwei lange, lähmende Tage hin. Mir schienen die Tage endlos lang zu sein, fast noch länger als der Tag vor dem heiligen Abend. Traditionell wurden wir Kinder dann von Tante Irmi betreut, Papas buckeliger Schwester. Sie versorgte uns, kochte praktischer Weise mehr oder weniger schmackhafte Eintöpfe, weil solch große Mengen, die wir mittags aßen, auch mit inzwischen einiger Übung Tante Irmgard fremd blieben. Sie kriegte einfach keinen richtigen Geschmack an den Eintopf und so stand bei jedem Mittagessen selbstverständlich die Maggiflasche auf dem Tisch, was es bei Mama nie und nimmer gab. Am Abend brachte Tante Irmi uns, völlig unüblich, pünktlich ins Bett.

„Männeken, ein bisschen leiser geht et schon" ermahnte Tante Irmi liebevoll meinen Bruder Klaus. Sie gebrauchte wie viele Leute im Ruhrgebiet diese niedliche Umschreibung für einen kleinen Jungen, welche immer auch ein wenig ermahnend gemeint war. Tante Irmi hieß mit vollständigem Namen Irmgard, Edeltraud, Josefine, worauf sie allergrößten Wert legte, gerade so, als würde der wohlklingende Name ihre Person komplettieren und ein wenig von ihrer Behinderung nehmen. „Nimm ma deine Brocken aussem Weg, Klausi! Männeken, hasse gehört? Dann kannse auch n Bütterken kriegen." Voller Überzeugung und perfekt deutlich, wie ich es sonst nur von Mutter kannte, sprach sie ihren Lieblingssatz: „Es ist alles nicht so einfach!"

Die hemdsärmelige Hebamme Frau Jansen betreute Mutter vor, während und im Anschluss einer Entbindung auch schon bei den vorausgegangenen Hausgeburten. Frau Jansen, die irgendwo aus dem Osten stammte und durch und durch resolut schien, wurde gerade deshalb von Mutter für ihre langjährige Treue und Unterstützung geschätzt. Allerdings zog sich die Geburt von Margarethe dermaßen lange hin, dass wir am ersten Tag sozusagen ergebnislos ins Bett marschierten. Burschikos weckte uns Frau Jansen am nächsten Morgen mit den Worten: „Dat klene Wirmchen hat zuviel Fruchtwasser jetrunken und musste nach der Jeburt ins Krankenhaus." Enttäuscht kamen wir zum Frühstück herunter und stellten fest, dass der neue Familienzuwachs schon wieder woanders weilte. Als untrügliches Zeichen für eine Hausgeburt standen trotz der Eiseskälte im Januar die Matratzen aus dem Doppelbett der Eltern draußen gereinigt auf dem Hof.

Gott sei Dank dauerte Margarethes Genesung nicht allzu lange und wir durften unsere kleine Schwester Margret, deren zarte, weiße Haut derartig durchscheinend war, dass sie bläulich schimmerte, endlich nach zwei Wochen ungeduldigen Wartens vorsichtig und andächtig zugleich auf den Arm nehmen.

Einige Zeit später teilte sich Margret den Kosenamen Grete gar nicht gern mit unserer Mutter, die Margarethe, Charlotte, Friederike hieß, zusätzlich auch noch mit besonderem Geburtsnamen Wismar. Der außergewöhnliche, gerade im Ruhrpott höchst seltene Name Mutters gefiel mir unglaublich gut, weil wirklich jeder noch einmal nachfragte, ob es denn nicht sein könne, dass es sich dabei um den Geburtsort meiner Mutter handele.

„Sach ma Meyer, kann et denn nich sein, datte dich da vertan has. Deine Mutter is sicher in Wismar geboren!" „Nee, ganz sicher nicht, meine Mutter ist eine geborene Wismar!"

Zu den traditionellen Vorbereitungen einer Geburt gehörte es in unserer Familie, den Stubenwagen für das Baby herzurichten. Mutter, absolut überzeugte Vertreterin für gute Qualität sorgte dafür, dass im ersten Bett eine neue Rosshaarmatratze lag, ein Erstlingskopfkissen, das sich durch seine geringe Höhe auszeichnete und eine Stoffgarnitur, die auf das Geschlecht des Babys schließen ließ. Der Korb und der Himmel des Stubenwagens wurde entweder mit rosa Blümchenstoff für ein Schwesterchen oder in hellblau für ein Brüderchen bezogen, für den neuen Prinz Kacki, wie Papa die kleinen Jungs scherzhaft nannte.

Im Januar 1961 bezog meine kleine Schwester Margarethe den rosa ausgestatteten Stubenwagen. Margarethe, keine Prinzessin, dafür aber ein unruhiges Baby, das so recht keinen Schlaf zu brauchen schien, hastig oder gar nicht trank und dem entsprechend nicht an Gewicht zunahm.

Mutter schaute sehr sorgenvoll auf den kleinen zarten Körper und schüttelte kaum merklich den Kopf: „Na, sag mal meine kleine Motte, willst du denn nicht endlich ein bisschen dicker werden?"

Meine älteren Schwestern bekamen abwechselnd die ehrenvolle Aufgabe auferlegt, den kleinen Säugling zu wickeln und durften Margarethe danach entweder bei schönem Wetter im Kinderwagen ausfahren oder in den Schlaf singen, wie es unsere Mutter nannte.

Unser musikalisches Repertoire umfasste dementsprechend unzählige Lieder. „Schlaf, Kindlein schlaf" „Guten Abend, gute Nacht" „Die Blümelein, sie schlafen" „Weißt du wie viel Sternlein stehen?", „Abend wird es wieder" „Abendstille überall" standen auf der Beliebtheitsskala obenan. Unsere Lieblingslieder sangen wir mehrstimmig oder im Kanon, auch und gerade abends ging uns die Arbeit in der Küche dadurch schneller von der Hand. Wenn Mama ein wenig Zeit erübrigen konnte, sang sie im schönsten Plattdeutsch unsere unruhige kleine Schwester in den Schlaf. Stets folgte die verlässlich gleiche Prozedur, Mutter räusperte sich, schloss einen Moment lang die Augen, anscheinend um sich zu konzentrieren und sang in perfekter Altstimme im heimatlichen Dialekt.

Dat du min Levsten büst

Dat du min Levsten büst
Dat du wohl weßt
Kumm bi de Nacht
Kumm bi de Nacht
Sag wo du heßt.

Kummst du um Midernacht
Kumm um Klock en
Vader slöpt, Moder slöpt
Ick slap alleen.

Sachte den Gang entlang
Fat an de Klink
Vader slöpt, Moder slöpt
Ick slap alleen.

Wenn dann der Morgen kummt
Kreit de oll Hahn
Levster min, Levster min
Dann musst du gahn.

Heimlich, hinter dem Türrahmen gut versteckt, hörte ich immer wieder gern zu, wenn Mutter dieses melancholische Liebeslied in ihrer wunderbar passenden Altstimme sang. Auch Grete schien sich zu beruhigen, denn bald darauf wurde sie, selbstverständlich auf der Seite in den Stubenwagen gelegt, das Daunenkissen fest dahinter gestopft.

Moni sang schon als Kind mit einem deutlichen Hang ins Kitschige und drastisch zittrigem Tremolo in der Sopranstimme der kleinen Grete Schlaflieder vor. Wenig später lag Grete in ihrem Kinderbett und schaute sie mit kornblumenblauen Augen aufmerksam an, keine Spur von Müdigkeit, als Moni konzentriert ihr Lieblingslied anstimmte: „Die Blümelein, sie schlafen schon längst im Mondenschein..." Mir kam das am hellichten Tag irgendwie verrückt vor, auch wenn ich brav das fenstergroße, schwarzgrüne Rollos am Band herunterzog und mir das Schlafzimmer im selben Moment nachtdunkel vorkam. In Sekundenschnelle schnappte das Rollos mit einem lauten, blechernen Scheppern wieder nach oben, wickelte sich ein paar Mal mit lautem Getöse „Klack, klack, klack" um sich selbst. Grete hielt das anscheinend für einen gelungenen Scherz. Sie ruderte eifrig mit ihren Armen in der Luft herum und strahlte über beide kleinen Bäckchen und gluckste vor Vergnügen. Um ihren Mittagsschlaf war es jetzt erst einmal geschehen.

Meine Geduld mit den kleinen Geschwistern hielt sich sehr in Grenzen. Mutter bedachte meine etwas rabiate Herangehensweise stets mit einem Kopfschütteln und dem legendären Satz: „Warte, bis der Papa nach Hause kommt." Dieser Satz klang mir ständig bedrohlich in den Ohren. Ohne große Anstrengung konnte ich den Grad des Beleidigtseins an der Kräuselung von Mutters Lippen ablesen. Wenn Vater dann tatsächlich abgekämpft von der schweren Arbeit zuhause eintraf, überschlugen sich die Ereignisse und Mutter kam glücklicher Weise oft nicht dazu, sich in allen Einzelheiten zu ergehen.

Gern alberte Papa mit den Kleinen herum, machte unverständliche Geräusche wie: „ARRR! ARRR! Guck mal Mutter, gerade hat Grete gelacht! ARRR, ja lach doch noch mal für den Papa!" Vater plusterte sich auf, trommelte auf seinen Oberschenkeln und rief einzelne Silben betonend: „A - lle Vö -gel flie-gen hoch!" Grete schaute ihn verständnislos an, aber weil Vater sich über dieses Spiel so überschäumend freute, die Arme in die Höhe riss und Flügelschlagen imitierte, zappelte auch sie in ihrem Hochstuhl und bewegte alle Körperteile gleichzeitig wie die Marionetten aus der Augsburger Puppenkiste. Thomas schaute traurig zu, lehnte verschämt am Türrahmen, wurde er noch nicht einmal mit einem freundlichen Klaps zur Begrüßung bedacht.

Gleich darauf saß Grete rittlings auf Mamas Hüfte, der Platz, der stets dem jüngsten Kind vorbehalten blieb.

Nach seiner körperlich schweren Arbeit übernahm Vater nach dem Mittagessen sichtlich erschöpft die Aufsicht bei den Hausarbeiten für die Schule. Einige meine Geschwister erlernten dermaßen langsam neue Aufgaben, dass Vater beständig die Geduld verlor und nicht nur einmal kräftig losbrüllte oder sie sogar entnervt verdrosch. Damit wolle er seinen Kindern das Lernpensum ein für alle Mal einbläuen, wie ich erschrocken hörte. „Dat kann ja wohl nich wahr sein, dat meine Tochter son Dusseldier is. Auch noch flennen ohne Grund! Verdorri no mal, macht doch alle, wat ihr wollt, ich geh jetzt in meinen Keller! Verdammt und zugenäht!"

Eingeschüchtert kapierten sie nun gar nichts mehr und Vater zog sich nach erfolgloser „Nachhilfe" in sein Refugium, dem Keller zurück. Hier hatte er seine Werkstatt mit extrem ausgeklügelten Maschinen ausgestattet, oft selbst konstruiert und in mühevoller, tagelanger Arbeit montiert und zusammengeschweißt.

Nur in seinem Keller mit all den ausgetüftelten, zuverlässig funktionierenden Maschinen war unser Vater glücklich und zufrieden, ähnlich wie die alten Bergleute in der traditionellen, rußig grauen, schmucklosen Bergarbeitersiedlung, ganz in der Nähe der Zeche. Der Taubenvatter verbrachte am liebsten den ganzen Tag mit seinem heimattreuen Federvieh, hegte und pflegte es aufopfernd.

Im Keller konnte Vater schalten und walten, wie es ihm gefiel ohne sich ständig um die Belange seiner großen Familie kümmern zu müssen. Mit gebührendem Abstand kam er dort schnell wieder gutgelaunt seiner Arbeit nach, ein Ohr immer in Richtung Familiengeschehen. Wir Kinder hatten in Vaters Heiligtum nichts zu suchen. Bei einem seltenen Besuch sah ich mir seine neue Drechselmaschine an. „Finger weg, Tine, dat is kein Spielzeug!" Das war mir schon klar, jedoch konnte ich nicht einschätzen, ob Vaters Sorge mehr der Maschine galt oder mir.

Nichts tat ich lieber, als Papa bei der Arbeit zuzusehen. Seine Hände agierten mit schlafwandlerischer Sicherheit, wenn er ein Stück Holz an der Drechselmaschine bearbeitete, es seltsam vorsichtig und völlig ruhig mit bestem handwerklichem Geschick in eine wunderbar glatte Schale verwandelte.

Nichtsdestoweniger freute ich mich darüber, dass Vater sich schon beim Betreuen der Schularbeiten an den Geschwistern abgearbeitet hatte und mich gnädig oder vielleicht auch weil ihm diese undankbare Arbeit zum Hals heraushing, als unsicheren Schulanfänger in Ruhe arbeiten ließ.

Ganz fest massierte ich die weichen, eisig kalten Hände meines Vaters, die Hände, vor denen ich mich als Kind oft genug gefürchtet hatte. Eigentlich grundlos, denn bis auf eine ordentliche Ohrfeige, die ich mir deswegen einfing, weil ich am hochheiligen Sonntag über Pfefferminztee schimpfte, den es zum Frühstück geben sollte und dessen Geschmack und Geruch schon ausreichten, Würgereize bei mir auszulösen.

Verdammt lange her dachte ich. Es kam mir so vor, als hätten wir vertauschte Rollen, so klein und schmächtig wie Vater in seinem Bett vor mir lag. Eine Ärztin im Praktikum, so stand es auf ihrem Namensschild zu lesen, kam ins Zimmer und nickte mir aufmunternd zu. Vorsichtig hörte sie Vater mit einem angewärmten Stethoskop ab.

„Gut, dass sie so viele Geschwister sind, da ist ihr Vater in seinen schwersten Stunden nicht allein!" Leise schloss sie die Tür hinter sich, Vater schlief ruhig weiter, seufzte nur ab und zu nach der anstrengenden Untersuchung.

Der Satz der Ärztin ließ mich sofort an Mamas letzte Stunden auf der Intensivstation im anderen Krankenhaus der Stadt denken. Ausgerechnet dort musste Mutter sterben, in dem Krankenhaus, das sie zeitlebens nicht mochte. Für uns alle viel zu plötzlich, vielmehr unfassbar sogar fiel Mama ins Koma, nach einer Woche voller fröhlicher Geburtstagsfeiern und selbst einem Frisörbesuch, den sie zuvor immer wieder verschob, weil es ihr einfach nicht bessergehen wollte. Viel, viel zu früh verstarb sie letztendlich an den Folgen eines Herzinfarkts, gerade siebenundsechzig Jahre alt und endlich einmal ohne Pflichten anderen gegenüber. Unsere Mutter wurde förmlich aus dem Leben gerissen.

Das stolpernde Herz hatte Mutter schon seit einiger Zeit zu schaffen gemacht. Schnell herbeigerufene Notärzte wiesen sie in die umliegenden Krankenhäuser ein, vorsorglich zur Beobachtung, aber spätestens nach ein, zwei Tagen war sie wieder zuhause. Besorgt um ihre Gesundheit brach ich ein Jahr zuvor einen Wanderurlaub ab, um sie im Krankenhaus zu besuchen. Dort angekommen, erfuhr ich von der Stationsschwester, dass Mutter auf eigene Verantwortung das Krankenhaus verlassen hatte. Flugs fuhr ich zum Elternhaus mit dem festen Vorsatz, ihr ins Gewissen zu reden.

Sie schaffte es immer wieder, mich zu verblüffen, kam sie doch gerade vergnügt mit Monika vom Erdbeeren pflücken nach Hause, um sofort Marmelade zu kochen.

Wenn alle Geschwister und Vater sich mit grünen Kitteln aus der Intensivstation versorgten, blieb kein Kittel für andere Angehörige mehr übrig und so wurden wir gebeten, uns bei der Begleitung unserer Mutter abzulösen. Das hielt ich für eine kluge Entscheidung, allerdings wachte ich nachts mit meinem Vater zusammen, der völlig kopflos und handlungsunfähig apathisch am Bett von Mutter stand und noch weniger als wir, seine Kinder, glauben konnte, dass Mamas Leben zu Ende ging.

Trotz ihres komatösen Zustands flüsterte Mama mit letzter Kraft immer wieder: „Katharina." Mutter hatte es sehr wohl bemerkt, dass es Kathi als einzige Tochter noch nicht geschafft hatte, sich von ihr zu verabschieden.

Mama konnte es Kathi so gut nachfühlen, war Katharina doch gerade zum achten Mal Mutter geworden. Mit Leib und Seele Mutter – so konnte man Kathis Berufung am besten umschreiben.

Angsterfüllt schaute Vater mich an, als wir aus Mutters Zimmer gebeten wurden.

Die freundlichen Schwestern richteten ihr Bett, bezogen es frisch und bei dieser ganzen Prozedur stöhnte Mutter vor Schmerzen.

„Dat is doch nich Mutter, Tine, sag ma wat!" Seine Augen bettelten darum, belogen und beruhigt zu werden. Feige drehte ich mich um und sah durch das Fenster Kathi auf dem Parkplatz ankommen.

Sobald Kathi an Mutters Bett stand und sich zu ihr herunterbeugte, atmete Mutter entspannt und gleichmäßig weiter. Kathi und ich hielten uns umschlungen und weinten leise vor uns hin, während Vater verloren am Ende des Bettes stand, hilflos auf Mama starrte und sicher vieles darum gegeben hätte, erleichternd traurig weinen zu können so wie wir.

Doktor Aghary, der Stationsarzt hatte in weiser Voraussicht alle Geschwister angerufen, als er feststellte, dass Mama nun sterben müsse.

Eine herbeigerufene Gemeindeschwester kam in das übervolle Zimmer, bereitete uns einfühlsam auf den Tod Mutters vor, indem sie sagte, dass die Menschen, wenn sie hinüber in eine andere Welt gehen, zu guter Letzt noch einmal ganz tief ausatmen. In diesem Moment tat das gerade Mama und fassungslos starrte ich auf Monika, die vollkommen versteinert und doch so versiert wie jeden Tag als Altenpflegerin scheinbar ruhig Mutter zum letzten Mal das Gebiss einsetzte. Entschuldigend lächelte sie uns an und flüsterte, dass es später einfach nicht mehr möglich sei.

Wie hypnotisiert guckte ich auf eine frische Einstichstelle von der letzten Blutabnahme an Mamas Ohr, wo das Blut nicht mehr verkrustete. Der Tropfen saß beharrlich am Ohrläppchen und glänzte wie ein Ohrring aus Granat. Um ganz sicher zu fühlen, dass Mutter tatsächlich nicht mehr lebte, gab ich ihr einen Kuss auf die eisigkalte Stirn und drückte zum letzten Mal ihre schmalen, kleinen Hände, worauf immer noch dunkle Spuren in den Rillen der Finger überreichliche Küchenarbeit verrieten. Der hastig abgezogene Ehering hinterließ eine schmale Furche, die stark zeigte, dass diese Ehe lange währte. Um ein Haar hätten die Eltern goldene Hochzeit feiern können. Aber in Mamas Händen war kein Leben mehr.

Voller Trauer schlich ich über den Flur davon und wollte nur eines: allein sein mit meinem Kummer und der unfassbar traurigen Leere, die ich empfand.

An der klaren Luft der letzten Januartage nahm ich mir vor, den Weg zum Elternhaus zu Fuß zurückzulegen, um meine Gedanken zu ordnen. Der Weg, den ich als Kind unzählige Male gegangen war, vorbei an den Stadtteichen, den steilen Weg am Altenheim vorbei durch den Köllnischen Wald. Dieser Weg, den ich immer geliebt hatte, er kam mir plötzlich fremd vor wie in einer anderen Stadt. Und dennoch dachte ich daran, dass ich es viele Monate zuvor gespürt hatte, dass Mutter nicht mehr lange zu leben hatte.

Immer wieder lag sie in diversen Kliniken und kein Arzt dieser Welt hätte dem ausgemergelten Körper Mamas genug Lebenselixier zurückgeben können. So brach ich jedes Wochenende von neuem zu Mutter auf, unterstützt von meinem lieben Mann, der selbstverständlich unsere beiden pubertierenden Jungs unter seine Fittiche nahm.

Während der vielen Kilometer auf der Autobahn, meinem langen Weg zu meiner Mutter überlegte ich mir jedes Mal, welche Frage mir wichtig war und was ich unbedingt noch klären wollte. Es beschäftigte mich immer noch so manches aus längst vergangener Zeit, das mir zentnerschwer auf dem Herzen lag.

Mein Bruder Klaus meinte zwar, ich solle die Kirche im Dorf lassen, so schlimm sei das alles nicht, aber da war wohl eher sein Wunsch Vater des Gedankens.

Unterdessen konnte ich meinen Frieden mit Mutter machen, über Ungerechtigkeiten reden und Unverstandenes bereinigen. Vor allem brachte ich es fertig und dazu musste ich schon über meinen Schatten springen, aber ich schaffte es, mich zu bedanken, für ihre Loyalität uns Kindern gegenüber, die sie uns immer und unbedingt erwies, wenn wir dazu auch erst erwachsen werden mussten.

Schadenfroh fiel mir eine der Geschichten ein, wo Mama wie eine Löwenmutter zwei ihrer Kinder verteidigte, natürlich Jungs, die nach einem Kneipenbummel verschüttgegangen waren. Die genervten Partnerinnen riefen ständig zuhause an und Mama ließ sich ein ums andere Mal eine neue Ausrede einfallen, ihre Phantasie kannte keine Grenzen!

Leider war Vater schon lange nicht mehr dazu in der Lage klärende Gespräche zu führen, nach meinem Gefühl ewig lange, bevor er in der Gedankenversunkenen Welt der Altersdemenz lebte. Das musste ich schon mit mir allein ausmachen oder auch in langen Gesprächen mit meinen Brüdern und Schwestern und diese seltene Nähe empfand ich als sehr wohltuend. Die seltsame Mischung aus Lachen, Kummer, Ärger und viel,

viel Verständnis für die besondere Lebenssituation unseres Vaters mit seiner riesengroßen Familie machte uns alle großzügig im Verstehen und Verzeihen.

Meine Einschulung

Ostern 1961 wurde ich eingeschult. Bis dahin ein properes Kind mit hellblonden Haaren und somit meinem jüngeren Bruder Klaus zum Verwechseln ähnlich, veränderte ich mich schlagartig. Der Ernst des Lebens begann.

Am Einschulungstag ging ich stolz mit einem von Tante Irmgard genähten lachsrosa Kleid mit feinem, grauen Karomuster, einer bunten, farblich auf das Kleid abgestimmten Strickjacke und einer, wie ich fand grandiosen Zuckertüte zur nahe gelegenen, katholischen Konradschule. Das Foto vom Einschulungstag, aufgenommen von Fotograph Krüger, „Der Ein-zige für al-le Ge-le-gen-hei-ten", wie Moni mir stockend vorlas, zeigt ein ziemlich eingeschüchtertes I-Männchen, das sich nicht recht traute, zu lächeln. „Hier is dat Vögelchen, Menschenskind, guck doch nich so wie drei Tage Regenwetter!" Herr Krüger, ein nervöser, Kette rauchender, ungeduldiger Zeitgenosse, hatte jedenfalls schon nach dem ersten Klassenfoto die Nase gestrichen voll.

Unser „Frollein" Müller, eine junge Berufsanfängerin begrüßte uns nett und freundlich. Wir I-Männchen betrachteten uns gegenseitig vorsichtig und so gut es ging versuchte ich angelegentlich heraus zu finden, welches von den Mädchen zur Freundin taugen könnte. Aus unserer Siedlung gingen mit mir zusammen einige Mädchen, aber auch viele Jungen zur Einschulung. Strikt getrennt voneinander nahmen Jungen wie Mädchen jeden Morgen von Montag bis Samstag denselben Weg zur Schule.

Um viertel vor acht stand ich auf der Straße, Maria wartete schon geduldig, Zahnpastareste im Mundwinkel grüßte sie immer gleich fröllich mit dem fremden pfälzischen Singsang in der Stimme „Morgen."

Suse kam gewöhnlich in letzter Minute atemlos angelaufen, den Tornister unsanft durchgeschüttelt, ihre Schiefertafel darin rummste bei jedem Schritt. Wir liefen zu dritt an den Vorgärten vorbei, manche im Lauf der Zeit mit Ligusterhecken eingefasst, andere mit Jägerzäunen begrenzt, die seltsam fremd wirkten. Nachbar Pott strich einmal im Jahr völlig ahnungslos seinen Zaun mit Altöl, einer stinkenden, dreckig schwarzen Brühe, die tagelang die Luft verpestete.

Frau Immerfort nahm gerade die Zeitung aus dem Briefkasten, Ruhrnachrichten konnte ich trotz der altmodischen Schrift lesen. Die Nachbarin lächelte peinlich ertappt und versteckte ihren ungekämmten Schopf hinter der Tageszeitung, mit der anderen Hand hielt sie diskret den altbackenen, quer in riesigen Rauten gesteppten und über und über mit dicken, altrosa Rosen bedruckten Morgenmantel zusammen.

Unten an der Straße leuchtete uns der Lönskrug froschgrün entgegen. Die in Verruf geratene Kneipe wurde von den Eltern strikt gemieden, weil angeblich zwielichtige Gestalten darin verkehrten, das so genannte Gesocks aus den Baracken.

Mein Wäldchen grüßte ich stumm, wenn wir die Fernewaldstraße überquerten und in den nächsten kleinen Waldabschnitt liefen, in dem es sich auf den vereisten, buckeligen Hügeln im Winter herrlich rodeln ließ. Schon längst konnte ich den Schriftzug auf unserem hölzernen Schlitten „Davos" buchstabieren.

„Hasse schon gesehn, wat der Kalleinz für n doofen Tonneck hat? Hatter bestimmt von sein Opa geerbt!" Suse tippte leicht mit dem Zeigefinger an ihre Stirn. Sie lief rückwärts vor uns her und erzählte mit Händen und Füßen. Lustig baumelte der kunterbunte Tafellappen ihrer Schiefertafel aus dem weinroten Ledertornister heraus und wippte bei jedem Schritt fröhlich an einem langen, gehäkelten Band aus lauter Luftmaschen.

Pünktlich zum Unterrichtsbeginn beim ersten schrillen und dann abwechselnd brummenden und gleich darauf wieder glockenhellen Schellen der defekten Schulklingel stellten wir uns zu zweit vor der großen, geschwungenen Treppe der Konradschule auf. Übrig blieben bei der Auswahl die Sitzenbleiber, da konnte man sein letztes Hemd drauf verwetten.

Mit denen wollte niemand von den stolzen I-Männchen in die Klasse gehen, gerade so, als sei es eine ansteckende Krankheit, nicht versetzt zu werden. Zur Schulklasse gehörten 36 Schülerinnen und Schüler, zu unserer Schulzeit durchaus übliche Klassenstärke. Das fröhliche Stimmengewirr wurde auf dem nach Bohnerwachs riechenden Flur schon leiser, bevor es an der Klassenzimmertür ganz erstarb. Fräulein Müller drehte sich um, legte mit verschwörerischem Lächeln den Zeigefinger auf den geschlossenen Mund und hieß uns, einzutreten. Ich nahm neben Uschi am Zweiertisch mittig im Klassenraum Platz. Von dort aus hatte ich einen guten Blick, sowohl nach draußen auf die gigantisch riesigen Bäume als auch in jeden Winkel des großen, quadratischen Raums.

„Guten Morgen, Kinder!" vernahm ich die angenehme, sonore Stimme der Lehrerin. „Guten Morgen, Frollein Müller!" brüllten wir jede einzelne Silbe betonend im Stakkato zurück.

Die ersten Schreib- und Rechenversuche auf der Tafel klangen schauerlich. In unserer Klasse hörte man einzig und allein das Quietschen der harten Griffel auf der Schiefertafel, unterbrochen von Seufzern und emsigem Auswischen oft mit nebelweißem Ergebnis. Zum Anspitzen der regelmäßig abgebrochenen Griffel erlaubte Fräulein Müller einen kleinen Gang zum Mülleimer, der neben der großen, dreigeteilten Tafel stand.

Ärgerlich fand ich nur, wenn das mühselig erarbeitete Ergebnis nach der kleinsten Unachtsamkeit in Sekundenschnelle zunichte war, wenn ich die Tafel unvorsichtig und mit den Gedanken schon beim viel wichtigeren Spielen in den Schoner schob.

Besonders die Jungs hatten große Probleme damit, ihre Schiefertafel im unversehrten Zustand wieder mit in die Schule zu bringen. „Verdammte Hacke, meine doofe Tafel hat schon widder n Sprung, man kann nix mehr von meinen Hausaufgaben erkennen!" beklagte sich Karl-Heinz weinerlich. Noch nicht einmal der klagende, fast memmenhafte Ton interessierte irgendjemanden, weil dieser blasse Junge von niemandem überhaupt wahrgenommen wurde. Hinter seinem Rücken erzählten die Jungs, dass Karl-Heinz ins Bett pinkelt und der Pissegestank sich schon in seine

Haut geätzt hätte. Meine geruchserprobte Nase nahm ihn nicht anders wahr, als alle anderen verschwitzten Jungs auch, die sich nach dem Fußballspielen in der Pause mit hochroten Köpfen den Schweiß von den Lippen leckten. Dennoch, Karl-Heinz war und blieb der Außenseiter, der sich angelegentlich am Spielfeldrand tummelte und vergebens darauf wartete, endlich einmal zeigen zu können, dass er doch zu etwas taugte und wenn er nur als Ausputzer herhalten dürfe. Rainer, ein eingebildeter Fatzke, der seine Nase so hoch trug, dass ich mich wunderte, wenn er nicht über seine eigenen Füße fiel, meinte, dass Karl-Heinz sowieso ganz anders sei als alle anderen, noch bevor er verprügelt würde, windelweich.

Die seltsam ausdruckslosen und dennoch scheuen Augen von Karl-Heinz standen dicht beieinander und gaben ihm ein vogeliges, dummes Aussehen. Sobald ich ihn anguckte, musste ich an einen verprügelten Hund denken. „Bist du eigentlich beknackt oder warum brauchse alle Nase lang ne neue Tafel? Pass do ma n bisken besser auf!" Für unser Sportass Jürgen bedeutete die Schule, für die er gerade soviel wie nötig und sowenig wie möglich tat, nur eine kurze unwichtige Unterbrechung seiner Lieblingsbeschäftigung, dem Fußball spielen. In jeder noch so kleinen Pause spielte er in stets gleicher Mannschaft auf der Wiese neben dem Schulhof Fußball. Verschwitzt und mit roten Backen rannten sie dem eiernden Leder hinterher, nicht selten sahen ihre Knie danach aus wie eine Mischung von wiesengrün und pechschwarz, selbst nach mühevollem Schrubben nicht wieder sauber zu kriegen. Jürgens feuchter, abgeschabter Fußball, weit und breit der einzige aus echtem Leder, lag danach unter der Bank und verströmte den muffigen Geruch nach einem nass gewordenen Hund.

Die Aufgaben in der Schule fielen mir glücklicher Weise nicht schwer und das gab mir nach einiger, zögerlicher Zeit des Zweifelns Sicherheit. Das blöde Gefühl vom harten, schmerzenden Bauch, wie ich es in den ersten Schultagen direkt nach Verlassen unseres Hauses bekam, gehörte schnell der Vergangenheit an. Ich taute endlich auf.

Unser „Frollein" Müller, eine sportlich und dennoch seriös gekleidete Frau entweder in marineblauem oder anthrazitfarbenen Kostüm, dessen Röcke ihre Knie züchtig bedeckten. Sie trug einen modischen Kurzhaarschnitt, ihr Naturhaar kringelte sich leicht an den auffällig kleinen, anliegenden Ohren. Jeden Morgen bekamen ihre Lippen einen Hauch von hellrosa Lippenstift, der im Laufe des Schulvormittags schnell verblasste. Anhaltend leicht parfümierte meine Lehrerin sich mit „Nonchalance" dem Duft, den ich manchmal für Klara in der Drogerie Elpenbach besorgte. Jedes Mal blieb eine kleine, vertraute Duftwolke an meinem Tisch hängen, wenn sie durch die Reihen ging.

Fräulein Gesa Müller sprach alle Schüler burschikos mit Nachnamen an. Anfangs ging es mir damit überhaupt nicht gut, ich fand das sehr befremdlich, sogar ausgesprochen unfreundlich und vor allem unpersönlich. Auf keinen Fall wollte ich genauso angesprochen werden wie meine Brüder und Schwestern, aber viel zu feige wagte ich es niemals, meine Lehrerin darauf anzusprechen. Verwundert stellte ich fest, dass ich mich dennoch flott daran gewöhnte, weil ich es im Gefühl hatte, dass diese Lehrerin es wirklich gut mit uns meinte.

„Na, Meyer, mal wieder zu lange auf die kleinen Geschwister aufgepasst? Hattest wohl nicht genug Zeit für deine Hausaufgaben? Warte mal ab, bald ist Elternsprechtag und dann werde ich mit deinem Vatter ein ernstes Wort reden! Verlass dich darauf, wäre doch jammerschade!"

Fräulein Müllers humorvolle Art gefiel mir am allerbesten, sie lachte schon, wenn sie uns an der imposanten Steintreppe abholte. Dabei bildeten sich kreisrunde, etwa Zweipfennigstück große Grübchen in ihrem von winzigen Aknenarben gezeichneten Gesicht. Die breite Zahnlücke, genau mittig zwischen den beiden vorderen oberen Schneidezähnen verlieh ihr ein spitzbübisches Aussehen, das so gut zu ihrem Typ passte wie nichts Anderes.

Gerade für einige begriffsstutzige Jungen und wenige ängstliche Mädchen war unsere Klassenlehrerin ein wahrer Segen, denn sie schaffte es ohne große Anstrengung, uns allen auf spielerische Weise interessante Themen nahe zu bringen und vor allem unsere Neugierde zu wecken.

Strikt vermied sie es, Späße auf Kosten anderer zu machen. Schadenfreude und Ironie, durchaus beliebt und geschätzt von einigen ihren älteren Lehrerkollegen, schienen ihr völlig fremd zu sein.

Ich freute mich jeden Tag von neuem darauf, in die Schule zu gehen und nahm jede neue Information wissbegierig auf, glücklich darüber, zufälliger Weise eine so wohlwollende Lehrerin erwischt zu haben. Selbst der ausnehmend trottelige Karl-Heinz begriff durch die aufmunternde und einfühlsame Herangehensweise unserer ersten Lehrerin die wichtigsten Grundlagen, um in die zweite Klasse versetzt zu werden.

Nach den angekündigten, ernsten Worten am Elternsprechtag sah selbst mein Vater ein, dass ein kleines I-Männchen noch nicht unentwegt im Haushalt mithelfen sollte, zumindest galt das solange, wie meine jüngeren Brüder keine Hilfe brauchten, was wiederum ziemlich selten vorkam.

Meine Klassenlehrerin Fräulein Müller hatte gerade die Pädagogische Hochschule absolviert, hoch motiviert versuchte sie neue Ideen umzusetzen. Entgegen ihrer Lehrerkollegen, die meine Geschwister sofort in die Kategorie „vernachlässigt in der Großfamilie" einsortiert hatten, kümmerte sich meine Lehrerin um mich, gab brauchbare Ratschläge, behandelte mich unvoreingenommen und soweit es die oft unübersichtliche Klassenstärke zuließ, wie alle anderen Schüler freundlich und gerecht. Zu den vielen Mitschülern meiner Klasse saßen gerade in den späteren Stunden gern Kinder aus den anderen Klassen zum Nachsitzen, die Luft zum Schneiden dick. „Los Leute, reißt mal die Fenster auf und lasst mal ordentlich Sauerstoff an eure Gehirnzellen! So wird dat doch im Leben nix!"

Fasziniert von ihrer roten Halskette, deren Steine heraus gefallenen, spitzen Milchzähnen glichen, konnte ich meinen Blick nicht von ihrem Hals abwenden.

„Korallen sind dat" zischte Uschi mir leise zu, „siehse dat denn nich?"

„Komm mal nach vorn, Meyer und schreib das Alphabet, groß und klein an die Tafel!"

Etwas aufgeregt und mit feuchten Fingern wollte der kümmerliche Stummel Kreide mir aus den Fingern rutschen. Anerkennend betrachtete Fräulein Müller meine angestrengte Aktion. „Prima, Meyer. Gut gemacht!" Zum ersten Mal in meinem Leben hörte ich ein Lob! Beschämt bemerkte ich, wie ich rot anlief und mir heiß und heißer wurde. Schnell setzte ich mich an meinen Platz zurück. Nur flüchtig lächelte die Lehrerin mir aufmunternd zu und schrieb eine klitzekleine Zahl in ihren roten Lehrerkalender.

Als tägliches Ritual, schon beim ersten Ton der rasselnden Schulglocke rannte ich, was das Zeug hielt zur Mädchentoilette, die sich unter der großen Steintreppe befand und deren typischer Geruch nach Urin und Kloreiniger mir den Weg wies. Anhaltend klopfte mein Herz viel schneller als gewöhnlich, wenn ich den schummrigen, kalten Raum betrat, das vertraute Rauschen einer defekten Spülung als Begleiter.

Mittlerweile zum stolzen I-Männchen geworden, ließen mich diesbezügliche Sprüche der höheren Klassen vollkommen kalt. Blöder und vor allem langweiliger hingegen fand ich so manches Mädchenspiel, wenn meine Freundinnen immer wieder zu zweit in der großen Pause das Spiel: „Bei Meiers hats gebrannt" spielten. Dabei schlugen zwei Mädchen ihre Handflächen aneinander, im Wechsel schlugen sie an die eigenen Oberschenkel und in die eigenen Hände, begleitet vom folgenden Text: Bei Meiers hats gebrannt, brannt, brannt, da bin ich hingerannt, rannt, rannt, dann kam ein Polizist, zist, zist, der schrieb mich in die List, List, List. Die List, die hat ein Loch, Loch, Loch und darum stimmt es doch...

Die Kunst bestand bei diesem Spiel darin, immer schneller sowohl den Text als auch das fixe Spiel mit den Händen zu beherrschen und artete jedes Mal so aus, dass eins von den Mädchen aus meiner Klasse, meistens Hildegard dermaßen kicherte, dass sie sich verhedderte und sich außerstande sah, weiterspielen zu können.

„Manno, Hildegard, du olle Spielverderberin!" zischte Roswitha und weil ihr gerade die oberen Schneidezähne fehlten, hörte sich das so lustig an, dass alle lachten.

Mit Uschi zusammen spielte ich für mein Leben gern das Abnehmspiel, wozu ich wohlüberlegt meiner Mama aus ihrem hölzernen, altmodernen Nähkasten in Ziehharmonikaform, der auf wackeligen, hohen Holzbeinen stand, verschiedene farbige Wollfäden stibitzte. Naiv dachte ich, wenn ich von jeder Farbe ein wenig Garn wegnehme, fällt es Mama nicht auf. Wir wickelten uns die verknoteten Fäden in einer bestimmten Folge um alle Finger beider Hände und entwarfen beim Abnehmen die wunderbarsten Fadenkonstrukte.

Auf dem abgegrenzten, asphaltierten Stück Pausenhof der Konradschule vergnügten sich viele Mädchen beim Seilspringen, wobei Anfängerinnen am Seil direkt anfingen zu hüpfen, sportliche Könner über das Seil einsprangen.

So lernten wir in Windeseile bis Hundert zu zählen, weil manche sehr gelenkige Mädels, wie meine Freundin Uschi ausdauernd sprangen als wäre es die leichteste Übung der Welt. „Uschi, musse au noch Mätzchen machen, pass auf, du kipps gleich um, wenne dich weiter so drehs!"

„Komm Tine, spiel no ma mit!" und begann „Der Kaiser von Rom, Napoleon war sein Sohn, er war noch zu klein, um Kaiser zu sein. Er ritt ein bisschen weiter auf seiner Lebensleiter und dann blieb er stehn!"

Der Text wurde stakkatoartig eher gesprochen als gesungen und wir sprangen im Takt dazu, um auf den Punkt stehen zu bleiben, als die große Pause, wie immer, viel zu schnell vorüberging und die rasselnde Schulklingel uns zur Steintreppe rief, vor der wir uns wieder zu zweit aufstellten. Uschi stand schon wieder in der ersten Reihe und winkte mir fröhlich zu. „Komm schnell, Tine, jetzt wird's interessant."

Zur nächsten Stunde holte Pater Behrend uns von der Treppe ab. „Hey, leise, ihr Rasselbande!" rief er, halb scherzhaft, halb im Ernst.

Den selbstverständlichen Religionsunterricht an der katholischen Konradschule übernahm Pater Behrend, ein kugelrunder Geistlicher, der zuvor lange Zeit in China als Missionar arbeitete und danach zurückkehrte in unsere Gemeinde. Dementsprechend beherrschte er nicht nur die chinesische Sprache und die rätselhafte Schrift, sondern auch eine sprichwörtliche Freundlichkeit. Pater Behrends Lachen entwickelte sich von einem leisen, scheinbar unterdrückten Glucksen explosionsartig zu einem donnernden Gelächter, das den runden Bauch in Mitleidenschaft zog und ulkig auf und abhüpfen ließ. Es dauerte immer eine geraume Zeit, bis der Pater sich wieder beruhigen konnte, meistens nachdem Tränen der Freude über sein liebes Gesicht kullerten, die er heftig mit gefaltetem Taschentuch wegwischte. In solchen Momenten war der Bann gebrochen, wir stimmten ohne Ausnahme in dieses herzliche Gelächter ein.

Mit offenem Mund staunte ich darüber, wie der Bauch vom Pater sich selbständig zu machen schien, wenn er, noch lange nachdem wir uns beruhigten, einen kleinen Hopser machte. Für uns Erstklässler gehörten die interessanten chinesischen Schriftzeichen und die ulkig klingende Sprache zu einer Art Geheimsystem. Zur Belohnung für gute Mitarbeit versprach uns Pater Behrend gegen Ende des Unterrichts Geschichten aus der uns völlig unbekannten und erstaunlich fremden Welt zu erzählen.

Alle lauschten gebannt seinen oft lustigen Ausführungen, man hätte gut und gern eine Nadel zu Boden fallen hören können. Selbst die Jungen, die gerade in den späteren Unterrichtsstunden sonst unkonzentriert über ihrem Tisch hingen, unruhig mit ihren Füßen scharrten und auf die nächste Pause warteten, konnten gespannt wie ein Flitzebogen, dabei leise und behutsam vergleichbar fallender Schneeflocken zuhören.

„Der Chinese erzählt gern in Bildern und genau wie seine Schrift malerisch anmutet, so ist auch seine Erzählweise! Gerade, wenn ich alte Menschen besuchte und mit ihnen herrlichen Tee aus hauchfeinen Teeschalen trank, gaben sie mir quasi als Geschenk wunderbare Lebensweisheiten mit auf den Weg!"

Mit energischen Strichen malte Pater Behrend mit chinesischen Schriftzeichen die ganze Tafel voll, während er das fremdländisch geheimnisvolle Land mit noch fremder anmutenden Menschen in den schönsten Farben beschrieb. „Besonders fein sind die Blusen und Kleider der Frauen aus herrlich bunter Seide, Meyer, dat wird dich doch sicher interessieren. Eine Farbenpracht, da lacht einem das Herz!"

Skeptisch betrachtete ich die allzeit gleich schwarze Sutane des Kirchenmannes, allenfalls im Sommer im leichten anthrazitfarbenen Stoff gehalten. Bei allem, was recht ist konnte ich mir nicht vorstellen, dass ausgerechnet der alte Kirchenmann ein Auge für die Schönheiten besaß, die das Leben für uns bereithielt. Oder vielleicht doch?

Ganz begeistert von den wundervollen Geschichten unseres Paters Behrend wollten meine Freundinnen Suse und Maria unbedingt Entwicklungshelferin werden. Zögerlich schloss ich mich an, der Funke war erst langsam, dann aber sicher und überzeugend auf mich übergesprungen. Wenn ich die Augen schloss, konnte ich die feingliedrigen Chinesinnen in ihren kräftig bunten Kleidern sehen, die kleinen, zierlichen Füße in Samt gekleidet und sofort fiel mir ein, wie Pater Behrend vom brutalen Abbinden der Füße heranwachsender Mädchen noch in vielen Regionen Chinas erzählte.

In meiner Vorstellung lächelten die jungen Frauen wie in den filigranen Zeichnungen auf dem Kalender von der Apotheke, der bei uns zuhause in der Küche hing und dem niemand besondere Beachtung schenkte. „Wo gehse denn ma hin als Entwicklungshelferin?" Allein das Wort besaß magische Anziehungskraft und beeindruckte mich dermaßen, dass ich ehrfürchtig darüber sprach. „Dat weiß ich do jetz no nich, aber China wär schon schön!" Ahnungslos hatte ich keinerlei Vorstellung von weiten Entfernungen und vermutete China irgendwo allenfalls hinter Österreich, wohin Klara im Sommer verreiste.

In der sonntäglichen Kollekte des Hochamts wurde für die Christen in der Diaspora gesammelt. Wir stellten uns reizende kleine Negerkinder im niedlich grasgrünen Dorf in runden Bambushütten vor, die wir großzügig mit unseren vom Mund abgesparten, gespendeten Groschen satt und glücklich machen konnten.

Als wichtigstes, tägliches Ritual betrachteten es meine Schulfreundinnen und ich, unser Frollein Müller nach Unterrichtsschluss zur Bushaltestelle zu bringen. Wir sahen es als besonderes Verdienst an, wenn wir dabei ihre Tasche tragen durften, reihum abwechselnd, strengstens eingehalten. Das war Ehrensache! Schon nach ein, zwei Jahren mit regelmäßigem Einkommen leistete sich unsere Lehrerin eine gemütliche Isetta, ein kugeliges Autochen, das die Jungs gern nach der gen Himmel zu öffnenden Fronttür „Mach hoch die Tür" nannten. Die Zeiten, unsere nette Lehrerin zu begleiten und dabei so ganz nebenbei persönliche Dinge zu erfahren, lagen hinter uns. Für uns neugierige Mädels ein herber Verlust.

Nach der Schule ging ich in schöner Regelmäßigkeit, wie selbstverständlich mit zu meiner Freundin Maria nach Hause, deren kleine Familie in unserer Straße eine Wohnung gemietet hatte. Maria betonte immer wieder gern, dass sie Einzelkind sei, ein Umstand, für mich völlig unvorstellbar.

Marias Eltern, gebürtig von der Mosel zogen bereits Jahre zuvor zum Geldverdienen in den Ruhrpott, richtig glücklich schienen sie hier nie zu sein. Bei allem, was Marias Mama tat, zog sie ihre Mundwinkel stets nach unten, was ihr ein grimmiges und beinahe krankhaftes Aussehen gab, fast so, als litte sie ständig unter wuchtigen Magenschmerzen. Ich konnte es kaum glauben, aber erstaunlicher Weise fiel es ihr sogar um einiges schwerer als Mama, sich auf die direkte Art der alt eingesessenen Nachbarn aus dem Ruhrpott einzulassen. Niemals hätte ich es für möglich gehalten, dass Mutters strikt ablehnende Haltung der neuen Heimat gegenüber noch um ein vielfaches steigerungsfähig gewesen wäre.

Meine Schulfreundin Maria besaß eine Auffassungsgabe, die man mit Fug und Recht sicher langsamer als das Tempo einer Schnecke bezeichnen konnte und so grenzten die von ihrer Mutter kontrollierten Hausaufgaben regelmäßig an eine Katastrophe.

An allen Fingern ihrer beiden Hände konnte Maria nicht mehr abzählen, wie viele Schiefertafeln dabei zu Bruch gingen. Da half kein Schimpfen und kein Jammern, wenn mal wieder eine Tafel entzweibrach. In regelmäßigen Abständen, mindestens aber einmal pro Woche liefen

Maria und ich zum Schreibwarenhandel Diegel in unmittelbarer Nachbarschaft von Oma Klottscheck, um dort eine neue Schiefertafel zu erstehen.

Marias Mama brüllte: „Willst du es denn immer noch nicht begreifen? Wie kann es nur angehen? Wie kann mein eigen Fleisch und Blut so unglaublich begriffsstutzig sein?" Die Geduld von Frau Bischof wurde tatsächlich auf eine harte Probe gestellt. Täglich wiederholten sich immergleiche Szenen, ihre Stimme überschlug sich, sie lief rot an, als hätte sie zu lange die Luft angehalten und stürzte aus der kleinen, mit Hingabe hochglänzend gebohnerten Küche, wohl um Schlimmeres zu vermeiden.

Oft dröhnte dann die Lieblingsschallplatte von Marias Mama „Da sprach der alte Häuptling der Indianer, wild ist der Westen, schwer ist der Beruf" von Gus Backus aus dem Wohnzimmer und mir kam es so vor, als würde Marias Mutter sich besonders inbrünstig das häufige „Uff" im Lied von der Seele brüllen.

In diesem Moment stellte ich mir vor, wie Frau Bischof auf dem brillant beigegold gestreiften Samtsofa im dicht möblierten Wohnzimmer saß, rechts und links von ihr zwei goldene Brokatkissen, exakt mittig geknickt. Ihre Vorliebe für Symmetrie und Ordnung konnte Marias Mama nicht leugnen, Marias langsame, beinahe luschige Art passte absolut nicht dazu. Damit hatte Maria ihrer Mutter kräftig in die Suppe gespuckt!

Niemals zuvor konnte ich jemanden beobachten, der mit solcher Hingabe beim Anspitzen der Griffel mit dem Pittermesser solch eine unglaubliche Fingerfertigkeit an den Tag legte wie Frau Bischof, gerade so, als würden die pfeilspitzen Stifte an Marias Begriffsstutzigkeit etwas ändern und sie zu durchschnittlichen Leistungen motivieren. „Diese schäbigen Anspitzer taugen doch zu nix, heilige Jungfrau Maria! In null Komma nix sind die Griffel wieder abgebrochen." Der pfälzische Dialekt, den ich manchmal sogar bei meiner Freundin noch wahrnahm, hörte sich immer fremder an, je wütender Frau Bischof wurde. Genauso viele hölzerne Kochlöffel wie Schiefertafeln gingen zu Bruch, wenn Maria allein nach Hause kam und ihre Mutter mit dem Holzlöffel versuchte, Maria das Lesen und Schreiben einzubläuen.

„Weiße wat, Tine, du bist für mich ein richtiger Schutzengel, Hand aufs Herz!" beschwor mich Maria schon auf dem Weg von der Schule nach Hause. Sie musste mich nicht überzeugen. Maria hatte leichtes Spiel, wenn es für mich darum ging, mit der größten Spielzeugsammlung weit und breit ausgiebig und in aller Ruhe spielen zu dürfen. Ihre Mutter komplimentierte mich jedoch sofort, wenn ich mit den Aufgaben fertig war, aus der Küche hinaus. Dabei hätte ich so gern zugesehen, wenn Maria beim lauten Vorlesen aus dem Lesebuch mit ihrem Zeigefinger von Wort zu Wort rutschte und kurz vor dem Umblättern ihren Zeigefinger anfeuchtete.

„Christine, geh du nur schon mal in Marias Zimmer. Sonst kann sie sich überhaupt nicht konzentrieren! Du lenkst sie nur ab, wenn du so flott mit den Hausarbeiten fertig bist." Frau Bischof zitierte mich in Marias Zimmer, sobald ich den Griffel aus der Hand legte, wohl auch damit ich nicht wieder einmal Zeuge ihrer ständigen Wutausbrüche würde. Selbst durch die Wand hindurch hörte ich die wutschnaubende Stimme der Mutter meiner Schulfreundin gut, das Gezeter drang durch das Treppenhaus bis in Marias Zimmer.

„Das kann ja wohl nich wahr sein. Schon wieder eine Tafel entzwei. Das kapierst du nie! Ewig und drei Tage erkläre ich dir nun schon, dass du mit der Tafel ordentlich umgehen musst. Lieber Gott, Jesus Christus und heiliger Geist steht mir bei!" Nachdem etwa die zwanzigste Schiefertafel von Maria zertrümmert worden war, gab es beim Schreibwarenhandel Diegel plötzlich unzerbrechliche Tafeln aus Kunststoff. Herr Diegel verkaufte sie wie einen kostbaren Schatz, doppelt so teuer wie Schiefertafeln, seiner ewig sprudelnden Einnahmequelle beraubt.

Welch ein Segen für Maria! Das ständige Einkaufen von Schiefertafeln hatte endlich ein Ende, allerdings vermissten Maria und ich die gern verlängerten, trödeligen Pausen beim Einkauf der Tafeln schon bald.

Dennoch, ich fand diese neuen Plastikdinger ziemlich blöd, weil alles, was man fein säuberlich mit dem weichen, etwas schmierigen Milchgriffel schrieb, schon beim ersten Versuch, die Tafel in den Schonbezug zu stecken, verwischte. Die ersten Übungen in Schönschreiben erledigten wir noch angespannt auf der Kunststofftafel, schnell wurde ein Schönschreibheft angelegt, in dem soviel mit rotem Radiergummi herumradiert wurde, dass die jungfräulichen Seiten mit Schreibanfänger Linierung sich sehr bald wellten und einen schäbigen graurosa Grundton annahmen. „Hasse schon widder ne Seite rausgerissen? Dat sieht ja aus wie hingeschissen!" Uschi brachte es mal wieder auf den Punkt. Die sowieso schon dünnen DIN-A 5 Hefte wurden innerhalb kürzester Zeit immer schmaler. „Jau, ich hab mitm Ratzefummel n Loch in dat Blatt radiert. Ich kann wirklich nix dafür!"

Nach noch nicht einmal einem Monat bekamen wir den ersten Schreiblernfüller, fast unerschwinglich teuer für meine Eltern, entweder von Pelikan oder Geha mit neumodernen Tintenpatronen, diesen kleinen, durchsichtigen Plastikhülsen, aus denen die Tinte sachte und gleichmäßig fließen sollte. Die ewige Kleckserei aus den Füllfederhaltern, insbesondere beim Nachfüllen derselben aus dem Tintenfass sollte nun ein für alle Mal ein Ende haben. Trotzdem waren nicht nur meine Finger mittags tintenblau, entweder vom Wechsel der Patrone oder wenn ich vor lauter Anstrengung mit feuchten Fingern der Feder gefährlich nahe rutschte. Allein die Tinte aus den Füllfederhaltern der Lehrer leuchtete blutrot.

Trotz der ewigen, grässlichen Streitereien zwischen Maria und ihrer Mutter, die nicht selten handgreiflich endeten, verführte mich die Aussicht auf das anschließende Spielen immer wieder dazu, Maria zu begleiten.

Maria besaß als einziges Mädchen unserer Klasse ein eigenes, wie sie selbst gern betonte neumodernes Jugendzimmer, weil modern wäre nach Marias Ansicht zu wenig gewesen. Allein das Wort Jugendzimmer ließ mich andächtig werden, verhieß es doch unzweifelhaft, dass eine weitere Hürde in Richtung Erwachsenwerden mal eben so, quasi im Vorbeigehen übersprungen werden konnte.

Unverzichtbar gehörte zu den neumodernen Möbeln eine so genannte Umbauliege, die tagsüber als Couch hergerichtet wurde, nachts als Bett diente. Regale, die überquollen vor einer Vielfalt von hübsch gekleideten Puppen und bunten Plüschtieren, besonders gern die naturgetreuen mit dem Knopf im Ohr, luden zum Spielen ein und dieses Angebot musste mir niemand zweimal machen. Neugierig betrachtete ich den schmucklosen, zweitürigen Kleiderschrank. Für mich, die gerade einmal ein Fach im Kleiderschrank ihr eigen nennen konnte, bedeutete das schlichtweg der Inbegriff von Luxus. Vorsichtig drehte ich den flachen Schlüssel um und stieß die Türen auf. Beinahe hätte ich begeistert aufgeschrien. Welch eine wohl geordnete Pracht bot sich mir! Farblich sortierte Pullover und Unterwäsche, sorgfältig gefaltet lagen in exaktem Abstand auf- und nebeneinander. Auf den Kleiderbügeln hingen Marias Röcke und Kleider, knitterfrei gebügelt in fast liebevoller Ordnung. Davon konnte ich zuhause nur träumen.

Ein honigfarbener, geflochtener, fast runder Korb stand, fein abgestaubt auf dem untersten Regalboden und übte eine grandiose Faszination auf mich aus. Sehnsüchtig schaute ich auf das Innenleben des Korbes, das blauweiß karierte Stofftuch, das seitlich mit exakt gleichgroßen Stichen befestigt worden war, in der Mitte mit einem straffen Gummizug gehalten. Alles hätte ich dafür gegeben, solch einen Korb zu besitzen. Vorsichtig strich ich mit meiner Hand über den warmen, grob gewebten Bezug vom schokobraunen Sofa und träumte davon, irgendwann einmal genau so eine tolle Couch ganz für mich allein zu haben.

„Schließlich wollen wir unserer Tochter etwas bieten, deshalb bleibt sie Einzelkind!" schwafelte, pechschwarz behaart Herr Bischof, dessen vorspringende, ständig glänzende Unterlippe ihn dumm und mürrisch zugleich aussehen ließ. Marias Papa ging morgens frisch rasiert zur Schicht und kam nachmittags mit dichten, schwarzen Bartstoppeln zurück, was seinen düsteren, so oder so beständig vorwurfsvollen Gesichtsausdruck komplettierte. Ausschließlich, wenn Familie Bischof in den Sommerferien ihren Urlaub in ihrer wirklichen Heimat vorbereitete, wirkte nicht nur Marias Vater entspannt und voller Vorfreude auf die schönsten Wochen des Jahres. Frau Bischoff sah dann aus, als hätte sie eine Verwandlung erlebt, sie lächelte, interessierte sich plötzlich für alles und jeden und schien mit sich selbst im Reinen zu sein.

Es kam einem Naturgesetz gleich, dass Maria ohne jeden Grund das neueste Spielzeug bekam, die tollsten Puppen mit Schlafaugen, Sprechpuppen, Babypuppen mit Flasche und Schnuller und der Clou war Lisi, die kleine Puppe, die noch dazu in die Windel pinkeln konnte. Ehrensache, das musste gründlich untersucht werden. „Maria, gib du der Lisi die Flasche und ich guck genau, ob dat Wasser da unten auch wieder rauskommt." Gesagt, getan, ich staunte nicht schlecht, als tatsächlich das Wasser Tröpfchenweise zwischen den Beinen der hübschen Lisi herauslief. Argwöhnisch betrachtete Frau Bischof unser Treiben und meinte, wahrscheinlich ernsthaft um unser Seelenheil besorgt, dass wir solche Untersuchungen doch besser nicht vertiefen sollten.

Noch bevor ich nach Hause ging, Kathi meinte, der Weg sei ein Katzensprung, freute ich mich schon wieder auf das nächste, ungestörte Spielen mit Maria oder vielmehr noch auf Marias unerschöpfliche Spielzeugsammlung, die jedes Herz einer Puppenmutter höherschlagen ließ. Die kleinen Puppenkinder wurden gebadet, gefüttert, ausgefahren und mit einer Inbrunst herumgeschleppt, dass die Nachmittage dahin schmolzen. Meine ganze liebevolle Fürsorge legte ich in das Spiel mit den kleinen Babypuppen. Am allerbesten gefielen mir die kleinen Schlummerle, deren weiche Stoffkörper sich fast so warm anfühlten wie die der echten Babys.

„Na, du kleines Biest, willst du wohl ein Bäuerchen machen?" Maria schüttelte ohne jedes Einfühlungsvermögen, ganz so wie sie es selbst nur allzu gut kannte, lieblos und unwirsch ihre Puppe Susi mit den schönen grünen, beweglichen Schlafaugen derart heftig, dass ich meinte, die Puppe blinzele mir zu und schien zu betteln: „Um Himmels Willen, steh mir bei!" Frau Bischof steckte ihren Kopf zur Tür herein, klopfte gereizt mit dem Fuß auf der Türschwelle gleichmäßig mahnend im Takt und fragte ungeduldig: „Sag mal Christine, musst du denn immer noch nicht nach Hause?" Am liebsten hätte ich geantwortet, dass meine Familie ja Bescheid wisse, dennoch verabschiedete ich mich höflich und bedauerte es schon zutiefst, nicht doch noch ein bisschen bleiben und in aller Ruhe spielen zu können, wie es zuhause nur ganz, ganz selten möglich war.

Irgendwann in unserem dritten Schuljahr zog Maria weg, weil Familie Bischof in der Nachbarstadt ein Haus baute und nicht, wie so innig gewünscht in ihre Heimat zurückkehrte.

Als ich nach dem wunderschönen Spielnachmittag nach Hause kam, saß mein Vater nachdenklich und wie mir schien sehr bedrückt mit hängenden Schultern vor unserem neuen Telefunken Radio. Dieses Mal saß er mit dem rechten Ohr direkt am Lautsprecher, gerade so als würde er seinen Ohren nicht trauen und hörte Nachrichten. Auf meine fröhliche Begrüßung reagierte er nur mit einem unwirschen: „Pssst! Halt bloß den Sabbel!" Aufmerksam geworden hörte ich den Nachrichtensprecher sagen, dass die Deutsche Demokratische Republik gerade damit begann, eine Mauer quer durch Berlin zu ziehen.

„Mutter, komm schnell her, dat ist doch wohl nicht möglich! Solche Banausen, wie kann man nur die eigenen Leute im Land einsperren? Und, pass ma auf, dann schieben se uns dat in die Schuhe!" Ich spürte die echte Empörung meines Vaters, sie machte mir richtig Angst und obwohl ich die Konsequenzen nicht verstand, setzte ich mich solidarisch zu ihm in die Küche und hörte der monotonen Stimme des Nachrichtensprechers bis zum Schluss zu.

Sooft Vater von da an in meiner Anwesenheit vom kalten Krieg sprach, wurde mir auf der Stelle schlecht, wenngleich ich den Ausdruck nicht zu verstehen vermochte und auf Aufklärung von Vaters Seite bis zum Sankt Nimmerleinstag warten konnte. Allein Vaters ungewöhnlich leise Stimme ließ mich die Ernsthaftigkeit dieses Umstands erkennen.

Papa sollte nach Meinung aller Geschwister jetzt nicht mehr allein sein in seinem so genannten Begleitzimmer im Krankenhaus, Sterbezimmer wollte es keiner nennen. Nicht ohne Grund lag er allein im Begleitzimmer der inneren Station und so störten wir niemanden mit unserem Besuch, ganz gleich ob wir mit der kompletten Familie wie Monika kamen oder allein so wie ich. Selbstverständlich sorgte Monika auch für unser leibliches Wohl und so reichte sie uns zum selbst gebackenen Nusskuchen frisch gebrühten Kaffee.

Ein unbeteiligter Beobachter hätte es sicherlich nicht für möglich gehalten, dass es sich bei diesem Begleitzimmer eigentlich um das Sterbezimmer handelte.

Die Worte „weißt du noch..." fielen in diesen Tagen besonders häufig, wir lachten miteinander, wir trauerten, wir erzählten dem alten Mann, den wir kaum noch als unseren Vater erkennen konnten, von längst vergangenen Ungerechtigkeiten.

„Ja Vadder, hätes dir gar nicht soviel Mühe geben müssen beim Verhauen, wenn du gewusst hättest, dass die ganze Lederbux mit Zeitung gepolstert war." Thomas verstand es, unseren Vater immer in unser Gespräch mit einzubeziehen, wohl wissend, dass er schon lange nicht mehr darauf reagieren konnte.

Spontan erinnerte ich mich an ein zufälliges Treffen beim Besuch unseres Vaters im Altenheim. Thomas, Gaby, Ilona und ich hatten wohl dieselbe Idee, Papa an diesem sonnigen Sonntag zu besuchen.

Ilona kümmerte sich besonders liebevoll fast täglich um Vaters Wohlbefinden, reichte ihm das Essen an, streichelte ihn, gab ihm einen Kuss, wenn er anhänglich wie ein kleines Kind wurde. Nichts konnte Ilona aus der Ruhe bringen, auch wenn er mal wieder sein Gebiss irgendwohin verlegte und alle anderen Mitbewohner verdächtigte, das gute Stück versteckt zu haben. Sie wurde nicht müde, freundlich und immer mit einer kleinen Spur Ironie unserem Vater Dinge zu erklären, die er uns als Kinder haarklein erklärte. Ilona blieb auch beim hundertsten Mal noch freundlich und erinnerte mich beharrlich im selben Moment an unsere Mutter. Wie sich die Zeiten ändern, dachte ich und versuchte Papas Hände zu streicheln.

Ilona brachte Papa im Rollstuhl in den sonnigen Wintergarten, wir redeten munter drauflos, weil wir uns seit ewiger Zeit nicht mehr gesehen hatten. Plötzlich brüllte Papa völlig unvermutet: „Ruhe hier!", obschon er wochenlang nicht mehr laut gesprochen hatte. Fröhlich erleichtert, wenn auch verunsichert lachten wir drauflos, was unseren Vater offensichtlich störte und ihm überhaupt nicht gefiel. Mürrisch verschränkte er die Arme und mimte die beleidigte Schönheit. Unwillkürlich befanden wir uns sofort in der Vergangenheit, sobald wir zusammensaßen und von unserer Kindheit erzählten, geradeso als wäre es erst gestern gewesen. Es tat mir gut über alte Zeiten zu sprechen und vielmehr noch, hatte ich das Gefühl, endlich von den Geschwistern verstanden zu werden.

Schulfreundinnen

Um mich vor den vielfältigen Aufgaben in unserem riesigen Haushalt zu schützen, ging ich von da an direkt nach Unterrichtschluss mit meiner Freundin Ursula, genannt Uschi, nach Hause. Ziemlich arglos, aber auch ohne den Anflug eines schlechten Gewissens ging ich mit Uschi – „was kost´ die Welt?" und setzte mich selbstverständlich an den Tisch zum Mittagessen, freute mich riesig über die köstliche, herzhaft zubereitete kulinarische Abwechslung.

Bei Uschi zuhause gab es die besten Eintöpfe weit und breit, wie den zu und zu leckeren Spitzkohleintopf, das Gemüse aus dem eigenen Garten frisch geerntet und abgerundet mit gut gewürzten Wiener Würstchen von Metzger Simon und zwar für jeden ein ganzes!

Voller Vorfreude angelte ich mir eine Wurst aus dem frisch duftenden Gemüse und biss herzhaft hinein. Das Fett lief mir bis zum Ellenbogen und tropfte von dort auf das weiße Tischtuch. Mir wurde ein bisschen flau und ich bemerkte peinlich berührt, wie ich langsam vom Hals aufwärts rot anlief. Uschis Vater sah nur kurz von seinem Teller auf. „Sach ma Tineken, kannse nich vernünftig mit Messer un Gabel essen?" fragte er vorwurfsvoll und zog widerwillig die Nase kraus, die Zähne dabei so fest zusammengebissen wie nur irgend möglich.

Diese sicher harmlos gemeinte Frage traf mich völlig unvorbereitet, wie aus heiterem Himmel und vor überbordender Scham wäre ich am liebsten im Erdboden versunken. Ich starrte in Richtung Flurtür, meine Mutter nannte es Löcher in die Luft gucken. Fast alles hätte ich darum gegeben, lautlos unbemerkt verschwinden zu können.

Mit feuchten Händen hantierte ich unsicher mit Messer und Gabel und beobachtete sehr genau, wie meine Freundin es anstellte, dass die Wurst nicht aufplatzte und das Fett über den ganzen Tisch spritzte. Mit fetttriefenden Händen rutschte ich vom glitschigen Messer ab, Uschi steckte mir unbemerkt eine Papierserviette zu.

Dankbar über solch mitfühlende Geste lächelte ich sie unsicher an, Uschi ging leicht plaudernd darüber hinweg.

Uschis Mutter, eine warmherzige, gedanklich oft zerstreute Frau versorgte mich genauso wie ihre eigenen Kinder.

„Na Tine, sag ma, weiß denn deine Mama auch Bescheid, dass du hier bei uns bist?" fragte sie.

„Sicher" antwortete ich mit nicht ganz reinem Gewissen und setzte gedanklich hinzu, dass sie sich das ja wohl denken könne. Schon im nächsten Moment schaute Uschis Mutter durch mich hindurch und war mit ihren Gedanken ganz woanders, die steile Falte auf ihrer Stirn ließ mich erkennen, dass keine Gefahr im Verzug drohte.

Uschis Familie war nach meinen Maßstäben ziemlich klein, fast unvorstellbar für mich gehörten ihr nur drei Kinder an. Uschis um einige Jahre ältere Geschwister Susanne und Hans-Joachim arbeiteten beide in der Stadt, Susanne als Sekretärin in einem Architekturbüro und Uschis Bruder als Automechaniker und so bekam ich sie kaum einmal zu Gesicht. Susanne bewohnte mit ihrem Verlobten die kleine, gemütlich eingerichtete Wohnung im oberen Geschoss des Hauses. Im katholischen Elternhaus kam dieser Umstand einer kleinen Revolution gleich.

Vor dem gleichmäßig in großen, runden Halbkreisen grob verputzten, hübschen, cremeweißen Eckhaus stand Uschis Papas ganzer Stolz, ein neuer, hellgrauer Renault 12. samstags wurde sein Ein und Alles, das heiß geliebte Auto mit Shampoo ordentlich eingeschäumt, mit dem langen Gartenschlauch abgespült und danach fast zärtlich auf Hochglanz poliert, ob es schmutzig war oder nicht spielte dabei keine Rolle. Wenn Uschis Vater sich unbeobachtet fühlte, streichelte er vorsichtig seine Karosse, auf seinem rundherum zufriedenen Gesicht lag ein gewisser Besitzerstolz.

Das freistehende, weiß getünchte Haus von Uschis Eltern gefiel mir besonders gut, kannte ich doch bis dahin nur Reihenhäuser. Es war nur so ein Gefühl, aber letzten Endes genoss ich die allumfassende Ruhe, oder sogar den Frieden, ungestört mit Uschi spielen zu können. Frau Mönke arbeitete derweil im vorderen, sonnigen Gemüsegarten emsig, sooft es ihre knapp bemessene Zeit zuließ und die reichliche Ernte aller erdenklicher Sorten Gemüse und Obst jedes Jahr von neuem schien ihr Recht zu geben. Bei schlechtem Wetter kochte Uschis fleißige Mutter den ausgiebigen Ertrag ein, rührte köstliche Marmeladen an und stellte stolz die beschrifteten Gläser auf den Tisch, damit Uschi sie durchzählen und wir sie zusammen im Keller verstauen konnten.

Hinter dem Haus umschloss eine hohe, vollkommen dichte Eibenhecke das Grundstück, dadurch vor neugierigen Blicken der Nachbarn vollkommen geschützt. Mir kam die imposante Hecke wie eine Art Schutzwall vor, ähnlich der undurchdringlichen Dornröschenhecke. Das hintere, lang gezogene Gartengrundstück war eingeteilt in eine steingefliese Sonnenterrasse mit anschließender großer Rasenfläche, auf der es sich herrlich rumtollen ließ. Beim ausgelassenen Federballspiel scheuchte mich Uschi über die moosweiche Wiese. „Ich lach mich kaputt. Du siehs aus wie n Storch im Salat. Kannse denn nich richtig grätschen?" Meine Freundin Uschi, das talentierteste Sportass der ganzen Schule hatte für meine verqueren Verrenkungen überhaupt kein Verständnis, ich mochte mich noch so anstrengen. Es wollte mir einfach nicht gelingen, sportlich auf gleicher Höhe zu sein wie Uschi. „Wat sagt unser Lehrer immer no mal?" Uschi lächelte ziemlich unverschämt. „Du kanns mir nich dat Wasser reichen!"

Und trotzdem oder gerade weil wir so dicke Freundinnen waren, entschädigten mich Uschis dicken, runden Grübchen, die verlässlich beim Lachen in ihren Apfelbacken wie eingemeißelt wirkten, für jeden Tadel.

Das Haus von Familie Mönke stand direkt am Waldrand, nahe der Stadtteiche und dem Stadtgarten und bot immer einen guten Startplatz für unsere nachmittäglichen Unternehmungen.

Im Sommer liefen wir beide barfüßig durch die Straßen, den Blick stets auf den Boden gerichtet, um bösen Fallen, wie Glasscherben oder Heckenschnitt von der gefürchteten, stacheligen Berberitze auszuweichen.

An der Straßenecke gab es eine klitzekleine Bude, Trinkhalle Gerti Wintermeier stand auf einem ovalen Schild, schwer von schwarzem Schmiedeeisen gerahmt. Hier gab es das leckerste Lakritz der ganzen Stadt zu kaufen, da waren wir einer Meinung. Sooft es uns gelang, ein oder sogar zwei Groschen locker zu machen, traf man uns an der Bude von Frau Wintermeier, manchmal fischte Uschi Zehnpfennig Münzen mit dem Messer aus ihrem bunt bemalten Sparschwein. „Na ihr kleinen Schicksen, lasst mich raten sollet Lakritz sein oder n Eis zu zehn?" In Frau Wintermeiers riesiger Gefriertruhe lag ein schier unaufhörlicher Schatz von Vanilleeis am Stiel, das mit feinster Zartbitterschokolade ummantelt, umwerfend köstlich schmeckte.

Im Hintergrund plärrte leise das Radio, Nana Mouskouri wünschte sich mal wieder „Weiße Rosen aus Athen." „Sagen mir komm recht bald wieder, sagen mir auf Wiedersehn, weiße Rosen aus Athen" sang munter Frau Wintermeier im zittrigen Sopran, als sie uns das kleine, rechteckige Eis am Stiel reichte, eine blau bedruckte Silberfolie knisterte vielversprechend.

Vorsichtig knabberte ich die schwarze Köstlichkeit vom Vanilleeis herunter, als Klaus-Jürgen uns auf den kleinen Steinstufen vor dem Kiosk Gesellschaft leistete. Er ließ sich klatschend auf den Hosenboden fallen, ein feinherber Geruch nach aufgerautem Leder stieg aus seiner Sommerhose auf. Im selben Moment fiel mir auf, dass er im Gegensatz zu sonst sehr blass aussah, nicht umsonst hatte er den Spitznamen Rotbäckchen weg, nach dem ebenso einzigartigen wie herzigen, rotbackigen Mädel auf der Saftflasche, deren hoch gelobten Inhalt es nur in schlimmen Krankheitsfällen bei uns zuhause gab.

Vorsichtig legte ich den sauber abgelutschten Eisstiel auf die unterste Stufe, ein übrig gebliebener, geschmolzener Tropfen zog eine Wespe an, die sich augenblicklich darüber hermachte. „Wat is denn mit dir los?" fragte Uschi gerade heraus und tippte mit dem Zeigefinger auf das Edelweiß von Rotbäckchens Lederhose. Verschämt drehte er sich ein wenig weg, damit wir seine rot geweinten Augen nicht sehen sollten. „Ich hab die ganze Zeit bei meinem Opa am Sterbebett gesessen und seine eiskalte

Hand gehalten. Unser Mama hat mich jetzt ma nach draußen geschickt!" platzte es aus ihm heraus.

Rotbäckchen kaufte sich ein Tütchen Ahoi-Brause bei Frau Wintermeier, riss es mit einem Schwung auf und schüttete sich den pulverigen Inhalt bis auf den letzten Krümel in den Mund. Ich hörte die Brausebläschen in seinem Mund überschäumen und platzen. „O Hilfe, jetzt kommt mir dat ganze Zeug ausse Nase raus! Sonne Scheiße!" Seine Stimme hörte sich völlig anders an als das Gegröle auf dem Fußballfeld in der Schule und als ich aufsah, standen dicke Tränen in seinen Augen, die langsam über seine Wangen liefen. Grübelnd legte ich meinen Kopf schief und versuchte herauszufinden, ob vielleicht das schäumende Brausepulver solche Tränen hervorbringt oder nicht viel eher sein tief empfundener Kummer über den nahen Tod seines netten, alten Opas.

Mit hängenden Schultern, die Hände tief in den Taschen seiner abgewetzten, grünschwarzen Lederhose vergraben, trat Rotbäckchen den Heimweg an.

Uschi rief ihn zurück. „Wat hälse davon, wenn wir beide mitkommen zu deinem Opa? Ich würd wirklich gern Abschied nehmen!"

Ungläubig glotzte Rotbäckchen uns Mädels an, die Augen rot wie die der niedlichen Albinokaninchen von Onkel Lehmann. Ich fand Uschis Idee prima und obschon ich Rotbäckchens Opa gar nicht kannte, war ich doch neugierig darauf, einen sterbenden, alten Menschen zu sehen. Ungewöhnlich ruhig trabten wir hinter Klaus-Jürgen her, kein Gedanke mehr daran, fröhlich weiter zu quasseln wie noch kurz zuvor. Wir liefen mit gebührendem Abstand, wie es mir für die traurige Situation angemessen erschien die ansteigende Alte Fernewaldstraße hinauf und bogen in die Lindhorststraße ein.

Leise betraten wir den abgedunkelten, lang gezogenen Raum, eine Art Wohnküche, mit einem alten Krankenhausbett umfunktioniert als Sterbezimmer. Neben dem Bett des Todgeweihten alten Mannes hatte Klaus-Jürgens Mutter zahlreiche Kerzen angezündet. Zusammen mit einem fast verblühten und trotzdem intensiv duftenden Fliederstrauß, einem Gebetbuch und einem Rosenkranz wirkte das stimmige Ganze auf mich wie ein Altar, wenn da nicht auch noch eine Flasche Schnaps und ein Pinneken auf der Nachtkonsole ständen, die sich daneben wie Fremdkörper ausnahmen. Klaus-Jürgen bemerkte meinen verwunderten Blick, der an der Flasche hängen blieb. Fast andächtig flüsterte er mir zu: „Den hat mein Opa sich gewünscht, er hat jeden Tag n Schnäpsken getrunken!" Ehrlich gesagt hatte ich mir das Sterben ganz anders vorgestellt, aber ich fühlte mich im selben Moment nicht mehr ganz so stocksteif, wie gerade noch zuvor.

Durchdringend eigentümlicher Geruch, der vom sterbenskranken, alten Mann im Bett ausging, ließ mich die Luft anhalten. Wieder wurde mir flau, mein Bauch fühlte sich sofort steinhart an, als ich versuchte, flach zu atmen. Uschi ging zielstrebig bis zum Bett des freundlichen Alten, den sie ihr Leben lang schon kannte und den sie wegen seiner unendlichen Geduld und Klugheit mochte, wenn er den Nachbarkindern scheinbar Unbegreifliches wieder und wieder erklärte.

Vor gar nicht langer Zeit hatte Uschi noch übermütig und ausschweifend, wie es manchmal ihre Art war, von genau diesem Großvater als Beispiel in der Schule erzählt, als wir im Unterricht von Pastor Behrend über Nächstenliebe sprachen.

Neugierig und sachlich zugleich betrachtete sie sein eingefallenes Gesicht. Der kleine, ausgemergelte Kopf von Klaus-Jürgens Opa hatte mehr Ähnlichkeit mit einem Totenkopf als mit dem eines lebendigen Menschen. Immer wieder musste ich schlucken und vielleicht wegen der Erkenntnis der Endgültigkeit des Todes wurde mir eiskalt. Ich konnte gar nichts dagegen tun, als ein paar dicke Tränen aus meinen Augen quollen und langsam bis zum Kinn rannen. Verschämt wischte ich sie fort. Ein beklemmendes, trauriges und unendlich ohnmächtiges Gefühl machte sich in mir breit, ich zog fröstelnd die Schultern hoch, Frau Fährmann legte beruhigend ihre warme Hand darauf. Aufmunternd lächelte sie mich an, ich schaffte es nicht, auch nur einen Schritt näher an das Bett des sterbenden, alten Mannes zu gehen.

Uschi nahm unbefangen die Hand des Alten, streichelte sie und leise flüsterte sie beruhigend klingende Worte, die ich nicht verstand. Der alte Opa Fährmann schlug die Augen auf, lächelte ihr dankbar zu, was ihn augenscheinlich viel Kraft kostete und schien bald darauf so erschöpft, dass er wieder einschlief.

Klaus-Jürgens Mutter winkte uns nach draußen. Geblendet vom hellen Sonnenlicht atmete ich tief durch, verabschiedete mich dankbar lächelnd und dennoch tief verunsichert und immer noch leise redend gingen Uschi und ich vom Hof.

„Uschi, ich geh jetzt lieber nach Hause, machs gut, bis morgen!" Uschi nickte voller Verständnis, ich musste meiner Freundin nichts erklären. Ich wollte lieber allein sein, mir die traurige und auf unbekannte Weise doch wundersame Stimmung ein wenig erhalten und ohne zu überlegen schlug ich den vertrauten Weg zum kleinen Wäldchen ein.

An Uschis Geburtstag ging ich ausnahmsweise mit Mamas ausdrücklicher Erlaubnis, die ja sonst gern „gibt man dir den kleinen Finger, nimmst du gleich die ganze Hand" sagte, direkt mit Uschi von der Schule aus zu ihrer Geburtstagsfeier. Am Tag zuvor hatte ich mit Kathis Hilfe drei kleine, bunt gemusterte Bälle kunstvoll in zuvor glatt gebügeltes Geschenkpapier gewickelt und in meinen Tornister gepackt. „Rate mal, wat du Schönes von mir kriegst, Uschi!" Mächtig stolz darauf, Uschis Herzenswunsch erraten und erfüllen zu können, platzte ich fast vor Ungeduld. Wirklich jeden Pfennig kratzte ich zusammen, um für Uschi die hübschen Bälle im Spielwarengeschäft Hofmann zu kaufen und allmählich konnte ich die Spannung selbst nicht mehr ertragen. „Ich nehm den grünen mit gelben Tupfen, den roten mit weißen Punkten und den blauen mit grünen Kringeln" überzeugte ich die schüchterne Verkäuferin, ein junges Ding, das ständig nervös an ihrer lila glänzenden Haarspange rumfingerte und sich schwer damit tat, die rutschigen Bälle aus dem runden Glas zu angeln.

„Drömmel nich so rum, meine Mama wartet schon mit dem Essen auf uns!" Selbstbewusst meinte Uschi, mich selbst an ihrem Geburtstag antreiben zu müssen. Meine beste Freundin fiel aus allen Wolken. Gleichzeitig freute sie sich und war so überrascht über die schönen Bälle, die sie sofort temperamentvoll auspackte, das mühevoll glatt gebügelte Geschenkpapier flog in Fetzen durch die Luft. „Heiliger Bimmbamm, wat sind die schön glatt. Mama, ich muss die Bälle von Tine er's ma ausprobieren, ne?"

Kunstvoll und irrsinnig geschickt wie keine zweite spielte Uschi an der Hauswand mit allen drei Bällen gleichzeitig. „Kannse etwa nich die Treppenleiter, drunter und drüber?" fragte Uschi erstaunt und warf die Bälle einmal von unten und dann von oben abwechselnd an die Wand. Akrobatisch verrenkte sie sich dabei, hob ein Knie an und warf den Ball hindurch, solange, bis Frau Mönke uns zum Mittagessen rief.

Uschi, ein paar Monate älter und um einige Zentimeter größer als ich, vielleicht deshalb mein großes Vorbild bei Sport und Spiel. Alles hätte ich darum gegeben, wäre ich so gelenkig wie sie gewesen, ausdauernd und immer wendig. Fast ein bisschen neidisch beobachtete ich ihr geschicktes Ballspiel an der Hauswand, das dunklere Flecken auf dem weißen Putz hinterließ. Glücklich darüber, dass Uschi ausschließlich mich zu ihrem Geburtstag einlud, hatte sie bei mir sofort einen Stein im Brett, denn ich mochte es gar nicht, wenn andere Mädchen um sie herumscharwenzelten. Nach dem Kaffeeklatsch, zu dem auch Uschis alte Tanten Gesine und Ottilie kamen, flitzten wir Mädels wieder nach draußen, um die Bälle an der Wand fliegen zu lassen.

Zwischendurch musste ich dringend zur Toilette und wie immer im letzten Moment mit zusammengekniffenen Beinen stand ich verwundert im Bad, wo Tante Ottilie selbstverständlich auf dem Klo thronte und Tante Gesine sich davor auf einem Polsterstuhl gemütlich einrichtete. Ohne Frage wollten sie an diesem dafür ungewöhnlichen Ort ein Pläuschchen halten und ließen sich durch mich gar nicht aus der Ruhe bringen, den wichtigsten Tratsch aus der Nachbarschaft in aller Ausführlichkeit zu erörtern und lang und breit über Gott und die Welt zu reden.

Es sah so aus, als wollten die beiden alten Damen zusammen den Rest der Geburtstagsfeier behaglich im Bad verbringen. Gesine redete ohne Punkt und Komma und ließ Ottilie nicht zu Wort kommen. Anscheinend brauchte Gesine gar keine Luft zum Atmen, sie redete ununterbrochen, geradezu wie ein Wasserfall. Meine Schwester Ilona würde sagen: „Draußen hätte Tante Gesine Sonnenbrand auf der Zunge!"

„Geh ma wacker na oben und klingel ebn bei Susanne an, da darfse bestimmt ma schnell aufet Klo!" Ob der völlig unnötigen Unterbrechung wedelte Gesine missmutig mit ihrer moccabraunen Handtasche, die aussah wie eine übergroße Geldbörse mit silbernem Clipverschluss und die sie hütete wie einen wahren Schatz, natürlich auch zu anderen Geschäften mitnahm und dirigierte mich damit Richtung Tür.

Selbst Uschi wusste nicht, welche wichtigen Heiligtümer sich in der bestgehüteten Handtasche ihrer Tante befanden. So alt die beiden Tanten auch sein mochten, modisch interessiert schenkten sie Uschi einen streichelzarten, nachtblauen Nickipullover und eine weinrote Lastexhose, eine Art Steghose, die auch ich mir seit langem wünschte und um die ich Uschi heftig beneidete.

Als die letzten verwelkten Blätter unserer Birke vor dem Haus der allzu früh einsetzende Winter mit scharfem Novemberwind zornig und mächtig davon wehten,

schlidderten Uschi und ich zusammen auf dem Stadtteich, damals noch kritiklos „Schlagether-Teich" genannt, was sich bei uns im Ruhrpott aber eher wie „Schlagidderdeich" anhörte. Mutter mahnte mit erhobenem Zeigefinger: „Geh mir nicht auf den Stadtteich zum Schlindern, Kind, mach mir keine Sperenzchen. Das Eis ist noch nicht richtig durchgefroren und trägt euch nicht!"

Alle guten Ratschläge schlugen wir in den Wind und freuten uns über das herrliche Vergnügen, den früh dämmrigen Nachmittag in der kalten, klaren Luft zu verbringen, der Himmel über uns dramatisch purpurn gefärbt. Elisabeth, ein ziemlich altkluges und deshalb unbeliebtes Mädchen aus unserer Klasse, eben diese Lissbett, die wir nur hinter ihrem Rücken so nannten, drehte mit ihren neuen, weißen, Knöchel hohen Schlittschuhen, wie die Eiskunstläufer im Fernsehen von Uschis Eltern sie trugen, immer waghalsigere Pirouetten. Kleine, nebelweiße Atemwölkchen kamen aus ihrem Mund, als sie sich mit schnellem Seitenblick darüber vergewisserte, dass wir sie dabei auch aufmerksam beobachteten und erst dann fuhr sie eifrig in geduckter Haltung auf den Rand zu, um plötzlich mitten im schönsten Schwung im Eis einzubrechen, Gottlob nur bis zu den Oberschenkeln.

„Bo, hasse dat gesehn, Tine?" rief sie hysterisch und vollkommen verdattert zu mir herüber, überrascht und gleichsam froh darüber, dass der Teich am Rand so flach war und ihr somit Schlimmeres erspart blieb. Uschi und ich stiegen am vereisten Steg vom Eis und halfen Elisabeth, die prompt eisig gefrorenen Strumpfhosen und die scheinbar zentnerschweren, im nu völlig durchnässten, eiskalten Schlittschuhe auszuziehen. Endlose Winterstille legte sich weiß über den bizarren Ort.

Mit den Zähnen zog Lissbett ihre nassen Handschuhe aus.

„Jetzt aber schnell nach Hause, bevor du dir n Pips holst!"

Die Straßenlaternen leuchteten schon einige Zeit, höchste Eisenbahn also zu Hause zu sein, ich wand mich verstohlen durch die neue Terrassentür in die Küche. Vor Scham oder vielleicht auch weil es so mollig warm war, bekam ich rote Ohren, als Mama im Radio ausgerechnet „Junge, komm bald wieder" von Freddy Quinn hörte. Aufmerksam betrachtete sie mein missglücktes Vorhaben, ungesehen nach Hause zu kommen, zuckte nur die Achseln und sagte mit einem ironischen Lächeln auf den Lippen: „Hol mal den Papa aus dem Keller. Sag ihm eben Bescheid, dass die Nachrichten jeden Moment anfangen!"

Froh und erleichtert darüber, dass meine Verspätung keine weiteren Konsequenzen nach sich zog, hüpfte ich über die glatte, glänzend grau gestrichene Betontreppe, nahm zwei Stufen auf einmal, bis ich atemlos im Keller ankam.

Vater saß später wie immer vor dem Regal, auf dem das Radio stand, stierte sorgenvoll vor sich hin und erzählte bald darauf beim Abendbrot, dass in Kuba eine Krise sei und dieser Umstand nicht gerade ungefährlich für den Weltfrieden. Aufgeregt hüpfte sein Adamsapfel dabei, ob er schluckte oder redete, gleich heftig auf und ab. Gebannt glotzte ich auf den fast dreieckigen Adamsapfel Vaters, der munter immer wieder wie von selbst an die richtige Stelle zurückkehrte. Verdrossen schaute er Mutter Hilfe suchend an, als ob sie dieses weltbewegende Problem lösen könne, wo sie doch sonst für die praktischen Lösungen zuständig war. „Mußet denn erst widder Krieg geben? Werden die Politiker niemals gescheit?"

Maßlos verärgert drückte er seine nur zur Hälfte gerauchte Zigarette in dem runden Messingaschenbecher aus, einer modernen Neuerwerbung in unserem Haushalt. Hastig betätigte er den mittig angebrachten, schwarzen Druckknopf und mit einem blechernen Geräusch wurde die Kippe im Inneren versenkt.

Mit Uschi zusammen besuchte ich schon bald den Erstkommunionunterricht in unserer Gemeinde, benannt nach dem heiligen Bonifatius. Nachmittags schlossen wir uns den versprengten Kommunionkindern auf dem Weg zur Kirche an, latschten gemächlich den Konsumberg hinauf. Der Konsumberg hieß eigentlich Hermann-Löns-Straße, aber weil die Straße die einzige ansteigende Straße im ganzen Viertel war und noch dazu am Ende der Konsum lag, ein Vorläufer aller Selbstbedienungsläden, hieß unser Weg zur Kirche praktischer Weise Konsumberg.

Uschi redete ununterbrochen auf mich ein, kam vom Hölzchen aufs Stöckchen und erinnerte mich schlagartig an ihre Tante, die mit dem Sonnenbrand auf der Zunge. Qualm, schwarz wie Lakritze stieg aus den Schornsteinen der Kokerei auf. In der von Weihrauch geschwängerten Luft der Kirche fiel es Uschi dem entsprechend sehr, sehr schwer, fast unmöglich, leise zu sein. Warum sollten wir eigentlich von einem Moment auf den anderen gottesfürchtig sein und kein Sterbenswörtchen mehr reden, von den mehr oder weniger andächtig herunter geleierten Gebeten mal abgesehen?

Die wichtigsten Dinge klärten wir im Flüsterton, solange, bis der Pastor strafend zu uns herüberblickte. „Fräulein Mönke, ich habe hinten Ohren" biederte der hässlich blasse, fast kahlköpfige Pastor sich an, als ob er keiner Fliege etwas zu Leide tun könne. Seine bucklige Haltung sprach Bände.

„In Wahrheit ist dat n ganz verlogenen Kerl. Dat muß man sich ma vorstellen, der hat doch tatsächlich eine Freundin, die jetzt auch noch in anderen Umständen ist, die arme Frau. Dat weiß ich aus ganz sicherer Quelle!" hörte ich Frau Meisenberg, die fromme und genauso eifrige Putzfrau der Kirche erbost klagen.

Zu den Vorbereitungen auf die erste heilige Kommunion gehörte als wichtigste katholische Errungenschaft das Sakrament der Beichte. Ich hatte das Gefühl so grundsätzlich ehrlich und vor allem frei von Sünden aller Art zu sein, dass es mich richtiggehend wunderte, gerade den Weg zur Kirche, also unseren Konsumberg hinauf, vor lauter Leichtigkeit nicht fliegen zu können. Alles fühlte sich für mich so leicht, so richtig an.

Allerdings entschied ich mich dafür, meine eigene, kleine Intimsphäre zu wahren und dem gerade in solchen Dingen sehr neugierigen Pastor nicht alles auf die Nase zu binden. Seine Augen bekamen dieses irre Flackern, wenn er uns beim wöchentlich stattfindenden Kommunionunterricht Vorträge über die unbedingte Keuschheit hielt, allein das Wort ließ mich zusammenzucken. Nichts, aber auch gar nichts schien mir abwegiger, als Verfehlungen gegen das sechste Gebot zu beichten, immer der felsenfesten Überzeugung, dass es einzig und allein nur mich selbst etwas anging und weder Gott noch den Pastor zu interessieren hatte, was unter meiner Bettdecke vor sich ging. Was für ein Quatsch, Unzucht mit sich selbst oder anderen!

Nichts schien mir interessanter zu sein, als meinen eigenen Körper zu erforschen, Schweinigkeiten nannten frömmelnd ein paar brave Mädchen, angehende Kommunionkinder solche Aktivitäten und das sagte schon alles!

Pastor Wienekamps Ohren bekamen die immer gleichen, fein gefilterten und nicht besonders aufregenden Sünden zu hören. „Ich habe gegen das vierte Gebot verstoßen, Mutter belogen und Vater geärgert" sodass ich jede Woche von neuem nach einem „Vater unser" und zwei „Gegrüßet seiest du Maria" so andächtig wie möglich gebetet die Sünderbank verließ, die ich zuvor und danach mit einem bodentiefen Kniefall vor der Bank von meiner grundsätzlichen Unschuld überzeugte.

Uschi klimperte schon ungeduldig mit ihrem silbernen Bettelarmband, an dem unzählige, bunte Anhänger mit Städtewappen hingen, die Uschis Familie bei jedem Ausflug und Urlaub fleißig zusammensammelte. Aus ganz Deutschland kamen die kleinen, bunten Wappen, klitzeklein stand darauf Sankt Goar, Köln am Rhein oder Füssen im Allgäu zu lesen. Uschi war felsenfest davon überzeugt, dass es deswegen Bettelarmband hieß, weil sie sich die silbrig glänzenden Städtewappen richtiggehend erbetteln musste. Ich hatte keine Ahnung und was ich noch viel schlimmer fand, noch nicht einmal ein Armband.

„Sag ma, Uschi, erzählst du dem Pastek eigentlich wirklich alle deine Sünden, ganz ehrlich, Hand aufs Herz!" „Ach wat, bisse bekloppt, wo denkse hin, dat wär ja noch schöner. Dat erzählt der doch glatt meiner ganzen Familie und Tante Ottilie kennse ja, die macht ausm Floh n Elefant!"

Thomas nahm sich Papas Rasierzeug aus dem mit allen nötigen Utensilien voll gestopften Regal und schäumte den Rasierpinsel kräftig ein. Papa schien das nicht zu gefallen, als Thomas vorsichtig seine Wangen mit dem Schaum bestrich, denn ein tiefer Seufzer kam über seine Lippen. Wie ein beleidigtes Kind verzog Papa das Gesicht, als Tommy gleichermaßen versiert und vorsichtig Bahn für Bahn die kräftigen Stoppeln abrasierte. „Jetz hab dich ma nich so, Vadder! Ich sag nur eins: Frisch wie der junge Morgen!" Papa ächzte ausdauernd und weil die Prozedur des Rasierens ihn dermaßen anstrengte, fiel er gleich darauf in einen tiefen Schlaf.

„Psst!" gab ich mit dem Zeigefinger auf dem Mund Gaby und ihrer lärmenden Familie Zeichen, die angeregte Diskussion zu unterbrechen, als sie ins Begleitzimmer kamen.

Gabys Vorliebe für schwere, französische Parfums hatte sie nicht davon abgehalten, selbst bei einem solchen Besuch sich von oben bis unten damit zu besprühen. Das unbeschwerte Atmen fiel auch mir schwer uns so winkte ich sie auf ein Wort auf den Flur hinaus.

„Na Schwesterherz, was macht die Kunst?" fragte ich interessiert nach. Als wäre ein Schalter umgelegt worden, verfinsterte sich Gabys Gesicht. Mir war nicht entgangen, dass sie schon wieder dünner geworden war.

„Ich habe noch ne Stelle annehmen müssen. Mein Mann verdient ja nicht so gut. Mittlerweile ist es mit viel zu viel Arbeit, manchmal denk ich, dass ich das alles nicht mehr schaffe!" „Kein Wunder!" platzte mir der Kragen. „Ehrlich gesagt verstehe ich aber auch nicht, weshalb du mit deinem Mann nicht mal Tacheless reden kannst. Von außen betrachtet sieht es so aus, als wärest du rundherum zufrieden!"

Gaby, die verkannte Künstlerin unserer Familie, hatte leider ihr Kunststudium wegen dieses Einfaltspinsels von einem Mann abgebrochen. „Aber wo die Liebe hinfällt, wächst kein Gras mehr!" Mamas ironische Worte klangen nach so langer Zeit in meinen Ohren.

Dennoch machte mich dieses Gespräch ungeduldig, zumal Gaby nun auch noch meine Meinung zum Verhalten ihrer pubertierenden Tochter hören wollte, die, scheinbar aus Protest, sich den schwarz gekleideten und düster geschminkten Grufties angeschlossen hatte. Wen soll das noch wundern fragte ich mich im Stillen. Um Gaby aber nicht noch mehr zuzusetzen, sprach ich davon, dass es sich dabei sicher um eine Phase handelt, die nach meiner Erfahrung mit eigenen Kindern auch wieder vergeht.

Damit die Duftwolke, mit der Gaby sich einhüllte, Papa in dem kleinen Zimmer nicht den letzten verbleibenden Sauerstoff nahm, lud ich Gaby auf einen Kaffee ein. Auf dem Weg dorthin erzählte sie mir, dass nun auch noch ihr Sohn zu allem Übel sein Studium aufgegeben habe.

Lieber Gott, betete ich lautlos, danke, dass du es mit mir so gut gemeint hast! Unsere Jungs gingen ihren Weg, mal mehr, mal weniger geradlinig, auch mit kleinen Schlenkern im Leben, aber immer darum bemüht, ihren Beruf mit Herz und Verstand auszuüben.

Kirche und Kommunionunterricht

Das unbeschreibliche Gefühl, Kommunionkind zu sein und absolut unkritisch gläubig mit der Überzeugung, dass einzig und allein die katholische Kirche die richtige, die wahre Religion vertritt, verlieh mir bis dahin nie gekannte Stärke. Meine religiösen Empfindungen waren vor allem Verbundenheit mit der Gemeinde, Halt gab mir die regelmäßige Zusammenkunft der Kommunionkinder in immer gleicher Runde, die ich mit Hingabe besuchte.
Absolut rätselhaft dagegen blieb mir die heilige Dreifaltigkeit. Dennoch erschien mir Gott Vater genauso streng wie mein eigener Vater zu sein, der Heilige Geist schien mir seltsam fremd und unerreichbar weit entfernt, dafür aber der junge Gottessohn Jesus fast vertraut und nah, richtig modern im Gegensatz zu dem Rest der Dreifaltigkeit. Vielleicht lag das daran, dass ich das irdische Leben von Jesus eher nachvollziehen konnte als die abstrakte Abwesenheit der beiden anderen himmelweit von mir Entfernten aus dem einmaligen Trio. Ich liebte die geheimnisvolle Beschwörung und Magie in jeder heiligen Messe, zu keiner anderen Zeit war ich empfänglicher für dermaßen theatralisch, mit absoluter Überzeugung vorgebrachte fanatische Belehrungen und mystische Zeremonien. Die katholische Kirche schien wie gemacht dafür.

Dramatisch stellte ich mir vor, wie Gott sein eigenes Blut in Wein und seinen Leib in Brot verwandelte. Tagelang grübelte ich darüber nach, wie solch ein magerer Körper, den ich von allen möglichen Kreuzen und Abbildungen nur zu gut kannte, allein für unsere Gemeinde ausreichen konnte. Wir Kommunionkinder riefen ohne mit der Wimper zu zucken evangelisch getauften Mitschülern folgenden Spruch auf der Straße hinterher: „Evangelische Ratten, mit Pisse gebacken, mit Kacke gerührt, zum Teufel geführt!"

Dabei hatten wir nicht einmal ein schlechtes Gewissen, hörten wir doch beinahe täglich in der Kirche oder im Religionsunterricht, dass der katholische Glauben der allein seligmachende sei. Auf dem Weg zu der wahren, einzigartigen, weil katholischen Kirche quasselten Uschi und ich ununterbrochen, die blaugraue, bisweilen lakritzschwarze Luft, die von der Kokerei zu uns herüberwehte, setzte sich wie eine Glocke auf uns und ließ mich anhaltend husten. Mühsam erklomm ich die stetig ansteigende Hermann-Löns-Straße, unseren Konsumberg, vorbei an kleinen grauen Zechenhäusern bis zur Litfasssäule, die vor bunten Plakaten nur so starrte. Die Reklame von Dornkaat mit dem glatzköpfigen Alten, dessen Augenbrauen borstig fett wie eine Raupe zusammenwuchsen, flößte mir bei jedem Vorbeigehen erneut Angst ein. Der Dicke prostete uns schicker von der Reklame zu und erinnerte mich stets von neuem an den Schulzahnarzt, vor dessen Untersuchung ich dermaßen in Panik geriet, dass ich mit Magenkrämpfen nach Hause gehen musste.

„Meine Güte, Meyer, du bist doch sonst nicht so empfindlich. Jetzt stell dich mal nicht so an!" Selbst Fräulein Meyer konnte mich nicht überzeugen, da zu bleiben. Nicht noch einmal würde ich für diesen übel riechenden Fettsack meinen Mund öffnen, um ihn darin gefühllos mit den kalten Stahlinstrumenten herum hantieren zu lassen.

Himmlisch aufregend fand ich es allerdings, in der Kirche während der Messe heimlich hinter dem Rücken vom Pastek zu quatschen. Unzweifelhaft blieb das dem selbstgefälligen Pastor Wienekamp nicht lange verborgen und er raunzte mitten in der Predigt: „Hey Meyer, Klappe halten, du störst." Freundlicher Weise wurden wir auch in der Kirche mit Nachnamen angesprochen, sodass es eigentlich alle Geschwister von mir hätten sein können und ich so aus dem Schneider war.

Die Vorbereitungen für meine Kommunion nahmen Gestalt an und ich durfte zum ersten Mal in meinem Leben zum Einkauf zu meiner Patentante nach Düsseldorf fahren, um dort dem Anlass entsprechend hübsche Schuhe, Unterwäsche und Strümpfe geschenkt zu bekommen. Außer mir vor Vorfreude schlief ich in der Nacht zuvor schlecht. Ich hörte Monika im Schlaf schmatzen und Ilona mit den Zähnen knirschen, schreckliche Geräusche inmitten der grabesstillen Nacht. Wenn ich mir Mühe gab, konnte ich die gedämpft klingende Werksirene von der Kokerei hören, die tagsüber laut und klar klang.

Meine liebe Tante Paula holte mich morgens gut gelaunt mit ihrem neuen, schneeweißen Ford Taunus ab, dessen Bezüge ein klein wenig nach Babykotze rochen. Tante Paula trug wie alle Frauen ihr aschblondes Haar dauergewellt, dazu rahmte die altmoderne goldene Fassung der Brille ihr stets lächelndes, freundliches Gesicht perfekt.

Blass geworden von der gleichermaßen interessanten wie rasanten Fahrt über die Autobahn, zuerst an brachliegenden, graugrünen Feldern vorbei, dann an herunter gekommenen Fabrikgebäuden mit vor Schmutz strotzenden, blinden Fenstern, stand ich staunend auf der prächtigen Königsallee und betrachtete andächtig noble Läden mit einladend geöffneten Türen.

„Jetzt lass dir erst einmal ein bisschen frische Luft um deine blasse Nase wehen!" munterte Tante Paula mich lächelnd auf. „Schön, dass du heute bei uns in Düsseldorf bist, in der deutschen Modehauptstadt" zwinkerte sie mir zu. „Hast du jemals davon gehört?"

„Nö" ließ ich mich gern von der Übelkeit ablenken.

Wir schlenderten über eine kleine Brücke, das Geländer fröhlich grün-weiß angestrichen. Verblüfft sah ich chic gekleidete Frauen in perfekt geschneiderten Kostümen und mondänen Nahtstrumpfhosen, ihre Haare nach der neuesten Mode hoch toupiert, in den verglasten Büros und Bankgebäuden verschwinden. In dieser Großstadt arbeiteten anscheinend Frauen und Männer, nicht so wie bei uns zu Hause, wo allein in unserer Siedlung eine einzige Frau einer Arbeit außer Haus nachging und das auch nur, wie eine Nachbarin hinter vorgehaltener Hand lästerte, um ein wenig zum geringen Haushaltsbudget beizutragen.

Meine Lieblingstante Paula besaß dem Anlass entsprechend eine Engelsgeduld mit mir. In ihrer leisen und zurückhaltenden Art lächelte sie mich aufmunternd an und sprach, nein fast sang sie die Worte melodiös, als wollte sie die einzelnen Wörter aneinander reihen wie Perlen an ihrer

Kette: „Lass dir nur alle Zeit der Welt, die du brauchst, um dir etwas Schönes auszusuchen."

Das erste Hindernis dazu nahm ich erschrocken zur Kenntnis, als wir den riesigen Kaufhof betraten. Ein Riesenmonstrum aus Stahl, permanent in Bewegung ließ mich vor Ehrfurcht erstarren. Die Rolltreppe brachte aus scheinbar glatten Flächen plötzlich und unerwartet Stufen zustande. Mit der Funktion völlig überfordert, stand ich mit Tante Paula im Parterre und wagte es nicht, die Rolltreppe auch nur mit einem Fuß zu betreten. Verschämt schaute ich mich um, mein lautes, ungestümes Herz war doch bestimmt zu hören. Erstarrt und vollkommen verunsichert merkte ich, wie mir langsam ein dicker Schweißtropfen den Rücken herunterlief und in der dicken Baumwolle vom Unterrock versickerte.

Da halfen mir die erstaunten, aufmunternden Anfeuerungen der jungen Großstädter auch nicht weiter: „Hey, mach nur einen kleinen Schritt, passiert schon nix! Alles andere geht automatisch, ganz bestimmt, wie von selbst!"

Nachdem ich mir endlich ein Herz gefasst und Tante Paulas warme Hand mich ein wenig zog, überwand ich meine Skrupel und stand plötzlich immer noch ein wenig wackelig, vor allem aber verwundert auf der Treppe, die uns automatisch nach oben brachte. Allein der herbe, einzigartige Ledergeruch, den ich so sehr mochte, dass ich momentan unbedingt Lederwarenverkäuferin werden wollte, wies uns den Weg in die riesengroße Schuhabteilung. Ich hatte es im Gefühl, dass ich hier und nur hier fündig werden konnte.

Die Schuhverkäuferin schleppte Karton für Karton anscheinend aus der letzten Ecke vom Lager an und wischte sich bei jedem neuen Schuhkarton mit einem völlig zerknautschten, vormals wohl weißen Taschentuch die schweißbedeckte Stirn ab. Fasziniert von der exakten Frisur konnte ich meinen Blick nicht von den grauen Wellen der Verkäuferin abwenden. Eine Locke der wassergewellten Haare glich jeder anderen Locke wie ein Ei dem anderen.

Etwas umständlich hantierte sie mit den wohlriechenden Lederschuhen herum, lockerte die Schnürsenkel, bevor sie sich zu meinen Füßen auf einen niedrigen, schrägen Schemel setzte. Jetzt hatte ich den perfekten Blick auf die Frisur und vor allem auf die rosarote Kopfhaut der älteren Dame, die, als wären die grauen, widerborstigen Haare nicht schon schlimm genug, noch dazu von Haarausfall gebeutelt war.

Vielleicht schien ihr deshalb der Spaß am Leben vergangen zu sein. Sie lächelte jedenfalls nicht ein einziges Mal.

Überglücklich freute ich mich über die Großzügigkeit Tante Paulas. Tatsächlich durfte ich mir die Schuhe selbst auswählen und so suchte ich nicht die langweiligen, obligatorischen, schwarzen Lackschuhe aus, die schon seit ewigen Zeiten alle Mädchen trugen, die zur Kommunion gingen und die mir die graue Dame seufzend anschleppte. Schwarze Lackschuhe mit und ohne Schnürsenkel, mit großer und kleiner Zierlasche, Mokassins aus schwarz glänzendem, weichen Lackleder, aber bei jedem weiteren Versuch des unerschöpflichen Angebots schüttelte ich wieder den Kopf. Endlich, ich wollte schon beinahe aufgeben, da brachte die graue, missmutige Verkäuferin mir wirklich außergewöhnliche, schwarz-weiße Lacklederschuhe im Design vom französischen Modeschöpfer Courreges. Sie schüttelte fragend den Kopf: „Die sind wohl eher nichts für diesen Anlass?"

An diesen feinen, glänzenden Schuhen konnte ich mich gar nicht satt sehen. Beim ersten Anprobieren stand für mich fest: die oder keine! Die spiegelglatte Oberfläche der vier gleichgroßen, abwechselnd schwarzen und weißen Karrees der Schuhe fühlte sich so gut an, dass ich sie immer wieder vorsichtig befühlte und streichelte.

Wahrscheinlich glänzte ich mit diesen wunderbaren Schuhen um die Wette, denn meine Lieblingstante verstand mich sofort. „Du hast einen guten Geschmack, Tine. Ich sehe schon, dir gefällt das Außergewöhnliche, recht so!" lobte mich Tante Paula mit ihrem unnachahmlichen Düsseldorfer Singsang in der Stimme und der eigenwilligen Art, alle Worte zusammen zu schleifen.

Mit Verwunderung nahm sie zur Kenntnis, dass ich vor Scham rot anlief. „Dankeschön, dat sind ehrlich die schönsten Schuhe, die ich jemals geschenkt bekommen habe, vielen, vielen Dank!" Spontan drückte ich

Tante Paulas Hand, wahrscheinlich ein wenig unsanft im Eifer des Gefechts, bis sie mich fragend anguckte und ich erschrocken losließ.

Stolz über meine neuen Schuhe betrat ich tapfer, nur unwesentlich verkrampft die Rolltreppe abwärts. Zuvor fragte Tante Paula: „Willst du es wagen?" Höchstens eine Sekunde lang zuckte ich zurück und trat dann schon fast selbstverständlich auf dieses technische Wunderwerk.

„Christine, was hältst du von einer Tasse heißen Kakao? Komm, ich zeig dir ein hübsches Café."

Mollig warme Luft empfing uns im herrlich altmodisch eingerichteten Café Kruse. Samtene Biedermeiersofas standen neben kunstvoll verschnörkelten Sesselchen, glänzende Glaslüster zauberten glitzernd mit unzähligen, fein geschliffenen Prismen um die Wette mit silbernen Kerzenhaltern und angezündeten Kerzen um eine feierlich festliche Stimmung.

An einem kleinen, runden Tisch saß eine schier unendlich dicke Frau, deren lindgrüner, auffälliger Hut aus gefilzter Wolle, schräg aufgesetzt irgendwie keck anmutete und dennoch auf ihrem eindrucksvoll breiten Kopf zu verschwinden schien. Freundlich grüßte sie mit vollem Mund „Tach", zwei riesige Stücke vom mächtigen Frankfurter Kranz passten gerade eben auf den zierlichen, mit allerlei Goldranken verzierten Kuchenteller, welche nach getaner Arbeit erst viel später zum Vorschein kamen.

Das Gesicht der lebenslustigen Alten glänzte vor Vorfreude wie eine Speckschwarte, die versunkenen Äuglein leuchteten aus schmalen Schlitzen. Neugierig betrachtete ich die scheinbar glückliche Frau eine Weile und kam nach reiflicher Überlegung zu dem Schluss, dass sie eins wurde mit der leckeren, verführerischen Torte, sie verschmolz geradezu mit den sahnig geschmeidigen Zutaten.

Rundum zufrieden machten wir uns auf den Heimweg, ich hüpfte ausgelassen an der Hand von Tante Paula, die mir, wenn es überhaupt möglich war, nach diesem wunderbaren Einkauf noch liebenswerter erschien.

Stadtauswärts mussten wir plötzlich eine stattliche Absperrung umfahren, hinein in einen Stau von ungeduldig hupenden Autofahrern, vorbei an vornehmen Häuserzeilen verbrämt mit jeder Menge Chrom, Marmor und Glas. Neugierig drückte ich mir die Nase am Seitenfenster platt und sah mich behände nach allen Seiten um, konnte aber trotzdem nichts Ungewöhnliches erkennen. Aufgeregt hampelte ich auf der gemütlichen Rückbank herum und hielt Ausschau aus allen seitlichen und dem rückwärtigen Fenstern des Fords. „Wat is denn hier los? Dat is ja richtig spannend hier in deiner Stadt, Tante Paula!" Wissbegierig und mittlerweile schaulustig hatte ich allmählich das Gefühl, auf glühenden Kohlen zu sitzen. Unbedingt musste ich den Grund für die riesige Umleitung erfahren, mein Interesse galt dann doch wieder etwas Anderem als meinen wunderbaren Schuhen.

„Ja, weißt du denn gar nicht, dass die englische Königin Elisabeth heute zu Gast in Düsseldorf ist?" fragte Tante Paula erstaunt. Meine Neugierde war mit einem Schlag vorbei, fast ein wenig gelangweilt zuckte ich nur mit den Schultern. Vielleicht hatte ich diesen wichtigen Staatsbesuch, der hundertprozentig in den regelmäßigen Nachrichten angekündigt wurde, vor lauter Aufregung einfach überhört.

Durch das Heckfenster des Fords konnte ich von weitem einen Blick auf die mit bunten Fähnchen winkenden Schulkinder erhaschen.

Selbst ein solches staatstragende Ereignis interessierte mich in keiner Weise so wie meine chicen, neuen Schuhe, die ich jetzt schon über alle Maßen liebte und erst recht, als ausnahmslos alle meine Freundinnen mich um sie beneideten.

Das Kommunionkleid, praktischer Weise von Tante Irmgard so genäht, dass es jedem Mädchen im Alter von acht, neun Jahren mit wenig aufwändigen Änderungen passte und praktischer Weise fast jedes Jahr aufs Neue weitervererbt und getragen werden konnte, fand ich ziemlich langweilig. Das Kleid aus feinem, weißem Brokatstoff, sicherlich in tagelanger, kniffliger Arbeit liebevoll von Papas Schwester angefertigt, wollte mir partout nicht gefallen. Sowohl Ilona als auch Monika trugen es bereits zu ihrer Kommunion und obwohl es pünktlich zu meiner Kommunion in der Reinigung chemisch gereinigt wurde, was etwas ganz Besonderes sein musste, weil Mutter es ständig betonte und es bei uns selten einmal vorkam, beschlich mich dennoch das Gefühl, dass irgendetwas an mir nicht stimmte. Das Kommunionkleid war schlicht nicht mein eigenes Kleid.

Die Einladungskarten zu meiner Kommunion brachte Vater persönlich mit seinem Pröttel zur Verwandtschaft in der näheren Umgebung. Für die Fahrt nach Schmachtendorf zu Papas Mutter und seiner Schwester brauchte Papas Pröttel einen ganzen Tank vom Zweitaktergemisch, der das Moped stotternd zünden lies. Im Leerlauf blubberte das Moped und verströmte blaues, für meinen Geschmack gut riechendes Abgas, das ich tief in meine Lungen sog, genau so wie Papa den Qualm seiner Zigarette inhalierte.

Keine Frage, Oma Meyer und Tante Irmgard wurden zu jedem Familienfest eingeladen, ebenso die Paten, meine liebe und geduldige Tante Paula und der von Papas Familie hoch gelobte Onkel Emil, denen wir die Einladungskarten per Post zusandten.

Ich ging am „Weißen Sonntag" eine Woche nach Ostern 1963 zur ersten heiligen Kommunion, einem bitterkalten Tag.

Dem Wetter entsprechend musste ich lange Strümpfe anziehen, die an einem fleischfarbenen Strumpfhalter befestigt wurden. Vollkommen unbequem!

Dennoch, kleine filigrane Knöpfchen und silberfarbene Klammern, die haargenau ineinanderpassten, faszinierten mich, noch bevor ich den Strumpfhalter anlegte. Diese perfekt aufeinander abgestimmte Konstruktion ließ meine grob gewirkten Baumwollstrümpfe nicht rutschen, die schönen, neuen weißen Kniestrümpfe aus Düsseldorf blieben im Schrank.

„Solch eine Feier ist schon teuer genug, da kannst du nicht auch noch eine weiße Strumpfhose erwarten, die kostet ein Vermögen!" so die unumstößliche Meinung meiner aufgeregten Mutter, die Feste jedweder Art gar nicht gern ausrichtete. Sie mochte es am liebsten, wenn alles seinen gewohnten Gang nahm, „dann sind wir unter uns und können die Tür hinter uns zumachen." Ständig rätselte ich, natürlich nur im Stillen, ob diese ausgeprägte Vorsicht Mutters daher rühren könne, dass sie aus dem Osten Deutschlands stammte.

Gleichmäßig tropfte die reichlich mit dunkelgrünen, aufmodellierten Zweigen und einem Hauch von Blattgold verzierte Taufkerze hässliche, dicke Wachstropfen auf meine neue, weiße Strickjacke, die Mama in letzter Minute im Versandhaus Klingel bestellte. Bestückt mit filigranen Stoffrosen rutschte mein Kränzchen im kurzen Haar ständig vom Kopf ins Gesicht. Mit dem Handrücken der linken Hand schob ich das Kränzchen zurück auf den Kopf, in der anderen Hand mein Gebetbuch in schwarzem, weichen Ledereinband und Goldschnittkante mit zwei Seidenbändern in rot und blau. An meinem Handgelenk baumelte der runde, duftige Kommunionbeutel.

Moni und Ilona hatten mir am Morgen verschämt ein paar kleine Heiligenbildchen in die Hand gedrückt. Ich wusste nur zu gut, dass Monis Lieblingsbild mit der goldenen Aufschrift „Heilige Sankt Agnes, reine Gottesbraut", einer wild gelockten jungen Frau mit Lilienkranz im Haar bis zu dem Morgen meiner Kommunion gut behütet in Monis Gebetbuch lag. Zu keiner Zeit hätte Moni die heilige Agnes freiwillig herausgerückt, aber an meinem Ehrentag machte sie großzügig eine Ausnahme. Dankbar lächelte ich sie an, sie vergewisserte sich mit hoch gezogenen Augenbrauen, ob ich ihre Opfergabe auch wirklich würdigte. Aufgeregt und ein klein wenig beschämt guckte ich mir in aller Ausführlichkeit die Andachtsbilder an. Die heilige Katharina, Schutzpatronin der in Not geratenen Christen schaute sehr streng vom bunten Bildchen zu mir auf, eine beeindruckende Märtyrerin. Ein Geschenk von Ilona, das zu ihr passte wie sonst kein anderes Heiligenbildchen.

Verträumt saß ich an der unüblich langen Tafel im Wohnzimmer, die weißen, gestärkten Tischdecken noch jungfräulich rein. „Ab trimo in die Kirche!" forderte Mama nicht nur mich auf, sondern auch inzwischen eingetroffene Gäste, meine Oma Meyer mit der unvermeidbaren Göre von Onkel Emil, zu meinem Ärger mit weißem Kränzchen geschmückt, das doch wohl ausschließlich und ohne jeden Zweifel den Kommunionkindern zustand!

Allzu gerne hätte ich geflucht, wenn ich nicht gerade zur ersten heiligen Kommunion gegangen wäre. Abgelenkt von meinem absolut fremdartigen und noch dazu rutschenden Kränzchen gelang es mir nicht, mich auf das Wesentliche zu konzentrieren oder wenigstens zu genießen, im Mittelpunkt zu stehen.

Albern, dass Ute und Elisabeth ihre weißen Taschentücher auf die Bank legten, bevor sie sich hinknieten. Uschi bemerkte es kopfschüttelnd und legte, beinahe unbemerkt den Zeigefinger der rechten Hand an ihre Stirn, kratzte sich ausgiebig an der Stelle und faltete anschließend fromm die Hände zum Gebet.

Der Orgelspieler, der alte Herr Wettig gab sich alle Mühe, sehr feierlich und nicht allzu schief zu spielen, wie es ihm, dem alten Hasen immer noch passierte, wenn er sich zu sehr aufregte. Mir lief ein wohltuender Schauer über den Rücken, als der Organist die ersten Töne zu meinem Lieblingslied: „Fest soll mein Taufbund immer stehen" anschlug. Die Bässe der Orgel vibrierten in meinem aufgeregten Bauch.

Endlich konnte ich mein neues Gesangbuch aufschlagen und stolz laut mitsingen. Die seidig feinen Seiten raschelten, als ich andächtig weiterblätterte. Das gelbe Seidenpapier fühlte sich warm und weich zugleich an. Vor unbeschreiblichem Glück traten Tränen in meine Augen, die ich verschämt mit dem weißen Stofftaschentuch abtupfte. Mutter hatte das hübsche Taschentuch mit hauchdünnem, glänzend weißem Garn in Nachtarbeit umhäkelt und mir am Morgen sorgfältig gebügelt und gefaltet, wortlos in meinen Beutel gelegt.

Manches Mal, das fiel sogar mir als völlig unkritischem Kommunionkind auf, übertrieb die Kirche in den Liedtexten haushoch: „Dank sei dem Herrn, der mich aus Gnad´ in seine Kirche gerufen hat." Obschon das auf wunderbare Weise melodiöse Lied zu meinen liebsten gehörte, runzelte ich automatisch die Stirn, was Uschi nicht verborgen blieb. Sie stieß mir sanft in die Seite und grinste.

Ein Gefühl von feierlicher Zugehörigkeit zur großen Familie der katholischen Kirche durchströmte mich, als Pastor Wienekamp die staubtrockene Hostie zum ersten Mal auf meine Zunge legte, nachdem ich dem heiligen Anlass entsprechend ein weiteres Mal niederkniete. Der Leib Christi musste nun ordentlich eingespeichelt werden, um ihn dann ohne großes Hustenfiasko herunterschlucken zu können.

Vorbildlich ging ich gesenkten Blickes und voller Andacht von der Bank vor dem Altar auf meinen Platz zurück, nachdem ich die Hostie oder wie Pastor Wienekamp immer und immer wieder betonte, den Leib Christi zum ersten Mal empfing, kniete nochmals nieder und hielt Zwiesprache mit Gott.

Neugierig beobachtete ich aus den Augenwinkeln meine Freundin Uschi, die ihre Hände theatralisch vor das Gesicht schlug und gesenkten Kopfes gottesfürchtig und für meinen Geschmack etwas zu heftig betete. Das „Mea Culpa" lag doch schon hinter uns, also bestand kein Grund für Uschi, so zu übertreiben.

„Lobet den Herren, den mächtigen König der Ehren. Lobt ihn, oh Seele vereint mit den himmlischen Chören." Uschi posaunte gut gelaunt in mein Ohr, sicher voller Vorfreude auf das nahe Ende der enormen Zeremonie, wahrscheinlich ohne auch nur einen Schimmer des Inhalts zu verstehen.

Mit angezündeten Taufkerzen, die mittlerweile zur Kommunionkerze gesegnet worden war, verließen die geweihten Kinder das Gotteshaus zuerst. Vor dem Hauptportal bekamen wir Kommunionkinder Heiligenbildchen, die zu unserem wichtigen Tag gedruckt worden waren. Zur feierlichen Erstkommunion 1963 stand darauf zu lesen, die heilige Gottesmutter Maria im güldenen Gewand guckte verträumt auf das propere Jesuskind.

Aufgeregt kamen wir Kommunionkinder mit Gottes Segen gestärkt aus der Kirche, um uns vor der schweren, dunkelbraunen zweiflügeligen Eichentür für das obligatorische Foto aufzustellen, schwarze Knie vom ständigen Hinknien bildhaft gesichert. Rauer Ostwind blies die Kerzen ein für alle Mal aus. Jeder noch so gut gemeinte Versuch, sie wieder anzuzünden, scheiterte kläglich. „Komm, noch ein Versuch, wegen der Feierlichkeit!" Selbst Onkel Emil musste klein beigeben und fotografierte mich zähneknirschend schließlich ohne feierlich brennende Kerze.

Riesig froh, endlich wieder zuhause zu sein, genoss ich die mollige Wärme der von Vater eingebauten Zentralheizung. Mein viel zu großes Kränzchen wanderte sofort auf den so genannten Gabentisch. Der mit einer weißen Tischdecke überzogene Tisch der versenkbaren Singer-Nähmaschine stand noch unberührt in der Ecke.

Gut gelaunte Nachbarn überreichten später ihre Geschenke und da ich kurze Zeit nach der Erstkommunion ins Kindererholungsheim fahren sollte, bekam ich in der Hauptsache praktische Geschenke wie Unterwäschegarnituren oder Strümpfe und von Tante Irmi, der Schneiderin einen selbst genähten, grün blau karierten Rock, den sie rundherum mit Falten versehen hatte. Die Unterwäsche legte ich verschämt auf das Fußpedal der Nähmaschine, gut verdeckt von der Spitze der Tischdecke.

Oma Meyer nahm selbstverständlich neben Tante Irmgard an der langen Tafel im Wohnzimmer Platz und verschränkte die Arme unter ihrem immer noch reichlichen Busen Marke Sofarolle. Umständlich und geheimnisvoll zog sie ein kleines Päckchen aus ihrer schwarzen Handtasche, die einen hauchdünnen Spalt breit geöffnet auf ihrem Schoß stand, sonst hätte vielleicht noch jemand unerlaubter Weise einen Blick riskieren können. Nicht auszudenken!

„Hier Christine, das ist für dich! Ich will mich ja nicht lumpen lassen!" Ihre herrische, unnachahmlich unfrohe Art ließ mich frieren.

Achtsam und zugleich übervorsichtig nahm ich das kleine Geschenk entgegen und hatte im selben Moment untrüglich das Gefühl, dass Oma das kleine, viereckige Präsent gar nicht loslassen wollte. Ihr Juwelier KAISER stand in goldenen Großbuchstaben auf dem Kästchen.

Vorsichtig lüpfte ich den Deckel, auf schneeweißer Watte lag ein hübsches, matt silbernes Kreuz, geschmackvoll schlicht und ohne jeden Schnörkel an einer Kette, die an Kordeln erinnerte.

„Echtes Silber, 925er, ja da muss eine alte Frau lange für stricken!" Omas eng stehenden dunkelbraunen, fast schwarzen, ständig grimmig dreinschauenden Augen schienen mich durchbohren zu wollen. Ich konnte Mama nur allzu gut verstehen, dass sie diese alte, immer strenge und über die Maße verbitterte Frau nicht mochte. Artig bedankte ich mich mit einem Knicks, nach der langen Vorbereitung auf die Kommunion eine leichte Übung. Die tiefe Kniebeuge hatte ich in den letzten Wochen im Kommunionunterricht bis zum Erbrechen geübt.

Tante Irmi legte mir die Kette um, musste dabei die Arme recken und sich auf die Zehenspitzen stellen. Entschuldigend lächelnd streichelte sie mir mit ungeschickten, nach Nivea-Creme duftenden Händen das Gesicht.

„Es ist alles nicht so einfach!"

„Jesus Maria, jetzt bist du auch schon ein Kommunionkind, ach du liebe Zeit! Nich mehr lange und du wirst eine Frau. Irmgard, guck dir dat klene Blag mal an!" Herablassend wedelte Oma mit ihren abgearbeiteten, schwieligen Händen, die Peter sicher als Pranken bezeichnet hätte, in meine Richtung.

„Ist ja schon gut, Oma!" Witziger Weise sprach Tante Irmgard ihre eigene Mutter mit Oma an. „Es ist alles nicht so einfach!" Garantiert meinte sie damit das unzweifelhaft schwierige Zusammenleben mit ihrer Mutter, die es immer wieder fertigbrachte, die verkrüppelte Tante bis ins Mark zu verletzen.

„Bruderherz, Hubertchen, gib uns mal ein Pinneken Eckes Edelkirsch, dann sieht die Welt schon ganz anders aus!"

Tante Irmgard schien ganz und gar in Feierlaune, dagegen schaute Oma Meyer gedankenverloren auf ihre Brust und sagte mit kurzem vorwurfsvollen Blick in Mutters Richtung, etwas verwirrt wie mir schien: „Heutzutage wollen die jungen Frauen ja auch nicht mehr schenken!"

Was das zu bedeuten hatte, musste ich unbedingt herausfinden. Neugierig bis an die Haarspitzen fragte ich meine Schwester Klara in der Küche danach.

Im Radio sang Manuela nach Leibeskräften „Schuld war nur der Bossanova" und Klaras Füße wippten im Takt dazu. Klara hielt den Kochlöffel verkehrt herum und schmetterte in das imaginäre Mikrofon: „Als die kleine Jane gerade achtzehn war, traf sie ihren Jim in der Dän-hän-cingba-har. La la la la la la la la la."

Verschwörerisch rollte ich mit den Augen um auf die Dringlichkeit meines Problems hinzuweisen. Klara, froh um eine Unterbrechung ihres Textunsicheren Liedes, hielt mir wie so oft einen Vortrag, sie liebte ellenlange Reden. „Oma Meyer ist schon so alt, dat se meint, solche Worte wie Stillen sagt man nich. Sie sagt, dat sind unanständige Worte, die man nich in den Mund nimmt! Nach Omas Ansicht gehört sich dat einfach nich, deshalb die umständliche Ausdrucksweise. Kapito?"

„Kapito!"
„Außerdem hält sie es unserer Mama vor, dass sie es modern findet, nicht zu stillen und den Klenen lieber Schmelzflocken ausser Flasche gibt!"
Die beiden, für mich etwa vergleichbar alten Frauen, Oma Meyer sowie Tante Irmi waren mir ohnehin nicht ganz geheuer. Wenngleich wir sie in den Schulferien manchmal besuchen durften und auch dort übernachteten, fürchtete ich mich ganz besonders vor ihrem über alles verwöhnten, pechschwarzen Kater. Kasimir, der seine Krallen oft und gern zeigte, betrachtete uns Kinder wohl als Nebenbuhler in seinem gemütlichen Leben. Wann immer es sich ergab, saß der fette, wohlgenährte Kater ganz zufällig im Weg, fauchte mich an oder lag sogar entspannt ausgestreckt im Gästebett, in dem ich eigentlich schlafen sollte. Um nichts in der Welt traute ich mich, den frechen Kater von dort zu verjagen.

Tante Paula saß mir am Ende der langen Tafel gegenüber und betrachtete verschmitzt meine schwarz-weißen Lackschuhe, zwinkerte mir geheimnisvoll zu und lächelte fröhlich, obschon ihr eigenes Leben wenig Anlass dafür bot, lustig, oder gar ausgelassen und unbeschwert zu sein.

Ihr widerlicher Ehemann, Vaters Bruder Wilhelm, ein Ekel von einem Mann und unfreundlich bis in den kleinen Zeh, hatte sie direkt in der Woche nach ihrer Hochzeit frank und frei mit seiner Exfrau betrogen und zu allem Übel nicht nur ihr ein Kind gemacht, erzählte Onkel Emil grimmig, seine Augenbrauen voller Zorn zu einem Strich zusammengezogen.

Tante Paula bekam neun Monate später einen Jungen namens Jürgen, die geschiedene Frau Onkel Wilhelms hochnotpeinlich, genau in derselben Woche ein Mädchen, Marianne mit Namen. Ein unerhörter Skandal in der katholischen Familie und Oma Meyer weigerte sich standhaft, darüber auch nur einen Satz zu verlieren. Onkel Willi blieb das schwarze Schaf der Familie.

An diesem etwas diesigen Tag meiner heiligen Erstkommunion, wo es die Sonne einfach nicht schaffte, durch den dichten Ruhrgebietsnebel durchzubrechen, drehte sich alles um mich und das war mir das Wichtigste. „Tine, setz dich ein bisschen her zu mir!" forderte Tante Constanze, Emils bessere Hälfte, mich fröhlich auf.

Als Hauptperson des Festes schwebte ich durch den Raum und nahm auf dem freien Stuhl neben Tante Constanze Platz. Bedächtig umfasste sie leicht meine Schulter, ich lehnte mich an und nahm schnuppernd den eleganten Duft wahr, eindeutig Tosca. Die Besitzerin der Drogerie im Viertel, Frau Elpenbach zerstäubte ihn jedes Mal, wenn ich dort eine neue Babyflasche aus Jenaer Glas, die in schöner Regelmäßigkeit zerbrach oder einen Gaumen formenden Schnuller, wie durch ein Wunder verschwunden, wenn ihn Grete unbedingt zum Einschlafen dringend brauchte, betrachtete eben diesen Duft als das Non plus Ultra. Aus einem wunderschönen Glasflakon mit tannengrünen Troddeln sprühte sie, je mehr, desto besser dasselbe Parfüm. Die Drogistin wurde niemals müde, die wunderbar einzigartige Zusammensetzung edelster Duftstoffe zu loben.

Wie von selbst rutschte mein Kopf über Tante Connys festem Busen, über den, wie sie fand viel zu ausladenden Bauch, bis ich gemütlich auf ihrem weichen Schoß landete. Während sie mich über die verschiedenen Möglichkeiten der schulischen Weiterbildung informierte, streichelte sie meine Arme und meinen Kopf, so sanft wie ein Windzug. Das kam mir irgendwie ein klein wenig verrückt vor, dennoch genoss ich Tante Connys warmen Hände, die sich wie Balsam auf meiner Haut anfühlten.

Traditioneller Weise brachten alle Nachbarn ihre Karten, leckere Katzenzungen aus Vollmilchschokolade und kleine Geldgeschenke. „Oh, is dat alles für mich?" Ich konnte es nicht glauben, dass wirklich alle Nachbarn an mich gedacht hatten, selbst der unfreundliche Herr Pott von nebenan. Immer wieder zählte ich die sicherlich von der Haushaltskasse abgezweigten Münzen und bekam gerade mal fünfundzwanzig Mark zusammen, die ich als Taschengeld mit in die Kur nehmen sollte.

Der komplette Tag meiner ersten heiligen Kommunion verlief nach einem schönen Kaffeeklatsch mit Schwarzwälder Kirsch Torte vom Bäcker Lorenz, bei dem Tante Irmgard nach langer Suche eine mehr schlecht als recht bezahlte Anstellung gefunden hatte, dem Anlass entsprechend feierlich, aber auch ein bisschen langweilig.

Nachdem Oma Meyer den Kuchen von einer Backe in die andere schob, nahm sie kurzerhand ihr neues Gebiss, einen Albtraum in porzellanweiß und bonbonrosa aus dem Mund. „Jesses Maria und Josef. Damit kann kein Mensch vernünftig Kuchen essen und Kaffee trinken!" nuschelte sie.

Den strafenden Blick von Tante Irmgard ignorierte sie geflissentlich, guckte, als ob sie kein Wässerchen trüben könne auf die leckeren, verschiedenen Kuchensorten mit einem Lächeln der Vorfreude auf den Lippen, Mama würde zu uns Kindern sagen: „Da sind die Augen mal wieder größer als der Magen!"

Die Augen meines Bruders Thomas jedoch leuchteten und fast konnte ich von ihnen ablesen, welchen Unfug er sich ausgedacht hatte. Thomas versuchte mit seiner kleinen Hand den Zahnersatz von Oma vom Tisch zu angeln, aber Vater beobachtete seine Aktion und brachte das zerbrechliche Gebiss schnell mit einer Papierserviette in Sicherheit. Endlich konnte Tante Irmgard nach der ganzen Aufregung den Mund wieder schließen. Sie seufzte: „Ach du liebe Zeit! Ja, ja! Es ist alles nicht so einfach!"

Um die Stimmung ein wenig anzuheizen sorgte Papa erst einmal für ein bisschen Zerstreuung. Vollkommen überrascht und sprachlos beobachtete ich die sensationell sportliche Einlage meines Vaters. „Achtung! Alle mal aufpassen!" Kurz entschlossen stellte er einen Wohnzimmerstuhl mitten ins Zimmer und brachte ohne große Anstrengung, vollkommen sicher auf der Stuhllehne tatsächlich einen Handstand zustande. Komische Scherze machten die Erwachsenen. Einerseits hätte ich vor Stolz über meinen so mutigen Vater schier platzen können, andererseits sorgte ich mich um meinen Vater, der auf der zierlichen Stuhllehne gefährlich hin und her zu schwanken drohte. Krampfhaft hielt ich mich an meinem Stuhl fest, die weißen Knöchel traten an den Händen hervor.

„Los Hubert" brüllte Tante Irmgard vor Vergnügen, „n Schnäpsken rückwärts trinken" und hielt ihm gleich ihren Kirschlikör unter die Nase. Vater prustete los, als er sich verschluckte und sein Gesicht krebsrot anlief, fast so wie bei seinen Wutausbrüchen. Nur mit Mühe gelang es ihm den klebrig süßen Eckes herunter zu würgen. Dennoch lächelte er tapfer und blinzelte die Tränen vom Hustenreiz weg, gleichsam kam er in Sekundenschnelle schwungvoll wieder auf die Beine und verbeugte sich galant, die Gäste applaudierten übermütig.

„Datte dat aber noch kanns, alle Achtung, Hubert!" Tante Irmgard lächelte, der Blick vom Alkohol leicht verhangen. Gespannt wartete ich auf Tante Irmis Lieblingssatz, aber der Likör stimmte sie milde und ließ sie nicht allzu pessimistisch dreinblicken.

„Gelobt sei Jesus Christus, in Ewigkeit. Amen!" betete Oma Meyer, nachdem sie aus der ohnmächtigen Angststarre erwachte. Mutter schüttelte kaum merklich den Kopf, ihre blaugrauen Augen sprachen eine andere Sprache. Diesen strahlenden Blick Mutters sah ich ganz, ganz selten, mir schienen ein wenig Stolz und gleichzeitig eine große Portion Zärtlichkeit darin zu liegen.

Klara und Kathi zauberten in der Küche inzwischen für das Abendessen Fliegenpilze, Schwarzbrothäppchen und Russische Eier. Schnittfeste Tomaten, zur Hälfte durchgeschnitten und mit kleinen Punkten aus der Thomys Mayonnaise Tube zu Fliegenpilzen verwandelt, lagen appetitlich auf der Aufschnittplatte.

Kathi piekte kunstvoll Weintrauben mit jungem Holländer Käse und Pumpernickel abwechselnd geschichtete Würfel auf durchscheinend bunte Kunststoffspieße.

Ein herber Duft erfüllte die Küche, als Klara die hart gekochten Eier im Takt zu Bill Haleys „Rock Around the Clock" aufschlug und Rock`n Roll auf der Stelle tanzte, dabei die Eier pellte, sie längs in zwei Hälften teilte, das Eigelb in eine Schüssel gab und mit Salz, Pfeffer und Senf würzte, mit ein paar Tropfen Öl abrundete, die Füße ständig in Bewegung.

„Da kuckse, Tine! Mach dat ma nach!"

Sie wirbelte durch die Küche, zog einen weißen, baumwollenen Spritzbeutel in form einer Tüte aus der Schublade, löffelte den Eierteig hinein und brachte hübsch verzierte Spiralen in die Hälften. Kathi hatte mich inzwischen an der Hand gefasst und drehte mich am ausgestreckten Arm ein und wieder aus. Meine Füße gingen automatisch im Takt mit. Kathi hob den Arm und ich ging darunter hindurch, die Figuren wie verabredet richtig. Wunderbar, an meiner Kommunion mit den großen Schwestern zu solch heißen Rhythmen zu tanzen, die mir dermaßen unter die Haut gingen, dass sich ein schönes, warmes Gefühl in meinem Bauch breitmachte. Scheinbar hatte ich eine wichtige Hürde genommen, schon ein klein wenig mehr gehörte ich jetzt zu den Großen dazu.

Papa kam mit Onkel Emil in die Küche, runzelte die Stirn, ersparte mir dennoch großzügig jede Zurechtweisung und ging durch die große, zweigeteilte Terrassentür nach draußen in den Garten, um die neue, wetterfeste Tischtennisplatte auszuprobieren. Fachmännisch prüfte Papa den Belag der Schläger, entschied sich für den roten, etwas abgenutzten, anscheinend recht klebrigen Schläger und strich sich konzentriert mit immergleicher Geste das Haar zurück, bevor er in rasantem Tempo loslegte. Papa schnitt beim schnellen Spiel die winzigen, flinken Bälle so an, dass Onkel Emil sekundenschnell ins Schwitzen kam.

„Schnibbel doch nich so, Hubert, dat is nich fair!"

Onkel Emil zog die Wangen nach innen und ließ seine Augen so schnell den fliegenden Bällen folgen, dass es aussah, als würde er im nächsten Moment einen epileptischen Anfall erleiden. Er zog hart die Luft zwischen zusammen gebissenen Zähnen ein. „Verdammt und zugenäht, mach nicht so bekloppte Angaben" fluchte Emil entnervt, er hatte keine Chance, das Ruder herumzureißen.

Vater grinste breit, endlich einmal seinem jüngsten Bruder überlegen, wenn auch nur auf sportlichem Gebiet. Onkel Emil verlor auch bei der Revanche nach dem noch so ehrgeizigen Spiel haushoch.

Wie fast jeden Abend ging ich mit den Geschwistern kurz vor Einbruch der Dunkelheit nach draußen zum Spielen, die lauten Ermahnungen Mutters ignorierend. „Verschmutz bloß nicht dein schönes Kleid! Mach mir keine Fisimatenten! Geh mit Gott, aber flott" hörte ich meine Mutter sagen, als Klaus schon anfing, abzuzählen: „Eins, zwei, drei, vier Eckstein, alles muss versteckt sein! Hinter mir und vor mir gildet nicht! Ich komme!"

Beim Rennen oder Verstecken musste ich nach Luft schnappen, fast so wie die Fische im Aquarium, weil mir ständig entzündete Bronchien zu schaffen machten. Der bellende Husten verriet selbst meine ausgeklügeltsten Verstecke. Die Hustenanfälle hatten stetig zugenommen, in den Momenten, die unpassender nicht sein konnten, legte sich ein unstillbarer Reiz auf meine Brust und meine Kehle. Vorwurfsvolle Blicke trafen mich dann, wenn ich laut wie Donnergroll die Ausführungen der Lehrerin unterbrach oder in der Kirche hemmungslos loskröchte, wie Kathi das nannte, bis mir die Tränen herunterliefen.

„Wie wäret denn ma mit Klingelmänneken? Wer macht mit?"

So schnell konnte ich gar nicht gucken, wie wirklich alle Kinder unserer Straße auftauchten. „Hömma, Tine wir gehen ma zu den neuen

149

Hochhäusern in ner Neuen Fernewaldstraße. Da lohnt sich dat so richtig!"

Das so genannte „Hochhaus" ein Albtraum in steingrau und noch dazu mit winzigen Fensterchen, verfügte gerade einmal über vier Stockwerke, für uns geradezu Schwindel erregend hoch. Links und rechts vom Treppenhaus lagen immerhin insgesamt acht Wohnungen, in denen zum Teil auch Schulkollegen von uns wohnten. „Nich unten klingeln, dann ham se uns sofort!" Die Bewohner im Parterre wurden immer verschont, aber all die anderen Wohnparteien aus der abendlichen Ruhe geschreckt.

Suse lehnte sich mit der flachen Hand gleichzeitig gegen die verbleibenden sechs Klingelknöpfe. Wir rannten wie um unser Leben und hörten noch den verärgerten Ausruf: „Rotzlöffel! Verfluchte Bande! Wenn ich euch erwische, hat euer Arsch Kirmes!" Welch unbeschreibliches Glück, diesem Fegefeuer entwischt zu sein!

Der Ausstoß von einem Cocktail aus Schadstoffen aus der nahe gelegenen Kokerei und der Zechen sorgte dafür, dass ich permanent unter Bronchitis litt und hustete wie ein alter Bergmann mit ausgeprägter Staublunge.

Aus diesem Grund erfuhr ich das seltene Privileg, mitten in der Schulzeit in die Kur, ins sogenannte Kindererholungsheim fahren zu dürfen.

Erholungsheim

„So Tine, dann können se dich im Westerwald erstmal richtig aufpäppeln, sollse ma sehn, wie gut et dir nachher geht."
Nicht nur für mich setzte sich Vater ein, wurde vorstellig beim medizinischen Dienst seines Arbeitgebers, der Ruhrkohle und nachdem die Dringlichkeit eines Kuraufenthalts bei einer Untersuchung festgestellt worden war, ging es direkt nach meiner Kommunion Richtung Westerwald zur Erholung. Meine großen Schwestern Kathi und Ilona fuhren zusammen, darum von mir heftig beneidet im selben Jahr in den Sommerferien auf die ostfriesische Insel Norderney.

Der Sturm vom Nachmittag hatte sich gelegt und nachdem Schwester Elisabeth kräftig gelüftet hatte, konnte ich wieder an Vaters Bett sitzen. Um ihn ein wenig zu beruhigen, sang ich ein Lied vor, das Mutter uns Lütten früher vortrug, wenn wir an irgendwelchen Zipperlein litten. In der Zeitung las ich darüber, dass Menschen mit der Alzheimer-Erkrankung über das Gefühl und der Erinnerung längst vergangener Zeiten am besten zu erreichen seien und so wählte ich dieses Kinderlied aus.

„Wulle, wulle Gänschen, wackelt mit dem Schwänzchen. Kinder wisst ihr, wer ich bin? Ich bin die Frau Königin! Ihr seid meine Kinder, gi ga gack. Und du meine Blaue und du meine Graue. Und du mit dem dicken Schopf und du mit dem langen Zopf und du schwarzer Peter gi ga gack."

Margarethe kam leise ins Zimmer geschlüpft und hatte die Liedzeile mit dem schwarzen Peter gehört. Sie hielt sich die Nase zu, um nicht laut prustend loszulachen.

„Dat passt doch wie die Faust aufs Auge!" lachte sie. „Unser großer Bruder glänzt durch Abwesenheit!"

„Schade" meinte Grete, „aber es würde mich schon interessieren, wie dat unsere eigenen Kinder mal sehen. Hoffentlich müssen wir den letzten

Weg nicht ganz allein gehen." Margarethe holte den Haustürschlüssel aus ihrer Tasche und drückte ihn mir in die Hand. „Du brauchst mal ne Mütze voll Schlaf. Wenn du mich morgen früh wieder ablöst, wäre dat toll!" „Na klar, ich bin schon mit Christian verabredet! Ist fünf Uhr okay?"

Mutterseelenallein fuhr ich nun los, um mich im Westerwald zu erholen. Meine ständigen Hustenanfälle, die mich begleiteten wie anhängliche Freunde sollten ein für alle Mal dezimiert, wenn nicht sogar und davon war Mama felsenfest überzeugt, ausgemerzt werden.

Zum Abschied sangen Monika und Ilona als Gitte und Rex Gildo verkleidet: „Vom Stadtpark die Laternen." Ilona imponierte einmal mehr mit ihrem gekonnten Augenaufschlag und Moni stolzierte in ihrer neuen Steghose, die Haare mit Fit in Form gebracht und hinters Ohr geklemmt, unschwer als Mann zu erkennen, in der Küche auf und ab.

„Und ich seh auch ohne die Laternen dir ganz tief ins Herz, dir ganz tief ins Herz hinein!"

Spätestens nach diesem Auftritt wurde auch mir richtig schwer ums Herz und am liebsten hätte ich mich versteckt, um zuhause bleiben zu können. Mutter packte stoisch, wie gewöhnlich in aller Ruhe mit mir zusammen den selten gebrauchten, im blaugrünen Schottenmuster karierten Stoffkoffer, der alle meine Habseligkeiten für drei Wochen im Kurheim fasste. Meine neuen Unterwäschegarnituren, am Hemdausschnitt mit reichlich Spitze versehen, was mir gar nicht gefiel, knüllte ich praktischer Weise zusammen und stopfte sie in eine leere Kofferecke. Mutter schüttelte den Kopf und klaubte die verknüddelte Wäsche mit einem beleidigten: „Ts, ts, ts" wieder aus dem Koffer. „Kind Gottes, lass mich nur machen. Von Ordnung verstehst du nichts. Da hast du einfach keine Aktien drin!"

Nachdenklich legte ich meine geliebten, schwarz-weißen Lackschuhe, ausnahmsweise und doch aus gutem Grund von mir selbst spiegelblank geputzt zuoberst auf die Reiseutensilien.

Aus Oberhausen, Bottrop und Umgebung reisten mit mir per Bus etwa zwanzig junge Mädchen in Selters, einem verträumten Ort im Westerwald an. Wehmut packte mich schon im altmodernen Reisebus, als wir das vertraute, graue Ruhrgebiet hinter uns ließen. Es kam mir so vor, als grüßten die hohen Schlote zum Abschied.

Das schmucke Erholungsheim lag von großen Fichten verdeckt auf einer Lichtung. Ein weiß verputztes Landhaus mit hohen Hecken aus satt grünen Eiben und großen, der Jahreszeit entsprechend gerade unbelaubten Rosenstöcken rechts und links der geschwungenen Treppe schien uns freundlich einzuladen.

Mich beeindruckte das allerdings keineswegs, verging ich schon bei der Anreise vor Heimweh nach meiner Familie. Der Frühling tat sich schwer, uns mit schönem Wetter zu überzeugen, der Himmel bezog sich dramatisch und winzig kleine Schneeflocken tänzelten herab. Die Mädchen hatten es eilig, ins Haus zu kommen und drängten sich, schwere Koffer schleppend, an mir vorbei.

Hüpfend versuchte ich, die kleinen Eiskristalle mit der Zunge aufzufangen oder wenigstens sie auf der Hand schmelzen zu sehen. Ganz versunken in meinen Gedanken stand ich vor der zweiflügeligen, aufwändig geschnitzten, tief dunkelblauen Tür und betrachtete die einzigartigen Kristalle. Jede Schneeflocke für sich allein, einzigartig und mindestens genauso einsam wie ich, schoss es mir durch den Kopf. Ich zog die Schultern so hoch, wie es nur ging, um mich vor der Kälte zu schützen. Dennoch tat es mir gut, zu frieren. Das lenkte mich vom bohrenden Gefühl des Heimwehs in meinem Bauch ab.

„Christine Meyer, kommst du denn auch zu uns herein oder brauchst du extra eine schriftliche Einladung? Wo bleibst du denn so lange?" Stirn runzelnd stand die Heimleiterin in der imposanten Haustür und schüttelte kaum merklich den Kopf.

Seufzend schlich ich langsam ins Haus, mein kleines Gepäck als Talisman von zu Hause gab mir ganz wenig Trost.

Der Tagesablauf im Kurheim, durchstrukturiert bis ins Kleinste ließ mich ständig frösteln und mein chaotisches, gemütliches Zuhause noch mehr vermissen.

Regelmäßiges Wiegen zweimal in der Woche gehörte zum wichtigsten Ritual. Wir hatten eines gemeinsam, fast alle Mädels litten an Untergewicht und im Gegensatz zu heute strahlte jede vor Freude, wenn es hieß: „Zugenommen!"

Frau Ostermann behauptete, dass ich mir bei der Anreise im Schneeschauer einen Pips zugezogen hätte, ich schwor, dass ich krank wurde vor Heimweh, bekam hohes Fieber und mit dem Zunehmen war es nicht weither. Beim allwöchentlichen Wiegen bekam ich unverändert zu hören: „Hasse widder nich zugenommen?" Endloses und verständnisloses Kopfschütteln folgte, dabei hätte ich ein paar tröstende Worte so dringend gebraucht.

Dennoch mochte mich die Leiterin des Kurheimes sehr gern und dieser Umstand glich dem eines Lottogewinns und so hatte ich, wie manch anderes Mädchen, keine drakonischen Strafmaßnahmen zu befürchten.

Frau Ostermann, die fürsorgliche Leiterin war stets korrekt gekleidet mit einem engen Rock entweder im Glencheckmuster oder im leichten Tweed, der züchtig bis über das Knie reichte und manchmal, auf jeden Fall sonntags beim Kirchgang mit einer antaillierten Jacke zu einem altmodischen Kostüm ergänzt wurde. Farblich darauf abgestimmte, klassische Twinsets brachten eine seidenweiße Perlenkette mit beinahe festlich glänzendem Lüster zur Geltung, die steil über der todsicher mit einem Zauberkreuz-BH in Form gebrachten Brust baumelte.

„Weisse eigentlich, wieso dat Zauberkreuz heißt?" fragte, wenn man bei Kindern davon sprechen konnte mit fast lüsternem, irgendwie wissenden Blick Mechthild, genannt Mäusken, meine Bettnachbarin auf Zeit.

„Nee, keine Ahnung!" gab ich kurz angebunden zur Antwort, daran hatte ich wirklich keinen einzigen Gedanken verschwendet. Das interessierte mich nicht die Bohne.

„Wenne den BH hinten im Kreuz aufmachs, geht der Zauber vorne flöten!"

Wir lachten auf eine wunderbar erleichternde Weise und steckten uns gegenseitig immer wieder mit dem Gibbeln an. Mäusken brauchte mich nur anzusehen, dann liefen mir vor lauter Lachen die Tränen über die immer noch zu schmalen Wangen. Gerade als ich mich beruhigt und seufzend die Freudentränen mit einem karierten Stofftaschentuch von zuhause abgewischt hatte, fing Mäusken von vorn an zu lachen, ekstatisch wurde dabei ihr ganzer Körper wie durch Zauberhand geschüttelt. Beinahe schon fast ein wenig hysterisch brüllte sie: „Ich kann nich mehr, ich mach gleich inne Buchse!", hielt ihre Hand gepresst in den Schritt bis schließlich, wie konnte es auch anders sein, dass selbst dem „Faltenrock" unser Spaß nicht mehr verborgen blieb. Scheinbar angeekelt durchbohrte der Faltenrock uns mit unerbittlichen Blicken, hielt uns eine gehörige Gardinenpredigt und drohte zu guter Letzt Stubenarrest an. „Ihr macht mich krank mit euerem ewigen Gegacker!"

Den stinklangweiligen Arrest wollten wir keinesfalls riskieren und so rannte Mäusken blitzschnell zum Klo und ich versuchte krampfhaft, Lachanfälle zu unterdrücken.

Die unfreundlichste Person im gesamten Kindererholungsheim, der Faltenrock brachte niemals ein kleines, freundliches Wort heraus, geschweige denn jemals ein aufmunterndes Lächeln, das wir so bitter nötig brauchten. Andererseits hätten wir es genauso als Verrat angesehen, wenn eines von uns Mädchen den Faltenrock auch nur zaghaft angelächelt, geschweige denn irgendwelche freundliche Worte oder Gesten in ihre Richtung angeboten hätte.

Ein hässliches, viel zu dünnes Mädchen, Eva-Maria vom Tackenberg in Osterfeld, musste solange vor ihrem Teller sitzen bleiben, bis sie bis auf den letzten Krümel alles aufgegessen hatte mit anschließender Kontrolle des leeren Mundes. Bei jeder Mahlzeit würgte Eva-Maria vor lauter Angst auf die schreckliche Prozedur, sobald der erste Kochduft durchs Haus wehte, lange bevor das Essen auf dem Tisch stand und verdarb allen anderen Mädchen den sowieso schon dürftigen Appetit.

Wenn Eva-Maria sich unbeobachtet fühlte, spuckte sie halbverdaute Essensreste in ein Taschentuch, mir drehte sich der Magen um, wenn ich sie dabei beobachtete. Damit schützte sie sich davor, gezwungener Maßen alle Reste, auch schon die bereits gegessenen, wieder hervor gewürgten Speisereste aufessen zu müssen. Ständig zuckten ihre Lippen und die viel zu dünnen, mit einem kräftigen Gelbstich rotblonden, schnurgeraden Haare hingen schweißnass in den ausdruckslosen, braunen Augen, Kuhaugen meinte Mäusken.

Beharrlich versuchte ich nicht zu ihr herüber zu sehen, ich kniff mir fest in den Oberschenkel, um die aufkeimende Neugierde zu überwinden. Vom Zusehen wurde mir so übel, dass ich nur mit Mühe den gereizten Magen und überaus reichlichen Speichelfluss, die mir arg zu schaffen machten, unter Kontrolle behielt. Vor Anstrengung brach auch mir der Schweiß aus.

„Bloß nicht spucken, dann sitzt du ganz schnell bei den Kuhaugen" posaunte Mäusken in mein Ohr. Alles, nur das nicht!

Solch ziemlich herzloses Verhalten, besonders das des Faltenrocks versetzte mich in Angst und Schrecken. Das Heimweh traf mich wie eine Keule. Es war so aussichtslos, dagegen etwas unternehmen zu können.

Aus der Ferne liebte ich mein Zuhause besonders innig. Ich vermisste den fröhlichen Lärm bei den Mahlzeiten, selbst nach der anscheinend nie zu Ende gehenden Waschzeremonie am Abend sehnte ich mich. Sogar die Arbeit für Doofe, wie Klaus sie treffend nannte, wünschte ich herbei, wenngleich ich sie im Grunde immer abscheulich fand. Völlig entnervt davon, den ständig meckernden, protestierenden Geschwistern die pechschwarzen Ohren zu waschen, suchte ich stets nach einer dringenden Aufgabe, um mich davor zu drücken und überließ gern Moni die Nerven aufreibende Angelegenheit. Mir fehlte die fröhliche Auskunft Mamas, wenn einer der Jungs mit Kohldampf bis unter die Arme nach Hause kam und wissen wollte, was es denn Leckeres zu essen gäbe. „Wir wolln mal so sagen: Kuddel, Flick und Wamme!" hieß die gängige Antwort. Wenn Mama richtig gut gelaunt war, parlierte sie „Aal aß sie, Supp aß er" im französischen Akzent, wonach wir genauso schlau wie vorher das gewöhnlich verspätete Mittagessen herbeiwünschten. Allein das berührte mich so sehr, dass beim Gedanken daran Tränen wie Sturzbäche über meine Wangen flossen und ich mir nichts sehnlicher wünschte, als endlich wieder zu Hause zu sein.

Eva-Maria, das rappeldürre Mädchen mit den Kuhaugen trug nicht dazu bei, dass ich mich im Kurheim wohl fühlen konnte.

„Eva-Maria is dat lebende Mahnmal!" prustete Ingrid ihre trockenen Haferflocken über den Tisch, vor lauter Jux zuckten ihre Schultern im gleichmäßigen Takt, um das Lachen bloß nicht laut werden zu lassen. Ein Privileg, das ausschließlich für die Jugendlichen galt, die Haferflocken, ungekocht pur mit kalter Milch essen zu dürfen. Strikt wurde das für uns jüngeren von Frau Ostermann abgelehnt. „Wie kommt ihr nur auf solche abwegigen Ideen, der gekochte Haferschleim ist doch viel bekömmlicher!"

Morgens um sieben Uhr wurden wir von mehr oder weniger freundlichen, wenn das Glück es gut mit uns meinte, von gut gelaunten Erzieherinnen geweckt. Ein Gedränge im Waschraum mit acht, eigenwillig eckigen Waschbecken in unterschiedlicher Höhe, je vier einander gegenüber und zwei Duschen mit selbstverständlich eisenhartem Strahl, schlossen sich dahinter an.

„Bisse doof, geh ma anne Seite, Spinnewipp", die übliche Begrüßung von Bärbel aus Duisburg, einem dürren Mädchen mit ausgesprochen schiefen Zähnen, die schräg nach innen gekippt Bärbel absolut blöde und ständig ein wenig beleidigt aussehen ließen.

Um halb acht saßen alle am Frühstückstisch, nachdem wir die Betten, inzwischen schon gelüftet, zulegten. Es gab die obligatorische fette Milchsuppe mit Haferflocken, deren fader Geruch schon zuvor durchs Haus waberte und mir immerzu schlechte Laune machte, erst recht unserem Kuhauge. Angestrengt beharrlich vermied ich es, Eva-Maria anzusehen.

Ilse mit dem leichten Silberblick, selten dünnen Armen und Beinen, nur noch übertroffen von ihren feinen Haaren, die in Zöpfen dünn wie Schnürsenkel auf den hageren Schultern lagen, versuchte sich wohl selbst Mut zu machen. Hinter dem Rücken vom Faltenrock kasperte sie herum und versuchte, uns anderen wenigstens ein bisschen aufzumuntern.

Im Laufe der Zeit gewöhnte ich mir an, den Haferschleim durch eine besondere Taktik herunter zu würgen. Beim Schlucken hielt ich die Luft an, solange, bis der lästige Würgereiz vorüberging. Voller Neid betrachtete ich die jugendlichen Mädels, die sich kernige Haferflocken von Kölln-Flocken direkt aus der Packung auf den Teller schütteten, mit ein paar prallen Rosinen ihr Müsli verfeinerten und leckere kalte Milch darüber gossen. Niemals brauchten die großen Mädels sich Gedanken darübermachen, wie man am besten die eklige Haut vom gekochten Milchbrei loswird.

„Hier wird gegessen, was auf den Tisch kommt!" krakelte schmetternd und recht spitzfindig der Faltenrock. Sofort kam mir das Meckern der Ziege von Herrn Haferkamp aus der alten Siedlung zuhause in den Sinn.

Immerzu zog die schrecklichste aller Betreuerinnen ihre linke Augenbraue spöttisch in die Höhe, sollte wohl heißen: „Das wollen wir doch mal sehen, wer hier am längeren Hebel sitzt!"

Im Anschluss an das Frühstück und täglich anfallende Aufgaben, wie Zimmer ausfegen und aufräumen, Waschbecken sauber schrubben und Schuhe putzen, erledigten wir unsere schriftlichen Schulaufgaben.

„Samma, hasse schon die Hefte aus deiner Tonne geholt?" Ohne jede Widerrede brachten wir brav unsere Tornister mit zur Kindererholung, gerade so, als würden die erledigten Schulaufgaben zwangsläufig zu unserer Genesung beitragen. Zumindest aber sorgten sie dafür, den Anschluss in der Schule nicht zu verpassen und das beruhigte mich einigermaßen.

Meine Lehrerin hatte mir vor der Abfahrt blau gepauste Arbeitsblätter für drei Wochen Kuraufenthalt in die Hand gedrückt.

„Hör ma, Meyer, mach ma lieber diese Aufgaben, sonst kriegst du in der Kur irgendetwas zu arbeiten, wat dich sicher nich weiterbringt."

Meistens erledigten wir das Tagespensum der Hausaufgaben in ein, zwei Stunden und dann hieß es bei gutem Wetter: Freispiel draußen, was wir alle am liebsten mochten, endlich einmal Zeit zu haben, ungestört zu sein.

Auf dem großen Grundstück, unterteilt in Grünfläche und Spielplatz, ließ es sich herrlich herumtoben.

„Au ja, lass uns Laurenzia spielen" schlug Irene vor, ständig lächelnd, fast wie eingefroren, so als brächte sie keine andere Gemütsregung zustande.

Voller Ehrgeiz versuchten wir wirklich alles zu geben bei diesem Kreisspiel, das an Hochleistungssport erinnerte, mussten wir doch immer dann in die Hocke gehen, wenn entweder ein Wochentag oder Laurenzia in ständiger und laut-leiernder Wiederholung gesungen wurde.

Anschließend etwas wackelig auf den Beinen brüllte Gerda, die in ihrem Essener Dialekt deutlich anders sprach als die Mädels aus Oberhausen oder Bottrop, dass es auch der Hausmeister im letzten Winkel des Gartens hören konnte:

„Bo ey, sisse ma, ich kann die Treppe nich mehr hochgehn, son Mist. Ich hab jetz schonn son Muskelkater, dat war dat letzte Mal, Scheiß Laurenzia!" Es sah wirklich lustig aus, wie Gerda mit stocksteifen Beinen versuchte, die Stufen der Eingangstreppe zu erklimmen, ihre Schimpftiraden hörten wir im ganzen Haus. „Sonne Scheiße, hab ich doch gleich gesagt! Dat mach ich nich no mal! Scheiß Laurenzia!"

Das englische, etwas langweilige Krocket-Spiel lernten wir kennen. Wir bohrten dazu die kleinen Metallbögen in den noch winterharten Boden, oft mit ordentlich Schmackes schlugen wir, den schweren Holzschlägern sei Dank, ohne Rücksicht auf Verluste die Tore ein. So richtig rund sahen die Bögen nach solcher Behandlung nicht mehr aus; sofort hatte ich Mutters ermahnende Stimme im Ohr: „Geht das nicht eine Idee vorsichtiger?"

Montags konnten wir uns nach dem Mittagessen in der Leihbücherei Bücher für eine Woche ausleihen. Mit feierlichem Gesicht öffnete Frau Ostermann mit einem riesigen Schlüssel die überschaubare Bibliothek, in der ausschließlich Kinder- und Jugendbücher standen, bei deren Anblick ich sehnsüchtig an die Krimis von Papa dachte, die ich mir heimlich auslieh. Die Mädchen lasen „Hanni und Nanni" und so langweilige Bücher wie den Trotzkopf, die mit meinem Leben so gar nichts zu tun hatten.

Ich brauchte lange Zeit, um ein einigermaßen interessantes Buch zu finden. „Christine, hast du denn auch etwas Passendes für dich entdeckt?" fragte Frau Ostermann mit leicht vorwurfsvollem Ton in der Stimme.

Höchst wahrscheinlich hatte sie die Bibliothek mit liebevollem Blick auf die weibliche Leserschaft selbst zusammengestellt. Mit gezieltem Griff langte sie hinter sich ins Regal, an dem fein säuberlich „Märchen und Sagen" geschrieben stand und reichte mir schwungvoll die wunderbar illustrierte Geschichte „Peterchens Mondfahrt" von Gerdt von Bassewitz und nickte mir, jetzt schon wieder freundlich zu. „Ich bin mir ziemlich sicher, dass dir genau diese Geschichte gefällt."

Damit traf sie ins Schwarze, ich verschlang das herzerweichende Buch mit den hübschen, detaillierten Zeichnungen, wann immer ich Zeit dazu fand. Ich tauchte sosehr in die faszinierende Geschichte ein, dass ich mir einzelne Szenen gern in der täglich angeordneten Mittagsruhe ausmalte und darüber in einen leichten Schlaf sank, Peterchen und Anneliese stets an meiner Seite. Kinder, die noch niemals ein Tier quälten, mussten doch einfach in Ordnung sein! Der dicke Maikäfer Sumsemann mit nur fünf Beinchen tat mir so unendlich leid! Einmal mehr dachte ich an zuhause, wie sich im Sommer die kleinen, gepunkteten Marienkäfer in Mamas Gemüsebeet mit den Läusen auf den Ringelblumen amüsierten.

Das Buch wurde warm in meinen Händen und forderte meine ganze, gespannte Aufmerksamkeit. Welch wunderbares Abenteuer auf den Mond zu fliegen und die glitzernde Sternenwiese zu besuchen. Herrlich, bis in die kleinste Kleinigkeit haargenau so, wie ich mir den Sternenhimmel in meiner Phantasie immer vorstellte. Mit Feuereifer kniete ich mich mächtig in die Geschichte um die fabelhaften Helden und las manche Abschnitte doppelt, das wunderbare Kapitel mit der unvorstellbar schönen Weihnachtswiese sogar unzählige Male. Wie sehr doch das Abenteuer mit dem dicken Sumsemann und den braven Kindern meinem ersten, mir schien ellenlangen Ausflug allein von zuhause fort in dieses Erholungsheim glich! Den Schluss der Geschichte, wo alle wieder friedlich daheim sind, fand ich am allerschönsten und endlich konnte ich rührselig vor Heimweh hemmungslos laut schluchzend weinen. Am nächsten Montag bat ich inständig um Verlängerung der Ausleihe, Anneliese und Peterchen wurden zu meinen treuen Begleitern.

Unterdessen kam gähnende Langeweile immer dann auf, wenn wir bei schlechtem Wetter drinnen saßen und unter ständiger Kontrolle Brettspiele spielten und Ansichtskarten oder Briefe nach Hause schrieben, die selbstverständlich im Anschluss auf ihre Korrektheit überprüft wurden. Vorsichtshalber wurde mit Bleistift vorgeschrieben, sodass eine der Erzieherinnen, meistens der ungnädige Faltenrock ungehörige Informationen direkt wieder ausradierte.

„Seid bloß leise, dass alle in Ruhe arbeiten können!" Nicht einmal der kleinste Ulk war erlaubt, wenn wir das xte Mal von irgendwelchen tollen Wanderungen in den Wald berichten sollten. Ich hatte ein für alle Mal die Faxen dicke!

Wie groß war meine Freude, als ich eines Tages auf einem Briefkuvert die etwas linkische Handschrift meines Vaters entdeckte. Als Linkshänder wurde er schon kurz nach seiner Einschulung vom Rohrstock schwingenden Lehrer dazu gezwungen, mit der guten, der rechten Hand zu schreiben.

So schrieb er etwas unleserlich, fast krakelig und vielleicht deshalb entdeckte ich meinen Brief mit Vaters Handschrift sofort. Mir wurde richtig warm und schwummerig, so sehr freute ich mich über den Brief, wusste ich doch, dass Papa so gut wie keine freie Zeit nach seinem enormen Arbeitspensum hatte.

In diesem Brief sprach er mich ein einziges Mal als seine liebe Tochter an, was mich einerseits irrsinnig freute, andererseits aber auch tief verunsicherte und vor Scham rot werden ließ. Beinahe beiläufig legte ich Vaters Brief noch einmal zur Seite.

Ingrid, das hübsche, junge Mädchen mit leuchtend roten Locken und nussbraunen Augen aus der Clique der Großen beobachtete mich währenddessen und lächelte mir aufmunternd zu: „Na, lies ihn schon, Deinen Brief. Dann weißte, wat zuhause los ist und brauchs dir keine Gedanken zu machen!" Ingrid, unser großes Vorbild wohnte mit drei anderen Mädchen im Jugendlichen-Zimmer, etwas abseits der anderen Räume. Glühend wurden die Großen um dieses Zimmer von uns anderen Mädchen beneidet, verhieß es doch weit weniger Kontrolle. Ingrid behielt natürlich Recht, was Vaters Brief anging.

Papa erzählte in seinem Brief von Grete, die nun schon laufen konnte und schilderte Klaus verzweifelte Versuche ordentlich ins Schönschreibheft zu schreiben. Frau Schlesinger brach sich ein Bein und lag im Marienhospital und Mutter hatte es tatsächlich geschafft, sie zu besuchen.

Außerdem beschrieb er sehr ausführlich seine Auseinandersetzungen mit Herrn Pott, der schon wieder Ulrike, einem jungen Mädchen aus der Nachbarschaft, nachlief und seine arme Frau schon ganz krank darüber sei. Zuletzt bestellte er mir Grüße von meinen Freundinnen, die sich schon auf unser Wiedersehen freuten. Verblüfft über Vaters fröhliche, aufmunternde Erzählweise ließ ich den Brief sinken, Ingrid betrachtete mich aufmerksam aus den Augenwinkeln.

„Bei uns zuhause ist alles prima. Gott sei Dank sind alle munter und gesund, eigentlich wie immer!"

Zu Fuß hatte ich den Weg vom Knappschaftskrankenhaus zum Fuhlenbrock zurückgelegt. Meine Schwester Margarethe wohnte in unmittelbarer Nachbarschaft, nur ein, zwei Straßen von unserem Elternhaus entfernt. Sie hatte dort mit ihrem Mann Stefan, einem tüchtigen Ingenieur, ein großes Haus gebaut. Mittlerweile studierte ihre erwachsene Tochter Kirsten auswärts, der Sohn Thorsten besuchte noch die Schule und wohnte zuhause.

In Gretes Haus war es so ruhig, dass ich dem vergnügten Abendsang der Vögel draußen zuhören konnte. Leidenschaftlich laut rufende Amseln konnte ich gut aus dem Konzert heraushören. Vor ein paar Jahren wäre das nicht möglich gewesen, als alle Zechen und Kokereien in der Umgebung für Lohn und Brot der meisten Arbeitnehmer aufkamen. Von irgendwoher kam früher immer wieder einmal, mal laut und mal leiser und anhaltend der Ton irgendeiner Werkssirene.

Völlig übermüdet konnte ich nicht einschlafen und war mit meinen Gedanken bei dem einzigen Brief von Vater, über den ich mich als Kind so sehr freute. Ob die Heimleiterin den Eltern wohl von meinem Heimweh geschrieben hatte? Oder gar, dass ich eine gute Woche der Kurzeit krank und sogar bettlägerig war?

Das alles konnte ich jetzt nicht mehr fragen, aber es war auch nicht mehr wichtig. Das Bedeutsamste für mich war eben der tröstliche Brief meines Vaters, über den ich mich so gefreut und der mich dermaßen überrascht hatte.

Es gab mir schon zu denken, dass zuhause ohne mich alles weiterlief wie bislang, aber Mäusken meinte, ich solle mir keinen Kopp machen und dass mein komisches Gefühl ganz sicher vom Heimweh herrührte.

Gerda erzählte unter dem Siegel der Verschwiegenheit, dass Ingrids Papa Obersteiger auf der Zeche Osterfeld sei und nach ihrer Meinung und vor allem der Meinung ihres Papas, einem einfachen, angelernten Kumpel, ein ganz hohes Tier. Dieses Geheimnis wurde ausschließlich flüsternder Weise weitererzählt und bald schon kamen wir uns so wichtig vor wie eine geheimniskrämerische, verschworene Gemeinde.

Singender Weise, treffend gewählt durch Lieder wie „Wem Gott will rechte Gunst erweisen, den schickt er in die weite Welt" wenig fröhlich gestimmt unternahmen wir ausgedehnte Wanderungen in die waldreiche, an manchen diesigen Tagen recht düster wirkenden Umgebung, stets in der wohl meinenden Obhut der Erzieherinnen.

Sobald wir allein waren, schmetterten wir andere Lieder wie „Bottrop is ne schöne Stadt, juppheidi, juppheida, die auch einen Milchmann hat. Der Milchmann is ne alte Sau, der nimmt die Milch von seiner Frau!" Das vollkommen sichere Gefühl, etwas Unerlaubtes, Verbotenes zu singen, machte uns zur eingeschworenen Gruppe. Ich hatte es im Gefühl, dass es genauso richtig war.

Frischer Duft von geschlagenen Fichten lag überall in der Luft. Heftig schnuppernd bildete ich mir ein, dass ich den herrlichen, frischen Geruch wie ein Glanzbild in der Zigarrenkiste sammeln und in meinem Gedächtnis aufbewahren könne.

Wieder einmal wunderte ich mich darüber, dass die Zwiebelblumen, zuallererst zarte Schneeglöckchen und gelbe Winterlinge verlässlich erneut austrieben. Ich konnte mich wie verrückt darüber freuen, dass die Natur sich genauso entfaltete wie im vergangenen Jahr.

Jedes Jahr aufs Neue konnte ich mehr vom aufkeimenden Frühling entdecken, aber genauso Altbekanntes in der Landschaft wiederentdecken, die fröhlichen Primeln und leuchtenden Krokusse, die manch langweilige Wiese für eine kurze Zeit in ein blaues, gelbes oder kunterbuntes Blütenmeer verwandelte. Und wenn es nur die gutgelaunte Frau Ostermann war, die anscheinend mit jedem Plusgrad mehr aufzublühen schien.

Mit dem altersschwachen, knallroten Bus der ortsansässigen Firma Marbach mit ausladend runden Kotflügeln fuhren wir jeden Sonntag in Kölns Herz und seine Seele, in den Dom zur heiligen Messe. „Ich heiße Onkel Bernhard!" stellte sich der mollige Busfahrer freundlich vor, stets gekleidet in hellblauem Oberhemd und grauer Stoffhose, die vom vielen Sitzen an den Knien ausbeulte und am Po riesige, glänzende Falten warf. Unerschütterlich und mit beneidenswert stoischer Ruhe kurvte er mit dem sperrigen Gefährt durch die kleinen, abschüssig geschlängelten Straßen. Davon wurde mir fast so schlecht wie vom Haferbreigeruch, der Dieselgestank machte alles nur noch schlimmer.

An der kleinen Fensterscheibe des Busses zogen hügelige Felder mit noch zaghaftem Grün vorbei, die sich abwechselten mit hohen, düster anmutenden Fichtenwäldern, bis wir schließlich in die Großstadt fuhren mit den schnurgeraden Straßen, die mittig zweigeteilt glänzende Schienen für die Straßenbahnen hervorbrachten. Wenn ich mich anstrengte, konnte ich von irgendwoher laut mahnendes Straßenbahnklingeln hören.

Mit weichen Knien betrat ich andächtig inmitten aufgeregt plappernder Mädchen den wunderbaren Kölner Dom. Schon donnerte die imposante Orgel im Dom laut durch das einzigartige Bauwerk und hallte von den Ballustraden zurück. Reichlich verströmter Weihrauch tat ein Übriges, sodass ich darauf wetten konnte, Sonntag für Sonntag überwältigt von der Zeremonie der feierlichen Messe sinnlich wohlige Gefühle und eine dicke Gänsehaut, sogar auch auf der Kopfhaut zu bekommen. Endlich konnte ich als grundgläubiges Kommunionkind laut mitsingen und mir als Höhepunkt die staubtrockene Hostie einverleiben, vom allzu strengen Kirchenmann im herrlich glänzenden Ornat direkt auf meine gottesfürchtig herausgestreckte Zunge ausgeteilt.

In keiner anderen Kirche schlug der Organist feierlicher die Töne zum Schlusslied „Großer Gott wir loben dich" an. Mir schlug das Herz aufgeregt bis zum Hals, als ich die lange Bank verließ, an deren Ende selbstverständlich tief mein Knie beugte, aber immer darauf bedacht, meine Gruppe nicht aus den Augen zu verlieren.

Der Köner Dom, ein Stück vom Himmel wollten die Baumeister damit bauen, so jedenfalls schwärmte meine Klassenlehrerin bei meiner letzten großen Pause. Ja, ja, und nochmals ja, das stimmte hundertprozentig und besser oder genauer wäre dieses wunderbare Bauwerk nicht zu beschreiben gewesen. Tief beeindruckt, fast inbrünstig angefüllt mit orientalischen Düften des Weihrauchs und imponierender, feierlicher Orgelmusik machte ich mich auf den Weg nach draußen, immer schön im Gänsemarsch meiner Gruppe und Frau Ostermann und auch Bernhard, dem Busfahrer hinterher.

„Hörens, Liebelein" eine dicke, gut gekleidete Frau in den besten Jahren, auffällig geschminkt mit kirschrotem Lippenstift und kohlrabenschwarz nachgezogenen Augenbrauen, was ihr ein spöttisch anmutendes Aussehen verlieh, schob sich nach der Messe geschäftig an mir vorbei. Das Fischgrätmuster ihres hübschen, um ein paar Konfektionsgrößen zu kleinen, schwarzweißen Mantels geriet aus der Form, dicke, schwarze Knöpfe hielten den Mantel über der runden Brust auf Spannung. Unwillkürlich wartete ich darauf, dass der dicke Zwirnsfaden nachgeben und die schweren Knöpfe vom Mantel weg gesprengt würden. Doch nichts dergleichen geschah, als sie sich fast anmutig bewegend dem Portal zuwandte.

„Da vorne im Wäscheješchäft müsse mer lure jon. Da jibt dat Büstenhalter, da wirste jeck. Triumph krönt die Fijur!", hakte sich bei ihrem sicherlich um eine Generation älteren, schlohweißen Liebsten unter und eilig, schon fast geschäftig schwafelnd zogen sie Richtung Hohe Straße davon. Begeistert vom Kölner Dialekt, mehr gesungen denn gesprochen sah ich dem ungleichen und dennoch auf unerklärliche Weise liebevollen Paar hinterher.

Sonntags schmeckte das Essen von Frau Bär, der Köchin im Erholungsheim besonders lecker. Meistens bekamen wir ein richtiges Drei-Gänge-Menü, das es zuhause nur an hohen Festtagen gab. Das Sonntagsessen bestand aus einer frisch zubereiteten Vorsuppe, einem leckeren, knusprigen Braten, augenscheinlich mit Geduld und Liebe gebraten und gekocht, Gemüse oder knackigen Salat mit gerade geernteten Kräutern aus dem Gewächshaus. In ungeduldiger Vorfreude erwarteten wir zum Nachtisch das Fürst Pückler Eis.

„Oh wat lecker! Hömma, wie heißt dat Eis nomma? Is ja auch egal, Hauptsache Klasse!" „Fürst Pückler, kannse dir dat nich ma merken? Du bist vielleicht verfressen!" Geschickt verstand es Mäusken auch noch den letzten geschmolzenen Tropfen vom Eis aus dem Glasschälchen zu kratzen und mit leisem, zufriedenem Schnurren zu würdigen, genauso, wie ich es sonst nur von dem frechen Kater von Oma Meyer kannte.

So sehr mit meinem eigenen Heimweh beschäftigt, dauerte es eine ganze Weile, herauszufinden wie köstlich gerade das Sonntagsessen schmeckte, um es gebührend genießen zu können. Wie fast allen Mädels schmeckte mir vor allem das sahnige Eis, das aus Schokolade, Vanille und fruchtiger Erdbeere bestand und das es leider niemals, noch nicht einmal an seltenen Feiertagen bei uns zuhause gab. Meine Lieblingssorte Schokolade aß ich jedes Mal zuletzt, darum bemüht, das Eis ganz langsam auf der Zunge zergehen zu lassen, um mir den köstlichen Geschmack möglichst lange zu bewahren.

Nach dem Mittagessen wurde eine zweistündige Mittagsruhe angeordnet. Um sich davor zu drücken, meldeten wir uns freiwillig zu den Diensten in der Küche. Eines schönen Sonntages, nichts ahnend saß ich wie alle anderen beim köstlichen Mittagessen, als Frau Ostermann leichthin fragte: „Wer von euch möchte denn gern einmal beim Küchendienst helfen, außer Christine Meyer?"

Wie vom Donner gerührt fragte ich nach dem Grund der Bestrafung. Ein paar Tage zuvor beim Abtrocknen erzählte ich leider etwas unbedacht, dass ich mich gern auf diese Weise um den langweiligen Mittagsschlaf drücke und ein dergleichen harmloses Vergnügen gehörte wohl zwangsläufig bestraft.

„Ja, Christine, wer so vorlaut ist, der hält wohl besser einen gesunden Mittagsschlaf und denkt darüber nach." In Sekundenschnelle rumorte es verlässlich in meinem Magen, dass ich instinktiv meine Hände schützend darauflegte. Fassungslos, dass mir so wenig Vertrauen entgegengebracht wurde, fühlte ich mich zutiefst ungerecht behandelt, dass ich sprachlos und mit hängenden Schultern auf mein Zimmer schlich.

In unserer geheimen Fingersprache versuchte Mäusken mich wieder ein wenig fröhlich zu stimmen. Sie verdrehte die Augen und schwelgte in Vorfreude auf unseren Abreisetag, der nun nicht mehr so unerreichbar weit weg schien. Wie konnte es auch anders sein, hatte zu allem Übel der

Faltenrock die Aufsicht zu führen, die garantiert immerzu schlecht gelaunte, stets strenge Frau ohne jede freundliche Ausstrahlung, täglich mit unförmigen, wadenlangen Faltenröcken in undefinierbar hässlichen Farben und Mustern gekleidet. Der Faltenrock saß während der Mittagszeit auf einem Stuhl im Treppenhaus direkt vor unseren Zimmern und führte eine Art Strichliste über unsere harmlosen, kleinen Verfehlungen.

Man konnte die Uhr danach stellen, dass albernes Kichern und Raunen dann das Haus erfüllte. Erst wenn drakonische Strafen angedroht wurden wie Haus- oder noch schlimmer Stubenarrest, kehrte Ruhe ein.

Trotzdem verständigten wir uns still mit unserer ausgereiften Zeichensprache, wobei die Finger zu Buchstaben geformt nur so durch die Luft flogen. Wenn ich dem Faltenrock eins auswischen wollte, brachte ich Mäusken zum Lachen, welches sie nur mit heftiger Mühe unterdrückte. Unser fröhliches Glucksen brachte Fräulein Kreuz immer wieder dazu, ihren schwülstigen Heimatroman oder das Petzheft, wie Mäusken dazu sagte, an die Seite zu legen und in unserem Zimmer eine Kontrollrunde drehen zu müssen. Alle Mädchen waren plötzlich wie durch ein Wunder in tiefem, festem Schlaf versunken.

Das anschließende als überaus gesund geltende, kalte Abwaschen des Oberkörpers war ein von allen Mädchen gehasstes Ritual. Durchdringendes Gekreische machte der Mittagsruhe endgültig den Garaus. „Ach du heiliges Kanonenrohr, jeden Tag der gleiche Mist!"

Mäusken verdrehte ihre Augen wie keine zweite und man konnte glauben, dass sie sich auf dem Weg zur Schlachtbank und damit ins sichere Verderben befand.

„Hiilfe, ich krieg keine Luft mehr! Mama Mia dat glaubt mir zuhaus kein Schwein! Leckoballo!"

Nach dem Mittagsschlaf gab es zu Marmeladenbroten Lindeskaffee oder auch Muckefuck genannt, dessen rauen, angebrannten Geschmack und überaus scheußlichen Geruch ich auch zu Hause verabscheute.

„Ich mag den Muckefuck nich, ewig knirscht der Kaffeeprütt zwischen den Zähnen!" Der Faltenrock kam mir gefährlich nahe, dass mir ihr muffiger Mundgeruch um die Nase wehte.

„Drei mal darfst du raten, Meyer! Für dich brühe ich echten Bohnenkaffee auf!" Diese unfaire Art von Zynismus und Ironie verschlug mir die Sprache.

Erst, nachdem ich den ekligen Kaffee ausgetrunken hatte, konnte ich vom Tisch aufstehen. Danach durfte ich endlich über freie Zeit verfügen, konnte spielen, bekam meine Post und durfte selbst schreiben. Die Postkarten und Briefe nach Hause wurden vom Faltenrock gern diktiert und trotzdem ohne jeden Zweifel immer im Anschluss kontrolliert.

Auf dem Gruppenfoto, vom Hausmeister Herrn Köhler eigenhändig fotografiert, wurde ich relativ dünnbeinig mit angefuttertem Brot unsicher lächelnd auf Zelluloid gebannt.

Nach rund drei Wochen Erholung mit vier Mahlzeiten und viel frischer Luft hatte ich immerhin zwei Kilo zugenommen, die Bronchitis auskuriert und so konnte ich endlich, lang ersehnt, wieder in den Schoß meiner Familie zurückkehren.

Unsere Siedlung hatte einen ganz speziellen Geruch, eine Mischung aus abgebrannter Kohle, sauber mit Ata Scheuersand geschrubbten Steinen, den unterschiedlichsten mehr oder weniger guten Düften, vom Mittagessen übriggeblieben, oft derbe Gerüche von verschiedenen Kohlgerichten, die aus den offenen Küchenfenstern wehten und einer einzigartigen, unbeschreiblichen Melancholie, die undurchdringlich zäh wie Sirup darüber lag.

Endlich wieder zuhause schoss es mir durch den Kopf, als ich durch unsere Straße vorbei an den Häusern von freundlichen und weniger netten Nachbarn lief.

Unser direkter Nachbar, der Casanova der Straße gestikulierte wild in der Luft herum, als er mit Gärtner Fritz zusammenstand, der jedes

Frühjahr auch unsere Obstbäume mit einer hochgiftigen Lösung aus einem runden, silbrig glänzenden Tank, den er auf dem Rücken trug, besprühte und somit hunderprozentig widerstandsfähig gegen alle Schädlinge dieser Welt schützte, wie er Jahr für Jahr immer wieder gern betonte.

In den Gärten hatten sich die Obstbäume ein hübsches Blütenkleid zugelegt. Duftige Blüten in weiß und allen erdenklichen Rosatönen luden mich ein, neugierig in Nachbars Gärten zu sehen. Je näher ich zu unserem Haus kam, desto deutlicher konnte ich die Schimpftiraden unseres Nachbarn verstehen. Der Gärtner schaute beschämt zu Boden, als Herr Pott mit hasserfüllter Stimme, die ständig lauter zu werden schien und sich bald überschlug, schließlich brüllte: „Der Olle rammelt doch wie die Karnickel! Jedes Jahr ein Kind. Muss dat denn sein?" Theatralisch schüttelte er den Kopf, seine wenigen, mehr grau als schwarzen, störrischen Haare standen wie mit Frisiercreme modelliert dabei zu Berge. Je mehr sich die Glatze auf Herrn Potts quadratischen Schädel ausbreitete, desto schlimmer sprossen ihm weiße, krause Haare aus Nase und Ohren.

Ich schaute zu den beiden Nachbarn hoch und sah genau in das Gewölle von Haaren an Körperstellen, wo ich sie nicht vermutete. Herr Pott fuchtelte während dessen immer noch wild in der Luft herum und lamentierte so laut, dass er mich erst wahrnahm, als ich direkt vor den beiden Männern stand und sie trotz seiner hässlichen Schimpftiraden freundlich grüßte.

Überschwänglich freundlich wünschte Gärtner Fritz mir einen wunderschönen Tag, wenngleich er mich dabei auch nicht ansehen mochte. Meine unbändige Freude auf Zuhause wurde schnell getrübt, empfing mich meine jüngste Schwester schon an der Haustür mit voller Windel. Grete kam auf mich zugewackelt und brabbelte leicht seibernd: „Da, AA!" Sofort musste ich sie wickeln und die viele freie Zeit, die ich ausschließlich mit eigenen Belangen gefüllt hatte, gehörte unwiderruflich der Vergangenheit an.

„Ja, jetzt bist du gut gestärkt, mein Kind. Dann mach mal gleich deine kleine Schwester trocken!" so meine über alle Maßen praktische Mutter, die mich ohne Vorwarnung mit einem heftigen Aufprall auf den

Boden der Tatsachen zurückholte. „Aber" konnte ich gerade noch einwenden, als Mutter mich spöttisch lächelnd ansah: „Dann musst du wohl umdisponieren!" Selbst Mamas seltsame Rätselsprache hatte ich vermisst und so machte ich mich erleichtert daran, Grete zu wickeln.

In Zeiten ohne praktische Einwegwindel war das Wickeln eine mühselige Angelegenheit. Nach dem wenig ausgeklügelten System von Mutter erfolgte nach dem Wickeln zunächst die Vorwäsche der fadenscheinigen Stoffwindel in der Badewanne und je nachdem was die Kleinen futterten, stank es beinahe bestialisch zum Himmel.

„Bring die Windel sofort und auf der Stelle in die Waschküche zur Kochwäsche." Meine durchaus geruchsempfindliche Mutter unterstrich die Dringlichkeit des Auftrags, indem sie ihre Nase zuhielt, die Augenbrauen dabei so hochgezogen, wie nur irgend möglich. Zu guter Letzt musste der Wickelplatz abgewischt und meistens auch noch das jüngste Geschwisterkind gefüttert werden, eine zeitraubende Aufgabe, die ich nicht gerade freudestrahlend übernahm.

Von da an, gerade im letzten Sommer acht Jahre alt geworden und trotzdem gehörte ich unwiderruflich zu den Großen und hatte jede Menge mehr Arbeiten zu erledigen. Jedoch blieben die Vorteile, die das Großsein so bietet, mir weiterhin verschlossen, in deren Genuss kam ich erst viel, viel später. Grete patschte mit ihren von Bananenbrei klebrigen Fingern in meinem Gesicht herum, um mich ordentlich willkommen zu heißen.

„Na, Stöpsel, wat hasse denn gelernt in den letzten drei Wochen?" Sofort flog die kleine, dank der regelmäßigen Fläschchen mit Schmelzflocken mittlerweile fleischige Hand gen Himmel, wurde aufgeregt hin- und hergedreht und gleichzeitig versuchte Grete die Melodie eines Fingerspiels zu summen. „Aha, wie das Fähnchen auf dem Turme kannst du jetzt singen" übersetzte ich anscheinend richtig, denn Grete strahlte mich so überzeugend an, dass ich das Fingerspiel anstimmte.

Meine Geschwister hatten ein kunterbuntes Willkommensschild gebastelt, ich freute mich über selbst gebackenen Kuchen und gekochten Kakao. Sie saßen dicht an dicht auf der Bank wie die Hühner auf der

Stange. Mir fiel beim Anblick das Gedicht von den drei Spatzen ein, das wir vor nicht allzu langer Zeit im Deutschunterricht von Fräulein Müller auswendig lernten.

Die drei Spatzen
von Christian Morgenstern

In einem leeren Haselstrauch
Da sitzen drei Spatzen, Bauch an Bauch.
Der Erich rechts und links der Franz
Und mitten drin der freche Hans.
Sie haben die Augen zu, ganz zu
Und oben drüber, da schneit es, hu!
Sie rücken zusammen, dicht an dicht
So warm wie Hans hat`s niemand nicht.
Sie hörn alle drei ihrer Herzlein Gepoch
Und wenn sie nicht weg sind, so sitzen sie noch.

In Gedanken sagte ich das wunderschöne Gedicht auf und freute mich insgeheim auf die Schule, auf Fräulein Müller und meine Schulfreundinnen.

Das Interesse meiner Schwestern und Brüder an meiner Genesung hielt sich sehr in Grenzen und nach der obligatorischen Frage: „Na, wie war et denn?" und der erwarteten Antwort: „Gut!" schien zu dem Thema alles gesagt.

Viel interessanter für uns alle war ein kleines, von Kathi selbst gebasteltes Nest, das mit einem bunten Topflappen abgedeckt auf dem Heizkörper im Kinderzimmer stand. Ein lüttes, scheinbar krankes Spatzenjunges fiel aus dem Nest an unserem Dachfirst. Kathi mit ihrem überaus großen Herzen rettete das kleine Vögelchen, das bibbernd im Nest auf der warmen Heizung saß. Mit einer Pipette tröpfelte Kathi lauwarmes Wasser in den winzigen Schnabel. Weißbrotkrümel wurden in warmer Milch aufgeweicht und in geduldiger Arbeit dem geschwächten Piepmatz, der noch nicht einmal dazu in der Lage war, seine Augen zu öffnen, eingeflößt. Stunde um Stunde verbrachte Kathi damit, den kleinen Sperling aufzupäppeln, aber am nächsten Tag schon hörte sein Herz auf zu schlagen. In einer feierlichen Zeremonie setzten wir den Spatzen, in einer großen Zigarrenkiste gebettet, in Mamas Gemüsebeet bei. Kathi schien irgendwie erleichtert darüber und befreit von der mühseligen Arbeit zu sein. Thomas ließ es sich nicht nehmen, aus den Holzklötzchen, die Papa von der Arbeit mit nach Hause brachte, ein kleines Kreuz zusammen zu nageln, auf das er fein säuberlich und so sorgfältig wie möglich mit Wachskreide „Hansi" schrieb.

Etwa zur gleichen Zeit versuchte Vater gerade das Haushaltsbudget mit geschnitzten oder fein gedrechselten Holzskulpturen, die er selbstverständlich auf der eigenen, selbst gebauten Drechselmaschine anfertigte, aufzubessern. Vater drechselte sehr ebenmäßige, runde, wunderschöne Holzschalen, oft aus Zedernholz, die sich warm und glatt zugleich anfühlten und fabelhaft herbe dufteten. Wenn ich die Augen schloss, konnte der durchdringende Geruch der hübschen Schalen mich Glauben machen, ich sei mitten im Zedernwald. Aber auch ausgesprochen hässliche Reiher fertigte er an, die entweder als Skulptur auf einem kleinen Holzpodest standen, oder aber fliegend in Gruppen zu dritt modern über der Couch schwebend angebracht wurden.

Reichlich verschwitzt war ich vom Klopfen und Rufen irgendeiner Männerstimme wach geworden. Schnell rannte ich zur Haustür und ließ Christian rein.

„Entschuldige Christian, ich hab verschlafen! Setz dich eben hin, ich mach nur schnell Katzenwäsche!"

Christian lächelte freundlich und seine schönen, grünen Augen sprühten schon am frühen Morgen vor Übermut. „Lass dir nur Zeit. Auf die fünf Minuten kommt et jetzt au nich mehr an!"

In Rekordzeit duschte ich und putzte mir die Zähne, meine Klamotten klebten noch ein bisschen an der feuchten Haut, als Christian mir einen Becher mit schwarzem Kaffee reichte. Langsam, aber sicher wurde ich wach.

„Komm, lass uns losfahren! Margarethe ist sicher auch müde bis zum Umfallen!"

Im Auto erzählte ich Christian, dass ich erst sehr spät einschlafen konnte, weil mir so viele Gedanken durch den Kopf gegangen waren.

„Dat geht mir ganz genauso! Jetz, wo Papa bald zu Mama in den Himmel kommt!" Gleichsam spitzbübisch und abwartend guckte Christian mich von der Seite an.

Skeptisch und mit zusammen gezogenen Augenbrauen brummelte ich vor mich hin und blies verlegen in den immer noch heißen Kaffee. Ich war so froh, dass mein Bruder Christian die gleichen, naiven Ideen hatte. Im Grunde meines Herzens wünschte ich mir nichts mehr, als dass unsere lieben Verstorbenen sich im Himmel wieder treffen und im Paradies an der Stelle weitermachen, womit sie auf Erden aufgehört hatten. „Dann wäre sicher Papa dort oben Meister der Heizungsinnung" prustete ich los. Christian lachte solange, bis Tränen über seine runden Wangen liefen.

Solange Vater im Altenheim noch gut zu Fuß war, kontrollierte er alle Heizungsrohre, erzählte im Kauderwelsch von seinem netten Lehrherrn und dass der sicher mit dem einen oder anderen Heizkörper nicht zufrieden gewesen wäre. Auch den Durchmesser der Heizungsrohre bemängelte er, da käme einfach nicht genug Wärme an! Wenn wir ihn aus den Augen ließen, schaffte er es ganz angelegentlich, die Flügelmuttern seines Rollis los zu drehen und es passierte mehr als einmal, dass der Rolli einfach unter ihm zusammenklappte. Wie oft konnte Ilona ihn dann doch noch auffangen. Sie konnte sich über Papas Scherze herrlich amüsieren, wenngleich der Bandscheibenvorfall in ihrer Lendenwirbelsäule Bände sprach. Derweil hatte unser Vater seine Späße im Handumdrehen schon längst wieder vergessen.

Unsere Untermieter waren ausgezogen, um die wunderbaren Soßen von Tante Marlies tat es mir unendlich leid, aber deren Räume wurden unwiderruflich gebraucht. Flugs wandelte Vater die Räume in der oberen Etage in Kinderzimmer um, da mittlerweile zehn Kinder zu unserer Familie gehörten und wir den Platz dringend brauchten.

Mama brachte immer mehr Zeit mit den Neugeborenen unserer Familie zu. Ganz, ganz selten, ich konnte es fast an einer Hand abzählen, spielte sie gutgelaunt mit ihren Händen Schattenfiguren vor und machte ein Ratespiel daraus. Fasziniert schaute ich zu, wenn sie feierlich einen Bilderrahmen von der Wand nahm und mit einer Hand, auf die der Strahl einer Stehlampe gerichtet wurde, einen mürrischen Mann mit Schlägermütze darstellte, der mich direkt an unseren stets verärgerten Nachbarn erinnerte. Mit großen Augen warteten Klaus und Thomas darauf, dass sie das große, gefräßige Krokodil imitierte, welches besonders gern die Jungs in deren Allerwertesten zwickte.

Technische Errungenschaften

Der große Bastler, mein Vater stellte in unserem Garten eine selbstgebaute, einmalige und nicht nur von mir über alles geliebte Schaukel auf.

Er schweißte dazu große Rohre als Gestell zusammen, die er in Form eines Trapezes mitten im Hof aufgestellte und einbetonierte. Vater montierte zwei Schaukelbänke aus Metall und Holz, Gestänge aus Metall, zwei Sitzbänke aus Holz die einander gegenüber an das Gestell gehängt und mit einer hoch glänzenden, glatten Metallbodenplatte verbunden wurden.

„Dat ganze Geheimnis der Schaukel liegt inne Hydraulik!" erzählte Vater stolz allen zufällig Anwesenden, ob sie es hören wollten oder nicht. Ich stellte mir unter Hydraulik so etwas wie Zauberei vor, wenn ich dieses Prachtstück, die auf wundersame Weise einmalige Schaukel betrachtete.

Die beiden gegenüberliegenden Holzbänke nahmen jeweils zwei bis vier Kinder auf. Unsere einzigartige, wunderbare Schaukel zog wirklich jedes Kind magisch aus der näheren und weiteren Nachbarschaft an.

Wir feuerten uns beim Schaukeln gegenseitig an: „Höher! Hau ruck! Kannse denn nich höher?" „Ach, i wo!" „Pah, dat is ja ga nix! Noch höher!" „Ja, ich kann am Höchsten schaukeln! Bo, wat hoch! Nur Fliegen is schöner!"

Allein beim unvergleichlichen Schaukeln überkam mich das unbeschwerte, einmalige federleichte Gefühl, dem Himmel ganz nah zu sein.

Die Konstruktion der Schaukel war einfach genial. Wenn wir allerdings den Rekord im Hochschaukeln brechen wollten, neigten sich die Holzbänke gefährlich nahe dem Bodenblech zu.

„Guck ma, da passt kein Blatt Papier dazwischen!" freute sich Klaus diebisch, klatschte so laut er konnte mit der flachen Hand auf seinen sommerlich mit Lederhosen bekleideten Hintern.

Fast so prickelnd schöne Gefühle wie zu Weihnachten bekam ich, wenn ich mich bäuchlings auf das eisglatte Bodenblech der Schaukel legte und gerade so hochschaukelte, dass ich nicht herunterflog. Ein Kribbeln im Bauch wie beim Karussell fahren stellte sich verlässlich ein, dabei auf dem von der Sonne gewärmten Bodenblech hin- und herzurutschen und die sicher gut gemeinten Ermahnungen zu ignorieren, für mich ein Freudenfest.

Die übrig gebliebenen Kinder, die leider, leider nicht mehr auf die Schaukel passten, vertrieben sich die Zeit mit Kuselkopf schießen, Radschlagen oder ersten Versuchen im Handstand. Ich konnte gar nicht hinsehen, wenn Tommy versuchte, ein Rad zu schlagen. Tollpatschig strampelte er mit den Beinen in der Luft herum und erinnerte mich an meinen ungeschickten Schulkollegen Salino im Sportunterricht. Wann immer der ein, zwei Groschen bekam, stand er an der Bude und kaufte bei Herrn Henkel Salinos, die rautenförmigen, ziemlich salzigen Lakritzen für fünf Pfennig das Stück. Allein wegen seiner Vorliebe für Lakritz mochte ich ihn gern.

Sobald dann unser Vater zu Hause war, bölkte er zur Begrüßung über den Hof: „Alles, wat nicht Meyer heißt, sofort vom Hof, aber dalli!"

Die Nachbarskinder zollten meinem Vater großen Respekt und in Sekundenschnelle war der Hof wie leergefegt.

Meine Mutter konnte hingegen sooft sie wollte die Kinder bitten, nach Hause zu gehen. Sie blieben trotzdem. „Bei euch is immer wat los. Bei uns is tote Hose! Ich bleib noch n bisken!"

In den anderen Familien der Nachbarschaft mit ihren ein, zwei, allerhöchstens drei Kindern ging es immer langweiliger zu als bei uns, für mich oft genug genau der Grund dafür, dort zu sein und einfach die Ruhe zu genießen.

Locke, ein Nachbarjunge, der sich wegen seiner wüsten Lockenpracht den Spitznamen ehrlich verdiente, blieb wie immer und fragte mit heiserer Stimme: „Na, Meyer? Willse ma mein bestes Stück sehn? Komm wir beide verschwinden ma hinter der Garage. Ich zeig dir meinen kleinen Freund, sowat Irres hasse noch nie gesehn!" „Mach mich nicht schwach,

Locke! Son kleiner Köttel wie du hat mir gerad noch gefehlt! Ich lach mich tot! Kann dat sein, dat du ne Schraube locker has? Pass bloß auf, sons fängse dir gleich eine!" Mit dem Kopf deutete ich Richtung Küche, wo ich meinen großen Bruder vermutete.

Ausgerechnet Locke, reichlich verträumt und vertrottelt, bot sich mir zur Aufklärung an. Augenblicklich fiel mir Mutters Spruch ein: „Krause Haare, krauser Sinn!"

„Da musse aber früher aufstehn, Locke, dat seh ich jeden Tag in dreifacher Ausführung!" Vor lauter Lachen klatschte ich auf mein nacktes Knie, wie üblich verkrusteten dort unzählige sommerliche Schrammen.

Locke tat, als sei nichts gewesen und kratzte angestrengt an der weißlichen, eingetrockneten Taubenkacke am Kellergeländer herum.

Gerade in diesem Moment hörten wir die unverkennbar simple Melodie der Blechflöte vom Klüngelspitt, der neuerdings nicht mehr mit Pferd und Wagen, sondern mit seinem neuen Kleinlaster in unsere Straße einbog und Locke nutzte die Gunst des Augenblicks und verschwand heimlich, still und leise.

Immer noch grinsend setzte ich mich auf das angewärmte Bodenblech der wie durch ein Wunder leeren Schaukel, gab mit dem Fuß ordentlich Schwung und sang laut das Lied vom Lumpensammler.

„Lumpen, Eisen, Knochen und Papier,
ausgeschlagene Zähne sammeln wir,
Lumpen, Eisen, Knochen und Papier,
ja das sammeln wir!"

In unserem Haushalt gab es reichlich technische Geräte, denn, wenn es jemanden gab, der sich für Technik begeisterte, dann war das unser Vater. Immer wieder schaffte er neue Maschinen an, die den Haushalt revolutionieren sollten.

Dazu gehörte in den ersten Jahren im neuen Haus auch eine Strickmaschine. Tag und Nacht stand sie mit ihren unzähligen, fein verzahnten silbernen Nadeln auf dem Wohnzimmertisch und wartete auf ihren unermüdlichen Einsatz.

Allerdings ausschließlich Vater bediente diese hochmoderne Strickmaschine und so strickte er, sooft seine beschränkte Zeit es zuließ.

Er strickte exakt gleiche Kleider für zwei meiner älteren Schwestern und für mich. Das einzig individuelle Kennzeichen bestand in dem Anfangsbuchstaben unseres Namens, den Mutter sorgsam auf die Vorderseite der Kleider stickte. Und so kam, was kommen musste.

Wir wuchsen natürlich und dementsprechend passten unsere Sonntagskleider, wenn überhaupt, vielleicht einen Winter lang. Das führte zu einer mittelschweren Katastrophe! Jahrelang trug ich das gleiche Sonntagskleid mit dem einzigen Unterschied, dass der fein säuberlich gestickte Anfangsbuchstabe nichts, aber auch gar nichts mehr mit meinem Namen zu tun hatte.

Ganz allein im ersten Jahr dieser tollen Kollektion stand der richtige Buchstabe, ein geschwungenes C, filigran gestickt auf meinem Kleid.

„Kinder, ihr wachst einfach viel zu schnell" so die lapidare Erklärung unserer Mutter dazu, die Schultern zuckend hochgezogen. Niemals hätte sie auch nur einen Gedanken daran verschwendet, den mühevoll aufgestickten Anfangsbuchstaben unserer Namen vom Kleid zu trennen.

Solche frühkindlichen Erfahrungen entfachte gerade zwischen uns Schwestern ständig ein Wetteifern um besondere, individuelle, einzigartige Kleidung und bewahrte keine davor, ihre mit viel Liebe ausgesuchten und mühsam zusammen gesparten Kleinode „ausleihen" zu müssen.

„Hasse schon widder meine Lieblingsbluse an, Ilona? Ich könnte heulen, wenn ich seh, wie du damit umgehst! Ich hab dir schon tausend Mal gesagt, du solls dat sein lassen." Klara versah in kniffliger Handarbeit ihre hübsche gelbweiß gemusterte Lieblingsbluse mit Schweißblättern aus weißer Baumwolle, die direkt im Armausschnitt angebracht dafür sorgten, dass hässliche Schweißflecken ausblieben.

Viele Jahre zuvor genoss Papa mit sichtlich viel Spaß das Stricken auf der Strickmaschine, stets ein Lied auf den Lippen, nur selten hörte ich ihn fluchen. Manchen Pullover stellte er schon morgens früh vor seiner Frühschicht fertig.

„Die Heinzelmännchen lassen sich einfach nich blicken. Darauf kannse warten, bisse schwatt wirs!"

Danach hatte Mutter das zweifelhafte Vergnügen, übrig gebliebene Fäden zu vernähen und doch freute sie sich jedes Mal über das gute Ergebnis. Ein himmelblauer Pullover sollte es diesmal für mich sein, sicher wieder der geglückte Beginn einer reizenden Kollektion, Gottlob diesmal ohne Initialen.

„Schau mal, Christine, ist der nicht schön geworden? Der Pullover wird dich gut kleiden!" Mutter sprach das V korrekt wie ein V aus, richtig komisch und fremd hörte sich das an. Am liebsten mochte ich die unkomplizierte, direkt vom Herzen auf die Zunge gehende Ruhrpottsprache, an die meine Ohren sich gern gewöhnten.

Verlegen grinste ich, dennoch bedankte ich mich artig. „Jetzt brumm dir mal nicht so in den Bart!" Davon mal abgesehen, dass ich in meinem Alter bis auf die Kopfhaare kein einziges Körperhaar sprießen sah, habe ich mein Leben lang nicht verstanden, was mir Mutter damit sagen wollte. Sie blitzte mich mit ihren außergewöhnlich kühlen, graublauen Augen an und sprach wieder mal in Rätseln: „Zu uns nehmen, Amen!"

Die einzige Schwester meines Vaters, Tante Irmgard konnte sich genauso wie ihre Brüder für technische Maschinen begeistern und so schloss sie noch vor Beginn des zweiten Weltkriegs eine Schneiderlehre ab, wozu sie eine Singernähmaschine als Standmodell mit großem Antriebsriemen bekam. Anscheinend etwas ganz Besonderes, denn bei jeder sich bietenden Gelegenheit sprach entweder Tante Irmgard oder Oma davon. „Das Geld dafür haben wir uns vom Munde abgespart" jammerte Oma Meyer. Sie sprach nie direkt darüber, aber im Grunde ihres Herzens fand sie die Politik der Nationalsozialisten gut, die angeblich einzigen, die sich nach ihrer Meinung immer für die kleinen Leute einsetzten.

Bereits als Kind erkrankte Tante Irmgard an Kinderlähmung, seitdem kleinwüchsig und extrem buckelig haderte sie ausdauernd mit ihrem grausamen Schicksal. Wegen ihrer Behinderung fand sie keinerlei Beschäftigung in ihrem Beruf und so blieb sie ihr Leben lang bei ihrer Mutter wohnen, meiner Oma Meyer.

„Na, wann kommt denn ma widder Hinkebein zu Besuch?" lästerte Ilona.

Verwandtschaft

Tante Irmgard konnte sich niemals mit ihrem Schicksal aussöhnen; an der damals weit verbreiteten Kinderlähmung erkrankt, wuchs sie lediglich bis zu einer Körpergröße von vielleicht allerhöchstens 1,30 Meter. Schon bei meiner Erstkommunion konnte ich ihr locker über den Kopf spucken. Mir schien Tante Irmgard ganz und gar rund zu sein, nicht nur wegen der runden Schultern, auf denen anscheinend alle Probleme dieser Welt lasteten.

Bedauernswerter Weise teilte Tante Irmgard ihr komplettes Leben mit ihrer Mutter. Mir kamen meine strenge Oma und Tante Irmgard wie ein älteres, nicht eben glückliches Ehepaar vor, schrullig und im Umgang miteinander nicht besonders freundlich.

Opa Meyer lernte ich leider nicht mehr kennen, weil er kurz nach dem Kriegsende durch eine Verletzung, ausgelöst durch einen Granatsplitter, starb. Meine Eltern sprachen über Opa Emil als sehr liebenswerten, witzigen Menschen, der trotz seines harten und arbeitsreichen Lebens immer zu Scherzen aufgelegt war. Bei den beiden Frauen keine Spur davon.

Während unserer Familienfeiern fiel meine Tante Irmgard besonders durch ihr lautes, glucksendes Lachen auf. Daran konnte ich sie selbst durch die geschlossene Tür erkennen. „Na, gieß mir noch ein Pinneken Eckes Edelkirsch ein, Bruderherz!"

Schon nach dem zweiten Likörchen wurde Tante Irmgard locker und rückte vertraulich immer näher. Ein Duftgemisch aus Uralt Lavendel und Kirschlikör wehte untrennbar voneinander zu mir herüber.

„Wer Sorgen hat, hat auch Likör!" lautete einer ihrer Lieblingssätze und wir schlossen Wetten darüber ab, dass anschließend eine Lobeshymne folgte: „Weiße eigentlich schon, dat der Große von Onkel Emil dies Jahr wieder Klassenprimus ist? Er soll sogar eine Klasse überspringen, stell dir dat mal vor!"

Ihren jüngsten Bruder hatte Tante Irmgard tief ins Herz geschlossen und alles, was er oder jemand anderer der Familie tat, genoss ihre ungeteilte Anerkennung, für unsere, nach ihrer Meinung viel zu großen Familie hingegen blieb nur der karge Rest, meistens Kritik übrig, allerhöchstens: „Es ist alles nicht so einfach!"

Aschblonde, glanzlose Haare, schon früh mit einzelnen weißgrauen Strähnen durchsetzt, saßen dauergewellt perfekt auf Tante Irmis Haupt. Selten lächelte sie, vielleicht, wenn sie ein, zwei Likörchen intus hatte und zum Vorschein kam dabei ein dicker goldener Backenzahn, der um die Wette mit ihrem Armschmuck funkelte.

Tante Irmgards breiten Arm schmückte ein umso breiteres, goldenes Armband, das in drei Reihen kleine Glieder in Form von klitzekleinen Goldbarren miteinander verband. Verträumt drehte Klaus daran herum, Tante Irmgard schien es offensichtlich zu gefallen. Sie lächelte selig, als Klaus fragte: „Is dat denn eigentlich richtiges Gold, wirklich echt?" Süffisant kam die Antwort wie aus der Pistole geschossen: „Selbstverständlich! 750er Gold, dat beste, wat et zu kaufen gibt."

Mein kleiner Bruder meinte, die Qualität wohl unbedingt prüfen zu müssen und drehte wie verrückt an dem breiten Armband. „Treib et nicht zu doll, Klausi!" In Tante Irmis Augen stand plötzlich die blanke Angst um ihr ein und alles, das wertvollste Armband weit und breit.

„Dat is kein Spielzeug! Nachher geht mein schönes Armband kaputt und dat ist dann dat End vom Lied!"

Oma Meyer sah aus wie ein alter Greifvogel. Die etwas zu dicht bei einander stehenden, schwarzbraunen Augen hatten immer etwas Bedrohliches, davon unabhängig gaben sie Oma Meyer ein kiebiges, unnahbares Aussehen. Sie sandte regelrechte Blitze mit zusammen gekniffenen Augen aus, wenn einer von uns Blagen, die ja schließlich nur eine im Grunde ihres Herzens immer noch überzeugte Protestantin zur Mutter hatten, sich mal wieder danebenbenahm, was Oma wie selbstverständlich eigentlich stets voraussetzte.

Wenn Oma Meyer das Zimmer betrat, begleitete sie stets ein unvermeidbarer Schwall eisigkalter Luft. Automatisch zog ich die Schultern hoch, um mich vor dieser Kälte zu schützen. Aus sicherer Entfernung konnte ich sie in aller Ruhe beobachten.

Äußerst korrekt gekämmt saß ihre Frisur mit weißen, wassergewellten Haaren in exakt gleichgroßen Wellen, kein noch so kleines Härchen hätte es sich gewagt, aus der Reihe zu tanzen. Stets zusammen gepresste Lippen ließen Oma Meyer fast noch strenger wirken als ihre altmodische schwarze Hornbrille. Das altmoderne Kassengestell wurde in einer Tour angehaucht, um die Brillengläser dann mit einem frisch gestärkten, in hellblauem oder rosa, glänzendem spinnfadendünnem Baumwollgarn umhäkelten Taschentuch blitzeblank zu reiben.

Allein Onkel Emil, ihr jüngster Sohn konnte der strengen Frau ein Lächeln entlocken. Dann ging eine Verwandlung mit ihr vor, die groben Gesichtszüge wurden weich und ihre Augen schienen sich tatsächlich freundlich aufzuhellen.

In einer Tour beklagte sich Oma Meyer über ihr schweres Leben. „Meine Zeit, wenn Opa nur noch leben würde. Dann bräuchte ich mich nicht so zu quälen, Jesses, Maria und Josef." Alle Sprüche meiner streng gläubigen, katholischen Oma hatten irgendetwas mit der Kirche zu tun.

Zur Begrüßung segnete Oma uns mit Weihwasser „extra aus Lurdess!" sprach sie den südfranzösischen Wallfahrtsort völlig falsch in rheinischer Klangfärbung aus. Selbst beim Segnen geizte Oma mit dem Weihwasser.

Die gemeinsame Wohnung der beiden alten Frauen blitzte blank geschrubbt und gebohnert. Ihr gesamtes Hab und Gut spiegelte sich in den mit Ochsenblutlack gestrichenen Holzdielen wieder. Die beiden extrem ordentlichen Frauen wetteiferten geradezu miteinander, was Reinlichkeit anging. Unbedingt wollte eine die andere in Sachen Sauberkeit und Ordnung übertreffen.

Es roch immer frisch nach Bohnerwachs in der kleinen Reihenhauswohnung in Schmachtendorf, in der auch Vater und seine Brüder aufwuchsen und meine Eltern Unterschlupf nach ihrer Flucht aus dem Osten fanden.

Angebaut an das Haus lehnte ein kleiner, windschiefer Schuppen, woran sich wiederum ein schmaler, kleiner Garten anschloss, den die beiden, nach meinem Empfinden uralten Frauen im Schweiße ihres Angesichts nach dem Gartenkalender der heiligen Hildegard von Bingen selbstverständlich und ohne den geringsten Zweifel bewirtschafteten. Jede gängige Gemüsesorte, auch recht seltene wie Mangold wuchs auf dem kleinen Acker, wurde sobald sie reif war eifrig geerntet und eingekocht.

„Ja sicher, dat gehört sich ja wohl auch so! Außerdem lagern auf dem brachliegenden Feld, da vorne auf dem Niemandsland Zigeuner und bevor die sich die Pötte voll klauen, machen wir ma wacker alles ein. Die klauen einem die Wäsche vonne Leine, wenn man dabeisteht! Alles nicht so einfach!" verkürzte Tante Irmgard ihren Lieblingsspruch und unterstrich ihre Meinung mit ständigem Kopfnicken, was mir auf keinen Fall glaubwürdiger erschien.

Nur aus sicherer Entfernung traute ich mich die fremdländischen Menschen zu beobachten, die sich in der kargen Umgebung in ihrer bunten Kleidung wie Paradiesvögel ausmachten. Melancholische Gitarrenmusik, nein eigentlich mehr kleine Fingerübungen, keine richtigen Stücke klangen zu uns herüber, wenn wir Oma in den Ferien besuchen durften und allzu gerne wäre ich zu ihnen herüber gelaufen an das warme Lagerfeuer, das bei uns so selten, im Grunde ausschließlich in den Kartoffelferien erlaubt war.

Rhabarber und Stachelbeeren, saure und bittere Obstsorten säumten das kleine Gemüsebeet, lieblichere Obstsorten, davon war ich felsenfest überzeugt hätten niemals in Omas Garten gepasst. Die beiden mürrischen und offensichtlich gebrechlichen Frauen arbeiteten den ganzen Tag fleißig und schauten stets mit einer gewissen hämischen Geringschätzung auf

Mutter herab, die sich permanent abmühte, ihre vielen Kinder satt und ordentlich gekleidet auf den Weg zu bringen.

Wenn es also irgendeine Mutter verdient hätte, am Muttertag bedacht zu werden, dann ganz sicher unsere. Zum Muttertag lernte ich deshalb fleißig ein Gedicht auswendig, das Fräulein Müller uns in der Schule vorlas.

„Liebe Mutter, im Gedicht will ich es dir sagen: Brav und artig war ich nicht an so manchen Tagen, aber bessern will ich mich und zum heutigen Tage sollst du wissen, dass ich dich herzlich gerne habe!"

Mit Hingabe malte ich im Zeichenunterricht rote Herzen und blaue Vergissmeinnicht auf meinen Zeichenblock, der Gottlob neu besorgt und deshalb noch völlig ohne Eselsohren auskam und deshalb tadellose, blütenweiße Blätter hervorbrachte.

Für ihren Muttertag kleidete ich mich besonders zeitig an, so feierlich wie irgend möglich im Sonntagskleid, wusch mich morgens gründlich, machte die Haare nass und scheitelte sie mit dem Stielkamm akkurat in Form, so wie Mama das gern mochte. Mit geputzten Zähnen übte ich noch einmal vor dem Spiegel, um das wunderbare Gedicht dann, ohne auch nur einmal zu stocken in etwas übertriebener Betonung stolz vorzutragen. Mutter strahlte über das ganze Gesicht, so als gäbe es diesen zweiten Sonntag im Mai ausschließlich für sie.

Freundschaften

Als absolute Priorität galt für Mutter einzig und allein unser Umgang und die Beschäftigung mit unseren Geschwistern. Kinder aus anderen Familien waren für Mutter schwer zu akzeptieren, an jeder Freundin hatte sie etwas auszusetzen.
Immer wieder bekam ich von ihr zu hören: „Christine, du hast so viele Geschwister, da brauchst du keine anderen Kinder zum Spielen. Bleib in der Familie, das erspart dir Kummer! Häng dein Herz nicht an anderer Leute Blagen!" Dieser Ausspruch Mutters erreichte genau das Gegenteil, nämlich meine ausgeprägte Neugierde auf neue Freunde.

Mal wieder suchte ich nach einer Freundin, mit der ich durch dick und dünn gehen konnte. Nicht weit von uns entfernt wohnte Suse, ein Mädchen, das mit vielen Sommersprossen versehen und glänzenden roten, lockigen Haaren und wachen, lindgrünen Augen außergewöhnlich hübsch, beinahe so rassig aussah wie die südländischen Schönheiten auf den Romanheftchen im Schaufenster von Herrn Henkels Bude. Genau das richtige Mädchen, das ich zur Freundin haben wollte.

Suse, zuhause nicht besonders gut gelitten, tendierte sie doch dazu, die Wahrheit etwas großzügig auszulegen und wenn sich die Gelegenheit bot, mitunter auch zu stehlen. Ein Klaubock eben. „Satansbraten!" schimpfte Suses Mutter in hässlich bayrischem Dialekt, so fremd und garstig für meine Ohren.

Suses ältere Schwester setzte alles daran überangepasst, stets freundlich und strebsam zu sein, sie grüßte alle Nachbarn, erledigte alle ihr aufgetragenen Aufgaben ohne Widerspruch, mit einem Wort: Sylvia war sterbenslangweilig.

Sylvia ging in dieselbe Klasse wie Monika, sie waren Freundinnen und vielleicht lag es ja an unserem knappen Altersunterschied, aber wir konnten absolut nichts miteinander anfangen. Sie konnten mir nichts vormachen, ich fand beide Mädchen wegen ihrer unterwürfigen Anbiederei ausgesprochen öde, vollkommen indiskutabel und langweilig bis dort hinaus! Kein Gedanke daran, auch nur einen Nachmittag mit ihnen zu verbringen. Das brachte ich einfach nicht fertig!

Der Einzige, dem man in Suses Familie ungeteilte Aufmerksamkeit schenkte, war ein schmutzig schwarzgrauer, dauergewellter Mischlingshund mit einem behaarten, langen Schwanz, fast wie eine Rute, die man gut und gerne als Staubwedel hätte einsetzen können. Aber Purzel, dieses nervöse Vieh schien zu nichts Anderem in der Lage zu sein, als einem den lieben, langen Tag die Ohren voll zu bellen. Vollkommen unbrauchbar und nur aus sicherer Entfernung zu genießen!

Der bekloppte Purzel hatte sich neulich an der Manchesterhose von Tommy abgearbeitet. Blöde bis zum Steinerweichen sprang Purzel leichtfüßig auf seine Hinterbeine, umklammerte Tommys Bein und stieß dabei solch furchtbare Geräusche aus, dass ich sofort das gleiche, ängstliche Bauchgrummeln bekam, wie wenn Papa einen der Großen mit seinem Ledergürtel im Keller durchließ.

Zu allem Übel freute sich Tommy auch noch über den anhänglich geilen Köter: „Lass ihm doch den Spaß!" Verlegen schaute Thomas, seltsam starr an mir vorbei.

„Wie kann man nur so doof sein?" Bei aller Gewogenheit konnte und wollte ich derlei Tierliebe nicht verstehen.

Sylvia, die tüchtige Freundin von Moni verdiente sich ihr erstes Taschengeld mit dem wöchentlichen Austragen der Kirchenzeitung „Ruhrwort" das ein paar Jahre später auch meine erste regelmäßige Verdienstmöglichkeit werden sollte.

Nachdem man wöchentlich einmal die Zeitung zu den katholischen Abonnenten in unseren Wohnbezirk gebracht hatte, wurde einmal pro Monat kassiert. Der monatliche Beitrag kostete 1.20 DM. In unserem Bezirk gab es etwa 25 Zeitungsbezieher, bei mindestens zehn Ruhrwort-Lesern gestaltete sich das Kassieren regelmäßig sehr mühsam, wenn nicht sogar dramatisch. Aus diesem Grund übergab Sylvia nur allzu gern diese mühselige Art des Geldverdienens.

Mit bösen Vorahnungen machte ich mich jedesmal auf den Weg und betete insgeheim, dass dieser Kelch diesmal an mir vorbeiging.

„Ach ne, dat passt mir aber gar nicht, willse schon widder kassiern?" polterte Herr Milschinski und gab mir jedes Mal das Gefühl, mich selbst bereichern zu wollen. „Komm ma übermorgen widder, dann hats Geld gegeben!" Auch nach mehrmaligem Klingeln wurde die Tür am vereinbarten Termin nicht geöffnet.

Dementsprechend brachte Sylvia und später auch ich einmal monatlich 30 DM, wegen der säumigen Abonnenten eher weniger in das Pfarrbüro unserer Kirche.

Das war unvorstellbar viel Geld für uns Kinder, sodass Suse eines sonnigen Tages im Frühling nicht widerstehen konnte und ihrer Schwester die Kasse mit den gesamten Einnahmen stahl.

Freudestrahlend lud Suse mich wenig später zu einer Bustour nach Oberhausen ein. „Dat Geld hab ich geschenkt gekriegt von meinem Patenonkel Karl" log sie mich an.

Ein komisches Gefühl im Bauch ließ mich schon ahnen, dass irgendwas nicht stimmen konnte. „Soviel Geld? Nur für dich allein?" Niemals, und dessen war ich mir sehr sicher, hätte Mutter eine solche Tour erlaubt. Deshalb sagte ich vorsichtshalber zuhause nicht Bescheid und schloss mich Suse an, immer auf der Suche nach einem Nervenkitzel oder wenigstens jeder Menge Spaß, den ein Ausflug mit Suse hundertprozentig garantierte. Ein gewisses Maß an Gerissenheit musste man Suse unbedingt zugestehen, wenn man das bei einem zehnjährigen Mädchen so sagen durfte.

Wir liefen munter quasselnd zur Bushaltestelle an dem Zubringer zur Zeche Haniel und kurze Zeit später saßen wir im Bus, der uns nach Oberhausen bringen sollte. Wir stiegen hinten ein, Suse bemühte sich genauso wie ich das Gleichgewicht zu halten, als der Busfahrer stockend anfuhr, zäher Dieselgestank wehte herein, der mich die Luft einhalten ließ.

Leicht schwankend dachte ich an die Dampferfahrt auf dem Rhein, zu der mich Tante Paula in den letzten Ferien eingeladen hatte.

Diese Schwarzfahrt sollte meine erste, ganz allein unternommene, wenngleich auch recht kurze Reise werden. Aufgeregt tastete ich über die dicken, gepolsterten Sitze und ließ mich neben Suse auf den leeren Platz plumpsen.

Übermütig guter Dinge hielt ich schon nach dem nächsten Spaß Ausschau und bekakelte mit Suse, dass ein wenig fröhliche Abwechslung den Mitfahrern gut täte.

„Hömma Suse, willse ma dat Lied hörn, dat unser Vadder immer singt?" „Jau! Leg ma los!" Meine sonst so temperamentvolle Freundin schien irgendwie bedrückt zu sein, sie starrte vor sich hin und ich hatte das dringende Bedürfnis, sie unbedingt aufmuntern zu müssen.

Ich ließ mich nicht lumpen und nachdem ich mich theatralisch räusperte, um Suse wenigstens ein kleines Lächeln zu entlocken, fing ich an, das lustige Lied zu schmettern: „Die süßesten Früchte fressen nur die großen Tiere, weil die Tiere groß sind und die Bäume hoch sind. Die süßesten Früchte fressen nur sie ganz alleine und weil wir Menschen klein sind, erreichen wir sie nie!" In überschäumend guter Laune drehte ich mich zu allen Seiten um und wartete unbescheiden auf Beifall klatschende Mitfahrer. Eine alte, schlecht gekleidete Frau schaute sich mürrisch um. Ihr schien das Lied nicht zu gefallen.

Suse sagte nun gar nichts mehr, guckte angestrengt zum Fenster hinaus, knibbelte nervös an ihren Fingernägeln und rutschte auf dem Sitz herum.

Durch das staubige, fast blinde Fenster sah ich den hübschen alten Laden von Frau Busch am dicken Stein vorüberziehen, als ein Kontrolleur in dunkelblauer Uniform zustieg und die Fahrkarten verlangte. Irgendwie war es uns entgangen, dass auch Kinder einen Fahrschein lösen mussten, um mit dem Linienbus zu fahren. Fast automatisch sank ich tiefer in den Sitz, um mich kleiner zu machen. Kein Gedanke mehr an lustige Lieder, viel weniger an aufregende Abenteuer.

Der Kontrolleur, ein warmherziger Mann mit eindrucksvoll glänzendem Goldzahn in der oberen Zahnreihe, stutzte, schob sich mit dem Daumen die marineblaue Schirmmütze auf den Hinterkopf und zum Vorschein kam eine glatt polierte Glatze. Er seufzte, seine Stirn in unzählige Fältchen gelegt, schaute er immer wieder von seiner dicken, abgewetzten Kladde hoch, bemerkte augenscheinlich das Desaster und schrieb für jede von uns überaus großzügig im Handumdrehen und ohne mit der Wimper zu zucken einen Gratisfahrschein aus. Postwendend setzte er uns am Omnibusbahnhof Sterkrade geradewegs in den Bus, der uns wieder nach Hause zurückbringen sollte.

„Hört mal, ihr beiden Ausreißer, ich drück no ma n Auge zu, aber Kehrtmarsch sofort nach Hause! Versprochen?" „Hoch und heilig!" Haushoch übertreiben nannte Mama unser Verhalten, das wir da gerade an den Tag legten, dennoch stiegen wir kleinlaut geworden in den Bus, der uns nun unverrichteter Dinge nach Hause bringen sollte.

Natürlich wurden inzwischen nicht nur wir beide zuhause vermisst, sondern auch die Kasse von der Kirchenzeitung. Meine Freundin Suse sah wieder einmal eine ordentliche Tracht Prügel auf sich zukommen.

„Na und? Pustekuchen! Tut ja gar nich weh!" rief sie zornig, ihre weit aufgerissenen Augen funkelten böse einen Ton dunkler und straften sie Lügen. Immerhin nahm die überaus gleichgültige Mutter Suses so mal wieder ihre unangepasste Tochter wahr. „Für die bin ich doch sowieso nur Luft!"

In Suses Familie arbeiteten seit neuestem Mutter und Vater, meistens abwechselnd in Früh- und Spätschicht und so war die wenige Zeit, die Suse zuhause verbrachte angefüllt mit ständigen Ermahnungen und Zurechtweisungen.

„Pst! Der Alte schläft! Polter nicht so auf der Treppe! Kannst du nicht einmal Rücksicht Nehmen?" Suse konnte ich nachmittags überall treffen, nur nicht zuhause.

Mutter freute sich hingegen, dass ich mein erstes Abenteuer mit Suse unbeschadet überstanden hatte und vergaß über die Aufregung sogar meinen Vater darüber zu informieren. Als sei ihr ein Stein vom Herzen gefallen, seufzte Mutter, umarmte mich zur Begrüßung und wie bei jeder Umarmung klopfte sie dabei auf meinen Po, mir schien wie eine Mischung aus Beruhigung und Gedankenlosigkeit, so wie man ein Pferd tätschelt. Allein Mutter blieb diese Geste Zeit ihres Lebens vorbehalten.

Gedankenverloren murmelte sie einen ihrer Sprüche: „Trau, schau wem!" Großzügig sah ich darüber hinweg, wenn sie mich nur noch ein wenig umarmt hielt.

Indessen erlebte ich mit meiner Freundin Suse unzählige Abenteuer, eines davon bahnte sich am nahe gelegenen Spielplatz an. Ständig auf der Suche danach, ein wenig Taschengeld zu verdienen, hatte Suse eine scheinbar glänzende Idee. „Wie wäret denn, wenn wir den Itackern mal n bisken Geld ausse Tasche ziehn, hm?" Suses Augen funkelten übermütig, zu der außergewöhnlichen lindgrünen Farbe schienen sich keck kleine Goldpünktchen zu gesellen, als ich fragte: „Sag mal Suse, hast du n Spleen? Du hast se doch nich mehr alle aufm Christbaum!" Noch konnte ich es mir keinesfalls ernsthaft vorstellen, es mit erwachsenen Männern aufzunehmen. Ungeduldig verlagerte Suse ihr Gewicht von einem auf den anderen Fuß, sie kehrte ihre leeren Rocktaschen von innen nach außen, wohl um zu demonstrieren, dass jede arme Kirchenmaus reicher sei als sie.

„Guck mich nich so an, als hätte ich nich alle Tassen im Schrank! Ich mein dat todernst!" Diesen Ton kannte ich, jetzt war mit Suse auf keinen Fall mehr zu spaßen!

In der angrenzenden Straße zum Spielplatz befand sich das so genannte Ledigenheim, in dem viele Gastarbeiter wohnten, deren Familien noch im Heimatland weilten. Die allermeisten Bewohner stammten aus Italien, etliche Portugiesen gesellten sich wenig später hinzu und einige Zeit später fanden auch Türken hier ihre erste Unterkunft.

Einige von den Gastarbeitern saßen nach Feierabend gern auf der Bank im kleinen Wäldchen zwischen der Fernewaldstraße und der Bonifatiuskirche und genossen die letzten Sonnenstrahlen des Tages.

Unverbesserlich grüßte meine Freundin übertrieben freundlich und versuchte ohne große Umschweife mit den Männern ins Gespräch zu kommen. „Schönes Wetter heute!" Ich beobachtete Suse ganz genau, konnte ich doch bei all unseren Unternehmungen etwas fürs Leben dazulernen, was Papa mir, entgegen seiner ansonsten streng katholischen Lebensweise nach dem protestantischen Vorbild Martin Luthers dringend geraten hatte. „Guck den Menschen auf die Finger und aufs Maul!" Wenn ich mir diese knifflige Situation betrachtete, musste ich zugeben, dass Vater trotz der vielen Erfahrungen vergessen hatte, auf die Augen hinzuweisen. Suses Augen jedenfalls verrieten mir genau in diesem Moment ihre Strategie. Sie konnte so unschuldig und gleichzeitig entwaffnend lächeln wie keine zweite.

Anscheinend hatten die Männer durchaus großen Spaß daran, uns beiden einen Handel vorzuschlagen. „Hasse du nich eine große Schwester, hübsch un nett?" fragte mich ein gut aussehender junger Mann mit pechschwarzen Locken, ein klein wenig vermessen sprühenden, graubraunen Augen, die zugleich zu lächeln verstanden. Übertrieben deutete er dabei unbescheiden mit seinen Händen eine überdimensional große Oberweite an.

Mit großen Schwestern sozusagen reich gesegnet, überlegte ich kurz, welche Konsequenzen allein die Unterhaltung mit den fröhlichen Gastarbeitern für mich haben könnte. Der Wortführer, ein auffällig lustiger Mensch von extrem kleiner Statur erzählte uns ganz im Vertrauen, dass es ihr größter Wunsch sei, mit einer jungen Frau auszugehen, nur mal ins Café oder, und das wäre das höchste der Gefühle, vielleicht sogar ein Mädchen zum Tanzen ausführen zu dürfen.

Siedend heiß fiel mir ein, was mein Vater vor ein paar Tagen über die unbeliebten „Knoblauchfresser" eben nicht gerade menschenfreundlich gesagt hatte:

„Kommt dem Pöbel bloß nie zu nahe. Die haben wirklich nix Gutes im Sinn! Aufm Pütt sorgen die Kanaken immer und ewig für Aufregung und Ärger."

Vater bezeichnete alle Gastarbeiter, völlig unabhängig ihrer Herkunft als Gesocks oder Pöbel, im günstigsten Fall als Kanake, dem man nie und nimmer übern Weg trauen dürfe. Da hörte sich Mutters Ausdrucksweise richtig nett an, wenn sie von den schlitzohrigen Tippelbrüdern sprach.

Hin und her gerissen zwischen schlechtem Gewissen und der Aussicht auf leckere Süßigkeiten von der Bude an der Ecke log ich vor lauter Übermut das Blaue vom Himmel herunter. Freundlich lächelnd gab der charmante Mann jeder von uns ein herrlich silbern glänzendes Fünfzigpfennigstück, einen blanken Fuchs für eine Adresse, die ich bis dahin auch noch nicht kannte.

In meiner Phantasie sah ich den hübschen jungen Mann schon vor unserer Haustür stehen und seine bezahlte Verabredung anmahnen. Das durfte auf keinen Fall passieren! Schnellstens schickte ich ihn in die völlig falsche Richtung. Sollten die Leute doch sehen, wie sie den fremden Casanova wieder loswürden!

Die netten jungen Männer amüsierten sich über unsere List, wenngleich sie sich anscheinend witzige Dinge in ihrer Heimatsprache zuwarfen und durchschauten todsicher unser falsches Spiel. Trotzdem freuten sie sich dennoch augenscheinlich über den kurzweiligen, lustigen Feierabend.

„Tine, kommse mit anne Bude? Fix die Kurve kratzen!" „Jau, nur schnell weg hier!"

Wir rannten davon, als ob der Leibhaftige hinter uns her wäre auf direktem Weg zur Bude von Herrn Henkel. Geschäftstüchtig stellte er das mittig angebrachte Schiebefenster geräuschvoll hoch, zur Sicherheit noch mit einem Metallbolzen fest, lange bevor wir die Straße überquerten. Das vertraute Geräusch beim Öffnen der Verkaufsluke entließ jedes Mal von neuem ein wunderbares Duftgemisch, das aus dem kleinen Fensterchen quoll. Ganz dicht stellte ich mich an den Tresen und sog begierig die Düfte nach Weingummi, verlockend roten Schaumgummierdbeeren, die in runden Gläsern trotz der schweren Deckel mit himmlischen Gerüchen um die Gunst der Kundschaft warben. Aromen von herben Tabaksorten legten sich darüber und diesem Mischmasch gelang es nicht gegen meinen Lieblingsduft nach diversen, süß bis salzigen Lakritzen anzutreten.

Meine Freundin Suse kaufte stolz über das, wie sie meinte mühevoll, ja fast ehrlich verdiente Geld an unserer Bude zwei Rippen Blockschokolade mit knickerdicken Nüssen, Ahoi-Brause und meinen Lieblingskaugummi Superbumm. Mit diesem zuckersüßen Kaugummi, der während des Kauens nach einer eigenwilligen Mischung von künstlichen Aromen und kräftigem Cordstoff roch, konnte man die allerfeinsten, großen Blasen herstellen, die mit ohrenbetäubendem Lärm platzten. Dieser Name, passend wie kein zweiter, eine andere Bezeichnung hätte niemals ausdrücken können, wozu Superbumm imstande war.

Geschäftig bestellte Suse die Süßigkeiten zur Freude von Herrn Henkel, der sich berlinerisch schwafelnd bedankte. „Ein schöna Tag wünsch ick den Damen, wa!"

Gedankenverloren ließ ich meinen Blick schweifen und nahm die rot beschriftete Leuchtreklame über den winzigen, in kleine Quadrate aufgeteilte Schaufenster wahr: Trinkhalle stand dort in runder Schreibschrift zu lesen. Manche Männer aus der Nachbarschaft nahmen das allem Anschein nach wörtlich. Spätestens nach Feierabend sah ich sie häufig mit einem Pülleken Bier oder zweien in immer gleicher Runde zusammen stehen beim Pläuschchen halten, der Kurze stand auf der Auslage. „Stonsdorfer" konnte ich auf der graubraunen, tönernen Flasche entziffern.

„Die saufen sich dat Elend schön!" Mit einem Rundumschlag brachte Nachbar Pott seine kleine, scheinbar heile Welt in Ordnung.

Ein klein wenig juckte mich das auffällig glänzende 50-Pfennig-Stück in meiner Rocktasche schon, zu gern hätte ich mir leckere Knöterich gekauft für gerade mal einen halben Pfennig das Stück. Schon der Gedanke an den einzigartigen Geschmack nach Süßholz und einer Prise Pfeffer ließ mir das Wasser im Mund zusammenlaufen.

Trotzdem rannte ich in null Komma nix nach Hause, die Hand fest geschlossen um das Geldstück, um meiner verblüfften Mutter freundlich meine Mithilfe anzubieten. „Nachtigall, ick hör dir trapsen!" zwinkerte Mama mir zu. „Was hast du denn diesmal ausgefressen?"

Christian und ich lösten Margarethe und Klara von ihrer Nachtwache ab. „Alles okay, Papa hat gut geschlafen. Die junge Ärztin meinte, dass das Morphium langsam gesteigert werden müsse, weil Papa auf dem Rücken eine wunde Stelle hat und deshalb wohl unter ziemlichen Schmerzen leidet."

Klara hatte es wie immer eilig zu ihrer Familie zu kommen. Mit wehendem Mantel machte sie sich schnell auf den Heimweg. Margarethe dagegen nahm sich Zeit, um mit Christian einen Kaffee zu trinken.

„Stellt euch vor, mein Kind hat einen Wecker und kann sich auch schon selbst ein Brot schmieren!" Verschwörerisch kniff sie ein Auge zu und die beiden schlenderten Richtung Teeküche davon.

Ich trat an Papas Bett und konnte ihm ansehen, dass er vom ersten Bettenmachen schon vollkommen erledigt war. Papas Haut fiel immer mehr zusammen, wurde sehr empfindlich und fast spröde, beinahe vergleichbar mit Pergamentpapier. Deshalb drückte ich einen langen Strang Feuchtigkeitspflege auf seine Wangen, prompt kam seine Reaktion. Wenn er noch sprechen würde, hätte er spätestens jetzt geschimpft. Papa mochte es nicht, wenn ihm jemand im Gesicht herumfuhrwerkte, wie er es früher nannte. Er stöhnte laut und ließ mich wissen, dass ich mich gefälligst zu beeilen habe.

„Alles prima, Papa. Wie hell es jetzt plötzlich im Zimmer ist, wer glänzt denn hier so, schon am frühen Morgen?" Sofort ertappte ich mich dabei, dass ich mit ihm wie mit einem kleinen Kind sprach.

Das musste sich schleunigst ändern, aber der vertraute Umgang war mir irgendwie abhandengekommen. Nachdenklich cremte ich auch seinen faltigen Hals und seine Hände ein, soweit das mit dem angeschlossenen Port möglich war.

„Weißt du noch, wie du uns fürs Zigaretten holen immer nen Groschen geschenkt hast, Papa? Darüber hab ich mich gefreut wie n Schneekönig und das Geld gleich in Lakritz umgesetzt. Komisch eigentlich, dass alle deine Kinder so gern Lakritz essen. Mama und du, ihr beide mochtet doch überhaupt kein Lakritz. Merkwürdig!"

Allmählich wurde die einseitige Unterhaltung nun doch vertraulich, fast so wie ich mit meinen Geschwistern sprach. Beinahe ehrfürchtig betrachtete ich Papas Hände, die nun entspannt durch die erste Morphimgabe in meinen Händen lagen. Früher fielen mir jederzeit Papas braungebrannte Hände auf und ich fragte mich, wie er es anstellte, weil seine Hände beim Mopedfahren in ellbogenlangen Stulpenlederhandschuhen steckten, unter Tage sowieso niemals ein Sonnenstrahl fiel und wenn er sich im Garten beschäftigte, er stets Handschuhe aus derbem Leder trug. Trotzdem sah das lustig aus, als wir dann am See im Taunus mit der ganzen Familie Urlaub machten. Die Hände Papas waren dunkelbraun gebrannt, die Arme bis zum Ansatz des kurzen Ärmel hellbraun und der restliche Oberkörper kalkweiß, von kleinen schwarzen Haarbüscheln auf der Brust einmal abgesehen.

Dieser Umstand erklärte sich dadurch, dass Papa es regelrecht verabscheute, im Doppelrippunterhemd in den Garten zu gehen, so wie es für alle anderen Nachbarn üblich war. Noch bei der größten Hitze trug er ein Oberhemd, wenn auch mit kurzen Ärmeln. Selbst den Jungs hatte er verboten, mit nacktem Oberkörper draußen zu sitzen oder sogar im Haus herum zu laufen. Nach Papas Ansicht gehörte sich das nun einmal nicht!

Dagegen waren Arme und Beine von uns Kindern gleichmäßig gebräunt, weil es für uns alle der größte Sommerspaß war, ab dem ersten Sommertag barfuß zu laufen, leicht bekleidet in Shorts oder Rock und ärmellosem Pulli, Hemd oder Bluse.

Schwester Elisabeth reichte eine Tageszeitung herein, die WAZ, Westdeutsche Allgemeine Zeitung und ich machte mich gleich neugierig darüber her. Obwohl ich nun schon über dreißig Jahre nicht mehr hier zuhause war, interessierte mich der
regionale Teil am allermeisten. Es war mir schon klar, dass ich schon langst nicht mehr hierhin gehörte. Mein Platz war bei meiner Familie, ein paar Autostunden entfernt von hier. Vielleicht kenne ich ja sogar den einen oder anderen noch dachte ich mir, als Christian ins Zimmer kam und mir einen Becher schwarzen Kaffee reichte.

„Mensch, Papa hat so gerne Kaffee getrunken. Ich hab ein richtig schlechtes Gewissen, solch leckeren Kaffee vor seiner Nase zu trinken."

„Nur die Ruhe, Tine! Du weißt schon, dat Papa seit Tagen nix mehr gegessen hat. Ralphs Freundin hat ihm noch den Mund leergeräumt, weil er mal wieder vergessen hat, weiter zu essen und runter zu schlucken. Alles, was er braucht, kriegt er schon." Christian deutete auf den neuen Tropf, den die treusorgende Krankenschwester wohl kurz vor unserer Ankunft aufhängte.

Beruhigt mochte ich den Kaffee jetzt genießen. Mit der Lektüre der Tageszeitung war es fast so wie beim Frühstück bei mir zuhause, wenn mir bloß meine Jungs nicht so schrecklich fehlen würden.

Selbstverständlich rauchte ich auch meine erste Zigarette mit Suse zusammen. Suse hatte eine Zigarette der Sorte Ernte23 zu Hause „besorgt" Streichhölzer dazu und zog ihren Schatz völlig verbeult aus der Rocktasche.

Im kleinen Wäldchen waren wir in geheimer Mission verabredet. Die Nachmittagssonne fiel auf Suses Haar und ließ es rotgolden leuchten. Verführerisch lächelnd zog sie die krumme Zigarette hervor, zog sie anerkennend schnuppernd unter ihrer Nase lang, wie um zu bestätigen, dass ihre Wahl genau richtig sei.

So wie ich Suses geizige Mutter einschätzte, zählte sie ihre Zigaretten bestimmt nach. Lebhaft konnte ich mir vorstellen, welche Tragödie Suse nun schon wieder bevorstand.

„Los, zieh ma," raunzte sie mich an und hielt mir die schiefe, mit einiger Mühe angezündete Zigarette unter die Nase und nachdem ich mich überwunden hatte, den von Suses Spucke nassen Filter in den Mund zu nehmen, wurde mir direkt nach dem ersten Zug aus der Zigarette schwarz vor Augen. Zu meinem Glück lehnte ich an einer alten Buche mit dickem Stamm. Ehrensache, die erste Zigarette auf Lunge zu rauchen und nicht zu paffen, wie es meine Schwester Klara und deren Freundin reichlich affektiert, dafür aber in eleganter Handhaltung, immer wieder übten. Nichts tat ich lieber als Klara und Adelheid dabei zuzusehen. Es glich schon beinahe einer feierlichen Zeremonie, wenn meine große Schwester den kristallenen Aschenbecher auf den Tisch im Wohnzimmer stellte, ihr chices, goldfarbenes Gasfeuerzeug aus der Tasche nahm und zuerst Adelheid Feuer gab. Jedesmal zog Addi wie wild an der Fluppe, hustete unentwegt, schob die Zigarette gekünstelt mit der Handinnenfläche nach oben zum Ascher, um dann wie wild die wenig vorhandene Asche herunter zu klopfen. Solch ein Kunststück brachte ich natürlich im Wald nicht zustande!

Wie immer nach einem Treffen mit Suse rannte ich zurück nach Hause und verbrachte nun den Rest des Nachmittages auf der Toilette.

„Hömma, Tineken" versuchte Suse mir ein paar Tage später zu schmeicheln, sie fummelte dabei am Band ihrer selbst gestrickten, schreiend bunten Weste. Grundgütiger, wo kriegte Suses Mama bloß dieses schreckliche Garn her? Kathi sagte dazu kopfschüttelnd: „100 % Plastik, zum Eimer hats nich ganz gereicht!" Wann immer Suse solch schreckliche Strickteile anzog, luden sich ihre Haare statisch auf und ich konnte das Knistern bis zu mir hören.

Ich hätte es wissen, jedoch ohne jeden Zweifel spüren müssen, dass dieses Unterfangen nicht ganz koscher sein konnte, sobald Suse mich mit meinem Kosenamen ansprach und als wäre das nicht schon schlimm genug, ihn zu allem Übel auch noch zu verniedlichen. „Willse ma so richtig viel Eis futtern, dann zeig ich dir mein ganz, ganz großes Geheimnis. Ein richtiges Eisparadies, Tineken! Du musst aber schwörn, datte dat auf keinen Fall weiter erzähls. Dat darf keine Menschenseele erfahren. Hand aufs Herz! Ehrenwort!"

Wenn ich bei irgendeiner Süßigkeit schwach wurde, dann bei Schokoladeneis! Damit konnte man mich immer kriegen. Begierig stellte ich mir vor, eine Riesenportion, ja einen richtigen Eisberg davon zu verschlingen. Die aufkeimende Ahnung, dass es sich hierbei immerhin um einen Einbruch handelte, wurde mitsamt dem schlechten Gewissen, das sich zwar zögerlich und reichlich zaghaft, gleichwohl aber rechtzeitig meldete, großzügig beiseitegedrängt. Verschwörerisch hob ich drei Finger der rechten Hand, leckte sie mit unterwürfig heraushängender Zunge ab, um meine absolute Verschwiegenheit zu beteuern.

Sofort Feuer und Flamme machten wir uns auf den Weg, das allerletzte Reihenhaus in unserer Straße aufzusuchen.

Als hätte der liebe Gott unsere Gebete erhört, zogen Eismann Kaiser und seine wesentlich ältere Frau in das auffällige, froschgrün gestrichene Haus. Dieses unkonventionelle Ehepaar galt in der kompletten Nachbarschaft als ziemlich verrucht, hätte doch der junge Eismann altersmäßig gut und gern der Sohn von Frau Kaiser sein können.

Vater sah seine gesamte an christlichen Werten orientierte Erziehung den Bach runtergehen, sobald er uns erlaubte, auch nur ein Eis zu zehn bei Herrn Kaiser zu kaufen. Also sollte mir einigermaßen klar sein, dass Vater unser riskantes Abenteuer sicherlich als mehrfache Todsünde, jedenfalls aber als Straftat ansah. Zögerlich lief ich weiter und mir fiel ein, wie Vater vor ein paar Tagen nachmittags beim Kaffeetrinken mit Mutter über die anrüchige Beziehung des ungleichen Paares sprach. Er raunte Mama leise etwas zu, das wir Kinder auf keinen Fall verstehen sollten. Trotzdem bekam ich mit, wie Vater ärgerlich und mit hämischem Unterton irgendetwas von „unglaublich, wie mit der eigenen Mutter ins Bett, ist doch verdammt wahr" schimpfte, woraufhin Mama mit gespielter Empörung beide Hände vor ihren Mund presste und ein schelmisches Lächeln, das sie nicht schnell genug verbergen konnte, sie verriet.

Gleichwohl, nichts erschien mir reizvoller, als mit Suse in den Keller von Eismann Kaiser einzusteigen. Vor lauter Aufregung oder vielleicht lag das auch an meinem schlechten Gewissen, jedenfalls bekam ich einen Schluckauf, der sich gewaschen hatte. „Halt ma die Luft an! So wird dat nix!" „Hicks!" „Hicks!"

Suse schlug mit der flachen Hand ein paar mal fest auf meinen Rücken, sie kannte sich da richtig gut aus, was Schläge anging und erschrocken hielt ich die Luft an, der Schluckauf war futsch!

Wir schlichen am Haus von Schulhausmeister Groß vorbei, den Blick vorsichtshalber immer gen Boden gerichtet. Der Hausmeister hätte uns todsicher den Unfug an der Nasenspitze angesehen.

„Der hat den siebenten Sinn, passt auf wie n Schießhund" palaverte Nachbar Pott.

Scheinbar ahnungslos, Peter hätte sicher gesagt „doof wie Schifferscheiße" wollte ich doch nur von dem schier unaufhörlich köstlichen Eisvorrat probieren.

„Der Kerl macht nur billiges Wassereis!" predigte Papa, wobei ich mich im Stillen fragte, woher er das nur wissen könne.

„Guck dir dat an, Tine. So einen Schatz hasse noch nie gesehn!"

Tatsächlich lagerten die riesengroßen Zuckersäcke, brauner Kandis, den ich für mein Leben gern lutschte, unzählige Farb- und Aromagebinde im Vorratskeller gestapelt in einem Metallregal vom Boden bis zur Decke.

Leider, leider blieb jedoch der Kühlraum mit dem scheinbar unerhört großen Vorrat an Speiseeis, der in meiner lebhaften Phantasie beständig wuchs, verschlossen. Mit hängenden Schultern standen wir vor der imposanten Edelstahltür mit dem riesigen Hebel, der sich keinen Millimeter bewegen ließ. Die Tür blieb verriegelt und verrammelt!

Suse fand den Schlüssel auch nach eifriger Suche nicht. Wie ein schnüffelnder Hund kroch sie auf dem spiegelglatt gefliesten Boden herum, schleppte eine Leiter aus dem Nachbarkeller, krabbelte fix auf die höchste Stufe und suchte tastend den Metallschrank ab und zuckte zuletzt nur noch enttäuscht mit den Schultern.

„Jetzt fällt mir auch nix mehr ein! Ich hab wirklich überall geguckt, unter der Fußmatte, aufem Schrank. Sonst lag der Schlüssel immer da! Ehrlich, ich schwöre!"

Suse legte theatralisch ihre rechte Hand auf die linke Brust, allem Anschein nach dorthin, wo sie ihr Herz vermutete. Mit traurigen Dackelaugen schaute sie mich an, ich konnte ihr gar nicht böse sein.

Betrübt knabberten wir wenigstens ein paar von den glänzend braunen, ungleich bröckeligen Kandisstückchen, als wir plötzlich oben im

Haus aufgeregte Stimmen hörten. Hurtig, so fix wie nie zuvor verschwanden wir voller Entsetzen in allergrößter Windeseile, in Suses aufgerissenen Augen machte sich nackte Panik breit, selbst Meister Groß hätte uns nicht aufhalten können.

Nach diesem zweifelhaften Abenteuer hielt ich mich ein wenig fern von Suse, weil ich spürte, dass wir doch zu weit gegangen waren und dabei ganz sicher mehr als einen Schutzengel an unserer Seite gehabt hatten, der uns vor Schlimmerem bewahrte.

„Schwein gehabt!" meinte Suse lapidar.

„Nix als Flausen im Kopf, das Mädchen!" Wenn Mama auch nur geahnt hätte, wo wir noch fünf Minuten zuvor gesessen hatten. Ich brachte es nicht fertig, den Gedanken zu Ende zu denken.

Mit Mamas Feststellung, mich an ihren Rat zu halten und stattdessen doch lieber mit meinen jüngeren Geschwistern zu spielen, nahm ich allein schon wegen des schlechten Gewissens an.

Dennoch wollte ich jederzeit lieber allein sein, wann immer es meine knapp bemessene Freizeit zuließ und lief, ohne darauf zu achten, ja fast automatisch direkt in mein Wäldchen. Meine Brüder nummerierten praktischer Weise die Wälder in unserer Nähe durch, sodass mein Wäldchen erster Wald hieß. Der noch kleinere, zweite Wald lag um den Gemeindesaal Waldfrieden herum, wonach sich der dritte Wald, der Köllnische Wald direkt nach der Alten Fernewaldstraße anschloss.

Allein für mich und ganz im Geheimen hieß der erste Wald mein Wäldchen. Hier ließ es sich herrlich träumen, ich konnte meinen Gedanken freien Lauf lassen, kein kleines Geschwisterchen zupfte an mir herum.

Ich setzte mich auf die bemooste Bank, schloss die Augen und genoss den herben, einzigartigen Duft der Schafgarben, die gelb und weiß hinter der Bank hervorlugten. Ein paar schräge Sonnenstrahlen kämpften sich mit aller Macht durch das Dickicht der belaubten Bäume. Nur allzu gern hielt ich mein Gesicht dorthin und ließ es ausgiebig davon wärmen.

Aus dem mannshohen Gebüsch hinter der Bank hörte ich plötzlich ächzende Töne, dann wieder einen Seufzer, so wie ich ihn manchmal hörte, wenn ich vor verschlossener Klotür stand und ganz dringend, nein unbedingt hineinmusste.

Vorsichtig schaute ich mich um, als ich die bunten Turnschuhe von Suse etwas verdreht am Boden liegen sah. Darüber kniete Locke, der sich hochnotpeinlich berührt erwischt fühlte, hastig seine Hose hoch raffte und mit angestrengt gesenktem Kopf seinen Gürtel ausgesprochen umständlich schloss.

„Na Meyer, wat machs du denn hier so ganz alleine?" Etwas Blöderes hätte ihm nicht einfallen können, als er immerhin etwas verschämt in mein verdutztes Gesicht sah. Er rappelte sich auf, klopfte fahrig die Erde von den Hosenbeinen und lief geduckt auffällig langsam davon, schiefe Töne pfeifend. Dann hatte er also doch noch jemanden gefunden, dem er seinen besten Freund zeigen konnte. Verloren sah er aus, als ich ihm hinterher schaute, fast wie ein geprügelter Hund und in diesem Augenblick tat er mir fast schon wieder ein wenig Leid.

Ich traute meinen Augen kaum, als Suse langsam aus dem Gebüsch gekrabbelt kam. Mit äußerster Sorgfalt strich sie ihren zerknitterten, bunten Sommerrock glatt, angelte mit den Füßen nach der schmutzigen Unterhose und zog sie umständlich, laut seufzend hoch.

Sie tastete, die Finger kapriziös gespreizt vorsichtig an der Banklehne entlang, so als versuchte sie herauszufinden, ob es in Ordnung sei, dazubleiben. Dann ließ sie sich neben mich plumpsen, legte den Kopf auf ihre aufgestützten Arme und schaute gebannt auf den Weg, als hielte der eine Erklärung für sie bereit.

Nur ein paar Tage später erzählte Sylvia so ganz nebenbei und völlig ungerührt, als wäre es das Natürlichste von der Welt, dass Suse nun bald in ein Heim für schwer erziehbare Kinder käme. Das einzig Besondere an Suses Schwester Sylvia, die samten klingende, manchmal fast weiche, dunkle Stimme klang dabei merkwürdig metallen und strafte sie Lügen.

Eine Fürsorgerin des Jugendamtes wurde von ihren Eltern eingeladen und sollte sich vor Ort selbst ein Bild von dem aufsässigen Kind machen. Die Fürsorgerin, deren Aufgabe mir rätselhaft erschien, denn man musste sich doch fragen, für wen diese Frau eigentlich Fürsorge trug. Diese anscheinend fürsorgliche Frau von Amts wegen hatte sie also zuhause besucht. In verdächtiger Rekordzeit von gerade einmal zehn Minuten war sie zur gleichen Einsicht gekommen wie Suses Eltern, dass es wohl das Beste für alle Beteiligten sei, solch ausgesprochen erziehungsresistente Blagen wie ihre eigene Tochter in dafür geeignete Heime zu stecken.

Von einer Sekunde zur nächsten fing ich an zu frieren und meine Zähne schlugen hart aufeinander. Fassungslos hörte ich Sylvia zu, wie sie eiskalt das erschütternde Gespräch zwischen der Frau vom Amt und ihren Eltern schilderte. Ich konnte und wollte mir nicht vorstellen, dass es mir nichts, dir nichts einfach so möglich sein konnte, sein eigenes Kind ins Heim abzuschieben wegen solcher Lappalien, ja solcher harmlosen Kinderstreiche!

Zutiefst betrübt hielt ich mir die Ohren zu, ich wollte diese ungeheure Ungerechtigkeit nicht hören. Sofort und auf der Stelle schossen mir die Tränen in die Augen und so hasserfüllt, wie es mir nur möglich war, guckte ich Suses Schwester an.

„Ich kann doch auch nix dafür, dat kannse mir glauben. Geh doch selbst gucken, Suse wird gleich abgeholt!"

Bis dahin vertraute ich den Erwachsenen, dass sie Probleme jedweder Art, manchmal auf eine undurchsichtige, erwachsene Art lösten, jedoch verlässlich immer im Sinne von uns Kindern, jedenfalls kannte ich das von meinen Eltern genauso. Mit einem Schlag war mir das Vertrauen abhandengekommen. Ich hatte das Gefühl, das unglaublich kaltschnäuzige Gerede von Suses grausamer Schwester einfach ausschließen zu können, wenn ich mir nur fest genug die Ohren zuhielt. Hoffnungsvoll dachte ich daran, dass es ja auch alles nicht wahr sein könnte, vielleicht ein dummes Versehen. Unbedingt wollte ich Suse retten, ich könnte es doch zumindest versuchen, mit dieser Fürsorgerin zu sprechen. Im nächsten Moment rannte ich zur Haustür hinaus und sah auch schon das Dilemma.

In einer dermaßen schlimmen Verfassung hatte ich Suse noch nie gesehen. Ihr hübsches Gesicht war vollkommen angeschwollen, die Augen restlos rot geweint verschwanden hinter schmalen Schlitzen in ihrem käseweißen Gesicht. Keine Rede mehr von Pustekuchen und „tut ja gar nich weh!" Suse blickte stur direkt auf ihre Füße, als ob sie das Einzige seien, dem sie überhaupt noch trauen dürfe. Sie wurde gerade von einer herzlosen Frau mit hartem Griff brutal zu einem alten, steingrauen VW Käfer abgeführt, gerade so wie die grässlichen Verbrecher aus Papas Krimis. Unerbittlich bugsierte die alterslose, hässlich grau in grau gekleidete Frau Suse auf den Rücksitz, wahrscheinlich um sicher zu gehen, dass sie keine Gelegenheit zum Ausbüxen bekam.

Schnell wie der Wind stellten Suses Rabeneltern den kleinen Koffer vor die Tür. So wie es aussah, hielten sie es nicht einmal für nötig, sich von ihrem Kind zu verabschieden.

Erst, als ich laut schluchzte, bemerkte Suse mich. Ich sah direkt in die mir vertrauten, verweinten, aber immer noch auffällig schönen grünen Augen. Suse versuchte zu lächeln. „Wir schreiben uns, Tine. Versprochen?" Nur ganz leise konnte ich antworten: „Versprochen!"

Mit einem Ruck drehte ich mich um und rannte nach Hause, als wäre der Teufel hinter mir her.

Schweren Herzens und so tief verunsichert wie noch nie schmiegte ich mich an den Rücken meiner Mutter, umfasste und drückte sie ganz fest. Ich wollte sie nie mehr loslassen! Mutter stand an der Spüle in der Küche, rieb sich andauernd oberhalb des verlässlich runden Bauchs am Kittel die Hände trocken, löste sich sanft, fast behutsam aus meiner Umklammerung und drehte sich dann verwundert nach mir um. „Na sag mal, ist dir eine Laus über die Leber gelaufen? Du bist ja ganz blass!"

Vor Empörung konnte ich noch nicht einmal weinen. Mutter streichelte meinen Kopf, wanderte meinen Rücken herunter und klopfte sanft den Po, so wie immer, wenn sie mich beruhigen wollte.

Hemmungslos schluchzte ich los, wurde wie von selbst heftig geschüttelt, bis ich, nach ewiger Zeit, wie mir schien, schließlich ruhiger wurde. Dennoch stammelte ich wohl unverständliches Zeug, denn Mutter schaute mich an, als würde sie diese merkwürdige Sprache nicht verstehen.

„Geh mal einen Moment an die frische Luft, atme tief durch und dann erzählst du mir alles noch einmal von Anfang an!"

Sie brauchte gar nichts zu sagen. In ihrem empörten Gesicht konnte ich später lesen, dass Suses Eltern genau ab diesem Moment für meine Mutter nicht mehr existierten.

Seitdem Suse ins Heim abgeschoben wurde, klopfte ich jeden Morgen auf dem Weg in die Schule von außen an die Terrassentür, um Mamas zunächst überraschtes und dann lächelndes Gesicht zu sehen. „Geh mit Gott, aber flott!" konnte ich von ihren Lippen ablesen.

Mit Ralf stand ich, grinsend vor mich hinstarrend, vor dem Portal des Krankenhauses. „Weißt du noch, dass Mama dazu immer „Löcher in die Luft gucken" gesagt hat?" fragte Ralf auf eine empathische Weise, die mich überraschte. Irritiert konnte ich nur antworten: „Na klar, ich weiß es noch so gut, als wäre es gestern gewesen!"

Nachdem Ralf, das ewige Sorgenkind, jahrelang als Jugendlicher zuviel gekifft hatte, rauchte er nun Gott sei Dank nur noch herkömmliche Zigaretten. Behauptete er jedenfalls.

Mama und Papa waren zu der Zeit sogar in eine Selbsthilfegruppe für betroffene Angehörige gegangen. Zumindest für unseren Vater bedeutete dieses Zugeständnis eine unglaubliche Überwindung. Er, der so viele Kinder in die Welt gesetzt und ihnen aus eigener Überzeugung die besten Voraussetzungen für ein eigenständiges Leben mit auf den Weg gegeben hatte, musste sich eingestehen, dass auch ihm bei der strengen Erziehung Fehler unterlaufen waren. Vor allem aber machte ihm zu schaffen, dass er andere Leute um Hilfe bitten musste, ausgerechnet in seiner Königsdisziplin, dem Erziehen seiner heranwachsenden Kinder, was ihm nun doch schon einige Male erfolgreich geglückt war.

Dazu musste er dermaßen über seinen Schatten springen, dass er in eine schwere Krise geriet. Mama konnte ihm auch nicht helfen, weil sie sich nun gar nicht mehr von dem Desaster distanzieren konnte und dem Stress vollkommen ausgeliefert war. Nachdem beide Eltern voll und ganz von der Arbeit in der Initiative erschöpft waren und sich trotzdem an Ralfs Abhängigkeit nichts änderte, gaben sie Ralfs Schicksal, Gottlob gerade noch rechtzeitig in professionelle Hände.

Im Nachhinein dankte er unseren Eltern dafür: „Ohne die Therapie hätte ich dat niemals gepackt!" Und trotzdem fühlte er sich, selbst als erwachsener Mann oft unverstanden, ungerecht behandelt und vom Leben benachteiligt. Im Grunde hätte das jeder meiner Geschwister sagen können, die Älteren, die immer für die jüngeren Kinder zuständig waren, die Mädchen, die Hausarbeit verrichten mussten. Katharina, die den riesigen Haushalt schmeißen musste, obwohl sie viel lieber weiter zur Schule gegangen wäre. In unserer großen Familie ließen sich unzählige Gründe finden, unzufrieden zu sein, aber mindestens eben so viele zufrieden und glücklich.

Denn wer kann schon sagen, dass er acht Brüder und sechs Schwestern hat? Natürlich gab es da immer ständig Auseinandersetzungen, Missverständnisse und Streitereien. Aber spätestens, wenn wir uns dann nach Jahr und Tag im Elternhaus wieder trafen, war alles wieder im Lot.

Als Ralf seine zweite Zigarette anzündete, guckte ich schon wieder Löcher in die Luft. Ich dachte an ein Familienfest zu Pfingsten, an dem wir uns als Erwachsene, selbst schon zu Eltern geworden, zuhause trafen. Die Kinder spielten meist friedlich irgendwo im Haus, oft in der Wohnung von Monika, die es genauso wenig wie Peter geschafft hatte, die Straße zu verlassen.

Von Pfingstsamstag bis Montag spielten Papa und drei Ehemänner von uns einen Doppelkopfmarathon mit den üblichen Kommentaren, dass der Mitspieler viel zu spät mit der Kreuzdame raus gegangen war, irgendeinen Stich verpennt hatte und das alles in einem Ton, dass Mama sich schon Ohrstöpsel besorgen wollte. So sauer hatte ich Mama schon lange nicht mehr erlebt.

„Ich bin ja Kummer gewohnt, aber das schlägt dem Fass den Boden aus!"

Als Konsequenz stand beim nächsten Treffen zum Geburtstag auf einem handgemalten Plakat:

Streiten und Karten spielen verboten!

Noch mehr als über das Schild wunderte ich mich darüber, dass sich alle daranhielten, sogar Papa, dem man gut und gern eine Kartenspielsucht nachsagen konnte. Speckig sah das alte Kartenspiel aus, das Papa praktischer Weise mit einem Gummiband zusammenhielt. Ein typisches Duftgemisch von viel gedroschenen Spielkarten entströmte dem Stapel schon, wenn er noch jungfräulich rein auf dem gründlichst geputzten Tisch lag, alle Tischdecken außer Reichweite.

Ralf blies mir Qualm ins Gesicht. „Sag ma, gibse mir auch ma ne Antwort?"

„Oh, entschuldige, ich hab nicht zugehört" zuckte ich bedauernd mit den Schultern.

„Rauchst du denn gar nicht mehr, nicht einmal eine zum Vergnügen?" „Doch, zum Beispiel in solchen Momenten wie diesem", gab ich zu und dachte an die lange Autofahrt, als Mutter im Sterben lag und ich es schaffte, unterwegs eine komplette Schachtel Zigaretten zu rauchen.

Spiele

Es gab wirklich Zeiten, in denen wir den ganzen Nachmittag spielen durften. Wenn wir dann auf der Straße laut riefen: "Wer spielt mit Fangen oder Verstecken?" gingen nacheinander die Haustüren auf und ein ganzer Schwall etwa gleichaltriger Kinder ergoss sich auf die Straße. Der Laternenpfahl galt als Anschlag. Ein herrliches Gefühl von Freiheit nahm von mir Besitz, wenn es mir abends, kurz vor dem Dunkelwerden wieder einmal gelungen war, zuhause auszubüxen.

Wie um mein Leben rannte ich verschwitzt durch die vertrauten Straßen und Wege, immer auf der Suche nach dem besten Versteck. Die Spannung stieg ins Unermessliche, mein Herz klopfte zum Zerspringen bis ich es geschafft hatte, mich frei zu schlagen.

Die Jungen spielten so blöde Spiele wie „Deutschland erklärt den Krieg" selbstverständlich, ohne die Spur eines Gedankens über die schrecklichen Gräueltaten der beiden Weltkriege zu verschwenden.

Dazu wurde ein Kreis auf die Straße gemalt, der in Viertel oder Achtel aufgeteilt wurde, je nachdem, wie viele Mitspieler mitmachten. Jeder benannte sein eigenes Land, wobei Deutschland unangefochten auf Platz eins der Beliebtheitsskala lag. Danach folgten Länder wie England, Frankreich, Amerika im Mittelfeld und zuletzt Italien, Spanien, gleichauf mit Polen und Russland der zu wählenden Länder. Jeder Spieler setzte einen Fuß in sein Land.

Derjenige Spieler, der Deutschland gewählt hatte, begann mit dem Satz: "Deutschland erklärt den Krieg gegen das dumme, dumme Land und das soll heißen…" Die Mitspieler warteten gespannt auf die Nennung des Landes, bereit sofort loszusprinten.

„Deutschland" wählte dann ein Land aus, z.B. Polen und warf das Stöckchen in das betreffende Landstück. Die anderen Mitspieler rannten auf der Stelle los. Der Mitspieler mit dem genannten Land hob schnell den Stock auf und brüllte laut „Stopp!"

Sofort mussten alle Läufer stehen bleiben, obschon dann immer wieder gerne gemogelt und etwas vorgeprescht wurde, je weiter desto besser.

Der Mitspieler „Polen" durfte von der ziemlich eingeschränkten Weltkarte aus mit Anlauf drei riesengroße Schritte auf die anderen Kandidaten zu springen und konnte dann mit dem Stöckchen den am nächsten stehenden Länderkandidaten abwerfen.

Gelang ihm das, so durfte er mit Kreide ein Stück vom gegnerischen Land konfiszieren.

Dieses Spiel, ziemlich beliebt bei den Jungen und wir Mädchen duften großzügiger Weise nur dann mitspielen, wenn Not am Mann war.

Bei den seltenen Mitspielgelegenheiten beschlich mich ein ungutes Gefühl, das ich aber nicht so recht in Worte fassen konnte. Ich wusste mir nicht zu helfen.

Alle Nachbarn, aber auch unsere Eltern, die gerade vor nicht einmal zwanzig Jahren das Ende des zweiten Weltkrieges erlebten, wandten gegen dieses merkwürdige, kriegerische Spiel nichts ein.

Später spielten wir Völkerball auf der Straße. Zwei Spielführer wurden dazu gewählt, die mit ihren Füßen abwechselnd Tipp Topp, was bei uns natürlich Piss Pott hieß, die Reihenfolge der zu wählenden Mitspieler festlegten.

Völkerball galt als ein ziemlich brutales Ballspiel, wobei die älteren Jungen aus der Siedlung schon ziemlich heftig auf die mitspielenden Mädchen zielten. Nicht selten trugen wir blaue Flecken und aufgeschrammte Knie nach dem Spielen auf der Straße davon. „Bisse bekloppt Manni, kumma wie ich aussseh! Wie nach m Boxkampf mit Bubi Scholz!"

Von Mama, die eine ausgeprägte Vorliebe für muskulöse Boxer hegte, erfuhr ich, dass Gustav Scholz, genannt Bubi gerade seine teilweise sogar international größten Erfolge feierte und der bekannteste Boxer Deutschlands war, dicht gefolgt von Peter Müller, einem Kölner Urgestein, der wegen seines witzigen Auftretens ausschließlich der „Aap" genannt wurde. Auch von Max Schmeling redete Mama gern, immer voller Hochachtung. Allerdings hatte der seinen letzten Kampf allerdings lange, lange vor meiner Geburt absolviert.

Spätestens, wenn die Straßenlaternen „angingen" mussten wir ins Haus.

„Wir müssen rein!" brüllte Ilona und beim nächsten Atemzug fehlte mindestens die Hälfte der Mannschaft, als wir in Richtung Haustüre verschwanden.

Dann ging das tägliche Waschritual im Badezimmer los. Dem Alter der Reihe nach wurden die Kleinen von den Großen gewaschen und in ihre ausgeleierten und ausgeblichenen Schlafanzüge gesteckt, in den ersten Jahren waren das dünne, fadenscheinige, durch die Bank von allen Geschwistern ziemlich abgetragene Baumwollanzüge, später die legendären Frotteeschlafanzüge, nach ein paar Wäschen mehr breit als lang. „Los komm her, kleiner Mann, dass ich dich in die Plünnen kloppen kann" drohte ich scherzhaft dem Jüngsten.

„Christine, Thomas Schlafanzughose braucht einen neuen Gummizug. Wo in aller Welt hast du mein Gummiband wieder hingeschleppt?"

Schuldbewusst kramte ich in meinen Anoraktaschen herum, zuckte mit den Schultern und schlug keck vor: „Keine Ahnung! Frag mal Monika, die weiß dat sicher!" Bestimmt konnte Mutter an meiner Nasenspitze erkennen, dass das Gummiband, meterlang als Gummitwist fest zusammen geknotet wohl behütet unter meiner Schulbank lag.

Meinen jüngeren Geschwistern und besonders den Jungs gelang es immer wieder, das falsche Ober- zum Unterteil anzuziehen, sodass die Schlafanzüge verboten aussahen.

Nach einer geschlagenen Stunde saßen alle zusammen am Abendbrottisch.

Währenddessen bereitete unsere Mutter die Stullen für das Abendbrot vor, kochte Pfefferminz- oder Hagebuttentee und deckte mit Kathis Hilfe den Tisch im Kinderzimmer.

Ein bis zwei Dreipfünder Hefebrote gingen beim Abendbrot regelmäßig auf. Mama blieb beim Brotsegnen mit dem Messer in der Luft hängen, um noch schnell ein paar laute Anweisungen zu geben, wer wessen Ohren wie gründlich zu waschen hatte. Wir konnten sie im Badezimmer gut verstehen, wenn auch nicht jeder Auftrag so ausgeführt wurde, wie sie es gern gesehen hätte.

Mutter belegte die Brote mit Cervelatwurst, jungem Holländer Käse oder bestrich sie mit lange haltbarer Teewurst. „Frische Wurst verdirbt immer viel zu schnell" so Mutters hieb- und stichfestes Argument.

Selbstverständlich gab es freitags in unserem katholischen Haushalt Fisch zu essen. Abends zum Brot schmeckte uns der besonders herzhafte Hering in Tomatensoße und mir noch besser Hering in Senfsoße aus den ovalen Dosen, an deren scharfkantigen Deckeln man sich in aller Regelmäßigkeit bei der kleinsten Unachtsamkeit schnitt.

Eine ganz besondere Ausnahme war es, wenn wir nach dem Abendessen noch ein wenig spielen durften. Im Kinderzimmer wurden die Übergardinen zu gezogen, sobald es dämmrig wurde und das Licht ausgemacht, die übrig gebliebenen Essensgerüche vermischten sich mit Schweiß und Käsefüßen von zu lange getragenen Gummistiefeln. Jeder versteckte sich so gut es eben ging in dem nur zwölf Quadratmeter großen Zimmer. Fast verging ich vor Anspannung in der kleinen Abseite hinter der Eckbank, wenn ich den Fänger herankommen hörte: „Pass op, gleich hab ich dich! Uahh, hier kommt der Bullemann!"

Ich musste mich sehr zurück halten, um nicht laut los zu lachen, wieder einmal so eine schrecklich schöne Erfahrung. Der Schrecken fuhr uns ordentlich in die Glieder, wenn wir in der durch unterdrücktes Glucksen abgebrochenen Stille plötzlich berührt wurden und endlich die Anspannung durch lautes Brüllen und Lachen bändigen konnten. Zuvor drückte ich in schöner Regelmäßigkeit ganz fest beide Hände auf meinen Mund, damit mir auch ja nicht ein kleines Tönchen im Eifer des Gefechts entwischte.

„Hey Köttel, jetzt hab ich dich! Na, wen hab ich denn da erwischt? Ach, du bis et!" rief mein Bruder Peter, der sich einerseits liebevoll wie ein großer Bruder verhielt, andererseits uns auch liebend gern erschreckte und so ein für allemal klarmachte, wer hier das Sagen hatte. Leise und zugleich drohend sang er mit unschuldiger Stimme: „Warte, warte noch ein Weilchen, dann kommt Haarmann auch zu dir, mit seinem kleinen Hackebeilchen und macht Leberwurst aus dir." Meine Phantasie ging mit mir durch und ich sah den mehrfachen Mörder direkt in unserem Kinderzimmer vor mir stehen. Ein dicker Kloß steckte in meinem Hals, bis ich endlich laut um Hilfe schreien, nein wohl eher heiser kreischen konnte.

Wenn wir es mal wieder mit der Lautstärke übertrieben, die mit Pressglas bestückte dreiarmige Lampe über dem Esstisch hin- und herschwang und wir schon einige, kleinere Blessuren davontrugen, dann spätestens schritten unsere Eltern ein und damit ging ein großes Donnerwetter einher: „Verdammt und zugenäht! Sofort aufhören mit dem Theater! Ich sag euch dat zum allerletzten Mal! Ruhe im Karton! Wer nicht hören will, muss fühlen. Sonst seid ihr bei drei - ab trimo im Bett!"

Allerhöchste Eisenbahn! Jetzt waren ruhige Spiele angesagt, die wir am Tisch spielen konnten wie zum Beispiel „Stadt, Land, Fluss" deren Spielregeln in endlosen, nicht gerade leiseren Diskussionen immer wieder neu ausgelegt wurden.

Nach einer Partie „Schiffe versenken" oder „Mensch ärgere dich nicht" spielten wir mein absolutes Lieblingsspiel: „Ich sehe was, was du nicht siehst", bei dem selbst die allerfeinsten Farbschattierungen auf der Suche nach dem richtigen Gegenstand auch meine älteren Geschwister in schiere Verzweiflung stürzten.

Am besten eigneten sich für dieses Spiel die Übergardinen im Kinderzimmer, deren Muster und Farben sich gegenseitig überboten. Alle Farbabstufungen dieser Welt von hellbeige bis mausgrau, über grasgrün ins Blaue changierend zierten diese vom vielen Aufziehen und Schließen unförmig vor dem kleinen, zweiflügeligen Fenster hängenden Baumwolltücher.

„Hey, du spinns wohl Tine, dat gildet nich, du immer mit so bekloppten Farben. Die gibs ja ga nich!" maulte mit den feinen Farbnuancen völlig überfordert Klaus.

Mir bereitete es höllisches Vergnügen, immer wieder eine neue, unentdeckte Farbzusammenstellung und neue Muster herauszufinden und meine Geschwister so andauernd von neuem aufs Glatteis zu führen.

„Ich sehe was, was du nicht siehst und das ist moosgrün mit einem Hauch von Gold!" „Is schon klar, widder die bescheuerten Vorhänge, ne?"

Ich schüttelte den Kopf und meine Haare, endlich Bubikopf lang, streichelten meine Wangen. „Dat glaubse ja wohl selber nich! Dat is kikileicht!"

Nach dem letzten vereinbarten Versuch platzte es nur so aus mir heraus: „Die Tapete is gemeint, ihr Schussel!" „Klugscheißer!" „Danke gleichfalls!"

Vor dem Zubettgehen gingen wir der Reihe nach zum Zähneputzen ins Bad.

Mutter hatte sich ein System einfallen lassen, um die sich ähnelnden Zahnbürsten zu kennzeichnen und sie im Zahnputzbecher auf einem langen Regal, das fast die komplette Wand im Bad einnahm, unter zu bringen.

Dennoch beschlich mich so manches Mal das Gefühl, dass die Jungs sich nicht unbedingt daranhielten, ihre eigene Zahnbürste zu benutzen, sondern nach Lust und Laune mal die neuere von Moni ausprobierten oder meine schöne, knallrote Zahnbürste nahmen.

Für die Mädels im Haushalt Meyer war im Anschluss daran oft noch Hausarbeit in der Küche zu erledigen. Gemeinsam wuschen wir ab, trockneten solange ab, bis alle Geschirrtücher nass auf der Heizung hingen, räumten die Lebensmittel zurück in den Kühlschrank und freuten uns darüber, erst später ins Bett zu müssen als unsere bequemen Brüder.

Um uns die Arbeit zu erleichtern, sangen wir Abendlieder. Oft im Kanon gesungen, fand ich „Abendstille überall" das in Moll gehaltene Abendlied, perfekt stimmungsvoll passend für diese ruhige Zeit kurz vor dem Zubettgehen wie kein anderes Lied.

Und während wir so sangen, stellte sich eine friedliche Stimmung ein, die uns fröhlich stimmte und fast die Streitereien vom Tag vergessen ließ. Das änderte sich schlagartig mit dem Tag, als der erste Fernseher Einzug in unsere Familie hielt.

Der erste Fernseher

Es begann die aufregende, spannende Zeit, in der wir den ersten Schwarz-Weiß-Fernseher bekamen mit einem Fernsehprogramm, der ARD. Unsere Mutter freute sich über diese Neuerwerbung über alle Maßen: „Toll, so ein Fernsehgerät, ein Fenster zur Welt" meinte sie, wie immer korrekt. Vater musste gleich nach ihren Anweisungen eine Antenne auf dem Dach montieren. „Eine Zimmerantenne kommt mir nicht ins Haus, wo soll die denn noch hin?" Ausnahmsweise gab ich Mutter Recht, in unserem kleinen, überschaubaren Wohnzimmer standen mittlerweile eine große Couch, welche mit einer so genannten Klickfunktion ausgestattet als Schlafplatz für Klara gedient hatte, bis ihr eigenes Zimmer renoviert war. Es gab passende grüne, drehbare Cocktailsessel, der moderne Tisch mit Kurbel, eine schlichte Anbauwand aus Nussbaum, ein Schränkchen mit Vaters eingebautem Aquarium und eine Musiktruhe, in der sich das Radio und ein Plattenspieler mit Wechsler für immerhin fünf Schallplatten befanden. Außerdem sollten wir ja schließlich auch noch in das übersichtliche Zimmer hineinpassen!

Vorbei die Zeit, in der Vater mit schief gelegtem Kopf zu jeder vollen Stunde die Nachrichten am Radio hörte, irgendwie kam mir das untreu vor.

Wir Kinder saßen wie die Hühner auf der Stange gequetscht auf dem Sofa und durften ausschließlich die Kinderstunde um siebzehn Uhr sehen, so beispielsweise „Lassie" oder „Fury" deren Abenteuer mit den treuen Tieren uns zu Tränen gerührt haben. Wenig später begann meine Lieblingssendung „Sport, Spiel, Spannung" wobei der Sport mich nicht so brennend interessierte, sondern eher die Unterhaltung oder das Ratespiel „Zwei aus einer Klasse." Danach gab es die legendäre Sendepause.

Die Ratesendung „Hätten Sie's gewusst?" mit Heinz Maegerlein fand ich sensationell. Die kleinen, kugeligen Ratekabinen hatten es mir richtig angetan, so dass ich versuchte, sie in unserem Kinderzimmer mit bescheidenen Mitteln nachzubauen. Mit Monis Hilfe machte ich eine ausrangierte Decke ausfindig, die wir über zwei Stuhllehnen ausbreiteten. Die Stuhllehnen stellten die Seitenteile der Kabine dar, die stramm gezogene Decke darüber den Himmel.

Moni hockte sich in meine Ratekabine, guckte angestrengt und genau wie die Kandidaten im Fernsehen sagte sie am liebsten: „Ich bitte um Bedenkzeit!"

Unsere PerleTante Lina, mal wieder im Einsatz, kam leise ins Kinderzimmer. Wie ein amerikanischer Filmstar legte sie die rechte, fleischige Hand so gut es eben ging grazil unter ihr Doppelkinn, probte gekonnt den Augenaufschlag und flötete: „So ein charmanter Mann, zum Niederknien. Den würd ich auch nicht von der Bettkante schubsen!"

Irritiert glotzte ich sie an. Konnte es angehen, dass sie diesen Pantoffelhelden meinte? War es möglich, dass wir beide denselben Mann meinten?

Der untersetzte, stets ordentlich gescheitelte Heinz Maegerlein, im viel zu knappen grauen Anzug, seine kieksende Stimme eine mittlere Zumutung, versetzte Tante Linas Herz in Wallung. „Wo die Liebe hinfällt, wächst kein Gras mehr!" höhnte Mutter.

Das Kinderprogramm am Nachmittag beschränkte sich auf eine kurze Zeit von vielleicht einer halben Stunde und nachdem wir uns das anschließende Testbild lange genug in allen Einzelheiten einprägten und es sich einfach nicht verändern wollte, wurde auch das langweilig. Das abstrakte Testbild in Weiß, Grau und allen möglichen Schwarznuancen fing allmählich an, zu flimmern, höchste Zeit, den Kasten auszuschalten.

Vater saß pünktlich um acht Uhr abends vor dem Fernseher, um die Tagesschau zu gucken. Nach einem arbeitsreichen Tag streikte er dann oft schon eine viertel Stunde später. Zunächst fielen ihm die Augen zu, der Kopf sank langsam nach hinten, sein ausgeprägter Kehlkopf lag seltsam ruhig an der gleichen Stelle, bis er schließlich so laut zu schnarchen anfing, dass wir die hübsch frisierte Fernsehansagerin Hilde Nocker nicht mehr hörten und bevor wir wegen jeder viertel Stunde mit Papa verhandeln sollten, lieber von ihren Lippen lasen.

„Hubert, sch, leise, ich versteh überhaupt nichts mehr!" mahnte Mutter.

Vater rappelte sich auf, guckte uns verständnislos an und bölkte los: „Dat ist ja wohl ein starkes Stück! Könnt ihr mir mal verraten, wat ihr hier noch zu suchen habt zu so später Stunde? Dat kann ja wohl nicht wahr sein! Ihr steckt doch alle unter einer Decke! Ab nach oben, aber dalli! Ich zähl bis drei..."

Aus unserem Plan, den Krimi „Stahlnetz" heimlich, still und leise zu gucken wurde nichts, obwohl der Sprecher gerade ankündigte: „Dieser Fall ist wahr" und so gingen wir bedröppelt ins Bett, ohne den spannenden Kriminalfall zu sehen, der sich zum Straßenfeger entwickelte.

Mutter hätte ganz sicher ein Auge zugedrückt, wenn es darum ging, wenigstens fünf Minuten zu gucken, aber Vater ließ einfach nicht mit sich handeln. Er blieb dabei und erlaubte es uns nicht einmal unbequem hinter dem Türrahmen wenigstens ein kleines bisschen von der gruseligen Story zu sehen. Spätestens wenn Vater wieder einnickte, stellte sich Ilona frech einen Küchenstuhl auf den Korridor, um in aller Ruhe in zweiter Reihe den kompletten Krimi zu sehen.

Gruselig hingegen und immer gut für eine Gänsehaut war das schreckliche Spiel, mit dem es meinem ältesten Bruder immer wieder gelang, mich in Angst und Schrecken zu versetzen.

Wenn Mama mir einen Auftrag erteilte und das waren, ich konnte mich felsenfest darauf verlassen, mit schöner Regelmäßigkeit jeden Tag einige, nicht wenige Male der Fall:

„Hol mal eben ein Weckglas mit eingemachten Pflaumen aus dem Keller, Christine!" Dann nutzte Peter die Gunst der Stunde und knipste kurzerhand das Licht am einzigen Lichtschalter oben an der Kellertür aus.

Er verstellte seine Stimme und rief: „Wer vonne Meyerbande ist denn da gerade im Keller, he?" Anscheinend um sein Gefühl der Stärke noch weiter auszureizen, sagte er mit gepresster, hohler Gespensterstimme:

„Tine, ich steh aufe ersten Stufe, jetzt bin ich schon aufe zweiten Stufe, warte, warte, et dauert nicht mehr lang, dann hab ich dich. Tine, ich steh auf der fünften Stufe"... Böse zog er die heiseren Worte in die Länge, um die Spannung zu erhöhen und es hätte weiß Gott nicht viel gefehlt, mich hilflos umkippen zu lassen. Ängstlich wie das Geißlein vor dem bösen Wolf fürchtete ich und duckte mich, außerstande noch einen Schritt zu tun. Peter drohte immer schrecklicher, augenblicklich fielen mir alle Verbrecher der ganzen Welt ein, bis ich mir vor lauter Angst beinahe in die Hose pinkelte, immer noch dermaßen gelähmt, dass ich keinen noch so kleinen Laut herausbrachte.

Schadenfroh konnte Peter sich gar nicht mehr beruhigen, war es ihm doch wieder einmal gelungen, mich reinzulegen: „Dich kann man vernatzen und du merks dat noch nich ma! Dat macht so richtig Spass, dich aufe Schüppe zu nehmen, weiße dat eigentlich?" Empört über soviel Gemeinheit dachte ich angestrengt darüber nach, wie ich es meinem siegessicheren Bruder Peter heimzahlen könne.

„Wat has du eigentlich da an deiner Mütze?" Automatisch zog Peter die Mütze vom Kopf, schien für einen Moment abgelenkt zu sein, schaute wieder hoch und mich zweifelnd an, so herablassend wie er nur Mädchen ansah.

Inzwischen schlich ich rückwärts bis zur Haustür, stellte vorsichtig das Weckglas auf der zweiten Stufe der Treppe ab, öffnete die stetig quietschende Tür so leise wie möglich, noch immer gespannt wie ein Flitzebogen. Der weiche Haarflaum auf meinen Unterarmen stellte sich langsam auf, Gänsehaut wanderte über meinen Körper, ein herrlich prickelndes Gefühl stellte sich ein.

„Ich mein dat Stroh, wat aus deinem Kopf wächst!"

Mit einem Satz sprang Peter rot vor Wut auf mich zu, doch in allerletzter Sekunde gelang es mir loszurennen, die Haustür fiel hinter mir mit einem lauten Knall ins Schloss. Schwein gehabt, dachte ich und rannte mit rasantem Herzklopfen ohne mich auch nur einmal umzudrehen in mein kleines Wäldchen.

In der Tagesschau um zwanzig Uhr an diesem 22.November 1963 berichtete der schwarz gekleidete Nachrichtensprecher mit beherrschter Miene, dass der amerikanische Präsident John F. Kennedy einem Attentat zum Opfer gefallen war. Vater brüllte entsetzt „Sabbel halten" und Mutter fiel ganz einfach der Unterkiefer herunter, völlig apathisch und starr stand sie mitten im Wohnzimmer, vor Kummer außerstande sich zu bewegen. Ich konnte gar nichts dagegen tun, als mir im selben Moment die Tränen in die Augen schossen und über meine Wangen liefen.

Sofort dachte ich an den Frühsommer zurück, als der gut aussehende, sympathische Präsident der Vereinigten Staaten von Amerika vor dem Schöneberger Rathaus in Berlin stand, an seiner Seite mein Lieblingspolitiker Willy Brandt, und mir klang auch jetzt noch der legendäre Satz in den Ohren: „Ich bin ein Berliner" in wunderbarem und dennoch typisch klingendem, amerikanischen Slang.

Beinahe andächtig saßen wir im Wohnzimmer beisammen und schauten uns die Übertragung vom Besuch des amerikanischen Staatsoberhauptes an. Sofort stellte sich eine feierliche Stimmung ein, als hätten wir den amerikanischen Präsidenten persönlich zu uns nach Hause eingeladen.

Mir kamen die laufenden Bilder wie Botschaften aus einer anderen Welt vor. Das durfte einfach nicht wahr sein, das war doch gerade mal ein paar Wochen her!

Der Nachrichtensprecher bemühte sich offensichtlich, die Fassung nicht zu verlieren. Durch den Tränenschleier sah ich, wie sich seine Lippen um die gesprochenen Worte wölbten, ohne dass ich deren Sinn verstand.

Wenngleich ich die Tragweite des feigen Attentats nicht zu erfassen vermochte, so herrschte im Handumdrehen eine traurige, resignierte Stimmung in unserem sonst so lebendigen Durcheinander, fast mit Händen greifbar.

Familienzuwachs

Das Jahr 1963 ging auf das Ende zu. Meine jüngste Schwester Gabriele war im Sommer per Kaiserschnitt, einer langwierigen, komplizierten Operation, geboren worden. Mit Hochspannung erwarteten wir Vater, der zwischendurch aus dem Krankenhaus nach Hause kam, um nach dem Rechten zu sehen. Sorgenschwer rauchte er Kette. In diesem Sommer war es so heiß, dass ich barfüßig zum Kiosk lief, um seine „Orienta" Filterzigaretten zu kaufen.

Vor der neu angebauten Garage wurde roter Kies aufgebracht. Den barfüßig zu überqueren kam einer Mutprobe gleich.

Meine neuen, feuerroten Kläpperchen, Holzpantinen mit breiter, leuchtend roter Lederschließe, die mir Mama in einem schwachen Moment schenkte, nachdem ich wochenlang darum bettelte, zog ich Vater zuliebe aus.

„Als Kinder mussten wir immer, jahrein, jahraus Holzschuhe tragen. Im Winter hatten wir immer eisigkalte Füße. Ich kann dir gar nicht sagen, wie ich diese Dinger hasse! Wenn ich dat schon höre: klapp, klapp, klapp, da wird mir schlecht!"

Ich rannte barfüßig los, der Teer löste sich in der Gluthitze auf dem Bürgersteig auf und fühlte sich unter meinen Füßen geschmeidig an, als ich an der Straßenecke unsere liebe Nachbarin Frau Feldberger traf. „Tach Tine. Na, wie weit is et denn? Familiennachwuchs schon da?"

„Ne, leider nich," konnte ich nur stockend antworten, denn ich hatte schon bemerkt, dass diese Geburt eine ganz besondere war, der Kummer meines Vaters blieb mir nicht verborgen.

„Dat klappt schon noch, Tineken. Irgendwie schaffen es alle Babys auf die Welt zu kommen. Na, sei ma nich so bedroppelt!"

Ein klein wenig getröstet lief ich weiter, der Schweiß rann im feinen Rinnsal über meine Stirn, das Salz brannte in den Augen. An der Bude von Herrn Henkel angekommen, hüpfte er im gleichen Moment geschickt mit seiner Holzprothese, die jetzt sein linkes Bein war, die Stufen vom Kiosk hinunter. Niemals wieder habe ich jemanden beobachtet, der so leichtfüßig mit seinem augenscheinlich schweren Holzbein umging wie Herr Henkel. Als er sich in seinen neuen Opel Kapitän schwang, grüßte er freundlich, indem er mit dem Zeigefinger den Marinegruß imitierte. Stolz rief er mir zu: „Mein lieber Krokoschinski! Da staunse Bauklötze, wa?"

Es war einer von den letzten Julitagen, flirrend heiß und wie dazu gemacht, schwimmen zu gehen. Nur am Wasser ließe sich diese lähmende Hitze ertragen. Allerdings bestand in unserer Familie das ungeschriebene Gesetz, dass alle Kinder, unabhängig vom Alter zuhause blieben, bis uns endlich die erlösende Nachricht der Geburt eines neuen Babys ereilte.

An diesem wunderbar warmen Sonntag im Juli war es ungewohnt ruhig, kein Windhauch regte sich und die Zeit schien still zu stehen. Die Nachmittagshitze stülpte sich über uns wie eine Glocke und verlangsamte das Tempo aller Tätigkeiten. Es kehrte eine Stimmung ein, die uns alle ohne Ausnahme in eine gespannte, dennoch auf merkwürdige Weise leise, abwartende Haltung versetzte.

„Abwarten und Tee trinken. Dat ist die Devise!" Kluge Sprüche, ausgerechnet von Moni hatten mir gerade noch gefehlt!

Am Abend entschieden sich die Ärzte nach vierundzwanzig Stunden Wehentätigkeit

endlich für den Kaiserschnitt und überredeten unsere völlig erschöpfte Mutter dazu, weil der große Kopf unserer kleinen Schwester einfach nicht den Geburtskanal passieren wollte.

Bis zu dieser Geburt hatte Mutter zuhause gebären können und wir nun doch schon älteren Geschwister wussten aus Erfahrung, dass diese Situation selbst uns viel Geduld abverlangte und ungewöhnlich ruhig warteten wir ab.

Plötzlich platzte Ilona in unsere wie verabredet stille Runde: „Nie im Leben will ich ma Kinder haben! So n Schiet, dat is nix für mich! Da krisse ja graue Haare bei!"

Ilona ließ sich von ihrer felsenfesten Meinung, im Krankenhaus vertauscht worden und im wahren Leben eigentlich eine Prinzessin zu sein, niemals abbringen. Mutter konnte ihr das einfach nicht ausreden, zumal Ilona wie wir „Großen" zuhause geboren wurde und somit kein Vertauschen möglich war.

Aufgeregt erzählte Klara nach einem Besuch, dass der Oberarzt, ein gewisser Doktor Balthasar im Knappschaftskrankenhaus die Eltern von der Sterilisation unserer Mutter zu überzeugen versuchte. Angestrengt dachte ich darüber nach, was das nun wieder zu bedeuten hätte. Auch nach tagelangem Überlegen konnte ich mir keinen Reim darauf machen. Zufällig hatte sich in unserer unmittelbaren Nachbarschaft ein paar Wochen zuvor eine Frau das Leben genommen und es wurde in der ganzen Siedlung heftig darüber spekuliert, dass ihre Sterilisation für den Selbstmord ausschlaggebend war.

Ich wusste nicht so recht, was eine Beerdigung bedeutete und fragte unseren Nachbarn, Herrn Waldhof, der kalkweiß und etwas unsicher auf den Beinen nach Hause strumpelte: „Na, war et denn schön?" Diesen Blick würde ich niemals vergessen können. Ein wenig angeekelt und mitleidig, und trotzdem dermaßen wütend blitzte er mich an, als hätte er mir liebend gern den Hintern versohlt, zumindest aber die Ohren langgezogen, dass mir Hören und Sehen vergehen sollten! Stattdessen zuckte er nur müde mit den Achseln und winkte ab, als wären bei mir sowieso Hopfen und Malz verloren. Er ließ mich stehen wie bestellt und nicht abgeholt, mir war unendlich unbehaglich zumute! Angestrengt dachte ich darüber nach, was ich nun wieder falsch gemacht hatte. Spüren konnte ich den Fehltritt schon, aber nicht begreifen, was an meiner Frage so schlimm gewesen sein mochte.

Ich hatte sie ja gar nicht richtig gekannt diese Verstorbene, die mich niemals ansah, wann immer ich an ihrem Garten vorbeiging und sie, selten genug hastig eine Arbeit beendete. Die scheue Frau, die stets in ihr Haus rannte, als sei der Leibhaftige hinter ihr her, trug keine Kittel, so wie Mama, sondern altmoderne, halbe, allem Anschein nach adrett gestärkte Schürzen. Komisch, dass ich mich genau daran erinnerte!

Nach ihrem Freitod veränderte sich die Stimmung in unserer Siedlung grundlegend. Egal zu welcher Tageszeit sah ich die Nachbarinnen sonst bei jeder Gelegenheit draußen zusammenstehen, sie tratschten ein wenig über den neuesten Klatsch und gingen dann wieder ihrer Arbeit nach. Wie verabredet schlossen sie nun schnell die Tür hinter sich zu. Selbst Frau Immerfort hörte ich nicht mehr laut erzählen. Ohne große Anstrengung konnte ich vorher vom Tratsch jedes Wort auch dann noch verstehen, wenn ich schon fast mein Wäldchen erreichte.

„Frau Mersebusch hatte Zustände, wenne verstehs, wat ich mein. Da is nich mit zu spaßen! Siehse ja, wat dabei rauskommt!" Eindringlich versuchte Kathi uns davon zu überzeugen, dass diese Art der Empfängnisverhütung immer und überall genau so enden musste.

Jedenfalls lehnten unsere Eltern die Sterilisation ab und es sollten noch fünf weitere Brüder unsere Familie bereichern, wenn nicht sogar mitunter auch beglücken.

Vorerst freuten wir uns über Gaby, dem neuen Geschwisterchen, auch wenn es vor allem für uns Mädchen wieder neue Aufgaben mit sich brachte.

Zunächst half dabei eine Haushaltshilfe „Tante Lina" eine praktische Person, die unseren Haushalt auf Vordermann brachte. Der Duft von frisch gestärkter und gebügelter Wäsche kitzelte meine Nase, wenn Tante Lina, eine korpulente und trotzdem ausnehmend wendige, nicht mehr ganz junge Frau ins Zimmer kam. Sie lachte den lieben, langen Tag und steckte mich mit ihrer Fröhlichkeit an. Ihre himmelblauen, mir schien, sehr neugierigen Augen leuchteten stets freundlich.

Tante Lina gehörte zu den wenigen glücklichen Menschen, die mit ihren Augen zu lächeln vermögen und damit eine freundliche Stimmung in jedem noch so tristen Raum schaffen.

Leider zählte sie auch zu denjenigen Frauen, die zig Jahre verlobt sich sicher wähnen, geduldig wartend bis zum Sankt Nimmerleinstag ohne auch nur den Hauch einer Aussicht auf die ersehnte Heirat zu erhaschen.

Es war deutlich zu spüren. Wenn Mama und Tante Lina über dieses heikle Thema sprachen, veränderte sich sofort die gute Laune in eine Art

Galgenhumor. In einem Moment konnten die beiden Frauen Witze erzählen, im nächsten Augenblick angespannt und betrübt den Eindruck erwecken, es sei jemand gestorben.

Wie ich aus unzähligen Gesprächen wusste, hatte sich der junge, attraktive, leider auch etwas arbeitsscheue Mann namens Fred gemütlich bei Tante Lina eingerichtet, aber sie sprach immer wieder gerne von ihrer Hochzeit, spätestens in einem Jahr. „Oh, das wird ein Fest, Tineken, dat hast du noch nie gesehen, mit allem Drum und Dran. Eine tolle Tanzkapelle spielt auf und mein Kleid ist so schön, wie es noch nie zuvor eins gab. Mit Brüsseler Spitze und ganz und gar aus champagnerfarbener Seide, natürlich bodenlang mit zehn Meter langer Schleppe. Und du musst Blumen streuen, Tine, wat hältst du davon? Oder willst du lieber den Schleier tragen? Fred hat versprochen, dass wir gleich nächsten Samstag mit dem Bus nach Essen fahren. Da gibt's so ein Geschäft mit lauter Hochzeitskleidern und allem Zick und Zack, der dazu gehört. Ich freue mich schon riesig darauf!"

Mutter guckte bei diesem Thema angestrengt zum Fenster raus, lächelte gequält, Vater ging vorsichtshalber in seinen Keller, meine fast erwachsenen Geschwister verkniffen sich jeden Kommentar dazu.

Allerdings half Tante Lina auch in späteren Jahren in unserem Haushalt, fleißig und zuverlässig arbeitete sie, stets fröhlich lächelnd, ein dicker Backenzahn mit Gold überzogen glänzte. Allein das Eheversprechen von Fred wurde nie eingehalten.

In diesem heißen Sommer hatte ich einen Fahrradunfall mit meiner Freundin Karin. Karin Sperling erzählte es allen Leuten, die es hören wollten oder auch nicht in ungewöhnlich artikulierter Weise: „Ich habe sieben Geschwister, vier Brüder, drei Schwestern. Alle Kinder stammen von einem Vater und einer Mutter ab, keine Zwillinge und alle sind gesund!"

Klare Verhältnisse nannte Mama das.

Karin flocht die hübschesten Haarbänder aus Samt in allen Farben des Regenbogens in ihren mahagonibraunen Pferdeschwanz. Zutiefst beneidete ich sie um ihre glänzende Haarpracht, ich trug mein Haar praktisch kurz geschnitten. Diskussionen über das Thema „Haare wachsen lassen" würgte Papa im Ansatz schon ab. „Ich kann diese langen Zotteln nicht leiden!" Aus der Traum von einer glänzenden Haarmähne, von hundert Bürstenstrichen am Abend, die das Haar seidig schimmern ließen, wie ich es in einer amerikanischen Schnulze im Fernsehen gesehen hatte, heimlich hinter der Tür, vor Vater gut versteckt.

„Komme mit in n Schrebbergarten, Tine? Da können wir den Ascheberg runtersausen!" Ich sah sie fragend an, wollte sie es wohl riskieren, mit ihrem tollen, roten Rad?

Wir machten uns auf die Socken, ich lief neben Karin her, die stolz ihr Rad schob. „Willse hinten drauf?" „Jau, Klasse Karin, dein neues Fahrrad."

Karin nahm mich auf dem Gepäckträger ihres glänzend roten Fahrrades mit.

Schon auf dem kurzen Weg dorthin eierte Karin in Schlangenlinien, gerade so, als hätte sie an der Kirschlikörflasche ihrer Mama nicht nur gerochen.

„Kumma da, ne Schwalbe. Hasse gesehn? Unser Herbert sagt immer: Eine Schwalbe macht noch keinen Sommer." So prächtig wie dieser Sommer sich anschickte, musste ein Riesenschwarm Schwalben unterwegs sein.

Wir bretterten kreischend den einzigen Hügel im Ort, eine kleine Anhöhe in der Schrebergartenkolonie am Parkfriedhof hinunter, die Sommerröcke vom Wind gebauscht. „Schneller, dat geht noch viel schneller, Karin, hau rein!" feuerte ich sie von hinten übermütig an.

Das ging ein paar Mal gut, unten angekommen, drehten wir um, eine von uns schob das Rad abwechselnd den Berg hinauf und wir erzählten uns die wichtigsten neuen Geschichten.

„Weiße eigentlich, dat unser Sonja schon n Freund mit Auto hat?" Karin versuchte die Wichtigkeit noch hervorzuheben, indem sie ständig nickte und mich so an Kurti, den Wackelkopp erinnerte.

Ernsthaft machte ich mir Gedanken über die Vorteile, die ein Autofahrer so mit sich bringt, kam dabei zu keinem Ergebnis, weil Karin am Ende des mit schwarzem Rollsplitt befestigten Weges plötzlich nicht mehr bremsen konnte. Sie riss gleichzeitig an der Vorderbremse herum und stand vom Sattel auf, um mit aller Kraft in die Rückbremse zu steigen. Alles vergebene Liebesmüh, das Fahrrad rutschte weg und Karin fuhr donnernd auf einen Begrenzungspfahl auf.

Wie eine Schwalbe flog ich durch die Luft, jedenfalls kam es mir genauso vor, die Landung glückte jedoch nicht ganz so elegant. Mit dem nackten Oberschenkel schrammte ich über den abschüssigen Weg. Als ich mich aufrappelte, sah ich vollkommen verdattert das hellrote Blut vermischt mit schwarzer Asche an meinem rechten Bein herunter rinnen. Erst da bemerkte ich den heftigen Schmerz, der mir den Boden unter den Füßen wegzureißen schien. Die offenen Wunden zwiebelten derartig heftig, dass ich mich nicht mehr zusammenreißen konnte. Gellend laut schrie ich vor Schmerzen und hatte gleichsam das Gefühl, ganz bestimmt in den nächsten Sekunden ohnmächtig zu werden, bevor ich dann doch immer noch klaren Bewusstseins auf Karin gestützt nach Hause humpeln konnte.

Selbst Passanten, die es augenscheinlich eilig hatten, blieben auf der Straße stehen und sahen sich kopfschüttelnd nach mir um, nicht einer bot seine Hilfe an. Ein glatzköpfiger Opa schwenkte sogar drohend seinen Spazierstock und brüllte: „Stell dich nicht so an! Selber schuld! Wie kann man nur so doofe Sperenzien machen! Wat glaubse wohl, mussten wir alles im Krieg durchmachen!" Für einen Moment lang verschlug es mir die Sprache, nicht einmal schluchzen konnte ich.

Meine eingeschüchterte Freundin versuchte, mich zu trösten: „Ach, pass auf, dat heilt schon widder! Bisken Jod drauf und ab dafür! Guck dir bloss ma die Eierkitsche von Fahrrad an. Wenn mein Vadder dat sieht, schnauzt der den ganzen Tach rum! Verdammte Hacke! Scheißdreck, der macht mich feddig."

Meine Mutter guckte ihren typischen Röntgenblick, mit dem sie in null Komma nix den Ernst der Lage prüfte und fand kein Wort des Trostes, sondern schimpfte gleich los, als ich in die Küche humpelte: „Der liebe Gott haut nicht mit dem Stock! Verdorri noch mal, wie kannst du nur so meschugge sein? " Diese Belehrung hatte mir gerade noch gefehlt! Einer der völlig unpassenden Lieblingssätze meiner Mutter, der soviel bedeutete wie, dass ich selbst daran schuld sei, wenn ich solche unvernünftigen Spielchen treibe.

Tante Lina war meine Rettung. In ihrem Blick konnte ich endlich Anteilnahme ausmachen, die mir Tränen des Selbstmitleids über die Wangen trieb. Vorsichtig guckte sie sich mein malträtiertes Bein an und zog heftig dabei die Luft zwischen den Zähnen ein, gerade so, als ob sie selbst die unerträglichen Schmerzen hätte. Ohne Umstand packte sie mich auf ihr Fahrrad und „allez hopp!" ging es zum Hausarzt, ein Lied zum Trost auf ihren Lippen: „Ein Schiff wird kommen und das bringt mir den Einen, den ich so lieb wie keinen und der mich glücklich macht." Ich wünschte es Tante Lina aus vollem Herzen, wenn sie nur endlich mit dem schiefen Gesang aufhörte.

Doktor Wunder, der Robert Lembke aus dem Fernsehen so sehr ähnelte, dass man ihn für dessen Bruder hielt, grinste halb mitleidig, halb schadenfroh, setzte vorsichtig eine Tetanusspritze und meinte: „Jetzt beiß ma schön die Zähne zusammen!"

Mit einer Drahtbürste, die er in eine Desinfektionslösung tauchte, schrubbte er mir ziemlich brutal den Rollsplitt aus dem wunden Oberschenkel. Dabei stützte er sich mit dem Ellbogen auf meiner Hüfte ab, damit ich mich bloß nicht aus dieser Bedrouille herauswinden konnte. Bis zur Erschöpfung schrie ich das ganze Wartezimmer zusammen. Der Angstschweiß klebte mich auf der Kunststofffliege fest. Im selben Augenblicklich war Ruhe im Karton!

Ein besorgter junger Mann, der Verlobte von Ulrike aus unserer Siedlung riss die Tür zum Behandlungsraum auf und rief: „Alles in Ordnung?" Schwester Hildegard, die langjährige, mittlerweile ergraute

Sprechstundenhilfe von Doktor Wunder brachte ihn ruhig, aber bestimmt ins Wartezimmer zurück.

Der Schmerz überwältigte mich, schlug wie eine Welle über mir zusammen, dass ich wegsackte und einen Moment lang aufhörte, zu schreien.

Als ich kurze Zeit später bandagiert das Behandlungszimmer verließ, starrten mich die wartenden Patienten blass geworden an und blieben mucksmäuschenstill, jedes noch so leise geflüsterte Gespräch verstummte. Opa Lehmann, Taubenvatter aus der alten Siedlung lächelte mir aufmunternd zu. Mit hängenden Schultern zog ich das malträtierte Bein nach, bei jedem Schluchzen geschüttelt und außerstande auch nur noch eine einzige Träne zu vergießen.

Diese äußerst schmerzhafte Tortour sollte ein paar Tage später wiederholt werden, aber ich weigerte mich standhaft und so blieben mir schwarze, feine Narben im Oberschenkel als Erinnerung an den Sommerausflug.

Endlich begannen die Sommerferien und ich konnte nach ein paar Tagen der Genesung, stets von Mutter kritisch beobachtet wieder zur Stadtranderholung gehen. Vom Sofa aus hörte ich sie schimpfen: „Das ist ja wohl ein starkes Stück! Es ist doch wohl nicht möglich, dass Christine schon wieder fiebert! In meiner Jugend hab ich solche Stürze schneller weggesteckt. So etwas Überempfindliches! Wenn es hart auf hart kommt, lässt sie die Flügel hängen." Tante Lina, unsere warmherzige Perle versuchte, sie zu beschwichtigen: „Na lassen Sie mal gut sein, Frau Meyer, das Mädchen ist schon in Ordnung! Die werden wir schon wieder auf Trab bringen!" Für solche eindeutigen und kompromisslosen Standpunkte liebte ich Tante Lina aus vollem Herzen.

Schließlich war ich alt genug, um an der Stadtranderholung teilzunehmen, einem ganztägigen Treffen, das unsere Pfarrei Sankt Bonifatius jedes Jahr von neuem organisierte. Dieses Ferienprogramm entlastete unsere Mutter ganz enorm, konnte sie sich jetzt in aller Ruhe um die kleine, mollige Gaby kümmern, an der alles rund und gemütlich zu sein schien. Genüsslich nuckelte sie ausdauernd an ihrem rosa Daumen, der sich immer wieder von neuem pellte, was Mama argwöhnisch betrachtete und ihr so gar nicht gefallen wollte. Ausdauernd versuchte Mama, einen „Nuk"-Schnuller, den einzig perfekt ihren Gaumen formenden Schnuller in Gabys Mund zu schieben. Sie verzog angeekelt ihre kleine Schnüss und bugsierte den Schnuller, von unseren Kleenen ausschließlich „Lulla" genannt, mit der winzigen rosa Zunge heraus. Sobald der vertraute, weich genuckelte Daumen in Gabys Mund verschwand, lächelte sie zufrieden und schlief gleich darauf laut schmatzend ein.

Das Programm der Stadtranderholung bot uns, wie der Name schon sagt, Erholungsmöglichkeiten in unmittelbarer Nähe an. Wir trafen uns in einer Gruppe von vielleicht zwanzig Jungen und Mädchen um neun Uhr an unserer Kirche, von wo aus wir jeden Morgen zur Jugendherberge „Bischof Sondern" liefen, die im nahe gelegenen „Köllnischen Wald" lag, direkt hinter der Autobahnbrücke.

Unsere Betreuer, die gemütlich runde Frau Marowski und der stets etwas aufgeregte Herr Siemen bemühten sich um unsere großen und kleinen Wünsche und Sorgen. „Wer von euch weiß, wie dat Wetter heute wird? Reicht et für dat Freibad? Habt ihr Badeklamotten dabei?" rief Herr Siemen und tänzelte auf der Stelle, so als wolle er sich schon einmal warmlaufen.

Im nahen Wald konnten wir unsere besten Spielideen umsetzen und bauten stabile, phantasievolle Hütten aus Farnkraut, die dann später prämiert wurden. Mit dem Mut der besten Baumeister stürzten wir uns ins Vergnügen. Ilona hatte ein Händchen dafür, die Hütte selbst innen wohnlich zu gestalten. Aus runden Ästen zimmerte sie eine Bank, die mit Moos belegt eine weiche Sitzgelegenheit bot. Da konnten wir nicht mithalten, obschon Monis und meine Hütte recht eigenwillig aussah und eine gewisse Ähnlichkeit mit einem Indianertipi aufwies. Der Platz eins, prämiert mit einer großen Schachtel Katzenzungen ging trotzdem an Familie Meyer. Wenn wir Glück hatten und Ilona noch dazu ihren großzügigen Tag, bekamen wir sogar eine von den herrlich sahnigen Katzenzungen aus feinster Vollmilchschokolade ab.

Aktionen wie Schnitzen mit dem Fahrtenmesser mochten die Jungen besonders gern und überboten sich dabei mit ihrem Geschick, mehr oder weniger komplizierte Muster zierten anschließend die Buchenstöcke. In Ermangelung eines Fahrtenmessers stibitzte Klaus dafür Mamas schärfstes Pittermesser aus der Schublade und heimlich legte er es wieder zurück, um ein paar mehr Macken und Scharten reicher.

Ausflüge in den Duisburger Zoo oder ins Stenkhoffbad mit anschließendem Picknick gefielen Uschi und mir. Leider viel zu selten kam Uschi mit zur Stadtranderholung, dafür fuhr Familie Mönke mit ihrem neuen Renault sogar bis in die Alpen.

Den französischen Firmennamen seines Autos sprach Uschis Papa wenig weltmännisch mit au aus, gerade so als würde er auf dem Wort kauen. „Todlangweilig is dat da. Du kanns dir einfach nich vorstellen, wie blöd wir in den Bergen rumkraxeln. Pfui Deibel!"

„Müssen wir eigentlich immer latschen? Ich hab bald keine Sohlen mehr unter de Schuhe, dat macht einfach keine Laune!" meckerte Locke, der Aufklärer der Nation und schnitt dabei die fürchterlichsten Grimassen. Er schaffte es mit aufgeblähten Backen und seiner unbändigen, lockigen Haarpracht auszusehen wie ein Schimpanse, sprang wieder aufgemuntert zwischen uns herum und sorgte unterwegs garantiert für Gelächter und heitere Stimmung.

Wenn es heiß war, liefen wir in das nächste Freibad, zum „Alsbachtal" das gut und gerne vier, wenn nicht sogar fünf Kilometer entfernt lag, Proviant, Badezeug und karierte Decke unterm Arm in Richtung Sterkrade Nord.

Endlich angekommen sprangen wir mit Schmackes ins Becken, herrlich mit einem Bauchfletscher ins eiskalte Wasser vom Nichtschwimmerbecken, selbst der kälteste Bergsee war dagegen lauwarm. Besorgt und mit ausgestrecktem Zeigefinger redete unser Betreuer auf uns ein.

„Hömma, geht bloß langsam ins Becken, sonst kriegter noch n Hitzeschlag! Ersma duschen, vonne Füße aufwärts, alles klar?" Herr Siemen meinte es immer gut mit uns. Mit Vornamen hieß er Ludger, was sich von Frau Marowski gesprochen eher wie Luttga anhörte. Dafür nannte Herr Siemen seine Kollegin ausschließlich Lissbett.

Das himmelblau gefliese Becken ließ uns vom Meer träumen. Es war überfüllt bis in die letzte Ecke und sorgte dennoch für wunderbare Abkühlung.

Moni besorgte sich am Stand direkt neben dem Kiosk einen prall aufgepumpten LKW-Reifen und musste dafür als Pfand eine Sandale hinterlegen. Sie ruderte selbst vergessen, mit sich und der Welt zufrieden durch das übervolle Becken. Nur eine rotweiße Kugelkette trennte Schwimmer von Nichtschwimmern. Konzentriert schickte Ilona sich an, auf Zehenspitzen ins Schwimmerteil zu tasten, bis das Wasser ihr bis zum Hals stand und sie gleich darauf nicht mehr stehen konnte. Dann teilte sie kraftvoll das Wasser in zwei Hälften, immer darum bedacht, dass ihre mühevoll kinnlang gezüchteten und nun kunstvoll hochgesteckten Haare nicht nass wurden und somit die achtsam toupierte Frisur hinüber wäre.

Jetzt im Hochsommer schien die Liegewiese in Teilstücken bereits gelblich braun vertrocknet. Von meterhohen, alten Bäumen gesäumt, die uns herrlich kühlen Schatten spendeten, ergatterten wir uns auf der Liegewiese, wenn wir nur früh genug ankamen, den besten Platz. Übermütig spritzte ich die Jungs und Mädels mit tropfnassen Haaren gründlich nass. Ich hatte Glück, denn großzügig wurde das nach ein wenig Geplänkel ignoriert.

Herr Hoffmann, der Bademeister in weiß gestärkter, für meine Begriffe viel zu knappen Shorts, da wir nicht nur seine braunschwarze, lockige Schambehaarung sahen. Griesgrämig dreinblickend bölkte der allseits gefürchtete Mann: „Hey, pass bloß auf, noch einmal döppen und du bist für den Rest vom Tach auffe Decke! Da kannse aber drauf an, du Klappstuhl!"

Die verspiegelte Sonnenbrille vom Bademeister blitzte böse. Ihm gefiel seine Machtposition, mit der er längst nicht alle Badegäste beeindrucken konnte.

Hinter seinem Rücken äffte Klaus ihn nach, machte alberne Verrenkungen, schielte bis von seinen Pupillen keine Spur übrigblieb und deutete riesige Eier an, die den gedoubelten Bademeister schaukelnd in die Knie zwangen, sodass ich mich vor lauter Lachen auf die ausgebreiteten Handtücher warf.

„Ich kannich mehr, hör auf damit! Ich piss gleich inne Hose! Hömma, du Eumel, bisse eigentlich plemmkacki oder wat?" „Warum machse dat? Sag ma warum?" „Darum!" Mein Bruder grinste mich schielend an. „Man tut, wat man kann!"

Wieder einmal waren wir nach draußen auf den Flur geschickt worden. Der Stationsarzt kam am frühen Abend zur Visite.

Benjamin ulkte herum wie früher. „Schwester Maria, ich brauch dringend wat Kaltes zu trinken, sonst verdurste ich!" Schlagfertig kam die Antwort: „Im Flur unten steht ein Colaautomat mit lecker kalten Getränken!" Die hübsche Krankenschwester schwebte an uns vorbei und war schon im nächsten Moment im Schwesternzimmer verschwunden.

Ben machte sich auf die Socken, wie Mama das genannt hätte und ich sprach kurz mit dem Arzt über Papas Zustand. „Ich schlage vor, dass wir ihm kein weiteres Antibiotikum mehr geben, weil das nach meiner Meinung nur eine Leidensverlängerung bedeuten würde. Stattdessen sollten wir die Morphiumdosis etwas erhöhen, damit ihr Vater keine Schmerzen hat!"

Gerade hatte ich mir eine Frage zurechtgelegt, als der Pieper des Arztes ungeduldig anschlug. „Entschuldigung, ich muss weiter!"

„Hast du dat gehört, Ben? Der Arzt will die Dosis vom Morphium erhöhen, geht es jetzt endgültig zu Ende?" Ben hob die Schultern und ließ sie genauso wieder fallen, konnte noch schnell seine Colaflasche abstellen, um sich ein Tempotuch aus der Jeans zu ziehen und so schrecklich laut zu niesen, dass ich erschrocken zusammenfuhr.

„Tut mir leid, dat war die Kohlensäure!" Genau wie früher dachte ich und lächelte meinen jüngsten Bruder verständnisvoll an, unseren Kleinsten, der mindestens zwei Köpfe größer als ich beschwingt durchs Leben ging und seiner rundlichen Statur halbherzig entgegenwirkte.

„Dat ist also der Anfang vom Ende!" zwinkerte Margarethe mir zu, wohlwissend, dass ich sofort begriff, dass es sich dabei um einen beliebten Spruch unserer Mutter handelte. „Möchtest du ein Glas Rotwein?" „Gute Idee!" gab ich dankbar zurück.

Wir versuchten, den sonnigen Abend auf Gretes Terrasse zu genießen, um ein wenig auf andere Gedanken zu kommen. Angelockt vom immer gleichen Takt beobachtete ich neugierig eine nimmermüde Amsel, die sich den gepflasterten Weg zur Terrasse als Schlachtplatz ausgesucht hatte. Massenhafte Splitter zeugten davon, dass hier schon unzählige Schnecken ihr Leben lassen mussten.

Unser Proviant wurde sofort im Schwimmbad vertilgt, meistens Zervelatwurstdubbels mit bereits geschmolzener Margarine. Von der Hitze verbogene Brote schmeckten richtig lecker, wenn wir nur hungrig genug vom Spielen und Toben im Wasser, nach ein paar heftigen Schwimm- und Tauchversuchen mit blauen Lippen bibbernd auf der Decke saßen, rund herum zufrieden.

Stolz begann ich mit den ersten Sprungversuchen. Ich liebte diese Endlosschlange, wenn ich per Fußsprung vom Block ins Springerbecken sprang, bis zum Beckenrand paddelte, weil ich ja noch nicht schwimmen konnte und dann über die rutschige Treppe wieder zum Block rannte. Das Spielchen ging von vorn los.

Ilonas blöde Freundin Sigrid, die nicht weit weg von den Baracken wohnte, stellte sich plötzlich bei meinem Auftauchversuch auf meine Schultern und ließ mich einfach nicht auftauchen. Vor lauter Angst schluckte ich soviel von dem ekelig gechlorten Wasser, dass ich dachte, meine letzte Stunde hätte geschlagen. Aber das Allergemeinste war, das sich wirklich alle schier kaputtlachten und sich vergnügten, als wäre nichts dabei, jemanden unter Wasser einzusperren. Ich hatte wirklich keinerlei Möglichkeit aus dieser Klemme zu entwischen.

Sigrid, die hässlichste unter den Freundinnen Ilonas lächelte siegessicher und zum Vorschein kam ein dermaßen schiefes Gebiss, das sie noch blöder aussehen ließ, als sie es sowieso schon war. Ich hasste sie aus tiefster Seele für diese Gemeinheit! Mit eisenschweren Beinen kletterte ich aus dem Becken und schlief kurz darauf vor Erschöpfung auf der Decke ein. Allgemeine Aufbruchstimmung weckte mich, schnell zog ich meinen Rock über den trockenen Badeanzug und ohne jemanden auch nur anzugucken machte ich mich auf den Heimweg.

Nach diesem zwar wunderbar warmen Tag mit vielen, schattigen Pausen auf der Decke, die Haut meistens gut gerötet, weil wir mal wieder die wie nichts Anderes nach Sommer duftende Niveacreme vergaßen mitzunehmen, schleppten wir uns hundemüde zurück. Kein Gedanke an Scherze oder Witze, nur noch schnell nach Hause, um sich erst einmal an den Wasserhahn zu hängen, um nicht zu verdursten.

„Was fällt dir denn ein, Christine?" Mutters zusammengezogenen Stirnfalten erinnerten mich an den letzten Zoobesuch und ließen mich an die faltige Elefantenkuh in Duisburg denken. Naturlich verkniff ich mir jeden Vergleich, das hätte das Fass zum Überlaufen gebracht. „Mir ist nicht damit geholfen, wenn du dich am Wasserhahn verletzt!"

Völlig erschöpft vom kilometerlangen Rückmarsch nach einem ereignisreichen Tag am und im Wasser, aßen wir zuhause noch ein paar Schnitten, am allerliebsten die mit fein gewürfelten Zwiebeln bestreuten Tomatenbrote von Mama und fielen todmüde ins Bett, versanken dort in tiefsten Schlaf.

Wochenende

"Reise, Reise!" Wenn Vater am Wochenende gute Laune hatte, weckte er uns mit diesem Marinegruß. Es gab immerhin die Möglichkeit, dass das Wochenende gut werden konnte. Im wahren Sinn des Wortes schrecklich dagegen die Tage, an denen die, selbstredend in eigener Konstruktion entwickelte Weckanlage, durch das ganze Haus schrillte.

Stolz betrachtete Vater seine neueste technische, wieder einmalige Errungenschaft. Die Steuerung ging vom Wohnzimmer aus durch einen Schacht in alle Schlafzimmer des Hauses. Ein kleines Lämpchen zeigte im Wohnzimmer auf der fast schwarzen, hölzernen Schalttafel an, welches Schlafzimmer gerade beschallt wurde. Papa grinste schadenfroh, wenn alle Lämpchen glutrot leuchteten.

Kein Mensch kann sich vorstellen, welch grässliche, sirenenartige Töne aus den einzeln anzusteuernden Lautsprechern der Weckanlage kamen. Das Weckorchester der schrägen Töne grenzte an Terror! Selbstredend installierte Vater die Lautsprecher in entgegen gesetzter Richtung des Bettes, sodass wir garantiert wach wurden, allein, um die Anlage auszustellen.

Aber mit den Jahren oder vielleicht auch mit der Anzahl der Kinder wurde mein Vater milder, zumindest seine cholerischen Anfälle ließen nach.

Ich hatte eine Möglichkeit gefunden, wie ich die Weckanlage außer Kraft setzen konnte. Dazu musste der kleine Hebel genau in der Mitte positioniert werden. Natürlich blieb unser kleines Geheimnis Vater, dem alten Fuchs nicht lange verborgen. Außer sich vor Zorn, puterrot im Gesicht, wenn er durch das Treppenhaus gelaufen war, was er ja durch die Entwicklung der Anlage unbedingt vermeiden wollte, um uns persönlich aus dem Bett zu werfen, lamentierte er: „Bei drei seid ihr unten, aber dalli!"

Jetzt war höchste Eile geboten und im nu saßen wir unten im Kinderzimmer, um zu frühstücken. Im Anschluss daran bekamen wir die Arbeiten zugeteilt, die wir am Samstagvormittag erledigen mussten.

Als besonders unbeliebt bei allen Geschwistern galt das Reinemachen, das regelmäßig samstags anstand. Mein Vater, der Technikfreund hatte direkt in der ersten Zeit in unserem Haus eine Kobold-Bohnermaschine gekauft, um die Hausarbeit zu erleichtern. Die extrem laute Maschine wurde von uns Kindern auf den Namen „Bubu" getauft, weil sie auf der Stelle einen Höllenlärm verursachte, wenn man sie nur anschaltete.

Katharina zollte diesem Maschinenmonstrum besonderen Respekt. Und sobald man sie ärgern wollte, klappte das prima, indem man Bubu in Betrieb nahm.

Wir bekamen unsere Aufgaben zugeteilt, z.B. das Bad reinigen, die Fußböden wischen, einbohnern und blank polieren.

In den Schlafzimmern mussten die Betten neu bezogen, das Bad geputzt und vor allem die klitzekleine Besenkammer aufgeräumt werden. Das war eine Aufgabe für Doofe, wie Klaus richtig feststellte und außerdem eine Arbeit, die ich abgrundtief gehasst habe.

Dieses kleine Kabäuschen von maximal einem Quadratmeter hatte es in sich. Auf der einen Seite hingen an einer Hakenleiste Schrubber, Besen und allerlei Werkzeug, um unser Haus auf Hochglanz zu bringen, auf der gegenüberliegenden Seite lag jede Menge Schmutzwäsche auf einem tiefen Regalbrett. Ein über die gesamte andere Wand angebrachtes breites Schuhregal an der Stirnseite nahm vom Boden bis zur Decke alle Schuhe der Familie Meyer auf, immer vorausgesetzt, sie wurden auch dort hineingestellt.

Da wir Kinder es immer sehr eilig hatten, wanderten die Schuhe per Wurf in die Besenkammer und so lag dort ein Riesenhaufen dreckiger Schuhe und Gummistiefel, munter gemischt mit einzelnen Pantoffeln, deren Partner sich auf Biegen und Brechen nicht finden ließen. Deshalb empfand ich es als harte Strafe, wenn es hieß: „Du räumst heute mal die Besenkammer auf."

Um dieser maßlosen Unordnung Herr zu werden, musste man zunächst alle Sachen, die sich im Kabäuschen befanden, hinausbefördern. Vor der offenen Tür stapelten sich durcheinander Winterstiefel und Kehrschaufel, einzelne Puschen und Sommersandalen, dazwischen verschiedene Schuhanzieher. Ein besonders hübscher, fast schwarzer Schuhanzieher aus Horn, den Mama aus ihrem Heimatort mitbrachte, hatte es mir angetan. Das Material wurde in meiner Hand im Handumdrehen mollig warm und ich betrachtete den hübschen Schuhanzieher von allen Seiten.

„Wat prockelst du denn da in der Wäsche rum? Suchse wat?" grinste Thomas frech. Ich hielt ihm seine völlig verdreckten und stinkenden Stiefel unter die Nase. „Hömma Tommy, kannse vielleicht ma wat gegen deine Käsemauken tun?" Der Gestank in der nicht zu lüftenden Besenkammer grenzte an Folter, eine echte Zumutung.

„Tommy, mach mal lieber deine Arbeit, Klausi macht dat bestimmt nicht allein!" Nörgelnd hielt ich meine Nase zu. Wie immer von den Eltern uns Mädels bevorzugt, putzten die Jungs ausschließlich die Schuhe von uns allen. Allerdings wurden die geputzten Schuhe selten von Vater kontrolliert und genauso sahen sie auch aus. Die beiden Jungs waren Weltmeister darin, sich gegenseitig von der Arbeit abzulenken. Vaters und Mutters Schuhe wurden auf Hochglanz poliert, der Rest mehr oder weniger dürftig mit Schuhcreme eingerieben und mit einer weichen Bürste versuchsweise blank geputzt, der anhängliche Dreck lugte darunter hervor.

Thomas schickte sich gerade an, die wunderschöne, weiche Kleiderbürste aus Dachshaar, in deren helle Borsten mit dunklerem Material der Familienname von Mama eingeknüpft, „Wismar" in runder Schreibschrift hervorstach, mal eben so mit rotbrauner Schuhcreme zu verhunzen, als Mutter das Malheur bemerkte und ihr erstickte Schreckensschreie im Hals stecken blieben.

Zu Tode erschrocken und wenig verständnisvoll glotzte Tommy Mama an. „Wat is denn jetzt schon widder los?" „In diesem Hause muss man seine Augen überall haben. Um Gottes Willen, meine gute Bürste!

Beinahe wäre ein Fiasko passiert. Kind Gottes, pass ein bisschen besser auf!" Unwirsch riss sie Thomas die unversehrte Bürste aus der Hand, der immer noch nicht begriff, welch wunderschönes Erinnerungsstück Mutters er beinahe zerstört hatte. „Und du Christine, halt nicht Maulaffen feil, sondern räum die Besenkammer zu Ende auf!"

Seufzend machte sich Mutter daran, den Zettel für den Wochenendeinkauf zu schreiben, was verlässlich längere Zeit dauerte. Gut und gern konnte man in der Zwischenzeit ausgiebig zur Toilette gehen, die Zähne putzen, Haare kämmen und manch andere Arbeit erledigen, bis die ellenlange Einkaufsliste sorgfältig zusammen gestellt in ebenmäßigen Buchstaben, eher gemalt denn geschrieben war.

Vaters krause Stirn ähnelte einer in Stein gemeißelten Statue: „Monika, mach mir bloß keinen Kölschen Wisch!" Moni feudelte wild mit Schrubber und Aufnehmer in der Gegend herum, ein Prinzip der Arbeit nicht zu erkennen.

„Wat soll dat denn heißen?" Monika stand wie immer auf der Leitung. „Na, runde Ecken eben!"

In ebensolcher Situation fing ich mir, nichts Böses ahnend, verträumt und Haare drehend beim zynischen Biologielehrer ein: „Sachma, bist du eigentlich adelig, Meyer? Schwer von Kapee?" Zunächst hörte sich das für mich freundlicher an, als es gemeint war. Völlig überfordert mit solch verletzender Ironie starrte ich den unfähigen Lehrer an, versuchte durch ihn hindurch zu sehen. Unsicher lächelnd bemerkte ich irritiert, wie sich die eingedrehten Haare selbstständig machten und peu a peu zunächst langsam, dann immer schneller in ihre Ausgangsform zurücklegten und dieser Umstand machte mich besonders wütend, besonders, als alle ohne Ausnahme vor Schadenfreude losbrüllten. Ich fühlte mich wie bestellt und nicht abgeholt, allein gelassen auf weiter Flur. In Gedanken schlich ich mich davon: „Du bist ein schlechter Lehrer. Erzähl du nur, von mir aus das Blaue vom Himmel, von dir nehme ich nichts, aber auch gar nichts an!"

Herr Fischer fummelte nervös an seinem hässlichen, braunen Gürtel herum, öffnete die Schließe, zog langsam die Öse aus dem Stift und riss ssst den Gürtel aus der Hose. Die Jungen gingen in Habacht-Stellung, denn der berüchtigte Naturkundler schlug mit seinem harten Gürtel nicht nur auf sein Pult. „Armer, kleiner Wicht" dachte ich, „der Gürtel ist ein schlechtes Argument."

Irgendwann, mir schien nach stundenlanger, endlich erledigter Arbeit, die Zimmer strahlten einen Wimpernschlag lang geputzt und gebohnert und Mutter kochte inzwischen leckere Erbsensuppe, die es verlässlich fast jeden Samstag bei uns gab. Bald darauf saßen wir am Mittagstisch und ließen uns das Essen gut schmecken.

Klaus saß auffallend abseits, hielt sein Gesicht dicht über den Teller gebeugt und drehte sich so weit es ging zur Seite, wandte sich ganz demonstrativ von uns ab.

„N schöner Rücken kann auch entzücken! Jau, zeig uns ruhig deine kalte Schulter. Samma Klausi, wie siehst du denn aus? Hasse n Fletschauge?" „Klappe halten, du Furzknoten. Wat gibt's denn da zu geiern, he?" „Ich hab mich mit Jürgen gekloppt, na und? Die Arschgeige kann mich ma!"

Mutter kam auf leisen Sohlen ins Zimmer und strich Klaus eine Haarsträhne aus der Stirn. „Na, Fiete Appelschnut, warum hast du dich denn so geärgert?" „Dat sarich lieber nich!" Klaus Kopf schien sich automatisch zu senken. „Jetzt will ich's aber wissen! Komm schon, Hand aufs Herz! Ein Mann, ein Wort!"

Um ihrem Anliegen Nachdruck zu verleihen, umfasste Mutter seinen Oberarm und drückte ihn leicht, aber bestimmt, selbst Klaus musste einsehen, dass er keine Chance hatte, ihr zu entkommen.

„Bo, glaubse ey. Der Döspaddel hat von mir ersma ein aufe Omme gekriegt, dafür kannse mich angucken! Der bölkt über die ganze Straße: Rein, raus, rein, raus fertig is der kleine Klaus!" Empört und um Zustimmung heischend blickte Klaus von einem zum anderen, ich grinste, Mutter zog nur knapp die Schultern hoch. Mit solchen Bagatellen beschäftigte sie sich erst gar nicht. Spöttisch meinte sie, noch während sie das Zimmer verließ: „Du siehst aus wie Bullemanns Molly!"

Zur allgemeinen Beruhigung stellte Mutter zum Nachtisch eingemachte Pflaumen im Weckglas auf den Tisch. Kathi teilte die Portionen ein. „Sei ma nich so geizig mit dem leckeren Saft, Kathi!" Thomas und Klaus spachtelten die fruchtige Nachspeise und spuckten wieder vergnügt um die Wette die abgekauten Obststeine in den Teller, je weiter desto lieber, selten treffsicher.

Kathi schaltete um Punkt zwei Uhr nachmittags das Radio in der Küche auf Mittelwelle an, um die großen Acht, die Hitparade von Radio Luxemburg nicht zu verpassen. Der Empfang kam einer Katastrophe gleich, der Sender rauschte und pfiff. Nur mit unendlicher Mühe und Ausdauer konnten wir die Interpreten erkennen. Moni und Ilona stritten sich um den Platz direkt am Lautsprecher. „Verstehs du eigentlich wat?" Kathis Frage stand ihr ins Gesicht geschrieben.

„Dat is doch Wencke Myrrhe, hörse dat denn nich?" gab Ilona zurück und stimmte unsicher an „Er steht im Tor, im Tor, im Tor und ich dahinter, Frühling, Sommer, Herbst und Winter steh ich nah bei meinem Schatz, auf dem Fußballplatz!" „Mach ma lauter!" bat Kathi, die bis zu den Ellenbogen im Spülwasser versunken schien.

Eine halbe Wäscheklammer steckte neben dem Schalter des Radios, damit die eckige Taste die richtige Arretierung und was noch viel wichtiger war, den Sender behielt, der sich dermaßen rauschend anhörte, als würde mindestens aus Amerika gesendet.

Am späten Samstagnachmittag begann das wöchentliche Baden für die ganze Familie. Eine Wannenfüllung musste dann schon mal für drei bis vier Kinder reichen. „Heute geh ich aber zuerst ins Pullefass!" hörte ich Peter im Brustton der Überzeugung sagen.

„Jetzt hör ma auf zu knatschen, Pedder, sons krieg ich noch n Rappel! Ich bin heut ma zuerst dran, ich habs eilig!"

„Bisse bekloppt, Ilona? Wenne so weitermachs, krisse gleich eine geschallert!"

„Die Aufregung ist vollkommen überflüssig, Kinder. Wie immer geht es auch heute nach Schema F!" Das bedeutete, zuerst badeten die Kleinen und dann immer der Reihe, sprich dem Alter nach. Da hatte Peter nun mal Pech.

„Ausnahmsweise, in Gottes Namen" betonte Mutter und nur zwei von uns mussten ins gleiche Badewasser, das zunächst froschgrün glitzerte und frisch nach Fichtennadelschaum duftete und dann immer mehr der Farbe von erdig braunem Lindeskaffee glich.

Jetzt hieß es warten und wir, mittlerweile Großen übten uns in Geduld, bis der Gasboiler endlich auch für uns das heiße Wasser produzierte. Zum Glück durfte ich diesmal zuerst in die Wanne des genau richtig temperierten Badewassers. Ich glitt gemütlich über die Schräge in voller Länge in die Wanne und konnte gerade eben einen wohlig lauten Seufzer unterdrücken. Das schönste der Gefühle überkam mich, wenn ich sauber geschrubbt aus der Badewanne mich ins gerade frisch bezogene Bett kuscheln konnte, die saubere Bettwäsche wunderbar duftend draußen an der Leine getrocknet.

Der Sonntag begann mit dem Frühstück. Schlecht gelaunt schaute ich die übrig gebliebenen Brote vom Vorabend an, die halb vertrockneten Käsescheiben bogen sich dann schon himmelwärts und auch die Wurstbrote sahen nicht gerade appetitlich aus.

Aber unser Vater kannte keine Gnade. „So weit kommt dat noch, ich werf doch kein Brot weg. Nie im Leben!" Vater konnte niemals vergessen, welche Qualen ihm das Hungern als junger Mann im Krieg bereitete. Deshalb galt es als ungeschriebenes Gesetz, dass in unserem Haushalt nie und nimmer Brot weggeworfen wurde. Das kam einer mittelschweren Todsünde gleich.

Moni meinte verschwörerisch, trotzdem vollkommen ernst mit erhobenem, auf mich gerichteten Zeigefinger: „Da wohnt der liebe Gott drin!", woraufhin Ilona prompt die Augen verdrehte. „Dir ist einfach nicht zu helfen. Da fällt mir nix mehr ein!"

Erst wenn das letzte Brot vom Vorabend aufgegessen war, gab es endlich frischen Stuten mit guter Butter, dazu ein Sonntagsei, genau fünf Minuten gekocht, das Eigelb butterweich.

Danach ging es Richtung Kirche, spätestens um elf Uhr zum Hochamt. Mutter wurde der Kirchgang gnädig erlassen, hatte sie doch mit der Vorbereitung des Mittagessens alle Hände voll zu tun.

Allmählich fingen die ältesten Geschwister an, den Kirchgang zu schwänzen, was unser Vater misstrauisch registrierte. Beim Mittagessen fiel dann der legendäre Satz: „Solange du deine Füße unter meinen Tisch stellst, gehst du in die Kirche, verstanden? Wo gibt's denn sowat, bis in die Puppen schlafen?" Nichts war klarer und diese Fragen unzweifelhaft als Anordnung zum Kirchgang zu verstehen.

Gerade Klara hätte gern sonntags einmal ausgeschlafen, da sie an allen Werktagen, damals auch noch samstags bei „Rheinstahl", einem Büro der Ruhrkohle in der Stadt ihrer Ausbildung als kaufmännischer Angestellten, wie es so unpassend hieß, nachkam.

Zerknirscht lenkte sie am Frühstückstisch ein, noch bekleidet mit einem kurzen, todschicken Schlafanzug, der komischer Weise Babydoll genannt wurde. Dennoch konnte sie sich den Kommentar nicht verkneifen: „Ich muß ja sowieso im Kirchenchor singen, also wat machts da schon aus, eher aufzustehen."

Vater ging nach dem Hochamt zum Frühschoppen in den Kastanienhof. Bei seiner einzigen, festen Verabredung spielte er dort mit ein paar Nachbarn eine Runde Skat. Ein bisschen angeschickert lächelte er danach stets schief, die Krawatte gelockert, gleichmäßig seine Hemdsärmel vom weißen Sonntagshemd aufgekrempelt.

An diesen Sonntagen sah Papa ungewohnt großzügig, durch den seltenen Pilsgenuss sogar gönnerhaft über manche Nachlässigkeit von uns hinweg.

Mutter bereitete inzwischen ein leckeres Sonntagsessen zu, oft Goulasch, halb Schweine- und halb Rindfleisch mit vielen Zwiebeln und dazu

Nudeln von Birkel, auf dessen dunkelblauer Verpackung viele Eigelbe in aufgeschlagener Eierschale prangten. Um das Menü perfekt zu gestalten, durfte zu guter Letzt der von Mutter über alles geschätzte Salat mit gelben Wachsbrechbohnen nicht fehlen.

Falls noch im Vorrat vorhanden, gab es zum Nachtisch eingemachtes Obst, entweder Birnen oder Pflaumen und Sonntag für Sonntag gekochten Vanillepudding, den guten von Doktor Oetker dazu.

Danach ging der zeitraubende Abwasch los, der Fußboden in der Küche nass wie im Schwimmbad, rutschte ich mit einer filigranen Porzellantasse vom besten Geschirr aus, das selten benutzt wurde, manchmal sonntags und an Feiertagen. Wie konnte es auch anders sein, zerbrach die Tasse in unzählige Stücke. Mit hängenden Schultern schaute ich auf das Malheur, in Erwartung der unvermeidbaren Gardinenpredigt.

Mutter blitzte mich wütend an. „Da kann man wohl nichts machen. Das Kind hat einfach zwei linke Hände!" Kein Wort des Trostes, noch nicht einmal, als ich mich beim Aufsammeln der Scherben tief schnitt. Lapidar bekam meine Schwester die Anweisung: „Kathi, mach mal ein Pflaster drauf!"

Es dauerte nicht mehr lange bis zum gemeinsamen Kaffeetrinken. Für uns Kinder gab es selbstverständlich Lindeskaffee oder auch Muckefuck genannt. Die weißblaue Verpackung vom Kinderkaffee erinnerte mich schon beim Betrachten an den modrigen Geschmack. Ungeliebter Kaffeeprütt knirschte für den restlichen Tag zwischen den Zähnen.

So gingen die Sonntage recht langweilig einher, unterbrochen von den Mahlzeiten. Der wichtige und nicht unerhebliche Unterschied bestand in der Sonntagskleidung. Jeder zog sein bestes und neuestes Kleidungsstück an. Die Ungeduld, mit der wir Mädchen den Sommer herbeisehnten, um endlich, endlich wieder Kniestrümpfe anziehen zu können, die Jungs ihre kurzen, blank gescheuerten, dunkelgrünen Lederhosen mit einem Edelweiß mittig auf dem Steg zwischen beiden Hosenträgern. Sonntags allerdings waren die abgewetzten Lederbuxen tabu. Dann mussten es beim Kirchgang die stets zu kurz geratenen, oft marineblauen oder langweilig grauen, langen Stoffhosen sein.

Alle Freundinnen verbrachten genau wie ich den Sonntag zuhause. Manchmal schien die Zeit mit Händen greifbar zu sein. Wurde es mir allzu langweilig, besuchte ich die Nachbarn ringsum.

Nachbarschaft

Inzwischen entwickelte ich eine geniale Strategie, wie ich fand, um mich aus der ständigen Verantwortung zu schleichen, in dem ich laut den Namen eines meiner jüngeren Geschwister rief: „Hey, ja sag mal, Grete, wo hast du dich bloß wieder versteckt?" und lief dabei vom Hof über die Straße und ward nicht mehr gesehen.

Liebend gern ging ich die Nachbarn besuchen, um ein Pläuschchen zu halten und sicherlich auch Neues von Familie Meyer zu erzählen, was Mutter ganz und gar nicht schätzte. „Christine, du bist so ein großer Egoist, da bleibt einem die Spucke weg. Reicht man dir den kleinen Finger, nimmst du gleich die ganze Hand. Was du dir herausnimmst, das geht auf keine Kuhhaut! Es geht niemanden etwas an, was in unserer Familie vor sich geht, schreib dir das endlich hinter die Ohren!"

Wenn Mutter mir eins auswischen wollte, gelang ihr das mit diesem Ausspruch garantiert. Ich fühlte mich über alle Maßen beleidigt, weil es nach meiner felsenfesten Meinung in unserer großen Familie überhaupt nicht möglich war, egoistisch zu sein, schon gar nicht als Mädchen! Heilfroh wäre ich gewesen, würde es mir auch nur glücken, die hässlichen Bauchschmerzen loszuwerden, die jeder Schimpftirade Mutters verlässlich folgten. Sprachlos über soviel Unverständnis verließ ich mit hängenden Flügeln die Küche.

Tante Liese, die besonders freundliche und was viel wichtiger war, vor allem kinderlose und zu und zu warmherzige Frau, besuchte ich liebend gern.

Tante Liese war gebürtig aus Schlesien und kochte und backte nach alten, traditionell schlesischen Rezepten. Ihr größter Wunsch nach eigenen Kindern blieb unerfüllt und so verwöhnte sie ausgiebig gern ihre Ersatzkinder aus der Nachbarschaft. Sie lachte den lieben langen Tag und weil ihre Mundwinkel stets nach oben zeigten, spotteten manche böswilligen Nachbarn, sie sei immerfort in Gedanken. Außer Atem begrüßte sie mich freundlich: „Na, das ist aber mal eine schöne Überraschung, dass du mich besuchen kommst, Tineken! Immerfort habe ich an dich gedacht."

Bei jedem Besuch dauerte es eine geraume Zeit, bis Tante Liese aus ihrer Wohnung im ersten Stock schwerfällig über die Treppe schlurfte, bis sie dann abgekämpft unten an der Haustür stand, um erst einmal zu verschnaufen. Klara nannte Tante Liese eine ehrliche Haut, ich fand sie gut, so wie sie war, eine gemütliche, mit reichlichen Rundungen versehene Frau, die viele Stunden des Tages am Herd in ihrer vor Sauberkeit blitzenden Küche zubrachte und dabei die leckersten Gerichte oder knusprigsten Gebäcke zauberte. Jeden Tag, ob Sommer oder Winter, trug Tante Liese weiße, ärmellose Blusen, die frisch nach Hoffmanns Stärke rochen, ein bunter Schürzenkittel lose darüber geworfen. Andächtig und mit viel Sorgfalt suchte Tante Liese zweimal im Jahr aus der neuen Kittelkollektion vom Versandhaus Quelle nur die allerschönsten Modelle aus.

Wir setzten uns an den kleinen, mit dunkelgrünem Linoleum bezogenen Tisch in ihre Küche, die, sooft ich Tante Liese besuchte, picobello aufgeräumt war. Meine Füße reichten nicht ganz bis auf den Boden, deshalb wippte ich unter dem Tisch ein wenig damit hin und her.

Sie sang im besten Sopran: „Wenn der weiße Flieder wieder blüht"... Dabei zog sie ihre dick nach gestrichelten, nussbraunen Augenbrauen in die Höhe und hob ihre kugelrunden, nackten Oberarme, als ob sie einen Kopfsprung ins Schwimmbecken vorhätte und zum Vorschein kamen braun gelockte Haarbüschel, die einen Duft von Kernseife verströmten.

Nichts, aber auch gar nichts konnte mich davon abbringen, ich blieb felsenfest davon überzeugt, dass, wann immer Tante Liese für mich kochte, briet oder buk, sie damit zum Ausdruck bringen wollte, mit welcher bedingungs- und grenzenlosen Zuneigung sie all diese herrlichen

Speisen zubereitete. Die Botschaft der Liebe, die durch den Magen geht, traf ins Schwarze, ich war ausgehungert danach.

Nichts konnte ich mehr genießen, als in aller Ruhe und vor allem ganz allein von Tante Liese kulinarisch verwöhnt zu werden. Dabei hatte ich das Gefühl, dass auch sie es in vollen Zügen genoss, endlich einmal ein Kind an ihrem Tisch zu betüddeln.

Besonders in der Vorweihnachtszeit backte sie köstliches Nussgebäck, das schon im Backofen herrlich aromatisch nach den besten Zutaten duftete. Gute Butter durfte niemals fehlen. „Jetzt koste aber mal, Tineken. Meine allerfeinsten Nussplätzchen. Immerfort backe ich sie zuerst. Der Onkel Otto mag sie noch nicht einmal, kannst du dir das vorstellen? Immerfort kann ich nur sagen: Perlen vor die Säue!"

Die etwas harte Aussprache verriet die Herkunft Tante Lieses. „Ja, ja immerfort bleibt Schlesien meine Heimat, das kann Bottrop niemals werden!"

Wenn es so etwas wie Glück für diese Frau gäbe, dann war sie ganz sicher überglücklich in der Vorweihnachtszeit mit den Händen bis hinauf zu den Ellenbogen im Plätzchenteig versunken und voller Freude auf die wunderbaren und so leckeren Ergebnisse.

In der ganzen Siedlung hieß Tante Liese Frau Immerfort, weil sie ihr Lieblingswort über alles mochte und in fast jedem Satz unterbrachte. „Wat macht denn eigentlich Frau Immerfort?" fragte hämisch Frau Pott, die wegen ihrer Körperfülle in kein Kleidungsstück der normalen Konfektionsgrößen passte und sich zeltähnliche Kleider auf ihrer Singer Nähmaschine nähte. Nebenan hörte ich das altersschwache Gerät unermüdlich rattern. Niemals sah ich Frau Pott außerhalb ihres eigenen Grundstücks, völlig vereinsamt zog sie sich dorthin zurück. Ich tat so, als hätte ich nichts gehört, obschon sich Frau Pott diesmal bis an ihr Gartentor hervorwagte.

Unterdes machte sich Tante Liese um meine moralische Erziehung Sorgen. „Kind, guck nicht immerfort soviel Fernsehen, das ist und bleibt Teufelszeug und für Kinder nicht geeignet!"

„Sicher, Tante Liese, darauf kannst du dich verlassen", sagte ich im Brustton der Überzeugung, denn diese paar Minuten Kinderprogramm konnte sie doch wohl allen Ernstes nicht meinen.

Trotzdem sang ich Tante Liese das Lied von Gitte Haening vor, mit dem sie gerade am „Grand Prix de la Chansons" teilgenommen hatte: „Ich will nen Cowboy als Mann", das ich grandios fand und laut trällerte, Tante Liese zuckte jedes Mal, wenn ich „Cowboy" sang, zusammen.

Während des musikalischen Vortrags war ich aufgestanden und bemühte mich nach Kräften, die Gesten und auch die Mimik des dänischen Stars nachzuäffen, wie Mama dazu sagte. Tante Liese blieb das nicht verborgen und sie belohnte meine Bemühungen mit heftigem Kopfschütteln. Diplomatisches Vorgehen und vor allem Ablenkungsmanöver waren jetzt angesagt, soviel war klar.

Also bestaunte ich die merkwürdigen Sammeltassen von Tante Liese, so als hätte ich sie gerade zum ersten Mal gesehen. Wie ein hypnotisiertes Kaninchen glotzte ich auf die vielfach gestärkten Deckchen, die sich in aufwändigen Rüschen an die Sammeltassen schmiegten. Das Allerheiligste von Tante Liese, „mit Mühe und Not zusammen getragene Einode" glänzten hinter blank polierten Scheiben des altbackenen, schwarzbraunem Stubenschranks. Dann und wann holte Tante Liese die Sammeltassen hervor, ließ besonders viel Spüli ins Nirosta-Spülbecken und tauchte blubbernd das feine Geschirr mit außerordentlich kitschigen Mustern, vorsichtig unter. Beim Betrachten dieser Zeremonie kam mir in den Sinn, dass die Babies bei uns zuhause auch nicht zärtlicher gebadet wurden.

Regelmäßig in den Schulferien bekamen Tante Liese und Onkel Otto von ihren Patenkindern Besuch. „Jetzt habe ich natürlich immerfort andere Verpflichtungen!" nahm Tante Liese ihre kurzweilige Ferienelternschaft besonders ernst und schürte damit die bereits schon riesengroße Konkurrenz unter uns Kindern. „Für dich habe ich keine Zeit!" wurde ich direkt an der Haustüre abgewimmelt.

Als sich dann ihr Patenkind Stephanie auf unserer einzigartigen Schaukel das Bein brach und deshalb unsere wunderbare, allseits über alles geliebte Schaukel abgebaut werden musste, war das nachbarschaftliche

Einvernehmen doch empfindlich gestört und so stellte ich die Besuche ohne weiteres bei Tante Liese und Onkel Otto ein.

Auf unserer Straße, direkt vor dem schmalen Bürgersteig lagen etliche Kohle- und Kokshaufen. Es war an der Zeit, für die nächste Heizperiode Kohlen einzukellern. Unsere Straße glich einem schwarzen, hügeligen Gebirge und Tommy und Klaus nutzten die seltene Gelegenheit darauf herum zu springen.

„Peter, komm Kohlen schüppen. Ich mach dat Kellerfenster auf und du kannst mit der Schubkarre bis ans Haus fahren!" Peter kratzte sich nachdenklich am Kopf.

Zwei Tonnen Koks, das alljährliche Deputat von Papas Pütt, ganz allein einzukellern, leichter gesagt als getan. Vater nahm noch den Rost über dem Kellerfenster ab, reichte Peter eine Schüppe und dann hieß es nur noch in die Hände spucken. Der Kohlenkeller lag Gottlob nach vorne heraus und so schob Peter unter lautem Ächzen die voll beladene Schubkarre direkt bis unter das Fenster im Kinderzimmer. Schräg gestellte Bretter beförderten die Kohle schneller ins Haus. „Dat muss ja mit dem Deibel zugehn, wenn ich dat nich bis zum Dunkelwerden schaff!"

Unauffällig stibitzte ich ein winziges Stückchen Kohle, klein wie eine Setzkartoffel, so schwarz wie echte Lakritze und zudem glitzernd in allen Regenbogenfarben, wenn ich sie gegen die schräg stehende Herbstsonne hielt.

Am Abend zierten Peters Hände dicke, rote Schwielen, auf die er, wenn mich nicht alles täuschte, stolz herabsah. Der fettige, rußige Dreck vom Koks war so tief in Peters Finger eingezogen, dass er seine Hände eine halbe Stunde lang in Prilwasser einweichen musste, um sie wenigstens einigermaßen zu säubern, was meinem ungeduldigen großen Bruder mehr als schwerfiel.

Anschließend schrubbte Kathi die Steine vor dem Haus blitzblank, so blieb der Kohlenstaub draußen und floss mitsamt dem Putzwasser über den Bürgersteig auf die schweren Gullydeckel zu.

Nach geraumer Zeit besuchte ich regelmäßig, keinesfalls wählerisch unsere direkte Nachbarin Frau Waldhoff. „Ich bin nicht deine Tante, also sag auch nicht Tante zu mir." Dann sprach ich sie eben korrekt an, das störte mich nicht im Geringsten.

Im kleinen Vorgarten ragten die kitschig rosaroten, gerade verblühten aber im Sommer fast bonbonrosa Rosenstöcke von Familie Waldhoff kerzengerade mit gesundem, dunkelgrünem Laub in die Höhe und waren somit durchaus vergleichbar mit der Haltung der Rosenbesitzerin.

Frau Waldhoff belegte gerade einen Kurs in der evangelischen Kirchengemeinde, der sie angehörte, „Nähen für Fortgeschrittene" und schlug mir vor, ein Kleid für mich zu nähen. Dieser Umstand machte mich ein wenig stolz, wenngleich ich mit Skrupeln beladen in das evangelische Gemeindehaus ging. Hoffentlich sieht mich keiner, vor allem nicht Pater Behrend dachte ich, vom schlechten Gewissen geplagt und vollkommen sicher, niemals zur religiösen Konkurrenz überlaufen zu wollen.

Das Schnittmuster für mein neues Kleid erinnerte mich an ein modernes Bild, das ich bei Tante Paula in Düsseldorf gesehen hatte. Frau Waldhoff kurvte geschickt mit dem silbrig glänzenden, spitzen Kopierrädchen über die schier unentwirrbaren, schwarzen und roten Linien. Mit bunten, pieksenden Stecknadeln, die mich bei der ersten Anprobe erschrocken zusammenzucken ließen, wurden die zugeschnittenen Stoffbahnen zusammengesteckt. Mit viel Phantasie konnte man zu diesem Zeitpunkt eine Kleiderform erahnen.

„Steig ma auf den Stuhl, dat ich den Saum abstecken kann!" Aus wackeliger Höhe schaute ich direkt auf die fleischigen, dunkelrot durchbluteten Ohren unserer Nachbarin, die von fliederfarbenen, riesigen Ohrclips in die Länge gezogen wurden. Kathi hatte mir vor kurzem erzählt, dass die Ohren auch bei erwachsenen, sogar noch bei alten Menschen weiterwachsen und so betrachtete ich diese hässlichen Exemplare ausgiebig. Nach der Größe der Ohren zu urteilen musste Frau Waldhoff mindestens hundert Jahre alt sein.

Ohne Frage sollte es wieder einmal ein Sonntagskleid werden und ich freute mich darüber den ewigen Strickkleidern Marke Strickmaschine zu entkommen.

Der Stoff für mein neues Sonntagskleid bestand aus buntem, pflegeleichtem Neyltest, einer neuen Faser aus Amerika. Die Verkäuferin aus der Stoffabteilung bei Althoff wurde nicht müde die besonderen Eigenschaften des hochmodernen Stoffes zu loben. Dabei nickte sie unaufhörlich und riss ihre kurzsichtigen Augen hinter einer strengen, dunkelbraunen Hornbrille auf, um ihre Worte kräftig zu bestätigen. „Dat Stöffken is absolut waschmaschinenfest. Wenne ma n Flecken aufm Kleid has, macht nix, ab dafür inne Waschmaschine! Geht raus wie nix!"

Die Frisur der Verkäuferin glich der von Anneliese Rothenberger, der Opernsängerin, die Mama für ihr Leben gern im Fernsehen sah. Dauergewellte Linien, exakt gelegt in Reih und Glied zierten ihren kugelrunden Kopf.

Stundenlang hätte ich der Stoffverkäuferin dabei zusehen können, wie sie geschickt die großen Stoffballen vor uns abrollte und den Stoff neben einander drapierte, aber Frau Waldhoff wollte auf dem schnellsten Wege nach Hause zurück. Nur keine unnötige Zeit vergeuden lautete ihre Devise. Es gab keine Sinalco und erst recht keinen kostspieligen Imbiss wie bei den Einkaufstouren mit Mama. „Viel zu teuer. Dat is doch verplempertes Geld! Dat kann man alles zuhause viel billiger haben!" Protestantisch sparsam kam es unserer Nachbarin noch nicht einmal in den Sinn, sich selbst eine Freude zu gönnen.

Nach reichlichem Probieren und Überlegen entstand ein Kleid, an der vorderen Knopfleiste mit akkurat gleichgroßen Rüschen versehen, aus weißgrundigem, glattem Stoff mit geographischem Muster in allen erdenklichen hell- und dunkelgrünen Farbnuancen. Mit einem Wort: ich fand mein neues, kurzärmeliges Sommerkleid todschick.

Es verstand sich von selbst, dass ich mein neues Kleid ausschließlich am Sonntag und sobald es das Wetter zuließ, an hohen Feiertagen anziehen durfte.

Dadurch, dass ich regelmäßig zur Anprobe ging, das halbfertige Kleid Gott sei Dank mittlerweile von langen, weißen Reihfäden zusammengehalten, kam ich mehr oder weniger pünktlich zu den Essenszeiten von Familie Waldhoff, selbstverständlich eher gewollt als unbedacht. Jedenfalls wurde ich dann, weil es sich so gehörte, zum Essen an den Tisch gebeten. Frau Waldhoff, gebürtig aus dem Rheinland, bevorzugte deftige Hausmannskost, vor allem leckere Bratkartoffeln, in guter Butter mit klein gewürfelten Zwiebeln goldbraun gebacken, die ich so schrecklich gern aß. So futterte ich mich durch die Nachbarschaft und Mutter störte das ganz empfindlich.

„Was sollen denn die Leute denken? Ich möchte nicht wissen, was du denen alles auf die Nase bindest. Die zerreißen sich über unsere Familie doch sowieso schon das Maul! Die Wände haben Ohren, merk dir das endlich mal! Wie oft muss ich dir das denn noch sagen?" Mutter schüttelte den Kopf und wenn sie es gar nicht mehr aushielt, wie in diesem Moment, suchte sie sich woanders eine Beschäftigung. Mit fliegenden Fahnen verließ sie fast fluchtartig die Küche, um die trockene Wäsche draußen von der Leine zu nehmen.

Einmal mehr musste ich mir eine Gardinenpredigt von Mutter nach meinem kulinarischen Ausflug bei Frau Waldhoff anhören. Mir hatte es rundherum ausgezeichnet, ja sogar fabelhaft geschmeckt und das blieb für mich die Hauptsache.

Als Mutter wieder hereinkam, den schweren Wäschekorb auf die linke Hüfte gestützt, dorthin, wo sonst nur die Jüngsten sitzen durften, stemmte sie den rechten Arm in der runden Hüfte auf und sprach wie so oft in Rätseln: „Und? Der Rest ist Schweigen."

Auf der grauen Garagentür, die zum Garten lag, hatte jemand von den Nachbarskindern mit einem dicken Pinsel: „Wer das list, is dof!" fein säuberlich mit zäher, schwarzer Farbe aufgetragen, die nach unten verlief und lange, ausgefranste Linien zog. Der vielen Rechtschreibfehler wegen vermutete ich, dass Klaus Freund Jürgen hinter der Schmiererei steckte, der gleiche, vermeintliche Freund, der meinem Bruder das hübsche Veilchen verpasst hatte. Die beiden Jungs verband so etwas wie eine Hassliebe, einerseits verbrachten sie ihre gesamte freie Zeit miteinander, andererseits kloppten sie sich wie die Kesselflicker, wie Mama das nannte. Für das aktuelle Gekritzel hatte sie wieder einen passenden philosophischen Ausspruch parat: „Narrenhände beschmieren Tisch und Wände!"

Nicht nur wegen der leckeren rheinischen Kochkunst von Frau Waldhoff freute ich mich auf die Anproben, nein sie besaß wie nicht viele Nachbarn den Anschluss für das Zweite Deutsche Fernsehen. Der Fernseher, ein hochglänzender, runder Apparat auf filigranen Beinen der Firma Grundig, lief ununterbrochen, sobald das Programm am Nachmittag begann, sogar noch in der Sendepause.

Brennend interessierte ich mich für die Nachricht, dass gerade der 1 000 000ste Gastarbeiter auf Einladung der Bundesregierung unseres Kanzlers Adenauer, ein Portugiese am Kölner Hauptbahnhof angekommen war.

Armando Rodrigues de Sa bekam vollkommen fassungslos und überwältigt von vielen Festreden, worin die Dankbarkeit eine große Rolle spielte, ein Moped umsonst, wie ich staunend hörte. Ich sah wehende Fahnen, die einem großen Farbenmeer glichen, lauschte lauten Trompetenklängen, oft schief und für meinen Geschmack zu dick aufgetragen. Was für ein Aufstand dachte ich, alles für einen Mann! Von Politik verstand ich so gut wie nichts. Nach einem ausschweifendem Blitzlichtgewitter und überbordendem Applaus bekam der Mann mit dem fremd klingenden Namen ein kleines Moped geschenkt und einen riesigen Blumenstrauß überreicht.

Mein Vater schnauzte außer sich und rot vor Zorn:„Der kleine Mann auf der Straße kann sehen, wo er bleibt und die Gastarbeiter kriegen hinten und vorne alles rein gesteckt! Is doch verdammt wahr!" Zustimmung fordernd schaute er sich um, fummelte am Wasserhahn über dem Spülbecken und tat so, als ob dieser dringend neu abgedichtet werden müsse.

Über seine typische Empörung vergaß er, dass die Gastarbeiter Arbeiten verrichteten, wozu sich seine deutschen Kollegen oft schon zu fein waren.

„Papa, hör mal," versuchte ich ihn diplomatisch zu beeindrucken, „die Menschen kommen aus ihrer Heimat hierher zu uns, weil sie zuhause keine Arbeit finden. Oft müssen sie sogar ihre Familien zurücklassen!" Stur wie ein Esel ließ sich Vater noch nicht einmal davon beeindrucken, obschon er am eigenen Leib erfahren hatte, ständig Sonderschichten machen zu müssen, weil sonst die Arbeit unter Tage gar nicht mehr zu schaffen war. Felsenfest davon überzeugt, meinen Vater, den Familienmenschen schlechthin mit diesem einen Argument umstimmen zu können, musste ich doch einsehen, dass er sich nie und niemals darauf einließ, mit einem Piefke wie mir zu diskutieren.

Mein Vater guckte mich ungläubig an, dass ich es mir herausnahm ihm als rotznäsiges Dötzchen, wie er es nannte, zu widersprechen. „Musst du eigentlich immer deinen Senf dazugeben?" schlug er mir ungehalten um die Ohren. Wutschnaubend schüttelte er den Kopf, sein Adamsapfel hüpfte aufgeregt, achselzuckend knurrte er etwas von Hopfen und Malz verloren und dann zog er sich in sein Refugium, den Keller zurück.

Dort hatte er alle Hände voll zu tun, kündigte sich langsam aber sicher die Weihnachtszeit an.

Weihnachtszeit / Feiern

Das Jahr 1964 ging dem Ende zu, alle Farbe war längst aus unserem Garten verschwunden und als wir uns auf Weihnachten freuten, rundete sich der Bauch unserer Mutter erneut. Meine älteste Schwester Klara verstand diese merkwürdige Art der Familieplanung überhaupt nicht mehr, hatte sie doch hautnah miterlebt, wie schwierig, ja fast dramatisch sich die letzte Entbindung Mutters im dafür immer noch fremden Krankenhaus entwickelte. Sorgenvoll versuchte Klara Mutter ins Gewissen zu reden, was sich unsere Mutter aber rund heraus grundsätzlich verbat. „Kinder haben sich in solche intimen Dinge nicht einzumischen! Das geht ganz allein deinen Vater und mich etwas an! Soweit kommt das noch!" Damit war das Thema ein für allemal vom Tisch.

Beim letzten, ausgiebigen Besuch Mutters im Weihnachtsland stöberte ich in ihrem Kleiderschrank herum. Der Anblick ihrer hübschen, stoffbezogenen Fotomappe mit schwarzbraunem Stoffeinband in glänzendem Blumenmuster, ähnlich dem von Pater Behrends chinesischen Kladden, die Ecken in weichem Leder eingefasst, erfreute und überraschte mich so sehr, dass mir ein warmer Schauer über den Rücken lief. Froh gelaunt setzte ich mich auf Vaters Seite vom Ehebett und legte die schwarzweißen Fotos auf den rosafarbenen, mir schien nur teilweise gestärkten Damastbezug. Das schon ein wenig vergilbte Foto zeigte Vater als jungen, attraktiven Mann in Marineuniform mit ungewohnt ruhiger Ausstrahlung, das Grübchen in seinem Kinn kugelrund. Wann war das wohl? Ich konnte mich noch so anstrengen, auf der Rückseite der Fotografie konnte ich keine Jahreszahl erkennen.

Auf dem Hochzeitsfoto der Eltern sah ich Mutter im filigranen, wunderschönen Spitzenkleid mit sorgfältig ondulierten Engelslocken, die sich ganz natürlich um den Organzaschleier schmiegten. Sie lächelte zaghaft in die Kamera, Vater in Uniform der Kriegsmarine deutlich angespannter, ging es doch auf das Ende des zweiten Weltkrieges zu.

Auf dem nächsten Foto sah ich Vater in seiner mindestens fünfzig Schüler umfassenden Volksschulklasse, die Haare wegen des ständigen Läusebefalls millimeterkurz geschoren. Das ganz und gar vergilbte Foto hielt sich fest an längst vergangenen Zeiten, der Matrosenanzug gehörte wohl dazu.

Die restlichen Schwarzweißfotos zeigten irgendwelche Cousinen und andere mir völlig fremden Verwandte, deshalb legte ich ein wenig später die Mappe zurück an ihren Platz zu Mamas verborgenen Schätzen.

Aus dem Wollmantel von Mama lugte etwas silbrig Glänzendes hervor. Neugierig inspizierte ich die Taschen von Mutters braungrünem Wintermantel aus schwerem Tweedstoff und fand einen leeren, silbernen Tablettenstreifen, auf dem ich die Anfangsbuchstaben der Wochentage kaum noch entziffern konnte. Merkwürdig, was Mama alles so sammelte! Zu meinem Glück kramte ich ein hellblaues, durchscheinendes Coryfin C- Bonbon hervor, das Mama übersehen hatte. Langsam ließ ich es auf meiner Zunge zergehen, genoss den Geschmack von Eukalyptus und einer undefinierbaren Zitrusfrucht im ganzen Mund.

Meine Schwester Klara ging schon seit langem ihrer eigenen Wege, unternahm viel mit ihrer braven Freundin Adelheid, immer Addi genannt, und erzählte mir von ihrem ersten Tanzkurs. In der Küche versuchte ich mich als Tanzpartner und erlernte die Grundschritte von der Rumba und dem Charleston.

„Jetzt lass dich mal führen! Ich bin der Mann und du die Frau, kapito?" Ich gab mir alle Mühe, Schritt zu halten, aber sie ließ keinen Zweifel offen, wer der Chef auf dem Tanzparkett war. Oft wartete ich gespannt darauf, dass Klara nachmittags gegen fünf Uhr von der Arbeit aus dem Büro nach Hause kam. Nachdem sie schnell etwas gegessen hatte, stellten wir das Radio in der Küche an. Der WDR spielte am Nachmittag Tanzmusik und so konnten die anstrengenden Proben losgehen. „Stell dich doch nicht so an! Sei mal n bisken locker!"

Trotzdem prahlte ich stolz wie Oskar, richtig vergnügt: „Dat is doch kikileicht!" „Jau, ich merk dat schon, wie du mir aufe Füße latscht, du Trulla!"

„Weiße wat, in der letzten Tanzstunde haben wir den Twist getanzt, Tine, dat is n Tanz, den du bestimmt gut findest! Der is nicht so langweilig und albern wie Rumba oder Cha-Cha-Cha." „Von meinem nächsten Lohn kauf ich mir die Schallplatte, dann kannse den Twist ma kennen lernen!"

Manchmal durfte ich sonntags sogar Klara und Addi in die nahe gelegene Kneipe, dem Kastanienhof, begleiten. Nachmittags gegen fünf kam uns eine Qualmwolke von Zigaretten und zur Feier des Tages gepafften Handelsgold Zigarren entgegen, sobald wir die massive Tür aus dunkelem Eichenholz öffneten und bierschwangere Luft uns empfing. „Kommt ma rein Mädels, wir beißen nich!" lud der Wirt, eine Hand im Wasser, mit nasser Schürze Sonntag für Sonntag freundlich, mit der anderen Hand winkend ein, Wassertropfen flogen durch den verqualmten Raum.

Fasziniert von der bunten Musikbox drückte ich mir die Nase daran platt, das glatte Glas kühlte mein aufgeregt rotes Gesicht. Ich liebte das klackernde Geräusch, mit dem eine Schallplatte exakt auf Wunsch aus dem schwarzen Fächer herausgehoben und auf den Plattenteller gehievt wurde. Voller Neugierde entzifferte ich die Neuerwerbungen auf den Heftseiten großen Listen und steigerte damit meine Vorfreude auf die neuesten Hits. Für zwanzig Pfennig durfte ich A 5 drücken und Petula Clark sang für uns „Downtown" in der deutschen Version. Ich wippte im Takt mit den Füßen dazu und die angeschickerten Gäste, die verlässlich jeden Sonntag vom Frühschoppen übrigblieben, grölten die Liedpassage mit der Einsamkeit fast ohne zu lallen kräftig mit. „Bist du allein, von allen Freunden verlassen, dann geh in die Stadt, downtown!" Allein der amerikanische Slang blieb Frau Clark vorbehalten, obschon Addi sich nach Leibeskräften vergeblich darum bemühte, ihn zu imitieren.

Bei C 7 hörten wir Drafi Deutscher mit „Marmor, Stein und Eisen bricht" unterstützt von den nicht mehr ganz so sicheren, dafür umso lauteren Stimmen. „Aber unsere Liebe nicht, alles, alles geht vorbei, doch wir sind uns treu!" Brennend hätte mich interessiert, was die mit dem inzwischen wohl völlig zerkochten Sonntagsessen wartenden Ehefrauen zu dem Thema Treue meinten.

„Mach ma D 4, dat is der Österreicher, der auch so toll Klavier spielen kann!" Udo Jürgens sang mit viel Schmelz in der Stimme von dem schönen Mädchen, das er wohl immer noch suchte in „Siebzehn Jahr, blondes Haar." Klara und ihre Freundin Addi hingen andächtig schmachtend der Musik nach.

Wenn ich die Augen schloss, konnte ich das nette Mädel mit glänzend langen Haaren direkt vor mir sehen. Es hätte mich nicht gewundert, wenn sie plötzlich in unsere verräucherte Vorstadtkneipe käme und sich freundlich plaudernd zu uns setzte.

Ich kam mir so erwachsen vor! Wäre ich doch bloß schon fünfzehn Jahre, das würde mir reichen. Siebzehn sein, Lichtjahre von mir entfernt.

„Heute kannse ma Ochsenschwanzsuppe probieren!" machte mir Adelheid den Mund schon wässerig auf den angesagten Imbiss, als wir noch zuhause saßen.

Addi wartete schon eine ganze Weile auf Klara, die immer noch mit Röllekes im Haar in aller Ruhe ihre Fingernägel feilte und danach für mein Gefühl ein wenig zu bonbonrosa lackierte. „Hömma Tine, zieh schon ma dein kariertes Kleid an, du weißt schon, dat mit dem Bubikragen!" Sofort zog ich mein Sonntagskleid an, das Klara prüfend begutachtete. Fast alles hätte ich getan, um mitgehen zu können in die Kneipe, wo gutgelaunte Erwachsene sich einen schönen Nachmittag machten.

„Wir ham jetz keine Zeit mehr für Killefitt! Ich mach ma dat Bügeleisen an und geh eben über den Kragen, der sieht so usselig aus!"

Ungläubig zuckte ich zurück, als Klara sich anschickte, den weißen Bubikragen gefährlich nah an meinem Hals mit dem heißen Bügeleisen zu glätten. „Stell dich nich so an, du Angsthase! Pah, dat sind ja wohl

Kinkerlitzchen!" Die Aussicht auf die wunderbare Musik aus der Musikbox, an der Seite von den beiden, so gut wie erwachsenen jungen Frauen ließ mich starr die Prozedur erdulden. Vollkommen blass geworden erinnerte mich Addi an Irene aus unserem Haus, als sie vor Entsetzen heiser hervorbrachte:

„Dat glaubt mir zuhause kein Schwein!"

Klara hatte nicht zuviel versprochen. Die Single lag auf dem Plattenteller von Papas Schallplattenspieler im Wohnzimmer und Chubby Checker trällerte inbrünstig: Lets Twist again, like we did last summer... Wir schoben unsere neuen tannengrünen Cocktailsessel an die Seite und bewegten uns auf dem schmalen Korridor zwischen Schrank und Tisch, gerade so, als würden wir mit dem brandneuen, rotweißen Hula-Hoop-Reifen üben, den Klara funkelnagelneu in der Stadt bei Sport Weber besorgte und um den wir Mädels uns seither regelmäßig rissen.

Unsere Hüften kreisten, der Po ging rauf und runter im Takt zu der völlig neuen Musik, die mir eine dicke, langanhaltende Gänsehaut am ganzen Körper bescherte.

Klara zog jedes Mal ein Knie heran und wackelte gefährlich, wenn sie nur noch auf einem Bein stand. Vor lauter Anstrengung bildeten sich kleine Schweißperlen auf Klaras Oberlippe. Kathi hopste zwischendurch und gab dem modernen Tanz eine eigenwillige, persönliche Note.

Ein wunderbar rhythmischer Tanz, der Twist! Immer und immer wieder drehte sich die kleine Scheibe auf dem Plattenspieler unseres Vaters, wo doch sonst nur ausschließlich Fred Bertelmann mit seinem Pferdehalfter schnulzig aus dem kleinen Lautsprecher klang. Chubby Checker hörte sich seltsam fremd im gemütlich modern eingerichteten Wohnzimmer an, fast wie ein Außerirdischer! Der röhrende Hirsch schaute von oben über dem Sofa ausdruckslos auf das Getümmel.

„Klara, du kanns mir doch solange deinen Hula-Hoop geben! Hasse gesehn, ich kann den Hula-Hoop sogar um den Hals kreisen lassen, dat kann sons keiner!" prahlte Ilona stolz und ihre für unsere Familie ungewöhnlich katzengrünen Augen bekamen einen überzeugenden Ausdruck, der keinen Widerspruch duldete. Sie beherrschte diesen neumodernen Reifen wirklich, ließ ihn mit Leichtigkeit vom Kopf abwärts am Körper herunterwandern und genauso wieder hoch, danach ging es mit den Armen und Beinen weiter, immer haarscharf an der fünfarmigen, gläsernen Lampe im Wohnzimmer vorbei.

„Bo ey, sag ma, wo hasse dat denn gelernt?" Moni kam aus dem Staunen gar nicht mehr heraus, dennoch galt ihr unverhohlenes Interesse in erster Linie der Unversehrtheit der neuen Lampe. „Geh ma lieber raus, bevor noch wat kaputtgeht, da hasse auch viel mehr Platz zum Üben!"

Durch den Stau auf der Autobahn brauchte ich mehr Zeit, als ich geplant hatte. An diversen Baustellen konnte ich nur im Schritttempo fahren und deshalb verspätete ich mich dem entsprechend.

Monika war mit ihrer kompletten Familie in Papas Begleitzimmer und da sie glücklicher Weise im Moment dienstfrei hatte, machte es ihr überhaupt nichts aus, auf mich zu warten.

In stundenlanger Feinarbeit stimmte Margarethe den Plan auf unsere Arbeitszeiten ab, er funktionierte fast wie ein Uhrwerk. Beinahe alle Geschwister kümmerten sich liebevoll um unseren Vater, hielten Zwiesprache mit ihm allein oder mit anderen. Wir lachten über längst vergangene Zeiten und wurden doch ziemlich erbarmungslos auf den Boden der Tatsachen zurückgeholt.

Die junge Ärztin kam ins Zimmer und schaute sich die Arme und geschwollenen Hände Papas an und schüttelte den Kopf.

„Es tut mir leid, aber die ganze Flüssigkeit der Infusion ist in den Arm gelaufen. Ihr Vater ist so abgemagert, dass die Venen am Arm nicht mehr so leicht zu finden sind. Wir müssen jetzt den Zugang am Fuß legen."

Papa tat mir unendlich leid, in solch erbarmungswürdigen Zustand hatte ich ihn noch nie zuvor gesehen. Im Stillen betete ich: „Lieber Gott, lass es ihn doch schaffen, er hat es verdient! Bitte erlöse ihn von seiner Qual!"

Monika verabschiedete sich von ihrem jungen Ehemann und ihrer pubertierenden Tochter und gab den beiden Ratschläge für das Abendessen mit auf den Weg, die sie sich ohne besonderes Interesse anhörten. Als sie gerade auf dem Flur standen, hörte ich Elsa keck fragen: „Was hältst du von Mac Donalds, Paps?"

Dankbar freute ich mich über Monis Idee, bei uns zu bleiben. So ganz allein hatte ich doch Angst davor, Papa könnte gerade jetzt, ganz plötzlich sterben. Tagsüber hatte er schon große Atemaussetzer, sodass wir mehrmals dachten, er verstürbe genau in diesem Moment. Automatisch hielt ich die Luft an, ich wusste nicht, ob das aus Empathie oder Hilflosigkeit geschah. Aber nach bangen Augenblicken atmete er doch weiter, unterstützt von einer automatischen Absaugvorrichtung, die das zähe Sekret aus der von Lungenfibrose geschwächten Brust absaugte.

Jan stürmte ins Zimmer und erinnerte mich sofort an unseren jungen Vater, der nichts, aber auch gar nichts ruhig anging. Genau wie Papa früher, hatte er in null Komma nix unser Elternhaus renoviert und auf die Bedürfnisse seiner eigenen Familie zugeschnitten mit immerhin drei heranwachsenden Kindern und umgebaut.

Mit drei Riesenschritten war er an Papas Bett und redete auf ihn ein: „Sag ma, Vadder, du stirbst doch noch nicht?!" Hastig nahm Jan Papas Hand und strich eilig, fast unachtsam und viel zu heftig darüber, als er sie zu streicheln versuchte.

Moni schüttelte langsam den Kopf. „Glaub mir, ich sehe dat jeden Tag bei der Arbeit. Die blauen Flecken auf Armen und Beinen sind ein sicheres Zeichen dafür, dass er es bald geschafft hat!"

Voller Trauer wurden Jans wunderschöne, graublaue Augen einen Ton dunkler und als wollte er die Tatsachen wegwischen, fuchtelte er mit den Händen in der Luft herum. „Jetzt lasst ma die Kirche im Dorf! So schnell ist noch keiner von der Welt gekommen." Wie zur Bestätigung seiner Worte stopfte er trotzig beide Fäuste in seine Jeanstaschen. Und ganz genauso wie bei Papa vor langer, langer Zeit pulsierten Jans Adern an den Schläfen, gerade in diesem Moment, als er sich nach Kräften anstrengte, ruhig zu bleiben.

Wie Recht er mit seiner Einschätzung behalten sollte, entgegen aller Vorhersagen, erfuhren wir ein paar Tage später.

In den Wochen vor Weihnachten beschäftigte sich Mutter ausschließlich damit, Geschenke für uns einzukaufen. Sie fuhr dann regelmäßig, oft mehrmals in der Woche mit dem Bus in die Stadt und niemand, nicht einmal ihr Hausmütterchen Monika durfte sie begleiten.

Mamas ganze, ungeteilte Leidenschaft galt dem Einkaufen. Sie liebte es, das Material zu prüfen und auf gerade, fehlerlose Nähte zu achten. Wie immer dauerte diese Prüfung geraume Zeit, doch, nachdem sie sich zum Kauf entschieden hatte, zauberte das Ergebnis ein zufriedenes Lächeln auf ihr Gesicht.

Wir rätselten wochenlang, was es denn wohl diesmal geben würde und die Spannung stieg ins Unermessliche. Zuvor schrieben wir wie jedes Jahr fleißig unsere Wunschzettel, die wir mit Inbrunst in den schönsten Farben gestalteten, damit das Christkind sich bitteschön dementsprechend an unsere Wünsche hielt.

Nur ein einziges Mal machte Mutter eine Ausnahme und bat mich, sie nach Oberhausen zum Puppendoktor zu begleiten. Überrascht und bis in die Haarspitzen aufgeregt konnte ich mein Glück gar nicht fassen, diesmal die Auserwählte zu sein, die mit Mutter zur interessant geheimnisvollen Tour aufbrechen durfte.

Monis Puppe Sarah fehlten auf der kompletten linken Kopfseite die Haare, die Klaus und Thomas Schere in einer übermütigen Sonntagsaktion zum Opfer fielen, in der die Langeweile mit Händen greifbar war.

Tommys Teddybär hatte beim ausgiebigen Schmusen mit seinem Besitzer ein Auge eingebüßt, das wir einfach nicht wiederfinden konnten.

Nach elend langer Fahrt mit dem alten Linienbus, wo an jeder Haltestelle übelriechender Dieselgestank hereinwehte, begrüßte uns nach einem kleinen Marsch durch verharschten Schnee die Werkstatt des Puppendoktors am Oberhausener Hauptbahnhof mit beißenden Gerüchen nach Klebern und Farbe. Ein älterer, weißhaariger Herr winkte uns fröhlich zu sich, seine ramponierte Brille baumelte am stellenweise ausgefransten Band vor dem mächtig imposanten Bauch.

Sein schmuddeliger, vormals weißer Kittel mit Schlieren gelblichen Klebers erinnerte mich an Doktor Wunder. Auf dem Arbeitstisch vom Puppendoktor herrschte das blanke Chaos. Verschieden farbige Glasaugen lagen kunterbunt durcheinander neben einzelnen Puppenarmen und Beinen, flankiert von schönen Glitzerbändern und glänzenden Farbtöpfchen.

„Soso, du darfst also mit zum Puppendoktor, so kurz bevor das Christkind kommt!" Erstaunt und dennoch freundlich lächelnd betrachtete mich der alte Mann über den Rand der Brille, Herr über ein wunderbares Sortiment, dazu angetan wirklich jede Puppenmutter und jeden Stofftierbesitzer mit verletzten Schützlingen verlässlich zu trösten.

„Dat is ja gar nich meine Puppe! Und der Teddy gehört mir auch nich!"

„Versprich mir, dass du deinen Geschwistern nichts verrätst. Es gibt nichts Schöneres, als seine lieb gewordenen Spielsachen wieder heil und repariert unterm Tannenbaum wieder zu finden!" Mama erzählte vor nicht allzu langer Zeit, dass dieser Mann aus Hamburg stamme und etwas geschwollen daherrede. Da musste ich ihr schon Recht geben, so wie die Nachbarn aus unserer Straße redete er jedenfalls nicht. Allerdings freute ich mich schon darüber, dass er mich wirklich ernst nahm. „Na klar" beeilte ich mich zu sagen, „selbstverständlich! Sie können sich darauf verlassen!" Mama zwinkerte mir verschwörerisch zu und legte obendrein den Zeigefinger auf ihren blassrosa Mund, der im Winter Besorgnis erregend schnell bläulich schimmerte.

Beeindruckt und richtig dankbar für Mamas Vertrauen verriet ich kein Sterbenswörtchen von dem fast unwirklichen, geheimnisvollen Besuch beim Puppendoktor.

Wenn wir wieder einmal sturmfreie Bude hatten, sowohl Papa als auch Mama unterwegs waren, nutzten wir gern die Zeit aus, um verbotener Weise in der alten, schweren Pfanne aus Gusseisen Karamellbonbons zu fabrizieren. Ein herrlicher Duft zog dann durch das ganze Haus, wenn Kathi den Zucker in der heißen Pfanne zerließ und die klebrige Masse zum Auskühlen auf das Pergamentpapier strich.

Wie verabredet trudelten vom verlockenden Duft angelockt alle Geschwister in der Küche ein.

Eine verschworene Gemeinschaft wartete sehnsüchtig darauf, dass die allseits beliebten Bonbons sich dann steinhart in ungleichgroße Stücke zerbrechen ließen, da die wichtige Zutat Sahne nur an hohen Feiertagen auf dem Einkaufszettel und somit nicht für eine geschmeidigere Bonbonmasse zur Verfügung stand.

„Dat is ja ungerecht, deine Bömmsken sind viel größer als meine!" maulte Thomas, der sich heimlich, still und leise einen kleinen Vorrat anlegen wollte.

Sein unschuldiger Augenaufschlag ließ Kathis Herz so schnell dahin schmelzen wie zuvor den Zucker in der Pfanne. Schnell packte sie ihm ein paar restliche Brocken der goldfarbenen Köstlichkeit auf die hingehaltene Untertasse.

Jedes Jahr zur Weihnachtszeit, viel zu kurz vor dem Fest, gerade so, dass wir nicht sicher sein konnten, dass der Empfänger noch rechtzeitig in den Genuss der wunderbaren Geschenke kam, gab es das gleiche Ritual, Mama packte Päckchen für die liebe Verwandtschaft in der Deutschen Demokratischen Republik. „Dat geht alles zur buckligen Verwandtschaft in der Zone, hinter dem eisernen Vorhang!" meckerte Papa, mir schien sogar ein wenig neidisch. Mißgunst ergriff unseren Vater, wenn er zusah, dass Mama die feinsten Lebensmittel in das Päckchen packte, Lebensmittel, für die er hart gearbeitet hatte. Jakobskaffee wunderbar, Bensdorp Kakao, feine Schokolade von Suchard mit dem zarten Schmelz und auch Filterzigaretten, meistens Ernte 23. Exakt packte Mama, stopfte jede Ecke aus und ließ sich gar nicht aus der Ruhe bringen, ein gewisser Besitzerstolz lag in ihrem Gesicht, hatte sie doch schließlich rechtzeitig rüber gemacht oder wie sie es sagen würde, die Flucht ergriffen. Oben auf den Kostbarkeiten legte sie eine fein säuberlich geschriebene Liste und eine Weihnachtskarte. „Bist du sicher, dass das Paket bei deiner Mutter ankommt?" fragte Papa skeptisch. „Das will ich ja wohl meinen!" antwortete sie bass erstaunt. Mama jedenfalls hatte ihren Glauben an das Gute im Menschen noch nicht verloren.

Zum Nikolaustag am 6. Dezember wurde von der Pfarrei aus jedes Jahr eine Nikolausfeier ausgerichtet. Wir trafen uns in Haus „Waldfrieden" einem schönen weißgetünchten Gebäude mit dickem, rund angebauten Turm und großem, schlichtem Festsaal mit schwarzen Holzstühlen. Unser Gemeindehaus lag direkt am Waldesrand vom Kölnischen Wald. Ohrenbetäubender Lärm empfing uns, einige Kinder weinten schon vor lauter Aufregung, die Luft zum Schneiden dick, sämtliche Fenster, dünn gekittet, bis in den kleinsten Winkel beschlagen.

Jedes Jahr aufs Neue war ich so aufgeregt, dass mir regelmäßig vor der Feier übel wurde, weil ich den scheinbar allzu braven Nikolaus nicht einschätzen konnte.

Für den Nikolaustag lernten wir wochenlang Gedichte, Lieder und Krippenspiele, die wir dann, oft vor lauter Trubel, stockend vortrugen. Meine Schwester Klara sang im Kirchenchor und übte mit uns jüngeren Geschwistern die gerade erlernten Lieder. Wir sangen ausgiebig, allein um die aufwändige, zeitraubende Küchenarbeit sinnvoll zu nutzen und verfügten mittlerweile über ein umfassendes Repertoire.

„Freu dich Erd und Sternenzelt" das mehrstimmige Weihnachtslied, zuletzt geprobt im Kirchenchor, schallte besonders häufig und um einiges lauter das „Halleluja" immer wieder durch unser Haus.

Moni sang ein Solo „Maria durch ein Dornwald ging" mit so viel Gefühl in der dunklen Stimme, dass sie ergriffen und mit Tränen in den Augen sich außerstande sah, das wunderschöne Lied zu Ende zu singen.

Der heilige Nikolaus, von soviel Anmut überwältigt, sah großzügig über den Patzer hinweg. Meine älteren Schwestern und Klaus spielten das Krippenspiel „Wer klopfet an?", welches die Herbergssuche von Josef und

Maria zum Inhalt hat. Mutter nähte in vielen Nachtschichten Gewänder aus alter, zerschlissener Bettwäsche, die uns als heimatlose Schauspieler perfekt kleideten.

Die jüngeren Geschwister sangen mit allen zusammen „Lasst uns froh und munter sein" und zum Ende der Veranstaltung wurden einige Kinder namentlich auf die Bühne gebeten.

Mehr als peinlich wurde es allmählich für uns ältere Geschwister, vom Nikolaus aufgerufen zu werden.

„So Klaus, jetzt komm du mal zu mir auf die Bühne. Du hast ja brav gerade mitgesungen, aber in meinem goldenen Buch steht, dass du deine kleinen Geschwister ärgerst und sogar die Eltern belügst. Ist denn das die Möglichkeit?"

Klaus traute seinen Augen nicht, als nach einem durchdringenden Läuten als vereinbartes Klingelzeichen mit der Handglocke, Knecht Ruprecht auf die Bühne humpelte. Hilfloses Entsetzen machte sich breit, als eine bleischwere, wuchtige Eisenkugel, die an einer langen, dicken Kette hing, hinter ihm herpolterte.

Aus Klaus Gesicht wich die Röte der Scham die der Wut und breitbeinig stellte er sich dem kiebigen, schwarz gekleideten Mann entgegen. Einige Kinder schrieen bestürzt auf, die schön festliche, fast weihnachtliche Stimmung zunichte gemacht durch den schreckliche Albträume heraufbeschwörenden, schäbigen Schwarzen.

Vor Angst rutschte mir das Herz in die Hose, ich versteckte mich hinter Ilonas Rücken, der sich plötzlich anspannte wie ein Flitzebogen. Selbst Ilona ließ sich durch solche Ungeheuerlichkeit aus ihrer Lethargie reißen. „Hau bloß ab, Hans Muff!" brüllte sie zornig und zog erboste Blicke auf sich.

Knecht Ruprecht drohte mit seiner Rute, humpelte auf Klaus zu, die Eisenkugel schlug hart, Unheil verkündend auf den Holzboden. Im Saal herrschte Totenstille, als der Schwatte versuchte, Klaus zu verdreschen, der ihm jedoch geschickt auswich und die Arme schützend über seinen Kopf hielt.

„Lass dir das eine Warnung sein, Klaus" mischte sich plötzlich nett und scheinheilig zugleich Nikolaus ein. „Danke, Knecht Ruprecht, ich brauche deine Hilfe heute nicht mehr!" Brummelnd verzog sich der Schwatte, die Eltern grinsten ohne Ausnahme, schadenfroh darüber, dass es ihnen einmal mehr ohne viel Federlesens gelang, uns Kinder zu Tode zu erschrecken. Vollkommen eingeschüchtert holten wir unsere Tüten ab, um ja nur schnell den schmachvollen Ort zu verlassen.

Rotbackige, fleißige Frauen überreichten uns eine Tüte mit einem Stutenkerl, Nüssen, Weihnachtsplätzchen, blank geputzten Äpfeln, in buntes Seidenpapier eingewickelte Mandarinen, die wir prompt auspackten, das hauchdünne Papier über der Frucht an den vier Ecken zusammen zwirbelten und auf dem Tisch zum Wettrennen schickten. Glänzende, kleine, in Silberfolie gepackte, leckere Schokoladenfiguren waren meine Lieblingssüßigkeit. Sofort pulten meine Brüder wie in jedem Jahr die kleine Pfeife aus Ton, die der Stutenkerl umfasste, heraus und knabberten die Gebäckreste davon ab.

Schon am selben Abend kam Thomas mit etwas angesengtem Haar nach Hause, hatte er doch wieder einmal versucht mit ein paar gesammelten Tabakkrümeln aus Vaters Zigarettenschachtel die Tonpfeife zu rauchen. „Iieh, du stinks ja wie ein Iltis!" kreischte Ilona und übertrieb mal wieder maßlos. „Ker sach ma, wie siehs du nur wieder aus? Deine Haare stehen vom Kopp wie die Stacheln von Mamas Kaktus!" Mit gekonntem, fachmännischem Griff fasste Ilona auf Tommis Kopf und drückte die Igelfrisur platt. Thomas schien froh darüber, so glimpflich davon gekommen zu sein, denn normalerweise bevorzugte Ilona beim Frisieren von den Jungsfrisuren eine gehörige Portion Spucke!

Nach so viel Aufregung schlief ich tief und fest, nachdem ich meine Nikolaustüte gut versteckt hatte, weil es meine Brüder nicht so genau nahmen mit dem Eigentum anderer und die leckeren Schokoladenfiguren todsicher zuerst in ihren Bäuchen verschwanden.

Jetzt dauerte es nicht mehr lange und die Weihnachtsferien standen an. In der Schule bastelten wir jeden Tag fleißig, vorzugsweise Sterne aus platt gebügelten Strohhalmen, gerade so, als würde sich der Fleiß auf das

Maß unserer Geschenke zu Weihnachten auswirken. Im Keller der Konradschule lag die blank gescheuerte Lehrküche, in der wir mit hochroten Backen übereifrig Weihnachtsplätzchen aus Teigen buken, die nach Nelken, Koriander und Zimt dufteten. Voller Vorfreude auf das Fest der Feste quasselten wir munter darauf los und vergaßen die mühsam ausgestochenen Glocken und Tannenbäume, die rabenschwarz vollkommen verbrannt aus der Backröhre kamen und nur noch gut für den Mülleimer waren. „Hundekuchen" nannte Fräulein Müller das verkohlte Gebäck augenzwinkernd.

Am heiligen Abend, als wir endlich die ungeduldig ersehnten Weihnachtsferien bekommen hatten, beschlich mich von Jahr zu Jahr beständig stärker das Gefühl, dass der Tag mindestens doppelt so viele Stunden hat wie andere Tage. Allein die Aussicht auf das Glück der Wiederholung ließ mich den Tag überstehen.

Das Ritual an diesem Tag aller Tage war immer dasselbe. Das rechteckige Fenster aus Milchglas in der Tür zum Wohnzimmer wurde zugehängt, sobald mein Vater am Vormittag den herrlich duftenden Tannenbaum unter Schimpfen und Fluchen auf die richtige Größe gestutzt und im filigranen, gusseisernen Ständer eingestielt hatte. Wie immer rieselte die Blaufichte verlässlich schon, noch bevor Vater Hand anlegte.

Zunächst schien der Weihnachtsbaum fast so hoch zu sein wie die Zimmerdecke. Als Vater die Fichte ins Wohnzimmer trug, strich deren vereiste Spitze über die frisch gestrichene Decke und hinterließ graugrüne Streifen. Papa bemerkte das Malheur und weil es ja schließlich um den heiligen Abend ging, fluchte er in abgeschwächter Form: „Himmel, Herrgott, Sakrament, noch eins!"

Mit stoischer Ruhe sägte er den Festbaum Stück für Stück kürzer, bis Mutter bequem die silbrig glänzende Christbaumspitze anbringen konnte.

„Hubert, gib ein bisschen Obacht, dass der Baum schön gerade steht! Rechts musst du noch ein kleines Quäntchen absägen!" Zufrieden guckte

Mama auf den aufrecht gleichmäßig gewachsenen Weihnachtsbaum. „In Gottes Namen. Amen."

Nun hieß es nur noch warten.

Mutter bereitete wie immer zeitig Kartoffelsalat zu, den es pünktlich zum Abendbrot mit köstlichen Bockwürstchen gab. „Zur Feier des Tages kriegt jeder ein Würstchen!" rief Vater, schon wieder gut gelaunt.

Dann verschwand Mama im Wohnzimmer, schmückte den Baum mit duftenden Bienenwachskerzen, die sie sorgfältig in silbrig glänzende Kerzenhalter drehte. Apfelgroße Christbaumkugeln und allerlei glamourös glitzernden Schmuck machten den Festbaum nach Mamas Dafürhalten perfekt. Zu guter Letzt hängte Mutter Lametta akkurat wie immer, verteilt in zwei Strängen über alle Zweige. Eine silberne Christbaumspitze, worauf auf weißen Flecken von Jahr zu Jahr etwas weniger Kunstschnee glitzerte, brachte wirklich alle Augen zum Leuchten.

Während Mama in ihrer langsamen, genauen Art und Weise die Geschenke aus den Verstecken hervorkramte und mit Namensschildern versah, traf mein Patenonkel Emil ein. Wie jedes Jahr kam er am dämmerigen Nachmittag und brachte für seine Patenkinder, die in unserer Familie naturgemäß einige waren, kleine Geschenke mit. Es war keine Überraschung, dass der sparsame, um nicht zu sagen geizige Onkel uns Werbegeschenke seiner Firma überreichte, für uns Kinder völlig unbrauchbares Zeug, Kalender und „Kulis, die beim Angucken schon auseinander fallen" meinte Kathi, böse darüber.

Unaufgeregt wie sonst nie las Vater die Weihnachtsgeschichte vor und zündete dazu zum letzten Mal den schon bedenklich trockenen Adventskranz an. Onkel Emil packte seine Gitarre aus und wir Kinder sangen aus vollem Herzen, wohl auch um das Christkind ein letztes Mal zu beeindrucken.

„Jetzt hol aber erstmal die Pinneken raus" lachte mein Onkel Emil und mein Vater bekam rote Ohren, hatte doch sein jüngster Bruder ihn an seine Gastfreundschaft erinnern müssen.

Vor lauter Aufregung knabberte ich so viel Spekulatius, bis mir schlecht wurde.

Als Mecklenburger Spezialität galt es Stutenschnitten mit Guter Butter zu bestreichen und mit Spekulatius zu belegen.

An den Adventssonntagen, wenn der stets gleich geschmückte Adventskranz mit roten Schleifen und roten Kerzen feierlich brannte, die Luft erfüllt war von Tannenduft und gekochtem Kakao, schmeckte uns diese leckere Spezialität, an der Mutter sich schon als Kind erfreut hatte.

Wir sangen Adventslieder und meine Brüder machten dummes Zeug, „dumm Tüch" wie Mama das immer noch im Mecklenburger Dialekt nannte. „Wir sagen euch an den lieben Advent, sehet die vierte Kerze brennt. Wir sagen euch an eine heilige Zeit, machet dem Herrn den Weg bereit!" An den Fingern einer Hand konnte ich abzählen, wie lange es noch bis zur Bescherung dauern sollte.

Beharrlich drückten die Jungs derweil die Schale von köstlich fruchtigen Clementinen zusammen und spritzten den Saft in die Kerzen. Ein herrlich frischer Weihnachtsduft vermischt mit dem Geruch vom Tannengrün, ein seltenes Erlebnis, das genauso in die Vorweihnachtszeit gehörte wie der Adventskranz selbst, erfüllte den Raum und ließ uns ungeduldig auf das Fest der Feste warten.

„Pass auf, Männeken, gleich gibts was und zwar keinen Honigkuchen," meinte mein Vater sonntäglich gut gelaunt. Traditionell gab es den Honigkuchen erst am Heiligen Abend, der nun endlich bevorstand, ich konnte es kaum glauben!

Irgendwann, Onkel Emil war schon lange an den heimischen Weihnachtsbaum zurückgekehrt, hörten wir endlich den erlösenden Ton der hell tönenden, silbernen Weihnachtsglocke.

Mutter rief: „Das Christkind war da!" und tatsächlich hatte das ewig lange Warten ein Ende. Außer Rand und Band stürmten wir ins Wohnzimmer. Wie jedes Jahr zündete Vater in einer feierlichen Zeremonie die Weihnachtskerzen am Baum an, wir stellten uns so nah wie möglich hinzu, um auf jeden Fall die ersten neugierigen Blicke auf den Gabentisch zu erhaschen. Alle sangen laut und erlöst von den Qualen des Ausharrens

„O du fröhliche Weihnachtszeit" „Ihr Kinderlein kommet" obschon das in unserer Familie völlig übertrieben schien und zum guten Schluss „Stille Nacht, heilige Nacht" unter dem festlich glänzenden Christbaum, bevor endlich, endlich die lang ersehnte Bescherung folgte, schließlich schon beinahe vollkommen unfassbar.

Kaum beschreibbare Glücksgefühle beseelten mich, als ich nach langer Zeit des ungeduldigen Wartens endlich die inniglich, wenn nicht sogar mit echter Hingabe gewünschte Puppe in den Armen halten konnte. Ein ähnliches, fast heiliges Gefühl der Begeisterung und Leidenschaft, so konnte ich mich erinnern, war mir nur in der Kirche und zwar am Tag meiner Erstkommunion widerfahren.

Mein erfüllter Wunsch in Form einer blond gelockten und mit blauen Schlafaugen bestückten, in meinen Augen wunderschönen Puppe trug ein kleines Schildchen um den Hals, auf dem zu lesen stand: Ich heiße Jette.

Als ich sie, noch ein bisschen ungläubig in die Arme schloss, hatte ich sie schon liebgewonnen und wohin ich auch ging, Jette begleitete mich stets dabei.

„Danke, liebes Christkind, dass du mir meinen Herzenswunsch erfüllt hast! Tausend Dank!" brüllte ich überglücklich und lächelte Mama dabei dankbar an.

Für die kleineren Geschwister hatte mein Vater in endlosen Bastelstunden eine Schaukelente ausgesägt und liebevoll kräftiggelb angestrichen. Die strahlenden Farben waren sicherlich voller Blei und Cadmium, denn es roch im Keller in der Vorweihnachtszeit so streng, dass mir beim Betreten die Luft wegblieb.

Das tat der Freude aber keinen Abbruch, meine kleinen Brüder schaukelten bis zum späten Abend um die Wette. Die beiden jüngeren Schwestern Margarethe und Gabriele bekamen Puppenwiegen, die mit selbst genähtem, hübsch geblümtem Bettzeug von Mama in langen Nachtschichten per Hand gearbeitet, bestückt wurden.

Unser Puppenhaus, den roten Schriftzug „Haus Frohsinn" brachte wohl ein künstlerisch begabter Maler mit gleichbleibend geschwungener

Schrift direkt über dem Balkon an, stand neben dem Gabentisch auf einem kleinen Schemel. Dieses wunderbare Präsent, das wir genau ein Jahr zuvor an Weihnachten als Gesellenstück vom Tischler Rosenkranz aus Osterfeld geschenkt bekamen, wurde mit neuen Möbeln ausstaffiert, frisch tapeziert und die Betten mit kleinen, bunt gehäkelten Decken versehen. Wir kamen aus dem Staunen nicht mehr heraus. Unser „Haus Frohsinn" ein stabiles Holzhaus mit einem Dachstuhl und nachempfundenen Dachziegeln, die wellig in ochsenblutrot im warmen Licht der Kerzen leuchteten. Damit nicht genug hatte unser hölzernes Puppenhaus ein richtiges Treppenhaus aus gleichgroßen Stufen, mittig einem breiten Absatz und ausgesprochen liebevoller Ausstattung. Ein naturgetreu nachempfundener Balkon mit winzig kleinen Blumentöpfchen samt leuchtendroter Geranien schmückte den ersten Stock.

Solch ein perfektes Puppenhaus hatte ich zuvor noch nie gesehen, selbst eine gleichmäßig rund gedrechselte und weiß gestrichene Toilette mit richtigem Wasserkasten und Metallkette daran lud immer wieder zum Spielen ein, auch wenn es sich dabei wieder einmal um dummes Zeug handelte. Thomas und Klaus fanden es lustig, ihre kleinen Schniedel in die klitzekleine, aus Holz geschnitzte Toilette zu hängen und hinein zu pinkeln, was naturgemäß gründlich danebenging, furchtbar stank und den berechtigten Zorn unseres Vaters heraufbeschwor.

Das alles schien an Weihnachten vergessen, selbst Mama fand nach der ausgiebigen Bescherung die Zeit mit einem Cognacschwenker gemütlich im Sessel zu sitzen. Sie beobachtete stolz ihre große Kinderschar und versuchte ohne viel Aufhebens, angelegentlich, beinahe gedankenverloren herauszufinden, ob sie wohl unsere lang gehegten Wünsche erfüllen konnte. Mutter lächelte vor sich hin, entspannt durch den selten genossenen Alkohol, nordisch stoisch der Dinge harrend, die sich mit hochprozentiger Sicherheit an Weihnachten einstellten.

Der aufregendste Tag des Jahres ging langsam dem Ende zu, wie jedes Jahr zweifelte ich auch dieses Mal daran, dass so ein lang und sehnsüchtig erwarteter Tag zu Ende geht. Großzügig erlaubten unsere Eltern, dass wir noch die nahe wohnenden Nachbarskinder besuchen und deren

Geschenke bewundern durften. Uschi, meine beste Freundin bekam auch eine Puppe vom Christkind, aber sie konnte meiner Jette nicht das Wasser reichen.

Glücklich und zufrieden ging ich anschließend schlafen, meine Jette weich gebettet in meinem Arm. Bevor ich einschlief, musste ich Jette noch einmal streicheln, um zu spüren, dass meine schöne Puppe wirklich und wahrhaftig neben mir im Bett lag.

Vater und alle Kinder der Familie Meyer, die schon zur Schule gingen, machten sich am ersten Weihnachtstag nach dem Frühstück auf, um in die Kirche zu gehen. Das Glockengeläut an Weihnachten, feierlich und anscheinend unaufhörlich, so als sollte auch der letzte, verborgene Katholik aus dem Haus geläutet werden, wies uns den Weg. Eine riesige, scheinbar niemals endende Karawane von Menschen lief an unserem Haus vorbei, selbstverständlich auf der Straße zur heiligen Christmette beim Hochamt.

Dieser Menschenmenge schlossen wir uns an und trabten gemächlich hinterher. Kathi und ich schlossen Wetten darüber ab, welcher von den weinroten Wintermänteln der Mädchen oder der selbst gestrickten, kunterbunten Mützen und Schals der Jungen zuvor auf dem Gabentisch lagen.

Kleine Schneeflocken taumelten vom Himmel, setzten sich zartweiß auf unsere Mäntel. Monis Augen leuchteten: „Richtige Weihnachten mit allem Zick und Zack" womit sie unzweifelhaft den noch zaghaften Schneefall meinte.

Vor dem Glockenturm unserer Kirche war der Treffpunkt der Jugendlichen. Dicht gedrängt standen sie beieinander, um sich vor der eisigen Kälte zu schützen. Neugierig beobachtete ich Uschis Bruder dabei, wie er eine Zigarette anzündete und dabei das brennende Streichholz durch die abschirmenden Finger der einen Hand, schützend vor dem Wind mit der anderen Hand, seine Fluppe sicher zum Glimmen brachte. Als eine Art feierlicher Akt wurde dann Fluppe an Fluppe von den eng zusammen gerückten jungen Leuten an der rot glühenden Glut angedockt und angezündet.

Unsere Bonifatiuskirche erstrahlte im prächtigen Glanz der Bienenwachskerzen, Tannenduft verströmte der riesig ausladende, bis zur hohen Decke reichende Weihnachtsbaum. Ein Fest der Sinne, wenn da bloß nicht diese von Mottenkugelgeruch geschwängerten Pelz- und Wollmäntel gewesen wären.

Wie in jedem Jahr war ich besonders gespannt auf den Neger, einer unglaublich farbenprächtigen Holzfigur, die sich immer wieder von neuem verlässlich nach einer Geldspende von zwanzig Pfennigen mit anhaltend automatischem Kopfnicken bedankte. Links von Vater ging ich durch das Portal. Und richtig, schon beim Betreten der Kirche sah ich den dunklen, schrill bunt gekleideten Schwarzen etwas abseits der anderen, farblich zurückhaltend gestalteten Krippenfiguren sitzen.

„Papa, gibst du mir bitte zwei Groschen, ich will den Neger nicken lassen!" Ich zupfte an Vaters Wollmantel, der wie alle selten getragenen Wintermäntel in der Kirche durchdringend muffig roch. „Ja gleich, nach der Messe, warte noch n bisschen!"

Die Weihnachtslieder in der Kirche wurden so herrlich laut mitgesungen, dass meine feierliche Stimmung zunahm, ein zufriedenes, prickelnd gutes Gefühl machte sich in meinem Bauch breit. Ein warmer Schauer lief mir über den Rücken und Arme und kroch endlich bis in meine Fingerspitzen.

„O selige Nacht! In himmlischer Pracht erscheint auf der Weide ein Bote der Freude den Hirten, die nächtlich die Herde bewacht. Wie tröstlich er spricht. „O fürchtet euch nicht! Ihr waret verloren, heut ist euch geboren der Heiland, der allen das Leben verspricht."

Durchdringende Glücksgefühle überschwemmten mich, als der alte Wettig mein liebstes Weihnachtslied spielte und die Kirchenbesucher in der bis auf den letzten Platz besetzten Kirche ihn so feierlich wie eben möglich mit ihrem gut gemeinten Gesang begleiteten. Die alten, schwarz gekleideten, scheinbar verschwindend kleinen Damen ließen es sich nicht nehmen, im Sopran mitzusingen. Das Tremolo in den alten Stimmen hörte sich schauerlich an! Dennoch, ihr stolzes Lächeln machte wett, das sie so wunderbar zum Gelingen der heiligen Messe an Weihnachten, dem wunderbarsten aller Festtage, beitrugen.

Warum nur trieb mir diese wunderschöne Musik immer wieder die Tränen in die Augen? Laut musste ich schlucken und erst dann blinzelte ich die Tränen weg, melancholisch, aber dennoch glücklich. Festlich gestimmt hing ich meinen Gedanken nach, schnäuzte in das neue Taschentuch, als Uschi mich unsanft mit einem Rippenstoß aus meiner Träumerei riss. Sie deutete mit ihrem Kinn auf die rechte Bankseite, wo Karl-Heinz aus unserer Klasse mit viel zu kurzer Anzughose eine jämmerliche Figur abgab. Ich grinste sie an, dankbar für die Unterbrechung. Uschi hatte es im Gefühl, zur richtigen Zeit am richtigen Ort zu sein.

Am Orgelspiel des alten Wettig konnte ich erkennen, ob er das jeweilige Lied leiden mochte oder nicht. Seine gesamte, körperliche Kraft legte er in das feierliche Spiel des nächsten Liedes: „Seid nun fröhlich, jubilieret Jesu, dem Messias! Der die ganze Welt regieret, wird ein Sohn Marias, liegt hier in dem Krippelein, arm und schwach ein Kindelein. O Du süßer Gast der Seelen, Kindelein! Du bist mein, ich bin Dein, will Dir dienen, will ohn Fehlen treu Dir sein."

Jesus Christus, der große Zauberer, der die ganze Welt regiert, stimmte mich weihnachtlich milde und ließ mich geduldig abwarten.

„O du fröhliche, o du selige, Gnaden bringende Weihnachtszeit". Der gefühlvolle Gesang und überbordende Töne der imposanten Orgel schienen sich gegenseitig beim letzten Lied vor dem Segen, den der Pastor überschwänglich erteilte, übertrumpfen zu wollen. Der Bass der Männer, die traditionell auf der rechten Bankseite Platz nahmen, überlagerte dabei die etwas zaghaften, dünnen Stimmen der Frauen auf der linken Seite.

Beseelt von den schönen Gesängen machte ich mich mit zwei Groschen, die ich von Papa ergattelte auf den Weg zur Krippe, die wie jedes Jahr in einer Nische rechts vom Altar aufgebaut stand.

Von nahem betrachtet sah der Schwarze noch viel prachtvoller aus in seinem bunten, mit Goldfäden verzierten Kostüm. Als die Münzen in den hölzernen Spendenkasten fielen, konnte ich hören, dass schon viele Münzen gespendet worden waren, dasselbe klickende Geräusch von aufeinander fallenden Geldstücken kannte ich vom sonntäglichen Spendenkorb während der Kollekte.

Der Schwarze aus dem Morgenland bedankte sich artig für die Spende mit Kopfnicken, das klack, klack, klack blechern widerhallte und so gar nicht zur feierlichen Stimmung passen wollte.

Wieder zuhause hatte Vater den glorreichen Einfall, uns Kinder vom Papst via Fernsehen segnen, also den Urbi et Orbi empfangen zu lassen. Tatsächlich mussten wir vor der Flimmerkiste niederknien, der Ideenreichtum unseres Vaters kannte keine Grenzen. Beklommen nahm ich auf dem grob gewebten dunkelgrünen Teppich neben Ilona vor dem Bildschirm Platz, um ungläubig auf den Balkon im Petersdom zu starren, wovon aus Papst Paul VI. in vielerlei Sprachen den Segen erteilte.

Während dessen war Moni die ganze Zeit damit beschäftigt, ihr neues, in buntem Streifenstoff gehaltenes Kleid möglichst knitterfrei unter den Knien glatt zu ziehen.

Wie in jedem Jahr kam Mutter an den Weihnachtstagen kaum aus der Küche heraus. Traditionell bereitete sie die Festtagssuppe zu, in der Rindfleisch und eine dicke Beinscheibe für eine kräftige Brühe sorgten. Bei uns zuhause gab es jedes Jahr zu Weihnachten Pute, die Mutter vor dem Braten mit Zwiebeln und Äpfeln sorgfältig füllte und während des Bratens im Backofen immer wieder mit Bratensaft begoss, was die allseits beliebte, krosse Kruste auf den Puter zauberte und für den lang ersehnt köstlichen, einzigartigen Bratenduft im ganzen Haus sorgte.

Thomas drückte sich an dem Glasfenster der Küchentür die Nase platt, war es uns doch strengstens untersagt, Mutters Refugium an Weihnachten zu betreten. Er schluckte laut tapfer den angesammelten Speichel herunter und bettelte: „Och, Mama lass mich doch wenigstens ma probieren!"

Aber Mutter ließ sich wie immer nicht erweichen. „Thomas, hab noch ein wenig Geduld, gleich ist es soweit. Hilf deinen Schwestern beim Tisch decken."

Dieses ungewöhnliche Zugeständnis musste wohl an Mutters festlich weihnachtlicher Stimmung liegen. Aber beim Tischdecken stand Tommy dann doch im Weg und wurde von uns Mädels großzügig zum Spielen mit seiner neuen Eisenbahn weggeschickt.

Eine weiße, hochglänzende und mit Hoffmanns Stärke in Form gemangelte Tischdecke und das gute, elfenbeinweiße Geschirr mit feinen goldenen und kobaltblauen Rändern kamen an hohen Feiertagen zum Einsatz.

Ich liebte Mutters Kinderbesteck, das goldfarben mit der Gravur „Grete" bestückt selbst ihre Flucht aus dem Osten überstanden hatte. Wann immer sich die Gelegenheit bot, nahm ich mir dieses besondere Besteck, aß davon und bildete mir ein, dass das Essen damit noch viel besser schmeckte.

Mutter kochte einen phantastischen Apfelrotkohl mit Lorbeerblättern, neben dem unvermeidbaren Bohnensalat, den sie selbst an Weihnachten zubereitete. Herrlich duftende frisch zubereitete Kartoffelklöße, halb aus gekochten Kartoffeln und halb aus geraspelten rohen Kartoffeln, da bestand Mama darauf, machten das Menü perfekt. Den Abschluss des Festessens bildete ein köstlicher Grießpudding, zur Feier des Tages mit roter Grütze abgerundet.

Vollkommen erledigt überließ Mutter den Abwasch uns Mädchen, aber milde gestimmt durch die gemütlichen Festtage meckerte ich nicht über die Berge von Töpfen, Pfannen und Schüsseln, konnte ich doch anschließend nach Herzenslust mit meiner Puppe Jette spielen.

Jette saß währenddessen oben auf der Fensterbank, geschützt vor dem Duschbad von Spülwasser. Ich zwinkerte ihr zu: „Warte, gleich hab ich's geschafft und dann spielen wir miteinander, versprochen!" Wenig feierlich blökte Moni mich von der Seite an: „Mit wem redest du denn da? Sag nich mit deiner Puppe, nä ne?"

Von der Liebe auf den ersten Blick verstand Moni nun rein gar nichts, deshalb ging ich lächelnd großzügig über diese wenig fachmännische Bemerkung hinweg.

Silvester stand ins Haus, die nächste, tolle Attraktion. Wir fieberten dem letzten Abend des Jahres entgegen. Endlich wurden abends in alter Tradition Berliner serviert, Salzstangen, Erdnussflips und Limonade standen dicht an dicht auf dem neuen Wohnzimmertisch.

Unser neuer Tisch, mit beigen Kacheln ausgelegt und einer Kurbel bestückt, um die Tischhöhe zu variieren, war gerade rechtzeitig zum Weihnachtsfest angeschafft worden. Auf dem Tisch lag, reich bestickt eine Mitteldecke in resedagrün, der liebsten Farbe Mamas. Resedagrün – allein der Klang des Wortes und dessen Betonung ließen ihr Herz höherschlagen. Die Tischdecke lag über Eck und verdeckte somit die Kurbel zum Verändern der Tischhöhe. Schon nach ein paar Wochen hatte die moderne Kurbel ihren Dienst quittiert, ließ sich weder nach rechts noch nach links drehen. „Dat reparier ich, wenn ich Zeit hab!" gab Papa seufzend von sich. „Also nie!" deutete ich Mamas Blick.

Mit dem festen Willen dieses Mal durchzuhalten bis zum Feuerwerk setzte ich mich zu den Großen auf die Couch. Die Sinalco perlte im bunten Glas und hatte einschläfernde Wirkung auf mich. Schon nach kurzer Zeit gähnte ich in einer Tour, ich konnte es einfach nicht mehr unterdrücken und die monotone Musik von Fred Bertelmann tat ein Übriges. Mutter sang lächelnd mit: „Frag mich nicht, warum ich traurig bin, schau ich nur zum Pferdehalfter hin!"

Spätestens da musste ich dringend ins Bett, Katharina brachte mich nach oben, nachdem sie mir ihr hochheiliges Versprechen gegeben hatte, mich so rechtzeitig zu wecken, dass ich das gesamte Feuerwerk sehen konnte.

„Aber klar, wird gemacht, ich wecke dich, sobald die Knallerei losgeht!"

Moni schlief schon selig in unserem Doppelbett und schnarchte so heftig, als wollte sie einen kompletten Wald fällen.

Moni, meine ältere Schwester, zündete, wie immer ahnungslos einen dicken Chinaböller in der Flamme vom Gasboiler an. Mit einem Riesengetöse explodierte der Knaller, bevor sie es auch nur annähernd schaffte, das Fenster zu öffnen, um ihn heraus zu werfen. Die Reste vom Schwarzpulver rieselten auf das verdutzte Gesicht meiner Schwester, als Vater ihr rechts und links schallende Ohrfeigen versetzte.

„Dat wollte ich nicht, Papa, dat musse mir glauben!" schniefte sie, als Vater sie kompromisslos ins Bett schickte. „Für dich ist Silvester vorbei!" schimpfte er und fasste sich an den Kopf, wohl um zu demonstrieren, dass Monis kopflose Aktion auch anders hätte ausgehen können.

Selig verschlief auch ich das komplette Feuerwerk, meine liebste Puppe Jette im Arm, vom ersten Zisselmännchen bis zur letzten Rakete. An Neujahr war ich gleichermaßen wütend und untröstlich darüber, dass ich nicht wach geworden war trotz der zwei aufgezogenen Wecker, die Kathi an mein Bett stellte. „Ich schwöre, bei allem was mir lieb ist, ich hab dich geschüttelt wie Frau Holle die Betten! Du hast die Augen nich ma aufgemacht." „Na Prost Neujahr! Ich überleg schon die ganze Zeit, wat dat mit dem guten Rutsch bedeuten soll, Kathi!" „Bestimmt nicht, dass man in einem Rutsch durchschläft ins neue Jahr" versuchte sie mich zu trösten, wie so oft ein wenig spröde. Kathi fuhr mir mit gespreizten Fingern durchs Haar, das sich bereitwillig in alle Himmelsrichtungen aufstellte.

Unglücklich schlich ich später zu Mama auf die Couch. Sie guckte sich gerade das Neujahrskonzert im Fernsehen an, das direkt aus Österreich übertragen wurde. Die Wiener Philharmoniker spielten wie um ihr Leben Werke aus der gesamten Straußdynastie. Mutter gefiel der Wiener Walzer am besten, sie wippte vergnügt mit ihren hoch gelegten Füßen im Takt. Die Musiker schienen aufs Äußerste darum bemüht, Schritt zu halten mit dem grandiosen Tempo des Dirigenten. Mir kam es so vor, als würden sie wie Sportler miteinander konkurrieren, gleichsam im Wettstreit miteinander.

Ganz bequem war ich diesmal mit der Bahn unterwegs. Interessiert las ich in einer Modezeitschrift über die neuesten Trends und noch im Zug konnte ich schon den Unterschied zwischen Stadt und Land an der Kleidung der Mitfahrer ausmachen.

Während man auf dem Land auf gediegenes, möglichst lange haltbares und trotzdem pflegeleichtes Outfit großen Wert legte, kleideten sich die Städter, ob jung oder alt oftmals mutiger. Hier machten Frauen jeden Alters gerade den neuesten Trend, die Farbe lila in allen Variationen mit.

Still grinste ich vor mich hin, als mir das passende Lied von Klara dazu einfiel, das sie in längst vergangener Zeit von einem Kuraufenthalt mitbrachte.

„Lila war ihr Paletot, lila ihr Gewand, keine Farbe stand ihr so, wie ihr lila stand. Alles, was sie sah und trug, musste lila sein. Liebe Tilla bist du schön, Tilla bist du fein! Und zum Schneidermeister spricht ganz empört die kleine Tilla: „Nein nicht rot, rot steht mir nicht! Bitte lila, bitte lila, bitte li-li-li-lila!"

Wir Mädels trällerten das Lied den ganzen Tag, sobald eine von uns nur einen Ton davon anstimmte, fielen die anderen mit ein und brachten unsere Eltern damit an den Rand der Verzweiflung.

Der Halt im Oberhausener HBF wurde angekündigt. Zum tausendsten Mal fragte ich mich, wie das funktionierte mit den Modetrends und dass wir Frauen nichts lieber tun, als dabei bereitwillig mitzumachen.

Margarethe holte mich im Bottroper Bahnhof ab und wie sollte es auch anders sein, trug sie einen lila Trenchcoat. Leise summte ich das Lied der Farbe lila und Grete stimmte laut mit ein. „Ich find die Farbe toll, sie bringt meine Augen zum Leuchten!"

Beim genaueren Betrachten musste ich Margarethe Recht geben, denn ihre veilchenblauen Augen wirkten nun tatsächlich einen Ton satter oder dunkler, jedenfalls außergewöhnlich schön.

„Erzähl mal, wie geht es Ilona in Spanien? Ich hoffe, sie erholt sich gut von den Strapazen." „Na klar, ich habe ihr geraten, den Urlaub nicht zu stornieren. Sie hatte ihn bitter nötig."

Wer hätte das jemals gedacht, dass Ilona bis zur körperlichen Erschöpfung Papa pflegte, ihm täglich das Essen anreichte, immer zur Stelle war, wenn eine Entscheidung anstand, die mit seinem Wohlergehen einherging, obschon sie selbst so ein grausames Schicksal erleiden musste.

„Manchmal frage ich mich, woher Ilona nur ihre Kraft nimmt. Ich wäre schon lange zur Säuferin geworden!" Soviel stand für mich fest.

Grete nickte zustimmend und erzählte, wie schwierig es für sie geworden sei, unseren Plan, Papa rundum zu versorgen, weiter aufrecht zu erhalten. Außerdem sei man im Krankenhaus auf das Begleitzimmer angewiesen und entgegen aller Prognosen sollte Papa wieder zurück ins Altenheim verlegt werden.

„Weißt du, was ich denke? Papa will sich von Ilona verabschieden, genau wie Mama durchgehalten hat, bis Kathi endlich kam, weißt du noch?"

In Gretes Augen sah ich Tränen aufsteigen, die sie nur mit Mühe zurückhalten konnte. Mittlerweile kam auch sie hart an ihre Grenzen. Nicht nur, dass sie stets die Verhandlungen mit den Ärzten und Schwestern im Krankenhaus übernahm, kümmerte sie sich auch seit geraumer Zeit um Papas Papiere aller Art.

Mein Versuch, sie ein wenig tröstend zu streicheln schlug fehl, denn ich merkte, dass sie wie versteinert wirkte und deshalb ließ ich sie in Ruhe.

Die Nachtschicht übernahmen Grete und ich. Beim Verlassen von Margarethes Haus sah ich direkt auf die hässlich grauen Reihen von Mehrfamilienhäusern und freute mich trotzdem, dass sie noch genauso aussahen wie in Kindertagen.

Zum hundertsten Mal fragte ich mich, weshalb mir Veränderungen, ganz gleich welcher Art derartig schwerfielen. Im gleichen Atemzug dachte ich an unser schönes Gemeindehaus „Waldfrieden" das schon vor langer Zeit einer Wohnhaussiedlung gewichen war und das ich seitdem bei jedem Spaziergang vermisste.

Am dämmerigen Abend schaute ich im Begleitzimmer zum Fenster hinaus auf den Spielplatz, der sich direkt an das Krankenhaus anschloss. Zwei kleine Mädchen schaukelten um die Wette, beinahe synchron und zählten dabei laut ihre Schwünge, lachten unbeschwert, amüsierten sich und diese Freude wirkte derart ansteckend, dass ich mich mit ihnen freuen konnte. Dennoch stimmte sie mich sehr nachdenklich. Die beiden Lütten freuten sich ihres Lebens, des Lebens, das außerhalb des Krankenhauses völlig normal weiterlief, als wäre nichts geschehen.

Der Himmel leuchtete trotz der späten Stunde immer noch pastellig blau, so klar wie ich ihn als Kind niemals sah. Plötzlich fiel es mir wieder ein und ich fragte mich, weshalb ich als Kind die Wolken immer gleich gemalt hatte: blaue, eigenwillig plumpe, stets mit sechs Rundungen versehene Wolkenhaufen. Bei allem guten Willen konnte ich mich nicht daran erinnern, jemals einen derartig strahlend blauen Himmel über dem Ruhrpott gesehen zu haben. In meiner Erinnerung sah der Himmel immer grau aus, manches Mal hellgrau, oft grau wie das Fell von Mäusen oder griesig grau wie der Qualm aus den Schornsteinen. Aber blau, richtig blau war der Himmel nur an den allerschönsten Tagen im Sommer, wenn ich unter den Bäumen im Freibad lag und die kräftig grünen Blätter winzige Muster in die Luft malten, der Horizont so weit wie eine riesige Kuppel darüber.

Die Atemaussetzer unseres Vaters nahmen immer mehr zu und ich fragte mich im Stillen, wie lange er noch mit so wenig Sauerstoff auskommen könne. Wenn er dann endlich weiteratmete, konnten wir uns auch wieder entspannen.

Am frühen Morgen waren wir zwei so aufgekratzt von den vielen Erinnerungen, dass wir uns zunächst bei Töpfer, der alt eingesessenen Bäckerei im Fuhlenbrock jede Menge Brötchen und leckeren frischen jungen Holländer Käse für das Frühstück einkauften, genauso wie früher.

Vaters Zustand hatte sich nicht verändert und ich wartete mittlerweile, ganz befreit von Kummer und Mühsal auf das Ende von Ilonas Urlaub, wohl wissend, dass auch Papa sehnsüchtig auf Ilonas Rückkehr wartete.

Am nächsten Morgen wurde Grete erneut ins Krankenhaus zitiert. Der Chefarzt der Station machte sie noch einmal dringlich darauf aufmerksam, dass das Zimmer nun sofort anderweitig gebraucht wurde und Papa im Altenheim genauso gut mit Morphium und Sauerstoff versorgt werden könne.

Schweren Herzens stimmte sie zu, unseren Vater doch noch einmal in seine gewohnte Umgebung zurück verlegen zu lassen. Diese Strapazen hätte sie ihm gern erspart.

Am Montag darauf kam Papa mit letzter Kraft auf seiner Station Sankt Barbara, die nach der Schutzpatronin der Bergleute genannt wurde, an. Die freundlichen Schwestern und Pfleger freuten sich so sehr über das unverhoffte Wiedersehen, dass sie zur Begrüßung ein Gläschen Sekt auf sein Wohl tranken.

Viel wichtiger für Papa, das bestätigte Grete mir nur ein, zwei Tage später am Telefon, war Ilona Heimkehr an sein Bett, völlig egal, wo das nun stehen würde.

Ilona wich nun nicht mehr von Papas Seite. Voller Liebe umsorgte sie ihn, streichelte ihn, wenn die Wirkung des Morphiumpflasters nachließ, sang ihm unsere alten Kinderlieder vor, um ihn zu beruhigen, kämmte und rasierte ihn und sorgte vor allem dafür, dass er regelmäßig gelagert wurde, damit die wund gelegene Stelle an seinem Rücken vielleicht ja doch noch abheilen konnte.

Schwester Marianne lobte sie für ihren ausdauernden Einsatz, aber Ilona lächelte nur müde, hatte sie doch soviel Stunden, Tage und Monate an dem Bett ihres Kindes gewacht, das dann letzten Endes entkräftet starb.

Und wieder fing ein neues Jahr an, im Hause Meyer begann es wie immer direkt mit Geburtstagsfeiern, denn zunächst feierte Vater seinen Geburtstag und eine gute Woche später Mutter.

Mittlerweile konnte ich mir mit Besorgungen für die älteren Nachbarn ein wenig Taschengeld verdienen. Ich sparte das Geld eisern für Geschenke, nicht mal eine Rolle Lakritzdrops gönnte ich mir.

Mit Monika ging ich in das einzige, kleine Haushaltswarengeschäft, das direkt gegenüber unserer Kirche lag. Ein altes Ehepaar, Frau und Herr Seiler führten ihr Geschäft mit dem kleinen, überschaubaren Angebot sehr liebevoll. Stets sah ich Frau Seiler mit dem Staubtuch in der Hand die hübschen gläsernen Kleinode abstauben.

Moni und ich liebäugelten schon lange mit kleinen, fein ziselierten Schnapsgläschen, Pinneken, die an einem goldfarbenen Gestell hingen und von denen es bei uns zuhause immer zu wenig gab. Jedes Mal, wenn wir aus der Kirche kamen, es war direkt zum Ritual geworden, gingen wir zum spärlich dekorierten Schaufenster gegenüber und überzeugten uns davon, dass die schönen, glitzernden Gläschen in sage und schreibe sechs verschiedenen Farben von senfgelb über moosgrün, rosarot, rehbraun, azurblau und fliederfarben noch an ihrem Platz standen und anscheinend darauf warteten, von uns gekauft zu werden.

„Guck mal, wie schön die Gläser funkeln" sagte ich im Brustton der Überzeugung zu Monika. „Wenn du da durchguckst, sieht die Welt gleich viel schöner aus!"

Zuhause angekommen zählten wir gespannt das Geld aus unseren Spardosen. Es reichte gerade und wir legten wenig später Groschenweise die Münzen in den kleinen grauen, abgerundeten Kunststoffteller, der auf dem Tresen der Seilers stand.

Die weißhaarige Frau Seiler lächelte breit und zum Vorschein kam ein Gebiss, von dem Mama behauptete, dass es nach Pflege schrie. Ihre strähnigen, eindeutig zu selten gewaschenen Haare hielt sie mit schwarz-goldenen, zackigen Haarklammern aus dem faltigen, blassen Gesicht.

„Da wird sich euer Vater aber freuen. Ich pack euch die Gläschen lieber einzeln ein, damit sie heil zuhause ankommen!" Fast andächtig wickelte sie die Gläschen in dünnes Seidenpapier, das in gleiche Stücke gerissen wurde und jedes Mal von neuem raschelte. Fasziniert betrachtete ich ihre faltigen Hände während dessen, gesprenkelt sahen sie aus, mit vielen, unterschiedlich großen Altersflecken in allen Braunschattierungen. Die alten, fast zerknitterten Hände erinnerten mich an den neuartigen

Plisseestoff, den Frau Waldhoff von ihrer Tochter Waltraud zu Weihnachten geschenkt bekam.

Glücklich über den wunderschönen erstandenen Schatz und stolz auf das selbst zusammengesparte Geschenk, trugen wir die filigranen Gläschen nach Hause. Die Vorfreude auf das überraschte Gesicht unseres Vaters ließ uns zuversichtlich und dennoch bis an die Haarwurzeln aufgeregt, ganz gespannt auf seinen Geburtstag warten. „Verplapper dich bloß nich, Moni! Dat musse mir inne Hand versprechen! Hand aufs Herz!"

Und tatsächlich, an Papas Geburtstag gab es die schönsten Überraschungen; Mama schaffte es gerade noch rechtzeitig einen Rosinenkuchen zu backen, den Papa am liebsten mochte, Klaus und Thomas sägten mit Peters Hilfe undefinierbare Figuren mit ihrer neuen Laubsäge aus und die älteren Geschwister legten ihr Erspartes zusammen, um für Papa ein modernes, hellblaues Oberhemd mit der schwarzen Rose zu kaufen.

Papa zeigte seine Freude verhalten, gerade so wie wir es von ihm kannten über die vielen Geschenke, mit denen er offensichtlich nicht gerechnet hatte. Seine schönen, seegrünen Augen bekamen den seltenen, ungläubigen Blick.

„Vielen, vielen Dank, Kinder und auch dir, Mutter. Die Überraschung ist euch gelungen."

Klara stimmte den Kanon „Viel Glück und viel Segen" an und wenn auch Peter im Stimmbruch war, hier kiekste und dort brummte, gaben wir uns alle Mühe, Vater ein vielstimmiges Geburtstagsständchen zu bringen. Klara sah so lustig aus mit ihrem Sonnenbrand im Gesicht, ausgespart durch zwei kugelrunde, weiße Flecken um ihre Augen herum. Sonnenbrand, mitten im Winter! Sie hatte Mama solange bearbeitet, bis sie die Erlaubnis bekam und sich eine von diesen Heimhöhensonnen kaufen durfte. Ein aufklappbares, kleines Ding, nichts Spektakuläres. Bei der täglichen Bestrahlung trug sie eine kreisrunde Brille, die ihr die weißen Flecken bescherte.

„Du siehst aus wie n Koalabär!" Schadenfreude blieb immer noch die schönste Freude, ganz besonders für Ilona und wenn ich Klara ansah, musste ich Ilona recht geben, denn die Ähnlichkeit mit dem augenumringten Tier war einmalig.

Papa schien wirklich gerührt zu sein, als er die kleinen Schnapsgläschen in die Hand nahm, sie gegen das Licht hielt und sagte: „Tatsächlich, Tine du hast Recht. Die Welt sieht ja völlig anders aus! Ich sehe lauter gewaschene Gesichter. Sind dat meine Kinder? Gekämmt sind sie ja auch noch! Wo gits denn sowat?"

Ungeduldig und zappelig bis in den kleinen Zeh gab ich entgegen meiner Vorsätze Papa ein paar Tage vor seinem Geburtstag schon ein paar Tipps zum Erraten seines Geschenks. „Wenn man hindurchsieht, sieht alles so viel schöner aus! Ganz bestimmt Papa und außerdem leuchtet es auch noch." Aufgeregt war ich zu Papa in den Keller gegangen und drückte mich interessiert an seiner Drechselmaschine herum. „Dat wird doch wohl keine Lampe sein?"

Geheimnisvoll lächelnd gab ich nun absolut nichts mehr preis, mit imaginärem Schlüssel schloss ich meinen Mund ab und warf den Schlüssel weit über die Schulter fort. Vater schmunzelte.

Für meine Mutter, die ein paar Tage später Geburtstag feierte, fiel das Geschenk dementsprechend immer kleiner aus. Sie bekam dann die etwas aus der Form geratenen Topflappen, die ich im Handarbeitsunterricht versuchte zu häkeln und die sie letztendlich selbst fertig stellte, damit meine Zensur in Handarbeit nicht gar so grässlich ausfiel. Wenn Mutter Glück hatte, reichte mein Erspartes gerade eben noch für eine kleine Topfblume.

Am allerliebsten mochte sie Usambaraveilchen, Veilchen, die unsere komplette Fensterbank im Wohnzimmer zierten und auf zauberhafte Weise einen tiefblau gefärbten Ausblick in den Garten malten.

In diesem Jahr allerdings kam beim Feiern der Geburtstage keine richtige Freude auf, denn Thomas sollte an den Augen operiert werden und der Termin für die Operation rückte immer näher.

Krankenhaus

Eine Woche nach der letzten Geburtstagsfeier fuhr meine Mutter mit dem kleinen Thomas an der Hand mit Bahn und Bus zur Augenklinik der Universitätsklinik Essen. Schwer beladen mit einem braunen Lederkoffer und einem Rucksack, den Thomas auf dem Rücken trug, winkten sie uns zum Abschied. Mutter nahm uns beim Verabschieden einzeln in den Arm und tätschelte unseren Po dabei.
„Popoklatsch mit Anlauf" grinste Klaus ein wenig verlegen, weil er nun wohl auf seinen liebsten Spielkameraden unendlich lange verzichten musste.
Thomas litt unter einer Fehlstellung der Augen, er schielte dermaßen, dass ich manchmal nicht bemerkte, wenn er mich ansprach und meinte. Thomas war gerade im letzten Jahr eingeschult worden und hatte große Probleme, etwas an der Tafel zu erkennen, weil er nur verschwommen sehen konnte.

Die Eltern entschieden sich also schweren Herzens für diesen Eingriff, der einen Krankenhausaufenthalt von drei Wochen nötig machte. Thomas, möglichst schonend von Mutter vorbereitet, aber vielleicht gerade deshalb todtraurig, wusste er doch, dass wir Geschwister ihn dort nicht besuchen durften. Beneidet von allen anderen Geschwistern konnten die fast erwachsenen Klara, Peter und Kathi unseren Thomas auf der Kinderstation der Augenklinik besuchen, denn es galt für Besucher das Mindestalter von vierzehn Jahren.

Unsere Mutter allerdings ließ sich es nicht nehmen, täglich zu Thomas zu fahren. Sie nahm im schwangeren Zustand die Strapazen auf sich und fuhr jeden

Tag aufs Neue zur Klinik nach Essen. Umständlich fuhr sie zuerst mit dem Linienbus zum Pferdemarkt in der Stadtmitte, stieg um, wartete oft fast eine halbe Stunde, um dann die über eine Stunde dauernde Busfahrt zum Essener Hauptbahnhof anzutreten, um dann wiederum die Straßenbahn zur Klinik zu erwischen.

Abends erwarteten wir sie neugierig zurück und in aller Ausführlichkeit erzählte sie von den Fortschritten, die unser Tommy machte. „Gott sei Dank, heute haben die Schwestern endlich den Verband abgenommen! Thomas hat sich so gefreut. Er schielt kein bisschen mehr, wunderbar!"

Wenn Mutter sich aufregte, machte sie komische Geräusche. Sie presste dann Luft zwischen der Backe und den Zähnen hin und her. Das hörte sich an wie ein Froschkonzert und wir Mädchen grinsten uns wissend zu.

Katharina wurde von unseren Eltern gebeten, als Haushaltshilfe zu Hause zu arbeiten. Not gedrungen stimmte sie großzügig zu, allerdings hätte sie lieber eine Ausbildung als Fotolaborantin absolviert. Vom ersten kleinen Lohn kaufte sie sich einen Plattenspieler mit einer Single von Herman Hermits mit dem Titel: „No milk today" die kleine Schallplatte mit eingängiger Melodie und Glockengeläut wurde das Lieblingslied von unserem kleinen Thomas.

Als man ihn dann endlich nach drei Wochen aus dem Krankenhaus entließ, für uns Kinder eine ewig lange Zeit, viel mehr noch für Tommy, hatten wir nach Mamas Anweisungen unser Haus auf Hochglanz gebracht, ein riesengroßes Willkommensschild an der Haustür befestigt und seine Lieblingsmusik aufgelegt. Vor lauter Rührung kamen ihm die Tränen und es dauerte noch eine ganze Weile, bis wir den Lausebengel Thomas wiedererkannten. Die Operation verlief erfolgreich und Thomas schielte nach der Operation nie mehr, seine schönen, strahlend blauen Augen aber wirkten seither seltsam starr.

„Ihr könnt euch dat nicht vorstellen, wie schrecklich dat in der Augenklinik war. Die Schwestern haben den ganzen Tag geschnauzt und wenn es darauf ankam, ham se uns allein gelassen. Dat war ganz beschissen. Die ganze Zeit musste ich eine Augenbinde tragen und konnte überhaupt nix sehen. Da ham se mich rumgeschuppst, ich sag euch, richtig furchtbar war dat! Ich konnte mich nur auf dem Flur an der Wand lang tasten, um mal aufs Klo zu gehen oder in der Küche einen Becher Tee zu holen. Schwester Adelheid war n ganz fiesen Möpp! Sie sagte dann immer: „Pass op, datte nix verschüttest, Thomas Meyer!" Als hätte ich dat mit Absicht gemacht. Ich hatte solchen Schiss, dat ich nie, nie mehr wiedersehen kann."

Seine Stimme wurde immer leiser bis sie irgendwann brach, die vielen ungeweinten Tränen konnte er nicht mehr zurückhalten.

Damit Thomas auf andere Gedanken kam, gingen wir zusammen auf Jöck, wie Mama das immer nannte, zu der von weitem schon sichtbaren, mit hellgrünen Stahlträgern gesicherten Autobahnbrücke nahe der Zeche Haniel. Der Gestank nach Diesel wies uns den Weg. Es machte uns solchen Spaß den vielen LKW-Fahrern und immer mehr Autofahrern von der Brücke aus zuzuwinken.

Und tatsächlich, ich hatte nicht damit gerechnet, dass auch sie freundlich zurückwinkten oder sogar ein kleines Hupkonzert anstimmten.

„Tommy, wat hälse davon, wenn wir nach Hause gehen und ma die Autonummern aufschreiben, he?" Stolz hielt mir Thomas, nur Minuten später sein dünnes Schreibheft unter die Nase, gerade einmal zwei Kennzeichen fehlerfrei leserlich geschrieben. Das eine von dem Kleinlaster unseres Milchbauers und das Kennzeichen von Gregors Käfer, die einzigen Autos, die in der ganzen Siedlung am Straßenrand und zwar stets unter einer Laterne geparkt standen. Die anderen Autos von unseren Nachbarn ruhten auf Hochglanz poliert sicher in der Garage.

Der Kröch von Familie Becker lief uns altersschwach entgegen und begrüßte Thomas Schwanz wedelnd. „Na alter Junge, dich gibt's ja auch noch" streichelte Thomas den sabbernden Hund. Für solche Gelegenheiten hatte Thomas immer eine Kleinigkeit in der Hosentasche parat. Er fischte einen bröseligen Keks hervor, der Hund bedankte sich mit heiserem Bellen.

Es sollte nicht viel Zeit vergehen, bis Klara, unsere älteste Schwester ins Krankenhaus musste. Sie litt unter einer Hauterkrankung, einem endogenen Ekzem, das ihr ganz besonders im Sommer zuschaffen machte, wenn alle jungen Mädchen kurze Röcke und Kleider trugen. Dann mochte Klara ihre schuppigen Knie und Ellbogen nicht zur Schau stellen. Deshalb nahm sie das kleinere Elend in Kauf und ging im zeitigen Frühjahr in die Hautklinik.

Nachdem ich fast zwei Stunden mit meiner Mutter in dem nach Heizöl stinkenden Bus saß, ging es mir schlecht, ziemlich kodderich sogar. Kalkweiß endlich im Oberhausener Krankenhaus angekommen, das über eine spezielle Station für Hauterkrankungen verfügte, konnte ich meine Schwester unter all den Verbänden gar nicht mehr erkennen. „Wat haben die denn mit dir gemacht?" brachte ich meine Fassungslosigkeit hervor.

Klara, schon wieder guten Mutes lächelte zuversichtlich. „Keine Sorge, Klene, nächste Woche werde ich schon wieder entlassen. Ich darf dann nach Borkum fahren, dat is ne Insel in der Nordsee. Dort gibts ganz spezielle Kurheime, dat ich wieder ganz gesund werde und meine Haut nich mehr schubbelt."

Das konnte ich mir nun überhaupt nicht mehr vorstellen, so himmelweit zu verreisen und dann auch noch zur Kur. Gott behüte!

Klara streute sich Frottee Trockenspampoon auf ihre fettenden Haare und verteilte es dort mit flinken Fingern. „Danke Mama, dat du daran gedacht hast. Ist schon ne tolle Erfindung!" Rätselhaft solch ein Trockenshampoon, ein echtes Wundermittel, das nach einmaliger Anendung aus einer jungen Frau eine weißhaarige Oma macht.

Seitdem gelang es unserer Familie nur noch an wenigen Tagen im Jahr, wie an Weihnachten und Ostern richtig komplett zu sein, sowie Papa und Mama es am liebsten sahen.

Die Karnevalszeit hatte begonnen und da es im Ruhrgebiet traditionell Vereine gab, die Umzüge und Feiern veranstalteten, waren auch wir Kinder zum Kinderkarneval unterwegs.

Mutter nähte mir, einmal mehr entgegen meiner Wünsche ein wunderschönes Kostüm als Burgfräulein, wozu sie einen mit schwarzem Stoff ummantelten Hut in form einer Spitztüte anfertigte, den sie obendrein noch mit schwarzem Tüllstoff verbrämte. Das Kostüm nähte Mutter in einer mühevollen Nachtschicht zum Sonntag, damit ich es rechtzeitig zur Kinderkarnevalssitzung anziehen konnte. Endlich lebte meine Mutter ihre künstlerische, kreative, wenn auch recht eigenwillige Ader aus. Mit vor Stolz glänzenden Augen führte sie mir am Sonntagmorgen den Hut schwungvoll vor. „Wie gefällt dir mein Prachtstück?"

Trotzig und undankbar wie Kinder manchmal sind, lautete mein Kommentar dazu: „Ich wäre aber viel lieber als Cowboy oder Indianer gegangen!" Auf den teueren Photographien von Photo Krüger, dem Spezialisten für Schnappschüsse aller Art sah man beim Kinderkarneval ein schlecht gelauntes Mädchen, das sich so gar nicht mit dem tollen Kostüm anfreunden konnte.

Wäre Mama ein bisschen temperamentvoller gewesen, hätte sie mein Kostüm sicherlich in tausend Fetzen gerissen. Davon meilenweit entfernt, bestand sie, scheinbar gelassen darauf: „Ohne Diskussion gehst du jetzt los, sonst kannst du gern zuhause bleiben. Wer nicht will, der hat schon! Ein kleines Quantum Dankbarkeit wäre schon schön! Nie bist du zufrieden!"

Das Fest wollte ich mir auf keinen Fall entgehen lassen und so schlich ich verkleidet mit dem ungeliebten Kostüm zur Gaststätte Kastanienhof.

Laute Musik empfing mich, als ich mit einiger Mühe die schwere Tür zum Festsaal öffnete. Wir feierten im großen Festsaal, wo schon viele bunt gekleidete Kinder schunkelnd auf die lustigen Büttenredner warteten, Musik vom Tonband dudelte den oft gehörten Karnevalsschlager: „Der schönste Platz ist immer an der Theke!", wozu ich mich direkt in die Polonaise einreihte.

„Hallo Meyer" bölkte Locke, als Verkleidung ein paar gekringelte Luftschlangen von der Tischdekoration geklaubt und um den Hals geschlungen. Locke ließ sich keine Feier entgehen. Wann immer es irgendetwas zu feiern gab, war unser Nachbarsjunge dabei. „Als wat gehs du denn, he? Wat soll dat denn sein? Wat is dat denn für n komisches Kostüm?" Er rümpfte die Nase und guckte mich an, als ob ich eine ansteckende Krankheit hätte.

So ein Kommentar hatte mir gerade noch gefehlt! Ich lief im Takt der ollen Kamelle, die Hände auf den Schultern meines Vordermanns bis zur Tür, die den Weg zur Toilette wies. Hier drömmelte ich herum, zog vor dem Spiegel meine schwarz gemalten Augenbrauen mit Mutters Stift nach und betrachtete mich eingehend von allen Seiten. Zwischendurch kamen Cowboy und Indianer, irgendwelche fremden Mädchen freundschaftlich untergehakt und gingen zusammen aufs Klo, damit sie ihre weltbewegende Unterhaltung nicht unterbrechen mussten.

Viel später schaute ich noch mal in den Saal, in dem gerade Ferdinand, ein in die Jahre gekommener Nachbar vermeintlich lustige Witze erzählte. Die Kinder grölten ausgelassen Helau und Alaaf, ich trank mein Glas leer und machte mich auf den Heimweg. Mein Bedarf an Frohsinn war gedeckt!

Zuhause saß meine zerknirschte Mutter, die am nächsten Tag einen aufregenden Zahnarzttermin einhalten musste.

Zahnarztbesuche

Durch die ständigen Schwangerschaften stellte sich bei Mutter eine Art körperlicher Mangelerscheinung ein, unter anderem brachen ihre Zähne ab. So ließ sie sich von ihrem langjährigen Zahnarzt an unserem früheren Wohnort Osterfeld, Doktor Neumann überzeugen, dass sofort, lieber heute als morgen ihre Zähne gezogen und ein Gebiss angefertigt werden müsse.

Damit sie nach dem anstrengenden Zähneziehen, so hoffte sie jedenfalls, schnell wieder zuhause sein konnte, nahm sie nicht den Linienbus, der nur stündlich fuhr, sondern ihr altes Fahrrad aus der Garage. Das braunschwarze Fahrrad zierte ein netzartiger, bunter Mantelschutz. Schon etwas klapprig, dennoch immer fahrbereit fuhr Mutter gern mit dem altmodernen Rad, allein schon, um nicht pünktlich an der Bushaltestelle stehen zu müssen.

Sie pumpte mit der altersschwachen Luftpumpe umständlich die Reifen auf, blies dabei die lockige Strähne aus der Stirn und seufzte: „Lieber Gott, lass Abend werden!", ihren zweitliebsten Spruch.

Der rigorose Zahnarzt zog meiner Mutter an diesem Tag sage und schreibe sechs Zähne und da sie sich, wie es so schön hieß in anderen Umständen befand, bekam sie keine Betäubungsspritze vorweg. Nach ihren Schilderungen versuchte sie anschließend das Fahrrad zu besteigen, was ihr aber auch nach mehrmaligen Versuchen misslang. „Auf der einen Seite rauf, an der anderen wieder runter. Die Leute guckten mich an, als hätte ich mir am frühen Nachmittag schon einen angetüdelt!" nuschelte sie mit völlig angeschwollenem Gesicht.

Vollkommen erschöpft und kalkweiß um die Nase schob sie am späten Nachmittag das Fahrrad in die Garage zurück, nachdem sie mindestens, für mich unvorstellbar viele, viele Kilometer zu Fuß und das Ganze nach der Extraktion von sechs Zähnen, zurückgelegt hatte.

Nach diesem traumatischen Erlebnis bläute sie uns die tägliche Zahnpflege nur so ein. „Kinder, mindestens zweimal am Tag Zähne putzen! Alles andere ist Murks!"

Selbstverständlich gehörte auch der zweimalige, vorbeugende Zahnarztbesuch pro Jahr dazu.

Angstvoll machte ich mich zusammen mit meiner Schwester Monika auf den Weg zum Zahnarzt. Bevor wir auch nur einen Fuß ins Wartezimmer von Doktor Willemsen setzten, der in dem Ruf stand in jedem Fall, auch schon mal prophylaktisch zu bohren, kam ich auf die rettende, wie ich fand, glorreiche Idee, dem lieben Gott in der gegenüber liegenden Bonifatiuskirche einen Besuch abzustatten. Ziemlich naiv stellte ich mir vor, nach einem inständigen Gebet ganz, ganz sicher keine Schmerzen beim obligatorischen Bohren zu empfinden. Oder dass der liebe Gott in seiner Güte wenigstens den rabiaten Zahnarzt gnädig stimmte.

Aber dieser schlaue Trick beeindruckte niemanden, am allerwenigsten Doktor Willemsen, der aufgrund seiner geringen Körpergröße bei der Behandlung seiner Patienten auf einem kleinen Fußbänkchen vor dem Behandlungsstuhl stand und für uns Kinder umso bedrohlicher wirkte. „Mensch Meyer, stell dich nicht so an," feixte er und fand ganz allein seinen Witz intelligent.

Mein Bruder Klaus hatte sich gerade erst beim Seifenkistenrennen einen Zahn ausgeschlagen, als er während der ersten Fahrt auf dem einzigen Hügel in der Schrebergartenkolonie bemerkte, dass die Bremse fehlte, wahrscheinlich von jemand anderem noch dringender gebraucht.

„Tommy, gibs zu, du hast die Bremse gekaut!" Thomas legte theatralisch die Hand auf sein Herz. „Nee, ehrlich nich!" „Dann war dat ja wohl der heilige Geist!" Es hörte sich lustig an, wenn Klaus so schön zischte beim Sprechen. Mama bekreuzigte sich und dankte dem lieben Gott, dass es sich beim verlorenen immerhin um einen Milchzahn handelte.

Solche Unfälle kamen in unserer großen Familie fast täglich vor und ich beneidete meine Mutter um ihre scheinbare Gelassenheit, damit umzugehen.

Unfälle

Wieder einmal brüllte die Mutter von meiner Schulfreundin Ute, mit der ich mittlerweile die Volksschule besuchte: „Verschwinde Meyer, lass dich hier nie wieder sehen!" Die schwermütige Frau litt unter verfehltem Standesdünkel und meinte, ihre Tochter sollte anderen Umgang pflegen als mit uns kinderreichem Pack.

Fast tat Frau Schulte mir ein bisschen leid, wenn sie mich auch bis ins Mark mit ihren Starallüren, wie Ilona sie nannte, verletzte. Dennoch schüttelte ich diese hässlichen Beschimpfungen ab wie der Pudel unseres Nachbarn die Tropfen nach einem heftigen Regenguss.

Gelangweilt ging ich auf die Suche nach einer Beschäftigung, einem Spiel, wenn schon nicht mit der Freundin, durchsuchte ich wenigstens unsere Garage nach brauchbaren Utensilien dazu.

Dort in der hintersten Ecke, hinter Kisten und Klüngel fand ich einen Roller von meinem Bruder Thomas, etwas angerostet, aber noch ganz brauchbar. Nachdem ich ein paar Runden auf unserer Straße gedreht hatte, wurde auch das langweilig und ich schob den Roller die einzig abschüssige Straße unseres Viertels in Richtung Konsum hinauf. Das würde eine rasante Fahrt werden bis über die Kreuzung am Ende der Hermann-Löns-Straße hinaus. Vor lauter Vorfreude grinste ich vor mich hin und sang lauthals den Hit von Francoise Hardy „Frag den Abendwind" den ich mittags noch im Radio hörte. Neulich abends, als Klara und Kathi abends fernsehen durften, konnte ich einen Blick auf die hübsche, vor allem aber langhaarige Französin erhaschen, deren Lied sich im französischen Akzent wunderbar verträumt anhörte.

So gut es ging eiferte ich ihr nach und versuchte den weichen, etwas rauchigen Ton zu treffen. Romantisch stellte ich mir vor, den Abendwind danach zu fragen, wo eigentlich das Glück wohnt und vom Silbermond Auskunft darüber zu erhalten, wann die Liebe beginnt, aber auf keinen

Fall danach zu fragen, woran der ganze Zauber letztendlich zerbrechen könne.

Oben angekommen nahm der Kinderroller mit den viel zu kleinen Rädern ordentlich Fahrt auf und vor lauter Übermut schloss ich meine Augen, weil es dann im Bauch um so schöner kribbelte und tausend Mal aufregender war.

Umso schmerzhafter war das Erwachen, als der Roller mit einem lauten Krachen auf den Bordstein der gegenüberliegenden Seite knallte und ich durch die Luft flog. Unsanft landete ich auf der Kante des Bordsteins und schrie mir lauthals die Seele aus dem Leib.

Aufgeregt kam unser Milchbauer, Herr Altenkämper, Gott sei Dank ein freundlicher Nachbar aus seinem Haus gerannt, sah mich an, als könne er seinen eigenen Augen nicht mehr trauen und legte mich kurz entschlossen der Länge nach vorsichtig auf den Bürgersteig. Schnell zog er seine Strickjacke aus und legte sie mir unter den Kopf. Ich blutete so stark aus der Nase, dass die komplette dunkelblaue Strickjacke die Farbe in bordeauxrot veränderte, weil mein Blut sie in null Komma nix vollkommen durchtränkte. „Herr Jesses, Tine. Wie hasse dat denn nur wieder angestellt?" Der besorgte Mann überprüfte, ob ich mir etwas gebrochen hatte, drückte an Armen und Beinen herum und brachte mich und den völlig verbeulten Roller auf dem schnellsten Weg mit seinem Lieferwagen nach Hause zurück.

„Frau Meyer, ich bring ihnen ihr Kind zurück. Tine ist mit dem Roller direkt vor meiner Haustür hingeknallt!"

Meine Mutter erschrak sich zu Tode und mein desolater Zustand verschlug ihr dermaßen die Sprache, dass sie nur noch sagen konnte: „Komm schnell rein, wir müssen dich sofort versorgen." Taumelnd lief ich hinter Mutter her ins Wohnzimmer, der Weg schien mir so lang wie noch nie.

Nachdem sie Gottlob mit meinem Vater klärte, dass ich nicht ins Krankenhaus musste, fuhr Papa mit seinem Pröttel wie der Wind, natürlich wie immer auf den letzten Drücker vor Ladenschluss zur Apotheke in unserem Viertel, um Wunddesinfektionsmittel und Verbandsmaterial zu kaufen. „In Ermangelung von Jod wasche ich dir erst einmal mit Kamillosan die Wunden aus!" Allen Ernstes brachte es Mutter zustande, selbst in solch brisanten Situationen ihre Lieblingsworte anzubringen.

Währenddessen schwoll meine Nase grün und blau an und nachdem Mama meine Wunden gereinigt und Verbände angelegt hatte, legte ich mich völlig erledigt auf unsere Couch im Wohnzimmer und schlief ein.

Es galt als ein ganz besonderes Privileg, auf der dunkelgrünen, etwas grobgewebten und vom ständig heftigen Gebrauch abgewetzten Couch liegen zu dürfen. Ausschließlich kranken und verletzten Familienmitgliedern erlaubten die Eltern, sich hier ein Bett zu bauen. Schlechter standen die Chancen dementsprechend nur, wenn wir eine Infektionskrankheit hatten, wobei Natur gemäß ein Kind nach dem anderen daniederlag, zumal wir uns logischer Weise im Eiltempo ansteckten.

Als ich aus dem Erschöpfungsschlaf erwachte, saß Moni mucksmäuschenstill am Fußende, den neuesten Klingelkatalog auf ihrem Schoß. „Komm Tine, wir spielen „Meine Seite, deine Seite, dat machse doch so gerne." Ich rappelte mich auf, stützte mich auf dem Ellbogen ab und versuchte zu lächeln, was scheußlich wehtat. „Dat müssen wir auf morgen verschieben, mir tut jeder Knochen im Leib weh!"

Monika, die treue Seele hatte wahrscheinlich während ich schlief die ganze Zeit darüber nachgedacht, wie sie mir eine Freude bereiten könnte.

Das Katalogspiel fand ich schon toll, wenn wir uns imaginär alle Wünsche in dem Versandhaus erfüllen konnten und uns dabei einander überboten. Schnelle Reaktion war dann gefragt, wenn wir blitzschnell entschieden, welche Seite die bessere Ausbeute bot. „Ich hab die Seite zuerst gehabt, nimm du die andere!" „Pö, bisse bekloppt, dat kannse der Oma erzählen, ich bin zuerst dran und damit basta!"

Es dauerte nicht lange, da musste ich meinen Logenplatz auf der Couch räumen für das nächste Kind, meiner Schwester Margarethe, die einen schrecklichen Unfall hatte, der sich bei uns zuhause im eigenen Garten ereignete.

Vater hatte mittlerweile einen Garten angelegt mit einem Pflaumenbaum, Birnen- und Apfelbäumen und in den gut geharkten Beeten wuchsen Bohnen und Erbsen, welche allerdings die Erntezeit niemals erreichten, weil die süßen Schoten der Erbsen so verlockend dufteten und vor allem himmlisch süß schmeckten, dass wir sie weit vor der Ernte roh aßen.

Gelbe und orange Ringelblumen grenzten das Gemüsebeet von den Kartoffeln ab.

Vater konnte seine Vorliebe für Symmetrie niemals verleugnen und so mauerte er genau mittig in den Garten eine Kompoststelle, die mit einem scharfkantigen Blech abgedeckt wurde, damit die Gartenabfälle schneller verrotteten.

Meine kleinen Geschwister hopsten gern auf diesem Blech herum, sangen lauthals Kinderlieder und freuten sich, wenn das Gehopse ordentlich Krach machte. „Rote Kirschen ess ich gerne, schwarze noch viel lieber, in die Schule geh ich gerne, alle Jahre wieder, hier wird Platz gemacht für die jungen Damen. Saß ein Kuckuck auf dem Dach, kam der Regen macht ihn nass, kam der liebe Sonnenschein, diese, diese soll es sein!"

Gedankenlos grölten gerade die Kinder den Refrain mit der Schule besonders inbrünstig, die noch niemals in ihrem Leben eine Schule von innen sahen.

Eines wieder sonnigen Tages rutschte Margarethe auf dem vom Regen nassen Blech aus und riss sich direkt unter der Augenbraue das Lid am scharfkantigen Blech auf. „Die Grete blutet wie ein Schwein!" brüllte Thomas nicht gerade mitfühlend, riss die Terrassentür zur Küche auf und rief laut um Hilfe.

Tatsächlich, als ich aus dem Wohnzimmerfenster guckte, sah ich Grete blind vor Blut beide Hände vor sich ausgestreckt laut schreiend auf das Haus zu schleichen. Sie schrie in den höchsten Tönen dermaßen laut, dass sich alle Kinder reihum erschrocken die Ohren zuhielten. Grete brüllte bis zur Erschöpfung.

Ein freundlicher Nachbar, Besitzer eines himmelblauen Opel Kadetts, brachte meine zutiefst erschrockene Mutter mit der schluchzenden

Kleinen ins Krankenhaus. Ein klein wenig fürchtete der brave Mann sich um seine hübschen, unversehrten hellen Schonbezüge im fast neuen Auto, aber im nächsten Augenblick erinnerte er sich augenscheinlich an die Nächstenliebe, die Pastor Behrend sonntags von der Kanzel gepredigt hatte.

„Mama, ich kann nix mehr sehen! Hilfe! Mama!" Mutter wischte mit einem zunächst sauberen Baumwolltuch in Gretes Gesicht herum und versuchte sie zu trösten, so gut sie das in ihrer kühlen, für meinen Geschmack viel zu distanzierten Art vermochte. Mama sang der Kleinen „Heile, heile Gänschen" vor. „Heile, heile Gänschen, es ist bald wieder gut, das Kätzchen hat n Schwänzchen, es ist bald wieder gut. Heile, heile Mausespeck, in hundert Jahren ist alles weg."

Im Krankenhaus musste Margarethe die schmerzhafte Tortour des Nähens über sich ergehen lassen, aber sie konnte Mama wieder zurück nach Hause begleiten und das war für Grete, so wie für uns alle die Hauptsache.

Wie um mein Leben sang ich das ganze schöne Liederrepertoire geduldig der immer noch schluchzenden, kleinen Margarethe vor. „Du singst den dicksten Hund kaputt!" lautete der ernüchternde Kommentar Mutters nur noch dazu. Immer wieder gelang es Mutter ohne große Mühe, mich zutiefst zu verunsichern.

Aquarium

Mein Vater lächelte breit, seit einiger Zeit stolzer Besitzer eines Aquariums. Seine Brüder in Düsseldorf hatten ihn mit ihrer Leidenschaft für Guppys, Schleierschwänze, Putzerfische und ganz besonders für Welse mit ihren imposanten, langen Barthaaren angesteckt. Neuerdings kam es richtiggehend in Mode, ein Aquarium zu besitzen. Nur allzu gern brachte Papa ein paar kleine Fischchen in der zur Hälfte mit Wasser gefüllten, durchsichtigen Plastiktüte aus der neu eröffneten Tierhandlung Kowalski mit. Peter hatte solchen Spaß an Vaters neuem Hobby, dass er Papa bei allen Reinigungs- und Wartungsarbeiten helfen durfte. Natürlich blieb auch er nicht von den ewigen Ermahnungen verschont. „Wenn du die Fische fütterst, Peter, denk daran nur soviel Futter zu nehmen, wie zwischen zwei Finger passt!" Die gelbe Futterdose mit dem dunkelbraunen Schriftzug TETRAMIN stand auf der gläsernen Abdeckhaube des Beckens.

„Bleib bloß mit deinen dreckigen Fingern aus dem Becken raus, sonst wird das Wasser ganz trübe!" Eine steile Falte bildete sich auf der Stirn meines Vaters, wenn er uns derlei vermeintlich gute Tipps mit auf den Weg gab und er schien, wenn das überhaupt möglich war, noch aufgeregter als sonst zu sein.

Ohne jedes Bedenken übernahm unser Vater die gesamte technische Ausstattung des Aquariums. Nach einem ausgeklügelten System sprang die Pumpe an, die Sauerstoff in das Becken blies, ebenso automatisch ging morgens die Beleuchtung an und abends wieder aus. Ausschließlich reinigen musste man das Aquarium noch selbst. Das war eine ziemlich aufwändige Prozedur, aber Peter übernahm die Arbeit gern und mit Feuereifer.

Eines Samstag nachmittags, unsere Eltern feierten gerade die Silberhochzeit von Tante Paula und Onkel Wilhelm in Düsseldorf, brüllte Peter aufgeregt durchs Haus und trommelte den Rest der Familie zusammen.

Sprachlos standen wir vor den inzwischen gegarten, leblosen Fischen im munter sprudelnden Wasser. „Irgendwas stimmt mit der Heizung nicht" sagte Peter ziemlich kleinlaut und konnte sich wahrscheinlich schon lebhaft den cholerischen Anfall unseres Vaters vorstellen, der sich auch prompt am Abend einstellte. Peter hatte in weiser Voraussicht die leblosen Fische in die Toilette geschüttet. Aber trotz aller Vorsicht schnauzte unser Vater schon beim Betreten des Wohnzimmers: „Wat is denn hier los?" „Wo sind denn meine schönen Schleierschwänze? Dat darf ja wohl nicht wahr sein! Da ist man einmal im Jahr nicht zu Hause und schon sind alle Fische übern Deister! Verdammt und zugenäht! Kannse denn nich n bisken besser aufpassen, du Dussel?"
Ziemlich unwirsch schubste Vater Peter an die Seite und erhob die Hand warnend, wohl um zu demonstrieren, dass er sich auf ganz andere Strafen einstellen könne. „Ich kann wirklich nix dafür, Papa! Als ich heute Nachmittag dat Becken saubermachen wollte, schwammen die Fische schon tot im Wasser. Ganz bestimmt! Da kannse die andern fragen!" Vor lauter Ärger über so viel Ungerechtigkeit, aber auch Trauer über die toten Fische, die Peter so gern mochte, schossen ihm Tränen in die Augen. Schnell richtete er beschämt seinen Blick auf den Boden, damit wir nicht sehen konnten, dass unser großer Bruder weinte. Dicke Tränen lagen auf seinem dichten Wimpernkranz und lösten sich langsam von den seidigen Härchen, um dann traurig über seine Wangen zu kullern.

Mir tat er unendlich leid! Zaghaft klopfte ich ihm auf die Schulter, einen anderen Trost hätte seine verletzte Ehre nicht zugelassen.

Beim ersten Griff ins Aquarium stellte Vater fest, dass die Temperatur des Wassers viel zu hoch und die automatisierte Technik Marke Selbstbau dieses Mal nicht richtig funktionierte. Nie und nimmer konnte Vater über seinen Schatten springen, sich für solche Ungerechtigkeiten zu entschuldigen.

Unbeliebte und verbotene Freundschaften

Es gab in unserer Familie unterschiedliche Kategorien, was die Beliebtheit von Freunden und Freundinnen von uns Kindern anging. So untersagte Vater mit erhobenem Zeigefinger meinen älteren Geschwistern bei Androhung von harten Strafen, ihre Freunde von der stadtbekannten Familie Schlüter zu besuchen. Sie bekamen eine ordentliche Tracht Prügel, nicht nur angedroht, wenn sie sich dem Verbot widersetzten.

Gerade deshalb war es so spannend, Familie Schlüter zu besuchen, dass man Katharina und Ilona ständig, sobald sich eine Möglichkeit ergab, in dieser schlampigen Familie, wie Vater immer gern betonte, antraf. Mit den Jungs der Familie gingen sie dort einem unverfänglichen Vergnügen nach; sie hörten aus dem weit und breit einzigen mit Batterien betriebenen Plattenspieler die neuesten Hits. Zu guter Letzt leierte Elvis Presley „Love me tender" derart, dass er sich fast so weinerlich anhörte wie ein Stück von Fred Bertelmann „Der lachende Vagabund" was Vater unter anderen Umständen sicher viel Freude bereitet hätte.

Vaters Vorbehalte galten nicht der Musik, die ihn störte, sondern der Familie selbst, die nicht nach alt hergebrachter, typischer, vor allem nach katholischer Sitte mit Vater, Mutter und Kindern zusammenlebte.

Frau Schlüter war gerade frisch zum zweiten Mal geschieden worden, ihre drei Kinder stammten von verschiedenen Vätern ab. Mittlerweile zog der neue Freund von Frau Schlüter in das „Rattennest" das ausnahmslos alle Nachbarn aus unserer Siedlung ständig argwöhnisch beobachteten. Von den gelangweilten Hausfrauen aus der Nachbarschaft erfuhr unser Vater die Neuigkeiten brühwarm, sobald er mit seinem „Pröttel" in die Straße bog. Wutschnaubend ließ er seinen Ärger an meinen Schwestern aus. Ein schrecklich brutales Ritual folgte solchen Ausrutschern. „Seid ihr bei dieser schrecklichen Schlampe gewesen?" brüllte er durch das ganze Haus. „Nein, ganz bestimmt nicht! Ehrlich, heute waren wir nicht da," hörte ich die zittrige Stimme meiner Schwester Kathi, die schon ahnte, welche erbarmungslose Prozedur auf sie zukam. Eigentlich wollte er es gar nicht wissen. Ein für alle Mal sollte klar sein, wer hier der Herr im Haus war.

„Auch noch lügen, dat stinkt doch zum Himmel" überschlug sich die Stimme von Vater. „Sofort in den K- Keller, aber dalli!" Auf dem Weg dorthin zog er den hässlichen, dicken Ledergürtel aus seinem Hosenbund und verdrosch die Beiden, dass wir sie oben trotz geschlossener Türen schreien und flehen hörten. Ohnmächtig vor Wut über solche völlig überzogenen und vor allem unangemessen harten Strafen heulten wir alle solidarisch mit.

„Jetzt erst recht!" zischte Kathi mir noch zu, bevor sie in ihrem Zimmer verschwand. Solche erbarmungslosen Prügel, deren Spuren lange sichtbar waren, aber dennoch niemanden interessierten, hielt keine meiner Schwestern davon ab, diese reizvolle, ungewöhnliche und deshalb ganz besonders interessante Familie immer wieder zu besuchen. Mich erschütterte und verblüffte die ganze Aufregung gleichzeitig, denn nachweislich ging es niemandem nach dem Verprügeln so oder so besser, weder Vater, der sich im Bastelkeller verkroch, noch meinen älteren Schwestern, die er nicht mit den schlimmsten Schlägen vom Gegenteil überzeugt hätte.

Nach solch ungerechter Tortur gelang es mir einfach nicht, einzuschlafen. Nach Tante Linas Rat fing ich an, Schäfchen zu zählen und irgendwann, mir kam es vor wie mitten in der Nacht, schlief ich endlich ein.

Vom immer gleichen Albtraum geplagt, schrie ich so laut, dass meine älteren Schwestern versammelt um mein Bett herumstanden und beratschlagten, was nun am besten zu tun sei. „Hey Tine, wach auf! Keine Angst, du bist zuhause in deinem Bett! Hallo, werd ma endlich wach." Kathi schüttelte mich vorsichtig und sanft, unter ihrem Nachthemd lugten blaue Striemen hervor.

Ungläubig öffnete ich vorsichtig die Augen und bemerkte erleichtert, dass ich in meinem verschwitzten Bettzeug lag. Kathi versuchte mich zu beruhigen. „Was ist denn bloß in dich gefahren? Du hast doch keine Senge gekriegt!"

„Ich musste wieder über eine Klippe springen" gab ich kleinlaut zu. „Von einem Berg auf den anderen!" schluchzte ich.

„Hömma Tine, hier im Ruhrpott gibt's keine Berge. Allenfalls Kohlenberge. Du musst gar nicht springen, kapito?" Kathi gähnte laut, die Unterlippe zitterte leicht und fast schlief sie schon wieder auf dem Weg zu ihrem Bett.

Ulli, der Freund von Peter, fast ebenso unbeliebt wie die Schlüters, faszinierte mich vom ersten Tag an, als ich ihn kennen lernte. Ulli, ein hübscher Junge, mit blonden Locken und verblüffend runden Grübchen in der Wange, die ich liebend gern bewunderte, sooft Ulli lächelte. Ullis lange Arme schauten aus den immer zu kurzen Ärmeln seines Mantels hervor und das gab ihm eine gewisse Ähnlichkeit mit den Vogelscheuchen, die ich auf den Feldern hinter unserer Siedlung ausgiebig betrachten konnte, sobald im Frühjahr die erste Saat auf das Feld gebracht wurde.

„Na, Süße, wie wärs mal mit nem richtigen Kuss mitten aufe Schnüss? Weiße wie dat geht? Ich kann dir nur eins sagen, einfach phantas-tisch! Dat kannse doch bestimmt noch nicht, son tollen Zungenkuss, oder?" Ulli stand draußen, schwafelte direkt vor dem kleinen Flurfenster, weil Peter ihn mal wieder nicht ins Haus lassen durfte.

„Son Ziepel kommt mir nich inne Bude! Der is nich echt." Soviel stand für Vater fest.

„Kennse eigentlich dat Lied von Cliff Richard, Rote Lippen soll man küssen? Ulli ließ sich nicht lange bitten und fing an zu singen: Rote Lippen soll man küssen, denn zum Küssen sind sie da, rote Lippen sind dem siebten Himmel ja so nah...

Fast tat Ulli mir ein bisschen leid, denn seine Stimme kiekste ständig, für zwei Töne hörte sie sich weich und samtig an, um dann wieder sopranartig heiser zu plärren, mit einem Wort: Ulli war im Stimmbruch!

Vater riss die Tür zum Korridor auf und fluchte: „Wer in drei Teufels Namen kreischt denn da so falsch rum? Dat hätte ich mir denken können.

Peter, mach dich mitsamt deinem Kumpel vom Acker, ich will meine Ruhe haben!" Die Tür flog zu, alle Unklarheiten, wenn es je welche gegeben hätte, beseitigt.

Ich hampelte auf den Stufen der Treppe herum, teils aus Verlegenheit, aber auch weil dieses Angebot mir schmeichelte, von einem fast erwachsenen, jungen Mann geküsst zu werden.

Es war kalt und aus Ullis Mund kamen kleine, weiße Rauchwölkchen, seine schwarzbraunen Augen flehten um ein bisschen Zuneigung.

„Na hab dich mal nicht so, Tineken, komm schon her, Klene!" Im Handumdrehen hatte er seine aufgesprungen, kalten Lippen auf meinen Mund gepresst und rührte mit der Spitze seiner Zunge unentwegt in meinem Mund herum, dass ich vollkommen überrumpelt dachte, merkwürdig so ein richtiger Kuss, das soll nun schön gewesen sein? Vor allem aber wunderte ich mich darüber, dass Ulli überhaupt nicht so toll schmeckte wie in meiner Vorstellung. Nach meinem Dafürhalten musste ein kerniger Typ wie Ulli mindestens nach zuckersüßen Erdbeeren, wenn nicht sogar nach Schokoladenpudding oder noch besser nach Lakritz schmecken. Aber stattdessen roch und schmeckte er nach gerade gegessenem Salamibrot, was vollkommen unmöglich und ganz und gar unromantisch war. Ulli drehte sich auf dem Absatz um, klimperte verschwörerisch mit den Augen und schwärmte mich an: „Blaue Augen, Himmelssterne, küssen und pussieren gerne!"

Schlagartig, spätestens nach diesem peinlichen Spruch war mein erstes Verknallt- sein vorbei, wartete ich doch auf den Jungen, der nach Schokolade oder noch besser nach leckerem, echten Lakritz schmeckte und der vor allem nicht solchen erbärmlichen Blödsinn von sich gab. Meine Freundin Uschi würde solche Peinlichkeiten gequirlte Kacke nennen, hätte sie jemals davon erfahren.

Mal wieder zur Nachtschicht eingeteilt, lehnte ich am offenen Fenster im Flur des nun schon fast vertrauten Krankenhauses und hing meinen Gedanken nach. Was macht wohl Uschi und wie ist es ihr ergangen in all den Jahren? Warum sind viele Freunde einfach nur Begleiter auf

Zeit? Ich konnte mir die Frage nicht beantworten, erinnerte mich aber gut daran, dass ich Uschi, schon vor ein paar Jahren zufällig in der Stadt getroffen hatte. Wir hatten uns nichts zu erzählen, richtig peinlich wurde es, als mir der Name ihres Mannes nicht mehr einfiel. Verdrießlich lächelnd tauschten wir unsere Telefonnummern aus, wohl ahnend, auch weiterhin nichts von einander zu hören. Eben: Aus den Augen, aus dem Sinn. Diesen Spruch von Mama konnte ich jetzt viel besser verstehen.

Lottogewinn

Das Jahr 1965 hatte begonnen und die Familie sollte nun bald wieder Zuwachs bekommen. Das Wirtschaftswunder der BRD mit all seinen Annehmlichkeiten, bislang ohne viel Federlesens an unserer großen Familie vorbeigegangen.

Mittler Weile mussten einige Familien aus der Nachbarschaft das eigen geglaubte Haus aus den unterschiedlichsten Gründen aufgeben. Die nach uns kinderreichste Familie Sperling feierte so ausgiebig Schützenfeste im traditionsreichen Schützenverein, dass kein Geld mehr für Zins und Tilgung des Eigenheims übrigblieb und sie in einer Nacht- und Nebelaktion ihr Haus verließen.

Unser Vater bemühte sich, ständig in zwei Schichten zu arbeiten, damit er seine große Familie ernähren und das Haus abbezahlen konnte.

Aber um das Glück einmal so richtig herauszufordern, spielten meine Eltern Lotto und blieben fast eine liebe, lange Woche felsenfest davon überzeugt, dass sie bei einem so unglaublich hohen Einsatz von immerhin fast zehn Mark einfach gewinnen mussten. Sollte es tatsächlich möglich sein mit diesem unauffällig rot karierten Lottoschein das Gleichmaß oder sogar die Langeweile des Alltags, wenn man davon in unserer Familie reden konnte, zu unterbrechen? Würde uns solch ein Lottogewinn zu wunschlos glücklichen und zufriedenen Menschen machen? Wir Kinder ließen uns von der Vorfreude unserer Eltern derart anstecken, dass wir gemeinsam eine ganze Woche lang ausgiebig planten, wie wir mit vereinten Kräften das viele Geld ausgeben wollten.

Immer noch stand die Wohnung unserer Mieter leer und sollte nun mit den feinsten und modernsten Möbeln ausgestattet werden und dabei erhielten wir Kinder ganz im Gegensatz zu sonst ganz unverbindlich Mitspracherecht. „Kostet ja nix!"

Mein eigenes Zimmer malte ich mir in den schönsten Farben aus und stellte mir vor, dass es noch schöner würde als das Jugendzimmer meiner Freundin Maria. „Vor allem noch mehr Schränke und Regale als Maria! Die brauche ich unbedingt." Es blieb ein Rätsel, womit ich diese Flächen ausfüllen sollte.

Mutter wünschte sich einen Familienurlaub in Italien am Mittelmeer, am allerliebsten auf Capri, dem modernen, angesagten Reiseziel und Papa brauchte dringend eine Hausangestellte, möglichst jung und adrett, nicht ganz uneigennützig, wie mir schien. Monika träumte von einer ausgefallenen Puppenkollektion, Ilona von einem hübschen Privatlehrer, Peter hätte gern einen Vespa-Roller und Klara Tennisstunden, Kathi, wie immer bescheiden wünschte sich eine Konzertgitarre.

Ich wollte nichts sehnlicher als ein wunderschönes, vor allem aber eigenes Zimmer. Darauf sollte ich noch lange warten, genau wie der Rest der Familie auf die Erfüllung ihrer Wünsche noch warten musste, hatten wir doch unglaublich, aber wahr, tatsächlich nicht im Lotto gewonnen.

Nach dieser Erfahrung jammerten unsere Eltern so zerknirscht, dass sie lange Zeit nicht eine müde Mark für Lotterien ausgaben. „Aus der Traum, mein treuer Vater!" Mutters Zitate verstand ich bei allem Bemühen darum langsam, aber sicher besser. Allein, es fiel mir selbst im Traum nicht ein, sie nach der genauen Bedeutung zu fragen.

Statt eines Lottogewinns gab es ein neues Geschwisterkind, Ralf mit Namen, ein eigenwilliger Junge mit strahlend blauen Augen und einem ausgeprägten Haarwirbel am Haaransatz, wie ich ihn zuvor niemals sah.

Nach Ralfs Geburt stand Mutter im warmen Frühjahr direkt wieder draußen bei herrlichem Sonnenschein an der Wäscheleine, um unzählige fadenscheinige, frisch gewaschene Windeln aufzuhängen. Dieter, ein Freund von Klaus lehnte lässig an der von der Sonne erwärmten Gartenmauer, kaute ausgiebig auf seinem Coca-Cola-Kaugummi herum und fabrizierte damit Ballgroße Blasen, die sein komplettes, irgendwie gelangweiltes Gesicht verdeckten. So oder so erinnerte er mich mit seinem gleich bleibend mahlendem Kiefer an eine grasende Kuh, nur das ausdauernde Schmatzen verriet den klebrigen Kaugummigenuss.

Mit lautem Radau brachte er die Kaugummiblase zum Platzen, sodass rosa Fetzen zuerst sein ganzes verdutztes Gesicht verbargen, dann an seinem Kinn hingen und ein widerlich süßlicher Geruch zu mir herüber wehte.

„Hömma Tine" gurgelte er und schob den dicken Kaugummiklumpen sichtbar in die linke Backe, „euer Mama hat ja Beine wie Landkarten!" Auf solch gemeine, ekelhaft geschmacklose Vergleiche konnte ich schlichtweg nicht reagieren, aber das Großmaul hatte die feinen Ohren Mutters unterschätzt. „Wo hast du denn deine gute Kinderstube gelassen, du Flegel? Dein Verhalten spottet jeder Beschreibung!" raunzte sie ihn an, zu Recht wie ich fand. Dieter stand der Mund offen, intelligent sah das nun wirklich nicht aus. Offensichtlich verstand er Mutters hochtrabende Ausdrucksweise schon gar nicht, „Blödmann" oder „Arschloch" hätte er sicher kapiert. Entspannt lehnte ich mich zurück und betrachtete eingehend Mamas von Krampfadern durchzogene Beine, die so kurz nach der Entbindung schon Besorgnis erregend aussahen.

Tiefes Brummen eines Motors lenkte unsere Blicke neugierig gen Himmel. Gern ließ ich mich vom unflätigen Verhalten unseres Nachbarjungen ablenken. Dort, am selten klar blauen Himmel, zog ein einmotoriges, kleines Flugzeug ein buntes Banner hinter sich her. Vier dicke Männer in grün weißer Kluft und ausschweifenden Hüten, allem Anschein nach Wikinger, warben mit „Männer wie wir, Wicküler Bier."

Fahrradtour nach Grafenmühle

Traditionell am Himmelfahrtstag gab es bei uns, völlig unabhängig vom Wetter, eine Art Völkerwanderung von Bottrop Fuhlenbrock nach Grafenmühle, einem idyllischen, ansonsten sehr beschaulichen, ruhigen Ort auf dem Land, entweder zu Fuß oder mit dem Fahrrad.

Von meiner Freundin Uschi bekam ich ein fahrtüchtiges Rad geliehen und nach dem üblichen Geplänkel ging die Fahrt bald los an diesem wunderbar warmen Vatertag, geeignet wie kein anderer für solch einen Ausflug.

Die Sonne meinte es gut mit uns, wir quasselten munter drauflos und radelten gemächlich neben einander den Radweg an der Neuen Fernewaldstraße hinauf. Am Himmelfahrtstag hieß es aufmerksam sein, Fahrradkolonnen schoben sich, einander überholend vorbei. Schon auf dem langen Weg dorthin, die elend lange, sich schrecklich ziehende, einzigartig ansteigende Fernewaldstraße hinauf, an Zeche Haniel vorbei überholten wir grölende, bereits beschwipste, junge Männer, die selbstredend nicht zu der Gruppe der Väter gehörten. Dabei feierten sie aber umso ausgelassener, klingelten laut mit den Schellen, die sie kunstvoll an Spazierstöcken oder Bollerwagen allein zu diesem Zweck anmontierten. Die Bierflaschen schlugen im Takt aneinander und es hörte sich fast so an, als begleiteten sie die jetzt schon unsicher gewordenen Stimmen der Sänger, die den Mai begrüßten.

„Hey ihr Kichererbsen, wollter nich n leckeren Aufgesetzten probiern?"

Lachend winkten wir ab und traten umso energischer in die Pedale. „Der Macker is ja wohl rattendoll, ne! Meinse, ich pussier mit sonen Segern rum?" fragte Uschi mit weit aufgerissenen, empörten Augen. „Niemals" kam meine korrekte, von Uschi erwartete Antwort.

Unser Ziel war auch in diesem Jahr das verträumte Rotbachtal, wo wir über die kleinen, geschlängelten Rinnsale hopsten und wer ganz besonders mutig war, zog seine Schuhe und Strümpfe aus und genoss das erste vorsichtige Fußbad des Jahres. Uschi jappste und rang nach Luft, als sie wie ein Storch mit angezogenen Beinen ein paar winzige Schritte am sicheren Ufer versuchte.

Der hochsommerlich warme Frühlingstag stimmte wirklich alle Spaziergänger milde, sie grüßten freundlich zu uns herüber und wünschten einen schönen Tag.

Ich mochte die lauen, streichelzarten Winde, die dafür sorgten, dass sich der feine, weißblonde Haarflaum auf meinen Armen aufrichtete.

„Meine Tante Martha sagt immer, dat man einen reichen Mann kriegt, wenn man viele Haare aufe Arme hat" erzählte Uschi verträumt, malte mit einem kleinen Zweig ineinander verschlungene Herzen und schrieb in den Sand: Uschi liebt ...

„Lass mich raten! Könnte es der zu und zu nette Alex sein?"

Alexander, ein hübscher, schwarzhaariger Junge mit auffallend ebenmäßigen, weißen Zähnen hatte es allen Mädchen unserer Schule angetan. Allerdings war er altersmäßig meilenweit von uns entfernt, denn er ging schon seit einiger Zeit ins Gymnasium in der Stadtmitte, wahrscheinlich hatte er so junge Küken wie uns noch nicht einmal wahrgenommen.

Uschi lächelte ergeben, träumte und summte leise vor sich hin.

„Du kanns ja wohl von Luft und Liebe leben, aber ich hab Kohldampf!" Ungeduldig strich ich Uschis karierte Decke ein wenig glatt, die sich von den Sonnenstrahlen warm anfühlte und packte alles aus, was wir zuhause ergattern konnten.

Wahre Schätze kamen zutage, ein längst vergessenes, knüppelhartes Stück Salami aus der hintersten Kühlschrankecke, aber noch ganz brauchbar. Außerdem ein Rest Marmorkuchen vom letzten Sonntag, etwas zäh schon, dennoch hatte ich das Gefühl, dass Uschi in ihrer Verliebtheit sowieso nicht merkte, was sie gerade aß. Den lauwarmen Hagebuttentee aus der verbeulten Aluminiumflasche meines Vaters fand ich ziemlich eklig, aber der Durst machte uns kompromissbereit.

Nach einem vorsichtigen Fußbad ließen wir unsere nassen Beine vom warmen Wind trocknen und bevor Uschi die Decke mit Beschlag belegte, streckte ich mich lang aus. „Hier is et schön, ne?" Gespannt guckte ich an den strahlend blauen Himmel, ständig darauf gefasst, eine viel sagende Figur am Firmament auszumachen. Harmlose Schäfchenwolken wurden sanft vom Wind ein Stückchen weitergetrieben.

Uschi gestikulierte wild mit den Händen in der Luft, weil sie gerade auf Biegen und Brechen versuchte, auf einem Grashalm zu blasen. Sie strengte sich dabei so an, dass aus den aufgeblasenen Backen keine Luft entwich und ihre Augen hervortraten, dem Halm ließ sich trotzdem kein Laut entlocken, er war und blieb stumm.

„Uschi kennse eigentlich den Kalla, dem sind die Augen so stehen geblieben!" erzählte ich beiläufig, davon fast ehrlich überzeugt, und augenblicklich ließ Uschi mit einem tiefen Seufzer lieber die Luft aus ihrem Mund entweichen.

Nur ein paar Wochen später feierten wir das Fronleichnamsfest. Unsere Nachbarn plünderten dazu ihre überschaubaren Blumenrabatten und schmückten damit die Altäre, je bunter desto besser. Duftende Pfingstrosen betörten die vorbeiziehenden Gemeindemitglieder mit süßlich schwerem Geruch. In sengender Sonne schwitzten Uschi und ich um die Wette, als wir mit der Prozession durch unser Viertel zogen. Vornan der kahlköpfige Pastor, dessen Plätte immer mehr die Farbe von vollreifen Tomaten annahm. Er wuppte die schwere, goldene Monstranz gen Himmel und ächzte wie ein Schwerstarbeiter dabei, Uschi verdrehte Kopf schüttelnd die Augen.

Beim Beten knieten wir auf dem staubigen Asphalt der Straße und fluchten über die verdreckten Knie. Alles hätte ich darum gegeben, genau jetzt auch nur ein Schlückchen kaltes Wasser aus dem Wasserhahn zu trinken.

Ein neues Baby

Mama kam schwer bepackt vom Einkaufen nach Hause, als sich, nur einen Moment später mit regelmäßigen Wehen unser neues Baby ankündigte. Mit der Routine einer kinderreichen Frau klaubte Mutter alles Wichtige für den Krankenhausaufenthalt zusammen und machte sich per Taxi auf den Weg ins Krankenhaus.

Der Taxifahrer guckte ein wenig ungläubig und hatte wohl große Angst davor, dass es jetzt sofort und auf der Stelle mit der Geburt losgehen könne, weil Mama mit heftigen Wehen in sein Taxi stieg. „In welcht Krankenhaus sollet denn gehen?" Mutter bemühte sich gerade, während einer Wehe ruhig weiter zu atmen und stieß gepresst: „Ins Knappschaftskrankenhaus!" heraus.

Auf dem schnellsten Wege brauste er los, ahnungslos, dass sich die Geburt auch diesmal wieder ewig in die Länge ziehen sollte, bis endlich Ralf geboren wurde. Katharina radelte wie der Blitz zur Post, um von dort aus Papa auf der Zeche Jacobi anzurufen. Allerdings musste Vater sich noch bis zum Schichtende gedulden, um mit dem nächsten Förderkorb ans Tageslicht befördert zu werden.

Tante Lina, unsere liebe Perle, begrüßte ihn mit einem leckeren Mittagessen. „Eine kräftige Fleischbrühe ist jetzt genau das Richtige für Sie, Herr Meyer! Dann können Sie Ihrer Frau im Kreissaal viel besser beistehen!" Papa guckte leicht verdattert, denn seine Hilfe bestand einzig und allein darin, einen verdächtigen Rekord im Rauchen aufzustellen, während Mama wie gewohnt die Geburtsarbeit in aller Ruhe und Versiertheit allein meisterte.

Mutter gab als Tipp allen schwangeren Frauen, die kurz vor der Niederkunft einen Rat brauchten: „Das Geheimnis beim Kinderkriegen liegt in der Atmung. Du musst immer ruhig weiteratmen, nur nicht aus der Ruhe bringen lassen!"

Der Monat Mai hatte in diesem Jahr ganz besonders schön begonnen, sodass wir Kinder schon barfüßig über das warme Straßenpflaster liefen. Der geteerte Bürgersteig platzte an manchen Stellen auf und sorgte für pechschwarze Fußsohlen.

Am späten Nachmittag kam endlich die erlösende Nachricht aus dem Krankenhaus, dass wir nun einen neuen Bruder namens Ralf hatten. Ich flitzte wie ein geölter Blitz mit nackten Füßen die Straße entlang, um unsere Nachbarin Frau Fricke über das freudige Ereignis zu informieren, als ich mich ein wenig mit den Abmessungen der Hausmauer verschätzte und mir den Oberarm daran aufriss. Blutend kam ich in ihre gemütliche Küche gestürzt, ungefragt schenkte sie mir ein Glas Limonade ein und strich mir tröstend sanft über den Scheitel.

„Wat um alles in der Welt is passiert?" fragte sie. Insgeheim hatte ich mir doch große Sorgen um meine Mutter gemacht und nach dieser einfühlsamen Begrüßung kullerten schon die Tränen. Stockend und schluchzend brachte ich hervor: „Wir haben ein neues Baby!"

„Na, dat wurde aber auch langsam mal Zeit!" lachte freundlich Frau Fricke und gab mir alle Zeit der Welt mich zu beruhigen, um ihr in allen Einzelheiten den neuen Nachwuchs zu beschreiben, während sie vorsichtig und zügig zugleich meinen wunden Arm mit Hansaplast Pflaster versorgte.

Um mich ein wenig zu trösten, drückte sie mir verschämt und dennoch ein klein wenig stolz einen kleinen, federleichten Fotoapparat in die Hand. „Da kannse ja ma n bisken mit rumknipsen! N Film is auch schon drin!"

Sofort ließ ich mich vom Schmerz ablenken und betrachtete die leichte Kamera erstaunt von allen Seiten. Über dem Objektiv waren Buchstaben aufgeklebt.

„R E V U E" buchstabierte ich laut. Auf der Rückseite der Kamera schaute ein winziges Stückchen Zelluloid vom Film heraus, dessen perforierte Enden hatten diese undefinierbare Farbe, irgendetwas zwischen grau und rotbraun. Es sah nicht so aus, als hätte sich Frau Fricke mit dem

Datum meines Geburtstags geirrt. „Einfach so?" fragte ich trotzdem ungläubig. Sie nickte heftig und in ihren Augen konnte ich erkennen, wie unbändig sie sich selbst darüber freute, mich zu beschenken.

Stolz und eifrig zugleich machte ich mich auf den kurzen Weg nach Hause, um auf der Stelle auszuprobieren, was einzufangen ich als Fotografin imstande war.

Mein Vater kam mir als erster vor die Linse. Direkt nachdem er Mutter nach der Geburt unseres neuen Babys besuchte, ging er zur Tagesordnung über und wuchtete den leicht angerosteten Handrasenmäher der Marke Brill aus dem Keller. Der erste Rasenschnitt stand an. Als er beim Zusammenharken eine kleine Pause machte, lehnte er den langen, abgeblätterten Griff der Harke am Ende gegen seine Brust und klopfte die Taschen seiner grauen Arbeitsjacke nach seinen Zigaretten ab. Noch eingehüllt in die erste Wolke vom Zigarettenanzünden lächelte er entspannt, der inhalierte Qualm strömte im selben Moment aus seiner Nase, als ich auf den Auslöser drückte, felsenfest davon überzeugt, dass dieser spontane Schnappschuss wunderbar die schöne Feierabendsstimmung zum Ausdruck brächte.

Wie groß war meine Enttäuschung, als ich nach zwei Wochen gespannten Wartens in der Drogerie die Fotos abholte. Mühevoll musste ich vorweg tagelang Mutter davon überzeugen, dass sich der teure Einsatz vom Haushaltsgeld todsicher lohne. „Mit fünf Mark sind Sie dabei!" Mama kannte den neuen Werbeslogan für die Fernsehlotterie und gab ihn gleich zum Besten.

Nachdem ich endlich mit dem schweren Fünfmarkstück in der Hand meine ersten Fotos bezahlte, um sie vorsichtshalber erst auf der Straße anzusehen, traf mich fast der Schlag. Vater war durch den dichten grauen Nebel nur an seinem spöttischen Lächeln zu erkennen, die Beine auf Kniehöhe abgeschnitten, die schöne, friedliche Stimmung nicht einmal zu erahnen. Die restlichen Fotos waren mehr als belanglos, niemand, noch nicht einmal unser neues Baby Ralfi in seinem Kinderwagen war auch nur andeutungsweise zu erkennen.

Ich beschloss, dass das teuere Fotografieren nicht das richtige Hobby für mich sein konnte, die kleine Fotokamera versteckte ich so gut, dass ich sie nie wiederfand.

Tante Lina, die praktische Person hatte wieder einmal Einzug bei uns gehalten und so begann für uns Mädels die Zeit, in der wir weniger häusliche Arbeiten erledigen mussten, Tante Irmi würde sagen: „Gott seis getrommelt und gepfiffen!"
Katharina gab sich zwar alle Mühe, ihrer Ausbildung als Hauswirtschaftshilfe ordentlich nachzukommen, aber die Umsicht einer Fachfrau wie Tante Lina mit reichlicher Berufserfahrung in Haushalten mit vielen Personen war durch niemanden und nichts zu ersetzen.
Kathi verfügte endlich über freie Zeit, die sie bitter nötig hatte. Mit einem Stoßgebet Richtung Himmel und drei Kreuzzeichen hinter einander bedankte sie sich dafür.
Jeden Montag fuhr sie zur Berufsschule in die Stadtmitte und brachte genauso regelmäßig eine kleine Schallplatte mit nach Hause. Sobald die Beatles einen neuen Song herausbrachten, kam die Single in Kathis gut sortierte Sammlung, die sie in einem grünen Album mit Stoffumschlag sicher und staubfrei aufhob.
„From me to you" lag den lieben, langen Tag auf dem Plattenteller, ein Wunder, dass die Scheibe nicht heißlief.
„Tine, leg ma die Platte auf, aber pass auf, dat se nich verkratzt!" Fast andächtig zog ich den filigranen Arm des Plattenspielers nach rechts, bis es knackte, um die Nadel übervorsichtig behutsam auf die schwarze, äußere Rille zu setzen.
In Ilonas Bravo lasen wir aufgeregt die Ankündigung vom Beatclub, endlich sollte es eine Musiksendung für junge Leute geben. Am Samstagnachmittag erschien auf der Mattscheibe ein bieder frisierter, dunkelhaariger Moderator, ein gewisser Wilhelm Wieben, der alle Zuschauer um Verständnis für die nun folgende, dem einen oder anderen sicher zu laute Sendung bat.

Moni knabberte aufgewühlt an ihren Fingernägeln herum, als wir Mädels verabredet um sechzehn Uhr wie die Hühner auf der Stange unsere Couch bevölkerten. Uschi Nerke, eine außergewöhnlich hübsche, junge Frau mit dick geflochtenen Zöpfen und schwarz ummalten Augen, die mich sofort an Winnetous Schwester erinnerte, führte uns in plaudernder Art in die internationale Beatmusik ein. Sprachlos sah ich die langhaarigen Bands in schmal geschnittenen Anzügen mit Krawatten, dünn wie Seile brav ihre elektrischen Instrumente bedienen, das Publikum seltsam ausdrucksstark und eigenwillig tanzend.

„Wieso tanzen die denn alleine?" Monika verstand die Welt nicht mehr. „Hast du dat immer noch nich kapiert, Moni?" Es kam selten vor, aber Kathi verlor langsam, aber sicher die Geduld. „Dat is jetzt ne ganz neue Musik, Beatmusik eben, so was gabs noch nie!" Kathis schönen, stahlblauen Augen schienen zu sprühen, sie war in ihrem Element.

„Endlich mal ein Tanz, wo jeder für sich selbst tanzt. Nicht diese bekloppten und steifen Figuren wie beim langweiligen Standardtanz, kapito?" Aber Moni hatte sich schon verdrückt, ihr schien die wunderbar rhythmische und dennoch individuelle

Beatmusik nicht zu gefallen.

Kathi hatte seit ein paar Wochen einen nach meinem Dafürhalten etwas langweiligen Freund. Friedrich wohnte brav mit seiner Mutter zusammen, der alte Vater war bereits verstorben. Das einzig interessante an Friedrich, so glaubte ich jedenfalls, schien die Band zu sein, in der Fritz Schlagzeug spielte.

Die Band spielte ein überschaubares Repertoire von aktuellen Songs der Beatles, Rattles und Rolling Stones, sodass ich mich gar nicht darüber wunderte, dass Ilona eines schönen Sonntags im Gemeindesaal der evangelischen Kirche ihren ersten Auftritt als Sängerin mit Friedrichs Band erlebte. Wochenlang bearbeitete Ilona Kathis Freund sehr geschickt mit ihrem Argument, dass ihr Auftritt doch eine schöne Abwechslung vom immer gleichen Programm sei und die Leute, die ja schließlich Eintritt bezahlten, ganz sicher mal etwas Neues sehen und vor allem hören wollten.

Wie keine zweite war Ilona von sich und vor allem ihrer Ausstrahlung überzeugt!

Mutter zuckte nur mit den Achseln und hatte für Ilona gleich den Spruch parat, dass sie sich von Glanz und Glitzer locken lasse wie eine Elster. Diese Äußerung half Ilona aber ganz gewiss nicht, ihr Lampenfieber zu verscheuchen.

Ilona, die auschließlich von Fritz Loni genannt werden durfte, übte immer und überall ein paar aktuelle Lieder. Zutiefst erschüttert hörte ich ihr zu, wenn sie „Frag´ den Abendwind" von Francoise Hardy in übertrieben französischem Akzent ins imaginäre Mikrofon hauchte und mir vor Rührung die Tränen in die Augen traten. Im nächsten Moment hopste sie dann zu Graham Boneys „Supergirl" locker flockig und gutgelaunt „hey, hey" den Chor gleich mitsingend durch das Wohnzimmer.

Mir gefielen aber auch Schnulzen, die Ilona sang, auch wenn ich das niemals zugegeben hätte. Für mein Empfinden passte am besten der Text vom Spitzenreiter der Hitparade: „Das kannst du mir nicht verbieten" von Bernd Spier zu meiner selbstbewussten, großen Schwester. Mit unschuldigem Augenaufschlag konnte sie wie keine zweite bestimmt alle Zuschauer davon überzeugen, dass sie niemals nachlassen würde, „ihn" wer immer das auch gewesen sein mag, zu lieben allezeit, ganz genauso wie heut.

Zu gern wäre ich einmal mitgegangen zum Tanztee, wie das sonntägliche Vergnügen immer noch schön altmodisch hieß, aber Papa kannte leider immer noch keine Kompromisse. So musste ich mich mit den allabendlichen Probestunden bei uns zuhause zufriedengeben. Ilona sang herzerweichend schnulzige Titel, wie „Du bist nicht allein" von Roy Black und ich stellte mir inbrünstig vor, dass es das schönste der Gefühle sein mußte, verliebt zu sein. Indes gefiel mir am besten an diesem rabenschwarz behaarten Schwiegermutterliebling seine große Zahnlücke, schön auffällig mittig zwischen den beiden oberen Schneidezähnen. Dadurch wirkte Roy, wie Ilona ihn vertraulich nannte, richtig sympathisch.

Mama sagte oft erleichtert: „Tante Lina bringt den Laden wieder in Schwung." Unsere Mutter war dankbar über die hinzugewonnene Zeit, die sie mit dem Neugeborenem verbringen oder Dinge erledigen konnte, die schon lange liegen geblieben waren. Endlich konnte sie einmal mehr im bekannten Schneckentempo Kleidung flicken oder Socken stopfen. Wie gern schaute ich ihr dabei zu, wenn sie den kleinen filigranen, silbernen Fingerhut an den Mittelfinger steckte und sich alle Zeit der Welt nahm, vollkommen akkurat einen Stich neben den nächsten zu setzen und dermaßen ordentlich zu stopfen, dass ich die geflickte Stelle mit bloßem Auge nicht mehr erkennen konnte.

Außergewöhnlich für uns alle war, dass wir uns außergewöhnliche Mahlzeiten wünschen durften, fast so wie bei unseren Zaubertöpfen, nur mit dem nicht unerheblichen Unterschied, dass es sie wirklich und tatsächlich zu essen gab.

So schaffte es Mutter allein nie und nimmer einen Berg von Reibeplätzchen, die ich für mein Leben gern mochte, zu braten. Unterstützt von Tante Lina konnte ich Mama überreden, die leckere Kartoffelköstlichkeit auf den Tisch zu bringen.

Zwar konnte ich vor lauter Qualm in der Küche kaum die Köchinnen erkennen, aber Tante Lina brachte es fertig, unzählige Portionen von Reibekuchen frisch aus der Pfanne zu servieren. Die hübsche, aber dennoch biedere, etwas altmodische Hochsteckfrisur von Tante Lina litt an solchen Tagen zusehends und wenn sie am späten Nachmittag immer noch gut gelaunt per Rad den Nachhauseweg antrat, hing der sonst so akkurate Turm schief auf ihrem Kopf.

„Jetzt nehm ich eine herrliche Dusche und das Fettspektakel ist vergessen!" Bei Tante Lina hörte sich Dusche eher wie Tusch an mit schnell gesprochenem u, ich konnte mir nicht vorstellen, auf das herrliche Vergnügen zu baden zugunsten einer modernen Dusche zu verzichten.

Indes futterte mein kleiner Bruder Ralf mit einer wahren Begeisterung, sodass Mama ständig am Herd stand, um für sein Fläschchen feine Schmelzflocken mit Milch zu kochen. Mir schien, dass Ralf alle Verrichtungen, zu denen er imstande war, richtiggehend inbrünstig machte. Er schlief lange, tief und fest, brüllte ausdauernd bis zur Erschöpfung, kackte die Windel bis zum Hemd voll und hatte permanent Hunger.

„Ich krieg die Motten!" stöhnte meine Mutter. „Dieses Kind ist nie zufrieden!" Es sollte sich später noch herausstellen, wie sehr sie Recht behielt mit dieser Äußerung.

Am Abend, wenn Mama sich mal wieder mit dem Baby beschäftigte, wurden wir anderen Kinder gern vor dem Fernseher geparkt. Meine ganze Liebe galt dem Werbefernsehen mit den witzigen Zeichentrickfiguren oder biederen, wenn nicht sogar ziemlich blöden Schauspielszenen. Auch Monika sang sicher jede Werbemelodie mit: „Erst mal entspannen, erst mal Picon!" Ahnungslos, um welches alkoholische Getränk es sich hierbei handelte, sangen wir voller Inbrunst mit.

Jeden Abend sahen wir die Zigarettenreklame mit dem HB-Männchen, das mit einer verlässlich schönen Regelmäßigkeit in die Luft ging. Das kam mir sehr bekannt vor!

Vielleicht lag das an der Ähnlichkeit mit Vater. Selbst als kaum zehnjähriges Mädchen, das wie ich damals fand, schon ziemlich erwachsen aussah, wunderte ich mich darüber, dass Vati bei seinen Wutausbrüchen nicht vom Boden abhob.

Solch einen Wutausbruch erlebte ich beim Elternsprechtag, als meine enthusiastische Klassenlehrerin „Frollein" Müller vorschlug, mich auf einer weiterführenden Schule wie der Oberschule oder der Realschule beschulen zu lassen. Frohgemut hopste ich an Vaters Hand auf dem Hinweg zur Besprechung, richtig glücklich und auch ein wenig stolz darüber, dass er sich die Zeit nahm über meine schulische Zukunft zu beraten, merkte ich doch, dass auch Vater zufrieden mit meinen Leistungen war, wenn er sich auch niemals dazu hinreißen ließ, mich dafür zu loben.

Schnell war meine gute Stimmung vorbei, denn Vater schüttelte unentwegt den Kopf als wolle er einen Rekord darin aufstellen und schnauzte: „Bislang sind wir in der Familie Meyer ordentliche Arbeiter oder sogar Angestellte geworden und das soll sich auch nicht ändern! Studieren, wenn ich sowat schon höre!"

Ständig fasste er sich an seinen Kopf, um die Unmöglichkeit des Vorschlags meiner Klassenlehrerin zu untermauern. Erstaunt stellte ich fest, dass Vater überhaupt nicht stotterte. Bei dieser denkwürdigen Demonstration fuhr Vater sich durch das mittlerweile schüttere Haar, das in alle Himmelsrichtungen vom Kopf abstand und ihn irgendwie chaotisch und hilflos zugleich aussehen ließ.

Es fiel mir so schwer einzusehen, dass aus meinem Plan mit dem Bus in die Stadt zu fahren und dort wenigstens die Mittelschule zu besuchen und zu den zwar etwas abgehobenen, aber trotzdem stets chicer gekleideten, moderneren Schülern zu gehören, nichts wurde. Insgeheim hatte ich darauf vertraut oder wenigstens gehofft, dass Vater sich wie bisher bei allen Auseinandersetzungen der Meinung der Lehrer anschlösse.

Aus der Traum zu den anscheinend wichtigen, oft ziemlich arroganten Schülern zu gehören, Mutter nannte sie Schnösel, die in der Stadtmitte zur Schule gingen. Die meisten von ihnen eingebildete Fatzken, die selbstverständlich die ersten Plätze im Bus belegten und sich mit „Salve" begrüßten.

Enttäuscht über Vaters Halsstarrigkeit guckte ich mich im Klassenzimmer um und sah die wunderschönen Bilder, die wir eifrig in den letzten Kunststunden mit selbst gemischten Wasserfarben malten.

Fräulein Müller ließ uns bei jeder sich bietenden Gelegenheit experimentieren, um reichliche Erfahrungen in allen Bereichen zu sammeln. Wozu eigentlich fragte ich mich wütend, unsicher lächelnd gab ich ihr die Hand. „Meyer, lass dich nicht unterkriegen und gib mir richtig fest die Hand, nicht so luschig!"

Sprachlos darüber, dass mein Vater dazu imstande war, dem eigenen Kind die Zukunft zu verbauen, entließ sie uns achselzuckend.

Volksschule/Hauptschule

Meine schulische Zukunft schien beschlossen und ich verblieb in der Volksschule und ärgerte mich, erbost darüber, dass relativ schlechte Mitschüler selbstverständlich zur Penne gingen. Nach und nach kamen aber genau diese Schüler wieder zurück in die Volksschule, die inzwischen in NRW zur Hauptschule wurde und wo beginnend mit unserem Jahrgang zum ersten Mal Englischunterricht stattfand. Die Tische in unserer Klasse standen in Hufeisenform, sodass nicht nur die Lehrer uns gut im Blick hatten, sondern wir uns auch jederzeit gegenseitig sehen konnten.

Meine Englischlehrerin, immer noch nach alter Sitte als Fräulein tituliert, hieß mit Nachnamen Baum und war eine ausgesprochen schüchterne Person. Immer freundlich und gut auf den Unterricht vorbereitet, aber stets etwas fahrig und deshalb ein ideales Opfer für die ungehobelten Jungs in meiner Klasse. Die Jungs schienen eher an den ebenholzschwarzen, glänzenden, Schulter langen Haaren der Lehrerin interessiert zu sein als an einer neuen Sprache. Verlegen strich sie sich eine Strähne hinter die Ohren, die rehbraunen Augen baten lautlos um Verständnis.

Fräulein Baum konnte den Unterricht noch so interessant gestalten, doch nach dem Motto: Was der Bauer nicht kennt, das frisst er nicht! hatten die meisten der Mitschüler überhaupt kein Interesse daran, die englische Sprache zu erlernen.

„Bo, glaubse, datte dat nomma brauchs" so das gängige Argument gegen Fräulein Baums noch so aufmunternden, gut gemeinten Angebote.

Die Aussprache fast aller Jungs klang dementsprechend katastrophal, „mi naim ist Peter. Hoff du ju du?"

Dahingegen interessierten sich ausnahmslos alle Mädchen für die neue Sprache, allein schon, um die Texte der Beatles und Stones zu übersetzen und mit einer Verbissenheit lernte auch ich neue Vokabeln, um die tollen Songs der Bands nach und nach zu verstehen. Trotzdem fühlte ich mich bei der ersten Klassenarbeit sehr unsicher und mit einem beklemmenden Gefühl hatte ich das Englischbuch aufgeschlagen auf meinem Schoß liegen und rückte so nah wie möglich an den Tisch heran. Es kam wie es kommen musste!

Nachdem die Aufgaben genannt wurden und ich noch nicht einmal die Möglichkeit hatte, ein einziges Mal zu lünkern, fiel mir auch schon mit einem lauten Krachen das Buch zu Boden.

Sofort schoss mir die Schamesröte ins Gesicht, ich schloss die Augen und musste meine ganze Kraft aufbieten, um nicht aufzustöhnen.

Loyalität war nicht gerade die Stärke meiner Schulkollegen und Wolfgang stänkerte sofort drauflos: „Leckoballo, unser Englischass kannet auch nich, na so wat." Lautes, schadenfrohes Grölen der Jungs machte mich wütend.

Am liebsten wäre ich im Boden versunken, schrecklich peinlich berührte mich diese scheinbar ausweglose Situation und innerlich stellte ich mich darauf ein, mein Klassenarbeitsheft abliefern zu müssen.

Jedoch ohne Kommentar hob Fräulein Baum das Englischbuch auf und setzte sich selbstverständlich wieder auf ihren Platz am Pult zurück. Sie nickte mir zu und gab mir zu verstehen, dass ich den Fragebogen der Klassenarbeit weiterbearbeiten könne. Nicht nur mich versetzte Fräulein Baum mit ihrer empathischen Haltung ins Staunen, sogar Rainer, unser Klassensprecher schien sprachlos und bekam in einer Anwandlung von Erstarren den Mund nicht mehr zu.

Als die Schulklingel das Ende der Klassenarbeit ankündigte, sammelte die Englischlehrerin im ungewohnt ruhigen Raum die Hefte ein und sagte während dessen: „Wenn ich die eine Klassenarbeit wegen Schummelns nicht bewertet hätte, müsste ich mindestens die Hälfte aller Arbeiten einkassieren. Kokolores nennt man das bei uns zuhause. Beim nächsten Mal geht das ohne Spicken."

Übermütig überlegte ich, dass vielleicht sogar mein Schummelversuch ein bisschen dazu beigetragen hatte, denn ab diesem Zeitpunkt wurde Fräulein Baum zur beliebtesten Lehrerin unserer Klasse und ihre Autoritätsprobleme gehörten der Vergangenheit an.

Mit dem Rechnen stand ich auf Kriegsfuß. Von Anfang an war es mir ein Rätsel, wie Uschi diese merkwürdigen Zeichen und Ziffern gleichsam in sich aufnahm und die Aufgaben, die mir auf ewig verschlüsselt blieben, jedes Mal zum richtigen Ergebnis brachte.

Allein Textaufgaben mochte ich wegen der Sprache gern. Ich konnte sie im wahren Sinn des Wortes begreifen.

In der großen Pause um halb zehn gingen wir eben schnell bei Frau Wegner im Lebensmittelladen für die Lehrer Zigaretten holen. Unser Klassenlehrer rauchte „Lord extra" die Marke, die auch Vater neuerdings favorisierte und wenn man der Werbung Glauben schenken durfte, sie frohen Herzens genoss. Eine Schachtel mit zehn Zigaretten kostete immer noch eine Mark.

Viel Geld für eine alte Frau aus der DDR, meiner Oma, die uns in diesem Jahr das erste Mal besuchen sollte.

Besuch aus der DDR

Der Oma aus dem Osten eilte der Ruf voraus, ganz besonders ordentlich zu sein. Mutter gab Anweisung, wer von uns in Erwartung dermaßen hohen Besuchs welches Zimmer auf Hochglanz zu bringen hatte. Mir wurde mal wieder die zweifelhaft ehrenvolle Aufgabe zuteil, die Besenkammer aufzuräumen und ich schwor, dass ich schon deswegen Oma Hedwig nicht leiden konnte.

Just zu der Zeit von Oma Hedwigs Besuch bekam sie ein neues Gebiss und hatte noch einige Probleme damit, unter anderen, artikuliert zu sprechen. Sie nuschelte direkt bei der Begrüßung, was Thomas dazu veranlasste zu fragen: „Sag mal Oma, aus welchem Land komse eigentlich? Wird dort Englisch gesprochen?" Oma Hedwig sprach ein Kauderwelsch aus Mecklenburger Plattdeutsch gemischt mit eigenwilligen Tönen, die durch den schlechten Sitz der dritten Zähne entstanden. Solch ein übles Gebiss hatte ich noch nie gesehen! Das Gebiss der fremden Oma sah aus wie eine schlechte Kopie von Vampierzähnen, noch dazu in einem ekelerregenden, undefinierbaren Farbton, irgendetwas zwischen schweinchenrosa und steingrau. Solche Farben kannte ich ausschließlich von den Plastedingen aus dem Osten.

„Schaut mal, Kinder, welch herrliche Geschenke ich für euch habe!" Beim Sprechen spritzten kleine Spucketröpfchen aus Oma Hedwigs Mund, vorsichtshalber ging ich in Deckung. Mit vor Stolz geschwollener Brust packte sie Schuhe aus, hergestellt in der DDR oder noch weiter Richtung Osten und stellte sie Paarweise auf die zerkratzte Resopalplatte von unserem Esstisch, ich guckte verwundert und gleichermaßen ungläubig zu. Während Oma Hedwig ein um das andere unsagbar hässliche Paar Schuhe auf den Tisch stellte, legte sie eine kurze Pause ein, gleichsam, als ob sie auf ein Lob, zumindest aber auf Zustimmung wartete.

Hand aufs Herz, solch eine reichliche Auswahl an unfassbar schäbigen Schuhen hatte ich noch nie gesehen! Selbst die jahrelang liegen gebliebenen Schuhe bei unserem Schuster, die im Laufe der Zeit eine dicke Staubschicht bedeckten, waren entgegen diesem hässlich Schuhwerk weitaus moderner und was noch viel wichtiger war, chicer. Für mich hatte Oma undefinierbar hellbeige, muffig nach ganz alten Ziegen riechende Lederschuhe mitgebracht, die noch dazu, als wäre das noch nicht schlimm genug, bei jedem Schritt quietschten. Allein die abgrundtief unergründlich schreckliche Farbe, in der es bis dahin meiner Meinung nach ausschließlich Omaschuhe gab, ließ mich schon beim ersten Anblick diese Schuhe inbrünstig hassen. Lieber wäre ich mit völlig kaputten, von mir aus auch viel zu kleinen Schuhen herumgelaufen, die mir Blutblasen oder Schlimmeres bescherten, als diese furchtbaren, altbackenen und übel stinkenden Galoschen anzuziehen. Lebhaft konnte ich mir die Kommentare meiner Schulfreunde dazu vorstellen.

Oma Hedwig, aus völlig fremden Gefilden zu Besuch bei uns, glich einer ernsthaften Herausforderung für unsere komplette Familie. Wir Kinder verstanden sie nicht, Vater ging ihr aus dem Weg und selbst das Verhältnis zu ihrer Tochter, unserer Mutter war gelinde gesagt, etwas gestört.

Mutter, unsere anerkannte Einkaufsweltmeisterin übertrug mir nichts, dir nichts uns Kindern mit unnachgiebigem Blick die Aufgabe, Oma beim Einkaufsbummel in der Stadt zu begleiten, wo sie das großzügige Begrüßungsgeld von fünfzig Mark ausgeben wollte. Soviel war klar, Oma Hedwig freute sich unbändig darauf, das Geld zu verprassen, das sie direkt am ersten Tag ihres Besuchs von der Stadtkasse im Rathaus Bottrop erhielt.

Monika und ich waren die zweifelhaft Glücklichen, denen diese sonderbare Aufgabe zufiel, Oma Hedwig dabei hilfreich zur Seite zu stehen.

Mutter, schon bekannt dafür, die Qualität der Bekleidung gründlich eingehend zu prüfen, auf gerade Nähte zu achten, gute Verarbeitung des jeweiligen Stoffes grundsätzlich sorgfältig zu testen und insbesondere auf die Verwendung guter Knöpfe zu sehen, ihrer heimlichen Leidenschaft.

Unsere Geduld wurde bei Einkäufen jedweder Art auf eine harte Probe gestellt, aber Mutter ließ sich von nichts und niemanden aus der Ruhe bringen.

„Kinder, achtet immer darauf, dass sich ordentliche Knöpfe an eurer Kleidung befinden." Das bedeutete soviel, dass wir niemals auch nur eine Bluse mit Kunststoffknöpfen kaufen durften. Mutter setzte voraus, dass das Mindestmaß an Qualität bei Knöpfen entweder Perlmutt, Holz oder die sehr aufwändig mit Stoff bezogenen Solitäre sein mussten, „alles andere ist Murks!"

Aber die fremde Oma übertrumpfte unsere Mutter bei der Qualitätskontrolle der Materialbeschaffenheit um Längen. Vor lauter Glück über soviel Taschengeld in Westmark, wie sie immer wieder betonte, wusste sie nun gar nicht mehr so recht, welchen Wunsch sie sich zuerst erfüllen sollte. Oma Hedwig ging zielstrebig in das Kaufhaus, das wir unter Androhung von Strafe bis dahin niemals betreten durften, weil es nach Meinung von Mama bei der amerikanischen Warenhauskette Woolworth ausschließlich Ramsch gab.

Doch Oma Hedwig hatte es sich in den Kopf gesetzt, gerade dort ein Transistorradio zu erstehen, mit dem sie die Welt in ihre Einöde einladen wollte. Sie brachte den hemdsärmeligen Verkäufer, der bodenständig und überaus geduldig schien, mit ihren unendlichen Fragen schier um den Verstand und war der felsenfesten Meinung, dass man für 9,95 Deutsche Mark, immerhin gute, deutsche Westmark, ja wohl etwas erwarten könne.

Nach einer Stunde zähen Verhandelns und selbstverständlich ohne das Radio zu kaufen, standen wir Kinder mit hochroten, erhitzten Köpfen etwas ratlos auf der Straße. Nicht so unsere Oma Hedwig! Mit ungebremstem Tatendrang hetzte sie in das größte Kaufhaus am Platze Karstadt, Topfavorit von ihrer Tochter, unserer Mutter. Moni und ich flogen hinterher.

Beim zähen Verhandeln um das Transistorradio waren einzelne der aschgrauen, wassergewellten Haarsträhnen aus dem unbeschreiblich strammen Haarnetz gerutscht und ließen Oma Hedwig noch verwirrter aussehen als zuvor. Der Abschlussrand des Haarnetzes, ein mehrteiliges Gummiband hinterließ ein lustiges Muster in unterschiedlichen Rottönen auf Oma Hedwigs Stirn.

Fasziniert von den endlosen Rolltreppen fuhren wir zunächst bis in das oberste Stockwerk, nur um dann wieder in das Erdgeschoss zurückzufahren, nach dem Motto: Prima, alles umsonst! Oma konnte es nicht fassen, dass es tatsächlich alle Waren des täglichen Gebrauchs unter einem Dach in solch großer Auswahl zu kaufen gab. Völlig überfordert und verhuscht, jedoch gleichzeitig mit glänzenden, erwartungsvollen Augen, vergleichbar denjenigen eines Kindes zu Weihnachten kurz vor der Bescherung, rannte sie von einer Abteilung zur nächsten, wir Mädels immer im Schlepptau hinterher.

Ich hatte das untrügliche Gefühl, von allen Kunden und vom gesamten, irgendwie gelangweilten Verkaufspersonal beobachtet zu werden, weil Oma schon rein äußerlich betrachtet aussah wie vom anderen Stern. Auf dem Kopf trug sie über besagtem, unvermeidbarem Haarnetz, das ihren Haardutt in Form hielt, eine durchsichtige Regenhaube mit weißen Pünktchen, so wie sie Uschis Mama in der Dusche aufsetzte, um ihre ondulierte Frisur in Form zu halten.

Die Kleidung Omas, unförmig im Schnitt und in reichlich unbeschreiblich hässlichen Grau- und Beigetönen gehalten, ließen Oma Hedwig nicht gerade fröhlich aussehen.

Wie stillschweigend verabredet hielten sich Moni und ich mit gebührendem Abstand von der fremden Oma auf.

Es war mehr als offensichtlich, dass diese alte Frau mit dem unverständlichen Kauderwelsch des Mecklenburger Platt nicht hierher gehörte. Sprachlos und bis in die Haarspitzen verlegen konnte Moni das Dilemma nicht in Worte fassen. Sie knibbelte an ihren Fingernägeln herum, guckte angestrengt auf den Fußboden, als wolle sie das Muster der hässlichen, kunterbunten Auslegeware auswendig lernen.

Nachdem Oma Hedwig allerlei schreckliche Bekleidungsstücke, so auch ein fleischfarbenes Mieder mit glänzendem Rosenmuster und Überkreuz-Schnürung anprobierte, das seine Zeit dauerte, guckte Moni wiederholt demonstrativ auf ihre klitzekleine, runde goldene Armbanduhr, die sie zur Kommunion geschenkt bekommen hatte und um die ich sie glühend beneidete.

Vor dem mannshohen Spiegel betrachtete Oma Hedwig sich derweil mit kritisch steiler Falte auf der Stirn, die sie augenscheinlich genauso an ihre Tochter weitervererbt hatte, immer wieder eingehend und mir schien auch recht wohlwollend von allen Seiten. Einmal mehr schämte ich mich dafür, dass sie so spärlich bekleidet, wie selbstverständlich vor der Ankleidekabine stolz auf und abschritt und mit stoischer Ruhe die Verkäuferinnen an den Rand der Verzweiflung brachte.

„Lieber Gott, mach, dass diese alte, schrumpelige Frau genauso schnell und reibungslos von der Bildfläche verschwindet wie die bezaubernde Jeannie in ihrer Flasche" schickte ich ein stummes, flehendliches Gebet gen Himmel. Meine Geduld mit der fremden Oma war nun endgültig zu Ende und deshalb verdrehte ich theatralisch meine Augen. Unterdessen fragte Moni vorsichtshalber die Verkäuferin nach der Kundentoilette und verdrückte sich dorthin.

Als endlich der Gong ertönte, der das Ende der Geschäftszeit in fünf Minuten ankündigte, schien der liebe Gott mein Flehen erhört zu haben. „Wir bitten unsere Kunden freundlich, sich an der Kasse anzustellen und ihre Waren zu bezahlen!" In der Beziehung glich die fremde, alte Frau aus einer anderen Welt haargenau ihrer Tochter, unserer Mutter, die es immer wieder fertigbrachte, das Kaufhaus als letzte Kundin durch den Lieferanteneingang zu verlassen.

Nach dieser anstrengenden Erfahrung weigerte ich mich standhaft, meine Oma bei ihren abenteuerlichen Einkaufseskapaden zu begleiten.

Letztendlich kaufte sie irgendwelche Mitbringsel für die Daheimgebliebenen ein, die sie wie bei ihrer Ankunft stolz auf den Esstisch drapierte, wozu Peter wieder einmal passend lässig ulkte: „Alles, wat der Mensch nicht braucht!" Allen Ernstes drohte Mutter: „Mach so weiter, dann kannst du Oma beim nächsten Mal begleiten!"

„Und n Ei aussem Konsum!" Vollkommen entrüstet kam dieser Satz wie von selbst über Peters Lippen.

Bald darauf fuhr Oma Hedwig endlich wieder zurück nach Mecklenburg.

Die hässlichen, nach Esel stinkenden Schuhe feuerte ich in die Mülltonne, als Mama kurz darauf, befreit von soviel Entfremdung zur eigenen Mutter, allein zum Einkaufen in die Stadt fuhr.

Mutter freute sich über die Maßen, ziemlich erleichtert darüber, dass alles wieder seinen normalen Gang nahm, wenn man in unserer Familie davon sprechen konnte.

An diesem Abend jedenfalls sollte zum ersten Mal ein großes Fernsehquiz im Ersten Deutschen Fernsehen ausgestrahlt werden. Sogar Frau Immerfort freute sich auf den unterhaltsamen Abend. „Dat kannse ma rot im Kalender anstreichen" merkte selbst Ilona diese schicksalhafte Veränderung und meinte damit, dass selbst Tante Liese ihre Skrupel gegenüber solch neumodernem Kram wie dem Fernsehen nach und nach ablegte. Selbst unsere Nachbarin Frau Pott wagte sich bis zum Gartentor vor: „Dann sitzense wenigstens nich widder inne Wiatschaft!" machte sie ihrem Ärger darüber Luft, dass ihr Mann, gemeinhin als Casanova der Straße bekannt, nur allzu gern am Abend als Stammgast im Lönskrug an der Theke saß und sich die Welt schön soff.

„Einer wird gewinnen" hieß die Show, die schnell zum Straßenfeger aufrückte. Hans-Joachim Kuhlenkampf, ein von Mutter sehr verehrter, smarter Schauspieler mit übersichtlich gescheiteltem Haupthaar leitete Deutschlands erste abendfüllende Quizshow souverän und mit einer Vorliebe für doppeldeutigen, beißenden Humor, wie Mama ihn liebte.

Freunde in der Nachbarschaft

Mutter hatte mich fast dazu gezwungen, meine Zeit mit den Geschwistern zu verbringen und so war ich mit meiner Schwester Monika mal wieder unterwegs in der Siedlung. Ohne darüber nachzudenken, schlugen wir den kleinen Verbindungsweg in Richtung Gerhard-Hauptmann-Straße ein. Familie Viereck wohnte dort in unserer unmittelbaren Nachbarschaft.

Edeltraud, älteste Tochter und Freundin von Monika fiel schon durch ihr altbackenes, unmodernes Äußeres auf. Ausschließlich Threschen wurde sie von allen in der Schule genannt. Mit schlafwandlerischer Sicherheit suchte sie sich das älteste, bald museumsreife Brillengestell aus, das Optiker Hilsenrat als Ladenhüter unter der Theke hervorkramte. Threschen grinste permanent verschämt, zog die Augenbrauen hoch und gespannt wartete ich darauf, dass sich in ihrem geöffneten Mund große Spuckeblasen bildeten, wenn sie zu sprechen begann.

Edeltrauds Mama häkelte für sie babyrosa Pullover mit Puffärmelchen aus synthetischem Garn, das ihre schönen, ebenholzfarbenen Haare elektrisch auflud und zu Berge stehen ließ. Schlimmer konnte sie Edeltraud nicht verunstalten. Das seltene Aussehen wurde nur noch durch eine Kollektion karierter Faltenröcke übertrumpft, die selbstredend Edeltrauds Knie züchtig bedeckten. Unsere Röcke, so schien mir, wurden von Jahr zu Jahr kürzer, Edeltrauds Röcke dagegen verlässlich länger.

Mit ihrem Bruder Karl besuchte ich dieselbe Klasse und wenn ich nichts Besseres vorhatte, nahm ich mit Karl vorlieb. Karl neigte als Kind schon zu einer pummeligen Figur, er grinste von früh bis spät, fast so verlegen wie seine ältere Schwester und wurde von niemandem in der Klasse ernst genommen, ein Außenseiter eben.

Für mich genau der richtige Lückenbüßer!

Vater Viereck hatte wie viele seiner Generation die schrecklichen Kriegserlebnisse nie verarbeitet und malte sie uns Kindern in grausamen Bildern aus. Besonders belastend und beängstigend erlebte er die ständigen Bombenangriffe auf das Ruhrgebiet, als er, fast noch ein Knirps, verwundet schon früh von der Ostfront heimkehrte. Erbittert haderte er mit dem Schicksal, dass er nicht bis zum sicher geglaubten, glorreichen Endsieg als Soldat der Wehrmacht unser wunderschönes Land verteidigen durfte. Stattdessen saß er in irgendwelchen Essener Kellern und Bunkern herum und musste zusehen, wie die vermeintlichen Feinde seine Heimat in Schutt und Asche legten.

Felizitas, seine Frau wurde wegen ihrer ausladenden Körperfülle in der ganzen Siedlung als Litfasssäule verspottet. Ständig war sie damit beschäftigt, irgendetwas Fettgebackenes in der Pfanne zu braten. Immerzu eifrig und gelegentlich unterwürfig pflichtete sie ihrem Mann bei: „Ja, genauso war dat, wie der Vatter dat sagt! Wer will noch n Püfferken?" Strähniges, pechschwarzes, fast blaustiches Haar rutschte Frau Viereck aus den seitlich festgesteckten Haarklammern, während sie mit schweren Pfannen und Teigtöpfen hantierte und schwerfällig mit unförmigen, ausgelatschten Puschen durch die vor Fett strotzende, dunstige Küche schlurfte. Unwillkürlich schüttelte ich mich vor Widerwillen. Wenn ich in einem Haushalt niemals etwas essen würde, dann war das hundert prozentig bei Familie Viereck. Das war so sicher wie das Amen in der Kirche.
Jederzeit trug Herr Viereck die unsäglich hässlichen, lappig dünnen, lächerlich babyblauen oder cremeweißen Unterziehrollkragenpullis, die enganliegend einen Blick auf diverse Speiseresteflecken auf seinem imposanten Bauch freigaben. Durch das durchscheinende Gewebe der aus Kunstfaser gewirkten Pullis konnte ich das grau verfärbte, ausgeleierte Doppelrippunterhemd sehen, dessen lang gezogene, großen Armlöcher schon oberhalb des Bauchnabels begannen und so ihrer Aufgabe, den Schweiß aufzusaugen, nicht gerecht wurden. Neuer und eklig alter, scheinbar in die Pullis eingeätzter Schweißgeruch waberte durch das Wohnzimmer, wo nachmittags in unzähligen, schrägen Sonnenstrahlen,

die sich im Fensterglas brachen, massenhaft klitzekleine Staubflocken tanzten.

Es bereitete Herrn Viereck hämisches Vergnügen, uns in Angst und Schrecken zu versetzen, indem er in eindrucksvollen Schilderungen von anhaltenden Luftangriffen und dem anschließenden Bombenhagel und vor allem dem durchdringenden Sirenengeheul zuvor berichtete. „Ja sicher!" nickte er unentwegt wie aufgezogen, genauso wie die schöne, hölzerne Krippenfigur zu Weihnachten in der Kirche. Allerdings hörte er nicht wieder auf, zu nicken, obschon wir ganz sicher keine zwei Groschen in ihn gesteckt hatten. Vater Viereck ermahnte uns zu angepasstem Verhalten, damit uns so etwas Furchtbares wie der Krieg erspart bliebe, gerade so, als könnten wir Kinder selbst Einfluss auf weltbewegende Ereignisse nehmen.

Niemals zuvor bekam ich einen Mann zu Gesicht, der ein derartig gefrorenes und doch süffisantes Lächeln an den Tag legte, welches obendrein mehr als dümmlich wirkte. Seine Stimme hörte sich weinerlich und zugleich bedrohlich an. Damit schaffte er es mit Leichtigkeit, mir schreckliche Angst einzujagen, vor allem deshalb, weil ich diesen, auf subtile Weise hinterhältigen Menschen nicht einschätzen konnte.

„Wie war noch ma dat Sprichwort: Wenn et dem Esel zu gut geht, geht er aufet Eis, ne?" Mit dem ausgestreckten, nikotingelb verfärbten Zeigefinger, schien er uns durchbohren zu wollen. Tatsächlich wollte er uns auf Biegen und Brechen den untrüglichen Eindruck einbläuen, dass wir am besten damit führen uns stets und überall angepasst zu verhalten.

Wenn die Mittagssirene samstags um Punkt zwölf vom Dach der Feuerwehr losheulte, hatte der scheinheilige Alte leichtes Spiel, mich in Panik zu versetzen. „Hömma, hör genau hin, Christine, genauso waret im Krieg! Genau so, ja nimm ma ruhig die Hände weg von deinen Ohren. Der Bombenalarm, so wat Schreckliches, ihr verwöhnten Blagen könnt euch dat heutzutage gar nich mehr vorstellen!" Er schrie hysterisch laut, sein Gesicht lief gefährlich krebsrot an, seine schaumige Spucke flog über unsere Köpfe hinweg. „Aber da kann man sich den Mund fuselig reden, euch Halbgaren geht et einfach viel zu gut!"

Durchdringend gellend ermahnte die laute Sirene und traf mich bis ins Mark, sodass ich meine eigene Stimme nicht mehr hörte und mir auf der Stelle alle meine Sünden einfielen. Hals über Kopf rannte ich aus dem Haus, nur weg von diesem unheimlichen Ort, weg von der schrillen Stimme von Herrn Viereck, die sich zu überschlagen schien. „Leistet mal wat, ihr Gammler!"

So schnell wie möglich rannte ich nach Hause, naiv hielt ich dabei die Arme über meinen Kopf, damit sie mich vor dem bestimmt doch ganz sicher einsetzenden Bombenhagel schützen sollten.

Erst einige Zeit später sollte ich erfahren, dass genau dieser unkritische Umgang mit vermeintlichen Autoritäten zu den Katastrophen, wie dem Zweiten Weltkrieg führte.

Karl jedoch ließ sich immer wieder von seinem Vater einschüchtern: „Karl lass dat lieber sein, sonst ziehense dir die Hammelbeine lang!" der beliebteste Ausspruch Herrn Vierecks. „Die anderen sitzen sowieso am längeren Hebel!" Ich gab mir wirklich alle Mühe, die merkwürdigen Rätsel unseres Nachbarn zu verstehen und fragte mich im Stillen, wer um Himmelswillen diese anderen denn wohl seien.

Allein dieser Mann mit seiner drohend hohen Stimme und dem unterwürfigen, fast Speichel leckenden Verhalten anderen Erwachsenen gegenüber, war mir niemals geheuer. Ich traute ihm nicht über den Weg. Wie immer lächelte Karl ein wenig schief und ließ, wie Mutter gern sagte: „Den lieben Gott einen guten Mann sein!"

Mama zitierte immer wieder gern den lieben Gott bei jeder sich bietenden Gelegenheit, damit er als höchste Autorität vielleicht sogar noch stärker als unser Vater Einfluss auf uns nähme.

Meine Brüder amüsierten sich darüber und dichteten gern die Kindergebete etwas um. Unser Standardgebet: Lieber Gott, mach mich fromm, dass ich in den Himmel komm, wurde von Klaus leicht abgewandelt zu: „Lieber Gott, ich mach dich fromm, wenn ich in den Himmel komm" und wurde nur noch vom mittäglichen Stoßgebet übertroffen: „Ach, lieber Gott, lass deinen Segen auch über unsere Teller fegen!"

Diese klitzekleinen, nach Klaus Meinung unbedeutenden Korrekturen wagte er sich aber nur dann, wenn Vater außer Reichweite war, der verstand in dieser Beziehung nämlich überhaupt keinen Spaß!

Vom Umgang mit Autoritäten

Hubert Meyer, mein Vater und Kopf unserer riesengroßen Familie, flößte uns Kindern jede Menge Respekt ein. Vater, unangefochten Chef vom Ganzen, nicht zuletzt durch die regelmäßige Androhung unserer Mutter: „Warte, bis der Papa nach Hause kommt!" ohne wenn und aber unter Beweis gestellt. Damit war unzweifelhaft alles gesagt, was unserer überschäumenden Phantasie freien Lauf ließ. Mit grenzenloser Einbildungskraft malte ich mir die schrecklichsten Strafmaßnahmen aus.

Oft genug erlebte ich unfreiwillig, wenn meine älteren Geschwister Prügel bezogen. „Schwein gehabt!" konnte ich von Ilonas Lippen ablesen, wenn sie mal wieder nur achtkantig rausgeflogen war. Meine Schwester Ilona, geradezu prädestiniert für Strafen aller Art, weil sie, niemals angepasst, meinen Eltern die größten Scherereien verursachte, wie Mama und Papa ständig beklagten.

Eines Tages, Ilona hatte gerade wieder einmal eine Tracht Prügel von unserem Vater eingeheimst, da sie ohne mit der Wimper zu zucken Kathi den mühsam ersparten Lippenstift der Marke Margret Astor klaute. Schimmernd blassrosa konnte man den Stift aus seiner glänzenden, silbernen Hülle drehen, worauf drei hellrosa Streifen die Farbe des Lippenstifts erahnen ließen. Der Geruch des heiß begehrten Schminkutensils erinnerte mich an die dicken, fruchtigen Himbeerbonbons, die ich manchmal für einen Pfennig das Stück an der Bude erstand. Jedes Mal fluchte Herr Henkel, wenn sich beim Abzählen die klebrige Süßigkeit mehr schlecht als recht voneinander trennen ließ.

Bebend vor Zorn rannte Ilona nach der Tracht Prügel in unser gemeinsames, mit vier Betten voll gestelltes Mädchenschlafzimmer und meinte schnippisch: „Hat ja gar nicht wehgetan!" Wie aus heiterem Himmel trat unser Vater hinter die Tür, lauschte angestrengt und brüllte auf der Stelle los: „Freu dich bloß nicht zu früh, wir können das g gerne wiederholen, F Fräuleinchen!" Papas Stimme überschlug sich vor Wut, er schaffte es mal wieder nicht, den überbordenden Ärger zu unterdrücken und seine Stimme zu kontrollieren.

Wenn wir nicht mehr mit unserem Namen angesprochen wurden, wurde es allerhöchste Eisenbahn, nicht zu widersprechen, um unseren sowieso schon leicht reizbaren Vater nicht noch mehr in Rage zu bringen.

„Sonne Scheiße!" formten Ilonas Lippen lautlos, ich tauchte lieber mit dem Kopf unter die Bettdecke, um nicht laut loszuprusten. Vater zog glücklicher Weise von dannen, mir schien, dass er es doch ein wenig bedauerte, Ilona so hart bestraft zu haben. Wir Mädchen kicherten schon wieder ganz vergnügt, der Streit und sogar die Prügel längst vergessen.

Vater wiederum zollte allen anderen Autoritäten, wie zum Beispiel allen Lehrern der unterschiedlichsten Schulen den größten Respekt, sodass wir Kinder bei jedweder Auseinandersetzung stets den Kürzeren zogen. Die Ungerechtigkeiten vonseiten meiner Lehrer konnten noch so groß sein, Vater nahm grundsätzlich deren Position ein und ich bekam niemals Unterstützung von unseren Eltern, weil Mutter sich ihm stets loyal anschloss.

Wenn Vater mit „Hochachtungsvoll" unterschrieb, meinte er das im Wortsinn ohne wenn und aber. Anerkannte Autoritätspersonen, wie der Lehrer oder der Pfarrer wurden vonseiten meiner Familie niemals infrage gestellt und konnten sich wunderbar darauf ausruhen, dementsprechend nichts zu befürchten zu müssen.

Allein auf weiter Flur waren wir Kinder immer und überall gezwungen, uns selbst zu verteidigen oder sogar, wenn nötig, den Kopf aus der Schlinge zu ziehen.

Mein Klassenlehrer, Herr Wilke hatte also mit keinerlei Konsequenzen zu rechnen, wenn er uns überaus streng, vor allem so manches Mal auch grundlos ins Gebet nahm. Es war so absolut aussichtslos, auf Unterstützung vonseiten der Eltern zu hoffen, dass es mir oft nicht einmal in den Sinn kam, danach zu fragen.

„Liebe Leute, das kann doch nicht so schwer sein; wie oft haben wir das Thema „Schuhe putzen" besprochen?"

Über das absolute Lieblingsthema unseres neuen Lehrers sollten wir eine Klassenarbeit schreiben. Gerade Schuhe zu putzen, diese eine einzige, lächerlich schnell zu verrichtende Arbeit, die meine Brüder mehr oder weniger gut ausführen sollten, interessierte mich nicht im Geringsten. Dafür war ich einfach nicht zuständig, ich mochte keinen zusammenhängenden Gedanken daran verschwenden. Es war mir vollkommen gleichgültig, wie man die Schuhe zum Glänzen brachte und ob es ratsam war, die Schnürsenkel vor dem Eincremen derselben in den Schuh zu stecken. Wesentlich wichtigere Dinge galt es zu erlernen und unbedingt zu erfahren, das Schuhe putzen gehörte ganz sicher nicht dazu!

Auf der anderen Seite gelang es unserem neuen Lehrer Herrn Wilke mitnichten, den Unterrichtsstoff einigermaßen verständlich zu vermitteln, denn alle Schüler ohne Ausnahme hatten einzelne Arbeitsschritte bei diesem zu Tode langweiligen Aufsatz vollkommen vergessen. Darüber konnte sich wiederum unser Klassenlehrer so aufregen, dass ihm einen Momentlang die Worte fehlten und er sich erkennbar offenbar erst einmal sammeln musste, was so gut wie nie vorkam.

Scheinbar um sich zu beruhigen strich unser Klassenlehrer ständig seine diagonal in hässlichen Brauntönen gestreifte Krawatte glatt, die über seinem ausladenden Wohlstandsbäuchlein baumelte, der Speichel wurde hart zwischen den Zähnen eingezogen, gleichzeitig fuhren die Augenbrauen hoch bis zum Haaransatz. Mit der rechten Hand, schwer von Gold beringt, kraulte sich der frisch vermählte Pädagoge den kurz gestutzten Bart am Kinn, der danach zerrupft wie die Federn eines geschlachteten Hühnchens aussah. Sein kurioses Aussehen wurde nur noch übertrumpft vom erbärmlichen Stöhnen, so tief und beeindruckend heftig, als wäre ein naher Verwandter plötzlich und unerwartet verstorben.

„Schade, dat er sich nich selber sehen kann! Der wurd tot umfallen" zischte Uschi mir zu, verdrehte ihre Augen und band unter dem Pult ganz geschäftig wiederholt ihre Schnürsenkel zu.

„Herrschaftszeiten, dass kann doch wohl jedes Kind! Habt ihr denn noch nie eure Schuhe selbst geputzt? Und wenn doch, ich möchte nicht wissen, wie sie dann anschließend aussehen!"

Enttäuschte Hoffnung lag auf Herrn Wilkes Gesicht, er atmete stoßweise und so beschlug seine schwere, braun gesprenkelte Hornbrille, sodass ich seine kleinen, kurzsichtigen Augen, die mich immer an Schweineäugelein erinnerten, dahinter nicht mehr erkennen konnte. Mit seinem akkurat gebügelten Taschentuch, aus dem beim Auseinanderfalten eine Wolke Hoffmanns Stärke aufstieg, rieb er die Gläser eifrig blank. Uschi stieß mir heftig in die Seite. „Pass auf, gleich sind die Gläser durch!"

Er setzte die Brille wieder auf, schaute nachdenklich drein, sein völlig verkniffener Mund sandte uns ein gequältes, wenn nicht sogar gallebitteres Lächeln.

Mit schlafwandlerischer Sicherheit fuhr er mit angefeuchtetem Zeigefinger der rechten Hand im Klassenbuch in der Spalte Deutsch herunter. „Aha, hab ich mir doch gleich gedacht. Hier steht es schwarz auf weiß. Alles zum Thema Schuhe putzen wurde besprochen." Konnte das etwa Schadenfreude sein, was ich in den Augen unseres Lehrers entdeckte? Uschi guckte mich erwartungsfroh an, aber im nächsten Moment blaffte der wortgewaltige Pädagoge uns auch schon an: „Da habt ihr nun mal Pech gehabt, die Zensuren stehen unwiderruflich fest! Basta!"

Da half auch kein diplomatisches Verhandeln mit Vater; er ließ sich wieder einmal nicht darauf ein, mit meinem Klassenlehrer zu reden. „Der Mann wird sich schon was dabei gedacht haben. Pass beim nächsten Mal besser auf!"

Damit war das Thema für meinen Vater erledigt. Mit dem legendären Satz: „Weiter im Text!" ging auch Mutter zur Tagesordnung über. Völlig allein gelassen wünschte ich mir aus tiefster Seele, Vater hätte mal so einen Satz wie: „Den kauf ich mir!" oder etwas ähnlich Tröstliches gesagt. Zutiefst enttäuscht sprach ich Kathi darauf an. „Da kannste warten bis zum Sankt Nimmerleinstag!" Schulter zuckend wusste selbst meine patente große Schwester keinen anderen Rat.

Allein durch den Hinweis auf meine große Geschwisterschar schaffte ich es in der Schule meistens, größeren Auseinandersetzungen mit anderen Mitschülern, die oft in Prügeleien endeten, aus dem Weg zu gehen. In der großen Pause genügte es, wenn mein ältester Bruder Peter neben mir stand und mit mir redete. Das reichte, um den rüpeligen Jungen aus meiner Klasse Respekt einzuflößen.

Aber leider ging auch Peters Schulzeit dem Ende zu und ich musste Wohl oder Übel lernen, allein zurechtzukommen, Schwestern als Verstärkung wurden grundsätzlich von den Schulkollegen ignoriert, da kam ein jüngerer Bruder noch eher in Frage.

In diesem Jahr entschloss sich die Landesregierung für ein Kurzschuljahr, sodass ein komplettes Schuljahr nur ein halbes Jahr dauerte und das neue Schuljahr wie in fast allen westeuropäischen Ländern im Sommer begann und nicht wie bisher zu Ostern.

Dieser besondere Umstand bedeutete für alle Schüler, sich auf den Hosenboden zu setzen, um einigermaßen brauchbare Zensuren zustande zu bringen. Einen gewissen Ehrgeiz konnte ich für mich nicht ausschließen, aber beim Anbiedern an Lehrer hörte für mich der Spaß auf.

„Na, Meyer, hasse dich aber mal widder so richtig angeschissen!", meinte Franz, ein Großmaul erster Güte. Unser Geschichtslehrer, Herr Jordan, ein schlaksiger, fast glatzköpfiger, junger Mann, täglich mit einem dunkelblauen Manchesteranzug bekleidet, dessen Hosen scheinbar nach jeder Wäsche kürzer wurden, beurteilte eine Hausarbeit mit anschließendem Referat von mir schlichtweg gedankenlos und unachtsam, vor allem aber ungerecht. Niemals zuvor war ich von irgendeinem Lehrer dermaßen enttäuscht worden.

„Was soll das heißen, Christine? Hast du tatsächlich teures Büttenpapier für die Papyrusrolle gekauft?" Herr Jordan fummelte an seiner filigranen Brille, einem formlosen Ding mit unmoderner Goldfassung herum, setzte sie ab, knabberte am Bügel, wie immer, wenn er meinte, unnötig aufgehalten zu werden. Der gelangweilte Junglehrer gab mir das

Gefühl, eine völlig andere Sprache zu sprechen. Außerstande, mein Anliegen zu verstehen, wurde er zusehends ungeduldiger.

„Das war nicht deine Aufgabe. Beim nächsten Referat hältst du dich an die Vorgaben! Das wäre ja noch schöner!" sprach er artikuliert wie ein Schauspieler, drehte sich um und ließ mich verblüfft und vor allem ohnmächtig stehen.

Meinen ganzen Mut musste ich zusammennehmen, um ihn vor der kompletten Klasse in der Geschichtsstunde anzusprechen und wurde dafür spöttisch von meinen Mitschülern ausgelacht. „Dat hasse davon, Meyer, ankötteln bringt gar nix!"

Auf dem Heimweg ließ ich zornig, aber vor allem bitter enttäuscht meinen Tränen freien Lauf, meine liebe Freundin Uschi versuchte mich zu trösten: „Hömma, dat hasse doch ganich nötig. Dat is doch n ganz blöden Hund! Keine Ahnung von nix! Wie der schon immer rumlabert. Bei dem im Unterricht is aber auch alles Larifari!" Einigermaßen versöhnt durch Uschis aufmunternde Worte, durch die Uschi mir ihre vollkommen herzliche und treue Freundschaft schwor, die ich so dringend brauchte wie die Luft zum Atmen, ging ich nachdenklich nach Hause. Mir war schon klar, dass ich hier höchst wahrscheinlich keine offenen Ohren für mein Problem finden würde und mich wie so oft allein durchwursteln musste. Glücklicher Weise sollte diesmal meine Schwester Kathi, die, obschon gerade mal fünf Jahre älter als ich, manches Mal so etwas wie eine Ersatzmama für mich war und sich genau im richtigen Moment tröstend meinem Kummer annahm.

Nachdem ich den Klingelknopf festgedrückt hielt und der blecherne Ton ein ums andere Mal durchs Treppenhaus rasselte, hörte ich Kathi schon von weitem vergnügt im Flur singen: „Liebeskummer lohnt sich nicht my darling, schade um die Tränen in der Nacht. Liebeskummer lohnt sich nicht my darling, weil schon morgen dein Herz darüber lacht!" Stürmisch riss sie die Haustür auf und verbeugte sich übermütig. Meine liebe, große Schwester stutzte und noch an der Haustür half sie mir, den schweren Tornister von den Schultern zu nehmen, Siw Malmquist sang unterdessen ohne Unterstützung im Radio weiter. „Wat is denn mit dir los? Hasse geweint? Wasch dir erstmal dein Gesicht und komm nach draußen zu mir auf die Terrasse!"

Prompt führte ich diesen Auftrag aus und hielt meinen Kopf unter den Wasserhahn. Ich ließ das kühlende Wasser über mein Gesicht laufen, die Abkühlung tat so ganz nebenbei auch meiner verletzten Seele gut. Köstliches, kaltes Wasser rann in meinen Mund und daran vorbei in meinen Pulloverausschnitt und färbte den tomatenroten Pulli teilweise weinrot.

Kathi schaute mich verständnislos an, ihre Stirn in unzählige, kleine Fältchen gelegt, hatte sie mir noch geholfen, das teure Büttenpapier beim Schreibwarenhandel Diegel zu besorgen und mit schwarzer Tinte äußerst sorgfältig und ausgesprochen fachmännisch künstlerisch zu gestalten. Geradezu begeistert war ich von Kathis Idee, eine Papyrusrolle anzufertigen. Ihr künstlerisches Talent konnte man getrost als grandios bezeichnen. Deshalb war ich von der abgrundtiefen Herzlosigkeit meines Lehrers zunächst überrascht, meine Mühen anzuerkennen, und dann bitter enttäuscht.

„Doof bleibt doof, da helfen keine Pillen!" Kathi brachte es auf den Punkt.

Schon wieder einigermaßen versöhnt entgegnete ich: „Du nimmst mir das Wort aus dem Mund!"

Um mich von meinem Kummer abzulenken, schlug sie mir vor, zusammen im Konsum einkaufen zu gehen. Das Angebot nahm ich gern an, konnte ich doch vielleicht ein wenig Einfluss nehmen auf das anstehende, dann sicher richtig leckere Mittagessen.

Wieder einmal war Mutter mit den Vorbereitungen einer Niederkunft beschäftigt, die sich aber noch bis zu den Sommerferien hinauszögern sollte.

Geburtstage

Mein eigener Geburtstag ist im August und mein kleiner Bruder Christian, unser neues Geschwisterchen, sollte zwei Tage nach mir Geburtstag feiern. Glücklicher Weise verlief seine Geburt problemlos, sodass Mutter und das niedliche, neue Baby schon nach einer Woche wieder nach Hause kamen.

Im Radio in der Küche lief gerade von France Gall der Titel: „Poupée de cire, poupée de son " den wir Mädels so gut es ging lautmalerisch mitsangen. Ilona verdrehte entzückt ihre sechsfach getuschten und mit breitem Eyeliner dramatisch umrahmten Augen ekstatischer als die französische Schlagersängerin selbst, wenn sie in den hölzernen Rührlöffel als imaginäres Mikrofon hauchte. Aber spätestens nachdem Mama mit Christian im Arm die Küche betrat, drehte sich sofort und auf der Stelle alles um den winzigen Familienzuwachs. „Oh, guck ma die klenen Finger und alle dran, nee wat niedlich!" stellte Moni überwältigt fest.

Erstaunt und gleichzeitig entzückt darüber, dass unser neuer Bruder ein süßes Baby mit ungewöhnlich dunkelgrün-braunen Knopfaugen, denen von Papa sehr ähnlich, und fast schwarzem Haar in unserer Familie Einzug hielt, hatte ich Christian sofort in mein Herz geschlossen.

Inzwischen backte Tante Lina, unsere Perle, für mich einen leckeren, mit reichlich Schokolade versehenen Geburtstagskuchen und zum Kaffeeklatsch durfte ich sogar meine Schulfreundinnen einladen, etwas verspätet, aber immer noch besser als gar keine Feier, so wie sonst üblich. Allein dafür liebte ich Tante Lina.

Stolz nahm ich die kleinen, vom dürftigen Taschengeld besorgten Geschenke meiner Freundinnen entgegen. An meinem zehnten Geburtstag wünschte ich mir vor allem eines und zwar Glanzbilder, die ich mit

Hingabe sammelte. Die bunten Bilder gehörten zu verschiedenen Themenkreisen, so etwa Blumen, Märchen oder kitschigen Hochzeitsbildern mit und ohne Glitzere. Die Glanzbilder wurden sorgfältig einsortiert in eine Zigarrenkiste Marke „Handelsgold" deren herber Duft mich immer wieder beim Öffnen der Kiste wohlig überraschte. Mit der Nase ging ich ganz nah an das würzig duftende Holz der Zigarrenkiste heran, um einen kräftigen Zug vom Zigarrenduft zu inhalieren. „Krabbel doch ganz da rein!" machte Uschi ihre Witze.

Die heiß begehrten Zigarrenkisten bekamen wir an den Schaltern der umliegenden Kneipen nach der immer gleichen Frage: „Habense ne leere Zigarrenkiste?" und mehr als einmal konnte ich beobahten, dass die bedrängten Wirte uns die halbvollen Kisten gern leerten, damit sie endlich wieder in Ruhe ungestört weiterarbeiten konnten.

Zu meinem Geburtstag vereinbarten wir großes Glanzbilder tauschen und alle Mädchen brachten ihre Glanzbilderschätze mit. Selbst die kleinen, bunten Bilder waren dem Trend unterworfen und jedes Mädchen, wirklich alle meine Freundinnen ohne Ausnahme wollten unbedingt an meinem Geburtstag die Serie: „Babys" mit Glimmer komplettieren. Auf den glänzenden Bildern waren Babys zu sehen, die im Kinderwagen aus einem chicen Korbgeflecht saßen und freundlich lächelten oder in blau gekleidete kleine Jungs, die sich an ihre Mama kuschelten. Es gab rosa gekleidete Mädchen im Himmelbett oder auf dem Hochstuhl und manche Bildchen zeigten Babys inmitten einer Blumenwiese. Alles, was unsere Herzen begehrten, lag wohl behütet und überschaubar in den riesigen, duftenden Zigarrenkisten.

Doch es kam, wie es kommen musste.

Nach ein paar Minuten des friedlichen Beisammenseins auf der gerade von Vater fertig gestellten und sorgfältig in allen Farben des Regenbogens gestrichenen Gartenbank, war das Geschrei groß.

„Du hast mir mein Lieblingsbild weggenommen" brüllte Gesine und funkelte Uschi mit tränengefüllten Augen an. „Mein allerschönstes Baby is futsch! Dat mit dem schönen Kinderwagen. Dat hatte nur ich, sons keiner!" Gerade, einen Moment zuvor zeigte Gesine stolz ihr schönstes Babybild mit einem Kinderwagen, ähnlich dem von unserem Baby Christian.

Scheinbar ahnungslos zuckte Uschi mit den Achseln und bemühte sich um einen ganz arglosen Gesichtsausdruck, der so gar nicht zu meiner besten Freundin passen wollte. Zu meinem großen Glück kam in diesem Moment Tante Lina nach draußen, mir schien, dass sie direkt vom Himmel geschickt wurde und brachte uns leckeren, kalten Himbeersaft, damit sich unsere erhitzten Gemüter erst einmal wieder beruhigen konnten. Geschickt sammelte sie unsere Zigarrenkisten ein und so ganz nebenbei flatterte das vermisste Glanzbild zu Boden.

„Siehse Mädchen, da iset ja! Die ganze Aufregung ist umsonst, Gott sei Dank!" Sonst hatte es Tante Lina nicht so mit dem lieben Gott, aber bei solch einem Zank „für nix und wieder nix" machte sie eine Ausnahme.

Tante Lina strich Gesine zärtlich über den Kopf mit solch sehnsüchtigem Blick, der verriet, dass sie sich nichts mehr wünschte als ein eigenes Kind.

Langsam aber sicher hatte ich keine Lust mehr auf Geburtstagsspielchen und wäre gern mit meinen Brüdern auf der Straße herum gerannt beim Fangen oder Versteckenspielen. Aber die Mädels bestanden noch auf eine Partie Gummitwist.

So hüpften wir zu guter Letzt nach Leibeskräften Gummitwist, ein gleichermaßen beliebtes wie sportliches Spiel und gerade der letzte Schrei. „Hey, Tine du darfst zuerst springen, schließlich hast du ja Geburtstag!"

In einer bestimmten Reihenfolge auf unterschiedlichen Höhen, zuerst am Fußknöchel, dann in der Kniekehle und zum Schluss am Oberschenkel banden Gesine und Uschi das elastische Band einander gegenüberstehend, manchmal geduldig, jetzt aufgeregt und voller Spannung abwartend. Dann hüpfte ich wie um mein Leben, immer bemüht, das Gummi richtig zu treffen, weder darauf zu treten, noch sonst wie unfachmännisch zu berühren.

„Tine, du wars drauf, dat hab ich genau gesehn!"

Noch nicht mal am Geburtstag wurde ich von den Adleraugen meiner Freundinnen verschont! Jedes Mädchen gab alles und es dauerte nicht lange, bis wir vor Anstrengung und vor allem wegen ständiger Unstimmigkeiten eine Pause einlegten.

Gesine, ein gleichermaßen scheues wie zurückhaltendes Mädchen aus meiner Klasse lud ich zum ersten Mal ein, weil sie so sehr darum gebeten hatte. Wenn ich irgendetwas nicht ausstehen konnte, so war das auf jeden Fall, jemanden auszuschließen. Das konnte ich auf den Tod nicht leiden und so lud ich Gesine halbherzig zu meiner Geburtstagsfeier ein. Eigentlich konnte ich nicht viel mit Gesine anfangen, sie lächelte stets unverbindlich nett und war vor allem eines: unglaublich langweilig!

Uschi, das genaue Gegenteil von Gesine, legte sich andauernd mit ihr an. Sie stöhnte, als hätte sie eine komplette Ladung Kohlen ganz allein in den Keller geschippt. „Ich krieg zuviel! Dauernd scheißt Gesine sich bei dir an, merkse dat eigentlich nich? Wenn ich dat schon höre, die eingebildete Ziege redet immer durche Nase, dat macht die doch extra!"

Gesines dunkelbraune, ziemlich ausdruckslose Augen wurden noch einen Deut dunkler, wenn sie sich ärgerte oder traurig war, so wie in diesem Moment. Auf einmal verstand ich die merkwürdige, seltsame Redewendung, die Tante Lina neuerdings, wann immer es möglich schien, zum Besten gab: „Augen sind die Fenster zur Seele!"

Ein Jammer, dass Uschi eifersüchtig und mit immer gleich angespanntem Gesicht einklagte, dass sie doch wohl meine beste Freundin sei. Dennoch, ich konnte sie allein dadurch beruhigen, meine Hand beschwichtigend auf ihren Arm zu legen. Sofort und auf der Stelle wich dann die Anspannung aus ihrem Gesicht. Danach mahlten ihre Backenzähne nicht mehr aufeinander, das mir so vertraute freundliche, fast schon spitzbübische Lächeln, das soviel besser zu Uschi passte, kehrte in ihr offenes Gesicht zurück.

Mir fiel ein, wie Mama gern davon sprach, dass sie in meinem Gesicht lesen könne wie in einem Buch. Das vermochte ich mit hundertprozentiger Sicherheit im Gesicht meiner besten Freundin. Manchmal konnte ich an Uschis Nasenspitze ablesen, welchen Schabernack sie sich gerade ausdachte. Kopfschüttelnd, vielleicht sogar eine Spur neidisch meinte Kathi: „Ihr beide seid wie Pott und Deckel! Ohne die andere geht gar nix!"

Mein Herzenswunsch zum Geburtstag nach Babys, wenn auch nur aus Papier, war in Erfüllung gegangen. Ich hielt die hübschen Glanzbilder, wunderschöne Babybilder mit von der Sonne golden glitzerndem Glimmer, fröhlich vor mich hin. Meine Freundinnen suchten für mich die schönsten Bögen herzigster Babybilder zusammen, die ich vorsichtig mit Mamas Fingernagelschere voneinander trennte.

Mit gewissem Besitzerstolz und einem zufriedenen Gefühl im Bauch betrachtete ich die hübschen Bildchen. So viele Glanzbilder aus einer Serie hatte Moni nie im Leben! Zufrieden kramte ich in meiner größer gewordenen, kunterbunten und herrlich duftenden Glanzbildersammlung, einer Mischung meiner Lieblingsgerüche nach Zigarren und Oblatenpapier.

Uschi schenkte mir sogar ein hübsches, mit rotem Rosenmuster bedrucktes Poesiealbum, in das sie, immer noch ungeschickt mit ihrem Füllfederhalter schrieb: „Rosen, Tulpen, Nelken, alle Blumen welken, nur das eine Blümchen nicht, denn es heißt Vergissmeinnicht." Der Füller kleckste unterschiedlich große Punkte zwischen die Zeilen, sodass es fast wie ein kleines, filigranes Blumenmuster wirkte.

Sie unterschrieb mit: Deine beste Freundin Uschi. Kleine, niedliche Engelsputten mit Glanz wurden sorgfältig auf die gegenüber liegende Seite geklebt. Mit dem immer noch durchdringend riechenden Uhu-Kleber hatte sie es zu gut gemeint, haarfeine Spuren zierten das Blatt wie hauchdünne Spinnweben.

„Danke Uschi, tausend Dank für dat Poesiealbum, dat wünsch ich mir seit ewigen Zeiten!" Uschi grinste selbstzufrieden. „Wusste ich doch!"

Meine sonst so burschikose Freundin Uschi schaffte es immer wieder, mich zu verblüffen.

„Na Tine, hasse n Pussieralbum gekriegt?" brummelte Gaby, Geburtstagskuchen mümmelnd auf dem Weg zur großen Rutsche, die Papa als Ersatz für unsere wunderbare Schaukel in mühseliger Arbeit sorgsam konstruiert und dann selbst zusammengeschweißt hatte. Unwillkürlich musste ich über meine kleine, rundliche Schwester grinsen, die es den lieben, langen Tag schaffte, irgendetwas leckeres Essbares zu kauen. Gerade suchte sie sich ein kleines Stöckchen und malte lauter Mondgesichter neben einander. „Punkt, Punkt. Komma, Strich, fertig ist das Mondgesicht" hörte ich ihre Worte im gleichen Tempo wie ihr Stöckchen in die trockene Erde kratzte.

Unser neuer Bruder Christian lag friedlich in seinem hellblau bezogenen und verlässlich nach Puder und Milch duftenden Stubenwagen und nuckelte ohne Schnuller vor sich hin. Mutter, überzeugte Gegnerin des Stillens, das Mitte der 60er Jahre schlicht unmodern und daher eher verpönt belächelt wurde, gab Christian sein Fläschchen mit Schmelzflocken und Milch gekocht, das er brav austrank.

„Kathi, denk daran, eine Vitamin D Tablette ins Fläschchen zu geben, das ist so wichtig für den Aufbau der Knochen!" Einen Momentlang stellte ich mir lebhaft das riesige Knochengerüst des Mammuts im Bottroper Heimatmuseum vor, das wir uns beim letzten Wandertag der Schule staunend ansahen, als Mutter mir unser neues Baby in den Arm drückte und mich aus den Tagträumen riss.

Ich fühlte mich schon ein klein wenig mehr erwachsen, wenn ich Christian nach dem Essen halten und an meiner Schulter liebevoll seinen Rücken sanft beklopfte, damit er aufstoßen oder wie Ralf brüllte: „Bäuerchen" machen konnte.

Dennoch war der Reiz des Neuen bald vorbei und ich interessierte mich für andere Dinge mehr, wie dem Sport im Turnverein, dem ich zusammen mit Uschi beitreten wollte.

Sportverein

Im Sommer trafen wir uns vom DJK-Turnverein, dessen Namen aus unrühmlichen Zeiten stammte, auf dem neu angelegten Sportplatz zur Leichtathletik.

Unser Trainer, Herr Koch, gab sich halbherzig Mühe, uns zu guten Leistungen anzuspornen. Das tat er mit völlig verkniffenem Mund, so als würde jede einzelne Übung ihm entsetzliche Magenschmerzen bescheren. Schon von weitem konnten wir ihn erkennen. Trainer Koch saß auffallend schräg auf dem Sattel und radelte auf eine unbeschreiblich alberne Art und Weise auf den Sportplatz zu. „Ich kann nich mehr!" gurgelte Uschi und hopste um mich herum. „Wie kann ein einzelner Mensch nur so blöd Fahrradfahren?" Ich wusste sofort, was sie meinte, es bedurfte keinerlei Erklärungen zwischen uns.

Das Laufen brachte mir großen Spaß, darin war ich geübt und auch ganz passabel, das Weitspringen gelang mir respektabel, aber der Weitwurf ging komplett daneben. So sehr ich mich auch bemühte, nie schaffte ich es, die Zwanzig-Meter-Hürde zu nehmen, es war und blieb eine einzige Katastrophe.

„Herr Jesses, Mädel, wenne so weitermachs können wir niemals beim Wettkampf starten!" Der Trainer Herr Koch schaute mich über den goldenen, rechteckigen Rand seiner hässlich gelbbraun getönten Brille missmutig an, gerade so, als krampfe sich ob meiner miserablen Leistungen sein Magen zusammen, aber so sehr ich mich auch anstrengte, der messbare Erfolg blieb aus.

Meine Freundin Uschi, im Schlagballwerfen ein Ass brach dagegen jeden Rekord des Vereins. Dennoch bereitete es ihr das größte Vergnügen, den unfreundlichen Trainer wo immer es möglich war, zu ärgern. „Glaub dem bloß nix! Der lügt, wat er betet!" Uschi warf den Schlagball in hohem Bogen über den meterhohen Zaun auf den angrenzenden Spielplatz und machte dabei ein so entsetztes und gleichzeitig unschuldiges

Gesicht, dass wirklich niemand, nicht mal unser Trainer ihr gezielte Absicht unterstellte.

„Los Uschi, wer den Ball in die Wallachai wirft, holt ihn auch widder zurück, aber zackig! Ab durch die Mitte! Tine, du kanns helfen, bei dir ist sowieso Hopfen und Malz verloren!" Der Trainer hatte es längst aufgegeben, mich zu fördern.

Verschwörerisch grinste Uschi mich an: „Na, wie hab ich dat widder hingekriegt, he?" Übermütig brüllten wir unseren Schlachtruf durch das kleine Wäldchen: „Akaballauala! Akaballauala! Ibbi! Tscha! Ibbi! Tscha! Ibbi! Tscha Tscha Tscha! U!" Grinsend stellte ich mir vor, wie der unfreundlichste aller Trainer bei jeder geschrieenen Silbe erschrocken zusammenzuckte. Das hätte er nicht sagen dürfen mit dem verlorenen Hopfen und Malz! Mit diesem Satz hatte er ein für alle Mal bei uns verschissen!

Jede Woche, wir konnten die Uhr danach stellen, wiederholten sich die Szenen, bis wir dann endlich in der kalten Jahreszeit in die Turnhalle der Konradschule gingen.

Das Geräteturnen fand ich wesentlich interessanter, leistungsmäßig trotzdem nur durchschnittlich saß ich öfter auf der Bank als andere Turner. Regelmäßig machten wir zum Aufwärmen Spiele, die allen eifrigen Sportlerinnen gefielen.

Eines Tages stand ich mit Uschi in der Reihe und quatschte, als Herr Koch schon losbrüllte: „Jetzt haltet doch endlich mal euren Sabbel!"

Uschi war dermaßen überrascht, dass sie den Medizinball nicht wahrnahm, der in direkter Linie auf sie zuflog und sie am Kopf traf. „O Gott, direkt aufe Omme! Dat wollt ich doch gar nicht!" Achselzuckend stand Susanne mit Tränen in den Augen vor dem Desaster. Auf der Stelle ging Uschi zu Boden und im selben Moment gab es ein großes Durcheinander. „Ich lauf ma ganz schnell zur Hausmeisterwohnung und ruf den Notarzt an," rief der Trainer, schon fast an der Hallentür, uns zu.

Wir legten Uschi so vorsichtig wie möglich auf eine dicke, blaue Matte und nach einem kurzen Moment, der uns wie eine Ewigkeit erschien, schlug sie die Augen auf und grinste uns an: „ Na jetzt habter aber richtig Schiss gekriegt, oder? Bo ey, dat war volle Lotte aufe zwölf" war Uschi immer noch zu Scherzen aufgelegt.

Wirklich erbärmliches Muffensausen um meine liebe Freundin, die immer da war, wenn ich sie brauchte, hatte mich einen Wimpernschlag lang lahmgelegt.

Im nächsten Augenblick, so schnell konnte niemand reagieren, würgte Uschi auch schon ihren kompletten Mageninhalt auf die Matte. Der Notarzt, der zur gleichen Zeit eintraf, schüttelte verständnislos den Kopf: „Wie kann man nur mit Medizinbällen werfen? Dat ham wir ja wohl inner ersten Sportstunde gelernt. Mädken, da hasse aber Massel gehabt, dat nix Schlimmeres passiert ist!"

Zerknirscht versuchte Herr Koch Uschi wieder aufzumuntern. „Na siehste, du kannst ja schon wieder grinsen!"

Uschi ließ sich durch solch plumpe Annäherungsversuche nicht beeindrucken. Wenn Blicke töten könnten, wäre der Trainer spätestens in diesem Moment tot umgefallen. Wütend blitzte Uschi ihn an: „Dat war heute für mich das letzte Mal!" Sie rappelte sich mit schneeweißem Gesicht von der Matte hoch, aus der ein ckliger Gummigeruch emporstieg und spuckte verächtlich Reste vom Erbrochenen vor seine Füße.

Nachdem Uschi ihre Gehirnerschütterung auskuriert hatte, trat ich mit ihr zusammen solidarisch aus dem Turnverein aus, froh darüber, den unfähigen und vor allem immer nörgelnden Trainer nicht mehr zu treffen.

Zuvor musste ich Mutter davon überzeugen, dass der Sport im Turnverein wohl doch nicht der richtige für mich war. „Du weißt auch nicht, was du willst, Christine! Erst bitten und betteln und nun kannst du nicht schnell genug die Kurve kratzen!"

Nach kurzem, nicht direkt ernsthaftem Protest dankbar darüber, einen Termin aus ihrem Elefanten gleichen merkfähigen Gedächtnis streichen zu können, willigte Mutter ein.

Meine Karriere als Leistungssportlerin, kaum begonnen und auch schon wieder beendet brachte den Vorteil, dass ich über ein wenig mehr freie Zeit verfügte. Uschi und ich trafen uns weiterhin, um unsere neueste

Errungenschaft zu vertiefen. Endlich, nach langem Üben ohne Unterlass, wie es Mama nannte, konnten wir beide, sowohl Uschi als auch ich auf den Fingern pfeifen. Uschi pfiff auf den Zeige- und Mittelfingern beider Hände, ich bevorzugte das Pfeifen auf Daumen und Zeigefinger einer Hand. Brust raus, Bauch rein gaben wir die schrillsten Pfeifkonzerte auf dem Schulhof, je lauter desto besser, immer ein wenig misstrauisch beäugt von den braven Mädels, die uns im Grunde ihres Herzens um diese wunderbare Kunst beneideten.

Seit dem neuen Schuljahr im Sommer ging ein zugezogenes Mädchen in unsere Klasse: Martina. Den Namen allein fand ich schon richtig interessant und vor allem modern, vielmehr jedoch ihr Aussehen. Sofort fiel mir auf, dass Martinas lustiges, außergewöhnliches Aussehen von zwei völlig unterschiedlichen Augen herrührte. Das rechte Auge war in einem klaren Blau, das linke hingegen in grün mit kleinen braunen Sprenkeln, genauso wie die Augen von meinem kleinen Bruder Christian. Eine kleine Stupsnase machte das hübsche Gesicht Martinas perfekt. Haarklein glich ihr ausgewogenes Wesen ihrem Äußeren. Sie verstand sich auf Anhieb mit den meisten Schulkollegen, konnte witzig und geistreich Geschichten erzählen, mit einem Wort: Martina war beliebt wie keine zweite.

Die Lehrer schauten mit einer gewissen Herablassung auf Martina, vor allem aber auf ihre Familie herab, denn Martinas Papa arbeitete auf Montage und ließ seine Familie oft wochenlang allein. Das passte so gar nicht in unsere wohl geordnete Schülerschaft und brachte ein wenig Unruhe in den bis ins Kleinste strukturierten Schulalltag. Martina kam morgens immer als letzte Schülerin abgehetzt in der Schule an, weil sie ihren kleinen Bruder Michael noch zum Kindergarten brachte und ihre Mutter das alles nicht allein schaffen konnte. Mit Martinas Mutter war die erste ernst zu nehmende, berufstätige Frau in unsere Gegend gezogen, von allen, teilweise schon gelangweilten Hausfrauen mit Spannung und, nachdem, was ich so sah, einer Art unehrlichen Mitleids beobachtet.

Eine Nachbarin, nur ein paar Häuser entfernt von uns, hatte mit dem Trinken angefangen, als ihre Kinder langsam flügge wurden. Schon vormittags konnten wir uns ein wenig Taschengeld verdienen, wenn wir ein, zwei, zum Schluss sogar fünf Pülleken Bier am Kiosk erstanden. Den Rest bis zur alkoholischen Leichtigkeit erbrachte ein durchsichtiger Schnaps, den Frau Holzmann an ihren Lehnsessel stellte, auf dessen Flasche in Großbuchstaben KORN stand. Und ich hatte doch vor einiger Zeit in der Grundschule gelernt, dass Korn einzig und allein etwas mit Brotbacken zu tun hatte.

Irritiert guckte ich in die zweifarbigen Augen meiner neuen Schulfreundin.

„Tine, komm mich doch heute Nachmittag mal besuchen. Hast du Zeit oder musst du eins deiner Geschwisterchen hüten?"

Ich platzte beinahe vor Neugierde auf Martinas Zuhause, dass ich es irgendwie schaffte, Mutter mit Engelszungen davon zu überzeugen, dringend etwas für die Schule gemeinsam mit Martina vorbereiten zu müssen.

In dem kleinen Haus am Waldrand in der Nähe der Stadtteiche musste ich zuerst meine Schuhe ausziehen, um das gemütlich eingerichtete Häuschen von Martinas Familie betreten zu dürfen. Das war mir fremd und eine Sekunde dachte ich verunsichert darüber nach, ob meine Socken eventuell Löcher hätten. Glücklicher Weise kamen heile Socken zum Vorschein, als ich die Schuhe langsam vom Fuß streifte und das beruhigte mich ungemein.

Martina zog mich gleich die kleine, steile Treppe hinauf in ihr Zimmer, ich wunderte mich über ihre festen, etwas rauen Hände. „Tine" meinen Namen sprach sie wie eine Frage aus. Erstaunt schaute ich mich in Martinas Zimmer um. Ein wildes Durcheinander empfing uns von orientalisch anmutenden Kissen, schreiend bunten Tüchern und unglaublich vielen, zum Teil zerfledderten Büchern, dem Aussehen nach von mehreren Generationen Leseratten bearbeitet, vom Boden bis zur hohen Dachschräge gestapelt. Aus kleinen, fast durchsichtigen Teetassen dampfte aromatischer Tee, den Martina sorgsam eingoss.

Sofort fühlte ich mich bei Martina wohl, zog meine Strickjacke aus und knüddelte sie zusammen. Ich hatte das sichere Gefühl, Martina schon mein ganzes Leben lang zu kennen. Wie selbstverständlich nahmen wir auf dem Boden vor dem kleinen Tisch Platz. Gedankenverloren rührte ich etwas von dem braunen, schmackhaften Kandis in den Tee.

„Du wolltest mich gerade etwas fragen, Martina?" Sie druckste ein bisschen herum, spielte mit den Troddeln eines Kissens und rückte endlich mit der Sprache heraus. Dabei schaute sie mich immer noch nicht an. „Hast du schon mal mit einer Freundin Blutsbrüderschaft gemacht?"

Solch ausgesprochener Feigling wie ich wurde schon schwach, wenn er nur in die Reichweite eines Bluttropfens kam, viel weniger hegte ich solche völlig absurden Gedanken an Blutsbrüderschaft!

Einen langen Moment lang wusste ich nicht so richtig, was ich sagen sollte, denn ich wollte meine neue Schulfreundin auf gar keinen Fall kränken. Einerseits fühlte ich mich sehr geehrt, dass Martina ausgerechnet mich nach solch intimen Ritualen fragte, anderseits war und blieb ich ein Schisshase allererster Güte. Emsig rührte ich in meinem Tee. Nun war ich es, die zögerte. Nach einer halben Ewigkeit schlug ich schließlich diplomatisch vor, damit doch lieber noch ein wenig zu warten.

Martina schien beeindruckt von meiner vermeintlichen Weitsicht und war überhaupt nicht gekränkt oder gar eingeschnappt.

Uschi dagegen wurde zunehmend eifersüchtiger auf Martina und machte mich auf deren Schwächen aufmerksam. „Kumma, hasse dat schon gesehn? Die trägt sogar n Ring ausem Kaugummiautomat!"

Lächelnd ging ich darüber hinweg, denn ich mochte beide Mädchen gern, wollte und konnte mich nicht für eine Freundin entscheiden. Mir reichte es schon, dass Mutter an jeder Freundin etwas auszusetzen hatte, einmal waren es die häuslichen Verhältnisse bei Martinas Eltern, dann wieder Uschis direkte Art, die Mutter nicht gefiel. Ich wollte beide Mädchen als Freundinnen, jede für sich einzigartig, da biss keine Maus einen Faden ab.

„Hömma Tine, wat hälse davon, mit mir inne Frohschar zu gehen?" Uschi tat verschwörerisch, als wäre diese Mädchengruppe von der katholischen Gemeinde eine Art Geheimbund, dem beizutreten quasi einem Gesetz gleichkam.

„Wat soll dat denn sein, he?" „Du guckst vielleicht blöd ausse Wäsche, vonne Kirche aus, wir treffen uns einmal inne Woche in Haus Waldfrieden und reden über Gott und die Welt!" Uschi gestikulierte wild in der Luft herum, so wie jedes Mal, wenn sie mich unbedingt überzeugen wollte.

„Kennse nich die Margot Lemberger. Dat is die Gruppenleiterin!"

Jetzt hatte ich schon so viele ältere Schwestern, aber keine davon kannte die Frohschar. Als ich am nächsten Mittwoch die unscheinbare, graue Maus, unsere Gruppenleiterin sah, ging mir ein Licht auf. Mit solchen Mädels hatten meine Schwestern nichts zu tun, Margot war um Welten zu brav, einfach nicht aufregend und modern genug.

Außer Atem kamen Uschi und ich nach einem Dauerlauf mit Pfeifkonzert pünktlich um vier Uhr nachmittags an. Margot kurvte mit ihrem schneeweißen VW-Käfer auf dem völlig leeren Parkplatz hin und her. Mit hochrotem Gesicht klemmte sie sich ihre weizenblonden, langen, mittig gescheitelten Haare hinters Ohr, begrüßte uns Neuen schüchtern mit gesenktem Blick.

Beim Sprechen bildeten sich kleine, weiße Schaumkrönchen aus Spucke in Margots Mundwinkeln. Angewidert schüttelte ich mich, als ich das bemerkte, Uschi grinste.

„Das heutige Thema heißt Amerika. Ich habe euch Reisedias mitgebracht. Die können wir uns gleich mal angucken!"

Übereifrig ließ Brigitte mit einem satten Knall die schweren, hölzernen Jalousien herunter, der Gruppenraum im nu nachtsschwarz.

„Auf dem ersten Dia seht ihr die Freiheitsstatue von Neff Joack!"

Wie konnte das nur möglich sein, so wenig Gefühl für eine Sprache aufzubringen? Neugierig versuchte ich im Lichtschein des Diaprojektors Margots Gesicht ausfindig zu machen. Peinlich berührt drehte ich meine Haare am Kopf um meinen Zeigefinger. „Lass noch ein paar Haare drauf" raunte Uschi mir zu. Langsam ließ ich meinen Blick durch den Gruppenraum schweifen. Anscheinend war es den anderen Mädels nicht aufgefallen, jedenfalls kümmerte sie die Verballhornung der englischen Sprache nicht.

Eine muntere Mischung von jungen Mädchen in unserem Alter hing nach dem Diavortrag an Margots Lippen. Nach der Erzählrunde spielte Margot schrumm, schrumm mit genau zwei Akkorden auf der Wandergitarre „Von den blauen Bergen kommen wir" und entließ uns, mir schien erleichtert, bis zur nächsten Woche.

Auf dem Nachhauseweg pfiffen wir wieder um die Wette auf den Fingern, Uschi mehr melodiös, ich schrill, fast wie mit der Pfeife im Sportunterricht.

Mädchen, die pfeifen ...

Natürlich blieben meine ständigen Pfeifversuche Vater nicht verborgen und ich ahnte schon, dass er das Pfeifen auf den Fingern, insbesondere für Mädchen, nicht als wünschenswerte Beschäftigung betrachtete.

Deshalb bemühte ich mich stets, nur dann zu üben, wenn mein Vater wie so oft nachmittags eine zweite Schicht übernahm. Am liebsten erledigte ich Aufgaben im Keller oder auf dem Speicher, Hauptsache außerhalb der Wohnung, um nur mal schnell zwischendurch zu probieren, ob das Pfeifen auf zwei Fingern wirklich besser gelang als auf vieren.

Besonders gern übernahm ich allein zu diesem Zweck den Einkauf. Wenn ich die Einkaufstasche einigermaßen geschickt unter dem Arm einklemmte, konnte ich auf dem gesamten Hinweg üben, ausgiebig auf den Fingern zu pfeifen. Auf dem Rückweg setzte ich die schwere Einkaufstasche kurzerhand ab, um ein paar Pfiffe einzuüben, nur um Uschi am nächsten Tag zu beeindrucken oder, wenn es ganz gut lief, sogar zu übertrumpfen.

Dermaßen konzentriert übersah ich leider die immer schlecht gelaunte Frau Eckart, die sich daraufhin prompt über meine Unfreundlichkeit, sie nicht zu grüßen bei meinem Vater bitterböse beschwerte. Fröhlich und nichts Böses ahnend brachte ich die eingekauften Lebensmittel nach Hause, wo Vater in der Küche schon auf mich wartete. Mit einem Seufzer der Erleichterung setzte ich die schwere Tasche ab.

An seinem von Wut umwölkten Gesicht konnte ich schon erkennen, dass kein Lob für mich anstand. „Komm mal her, Frolleinchen!"

Alles klar, wenn er diese Form der Verniedlichung gebrauchte, konnte ich mich auf eine Schimpftirade gefasst machen. Kurz überlegte ich noch, um welche Verfehlung es sich handeln könnte, da polterte er auch schon los: „Sag mal, wat bildest du dir eigentlich ein, unsere Nachbarn nicht zu grüßen? Stattdessen stellst du unsere Lebensmittel mitten auf den Markt und pfeifst auf den Fingern?" fragte er ungläubig und legte die Finger seiner linken Hand auf seine Stirn, um mir anzudeuten, dass es sich dabei ja wohl nur um einen Dachschaden handeln könne. Selbst in solchen Situationen bewahrte sich mein Vater einen gewissen Hang zum Übertreiben.

Selbstverständlich bemühte ich mich, meinen Blick schuldbewusst auf den Boden zu richten. „Oh, dat tut mir leid, Papa, ich habe gar keinen Nachbarn gesehen" versuchte ich mich zu rechtfertigen.

„Dat ist ja auch wahrhaftig kein Wunder, wenn mein Fräulein Tochter damit beschäftigt ist, auf den Fingern zu pfeifen wie ein Pferdekutscher!"

Aha, daher wehte also der Wind. Mein Vater hatte die Angewohnheit, sich beim Schimpfen immer weiter in seine Wut hineinzusteigern und dementsprechend wurde er ständig lauter.

„Kennst du eigentlich das Sprichwort: Mädchen, die pfeifen und Hähne, die krähen, denen sollte man beizeiten die Hälse umdrehen?"

Völlig irritiert schaute ich ihn an und versuchte an seinem unbeweglichen Gesichtsausdruck herauszufinden, ob das tatsächlich sein Ernst sein konnte.

„Sofort gehst du zu Frau Eckart und entschuldigst dich! Hast du mich verstanden? Höre ich auch nur ein einziges Mal, dat du wieder auf den Fingern pfeifst, gibt es Hausarrest und zwar nicht zu knapp! Mach so weiter Frolleinchen, dann können wir gerne Schlitten fahren!"

Im Stillen verfluchte ich unsere Nachbarin, die sich über solch ein harmloses Vergnügen aufregte. Auf dem Weg dorthin verwünschte ich sie: „Blöde Kuh, alte Ziege! Guck doch weg, wenn es dich stört!" Artig entschuldigte ich mich, als sie, scheinheilig lächelnd die Haustür öffnete. Offensichtlich hatte sie mich erwartet.

Das sollte mir eine Lehre sein von nun an aufmerksamer durch die Gegend zu gehen. Auf dem täglichen Schulweg pfiff ich mit meiner Freundin Uschi um die Wette, immer darauf gefasst, sofort mit dem Pfeifkonzert aufzuhören.

Wir verständigten uns verschwörerisch auf die Bedeutung verschiedener Pfiffe. Unter anderem mussten wir keine Haustürklingel mehr benutzen, denn ein kurzer schriller Pfiff teilte uns die Ankunft der jeweils anderen mit. Niemand außer uns verstand diese geheimnisvollen, immer gleichen Töne!

Meinem Vater gab ich keinen Anlass mehr, mich über merkwürdige Sprichwörter aufzuklären. Allerdings konnte ich mir zu diesem Zeitpunkt auch nicht vorstellen, solch eine Situation jemals zu vermissen. Doch das geschah genau zu dem Zeitpunkt, als Vater einen schweren Unfall mit weitreichenden Folgen unter Tage erlitt.

Vaters Arbeitsunfall

Der Sommer ging zu Ende und einzelne, verwelkte Blätter flogen beim ersten Herbststurm durch unseren Garten. Mal wieder mühte ich mich mit den Türmen von Tellern und Töpfen vom Mittagessen beim Abwasch ab, als ich durch die Terrassentür den Arbeitskollegen von Vater sah. Er schob das Moped, den „Pröttel" meines Vaters auf unseren Hof und sah im Gegensatz zu sonst recht sorgenvoll aus.

Erschrocken hielt ich mit der Arbeit inne, denn das konnte nichts Gutes bedeuten. „Mama, komm mal schnell her," rief ich noch flott und rannte nach draußen zu Herrn Moser, unserem Nachbarn.

„Wo ist denn mein Papa?" fragte ich ihn und ungläubig hörte ich zu, als er Mutter den Unfall schilderte, den Vater erlitten hatte.

In der Aufregung verstand ich nicht sehr viel vom Unfallhergang, nur soviel, dass Vaters Auge oder sogar beide Augen verätzt seien und er sofort in der Augenklinik des Universitätsklinikums Essen operiert worden sei.

Mutter wurde immer blasser und setzte sich erst einmal, rückwärts tastend auf die Gartenbank. „Oh, lieber Gott, lass Abend werden," hörte ich Mutter flüstern.

„Frau Meyer, ich bringe Sie selbstverständlich zur Uniklinik. Ich muss nur noch schnell eine Kleinigkeit essen und dann kann es losgehen."

„Mama, du musst eine Tasche für Papa packen!" ermahnte ich sie. Wie mir schien, fiel es ihr unsagbar schwer von der Gartenbank aufzustehen. Sie stützte sich auf die Lehne wie eine alte Frau, einen schweren Seufzer unterdrückend.

Mechanisch stopfte sie Schlafanzüge und eine Kulturtasche mit Vaters Zahnbürste, seinem Rasierzeug und ein Stück Palmolive Seife in die braune, etwas abgenutzte Reisetasche, die sonst ausschließlich von ihr zur Entbindung im Krankenhaus benutzt wurde.

Beim Packen erwachte meine Mutter aus der Trance und rief: „Katharina, du musst dich bitte um die Kinder kümmern. Um vier Uhr braucht Christian seine Flasche mit Schmelzflocken. Gib bitte ein wenig Möhrensaft und eine Vitamin D-Pille mit hinein. Anschließend sorg bitte dafür, dass er eine frische Windel kriegt und mach für die anderen Abendessen, falls ich dann noch nicht wieder zurück bin. Herr Moser wartet schon auf mich. Machs gut, bis heute Abend!"

Kathi schaute sie erstaunt an. „Aber das weiß ich doch längst. Mach dir keine Sorgen, der Laden läuft!"

„Bestell Papa bitte schöne Grüße und gute Besserung" konnte ich ihr noch schnell hinterherrufen, da waren sie auch schon davongefahren.

Das kam so gut wie niemals vor, dass die „Ruhrnachrichten", unsere Tageszeitung und Mamas Leib- und Magenblatt ungelesen und ordentlich zur Hälfte gefaltet auf dem Tisch lag.

Niedergedrückte Stimmung herrschte, als wir Kinder uns in der Küche ungerufen versammelten und Katharina mit Fragen löcherten. „Was ist denn genau passiert?" „Hat jemand etwas gesehen?" „Wann ist der Unfall passiert?" und zu guter Letzt fragten alle durcheinander, als Katharina rief: „Alle Mann ins Kinderzimmer. Ich koche für euch erst einmal Kakao und erzähl dann, alles was ich weiß. Immer schön der Reihe nach."

Mit hochroten Köpfen saßen wir beisammen, als Klara von der Arbeit nach Hause kam. „Wat is denn hier los?" fragte sie, als sie uns in so ungewohnter Eintracht beisammensitzen sah.

Schluchzend klärte ich sie auf, endlich konnte ich meinen Tränen freien Lauf lassen. Mit einer steilen Sorgenfalte auf der Stirn erklärte sie: „O Gott, dat darf nicht wahr sein, mir ist der Appetit vergangen!" Sie rannte, immer zwei Stufen auf einmal nehmend die Treppe hinauf in ihr eigenes Zimmer, als könne sie nicht schnell genug die Tür hinter sich schließen.

Als am späten Abend endlich unsere Mutter heimkehrte, saßen wir unüblich pünktlich ordentlich gewaschen und gekämmt mit geputzten Zähnen brav auf unserer modernen, mit kariertem Kunststoff bezogenen

Eckbank, der neuesten Anschaffung im Kinderzimmer und ließen uns von ihr aufklären.

„Die Netzhaut des linken Auges von Papa ist verätzt. Er ist heute direkt operiert worden, aber die Ärzte konnten keine Auskunft über die Heilungschancen geben." Vollkommen erschöpft ging Mutter an diesem Abend, völlig ungewöhnlich zur gleichen Zeit wie wir Kinder ins Bett.

Lange noch lag ich wach in meinem Bett in unserem gemütlichen Mädchenzimmer, aber die gewohnte, fröhliche und unbeschwerte Stimmung wollte sich an diesem Abend nicht mehr einstellen.

Am nächsten Tag stand wie durch ein Wunder Herr Klose, der Handelsvertreter für Textilien aller Art vor unserer Tür.

„Frau Meyer, für Ihren Mann habe ich etwas ganz Besonderes dabei!" Er zog aus seinem riesig großen Koffer, der auseinander geklappt aussah wie ein ordentlicher Kleiderschrank, einen Bade- oder wie er ihn nannte Hausmantel aus Veloursplüsch vom Kleiderbügel. „Das Allerneueste, was ich Ihnen anbieten kann. Schauen Sie sich bitte den feinen Schalkragen an!"

Herr Klose, der fast haarlose, blasse Vertreter mit vielen, ungleich tiefen Aknenarben im Gesicht breitete den dunkelblau–bordeauxrot gestreiften Bademantel auf dem Tisch aus und pries dessen Vorzüge an: „Der Mantel ist von unverwüstlicher Qualität und wirklich nicht kaputt zu kriegen!" Herr Klose rückte ein wenig näher an Mama heran und redete leiser mit verschwörerischem Unterton: „Wenn ich das sage, meine liebe Frau Meyer, dann können sie sich darauf verlassen!" Diese Aussage stimmte allerdings, denn dieser Bade- oder Hausmantel oder wie immer man ihn nennen wollte, begleitete meinen Vater zeitlebens.

Fast zärtlich strich der Verkäufer über das weiche Material und grinste Mutter gleichermaßen geschäftstüchtig wie unterwürfig an. „Den können Sie selber waschen, der braucht nicht für teures Geld in die Reinigung! Na, ist das nichts?" Es hätte mich nicht gewundert, wenn Herr Klose selbst in Vaters neuen Bademantel geschlüpft wäre, er schien geradezu verliebt darin.

Meine praktische Mutter interessierte sich einzig und allein für die Tatsache, dass dieses Kleidungsstück in Raten bezahlt werden konnte.

Klose schaute Mutter durch seine hässliche Goldrandbrille durchdringend und dennoch geschäftsmäßig, als er fragte: „Auf Raten? Ja selbstverständlich, so eine gute Kundin wie sie…" Unterdessen streichelte er unaufhörlich den plüschigen Stoff, die angedeuteten Grübchen in seinen Wangen verwandelten sich in messerscharfe, gerade Striche, während er etwas umständlich, doch überaus geschäftig suchend das Auftragsbuch hervorkramte.

Mutter nickte: „Bitte in kleinen Raten, ich weiß ja gar nicht, wie es jetzt weitergeht!" Herr Klose, scheinbar mitfühlend, unterdrückte ein Hüsteln, das sich unecht und beinahe gesprochen anhörte.

Zutiefst bedauerte ich es, wieder einmal für zu jung erachtet, um meinen Vater im Krankenhaus zu besuchen. Nach ein paar für uns alle, aber insbesondere für Mutter beschwerlichen Wochen kehrte Vater verändert nach Hause zurück mit seinem verätzten Auge, das leider keine volle Sehkraft mehr aufwies und so aussah, als läge ein Nebelschleier darüber. So wie ich die Sache einschätzte, machte dieser Umstand ihm sehr zu schaffen. Oft sah ich Vater in Gedanken versunken seufzend in den Garten starren. In gedämpften Ton diskutierte er leise mit Mutter, wie es denn in der Zukunft weitergehen solle, denn seine Arbeit als Ausbilder unter Tage konnte er mit dem lädierten Auge nur noch eingeschränkt verrichten.

Noch ein Junge

Es wurde Herbst und Winter, wir marschierten stramm auf das Jahr 1967 zu und wie sollte es auch anders sein, der Bauch meiner Mutter wurde wieder einmal rund und runder, anscheinend ging das mit jedem Kind schneller.

Eines schönen Nachmittags erschien Klara in ihrem Möchtegern Chanel Kostüm von C & A, dessen Rocksaum langsam, aber stetig hoch wanderte bis über das Knie hinaus, kam doch mit Riesenschritten die Ära Mary Quants aus England auf uns zu. In der Umgebung unserer mit praktischen Utensilien voll gestopften Küche wirkte Klara mit ihrem hübschen, fast Mini - Kostümchen wie ein Fremdkörper.

Erst recht, als sie ihre neueste Errungenschaft fröhlich über dem Kopf schwenkte, eine Satirezeitschrift „Pardon" mit dem schwarz behüteten Teufel auf dem Titelblatt und lachte über die ironischen Witze darin. „Lass ma gucken, ich will dat auch ma sehn!" forderte Peter lautstark und versuchte die Zeitschrift zu ergattern. Soeben hatte er die klemmende Badtür überwunden und brachte von dort eine Wolke, gemischt aus Blendax- Zahncreme und Eierschampon mit, die so gar nicht zu den Gerüchen in der Küche passen wollte.

Aus irgendeinem unerfindlichen Grund stand Papa plötzlich in der Küche, unverkennbar schlecht gelaunt schaute er Klara spöttisch an: „Du glaubst doch wohl nicht im Ernst daran, dat du son Mistdreck in meinem Hause liest! Dat ist ja wohl nicht dein Ernst."

Prompt, ich hatte nicht bis drei gezählt, kam der unvermeidbare Spruch: „Solange du deine Füße unter meinen Tisch stellst, gibt's hier solche Hetzblätter nicht!"

„Aber Papa, guck doch erstmal selbst, dat sind ironische Geschichten und Witze!" so der zaghafte Versuch Klaras.

Klara wusste nicht, wie ihr geschah, als unser Vater ohne weiteres zunächst ihr in Windeseile die Zeitschrift aus der Hand und danach dieselbe in tausend Fetzen riss. Vater blieb beharrlich bei seiner Meinung, dass junge Leute in diesen Tagen sowieso nur noch als Halbstarke zu bezeichnen waren und somit der Untergang des Abendlandes unmittelbar bevorstünde. Erst recht, nachdem sein großes Vorbild, der einzige und stets aufrechte Kanzler Adenauer von uns gegegangen war.

Als stummer Beobachter fuhr ich erschrocken zusammen und sah, wie fassungslos und wütend zugleich Klara mit dem Fuß aufstampfte und Türen schlagend die Küche verließ. „Na toll, Riesenstimmung hier!" feixte Peter, „ich gehe dann mal zu Marlene." Mit Rückenwind verschwand Peter zu seiner Freundin, die er seit einiger Zeit, ungewöhnlich häuslich geworden, wann immer sich die Gelegenheit dazu bot, in deren Elternhaus besuchte.

Meine älteren Geschwister gingen unserem Vater schon eine ganze Zeit aus dem Weg, seit seinem Unfall aber auf jeden Fall, denn er war seitdem unzugänglicher als je zuvor.

Kathi und Ilona gestalteten liebevoll eine Wand in unserem Schlafzimmer mit dem Bravo Starschnitt, einer körpergroßen Abbildung verschiedenster Interpreten und Schauspieler, die Woche für Woche mit jedem neuen Bravo portionsweise in unser Zimmer flatterten. Wie konnte es auch anders sein, war dieser neue Erwerb Ilonas unzweifelhaft ein willkommener Anlass zur Auseinandersetzung mit Vater. Pierre Brice schaute als Winnetou zuerst einbeinig, dann nach langen Wochen des Anstückelns in voller Pracht auf unser schweres Ehebett aus Eichenholz herab, das wir von Onkel Emils Schwager geschenkt bekamen. Tief dunkelbraun, fast schwarz und einladend breit stand das Bett mitten im Zimmer, die Sprungfedern im Bettenrost quietschten bei jeder Bewegung. Zwei einzelne Betten reihten sich an der Wand aneinander. Kathi und Ilona, als große Schwestern schliefen in den einzelnen Bettgestellen und ich lag neben Moni, um nur ja keines ihrer Schmatzgeräusche und das anhaltend gleichbleibende, schnurrende Schnarchen zu verpassen.

„Dat kommt da runter vonne Wand! Seid ihr noch zu retten? Wofür tapeziere ich denn hier? Damit ihr solche Schmachtlappen an die Wand klatscht? Dat is doch wohl nich wahr. Runter damit! Verstanden?!"

„Ja sicher" flüsterte Kathi, unsicher geworden, Ilonas Augen sprachen eine andere Sprache. „Dat is jetz der allerletzte Schrei, dat lass ich mir doch nich vom Vadder vermasseln!" Mit dem Zeigefinger der rechten Hand zog sie das untere, rechte Augenlid ein wenig nach unten und guckte uns herausfordernd an. Sie ließ keinen Zweifel daran, dass sie alles im Griff hatte.

Den größten Spaß hatte Papa immer mit den jüngeren Brüdern, wenn ich ihn beobachtete. Auf den Schultern von Papa zu sitzen – wie selten kam das einmal bei uns vor. Und doch, es war das beste der Gefühle, so hoch oben und vor allem ganz allein, vielleicht sogar, wenn Papa in Festtagsstimmung war, im Galopp durch den Garten zu reiten. Solange die Jungs recht klein und noch nicht dazu in der Lage waren, Widerworte zu geben, mochte er sie über alles und spielte sogar Fußball mit den Lütten im Hof, ansonsten für uns Halbstarke strengstens verboten.

Als eines Tages Herr Pott erbost gestikulierend vor unserer Haustür stand und Sturm klingelte, ging mir ein Licht auf, weshalb Thomas ständig dieselbe Frage stellte.

„Brennt eigentlich Kacke?" Thomas und Klaus hatten sorgfältig einen dicken Haufen Scheiße in Zeitungspapier gewickelt und vor die Tür von den Nachbarn gelegt. Thomas zündete das Papier an, klingelte und machte sich genau wie Klaus auf dem schnellsten Wege aus dem Staub. Unser Nachbar versuchte hektisch das vermeintliche Feuer auszutreten.

Das Resultat konnte ich gut erkennen und vor allem riechen. Die kleinen Kackespritzer saßen wie ein Muster auf dem Doppelrippunterhemd, selbst in dem wütend krebsroten Gesicht sorgten sie für untypische Bräune.

Vater verkniff sich beim Anblick von Herrn Pott einen Lachanfall gerade noch mit letzter Beherrschung, was ich deutlich an den weiß hervortretenden Fingerknöcheln erkannte, mit denen er die Haustür fest umklammert hielt. Angestrengt schaute er fortwährend zu Boden und versprach, dass die Sache selbstverständlich von den Jungs in Ordnung gebracht würde. Als der Nachbar endlich, immer noch wütend schimpfend von dannen zog, ließ sich Papa rückwärts tastend auf eine Treppenstufe plumpsen, schüttete sich aus vor Lachen und wischte sich verstohlen die Tränen weg.

Im strengen Ton wurden die Jungs in die Küche zitiert und augenscheinlich kostete es ihn einige Mühe ihnen vorwurfsvoll den Auftrag zu erteilen, diese Schweinerei sofort zu beseitigen.

Viel später konnte Vater sich immer noch über den Streich amüsieren und seine Schadenfreude kannte keine Grenze, wenn es darum ging das empörte Gesicht und die Braunschattierungen darauf in allen Nuancen genauestens zu beschreiben, vor allem, weil es und davon war Papa aus tiefstem Herzen ehrlich überzeugt, den unfreundlichsten aller Nachbarn getroffen hatte.

Schon seit einiger Zeit erledigten wir unsere täglichen Einkäufe im REWE-Laden der Familie Strauß, gleich um zwei Ecken. Dort einzukaufen kam meiner Vorstellung vom Fegefeuer nah, mir war es mehr als peinlich, weil wir dort „anschreiben" ließen.

Der lang gestreckte Laden, augenscheinlich zwei umgebaute, kleine Wohnungen teilte sich in zwei gleichgroße Räume auf, wobei im ersten Raum Dinge des täglichen Bedarfs angeboten wurden, unter anderem eine Wurst- und Käsetheke, an der Sonja Sperling, die ziemlich dürre Freundin von Ilona arbeitete. Sonja, durch Ilonas Friseurkunst pechschwarz gefärbt, schaffte es nie, solange ich sie kannte, sich dezent zu schminken. Die Wimperntusche völlig verschmiert, das rotbraune, für Sonjas blasse Haut viel zu dunkle Make-Up in hässlichen Kringeln ins Gesicht gerieben. Sonjas Schminke erinnerte mich, sooft ich sie ansah, an die letzte Kindersitzung im Karneval mit ausgesprochen dunkelhäutigen Indianern.

„Na, Meyerchen" versuchte sie lustig zu sein, „wat darfet denn heute ma sein?"

„So wie immer" brummte ich, „n halbes Pfund Zervelatwurst und n halbes Holländer Käse, geschnitten, aber nich die klitzekleinen Stücke!"

„Hasse eigentlich n Rad am Wandern? Ich nehm dat Stück, dat wer ham. Au no Wünsche ham die klenen Köttel."

Lange, lange drückte ich mich im Laden herum, bis alle anderen Kunden bedient und ich in Ruhe meinen Einkauf einpacken konnte, seit neuestem nicht mehr in Mutters rotbrauner Skailedertasche, sondern in Plastiktüten mit einem breiten Aufdruck von REWE Ihr günstiger Einkauf.

Sonjas Freund saß derweil wartend in seinem weißen VW Käfer, den rechten Arm um den Beifahrersitz gelegt, wahrscheinlich so wie sonst um Sonjas dünne Schulter und gab ungeduldig Gas. Der Motor heulte im Leerlauf ständig gequält auf, Alfred grinste breit, Besitzerstolz in den Augen wartete er aufgeregt auf die freie Zeit in Sonjas Mittagspause.

„Bitte anschreiben!" sagte ich fast im Flüsterton. Meine Mutter verhandelte vorweg mit Familie Strauß, dass wir einmal im Monat, natürlich am Zahltag von Vater, die Rechnung beglichen. Trotz immer korrekter und vor allem prompter Bezahlung wurde ich das Gefühl nicht los, vor allem von Frau Strauß unfreundlich und herablassend behandelt zu werden. Ihr immerwährendes, eingefrorenes Lächeln war so unecht wie Sonjas Perlenketten, die sie für ihr Leben gern trug.

Dennoch zeigte sich vor allem Herr Strauß sehr geschäftstüchtig, aber auch großzügig, wenn am ersten eines jeden Monats Mama die Rechnung bezahlte. Nur am Zahltag kam sie persönlich in den Laden von Familie Strauß. Die täglichen, oft lästigen Einkäufe blieben uns Mädchen vorbehalten.

In rauen Mengen schenkte Herr Strauß uns die neuesten Süßigkeiten, wenn die hohe Rechnung auf Heller und Pfennig beglichen war, Bounty und Mars, die himmlisch süßen Schokoriegel, Weingummi und Haribo-Lakritz Tüten weise. Wir futterten in seltener Eintracht und mitwachsender Begeisterung, solange von den herrlichen Süßigkeiten, bis uns schlecht wurde und unsere Bäuche, wenigstens vorübergehend fast so dick anschwollen wie der unserer Mutter.

Tante Lina hielt wieder einmal Einzug, Zeit für den nächsten Nachwuchs, der es diesmal sehr eilig hatte, auf die Welt zu kommen. Im Mai erblickte Lukas, ein weiterer Junge das Licht der Welt. Mutter hatte sich, so schien es, für den Rest der großen Kinderschar auf Jungen spezialisiert.

Unser neues Baby wurde so genannt nach Lukas, dem Lokomotivführer aus der Augsburger Puppenkiste, von der ich trotz meines, wie ich fand, hohen Alters von zwölf Jahren keine Sendung am Sonntag verpasste. „Schon widder n Junge", brabbelte Gaby in ihrer verträumten Art und mümmelte gleich einen Brandt- Zwieback auf den Schrecken. Mit Lukas, dem Lokomotivführer besaß unser Lukas jedoch keinerlei Ähnlichkeit, weder figürlich, noch was das Aussehen anging. Bis auf Christian sahen meine Brüder sich sehr ähnlich, blond und blauäugig, wie unsere Mutter. Christian dagegen hatte die Augenfarbe unseres Vaters, seegrün mit kleinen braunen Sprenkeln, die ihn stets ein wenig melancholisch aussehen ließen.

Unabhängig davon, wunderte ich mich mit jedem Baby von Neuem darüber, denn obschon den ganzen, lieben, langen Tag nichts Anderes als Baden, Futtern, Waschen, Wickeln und Ausfahren, allenfalls noch Schlafen auf dem überschaubaren Tagesablauf stand, sich stets unter den bläulich rosa gefärbten, klitzekleinen Fingernägeln ordentlich schwarzer Dreck befand, gerade so als wären sie im Garten als Maulwurf tätig gewesen. „Wie kann das nur angehn?" Mutter ging es da nicht anders, sie nahm die feine Babyschere mit hellblauem Griff zur Hand, um Lukas Nägel vom Schmutz zu befreien. Er verzog den Mund, wie um zu protestieren, als weiß gefleckte Flüssigkeit herauslief, die sauer roch.

Endlich bekamen auch wir das zweite Programm im Fernsehen und nicht selten hörte ich bei meinen Streifzügen durch die Nachbarschaft Frau Ackermann aus dem Fenster rufen: „Williken, reinkommen,

Bonanza gucken!" Wenn das Wetter es nicht zuließ, nach draußen zu gehen, schaute ich mir auch die Cartwright Familie an, die es Sonntag für Sonntag immer wieder schaffte, dem Feuerkranz der Landkarte zu Beginn zu entkommen. Niemals hätte ich zugegeben, dass ich heimlich in den dicken Hoss verliebt war, der gleichermaßen charmant und verschmitzt lächelte.

Gespannt wie ein Flitzebogen wartete ich manchmal, wenn es das Schicksal gut mit mir meinte und Vater noch unterwegs war, freitags auf Eduard Zimmermanns Aktenzeichen XY ungelöst. Die Sendung zur Verbrechensbekämpfung arbeitete später mit der österreichischen Fernsehanstalt ORF und dem Schweizer Fernsehen zusammen.

Allein die Namen der Fernsehmoderatoren Peter Niedetzky in Österreich und Werner Vetterli mit dem unverkennbar Schweizer Dialekt gefielen mir und brachten den Duft der weiten Welt oder wenigstens den von Europa in unser Wohnzimmer.

Übertrieben lächerlich fand ich allerdings den Tipp vom immer gleich ordentlich frisierten Herrn Zimmermann, im Winter bei Schneefall das Haus rückwärts laufend zu verlassen, damit etwaige Einbrecher meinten, man sei gerade wieder nach Hause zurückgekehrt.

Bis zum Zerreißen gespannt ungeduldig wartete ich am Vorabend auf die spannende Serie „Belphegor." Juliette Greco spielte im „Geheimnis des Louvre" den schwarz gewandeten Geist, der mich gleichermaßen anzog und abstieß. Trotzdem saß ich jeden Abend um sechs Uhr vor dem Fernseher, ein Kissen auf dem Schoß, hinter dem ich mich jederzeit verstecken konnte, wenn es mir zu spannend wurde, die Fingernägel auf ein Minimum abgekaut.

An langweiligen Sonntagen lief ich lieber zum neuen Spielplatz hinten im kleinen Wald und versuchte auf einer Art hölzernen Laufrolle den Weltrekord im Schuhsohlenverschleiß aufzustellen.

Der alte Hannen, unser Schuster reparierte unsere Schuhe nicht nur fachmännisch, sondern hielt für sein Leben gern lange Vorträge über gutes Schuhwerk, wenn er gerade keine dringenden Aufträge pünktlich fertigstellen musste.

Vergeblich versuchte er seine Lockenpracht mit Frisiercreme zu bändigen, einzelne, gekringelte schwarzgraue Locken fielen ihm immer wieder in die Stirn. Wenigstens einmal pro Woche besohlte Schuster Hannen ein oder mehrere Paar Schuhe für unsere Familie und ich übernahm die Aufgabe Schuhe dort hinzubringen oder abzuholen, nur allzu gern.

Stolz saß er dort, ziemlich aufrecht in seiner kleinen Schusterwerkstatt, trug eine dunkelblaue, Fett verschmierte Schusterschürze und erläuterte uns Kindern Vor- und Nachteile seines fabelhaften Handwerks. Wortreich und mit ausladenden Gesten erklärte er seine Werkzeuge.

„Komma in meine Werkstatt, Tine. Kumma, dat is meine Nähmaschine, so eine hasse bestimmt noch nie gesehn, oder? Die von deiner Mama sieht n bisken anders aus, ne?" Das schwarze Monstrum nahm ein Gutteil seiner Werkstatt ein und um auf den Schemel dahinter zu gelangen, musste Schuster Hannen sich am deckenhohen Schuhregal vorbeiquetschen. Ganz angelegentlich strich er mit seinen schwarz gerahmten Fingernägeln flink über das kühle Metall. Seine Augen leuchteten dabei vor lauter Handwerkerstolz. „Damit kann ich durch noch so dicke Ledersohlen nähen. Diese ganz speziellen Nadeln schaffen dat, die sind extra dafür gemacht! Glaub bloß nich, dat die mal abbrechen! Ne, dat braucht schon n ganz anderes Kaliber."

Der alte Schuster kannte sich da aus. Als junger Mann zog er völlig unversehrt in den Krieg und kam mit verkrüppeltem Bein zurück. Ich wunderte mich langsam über die Männer, die nicht humpelten!

Schuster Hannen zog das rechte Bein hinter sich her. „Dat is ne Kriegsverletzung! Hat mich leider n Granatsplitter erwischt. Schnee von gestern! Schwamm drüber! Is ja fast nicht mehr wahr."

Beneidenswert, wie sich der freundliche Mann mit seinem schweren Schicksal versöhnte. Ich versuchte in seinem Gesicht die nicht gesprochenen Worte zu lesen.

Einzelne Staubflocken wirbelten durch die Luft, als der Schuster sein Grundig Röhrenradio anstellte. Er besaß noch das gute alte Radio mit dem eindrucksvollen, magischen Auge, das sich mit jedem Ton ständig veränderte. Wie gebannt schaute ich darauf, bis die Erkennungsmelodie von WDR 2 nur noch ein paar Sekunden bis zum Beginn der Nachrichten signalisierte. Schuster Hannen legte einen Finger auf den Mund und bat mich so, inne zu halten. Als die Nachricht vom erschossenen Studenten Benno Ohnesorg vorgelesen wurde, ging damit eine vollkommene Veränderung mit dem sonst so fröhlichen Menschen einher. Der Schuster sackte in sich zusammen und nahm seine von der Arbeit fettig schwarzen Hände vors Gesicht.

Beschämt und tief betroffen schlich ich aus der Werkstatt und hörte die scheinbar gelassene Stimme des Sprechers, der ohne auch nur den Hauch von Anteilnahme schilderte, dass der Student bei einer Demo gegen den Staatsbesuch des Schahs von Persien auf der Flucht vor dem Einsatzkommando der Polizei erschossen wurde.

Unser neues Baby Lukas, ein ziemlich vergnügter, aber recht dünner Junge mit hellwachen, blauen Augen und feinem, flachsblondem Haar nuckelte zufrieden an seiner Flasche, wie immer mit den guten, bekömmlichen Schmelzflocken gefüllt oder auch mal mit Fencheltee gegen die Blähungen. „So ein hübsches, niedliches Kind!" jammerte Tante Lina, die immer noch nicht mit Fred vor den Traualtar treten durfte und alles darum gegeben hätte, wenigstens nur eines von uns vielen Kindern der Familie Meyer ihr eigenes nennen zu können.

Also war Papa jetzt wieder im Altenheim und während der ganzen Fahrt dorthin überlegte ich, wie oft ich diese Strecke nun schon gefahren war. Ganz in Gedanken versunken, stellte ich fest, dass ich gar nicht wusste, ob das Münsterland schon hinter mir lag oder ob es noch zu durchfahren war. So konnte es auf keinen Fall weitergehen. Grete lag mir schon seit einiger Zeit damit in den Ohren, dass genau so die besten Unfälle passieren. Ironie mit einer Prise Zynismus, wann immer möglich gern von meiner kleinen Schwester Grete angewandt, die mich in Wahrheit um einiges an Körpergröße übertraf.

Ernsthaft nahm ich mr vor, mich jetzt zusammen zu reißen und dem entsprechend konzentrierte ich mich auf die Straße und stellte beim Blick auf das nächste Hinweisschild fest, dass ich nur noch ein paar Kilometer zu fahren hatte.

Mittlerweile machte ich mir schon vor dem Besuch Mut, um nicht gar so erschüttert über Papas Zustand los zu heulen.

Ilona grüßte mich stumm und stand umständlich aus Papas braunem Fernsehsessel auf, den er als einziges, persönliches Möbelstück hatte mitbringen dürfen. Offensichtlich war sie erschöpft eingenickt, gab mir aber beim Eintreten sofort ein Zeichen, mit ihr auf den Flur zu gehen.

Ein Blick auf Papas kleine Gestalt beruhigte mich dennoch. Wenn man davon reden konnte, so machte er einen zufriedenen, entspannten Eindruck. Ilona hingegen sah blass aus, ihre Urlaubsbräune nach kürzester Zeit der ständigen Betreuung von Papa geschuldet.

„Jetzt hat er es bald geschafft. Ich kann dat inzwischen spüren!"

Das glaubte ich ihr sofort! Niemand von uns Geschwistern hatte ein dermaßen leidgeprüftes Schicksal wie Ilona. Nachdem ihr kleiner Sohn verstorben war, erlitt bald darauf ihre große Liebe Jo, der Vater vom verstorbenen Florian, einen Herzinfarkt, an dessen Folgen er starb. Ilona versuchte von da an, nur noch zu funktionieren, Zeit zur Trauer hatte sie kaum, musste sie sich um den Verkauf des Hauses und der Geschäfte kümmern. Sie zog fort von Bottrop Richtung Sauerland und wollte dort, in fremder Umgebung ein neues Leben beginnen.

Nach ein paar Jahren hatte sie wieder soviel Lebensmut, zurück zu ziehen in ihre Heimat, nicht allein wegen ihrer neuen Liebe zu einem Mann, der endlich dazu in der Lage war, ihr ein ruhiges, überschaubares Leben zu bieten.

„Du kannst ganz beruhigt nach Hause fahren. Margarethe und ich kriegen das hier ganz gut hin. Ab und zu kommen die Mädels und Jungs vorbei, am meisten Tommy!"

Das erstaunte mich sehr, denn früher gab sich Thomas alle Mühe, uns glauben zu lassen, dass es niemals zwischen den beiden grundverschiedenen Männern zu so etwas wie einer guten Beziehung hätte kommen können. Allerdings, und das stimmte mich sehr nachdenklich, hatte ich ihn bei der Begleitung Papas im Krankenhaus so regelmäßig getroffen wie sonst keinen anderen meiner Brüder. Zuverlässig wie ein Uhrwerk war Tommy an Papas Bett zu finden, und wenn es nur ein viertel Stündchen war, kurz vor Tommys langer Schicht, wertvolle Zeit um Papa wenigstens zu begrüßen, um zu sehen, wie es um ihn stand.

Über den dampfenden Kaffee hinweg sah ich Ilona an. Sie erzählte, dass Tommy der Meinung sei, Vater hätte uns noch etwas zu beichten und könne deshalb nicht sterben. „Dasselbe sagte er zu mir im Krankenhaus. Aber da ist Hopfen und Malz verloren; jedenfalls kann Papa nichts mehr zu diesem Thema sagen!"

„Weißte, wat ich glaub?" setzte Ilona an. „Wenn er könnte, würde er uns sicher um Verzeihung bitten für die aufregende Zeit mit dieser schrecklichen Frau Schiefer."

Gedanken verloren nickte ich zustimmend. Das war und blieb der folgenreichste Fehler unseres Vaters, mit dem er sich seinen Lebensabend gründlich verdarb.

Lebhaft konnte ich mich an seinen Geburtstag im Jahr nach Mamas Tod erinnern. Voller Sorge machten wir uns auf den Weg, den Opa zu besuchen, nachdem er immer häufiger am Telefon über seine Einsamkeit geklagt hatte. Aber zu spät, eine hässliche Frau saß in Puschen auf Mamas Platz am Tisch und schwadronierte mit schwerer Zunge dummes Zeug.

Auf meine Frage, ob das eine neue Nachbarin sei, die mal schnell zum Gratulieren vorbeikam, sah ich in das entrüstete Gesicht meines Vaters, der mir gerade noch sagen konnte: „Den Zahn lass dir mal ziehen", bevor eine Schnapsdunst umwehte, neugierige Alte ihn schlicht beiseite drängte.

„Na Hubertus, hast du dat deinen Kindern immer noch nicht gebeichtet?" Schadenfroh grinste sie uns mit völlig verlotterten Zähnen an. Der Gestank nach zuviel Weinbrand und grauchten Zigaretten, der von dieser eiskalten Frau ausging, machte mir zu schaffen.

Aber die größte Sorge galt meinem Vater, der auf ein höchst professionelles und gleichsam menschenverachtendes Eheanbahnungsinstitut hereingefallen war, das skrupellos dessen widerlichste Ladenhüterin an den ahnungslosen, einsamen alten Mann, unseren Vater, loswurde. Ich weigerte mich, das zu glauben.

Für den Spottpreis von fünftausend Euro hatte er den allerletzten Ausschuss erstanden, eben diese Frau, die sofort die Gunst der Stunde nutzte und direkt in unser Elternhaus zog.

Völlig verdattert ob dieser skurrilen Situation wusste ich nicht, was ich schlimmer finden sollte, den Verrat an unserer Mutter, denn anders konnte man bei allem guten Willen diese Geschmacksverirrung Papas nicht nennen oder dass er nicht einmal einen Gedanken daran verschwenden mochte, mit seinen erwachsenen Kindern über seine Probleme zu sprechen.

Wie gewöhnlich verbat Vater sich grundsätzlich, seine Entscheidung anzuzweifeln.

Bitter bereute er sein Verhalten erst einige Jahre später, als er nicht nur alle Schulden dieser Frau beglichen hatte, sonder auch noch von ihr nach allen Regeln der Kunst bestohlen worden war.

Böse Zungen behaupteten, dass diese Hexe ihn auch noch verdrosch, wenn er nicht schnell genug seine Geldbörse zückte. Mittlerweile körperlich geschwächt war er nicht mehr dazu in der Lage, sich von diesem Aas zu befreien.

Mit vereinten Kräften schafften es meine Geschwister vor Ort, diese Frau, wenn man sie so nennen mochte, nach vielen, oft sehr bösen Auseinandersetzungen und wiederholten, mehrmaligen Aufforderungen, das Haus zu verlassen, aus demselben hinaus zu werfen, nachdem sie ihr zuvor noch dazu eine Wohnung anmieten mussten. Durchtrieben wie ich sonst keinen Menschen kannte, schaffte sie es trotzdem noch unbeobachtet aus dem Gefrierschrank im Keller Geld zu holen, das sie dort in weiser Voraussicht gebunkert hatte.

Nach dieser abgrundtiefen Enttäuschung als alter Mann mit soviel Lebenserfahrung dermaßen getäuscht und betrogen zu werden, zog sich Vater immer weiter in sich zurück, bis er nicht lange danach nicht mehr fähig war, allein zu leben.

Natürlich, und da gab es für Ilona überhaupt keinen Zweifel, richtete sie in ihrem Haus ein altengerechtes Zimmer für unseren Vater ein, der schon bald nach einem Krankenhausaufenthalt dort einziehen konnte. Als dann, nicht lange danach, auch noch Jo verstarb, sah selbst Ilona ein, dass sie es allein körperlich und erst recht psychisch nicht mehr leisten konnte, unseren an Demenz erkrankten Vater rund um die Uhr zu betreuen.

Sein letztes Zuhause fand Papa just in dem katholischen Altenheim, in dem er nun lag und nun wohl doch auf seine Erlösung wartete.

Nach einem langen Gespräch mit Ilona am Bett unseres sterbenden Vaters machte ich mich erleichtert auf den Weg, zurück nach Hause, zurück in meine Geborgenheit.

Nachdem Ilona als Friseurlehrling im Salon „Schöne Welle" unter der Aufsicht ihres äußerst kleinlichen und unfreundlichen Chefs, Herrn Schock zu arbeiten begonnen hatte, änderte sich schlagartig ihr Aussehen.

Ständig, mitunter einmal in der Woche wechselte Ilona ihre Haarfarbe von platinblond über hell- und dunkelmahagonibraun bis hin zu kastanienrot und schließlich pechschwarz.

Vater schlug die Hände über dem Kopf zusammen, wenn Ilona nach einer solchen Färbeaktion nach Hause kam. „Mädchen, du bist ja nicht wieder zu erkennen. Wie kannse nur sone Mätzchen machen?" „Papa, du has keine Ahnung! Dat trägt man jetzt so!" Supermodern trug Ilona natürlich auch ihr Haar im Bubikopfschnitt, dabei reichte die Ponypartie bis zu den strichfeinen Augenbrauen. Über den ganzen Kopf hinweg und ab dem Hinterkopf sogar noch höher autoupiert leistete der ungleich gezackte Kamm beachtliche Rekorde. Die beiden Haarsträhnen, die als

Sechs geformt ins Gesicht fielen, wurden Abend für Abend mit viel flüssigem Haarfestiger eingerieben und mit Klipsen über Nacht fixiert, sodass die starren Wellen den Tag über im Salon überstanden. Kathi und Klara liefen nur noch mit Röllekes herum, um die völlig schnurgeraden Haare zu lockigen Frisuren aufzumotzen. Kathis Haar wurde von Ilona in mühevoller Arbeit solange blondiert, bis es der platinblonden Nuance vom Haar der Marilyn Monroe glich. Klara dagegen schätzte ihren dunkelbraunen Naturton, der durch flüssigen, rötlichbraunen Mahagonifestiger in einem winzigen Glasröhrchen aus der Drogerie Elpenbach einmal in der Woche glänzend aufgepeppt wurde.

„Kannse mir ma die Haare machen?" bat ich Ilona inständig, „aber nich so wie ne olle Oma, sondern chic in Streichholzlänge, wie dat jetz modern is!" Ein paar Stufen mehr als gewöhnlich, dafür aber nach dem letzten Schrei geschnitten, gefiel ich mir beim Betrachten im Spiegel.

Ilona schminkte sich so, wie es ihre zusammen gesparten Utensilien vom geringen Lehrgeld hergaben. Sie trug den Eyeliner ziemlich dick zu einem dramatischen Augen Make-Up auf und erinnerte mich damit sofort an Kleopatra.

„Mein lieber Scholli," rief Monika erstaunt, „du has den dicksten Gliedstrich, den ich jemals gesehn hab." Auf solche unqualifizierte Äußerung musste selbst Ilona mit ihrer bekannt großen Klappe passen. Allerdings perfektionierte sie wie keine zweite mit sechsfach getuschten Wimpern den Augenaufschlag immer und immer wieder vor unserem neuen Spiegelschrank im Bad.

„Hömma Moni, du bis son Schussel, wie kann et bloß möglich sein?"
Ilona stand direkt am Allibert Spiegelschrank, beim Ausatmen beschlug der Spiegel kreisrund. Sie quetschte zwischen abgebrochenem rechten Zeigefingernagel und linkem, stellenweise noch rosa lackiertem Nagel einen dicken, fetten Eiterpickel aus, ein grüngelber Strang legte sich auf den abgebrochenen Nagel. Die malträtierte Hautstelle errötete im Nu und wurde mit 4711 abgetupft und einem ächzenden „Auah, verfluchte Kacke!" versorgt. Mit gebotener Sorgfalt strich Ilona vorsichtig etwas von ihrer neuesten Anschaffung darüber, Stepinpuder. Angeblich sollte der

eklig riechende, rotbraune Puder weitere Entzündungen verhindern. Allerdings schaffte dieser Puder es im Handumdrehen, Ilona irgendwie maskenhaft aussehen zu lassen.

Als Ilonas geduldiges Modell saß ich im Salon „Schöne Welle" unter der nagelneuen Trockenhaube, die einen Ohren betäubenden Lärm verursachte, dafür aber, so Meister Schock, turboschnell die Haare trockne.

Felsenfest davon überzeugt, dass die restliche Kundschaft im Salon ob der Lautstärke der Trockenhaube genauso wenig hörte wie ich selbst, sang ich ohne den leisesten Anflug von Scham zum Herz erweichen schön. Pudelwohl fühlte ich mich unter dem zwar irre lauten Gebläse, was meiner guten Laune jedoch keinerlei Abbruch tat. Als würde ich dafür bezahlt, gab ich mein Bestes und schaffte es ohne Probleme, mit meinem Gesang alle Geräusche zu übertrumpfen. „Bist du allein, von allen Freunden verlassen, dann geh in die Stadt, Downtown!"

Hurtig wie ein Wirbelwind kam Ilona mit hochrotem Kopf an den Friseurstuhl geflogen, so peinlich berührt hatte sie schon lange nicht mehr ausgesehen. Sie verdrehte ihre Augen und bat mich inständig, doch bitte leiser zu singen, wozu sie langsam mit ausgestrecktem Zeigefinger unter der Halsfalte entlangfuhr. Dennoch rief sie freundlich und für jeden verständlich, dass die anderen Damen im Friseursalon doch schon gern das Radioprogramm weiterverfolgen mochten.

Vorsichtig schaute ich mich um. Mir war schon klar, dass ich mich bis auf die Knochen blamiert hatte. Langsam lugte ich unter der Haube hervor. Die Frauen lächelten reihum demonstrativ großzügig, aber auch eine Spur schadenfroh, vollkommen unabhängig davon, wie blöde sie selbst mit ihren Lockenwicklern und Wellenklammern auf dem Kopf dreinschauten. Ilonas Blick und Schulterzucken verrieten, dass ich mir das selbst eingebrockt und so die Suppe auch selbst auslöffeln müsse.

Derweil brachte sie aus dem Salon die tollsten Arztromane mit, etwa „Der lange Weg ins Glück der Nachtschwester Hildegard" schon etwas zerfleddert, aber für die ausgedehnten Sitzungen auf der Toilette, gern nach dem Mittagessen, ganz passabel. In wirklich jeder Folge der Groschenromane ging es darum, den jungen, hübschen und adretten, stets gut gelaunten und immer liebenswerten Assistenzarzt zu kriegen, wie Ilona das nannte, fast wie im richtigen Leben.

Onkel Emil schenkte unserem Vater die bereits gelesenen „Readers Digest", eine Art staubiger Verbrauchsphilosophie, angeblich aber etwas anspruchsvoller als die Arztromane aus dem Frisörsalon, die von mir auf der Stelle verschlungen wurden. Ich las aber auch die Bäckerblume oder das katholische Mütterblatt, Hauptsache das behandelte Thema war irgendwie interessant und hatte etwas mit dem Leben anderer zu tun.

Überhaupt zog ich mich gern ins Bad zurück, um meine Ruhe zu haben und die sich langsam verändernden Körperformen gebührend im Spiegel zu betrachten und dazu brauchte ich alle Zeit der Welt.

Meine Freundin Uschi hatte mir nach dem Schwimmunterricht im Hallenbad am Markt gezeigt, wie man mit dem Badetuch den Rücken wunderbar frottieren konnte, ohne sich großartig anstrengen zu müssen. Indem man das große Tuch mit beiden Händen hinter dem Rücken festhielt und denselben trocken rubbelte, bedeutete das eine Zeitersparnis von mindestens fünf Sekunden. Die Tipps von meiner Freundin waren genial!

Das Problem lag in unserem kleinen, engen Badezimmer. Ständig lief man Gefahr, sich irgendwo zu stoßen oder blaue Flecken beim Abtrocknen einzuheimsen.

Ausgesprochen albern und blöd bis dort hinaus fand ich es dementsprechend, als in diesem Jahr, nach dem Desaster im Haus Waldfrieden der Nikolaus zu uns nach Hause kam, um uns sozusagen eine Privatvorstellung zu geben. Ungeduldig klopfte er ständig an die Badtür und rief: „Christine, jetzt komma wacker aussem Badezimmer raus. Du brauchst doch keine Angst vor mir zu haben, Christine! Christine?" Er riss an der Türklinke herum, dass ich dachte, er wolle unbedingt zu mir ins Bad, um das Problem an Ort und Stelle zu klären, wenn ich schon nicht bereitwillig zu den Geschwistern ins Wohnzimmer käme.

So gab ich mich geschlagen, hochnotpeinlich berührt schloss ich die Tür auf, dunkelrot angelaufen bis zum Haaransatz, als der Arbeitskollege meines Vaters in seiner albernen Verkleidung mir frech ins Gesicht grinste: „Na, dat wurde aber auch mal Zeit. Wat machse denn die ganze Zeit da drinnen?" Mama stand an der Seite von Herrn Kleinert alias Nikolaus und musste sich den Bauch halten vor Lachen. Ich traute meinen Augen kaum; könnte es denn wirklich sein, dass sie schon wieder schwanger war?

Kleinlaut setzte ich mich auf die Lehne der Couch zu den Jungs, die wie auf einer Hühnerleiter das Sofa bevölkerten, Monika saß brav auf dem Sessel. Schadenfroh lachten auch die Kleinen. „Jetz hab dich ma nich so! Tine komm zu uns hier aufe Couch!" Eifrig rückten sie zusammen, Thomas und Klaus feixten zum Gott erbarmen und wollten sich ausschütten vor Lachen. Nachdem der Möchtegern Nikolaus unverhohlen einige Male demonstrativ auf seine Armbanduhr guckte, ging diese peinliche Veranstaltung recht zügig vorbei. Er drückte jedem eine Tüte, gefüllt mit von Mama und Kathi liebevoll ausgesuchten Süßigkeiten und selbst gebackenem Weihnachtsgebäck in die Hand, verabschiedete sich hastig und verschwand mit wehendem, langem Mantel.

Zum Glück gab es zum Abendbrot eine neue Delikatesse, die Clemens Wilmenrod, der erste Fernsehkoch kreierte: Toast Hawai. Der Duft nach Ananas, gekochtem Schinken und geschmolzenem Chester Käse zog durchs Haus und vor lauter Vorfreude auf diese neue Spezialität lief mir das Wasser im Mund zusammen. Eine hungrige Meute bevölkerte erwartungsvoll unseren Esstisch. „Vorsicht, heiß und fettig!" scherzte Kathi, als sie die knusprig gebackenen Toastscheiben auf unsere Teller verteilte und sich schon selbst freute auf den neuen Genuss.

Jedoch ließ ich schon den zweiten Bissen wieder auf den Teller sinken, legte meine Hände schützend auf den Bauch, krümmte mich und versuchte ein Stöhnen zu unterdrücken. „Hier werden keine Otten gemacht! Bild dir dat bloß nich ein!" blaffte Vater mich gleich an. „Wat hasse denn, Tine? Doch nich etwa schon widder n flotten Willi? Trink ma n Schluck Pfefferminztee! Der schmeckt immer!" meinte es Moni gut mit mir. Wenn ich irgendetwas nicht ausstehen konnte, dann war das ganz sicher Pfefferminztee. Schon beim Gedanken daran wurde mir übel. Beim Aufbrühen von dem angeblich so wohltuenden Getränk musste ich die Küche verlassen, um nicht spucken zu müssen.

Klara legte ihre Hand auf meine Schulter, schaute mich mitfühlend an. „Komm mal mit, ich zeig dir mal was, Tine!" Irritiert folgte ich Klara ins Bad. Natürlich war mir nicht entgangen, dass meine älteren Schwestern einmal im Monat ihre Periode unterschiedlich heftig durchlitten. Ilona lief dann leichenblass mit dunklen Ringen unter den Augen tagelang mit der Wärmflasche herum.

Im Aufklärungsunterricht bei Frau Baum hörten wir allerdings, dass die Menstruation etwa im Alter von vierzehn Jahren einsetzt. Darauf hatte ich mich felsenfest verlassen, doch das untrügliche Zeichen, ein wenig schmieriges Blut in meiner Unterhose überzeugte mich auch schon vorher vom Gegenteil.

„Guck ma Tine, dat sind Monatsbinden. Die musst du von jetzt an jeden Monat benutzen." Klara kramte ein rosafarbenes Kunststoffpaket hervor, worauf „Camelia perfekta" stand. „Wat um alles in der Welt soll daran bitte sehr perfekt sein?"

Ich verdrehte die Augen. „Und solch ein Wattemonstrum hast du jeden Monat tagelang zwischen den Beinen?" „Komm Tine, so schlimm ist dat auch wieder nicht! Oder willst du mal versuchen, ob du mit meinen Tampons zurechtkommst?" Sie zog aus dem Allibertschrank eine weißblaue Verpackung heraus, auf der „Tampax" stand und gab mir die bebilderte Anleitung zu lesen.

„Benutzen Sie die Anwenderhülsen" stand dort zu lesen, „indem Sie die größere vor Ihren Scheideneingang schieben und die kleinere Hülse hineindrücken. So hat der Tampon die richtige Lage."

Jetzt bin ich also erwachsen schoss es mir durch den Kopf, denn immerhin wurde ich respektvoll auf der Bedienungsanleitung mit „Sie" angesprochen. Allerdings bedurfte es eine ziemlich große Anzahl von Tampons zum Üben, bevor ich diese, jeden Monat von neuem benötigte Technik, beherrschte. Immerhin fühlte ich mich so an den besonderen

Tagen nicht eingeengt. Nichts fand ich blöder, als manche Schulkolleginnen, die sich leichenblass und verschämt beim Sportunterricht auf den Bänken herumdrückten und aller Welt den Eindruck von todkranken Mädels vermittelten, der muffig erdige Geruch von eingetrocknetem Blut in ihren Binden waberte durch die Turnhalle.

Raumnot

Tatsächlich, ich hatte mich nicht versehen, meine Mutter bekam Kind vierzehn, für mich unbegreiflich und nicht mehr vorstellbar. Vater stellte in das Elternschlafzimmer ein zweites, kleines Kinderbettchen, sodass die Kleinen direkt bei unserer Mutter schliefen und falls es nötig wurde, Mama direkt eingreifen konnte.

Und selbst nach der Geburt vom dreizehnten Kind, unserem Lukas war Mutters Gesicht glatt und ohne jedes Fältchen. Das war ein Umstand, den einige, wesentlich jüngere Nachbarinnen mit Argwohn und Neid zur Kenntnis nahmen.

Mutter behielt ihr Geheimnis für sich, dass sie ausschließlich „Hormocenta-Creme" benutzte, wofür die von ihr heftig verehrte Marika Rökk immer noch Reklame lief, wobei die umstrittene Schauspielerin für mein Gefühl steinalt gewesen sein muss.

Lukas, unser friedlicher Kleinster lag oft zufrieden in seinem Kinderbett und schaute neugierig mit weit aufgerissenen, funkelnd blauen Augen zu, damit er auch nicht die kleinste Kleinigkeit verpasste, bevor er mit lauter Stimme an seine nächste Mahlzeit erinnerte. Mit der Melodie „La le lu" aus der etwas blechern klingenden Spieluhr ließ sich Lukas bis zur nächsten Flasche beruhigen. Dann erzählte er die schönsten Geschichten im Kauderwelsch der Lütten, versuchte ehrgeizig die Sprache zu entdecken und sie unbedingt auszuprobieren: „Gö, gö, gö. Mmh, ha!"

Wir älteren Geschwister waren in die komplette erste Etage gezogen. Aus der ehemaligen Küche wurde ein Jungszimmer für Peter, Klaus und Thomas, das Mädchenzimmer teilten sich Kathi, Ilona, Moni und ich, Klara bekam das Einzelzimmer. Die Zeit der Zaubertöpfe lag schon lange hinter uns und glücklicher Weise auch die des Pinkelpotts endgültig, denn von nun an konnten wir unser eigenes Bad genießen. Unser ehemaliges Mädchenzimmer bekam natürlich unsere älteste Schwester Klara. Mit sicherer Hand richtete sie es geschmackvoll ein, natürlich mit einem so genannten Jugendzimmer in Nussbaumholz, ergänzt durch einen selbst geschreinerten Schreibtisch von Vater, der sich genau in eine Ecke des Zimmers einfügte. Mir kam das um zwei Doppelstockbetten ärmere Zimmer wie ein gigantischer Palast vor.

Der riesige, schöne Kleiderschrank aus Birnbaumholz wanderte mit in das ehemalige Wohnzimmer der Familie Olszinski, die es einige Zeit vorher nach Sterkrade in die alte Heimat zurückgezogen hatte.

Ein Doppelstockbett für Margarethe und Gaby füllte den ansonsten als großes Wäschezimmer genutzten Raum, in dem weitere Schränke unsere Kleidung und die Wäsche unserer ganzen Familie aufnahmen. Mir kam es so vor, dass solche praktischen Möbelstücke wie Doppelstockbetten einzig und allein für unsere riesige Familie erfunden worden waren.

Die kleinen Jungs, Ralf, Christian und Lukas fanden Platz in der unteren Etage. Höchste Zeit für noch mehr Wohnraum, den Papa selbstredend in Eigenarbeit auf unserem Dachboden ausbaute.

Wenn Vater von nun an von der Frühschicht nach Hause kam, aß er zu Mittag und anschließend arbeitete er auf dem Speicher, wie der Dachboden immer noch von Mama norddeutsch bezeichnet wurde. Selbstverständlich, als wäre es das Natürlichste von der Welt, war dieser Ausdruck auch in unseren Sprachgebrauch übergegangen.

In den Herbstferien, bei uns immer noch die guten, alten Kartoffelferien, brannten überall im ganzen Viertel Kartoffelfeuer. Der raue Geruch brannte in der Kehle, der Duft nach angebrannten Kartoffeln lag ausdauernd in der Luft, untrügliche Zeichen dafür, dass das Jahr langsam dem Ende zuging. Der Wind kämmte die Felder glatt, bunte Blätter raschelten, wenn wir uns einen Spaß daraus machten, sie mit den Füßen durch die Gegend zu treiben. Die Herbstferien hatten begonnen und wenn der Wettergott es gut mit uns meinte, durften wir direkt nach dem Frühstück den noch verbliebenen, wenigen Bauern in unserer Gegend helfen, die letzten Kartoffeln aufzulesen. Als Bezahlung gab es mit Erdkrusten übersäte, neue Kartoffeln, die sich in einem der vielen Kartoffelfeuer in knusprige, leckere Backkartoffeln verwandelten. In weiser Voraussicht nahm Kathi dann einen kleinen Salzstreuer von zuhause mit, der im Handumdrehen eine Delikatesse aus den frischen, wunderbar krossen Kartoffeln zauberte. Irgendwann wurde es selbst am Feuer zu kühl und wir gingen nach Hause, um uns aufzuwärmen. Nur unsere Jungs blieben meistens noch draußen und trieben ausgelassen ihren Schabernack.

Klaus und Thomas kamen abends quietsch vergnügt mit geröteten Augen vom Kokeln am Feuer zu uns in die Küche. Klaus lachte schallend, zog seine nach Ruß stinkende Pudelmütze vom Kopf, nahm irgend etwas graues, Zappelndes heraus und setzte zu meinem Entsetzen eine klitzekleine Feldmaus vorsichtig auf den Boden. Die Maus schaute aus winzigen, nussbraunen Augen irritiert zu uns hoch, suchte einen Fluchtweg und flitzte dann ängstlich im Zickzack orientierungslos hin und her.

„Tür zu!" brüllte Ilona, stets für eine praktische Idee gut, Moni kreischte und stand im nu auf einem alten, wackeligen Stuhl, brachte wie immer nichts anderes zustande, als sich mit schreckgeweiteten Augen aus dem Verkehr zu ziehen. Verdutzt guckte ich Kathi an, die fieberhaft überlegte und bölkte: „Aufpassen, dat die Maus nich stiften geht!" Hektisch fing ich an zu suchen und mir schwante schon nichts Gutes, als Vater aus seinem Allerheiligsten kam, von wo aus er unsere plötzliche, hektische Betriebsamkeit bemerkte.

„Wat is n hier los?" grollte er, Klaus hatte sich vorsichtshalber und in weiser Voraussicht nach oben verdrückt. „Mann, Mann, Mann!" Planlos hob Vater kopfschüttelnd die Stühle an, rückte die schwere Kommode beiseite, ächzte und schimpfte dabei. „Verdorri noch mal, kann man denn hier nie in Ruhe arbeiten? Ist dat denn nich einmal möglich? Kla-aus, sofort runterkommen, aber dalli! Sofort hilfst du beim suchen! Wenn du die Maus nich findest, hat dein Arsch Hochzeit, dat kann ich dir versprechen, hoch und heilig! Ein Mann, ein Wort!" Nun übernahm Papa auch schon Mamas komische Ausdrucksweise. Nachdenklich grübelte ich darüber nach und fegte dabei automatisch alle Ecken picobello sauber.

Hektische Aktivität machte sich in der Küche breit, jeder wollte helfen, das Mäuschen zu retten und selbst Moni kam wie ein Storch vom Stuhl gestelzt.

In Sekundenschnelle wurde der Müll herausgetragen, Schränke von der Wand abgezogen und endlich bequemte sich auch Klaus dazu, uns tatkräftig bei der Suche nach der Maus zu unterstützen. Zuerst stand er wie bestellt und nicht abgeholt mitten in der Küche, seine störrischen, immer noch weizenblonden, streichholzkurzen Haare standen vom Kopf ab. „Mama hol mich vonne Zeche, ich kann dat Schwatte nich mehr sehn!" versuchte er witzig zu sein. Da hatte er sich aber gewaltig mit der Großzügigkeit Kathis verrechnet. „Hör auf zu schwafeln, Klausi, ab durch die Mitte. Da kannse lange warten bis wir lachen!" Ächzend ging er auf alle Viere und griff zielsicher unter den alten Küchenschrank und angelte blind mit ausgestrecktem Arm herum, bis er tatsächlich das ängstliche Mäuschen am Schwanz zappelnd in die Höhe hielt.

„Bring dat arme Dier bloss schnell raus, bevor der Vadder dat inne Finger kriegt. Der macht kurzen Prozess damit!"

Während der ganzen, hektischen Suchaktion wurde automatisch die ganze Küche gründlich geputzt und blitzeblank und zwar von allen Geschwistern, was einen gewissen Seltenheitsgrad hatte. Ganz besonders schien das unseren Vater zu freuen, wenn er es auch niemals zugegeben hätte.

Vater kehrte erleichtert auf den Dachboden zurück, verlegte dort die Heizung und machte somit laut Mutter seinen Lieblingsjob. Das J sprach sie dabei nicht englisch aus, was sich irgendwie niedlich anhörte und gar nicht nach harter, unaufhörlich Schweiß treibender Arbeit.

In unsere dritte Etage zog Vater neue, unvergleichlich dünne Wände ein aus einem neumodernen Baustoff namens Rigips, was immer das auch heißen sollte. Nach Papas Planung sollten zwei gleichgroße Zimmer, ein kleiner Flur und eine winzige Toilette mit Waschbecken entstehen. Im Giebel des späteren Mädchenzimmers setzte er ein quadratisches Fenster ein, das unter Androhung drastischer Strafen wegen der Sturzgefahr niemals weit geöffnet wurde, das Jungszimmer putzte sich heraus mit einem großen, neumodernen Dachflächenfenster.

Beide Zimmer legte Vater mit einem knisternden Teppichfußboden aus, der unglaublich praktisch und pflegeleicht, aber auch abgrundtief hässlich aussah und beschaffen war aus graugrün changierender Kunstfaser. „Dat is ganz moderne Auslegeware, guck ma, der neue Filzboden hier! Dat is einfach nicht zu übertreffen. Einmal kurz Staub gesaugt und fertig ist die Laube! Toll!"

Unter lautem Fluchen setzte Papa in das kleine Toilettenkabäuschen rund um das eckige Waschbecken einen kunterbunten Fliesenspiegel, in dem die Restposten der Firma Thewes, Papas ehemaligem Lehrherrn, Platz fanden. Eine dunkelbraune Schiebetür, die laut ratternd auf schwergängigen Rollen lief, schloss den klitzekleinen Raum unter der Dachschräge ab und machte dabei solch einen Radau, dass man sie bequem unten im Erdgeschoss in der Küche hören konnte.

In Windeseile wurde von Mama und Papa fleißig in Nachtarbeit tapeziert mit Raufaser, der supermodernen musterlosen Tapete und wir waren richtig dankbar, dass wir uns die Farben für den Anstrich selbst aussuchen durften.

So experimentierfreudig wie unser Vater auf der einen Seite ausprobierte, so festgelegt hätte er sich im anderen Falle hundertprozentig für ein rosarotes Mädchenzimmer entschieden. Nein, das Zimmer erhielt einen himmelblauen Anstrich, einstimmig entschieden und abgestimmt! Endlich bekamen wir die lang ersehnten Umbauliegen, die nachts als Bett und tagsüber als Couch dienten. Allerdings erfüllte sich die Vorstellung unseres Vaters nie so ganz, mit Hilfe dieser schmucken Ausziehliegen stets und ständig Ordnung halten zu können. Der dazugehörige Bettkasten wurde weitestgehend geschont oder zweckentfremdet für irgendwelchen Kram, den wir gerade nicht brauchten und der zack, zack dahinter verschwand.

Wir bezogen im Frühsommer 1968 diese wunderbare dritte Etage, unseren Speicher oder Dachboden, der uns Mädchen wegen der räumlichen Abgeschiedenheit ein wenig mehr Freiheit und Selbstständigkeit verhieß.

Nach unaufhörlichem Betteln bekam ich sogar die alten Wohnzimmermöbel aus dem Osterfelder Wohnzimmer geschenkt und strich den kleinen Vitrinenschrank mit aller gebotenen Sorgfalt in einem kräftigen tomatenroten Ton. Dem runden Tisch sägte ich die hohen Beine ab und verpasste ihm einen marineblauen, hochglänzenden Anstrich. Zufrieden schaute ich auf mein Werk, als Papa an dem Tisch kräftig ruckelte, dessen Beine nach mehrfachen, mühevollen Sägeversuchen mit der rostigen Säge immer ein Stück weiter ungleich wurden. Wieder und wieder gab der Tisch dem fachmännischen Rütteln nach, wackelte bei der kleinsten Erschütterung und hatte eine gewisse Ähnlichkeit mit einem Tisch vom Schiff auf hoher See, auf seine ganz spezielle Weise abschüssig.

Außergewöhnlich großzügig brachte Vater die Beine des Wackeltisches auf ein gleiches Maß. „Dann will ich mal nich so sein!" kam Vater stolz mit seinem neuesten Stück, einer Black und Decker Elektrosäge in unser schönes, neues Zimmer und im Handumdrehen waren die vier Beine meines runden Tisches gleichlang und standsicher.

Jedoch, spätestens als Jan zur Welt kam, ging die niemals enden wollende und jedenfalls für mich inzwischen langweilige Arbeit vor allem für uns Mädchen von vorn los. Einerseits gehörte der Familiennachwuchs für uns schon zum Alltag, andererseits blieb für wichtige Unternehmungen kaum mehr Zeit übrig. Wie immer kam Tante Lina ins Haus, die glücklicher Weise unterdessen ihrem Fred endgültig den Laufpass gegeben hatte. Sie schien nicht mehr so angespannt und zwischen Mama und Tante Lina kam es tatsächlich zu einer vorsichtigen, man konnte fast sagen vertrauten Beziehung.

Unsere überaus fleißige Perle, unsere Tante Lina, die mittlerweile schon fast zur Familie gehörte, arbeitete zunächst einmal den riesigen Wäscheberg ab, der sich vor der neuen Waschmaschine auftürmte. Mein Vater, der Technikfreund erwarb wieder einmal, den verheißungsvollen Werbesprüchen vollkommen erlegen eine kaum getestete, dafür aber umso modernere Waschmaschine. Diese vollautomatische Waschmaschine, die nach seiner unumstößlichen Meinung über ein ausgeklügeltes System verfügte, hatte von Anfang an ihre Tücken, weil sie nämlich mit wenig erprobten Programmkarten mehr oder weniger, eigentlich nie richtig funktionierte.

Verlässlich brachte die neuartige Waschmaschine, völlig ohne ausgereifte Technik die einfachsten Programme vollkommen durcheinander und schon nach ein paar regelmäßigen Waschladungen streikte sie vollends. „Himmel, Arsch und Zwirn, kann man sich denn heutzutage noch nicht mal mehr auf die Technik verlassen?" brüllte Vater durch das ganze Haus. Wieder einmal kam die Buntwäsche eingelaufen und unbrauchbar geschrumpft, stundenlang zuvor gekocht aus der Waschmaschine.

„Christine, fahr sofort zur Post und ruf den Kundendienst bei Karstadt an!" Im Stillen verfluchte ich zum hundertsten Mal, dass wir als einzige Familie in unserer Straße immer noch kein Telefon besaßen. Trotzdem sauste ich schnell mit meinem klapprigen Fahrrad zur Post am Markt, um an dem mir so fremden Fernsprecher stotternder Weise mit hochrotem Gesicht und Haaren, die im wahrsten Sinne des Wortes zu Berge standen, den Kundendienst anzufordern.

Gnädig hatte Bubi, ein junger Postbeamter mir zugenickt, als ich mich danach erkundigte, ob die Telefonzelle frei sei. Die schwere, behäbige Tür zu diesem außerordentlich dunklen Verlies ließ sich nur mit reichlich Kraftanstrengung öffnen.

Das hatte mir gerade noch gefehlt!

Der junge, pickelige Mann am Schalter schaute direkt an mir vorbei, an seiner Nasenspitze konnte ich ihm ansehen, wie peinlich selbst ihm mein viel zu lautes Telefonat war, hatte er doch Wort für Wort alles mit anhören können, ohne sich dabei auch nur ein wenig anstrengen zu müssen. Mit der gespreizten rechten Hand schob er seine fettigen Haare seitlich locker unter die Kappe zurück. „Macht zwanzig Pfennig." Mit zittrigen Fingern nahm ich das Wechselgeld, diesmal rot vor Wut auf meinen vermeintlich fortschrittlichen Vater und verließ mitfliegenden Fahnen die kleine Postfiliale am Markt.

Als ich auf dem schnellsten Wege wieder zuhause ankam, stand Peter mit einem Kumpel vor der Tür. Mein großer Bruder Peter hatte eine Vorliebe für merkwürdige Charaktere. Einerseits schraubte er an Wochenenden mit Jungs ausgiebig an ihren Mopeds herum, die ich durchaus kernig oder dufte, wenn nicht sogar klasse fand. Andererseits aber und das konnte man auf den ersten Blick sehen, umgab er sich mit richtigen Versagern, wie eben diesem Freund Adam.

Während Adam sprach, sammelte sich in seinen eingerissenen Mundwinkeln schaumiger Speichel und das ließ ihn nur noch abstoßender wirken. Widerling dachte ich, ekliger Bursche, dieser Adam. Auf seinen Wangen spross heller Flaum. Linkisch verabschiedete er sich von Peter, die Spitzen seiner Schnabelschuhe schienen dem Himmel zuzustreben.

Um die beiden Freunde unauffällig beobachten zu können, machte ich mir an meinem Fahrrad zu schaffen. Mir fiel auf, dass das einzig Schöne an Adam seine dunklen und zudem überaus dichten Wimpern waren, die sich wie ein Kranz um seine ungewöhnlich graugrünen Augen legten und sie zu verdunkeln schienen.

Peter in seiner großspurigen Art klopfte Adam auf die schmächtigen Schultern: „Machs gut, alter Junge! Und lass mal wat von dir hören!" Wie ich meinen großen Bruder kannte, hatte er das mit allergrößter Sicherheit leichthin dahergesagt, aber Adam freute sich trotzdem. „Jau, du auch, ne?"

Etwa zur gleichen Zeit meinte Vater beim Rechnen mit dem spitzen Stift, dass wir unbedingt Energie sparen müssen und so kaufte er spontan einen Gasherd, weil die Gelegenheit gerade so günstig war. Ohne auch nur ein Sterbenswörtchen über seine Sparpläne zu verlieren, kaufte er kurzerhand einen Herd bei Eisen- und Haushaltswaren Ottokar in der Stadt, weil er sowieso gerade dort zu tun hatte. Ihm waren Dübel und Schrauben ausgegangen. Weder Mama noch Kathi wurden in dieser Angelegenheit zu Rate gezogen, die Überraschung war unserem Vater einmal mehr gelungen. Niemand von uns hatte jemals zuvor mit Gas gekocht.

Diesmal hatte ich es im Gefühl, die Katastrophe war vorprogrammiert! Kathi schlich um den neuen Herd herum, als wolle sie ihn in allen Einzelheiten begreifen. Ständig redete sie sich selber Mut zu und dass Übung den Meister machen solle. Aber so sehr sie sich auch anstrengte, in kürzester Zeit schien Kathi der Verzweiflung nahe, als ihr selbst die Kartoffeln ständig anbrannten. „Dieser verdammte Herd kocht entweder ganz oder gar nicht!"

„Mama, ich schaff dat einfach nich mehr zu kochen, kannse dat ma bitte übernehmen? Ich arbeite wie ein Weltmeister, dat weißt du genau. Aber dat Kochen macht einfach keinen Spaß mehr! Alles andere gerne, wenn ich bloß nicht mehr kochen muss!"

Mutter in ihrer überaus umständlichen, langsamen Art war dieser prompten Energiequelle erst recht nicht gewachsen. Ständig gab es merkwürdiges Mittagessen, alles schmeckte völlig anders als sonst. Kein Gericht konnten wir wiedererkennen. „Alles angebrannt, so wat ekliges ess ich nich!"

„Wat sachse mir dat, ich kann n Lied davon singen!" Kathi verließ beleidigt die Küche, das bis dahin verlässlich leckere Essen, von ihr stets sorgsam mit viel Liebe zubereitet, gehörte der Vergangenheit an. „Dat schmeckt wie Knüppel aufn Kopp!"

Unverschämt wie es manchmal seine Art war, verglich Klaus unsere desolate Küchensituation mit der Hungersnot in Biafra, dem meilenweit entfernten afrikanischen Land. Jeden Abend zur Nachrichtenzeit flimmerten Bilder der unterernährten Kinder mit vor Hunger aufgeblähten Bäuchen in unser Wohnzimmer. Sprachlos guckte ich mir die eindrucksvollen Nachrichten über das Aushungern eines ganzen Landes an, keinen blassen Schimmer davon, ob und wie wir Hilfe leisten könnten. In der Kollekte der Sonntagsmesse wurde, wie mir schien, etwas halbherzig dafür gesammelt.

Papa bestritt seine Fehlinvestition ganz energisch und behauptete, dass das auf den Punkt schnelle Gas die einzige Möglichkeit in einem modernen Haushalt böte, energiesparend zu kochen. Dennoch beschwerten sich mittlerweile alle Familienmitglieder einstimmig über diesen Fehlkauf, niemand von uns war noch länger bereit, den völlig zerkochten und angebrannten, oft nicht mehr erkennbaren Brei zu essen. Im Grunde seines Herzens sehnte sich auch Vater nach den Zeiten zurück, wo es wunderbar zart gegartes Gulasch gab, aber wie immer blieb er viel zu stolz, um sich selbst einen Fehler einzugestehen.

Nachdem wirklich jeder Topf angebrannt und zum Teil durchlöchert nicht mehr zu gebrauchen war, hatte selbst Papa, unser praktischer Technikfreund ein Einsehen und verkaufte den Gasherd genau so schnell wie er ihn erstanden hatte. Mama und vor allem Kathi waren heilfroh, dass sie endlich wieder zum gewohnten, nicht ganz so raschen, dafür aber gemütlicherem Kochen auf dem Elektroherd zurückkehren konnten. Mir kam es so vor, als behandelten wir alle den neuen Elektroherd wie einen lange vermissten, guten alten Bekannten.

Im August 1968, einem sonnigen Ferientag weckte mich Kathi mit den Worten, dass die Russen in die Tschechoslowakei einmarschiert seien und die ganze Welt den Atem anhielt. „An deiner Stelle würd ich nicht in aller Seelenruhe den ganzen Vormittag verpennen, wenn der Krieg schon so gut wie vor der Tür steht!" Erschrocken fuhr ich aus dem Bett hoch und rieb mir die Augen. Selbst in solch dramatischen Situationen behielt sich Kathi einen gewissen Sinn für eigenwillige Komik, stellte ich benommen fest.

Soviel ich wusste, hatte der Prager Frühling so Erfolg versprechend begonnen. Alexander Dubcek, der sympathische Vorsitzende der tschechoslowakischen kommunistischen Partei bemühte sich nach Kräften im Frühjahr 68 den Demokratisierungsprozess in Gang zu setzen und war nun kläglich gescheitert. Die russischen Panzer auf dem Wenzelsplatz in Prag, mir schien es beim Betrachten der erschütternden Nachrichten in einer Sondersendung im Fernsehen wie Anklage und Herausforderung zugleich.

Die Informationen über die menschenfeindliche Besetzung drangen in meine Ohren, ich nahm sie auf, ohne auch nur eine Spur davon zu begreifen, meine Seele stolperte hinterher.

Nachdenklich setzte ich mich zu Kathi an den Frühstückstisch, die nun völlig in sich gekehrt zu keiner Unterhaltung mehr bereit war. Leise stellte ich das Radio an, um keine Informationen zu verpassen.

Wie immer quetschte ich eine halbe Wäscheklammer aus Holz in die ausgeleierte Taste UKW. Neuerdings und das nicht ohne Grund schimpfte ama ständig über zu wenige Wäscheklammern, um die Wäsche draußen an der Leine ordentlich aufhängen zu können. Woran das nur liegen konnte?

Auf der Suche nach dem Sender des Westdeutschen Rundfunks hörte ich eine freundliche Stimme einen Skasänger aus Jamaika ankündigen, Desmond Dekker, der mit seinem Song „Israelites" die Hitparaden stürmte. Im nächsten Moment erklangen die rhythmischen, vor allem aber fremden, verheißungsvollen Töne in unserer Küche, mit denen ich mich herrlich wegträumen und den Besorgnis erregenden Belagerungszustand im Nachbarland vergessen konnte.

Der Apotheker in unserem Viertel, Herr Vogelsang, lebte mit seiner extravaganten Frau und vier fast erwachsenen Töchtern am Stadtteich in einer ansehnlichen Villa, um die Jahrhundertwende gebaut und wunderschön anzusehen. Wenn Uschi und ich zu Fuß aus der Stadt durch den Stadtgarten nach Hause liefen, kamen wir an dem gepflegten, von großen Rosenstöcken umgebenen Anwesen vorbei. Im Sommer blühten unzählige Rosen, von schneeweiß über lachsfarben und rosarot bis ins tiefe weinrot, die allesamt schwere, süßliche Düfte bis auf die Straße verströmten.

„Bo Tine, so möchte ich später auch mal wohnen. Wat meinse? Riech ma, wie toll dat riecht!" Wann immer Uschi lächelte, zog sie ihre

Oberlippe komplett nach innen und zum Vorschein kam kräftiges, bläulich schimmerndes Zahnfleisch, die auffällig kleinen Mäusezähnchen verblassten dagegen. „Doch, dat könnte ich mir schon vorstellen, aber ich glaub dat nicht so recht! Es sei denn, du machst eine richtig gute Partie." Wenn ich mich so gewählt, bestimmt auch ein wenig gestelzt wie Mama ausdrückte, waren das für Uschi böhmische Dörfer. Wie immer, wenn sie etwas nicht verstand, stellte sie das rechte Bein nach vorn, stemmte den linken Arm angewinkelt in die Hüfte und tippte ganz leicht mit dem rechten Zeigefinger an ihre Stirn, ihr Blick sagte mehr als tausend Worte.

Wie der Zufall es wollte, kam an diesem Abend die vornehme Gattin des Apothekers Vogelsang in einer glänzend schwarzen, schweren und dennoch sehr leisen Limousine bei uns vorgefahren und brachte zwei Riesenkartons mit chicen Klamotten vorbei, vielleicht modisch nicht mehr ganz aktuell, dafür aber von namhaften Herstellern. Als ich die Tür öffnete, grüßte Frau Vogelsang freundlich: „Hallo, guten Tach! Wenn ich richtig informiert bin, hast du ja noch eine ganze Reihe Schwestern. Falls ihr Lust habt, schaut euch die Sachen mal an. Mir und meinen Töchtern sind sie leider zu klein!" Neugierig nahm ich die schweren Kartons entgegen, dennoch schien mir beim Betrachten der zierlichen Figur der Apothekerin, dass sie, um Peinlichkeiten zu vermeiden mir nichts, dir nichts zu einer Notlüge griff.

Frau Vogelsang behielt trotz der gediegenen Art sich zu kleiden eine Spur natürlicher Schönheit, beim Lächeln zeigte sie ihre porzellanweißen, ebenmäßigen Zähne. Frauen wie die Apothekerin sah ich niemals mit Röllekes im Haar und spinnwebengleichen, blassen Tüchern darüber hinter dem Haus in der Sonne sitzen, wie es in unserer Siedlung fast alle Frauen samstagnachmittags genossen, wenn sie zuvor ihre Häuser auf Hochglanz brachten und derweil der Sonntagskuchen im Backofen gar wurde.

Benommen starrte ich auf ihre diamantberingte Hand, an der es unaufhörlich kleine Sternenblitze lang glitzerte und so gar nicht hierher passen wollte.

Leutselig, fast ein bisschen geschäftsmäßig wünschte sie mir einen schönen Abend und wandte sich genauso schnell und zielsicher ab wie sie gekommen war.

Hastig bedankte ich mich und trommelte meine Schwestern zusammen. „Kommt ma schnell runter, Be-sche-rung!" brüllte ich nach oben, die einzelnen Silben genüsslich gedehnt, noch bevor ich die Kartons im Wohnzimmer abstellte. Neugieriger hätte ich meine Schwestern nicht machen können und im Handumdrehen hörte ich sie, eine nach der anderen mit Rückenwind die Treppe herunterfliegen. Andächtig und mit großen Augen bekam Moni nur noch heraus: „Dat is ja wie Weihnachten und Ostern auf einen Tag!"

Aufgeregt machten wir Mädels uns gleichzeitig an beiden Kartons zu schaffen, probierten feine Blusen aus kühlender, weich fließender Seide an, schlüpften fröhlich in augenscheinlich teure und elegante Einzelstücke und in Windeseile ging es im Wohnzimmer so bunt zu wie in einem orientalischen Basar. Ein Wintermantel mit feinem Blaufuchsbesatz hatte es Ilona angetan. Sie kuschelte sich hinein und grinste fröhlich, beinahe wohl gefällig ihr Spiegelbild auf dem Korridor an. „Meiner!" sagte ihr selbstzufriedener Blick.

Schon als ich sie noch akkurat gefaltet im Karton liegen sah, hüpfte mein Herz vor Aufregung. Sofort und auf der Stelle verliebte ich mich in eine hellgraue, feine Hirschlederhose, dreiviertel lang, von Klaus sofort als Furzabfänger tituliert, mit dazu passendem, grob gestrickten schwarzen Pulli, auf dem rosarote Rosen aufgestickt wie für mich angefertigt passten.

Schleunigst zog ich diese außergewöhnliche Kleidung an und trug sie mit flammender Begeisterung unabhängig von Sonnenschein und klirrender Kälte solange, bis ich definitiv hinauswuchs. „Dat sieht so klasse aus, dat hat sonst niemand!" Uschi freute sich über mein unerwartetes Geschenk und strahlte fast noch mehr als ich. Meine Freundin schien das einzige Mädchen zu sein, das stets ohne auch nur den Anflug von Neid zurechtkam.

Jan, inzwischen ein etwas wackeliger Fußgänger geworden und ständig auf der Suche nach einem leckeren, süßen Abenteuer, krabbelte in einem unbeobachteten Moment in unseren Küchenschrank, vermutlich um ein bisschen von der selbst gemachten Erdbeermarmelade zu naschen. Mit einem Riesengetöse fiel er zusammen mit dem Marmeladenglas aus dem Schrank und schrie zum Gotterbarmen. Die komplette rechte Seite seiner Nase von einer Glasscherbe durchschnitten, ließ das Blut wie eine Fontäne aus der Nase von Jan spritzen. Im nu sah es in der Küche aus wie im Schlachtraum von Metzger Simon.

Kathi wimmerte fassungslos und weiß wie die Wand: „O nein, wat mach ich bloß, hilf mir lieber Gott!"

Völlig überfordert mit dieser schrecklichen Situation bekam Kathi weiche Knie, ihre Lippen schienen im Handumdrehen blutleer, verfärbten sich bläulich und unsicher tastend hielt sie sich am altertümlichen Brotschrank fest.

„Mach ein sauberes Geschirrtuch auf die Nase, du Dussel, stell dich nicht so an!" Geistesgegenwärtig rief Papa einem Nachbarn, der gerade seinen Wagen an der Straße abstellte, zu: „Hugo, fahr mich schnell ins Krankenhaus, sonst verblutet mein Jung!" Vater schnappte sich das brüllende Bündel, Jans Gesicht, Pulli und Hose über und über mit Blut besudelt. Schnell wickelte Vater den Zappelphilipp in ein buntes Badehandtuch, um die Polster vom neuen Opel unseres netten Nachbarn zu schonen. Wie der Wind düste Onkel Lehmann los, der Motor seines Kadetts heulte aufgeregt auf, bevor das sonst so gutmütige Auto stockend in Fahrt kam.

Als Jan nach ewiger Zeit, zumindest kam mir das so vor, wieder zurückkam, trug er einen auffälligen Verband um den gesamten Kopf herum, Löcher für Augen und Mund, selbst winzige Nasenlöcher blieben ausgespart.

Glücklich, dass er wieder mit nach Hause gehen durfte, kuschelte er sich erschöpft auf den Schoß von Kathi und schwups schob er den Daumen in die klitzekleine Öffnung für den Mund, schloss die Augen und segelte friedlich schnurpselnd davon, schluchzende Seufzer begleiteten ihn bis in den Schlaf.

Pünktlich um acht Uhr saß ich im Wohnzimmer, um die Tagesschau nicht zu verpassen. Irgendein Rudi Dutschke sprach von einer freien Welt, Frieden und ein gesichertes Auskommen für alle Menschen, er wollte, wenn es denn in seinen Kräften stünde, die ganze Welt revolutionieren.

Vater schlug die Hände überm Kopf zusammen: „Idiot, soller doch widder zurückgehn in den Osten, wo er herkommt! Schwachsinn!"

„Wieso dat denn?" reagierte ich empört auf seinen Wutausbruch, „ich finde die Ideen richtig gut! Toll, dat die Studenten mit Demonstrationen anfangen, vielleicht hat die Ungerechtigkeit in unserer Welt dann ma endlich ein Ende!"

Umständlich und befremdlich langsam, etwa so, wie ich es sonst nur von Mutter kannte, drehte Vater sich zu mir um. An seinem völlig regungslosen Gesicht konnte ich ablesen, dass er seinen eigenen Ohren nicht trauen wollte. „Wer hat hier eigentlich von Kuchen gesprochen, dat du Krümel dich meldest, he?" Die Zornesröte stieg Vater bedrohlich schnell ins Gesicht.

Schlagartig kehrte ich auf den Boden der Tatsachen zurück. Jetzt hieß es besser die Ruhe zu bewahren. „Die Gedanken sind frei" ein Lieblingslied schoss mir durch den Kopf, lass Vadder nur reden, stets darum bemüht, ja nicht laut zu summen. Wahrscheinlich wäre Vater dann explodiert!

Ich besann mich auf den blauen Ausblick zum Wohnzimmerfenster hinaus, die Usambaraveilchen standen verlässlich wie eh und je auf dem Fensterbrett. Im Nachhinein konnte ich mich über das Kompliment freuen, das Martina mir in der Schule machte. „Wie schaffs du dat eigentlich immer, Tine, alle Klamotten, die du dir zuerst kaufs, haben plötzlich alle anderen auch, echt tofte! Deine neue Nietenhose sitzt wie angegossen!"

Stolz schaute ich auf meine taubenblaue Jeans, die knackig eng saß, nachdem ich damit ein eiskaltes Bad in der Wanne genommen hatte. Vorsichtshalber war die Badtür dazu verriegelt und verrammelt, damit keiner von den Kleinen auf die Idee kam, mir einen Strich durch die Rechnung zu machen.

Tomatenrote, bis zum Knöchel hohe Turnschuhe aus kräftigem Leinenstoff passten perfekt dazu. Mit dieser modernen, aktuellen Kleidung setzte ich den Trend, dem wirklich alle Mädels aus meiner Klasse folgten, sogar Waltraud, der Dorftrottel aus der Eifel. Erst seit zwei Monaten wohnte Walli bei uns in der weiteren Nachbarschaft. Sie hatte mir nichts getan, aber irgendwie war sie mir nicht geheuer.

Mit den modernen Klamotten eiferte ich meinen großen Idolen nach, vor allem den Stones und ganz besonders dem schönen Wilden Mick Jagger, der in hautengen Jeans mit rhythmischen, völlig neuartigen und verlässlich mein Herz treffenden Songs vor allem alle Mädchen und scheinbar auch viele Jungen auf der ganzen Welt verrückt machte. Im Fernsehen sah man sie reihenweise ohnmächtig werden, wenn die Rolling Stones auftraten.

Vater litt wie ein junger Hund unter dieser Orientierung seiner Töchter, argwöhnisch betrachtete er die mittlerweile recht umfangreiche Plattensammlung Kathis. Die Beatles mit vielen Balladen, aber auch die Rolling Stones reichlich vertreten, „Satisfaction" hörten wir so oft wie möglich, am besten, wenn Vater außer Reichweite arbeitete.

Auf Kathis eigenem, gerade ersparten Plattenteller drehte sich die Scheibe von den Beatles, die sie besonders mochte „She loves you" als Vater unerwartet in die Küche kam, um einen Schnellkaffee, ausschließlich den original „Nescafé Gold" gefriergetrocknet, der angeblich wie richtig aufgebrühter Kaffee schmecken sollte, zu trinken. Nachdenklich schraubte er das Glas auf, schien in sich gekehrt und mit anderen Problemen beschäftigt, als er auf das simmernde Geräusch des kochenden Wassers im Wasserkessel wartete.

Vater drehte sich plötzlich zu uns um und guckte uns ungläubig an. Mit vor Wut aufgerissenen Augen starrte er auf den Plattenteller, um den ich mich sofort sorgte.

Papa fuhr sich mit gespreizten Fingern durch sein streng nach hinten frisiertes und mit FIT Frisiercreme in Form gebrachtes Haar, strubbelte es wild nach vorn, hampelte wie eine Marionette mit Armen und Beinen gleichzeitig herum und brüllte: „Yeah, yeah, yeah! Wat um Himmels Willen soll dat denn bloß heißen? Dat versteht doch kein Mensch! Mach sofort die Negermusik aus! Ich will den Scheissdreck nich mehr hören! Is doch verdammt wahr."

Die Wahrheit zu zitieren und dennoch gleichzeitig zu fluchen gehörte für meinen Vater untrennbar und vollkommen gleichberechtigt neben einander. Mit seinem Wahlspruch beteuerte er ständig, dass es ihm einzig und allein um die Wahrheit und nichts als die Wahrheit ging. „Is doch verdammt wahr!"

Moni vergnügte sich derweil mit den Schallplatten eines Milchbubis aus Holland, Heintje, der die heile Welt in seinen seichten Liedern besang. „Mama" sang Heintje mit Inbrunst und Moni schien ihn so gut zu verstehen, denn das genau war und blieb ihr Lieblingsthema.

Wir anderen Mädels schwärmten mehr für die Interpreten als für den Rock n Roll selbst, obschon wir von früh bis spät deren Schallplatten hörten.

Die Spaltung in Befürworter und Gegner des Rock n Rolls fing schon viel früher mit dem ersten Hüftschwung Elvis Presleys an, als sich besonders die katholischen Ordnungshüter über dessen Freizügigkeit aufregten.

Die jugendlichen Schnabelschuhträger aus unserer Siedlung, die allermeisten doof bis dort hinaus, gehörten zu den Verehrern Elvis Presleys. Als dann auch noch die Beatles und Stones fast ausschließlich von Liebe und Sex sangen, konnte sich Vater als katholischer Vertreter von Sitte und Anstand gar nicht wieder beruhigen. Bei einem Interview im Fernsehen redete John Lennon davon, dass die Beatles populärer seien als Jesus. Spätestens zu diesem Zeitpunkt schienen sich alle Vorurteile meines Vaters unwiderruflich zu bestätigen.

Selbst Dr. Sommer, der sich ungeteilter Zustimmung von uns Mädels erfreute und als aufgeschlossener Berater in der Jugendzeitschrift Bravo galt, bekam für zwei Ausgaben Berufsverbot, weil er über die Selbstbefriedigung als ein probates Mittel für jeden Menschen, der sich Lust verschaffen wollte, schrieb. Ich konnte es nicht glauben, dass man einerseits so freizügig über Sexualität schreiben durfte und andererseits sofort eine Quittung dafür bekam, musste ich doch als Katholik sofort an das sechste Gebot denken. „Dem sollten se dat Handwerk legen. Wie kann man nur son Scheißdreck schreiben? Und dann kriegt der auch noch Geld dafür! Dat is doch wohl dat Letzte! Is doch verdammt wahr!" Papa verstand die Welt nicht mehr! Gleichwohl zerriss er uns die Zeitschriften nie wieder.

Wie wir in jeder Nachrichtensendung sehen konnten, steckten die überzeugten Demonstranten jede Menge Prügel ein und Vater freute sich diebisch darüber. Vielleicht war der Untergang des Abendlandes nach seiner Meinung dann doch nicht so nah wie vor nicht allzu langer Zeit befürchtet.

Ich fand die demonstrierenden Studenten wunderbar. Leider war ich wieder einmal zu jung dazu, aber am liebsten hätte ich mitgemacht! Endlich passierte es, dass sich viele Menschen wie verabredet nicht mehr einschüchtern ließen und ihre Sache hundertprozentig vertraten, ganz gleich wieviel Polizeigewalt im Spiel war.

Hart erkämpft gab es sie, die Demonstration gegen die ältere Generation, ganz gleich, ob es sich um Eltern, Lehrer oder Vorgesetzte handelte!

Vater schien unbelehrbar, der moderne, völlig veränderte Lebenswandel ging an ihm vorbei. Er weigerte sich standhaft, sich damit auseinander zu setzen. Bei uns zuhause galt das Gesetz des Hubertus Meyer und wer sich erdreistete, eine eigene Meinung zu haben, konnte sich auf einiges gefasst machen. Kontra akzeptierte Vater nur beim sonntäglichen Skatspiel. Das kleinere Übel schien da noch zu sein, dass Vater uns die eigene Meinung zuhause untersagte. Dieser Umstand machte mich besonders neugierig auf alle Veränderungen, die sich beinahe tagtäglich ereigneten und die ich via Fernsehen mit großer Neugierde und Interesse verfolgte. Man musste ja nicht unbedingt seinem Vater alles auf die Nase binden. Diplomatischer geworden, fast ein wenig wie Klara, dachte ich mal wieder an das schöne Volkslied „Die Gedanken sind frei..." und dieser Umstand versöhnte mich mit Vaters Uneinsichtigkeit.

Selbstredend gehörte die freie Liebe für unseren Vater dementsprechend zu den Unmöglichkeiten der Zeit. Zunächst in den deutschen Universitätsstädten propagiert, von den so genannten ersten Wohngemeinschaften, der linken Gesinnung wegen als Kommunen verschrien. Das kam Vater als Argument gerade recht, wenn Kathi sich in eigener Sache mit ihm auseinandersetzen musste. Kathi hatte seit einiger Zeit einen interessanten, jungen Studenten an ihrer Seite, nachdem sie dem Langweiler Fritz den Laufpass gegeben hatte. „Auch so ein linker Vogel!" urteilte Papa voreingenommen. Dieser schräge, oder linke Vogel namens Paul fuhr einen grauen 2CV, eine Ente. Am Klang des Motors konnte ich hören, wenn Paul Kathi besuchen wollte oder abholte. Die schlecht synchronisierten Gänge ließen das Getriebe des kleinen Autos hart arbeiten. „Schalten is kein Geheimnis, dat darf jeder hören" orakelte Tommy, wenn Kathis Freund in unsere Straße einbog.

Stetig lauter wurde Vater bei täglich sich wiederholenden Auseinandersetzungen, den letzten Satz konnte man bequem von der Straße aus hören.

„Und du bist heute um zehn zuhause, sonst kannse direkt inne Kommune ziehn, bitte schön, ich hab nix dagegen! Wag es ja nich, später zu kommen, Katharina. Ich habe mir doch keine Huren erzogen!" Purpurrot vor Wut rannte Vater spätestens nach dem Satz mit den Huren zur Tür hinaus, geradewegs in seinen Keller hinein.

Klare Ansage nannte Kathi das und bei solch ernsten Themen wurde auch sie mit kompletten Namen angesprochen. Nachdem er nicht mehr gar so heftig aufgeregt war, kam er aus dem Keller zurück, wedelte mit dem dünnen Heftchen über das Jugendschutzgesetz herum. „Hier Katharina, kannse ma reingucken, nachher heißt dat noch, der alte Meyer verkuppelt seine Töchter! So weit kommt dat noch! Zehn Uhr is Sabbat, wie es im Gesetz steht. Basta!"

Reise mit der ganzen Familie

Kurz vor den Sommerferien fand die Messe für junge Leute, die „Teenagefair 69" in Düsseldorf statt. Meine älteren Schwestern Kathi und Ilona interessierten sich für diese erste Jugendmesse und wollten auf Biegen und Brechen dorthin, sodass auch ich neugierig wurde und gern mit Ilonas Freund Jürgen in seinem dafür liebevoll aufpolierten, weißen Käfer mitfahren wollte. In einem Anflug von Großzügigkeit gestattete Mama mir den Besuch der Jugendausstellung, nachdem ich sie tagelang bearbeitet hatte. Es sollten junge Künstler auftreten, junge Mode zu sehen sein und Pop und Beat in allen Varianten zu hören sein, genau das Richtige für mich!

„Klacksache!" meinte Kathi, „und du bist mit dabei!"

An einem sonnigen Sonntagvormittag sollte Ilona, unsere angehende Friseurin noch einmal unsere Haare machen, damit wir chic zurechtgemacht aufbrechen konnten. Meine Haare trockneten gerade unter dem neuen, lautstarken Haartrockner von Mama, als Ilona mich bat, ein Stück zur Seite zu rücken. Durch das Getöse der Trockenhaube auf dem Kopf hatte ich sie falsch verstanden und mich auf dem vermeintlich immer noch an gleicher Stelle befindlichen Hocker setzen wollen, den Ilona bereits ein Stück weiterzog. So krachte ich mit voller Wucht auf mein Steißbein, was mir sofort höllische Schmerzen einbrachte. Von unglaublichen Qualen gepeinigt musste ich mich zusammenreißen, um nicht los zu brüllen. Das wäre Mutters bestes Argument gegen den Besuch der Jugendmesse gewesen, mich nämlich zum Auskurieren ins Bett zu stecken!

„Verdammte dicke, grüne Kacke. Kannse nich Bescheid sagen, wenn du mir den Stuhl unterm Hintern wegziehs?" Ich muss wohl eine etwas merkwürdige Körperhaltung eingenommen haben, um den Po zu entlasten, denn Ilona konnte sich das Lachen kaum verbeißen. „Wat machs du denn für Kunststücke? Kannse mir dat auch ma beibringen?" platzte es aus ihr heraus. Vor lauter Lachen kullerten Tränen über ihre Backen und zogen schwarze Schlieren in ihr gewissenhaft, für meinen Geschmack viel zu grell aufgetragenes Make-Up.

Mutter begutachtete mich kritisch und stellte in Aussicht, mich doch besser zu schonen als auf solch anstrengender Messe herum zu laufen. Um nichts in der Welt hätte ich zugegeben, dass die Schmerzen mich schier um den Verstand brachten. Eine Ärztin bestätigte mir viel später, dass mein Steißbein bei dieser Gelegenheit angebrochen war.

Ich biss die Zähne zusammen und fuhr mit Kathi und Ilona wie verabredet nach Düsseldorf zur ersten Messe für Jugendliche, ich fühlte mich endlich wie ein Teenager! Zwar bewegte ich mich langsam, peu a peu, etwa so wie eine schätzungsweise hundertjährige Frau, um unerträgliche Schmerzen zu vermeiden, aber die Messe gefiel mir so gut wie schon seit langer Zeit nichts Vergleichbares. Kathi grinste, als ich mich beim Aufstehen aus einer Jugendcouch auf sie stützte. „Du läufst wie Oma Klottscheck! Wenn dat so weitergeht, sind wir morgen früh noch nicht durch!"

Dass es sich bei dieser Jugendausstellung um eine Konsummesse handelte, interessierte mich zu diesem Zeitpunkt nicht die Bohne. Zwar wunderte mich über die kleinen Kabarettgruppen und Straßentheater vor den Düsseldorfer Messehallen, mir schienen es etwas zwielichtige Gestalten zu sein, die uns unbedingt und in aller Schärfe über den Konsumterror aufklären wollten.

Das Konzept, die Jugendlichen über jede Art von Konsum zu informieren und so ganz nebenbei zu manipulieren, ging bei mir hundertprozentig auf. Ich fühlte mich ernst genommen und freute mich über schrille Auftritte der jungen Bands in ihren wilden Kostümen, über Modeschauen mit fetzigen, bunten Hippiegewändern, über modisch peppige Frisuren, viel zu frech für unsere kleine Stadt. Pepsicola trank ich mit Kathi um die Wette. Aufgeputscht vom Koffein nahmen wir jede Probe an, vollkommen egal, ob es sich um Kosmetik, Lebensmittel, angeblich nur für junge Leute oder irgendwelche in Hochglanz fotografierte Informationsbroschüren handelte.

Roy Black schnulzte zwar auch „Ganz in Weiß" wovon sich aber eher Ilona angesprochen fühlte, die ihren Jugendfreund Jürgen in nicht allzu ferner Zukunft ehelichen sollte. Die beiden Verliebten standen eng umschlungen und schauten dem breitmäuligen, glänzend schwarzhaarigen Sänger beim Signieren der Autogrammkarten zu. Bei der Rückfahrt mussten Kathi und ich ständig Ilonas unprofessionellem Gesang zuhören: „Ganz in weiß mit einem Blumenstrauß, so siehst du in meinen schönsten Träumen aus..."

Nur wenige Tage später fuhren wir, von meinen ältesten Geschwistern Klara und Peter einmal abgesehen, in den großen Ferien in einen kleinen, überschaubaren Ort im Taunus. Sogar eine Freundin durfte uns begleiten, eine großzügige Geste von Papa, denn wo elf Kinder satt wurden, kriegte bekanntlich auch das zwölfte genug zu essen ab. Mit Sack und Pack machten wir uns auf, per Auto aller möglichen Nachbarn Richtung Oberhausener Hauptbahnhof, immerhin eine mittelgroße Gruppe von fünfzehn Leuten, bepackt mit Koffern, Taschen und zwei Kinderwagen für Jan und Lukas. Nachdem wir zweimal umsteigen mussten und Vater buchhalterisch feststellte, dass uns auch dabei niemand verloren ging, kamen wir im verwunschenen Urlaubsort an, wo wir endlich zwei lange Ferienwochen verbringen wollten.

Eine wunderschöne Landschaft empfing uns, sanfte Hügel lösten sich mit saftig grünen Wiesen ab. Ich setzte mich auf eine der vielen, blau gestrichenen Bänke am Wegesrand und schaute überwältigt auf die sommerliche Idylle. Der Wind fuhr in die Bäume und bewegte die Blätter gleichmäßig, ich mochte das Rauschen, mit dem ich mich herrlich wegträumen konnte.

Papa mietete schon einige Zeit vorher zwei hübsche, gerade fertig gestellte moderne Bungalows in dem kleinen Örtchen an, der mit kleinem Badesee und anderen Attraktionen warb, als da wären der Stützpunkt der Amerikanischen Flieger, die mit Ilona und Kathi heftig flirteten und sie wiederholt zum Rundflug mit dem Hubschrauber über die schöne Landschaft des Taunus einluden.

Mittags bekamen wir schmackhafte, frische Speisen aus der Küche einer kleinen Pension zubereitet, die wir uns in den geschmackvoll eingerichteten, modernen Ferienhäusern schmecken ließen.

An den meisten, sonnigen Tagen saßen wir alle zusammen zu den Mahlzeiten sogar draußen auf der Terrasse.

Es war so ein herrlicher, heißer Sommer 1969, Sonne satt den ganzen Tag, sodass wir jeden Tag am See verbrachten. Ilona schenkte mir ihren rotweiß karierten Bikini, den ich zwar im Oberteil noch nicht richtig ausfüllte, aber um so chicer fand. Wir hopsten den lieben, langen Tag im Wasser herum, machten unsere Späße mit den Jungs der anderen Familien. Ein kleiner Steg gab ein passables Sprungbrett ab. Sobald ich in das seidenweiche Wasser sprang, richtete ich unter Wasser den Bikini, dessen obere Hälfte mir jedes Mal bis zum Hals rutschte. Munter quasselnd schafften wir es, die wichtigsten Neuigkeiten noch während des Schwimmens zu erzählen. „Lasst noch n bisken Wasser im See, trinkt nicht alles aus!" Entspannt und ausgelassen schwamm Vater kraftvoll wie ein junger Mann und maß sich mit den Jungs beim Tauchen um die Wette.

Ein Junge namens Nils aus Ostfriesland hatte es mir besonders angetan, ich verliebte mich bis über beide Ohren in ihn. Diesmal keimte wahrhaftige, echt empfundene Liebe in mir, zunächst zaghaft und wunderlich, dann aber mit solcher Wucht, dass ich mich selbst nicht mehr verstand! Dieses einmalige und dennoch sensationelle Gefühl war mir fremd und auf besondere Weise wunderbar!

Nils, der unbeschreiblich schöne, seegrüne Augen und eine lange, flachsblonde Haarmähne trug, die bis auf die Kapuze reichte, lief völlig unabhängig von Temperaturen nahe der 30 Grad-Grenze ständig im olivgrünen Parka herum, das schuldete er seiner Gesinnung, mit enger Jeans, batikgefärbtem Unterhemd und halbhohen, schmutzig beigegrünen Turnschuhen aus Stoff. Nur zum Schwimmen entledigte er sich seiner „Hippie- oder Gammlerklamotten" wie Vater sie je nach Laune nannte.

Wie nur Jungs das machen, zog er sein Batikhemd am Ausschnitt über den Kopf, seine Rippen malten sich deutlich auf dem mageren Oberkörper ab.

Eindrucksvoll warf er mit Schwung seinen Kopf in den Nacken, seine dichte Haarmähne lag für Sekunden wie eine richtige Frisur, ordentlich bändigen ließ sie sich nur dann, wenn wir ins Wasser gingen. Dann steckte er sich ein rotes Gummiband in den Mund, nahm am Hinterkopf die Haare mit beiden Händen zum Mozartzopf zusammen und rollte den roten Gummiring vorsichtig darüber, stets darauf bedacht, seinen glänzenden Haarschopf nicht über Gebühr zu strapazieren.

Interessant fanden alle jugendlichen Urlauber am See Nils Batterien bestückten Kassettenrecorder, den er stets mit sich herumschleppte und aus dem den ganzen Tag Musik von John Lennon klang. Eine ganze Traube von Fans der Beatles, vor allem von John Lennons Musik umlagerte Nils Decke, auf der wir ganz locker im Schneidersitz saßen.

John Lennon, der Exbeatle, der gerade im Frühjahr 1969 Yoko Ono, eine asiatische Künstlerin heiratete, setzte sich für ein friedvolles Miteinander aller Menschen „all over the world" ein. „The Ballad of John and Yoko" das schwungvolle Stück von den Beatles über ihr Happening in Amsterdam beschallte immer und immer wieder den kleinen See. Mein Lieblingsstück wurde „Give peace a chance" das von der legendären Plastic Ono Band arrangierte, spektakuläre Stück, das weltweit schon wochenlang unter den Top 20 der Hitparaden stand und die aufkeimende Friedensbewegung sicher beeinflusste.

Endlich fühlte ich mich verstanden. So lange wartete ich schon darauf!

Über allem prangte das Peace-Zeichen mit dem Aufdruck „Make Love Not War" das John Lennon beim Sit-In in Amsterdam auf sein Bettlaken malte.

Mit Hingabe pinselte ich das Zeichen, das nur ein wenig an den Stern eines deutschen Automobilherstellers erinnerte, mittlerweile sorgfältig auf meine olivgrüne Umhängetasche. Mit dem Symbol bekannte ich mich zu denjenigen, die gegen den Krieg in Vietnam, Diktaturen und Unterdrückung in aller Welt und für die freie Liebe, was immer sie auch bedeuten mochte, und Frieden weltweit, wenngleich nach meinem Geschmack ein wenig zu unverbindlich, eintraten. Gottlob ging diese Entwicklung an meinem Vater vorbei, sodass er überhaupt nicht meckerte, wenn alle meine gebatikten T-Shirts, Taschen und selbst mein Parka später das einmalige Symbol trugen.

Nils verabredete sich mit mir zum Spaziergang im Wald und wir liefen leicht wie Federn, aber immer noch mit gebührendem Abstand nebeneinander her. Heimlich beobachtete ich Nils von der Seite, sein ungewöhnlich langes Haar wippte bei jedem Schritt. Selbstverständlich legte er seinen Arm sanft und dennoch stark wie ein Mann um meine Schulter, sofort fühlte ich mich geborgen und wäre liebend gern bis ans Ende der Welt so weitergelaufen.

Wir setzten uns auf einer Lichtung in ein Meer von Gänseblümchen. Mit verliebten Augen betrachtete ich die Einzigartigkeit der Blüten. Fast unbemerkt rutschten wir einander näher, bis Nils endlich seine kühlen, weichen Lippen unendlich vorsichtig, fast fragend auf meine setzte, ein wohliger Schauer durchströmte mich, mein Herz schien, für ein paar Schläge jedenfalls, auszusetzen.

Niemals konnte ich mich satt sehen an Nils außergewöhnlichem Aussehen, alles an diesem Hünen erschien mir perfekt. Allein seine zurückhaltende und auf ganz spezielle Weise auch selbst bewusste Art, seine dunkle, samtige Stimme weckten Gefühle in mir, wie ich sie nie zuvor kannte.

Mit jeder Faser meines in Liebesdingen unerfahrenen Körpers liebte ich diesen sanften Rebellen.

„Moni, damit dat klar ist, Nils gehört zu mir!"

Monika hatte sich auch, etwas halbherzig zwar, aber immerhin in Nils verguckt und versuchte ihn mit ihrem herben Charme zu umgarnen, dagegen musste ich auf jeden Fall einschreiten!

Nachdem ich Moni einen netten, eher braven, und wie ich fand ziemlich passenden Jungen namens Rainer aus unserer Gegend vorgestellt hatte, ging sie zufrieden mit ihm zum Baden an den See. Ich konnte mich des Gefühls nicht erwehren, dass es Moni fast egal war, wer da an ihrer

Seite auf der Decke am See saß, Hauptsache Junge und bitteschön nicht wesentlich jünger als sie.

Nils und ich trafen uns etwas abseits des Trubels am See. Vorsichtig berührte er meinen Handrücken, als wir uns schließlich auf eine Bank setzten. Wie elektrisiert zog ich meine Hand zurück. Erstaunt lächelnd ließ Nils mich gewähren, eine Augenbraue fragend hochgezogen. Ich lächelte ihn an, seine Augen schienen kleine Goldpünktchen zu versprühen, ich kuschelte mich an seine feste Schulter. Unbeschreibliche Gefühle überfielen mich, mir war gleichzeitig kalt und warm. Wie selbstverständlich fanden sich unsere Hände, vorsichtig tastend und schließlich umschlossen sich unsere Finger. Als sein gleichsam wunderbar kühler und weicher Mund meine Lippen berührte, schaute ich erstaunt in das satte Grün der belaubten Bäume über uns, dem Himmel darüber so nah. Konnte das wirklich wahr sein? Zaghaft kniff ich mir in die Hand, um sicher zu sein, nicht doch zu träumen. Aber Nils blieb an meiner Seite, er wich kein Stück zurück.

Aus seiner scheinbar endlos großen, olivfarbenen Umhängetasche kramte er den Kassettenrecorder hervor und lächelte immer noch verträumt, als er ihn startete.

Endlich ungestört konnte ich nicht nur wunderbare Songs, immer und immer wieder „Give peace a change" mit Nils genießen.

Nils verstand sich aufs Küssen, wie sonst kein Junge zuvor. Seine weichen Lippen schmeckten endlich nach Schokolade, wenn nicht sogar nach dem feinsten holländischen Lakritz! Nils küsste unglaublich zärtlich, jedes Mal von neuem überraschte mich die ungeheure Sinnlichkeit wie beim ersten Kuss. Unbeschreiblich schöne Gefühle gingen durch meinen ganzen Körper, mein Herz klopfte zum Zerspringen und mir war so zumute, als hätte ich endlich meine dazugehörige Hälfte gefunden, so als wären wir beide nun miteinander verschmolzen zu einem Ganzen. Auf Nils hatte ich schon so lange gewartet. Ich war mir so sicher, dass Nils genau der Richtige für mich ist. Zusammen waren wir echte Himmelsstürmer, nichts und niemand hätte uns entzweien können.

Alle Jungen, die ich bis dahin kennen lernte, konnten nicht ein einziges von den aufregenden Gefühlen in mir wecken, die Nils ohne große Anstrengung, beinahe vollkommen natürlich in mir wachrief. Da war sie endlich, meine erste große Liebe!

Alles an Nils schien richtig zu sein, er redete kein Blech, so wie die anderen Jungs das gern machten, um sich hervorzutun. Er hörte die richtige Musik, hatte ein Faible für ausgefallene Klamotten, genau wie ich. Nils las viel, wir unterhielten uns stundenlang über aktuelle politische Ereignisse, über den Studentenprotest an den europäischen Hochschulen, aber auch über Belangloses, über Gott und die Welt, wir behielten dabei immer dieselbe Wellenlänge und ich hing trotzdem immer noch ein wenig verwundert an seinen Lippen. Wie war es bloß möglich, dass es einen Jungen gab, der vollkommen genauso dachte und fühlte wie ich? Eine Magie zwischen uns entstand, die mich alles andere vergessen ließ. Der Himmel wurde weit und ich war rundherum glücklich!

In dieser Nacht, am 21. Juli 1969 betrat als erster Mensch Neil Alden Armstrong den Mond. Millionen von Menschen und natürlich auch Nils hörten seine Worte: „Ein kleiner Schritt für einen Mann, aber ein großer Sprung für die Menschheit!"

Nils blieb selbstverständlich in dieser spannenden Nacht auf, um im Fernsehen der kleinen Gastwirtschaft am See mitzuerleben, wie der erste Mensch den Mond betrat, ein weltbewegendes Ereignis, das ich verschlief.

Meine erste große Liebe erschien mir als das wichtigste Erlebnis auf der ganzen Welt, durch nichts und niemanden zu übertrumpfen.

Am nächsten Tag erschien Nils mit müden Augen am Badeplatz, erzählte aufgeregt vom ersten Mann auf dem Mond, dem Meer der Ruhe.

„Schade, meine Kleine, daß du nicht dabei warst!" Die samtige Stimme Nils wurde ein Hauch dunkler, ein wohliger Schauer lief über meinen Rücken. Wenn wir auch nur neben einander saßen, spürte ich grenzenlose Zuneigung und bedingungslose Liebe zwischen uns, fast so, als wäre sie mit den Händen greifbar. Mit verliebtem Herzen versuchte ich mir Nils einzuprägen, meine Finger suchten zärtlich jedes einzigartige Merkmal in seinem Gesicht zu ertasten, seine markanten Wangenknochen, sein breiter, weicher Mund, der beim Küssen samtweich und erfrischend kühl zugleich schmeckte.

„Du wirst mich verlassen!" schoss es mir im Bruchteil einer Sekunde durch den Kopf und der Schmerz schien mir den Boden unter den Füßen wegzuziehen. Beinahe hätte ich Nils mit ausgestreckten Händen von mir gestoßen, so wirklich kam mir der Gedanke plötzlich vor. Auf keinen Fall wollte ich das Gefühl wahrhaben, verlassen zu werden und so schüttelte ich meine ausgestreckten Arme aus, um gleichsam meine fürchterlichen Gedanken loszuwerden. Amüsiert betrachtete mich Nils von der Seite und ich schämte mich ein wenig für das Misstrauen, das mir die letzten Stunden mit Nils versauerte. Das unerwartete Glück mit Nils zusammen zu sein, war viel zu kostbar, ja geradezu zauberhaft, um jetzt an traurige Momente zu denken.

Ich ließ mich gern durch Nils scheinbar fragendes Lächeln ablenken. „Komm, ich zeig dir einen tollen Platz, es ist nicht weit von hier!" Er zog mich vom Boden hoch und schon wieder völlig unbeschwert ließ ich mich auf dem schmalen Pfad von Nils führen. Endlich konnten wir wieder auf dem anschließenden Weg nebeneinander gehen. Ich liebte diesen Schlenderschritt, Hüfte an Hüfte mit dem fast schon dürren Jungen, der mir dennoch soviel Geborgenheit bot.

An einer einzigartig lauschigen Lichtung stand eine kleine Bank, gerade groß genug für uns beide. Von dort aus hatten wir einen phantastischen Blick über den kleinen Ort und den bis hier oben sichtbar bunt belagerten See. Allein dafür liebte ich ihn!

Ich wollte es nicht wahrhaben, doch trotzdem gingen die Ferien in Niedersachsen leider viel zu schnell zu Ende, sodass Nils schon ein paar Tage später wieder nach Hause fuhr und ich so tief betrübt zurückblieb, dass ich vor lauter Liebeskummer unaufhörlich weinte. Zum ersten Mal im Leben hatte ich dieses Herz zerreißende Gefühl, dass ein Stück meiner selbst mit Nils zusammen fortgefahren und nur eine offene Wunde zurückgeblieben war.

Tagelang sah ich mich außerstande, durchzuatmen, ohne dass ein stechender Schmerz mich an Nils erinnerte. Unaufhörlich, was ich auch tat und wo ich auch hinging, dachte ich an Nils: Du bist so unvorstellbar weit fort, nie fühlte ich mich so allein. Werden wir uns jemals wieder sehen oder bin ich bis dahin vor lauter Kummer schon gestorben?

Selbst Vater hob ahnungslos die Schultern und ließ sie genauso hilflos wieder sinken, als er mich zu trösten versuchte. „Ich weiß wirklich nicht, wo du die ganzen Tränen hernimmst, Tine. Mensch, Mädchen, wird schon widder!"

Die kleine, ernste Margarethe schien aufrichtig besorgt um ihre große, traurige Schwester und versuchte mich aufzumuntern: „Du musst doch mal n bisschen essen, Tine. Du siehst schon ganz blass aus! Heute essen wir Zwieback mit Milch, weil es doch so heiß ist. Guck mal, den magst du doch so gern!" Bittend lächelnd schaute Grete mich an, ich konnte ihr nicht widerstehen. Grete, immer noch zierlich und schmal gehörte seit dem vorvergangenen Jahr zu den Schulkindern und freute sich über gute Ergebnisse. Durch und durch eine gute Schülerin und wie es aussah, sollte sie nun endlich das Gymnasium in der Stadt besuchen.

Schon am nächsten Tag, getröstet durch meinen allerersten Liebesbrief von Nils, so überraschend für mich und auf unbekannt liebevolle Weise einfühlsam geschrieben, ging ich einigermaßen mit dem Schicksal versöhnt wieder mit den anderen zum Schwimmen an den Badesee.

Dort an unserem Badesee zog ich Nils Brief unter der Decke hervor und las ihn immer und immer wieder:

Meine liebste Tine!
So eine dufte Zeit wie mit dir habe ich noch nie erlebt! Ach könnte ich doch jetzt bei dir sein und meinen Arm um deine Schulter legen. Du hast so schöne, blaue Augen und einen süßen Mund, wie geschaffen zum Küssen!

Wenn ich unser Lieblingslied höre, möchte ich mich in den R4 von meinem Vater setzen und zu dir fahren! Morgen beginnt wieder die blöde Schule und damit auch das letzte Jahr an der Realschule, das heißt Büffeln für die Abschlussprüfungen. So ein Schiet! Aber sobald es möglich ist, trampe ich über die neue Autobahn zu dir ins Ruhrgebiet. Ein großer Abschnitt ist ja schon fertig! Ich möchte lieber heute als morgen losfahren. So bleibt mir nur, dich in Gedanken zu küssen und auf unser Wiedersehen sehnsüchtig zu warten. Ich liebe Dich Dein Nils

P.S. Schreib bitte ganz schnell!

Tief erschüttert durch meinen so wunderschönen ersten Liebesbrief versöhnte ich mich auf wundersame Weise mit allen, die mich bislang bis zur Weißglut ärgerten. Großzügig sah ich über Thomas merkwürdige Scherze hinweg oder verzieh den kleinen Brüdern deren volle Hosen.

Ich packte meine ganze Liebe in die Briefe, die ich sobald schrieb, wie mich ein neuer Brief von Nils erreichte. Welch seliger Zustand, für alles und jeden hatte ich eine Erklärung, nichts wurde mir zuviel. Selbst als Lukas zum Pinkeln in meterhohe Brennnesseln lief und brüllte wie ein wild gewordener Stier, machte es mir nichts aus, ihn aus den heftig beißenden Nesseln zu befreien, ihm beruhigend Kinderlieder vorzusingen und die wie Krebse gerötete Haut mit kühlender Salbe zu versorgen. Mutter sah mir mit offenem Mund vor Verwunderung dabei zu, Grete und Gaby konnten sich vor lauter Schadenfreude nicht wieder beruhigen. Richtig herzlos schnauzte die sonst so friedliebende Gaby: „Wie kann man nur so blöd sein und in die Brennnesseln latschen, dat würd mich wirklich interessieren! Wat is denn mit dir los, Tine? Du hilfst dem Trottel auch noch!"

Glücklich und zufrieden und auf unbekannte Weise selbstbewusst trat ich ein paar Tage später inmitten unserer großen Gruppe die unbequeme Heimfahrt im übervollen Zug an. Soviel Neues, unbekannt Wundersames hatte sich in meinem Leben ereignet!

Der Wunsch meiner Eltern nach einer Familienreise war in Erfüllung gegangen und nach zwei Wochen mit dem wunderbarsten Erlebnis für mich, der ersten großen Liebe, fuhren wir im stickigen Zug nach Bottrop zurück, die Sommerferien in NRW gingen langsam aber sicher auch zu Ende.

Es sollte nicht viel Zeit vergehen bis Mamas Bauch sich wieder rundete und tatsächlich das letzte Kind unserer Familie geboren werden sollte. Unser Bruder Benjamin, ein molliges Baby mit kugelrunden, graublauen Augen komplettierte die Familie unwiderruflich.

Für mich begann eine wichtige Zeit der Entscheidung; sollte ich wie meine Geschwister eine Lehre machen oder wollte ich lieber weiter zur Schule gehen? Meine Freundinnen bemühten sich im Frühjahr 1970 um ihre Lehrstellen beim praktischen Arzt oder Zahnarzt und so stellte ich mich genauso mit meinem guten Zeugnis bei Doktor Schlicht vor, der eine Praxis für Allgemeinmedizin in der Stadtmitte betrieb. Ziemlich leichtgläubig und unentschlossen hielt ich eine solche Bewerbung für einen unverbindlichen Akt.

„Hömma Tine, geh doch auch inne Stadt arbeiten. Wat meinse wat dat fürn Halligalli gibt, wenn wir jeden Tag zusammen mit m Bus fahren!" versuchte Uschi mich zu überreden. Uschi saß lässig auf unserem Tisch in der Klasse und wippte mit ihren Füßen. Ganz bestimmt würde das lustig werden! Trotzdem wollte ich gern einmal etwas anderes als meine Schulfreundinnen machen, die mich schon solange begleiteten. Hin und her gerissen zweifelnd sah ich mich völlig außerstande, eine für mein weiteres Leben so einschneidend wichtige Entscheidung zu treffen.

Heftig beneidete ich Uschi dafür, dass sie selbstsicher und ohne irgendwelche Zweifel ihren Beruf wählte, eine Ausbildung zur Zahnarzthelferin sollte es sein. Tage und wochenlang grübelte ich darüber nach, was für mich das Richtige sei und kam dabei zu keinem Ergebnis.

Leider wurden Nils Briefe immer seltener, von Liebe schon seit langem keine Rede mehr. Dann und wann erzählten wir im Brief einander, was es Neues gab in unseren Leben, aber es war längst bedeutungslos geworden.

Trotzdem hielt er Wort und stand eines schönen spätsommerlichen Tages im Jahr darauf überraschend vor unserer Tür, ein Freund vom Zeltplatz begleitete ihn bei der spontanen Reise. Die sommerliche Leichtigkeit der ersten Liebe schien unwiderruflich verflogen, unbeholfen und ohne Erfahrung in solchen Dingen kam nicht einmal mehr ein vergnügtes Gespräch zustande. Die Distanz zwischen uns so offensichtlich, dass sie mit Händen greifbar schien, war doch keine noch so kleine Gemeinsamkeit spürbar. Verzweifelt versuchte ich in seinen, jetzt scheinbar kühlen Augen ein wenig Vertrautheit wieder zu finden, es gelang mir nicht. Nils war mir fremd geworden!

Zu guter Letzt war ich richtig erleichtert und froh, als ich ihn und seinen Freund zum Autobahnzubringer begleitete, wovon aus sie zurück trampten.

Das Kapitel mit dem tollen, ostfriesischen Freund, meiner ersten großen Liebe war nun endgültig zu Ende, zähneknirschend sah ich das ein. Zu keiner Zeit hätte ich es für möglich gehalten, dass es in meinem Leben etwas annähernd Wichtiges wie die erste Liebe geben könnte. Wie ungeduldig hatte ich dieser Zeit entgegengefiebert und nun schien wirklich alles kompliziert zu sein.

Wenn ich versuchte, mit Uschi über das Thema Liebe zu sprechen, guckte sie mich an, als spräche ich eine völlig unbekannte Sprache. Für Uschi stand fest: entweder man ist verknallt oder nicht. Basta! Was sollte das bitte schön mit irgendwelchen komischen Gefühlen zu tun haben? Die Jungen aus unserer Abschlussklasse fand Uschi doof, da biss keine Maus einen Faden ab. Uschi liebäugelte mit Kalle, der ein Jahr zuvor aus der Schule entlassen wurde. Dieser Junge schaffte es das ganze Jahr hindurch braun gebrannt zu sein, wenn wir anderen winterlich blass das erste Sonnenbad mit hochroten Wangen bezahlten.

Kalle, der durchtrainierte Fußballer hatte es Uschi angetan. Schon von weitem war er an seinem leicht schaukelnden Gang zu erkennen. Seine für Fußballer typischen O-Beine taten ein Übriges, dass mein Bruder Klaus hämisch und vielleicht auch eine Spur neidisch meinte, der Pöhler könne vor Kraft kaum laufen.

Kalle gehörte zu den erfolgreichen Fußballern, die in der Jugendmannschaft von VfB Bottrop ihre ersten Siege feierten. Woche für Woche stand Uschi dann zufälliger Weise am Spielfeldrand, einerlei in welchem Stadion. „Aber dat is wat ganz anderes!" Darauf bestand meine Freundin.

Dennoch, ob ich wollte oder nicht, gab es genau in diesem Moment wichtigere Dinge, die ich zu entscheiden hatte, vor allem wie es in Zukunft beruflich oder schulisch für mich weitergehen sollte. Ich hatte das untrügliche Gefühl in einem Vakuum zu sein, nicht mehr ganz und gar zu meiner Schule zu gehören und noch keinerlei Ahnung davon zu haben, wo mein Weg mich hinführen sollte.

Gleichzeitig mit der Bewerbung um die Lehrstelle zur Arzthelferin bewarb ich mich um einen Platz in der Handelsschule Bottrop, um die Mittlere Reife zu erlangen. Wieder einmal, wie bei allen wichtigen Entscheidungen, ließ ich mir ein bisschen zuviel Zeit damit, sodass plötzlich Doktor Schlicht und Gattin vor unserer Haustür standen. Leider überhörte ich das tiefe, gutmütige Motorbrummen seines Mercedes, sonst hätte ich noch schnell Reißaus nehmen können. Wie so oft waren weder Vater noch Mutter zu Hause, wenn ich sie am dringendsten brauchte und ich fühlte mich allein gelassen und mit der Situation völlig überfordert.

Zerknirscht stand ich hinter der Gardine im Esszimmer und betete naiv im Stillen, dass das Ehepaar Schlicht nach mehrmaligen Klingelversuchen doch bitte wegfahren möge. Aber da hatte ich mich getäuscht, Doktor Schlichts Zeigefinger blieb ausdauernd und fordernd auf dem Klingelknopf.

„Na Christine" polterte der offensichtlich süddeutsche Mann los, als ich mit hängenden Schultern die Tür öffnete „wie lange soll ich denn eigentlich noch warten, he?" Doktor Schlicht hatte eine frappante Ähnlichkeit mit seinem Landesvater in Bayern, wenngleich lediglich die obligatorische Trachtenjacke fehlte, dagegen seine buckelige Haltung Bände sprach. Zerknirscht ließ ich den untersetzten, unfreundlich dreinblickenden Herrn eintreten, der mir auf eine unsympathische Weise alterslos erschien, gefolgt von seiner unterwürfig nickenden, dürren Frau.

Neben einander nahm das seltsame Pärchen auf unserem abgewetzten Sofa Platz. Mit leicht vorwurfsvollem Blick schnappte der Doktor nach meiner Hand, um seinem Anliegen Nachdruck zu verleihen. Sofort zog ich meine Hand aus seiner klobigen, verschwitzten Pranke. Konzentriert bemühte ich mich, ihn nicht merken zu lassen, in welch prekärer Situation ich mich befand. Lieber Gott, steh mir bei, betete ich im Stillen, dass ich standhaft bleibe!

Bei aller Liebe konnte ich mir genau in diesem Moment überhaupt nicht mehr vorstellen, für Menschen zu arbeiten, die ich ausschließlich mit Gefühlen der Abscheu betrachten konnte. Nichts lag mir ferner, als womöglich mit dieser ihren eigenen Mann als „Herrgott in Weiß" anbetenden Frau als direkte Vorgesetzte zusammen zu arbeiten, letztlich mich dem Diktat der alten, abgemagerten Schachtel zu fügen. Der Doktor konnte sich von mir aus den Mund fusselig reden und schwafeln, was das Zeug hält, mein Entschluss stand unwiderruflich fest.

Ich straffte meine Schultern und nahm Haltung an, irritiert nahm selbst der selbstherrliche Mann vor mir davon Kenntnis.

Zu meinem großen Glück saß Klara nach ihrem Feierabend auf der Gartenbank in der Sonne und stand mir sofort bei, als die Schlichts mich zum Unterschreiben des Lehrvertrags drängten, den sie auffordernd, keinen Widerspruch duldend auf dem Wohnzimmertisch ausbreiteten. Klara stand im Türrahmen zum Wohnzimmer, die Schlichts saßen mit dem Rücken zu ihr, als sie lautlos: „Taube Nüsse!" mit ihren Lippen formte. Schnell guckte ich zu Boden, um nicht zu grinsen.

Doktor Schlicht klopfte rhythmisch mit dem ausgestreckten Zeigefinger mahnend und selbstverständlich zugleich auf den Vertrag, etwa dahin, wo meine Unterschrift fehlte. Nach dem mecklenburgischen Motto: „Klacksache und damit hopp!" nickte Doktor Schlicht mir ständig zu und erinnerte mich einmal mehr mit seinem anhaltenden Kopfnicken an den schrill gekleideten Schwarzen von der Krippe in unserer Kirche, nur mit dem winzigen Unterschied, dass der freundliche Schwarze irgendwann aufhörte, zu nicken. Angeblich lebte der Arzt mit unzweifelhaft bajuwarischen Wurzeln schon etliche Jahre in unserer Stadt, aber die abgehackte, fast stammelnde Sprache seiner Heimat hatte er immer noch nicht abgelegt. Mich schauderte beim Gedanken daran, täglich mit diesen Menschen auskommen zu müssen.

In dem Kopf Doktor Schlichts schien ausschließlich Platz für Gebührenverordnungen zu sein, von Menschenkenntnis keine Spur. Wahrscheinlich lächelte er nur dann, wenn sich einer der wenigen Privatpatienten in seine Sprechstunde verirrte.

Plötzlich war mir glasklar, dass ich in der Praxis dieses selbstgefälligen Arztes auf keinen Fall arbeiten wollte. Ich schüttelte genauso ausgiebig den Kopf, wie Doktor Schlicht zuvor nickte. Frau Schlicht räusperte sich und setzte mit schriller Stimme an: „Jetzt haben wir uns extra hierher bemüht..."

In diesem Moment musste ich Farbe bekennen, meinen ganzen Mut zusammennehmen und gleich einem Boxer kurz vor dem Kampf, noch einmal tief Luft holen, bevor ich antworten konnte.

„Ich habe mich dagegen entschieden. Das tut mir wirklich leid" entgegnete ich ehrlich und dennoch so artikuliert und bestimmt, dass ich mir selbst fremd vorkam.

Klara trat in diesem Moment ins Wohnzimmer, stellte sich kurz vor und legte zudem eine Hand auf meine Schulter, wie um zu beweisen, dass ich mich felsenfest auf sie verlassen könne.

„Sie sehen, meine Schwester hat sich die ganze Sache noch mal durch den Kopf gehen lassen. Das will alles gut überlegt sein, schließlich hängt ihre ganze Zukunft davon ab! Mir gefällt, dass Christine erst einmal die Mittlere Reife absolviert. Dann kann sie immer noch bei ihnen vorstellig werden!"

Beleidigt raffte der merkwürdig unfreundliche Arzt die Papiere zusammen.

Mit einem höflichen, aber sehr bestimmten: „Auf Wiedersehen!" wurde Ehepaar Schlicht hinauskomplimentiert, die Frau guckte leicht irritiert, als könne sie nicht glauben, dass ich dieses überaus großzügige Angebot einer Lehrstelle ausschlug. Ihre harten Gesichtszüge schienen plötzlich regungslos und ihre dunklen Augen verfinsterten sich, bevor sie wie ein kalter Windhauch an mir vorbeihuschte. „Unverfrorenheit!" hörte ich sie draußen schimpfen, der Doktor murmelte irgendetwas Unverständliches dazu.

Als ich die Haustür hinter dem Überraschungsbesuch schloss, empfand ich eine ungeheure Erleichterung. Leicht wie eine Feder lehnte ich mich gegen die Tür. Dieses Gefühl der absoluten Leichtigkeit kannte ich sonst ausschließlich nach der Zahnbehandlung auf dem Weg nach Hause.

„Puh, der Kelch ist noch mal an mir vorbeigegangen!" Theatralisch wischte ich mir mit dem Handrücken den imaginären Schweiß von der Stirn.

Klara schaute mich mit vorwurfsvollen Augen an. „Mach dat nicht noch mal, Tine! Solche wichtigen Schritte musst du im Leben schon selber gehen! Du bist jetzt fünfzehn Jahre alt; ich hatte in deinem Alter schon ein Jahr Lehre hinter mir! Merk dir dat, du alte Trulla!" Im Handumdrehen bemerkte ich, wie Klara von der kontrolliert geschäftsmäßigen Sprache dem Arzt gegenüber mit Leichtigkeit zu unserer gewohnten Umgangssprache zurückkehrte.

Nur ganz kurz, vielleicht einen Wimpernschlag lang, eher flüchtig und mal eben so im Vorbeigehen nahm Klara mich in den Arm. Nichts hätte ich mir sehnlicher gewünscht.

Ohne wenn und aber bewunderte ich Klara darum, dass sie mir so klar und eindeutig den Weg wies. Unerschütterlich gab sie mir Halt, sie schien einfach zu wissen, wo es im Leben lang ging, obschon Klara noch so jung, gerade einmal Anfang zwanzig war.

Erleichtert und zu guter Letzt rundum zufrieden, dass meine älteste Schwester mir dabei half, eine so wichtige Entscheidung zu treffen, bedankte ich mich kleinlaut und dennoch über die Maßen froh. „Tausend Dank, Klara. Ich wusste wirklich nicht mehr wat ich machen sollte! Der hatte mich schon ganz schön im Schwitzkasten! Danke nochmals, vielen Dank für deine Hilfe!"

Zuversichtlich lächelnd setzte ich mich neben Klara auf die Gartenbank. Schließlich war die Sache jetzt klar – klar wie Kloßbrühe würde Christian lispeln.

Endlich konnte ich die noch lauwarmen Sonnenstrahlen genießen, das abendliche Streiflicht leuchtete blass lila.

Ausgerechnet Klara rief an, als Papa gestorben war. Trotz meiner Überzeugung, dass es für ihn eine Erlösung war, brach ich noch am Telefon in Tränen aus und ein Gedanke ließ mich nicht mehr los: Jetzt hast du keine Eltern mehr!

Mein Mann nahm mich in den Arm, tröstete mich und hielt mich solange, bis ich nicht mehr schluchzte. Sofort versuchte ich meine Kinder telefonisch zu erreichen, so tatenlos herumzusitzen kam mir nicht angemessen vor. Ich konnte mich einfach nicht daran gewöhnen, dass nun meine beiden Eltern, Mama und Papa tot waren.

Fluchtartig verließ ich das Haus und rannte mehr, als dass ich spazieren ging. Die frische Luft tat mir gut. Alles schien unverändert, die Kinder vom Nachbarn, die langen, fast dürren Kerle spielten genauso wie an jedem Abend Basketball an der langen Auffahrt zu seinem Haus. Der Ball donnerte gegen das Garagentor. Merkwürdig, dachte ich, wie immer in solch bedeutungsvollen Momenten ziemlich naiv, dass das Leben einfach so weitergeht.

Wir verabredeten uns für den Tag, an dem Papa endlich bei seiner geliebten Frau, unserer Mutter in der Eheleutegrabstätte, wie sie ordnungsgemäß bezeichnet wurde, beerdigt werden konnte.

Ein wunderschöner, sonniger Maitag empfing uns an der Bonifatiuskirche in der Stadt mit dem komischen Namen Bottrop, meiner alten Heimat. Alle Schwestern und Brüder nahmen sich die Zeit, mit ihren eigenen Familien rechtzeitig vor der Messe in solch großer Gruppe aufzutreten, dass die Hälfte der Bänke in der Kirche belegt war.

Schwarz dachte ich, schwarz wie Lakritz und Kohle, das passt!

Zur Beerdigungsmesse hatte jeder sein bestes schwarzes Kleidungsstück herausgekramt, wenn nicht sogar dem traurig feierlichen Anlass entsprechend neu gekauft. Der unpassende Hut einer Schwägerin mit keckem Federschmuck ließ mich an ihrem Geschmack zweifeln.

Dem unzufriedenen Pastor gelang es mühelos, eine Atmosphäre von Furcht, Wut und Belanglosigkeit zugleich zu schaffen. Er rannte mit wehendem Ornat in Begleitung von jungen Messdienern, die kaum Schritt halten konnten, in die Kirche. Ich konnte mich des Gefühls nicht erwehren, dass er schnell mal eben auf dem Weg ins Freizeitvergnügen, höchst unangemessen mit braunen Birkenstocksandalen und weißen Frotteesocken an den Füßen diese Beerdigung noch fix abwickeln müsse.

Barsch begrüßte er uns mit den Worten, dass wir im Gotteshaus gefälligst den Mund zu halten hätten.

Margarethe besprach in einer langen Sitzung am Abend zuvor mit eben diesem Geistlichen die wichtigsten Lebensstationen unseres Vaters, aber nichts davon brachte er zur Sprache. Gefühllos versuchte er, uns in Angst und Schrecken zu versetzen nach dem Motto, einer von euch wird der Nächste sein, der verstirbt. Soviel war uns auch vorher klar! Bis dahin sollte die Kirche nach meiner Ansicht schon der Ort sein, an dem wir als Angehörige vielleicht auch auf ein wenig Trost hoffen dürften. Aber nichts davon lag weder in der Ansprache noch der Absicht des unfreundlichsten Pastors, den ich je gesehen hatte.

Mit Wehmut dachte ich an die Zeiten mit Pater Behrend zurück, der unsere Familie regelmäßig besuchte, uns ohne Ausnahme namentlich kannte und der nach jeder Geburt eines neuen Geschwisters mit meinem Vater auf die Gesundheit mit einem Gläschen oder auch zweien anstieß.

Margarethe wurde von heftigen Weinkrämpfen geschüttelt. Sie tat mir so leid! In den vergangenen Tagen hatte sie mit Ilonas Hilfe alles perfekt und überaus empathisch liebevoll für die Beerdigung vorbereitet. Der Kranz für Papas Grab passte farblich mit weißen Calla genau zu unseren Handsträußen und diese wiederum zur Bepflanzung der Grabstätte unserer Eltern. Das traditionelle Frühstück nach der Beerdigung wurde im Cafe´ Weizmann gleich gegenüber des Friedhofs bestellt. Am Abend sollte es ein Buffet in Papas Lieblingskneipe, dem Kastanienhof geben.

Und nun dieses Desaster mit dem katholischen Kirchenmann! Wenn ich nicht schon lange aus der Kirche ausgetreten wäre, spätestens nach Vaters Beerdigung hätte ich diesen Schritt getan. Solch eine würde- und respektlose Veranstaltung machte uns alle sehr betroffen und vor allem eines: wütend!

Auf dem Weg zum Parkfriedhof versuchte ich dennoch Margarethe zu trösten.

„Wat willse von som Dämlack schon erwarten? Doof geborn und nix dazu gelernt! Nich ma zuhörn kanner!"

Tante Constanze, die einzig Übriggebliebene von Papas Anverwandten schimpfte über diesen unsensiblen Flegel.

„Ich kenne den Kirchenvorstand persönlich. Der kriegt die Quittung noch, kannse dich drauf verlassen!"

Als wir nach der Beerdigungszeremonie bei Weizmanns ankamen, war der Ärger wie von selbst verflogen.

Wer selbst schon in vergleichbarer Situation war, kennt das Phänomen, dass ehrliche Trauer sofort in den Hintergrund tritt, sobald die Trauergemeinde spätestens nach dem ersten Kaffee oder Schnäpschen gelöst, wenn nicht sogar heiter in die Zukunft schaut.

Nach dem Beerdigungsfrühstück mit Bier und Schnaps oder Streuselkuchen und Kaffee lud Margarethe uns in den großen Garten ein. Hier verbrachten wir einen sonnigen Nachmittag mit all den kleinen, niedlichen Neffen und Nichten, die uns Tanten und Onkel mit ihren Kletterkünsten an den vielen Obstbäumen in Gretes Garten begeisterten und die eigenen Eltern schockierten. Die freundlichen jungen Erwachsenen, wozu meine Jungs gehören, luden ihre kleinen Cousins auf ein paar Fußballbilder an die Bude ein, meine Bude aus alten Zeiten, deren Besitzer naturgemäß seitdem schon x-mal wechselten.

Zum ersten Mal seit ewiger Zeit wünschte ich mir, dass Mama ihre große Sippschaft noch einmal sehen könnte. „Ja Mama, du hättest solchen Spaß daran!"